U0721770

20世纪后半期中国内地小说概观

黄辉映 著

四川人民出版社

图书在版编目（CIP）数据

20 世纪后半期中国内地小说概观 / 黄辉映著. — 成都 ：四川人民出版社，2023. 7
ISBN 978－7－220－13228－5

Ⅰ. ①2… Ⅱ. ①黄… Ⅲ. ①小说史－中国－当代②小说－文学欣赏－中国－当代 Ⅳ. ①I207. 409 ②I207. 42

中国国家版本馆 CIP 数据核字（2023）第 070398 号

20 SHIJI HOUBANQI ZHONGGUO NEIDI XIAOSHUO GAIGUAN

20 世纪后半期中国内地小说概观

黄辉映　著

出 版 人	黄立新
责任编辑	张东升
封面设计	李秋烨
版式设计	戴雨虹
责任校对	申婷婷　吴　玥　林　泉
责任印制	周　奇
出版发行	四川人民出版社（成都三色路 238 号）
网　　址	http://www. scpph. com
E-mail	scrmcbs@sina. com
新浪微博	@四川人民出版社
微信公众号	四川人民出版社
发行部业务电话	（028）86361653　86361656
防盗版举报电话	（028）86361653
照　　排	四川胜翔数码印务设计有限公司
印　　刷	四川五洲彩印有限责任公司
成品尺寸	170mm×240mm
印　　张	32. 75
字　　数	420 千
版　　次	2023 年 7 月第 1 版
印　　次	2023 年 7 月第 1 次印刷
书　　号	ISBN 978－7－220－13228－5
定　　价	128. 00 元

目录

“概观”前论

1

文学的体裁一般概分为诗歌、戏剧、小说、散文，它们各有各的来龙去脉。

“小说”这个名词，在中国早于战国时代（公元前475年至公元前221年）就出现过。鲁迅先生说：“小说之名，昔者见于庄周之云‘饰小说以干县令’”（见《中国小说史略》，《鲁迅全集》第9卷第5页，人民文学出版社1981年版；庄周即战国时代著名哲学家庄子，他的“饰小说以干县令”这句话见于他的著作《庄子·杂篇·外物》篇）。“县”，同“悬”。后来鲁迅在《中国小说的历史的变迁》中解释过“县令”这一词语，他说：“‘县’是高；‘令’是美，言美誉”（见《鲁迅全集》第9卷第301页，人民文学出版社1981年版）。“饰”即修饰、巧饰；“干”，求取之意；“以”是表目的之连词。直译其意就是：巧饰“小说”的目的在于求取高名美誉。庄周所谓的“小说”究竟指什么呢？鲁迅又说：“案其实际，乃谓琐屑之言，非道术所在”（见鲁迅《中国小说史略》，《鲁迅全集》第9卷第5页，人民文学出版社1981年版）。“案”，同“按”，考查之意；依照实际来考查，庄周所谓之“小说”，是指那些“非道术所在”的“琐屑之言”。意谓庄周所称的“小说”是与“道术”相对而言的，在庄子看来，凡不在“道术”范畴的学说，都是“琐屑之言”，都是零零碎碎、无关紧要、没有价值的闲言碎语，都是“小说”。他所谓的“小”是跟“大”相对的，其实质意思就是庄子认为别的学派崇尚的学说都是“小学说”，唯有他自己的学派崇尚的学说才是“大学说”。庄子是以春秋时代大思想家老子（春秋时代智慧卓越的奇哲，据传他生而白首，故尊老子；耳长七寸，故本名李耳，又名李聃；其专著《道德经》被道教尊为教义之本）为创始人的道家学派的重要人物，他以继承和发展老子以“道法自然”为最高法则、最高境界的“道术”而力主“逍遥自得”著称，他心目中所崇尚的“大学说”就是道家学说。在他看来，以孔子为创始人的崇尚“礼乐”“仁义”，主张人为的“德治”“仁政”的儒家学派的学说，属于“非道术所在”的“小说”；以墨子为创始人的主张“兼爱”（人与人平等相爱）和“非攻”（反对掠夺战争）的墨家学派的学说，也属于“非道术所在”的“小说”；凡不属道家学派的学说，都是“小学说”，都是“小说”，都是不成体统的闲言碎语，而其目的都不过是企图巧饰自己那一套不成体统的闲言碎语以求取高名美誉而已，都不过是企图取悦于权势者以求得高名美誉的游说手段罢了！庄子这种幽默、刻薄、富有进攻性和打击力的言论，显示了先秦春秋战国时代不同思想学派、哲学流派之间的争斗的激烈。

由上述可知，战国时代的庄子虽然早就用了“小说”之名，但同独立的文学体裁的“小说”文体观念，是风马牛不相及的。至东汉时代，史学家、文学家班固在其史著中也谈论过“小说家”。他在《汉书·艺文志》里说：“小说家者流，盖出于稗官。街谈巷语，道听涂说者之所造也。”班固认为，“小说”实际上是民间的百姓们在街头巷尾的闲谈，是大街小巷的平民在往来路途中的传闻；这些出自小民之口的闲谈传闻，由“稗官”们加以搜集并笔录成文，这样久而久之便有了“小说家”这种类别；在古代，君王设立“稗官”采录民间情况，以知下情。“稗官”们把闾里风俗、街谈巷议、遗闻奇事笔录于册，呈报君王，以供统治者参考，此类记录被称为“稗史”。班固所谓的“小说家”，实际上就是古代君王所立的“稗官”（小官吏）；他所谓的“小说”，实际上就是指奉君王之命所采录的“稗史”。这种“稗史”，虽然经历了由民间“口头”到“笔头”的制作过程，虽然也具有真假结合的性质（街谈巷语的杂事和道听途说的传闻不一定都是有实据的），但主要是奉命采录野史民风以供统治者参考的结果；

因而班固所谓的处在“稗官稗史”地位的“小说”和出自“稗官”的“小说家者流”，显然也是不同于尔后文学领域中的“小说”和“小说家”的观念的。作为独立文体的相对自觉的小说观念是后起的。唐人“始有意为小说”（见鲁迅《中国小说史略》，《鲁迅全集》第 9 卷第 70 页，人民文学出版社 1981 年版），到唐代，小说创作才进入相对自觉的时期。

2

中国小说源远流长。其最早之源头是远古人的口头故事。远古人虽然没有留下口头故事专集，但文字记载下来的叙事性原始神话传说即是远古人世代流传下来的口头故事。中国不少古籍（如《山海经》《淮南子》等）中保存了许多这类神话传说故事，它们是孕育中国小说艺术的有文字可考的“历史源头”。例如关于盘古开天辟地的神话（载于三国时徐整著《三五历记》；参见《辞海》下册第 4365 页，上海辞书出版社 1979 年版），传说在那宇宙形成前既无天也无地的混沌一团的时代，由于盘古日长一丈天亦随之日高一丈，他一直不停地长到一万八千岁，因此天即极高，地即极低；同时死后他还将自己躯体的各部分变成了日月、星辰、风云、山川、田地、草木等自然界的万物，于是天地宇宙就整个儿被开辟出来了。这则神话故事是远古人类在科学极端贫乏的蒙昧时代对宇宙形成、人世起源的原始性解说，但从小说艺术视角看，它则极富浪漫性地塑造了一位开辟天地宇宙与人类世界的顶天立地的英雄人物形象。再如关于女娲的神话（《山海经》《淮南子》中均载有此类神话），传说由于她不厌其烦地将黄泥土抟来抟去，因而创造出了人类；同时在忽然“四极废”“九州裂”的天崩地塌的危亡关头，她又挺身而出，不仅不辞劳苦地熔炼五色石头把破裂的天空补了起来，而且还斩鳌足当作天柱，重新把天支撑牢固，因而挽救了面临大灾大难的人类世界。这则神话是科学知识极为贫乏的远古人类对自身起源的原始性猜测，同时表达了盼望战胜天灾的幻想。但从小说艺术的视角看，同样极富浪漫性地塑造了一位母系氏族时代既能造人又能抗灾的伟大女性英雄形象。

总之，一系列关于远古人类事迹的叙事性神话传说，是孕育中国气派、中国风格的小说艺术的最先“母体”。虽然它们本身的意识形态价值、文化价值、艺术价值都是原始性的，只体现了人类童年蒙昧时代梦幻般的、幼稚的、非科学的原始意识形态，只体现了异常落后的原始文化状态和非自觉创造的原始艺术水平，但它们的奇想、猜测、解说、向往、探索，都极富浪漫精神，是天真的浪漫的最早的艺术创造。它们的想象力、虚构力、拟人力、形象思维力，对后世小说艺术创造力是有影响的。同时它们已经含有了小说艺术的基本因素；它们有借助于非科学的幻想和想象来构成的粗略的情节，其情节有神奇性和一定的曲折性；它们创造了有超人能力或超自然能力的独异性格的男性或女性的神话英雄人物形象；它们由神奇的人物、情节、环境、故事，粗略地构成了富于奇异色彩的原始艺术世界。它们虽然并非小说，但它们对后世小说艺术却具有孕育作用，是孕育中国气派、中国风格的小说艺术的源头与最先“母体”。

3

魏晋南北朝的志人、志怪小说是中国小说由萌芽至初生、初兴阶段的里程碑。

这里的叙述越过了秦、汉两代，但并不意味着秦、汉时代与中国小说的发展压根儿无关，而只是相对来说，秦、汉时代的小说里程碑标志尚不显著。先秦、秦、汉的时代，均属于中国整个小说史程由萌芽至初生、初兴（或初始、初级）的阶段；汉代的“笔头小说”虽然有一定数量，有的也有一定的艺术性，如叙述荆轲刺秦王的历史小说《燕丹子》等，但流传后世者少，亡佚者多。在漫长的历史过程中，中国小说经过秦、汉时代的初生与初兴，至魏晋南北朝的历史阶段，其里程碑式的标志才以可考的实绩初具规模地显现了出来。

魏晋南北朝是长达369年的一段历史时期，自公元220年曹操次子曹丕代汉建魏至公元589年隋朝建立统一中国才结束。这是一段十分动荡的历史时期：公元220年曹丕代汉建魏，公元265年司马炎代魏称晋，公元316年西晋灭亡，翌年司马睿在南方建康（今南京）建东晋，至公元420年灭亡；从东晋灭亡到公元589年隋朝建立的170年间，形成南北朝对峙的历史局面：中国北方经历过135年之久的割据分裂的“十六国”时期，至北魏统一北方止（史称“北朝”），后又经历北齐、北周两代；南朝从公元420年东晋灭亡时东晋旧臣刘裕代东晋称帝另立国号宋始，经历了宋、齐、梁、陈四代。此段特定时期是中国历史上的乱世，是割据、分裂、纷乱的时期，社会动荡不宁，人心惶恐不安，世风日下，灵魂空虚，言行不羁，前景渺茫，社会人群说鬼求仙的风气很盛。志人、志怪小说就是在这种特殊历史背景下产生和流行起来的。

志人、志怪小说名著主要出自东晋和南朝。志人小说的著名代表作是南朝宋文学家刘义庆编撰的小说集《世说新语》（本名《世说新书》，简称《世说》）。相对说来，这是当时规模可观的小说集，有志人类小说集大成之性质。其内容主要是记载东晋士大夫的逸闻琐事，借以展示东晋时代以清谈、放达、空虚、言行不羁、不拘世俗为特色的世风人情；在小说艺术史上的独异价值，在于它能以简练的记述勾画、活现出人物的显著个性特征。如其中的《忿狷》篇：“王蓝田性急，尝食鸡子，以筯（zhù，同箸，筷子）刺之，不得，便大怒，举以掷地。鸡子于地圆转未止，仍（乃，因而）下地以屐齿碾之，又不得，瞋甚！复于地取内（同纳，放进）口中，啮（niè，亦作齧，用牙啃或咬）破即吐之。”它描述一个叫王蓝田的人吃鸡蛋时的荒唐表演：先用竹筷子戳蛋壳，戳来戳去戳不破就暴怒起来，于是将鸡蛋高高举起使劲地摔到地上；鸡蛋不但没破，还在地上飞速地旋转不停，他紧接着用带齿的木头鞋踩住来回碾压，鸡蛋依然未破，他睁圆眼睛更加怒气冲冲，最后从地上捡起来放进嘴里使劲咬破、嚼碎、吐掉！这是采用荒诞、夸张、嘲讽的笔调描述的带有虚构性的不近情理的日常生活镜头，以典型的行为细节活画了王蓝田这一人物极易性急、暴怒的鲜明个性，是东晋时代落魄的士大夫们空虚、无聊、性情乖戾、行为怪僻的人生状态的缩影。

志怪小说的数量比志人小说多，著名代表作是东晋史学家、文学家干宝花 30 载左右辑录、撰著的小说集《搜神记》，以志怪为主，所记多是神仙鬼怪等奇闻异事，或是活人制服了死鬼，或是神仙制服了活人，或说某贞妇化为了望夫石等，实质上是东晋时代说鬼信神的社会风气与愚昧迷信的意识形态的反映；其中，也保存了一些东晋时代以前就流传的民间传说，如干将奉命为楚王铸剑的传说：楚王命令干将铸造宝剑，用了整整三年时间才铸成雌雄二剑，雄剑名干将，雌剑名莫邪；干将断定楚王必因造剑迟缓而将自己杀害，因此隐藏雌剑不献，以留给自己儿子日后为自己复仇；后来干将的儿子赤鼻终于向暴君复了仇。这实质上是对人民反抗精神的讴歌。鲁迅先生曾据此梗概扩写成了历史小说《铸剑》（见鲁迅《故事新编》，《鲁迅全集》第 2 卷，人民文学出版社 1981 年版）。

总的说来，魏晋南北朝时期的志人、志怪小说将人生世界、神怪世界并举，表现出写实与非写实的两种艺术风格。它们的篇幅尚颇短小，均为笔记式、片断式的，以现代术语来说即属于小小说、微型小说之类；虽不乏故事情节，但单纯简单；虽然也注重人物形象刻画，人物形象也不乏生动的个性特点，但仍嫌单薄；此期的整个小说创作实践，尚未具备小说本体应有的整体艺术质量，仍属中国小说艺术由萌芽至初生、初兴（或初始、初级）的阶段。

4

唐代传奇小说是中国小说发展史程中醒目的里程碑。

“传奇”是对唐代文言小说的专称。“传奇”即传播奇闻逸事之意；其称呼与当时的“古诗”“古文”有一定的对举性。在中国封建时代的前期，文人学士们一直把诗文尊为正统的雅文学，以诗文为正宗、正统的观念，在相当长的中国文学流程中都起着主导作用；直至唐代，诗歌依然占据着首要席位，以诗仙李白、诗圣杜甫、大诗人白居易为杰出代表的唐代诗歌，显示出了首屈一指的辉煌成就。但与此同时，小说也按其自身规律获得了重大进展，唐人“始有意为小说”，实际上也就是自唐“传奇”起已“有意为小说”；唐“传奇”的兴盛，标志着中国古典小说进入了相对自觉期和成型期，并明显地提升了小说在中国文学史程中的地位，树立起了醒目的里程碑。

具体标志这一醒目里程碑的主要代表者及代表性名篇有沈既济（约生于公元 750 年，约死于公元 800 年，属今江苏苏州一带人）的《枕中记》、李公佐（约生于公元 770 年，约死于公元 850 年，属今甘肃东南一带人）的《南柯太守传》、白行简（生于公元 776 年，死于公元 826 年，白居易之弟，属今陕西渭南一带人）的《李娃传》、裴铏（生卒籍贯不详）的《传奇》等。写自己熟悉的生活是小说创作的常规，唐代这几位传奇小说家都在官场中干过，沈既济官至礼部员外郎；李公佐曾举进士，任过州郡长官手下的从事官职；白行简曾中进士，任过礼部的管礼仪、外交事宜的主客郎中等官职；裴铏任过从事和节度副使一类官职；他们对唐代官场生涯是有深刻体验与认识的。沈既济的《枕中记》实质上主要是借梦境写封建士人的宦海浮沉，它叙述士人卢生枕着道士吕翁给的一个瓷枕，在甜蜜的睡梦中享尽功名富贵的故事。在唐代，婚姻讲究门当户对，当时规定可互为婚配的海内第一高门为崔、卢、李、郑、王五大姓。卢生不但与出自财势门庭显赫的崔氏成婚，而且考中进士，飞黄腾达，官至宰相，直至年逾八旬病逝。但醒来方知半个多世纪的宠贵不过是一场梦幻而已。这个传奇故事可能会让人感到有富贵如烟、荣华易逝、人生如梦的消极意味，但实质意向是暴露与讽刺唐代官场中的世态人情和嘲讽士人总企图登浮官场追逐功名富贵的痴心妄想，既是对唐代“在野”士人普遍的梦想登浮官场的灵魂状态的暴露，也是对“在朝”士人的宦海浮沉的一般命运的艺术写照。李公佐的《南柯太守传》实质上也主要借梦境写封建士人的宦海浮沉，它叙述游侠之士淳于棼醉卧入睡后，梦见自己被招为大槐安国驸马，就单靠这种特殊裙带关系，他被拜为南柯郡太守，成了独手专权的地方“土皇帝”，荒淫无耻地享受了二十年官显位崇的官场生活；但未料此后他却因突然遭到国王疑忌而被强行遣送回老家，因而权势丧尽，乐极悲生。梦醒之后，他对那段美梦中的驸马与太守的生涯仍耿耿于怀，因此心急如焚地在庭院里东寻西找，结果发现所谓的大槐安国实为自家宅南古槐树下的一个大蚂蚁穴，而且当晚所有的蚁穴、蚁窝、蚁群，均被一场大风雨冲刷得精光。这传奇故事及其结局，意在说明那些好交游、重信义、抱不平、救人难、轻生死的游侠之士，只能凭梦过官瘾，其官运叵测，宦海浮沉如在短暂的一梦之间。这是对唐代追逐权利、醉心功禄、痴心名位者的险恶官运与命运的写照，也是对那些梦寐引颈宦海、想入非非的士流的嘲讽与警戒。官场黑暗，官路狭窄，毕竟青云腾达者少，抱憾临终者多。从这种既梦入官场又梦醒官场，既想享受荣华富贵又视荣华富贵如梦的酸溜溜的矛盾、对立的描述中，可以感受到作者头脑中所接受的儒、道两种意识形态的冲撞和自身在出处、入世、出世方面的复杂、无奈与痛苦的心境。

唐代的代表性“传奇”作品除了突出表达宦海浮沉的主题外，还突出地表达了婚爱的主题。白行简的《李娃传》（原名《汧国夫人传》，汧国，古邑名，址在今陕西省）即集中表达婚爱主题的杰作之一，它写荥阳郡（境在今河南省）郑生赴长安应试时与名妓李娃真心相恋，结果将所带资财耗尽，不得不在长安充当挽歌手（办丧事时为死者唱悼歌的歌手）。当其父因事入长安得知此事后，异常气愤，于是把他毒打得几乎死去。尔后他只得忍辱流落街头行乞；一日大雪纷飞，不料正乞讨到李娃住处；李娃旧情依依，痛心不已，毅然赎身随之，并激励他重新奋志应试；最后郑生功成名就，被授予高官，李娃也被封为汧国夫人，终成显贵夫妻。在封建时代，婚姻制度极重门第，虚伪残暴的封建家长常常因此桎梏着儿女的婚爱自由；按唐代婚配的规矩来说，李、郑都是可以互攀的大姓，但在郑生父亲看来，由于李娃本人已沦落为社会底层的低贱者，已丧失门当户对的门第条件，因而是绝对不允许入郑门为妻的。白行简此篇名作的思想基调异常鲜明：同情、歌颂郑生与李娃的婚爱，暴露、谴责封建家长的虚伪和残暴，突出地表现了强烈反对以父母之命和门第高低为婚姻戒律的反封建的意识形态倾向。裴铏的《传奇》是代表晚唐传奇小说艺术风格的一部集子，可惜原书已失传，《太平广记》（北宋李昉等编辑的小说总集，其采录自汉至北宋初的小说、笔记、稗史等 475 种，保存了大量古小说资料；李昉，北宋文学家，曾中进士）等书中存有佚文，今有郑振铎辑本传世。其中的代表性名篇《昆仑奴》也表达婚爱的主题。它描述崔生与歌妓红绡的婚爱故事，红绡本是民间富家的闺秀，但被唐朝一位一品大臣倚仗统率兵马的权势夺来并强迫她充当私家的歌妓，受尽屈辱；后来另一富家有位名叫崔生的公子与她相恋，由于一品大臣的家门守禁森严，十重院墙，猛犬守门，甲士防卫，因而只能相思而不能相会；最后是崔生家那位武功超群、身怀绝技、智勇双全的老仆人“昆仑奴”（名磨勒）潜入一品大臣宅院，背负红绡“飞出峻垣十余重”，终于拯救出红绡，使有情男女结为眷属。这是富有传奇性、浪漫性的爱情故事，情节奇特，想象力强，惊险有趣。它暴露了唐朝官吏的骄奢淫逸，赞颂了老仆人的侠肝义胆和青年男女的婚爱自由，表现出反抗官吏压迫、追求自由幸福的意识形态倾向。

唐代传奇小说标志着中国小说艺术出现了首次飞跃，中国小说创作进入了自觉期。昔日小说的神怪境界只是间接地触及人生世界，而唐传奇则更直接地着重表现人生世界了，而且表达了封建时代现实人生世界中的一些基本主题，上述四部唐传奇代表作揭示的宦海浮沉主题是从当时封建官场中提取的，婚爱主题是从当时芸芸众生的社会阶层中提取的。士人怀才不遇，潦倒失意；臣子忽而见疑，官运险恶叵测，欲加之罪，何患无辞；青云直上者少，抱憾终生者多；一时趋炎附势，投机走红，最终仍将如梦，空空如也；这些都是当时封建时代黑暗官场的普遍现象，都与宦海浮沉的主题相关。而封建礼规、父母之命、门当户对的门阀等级，则是封建时代阻隔男女婚爱自由的难以逾越的沟堑；封建权贵和官吏的仗势胡作非为也是制造男女婚爱悲剧的重要原因，也是封建时代人生世界中的普遍现象和基本主题。其现实人生气息明显增浓，社会意义得以增强。同时，它们强化了小说艺术的基本特征，故事性增强，故事情节由往昔的粗简而走向细曲，由往昔的梗概型而趋向完整型，有的故事情节已给人波澜起伏的艺术享受；并已开始自觉以勾画人物形象为主，虽然志怪遗风尚存，但人物主角已由神怪换成活人，由记录传闻异事的略写人物而走向了以曲折情节描画人物为主，虽然有的人物显示出类型化的弱点，如《枕中记》中的士人卢生之类人物，但有些人物的性格特征已相当鲜明生动，如李娃、昆仑奴磨勒等；它们的表现艺术水平也有提高，叙述简练，情致婉转，文学味增浓，使中国小说艺术由远未成形而开始走向成形；虽均系短篇传奇，尚无巨制，但已初具艺术规模，成为显示中国气派、中国风格的小说艺术成就和影响未来中国气派、中国风格的小说艺术发展的重要里程碑。

5

宋元话本小说是标志中国小说史程由古代文言小说发展到古代白话小说的里程碑。

在宋元两代，于文学领地占据首要席位的分别是词和杂剧。词于宋代进入鼎盛期，婉约和豪放两大派都有出色的创造；其中以苏轼、辛弃疾为佼佼者的豪放派词人的成就更为突出，如苏轼的《念奴娇·赤壁怀古》和辛弃疾的《破阵子·为陈同甫赋壮词以寄之》等，都以表现出不凡的志向与胸襟而流传于世。在元代，新兴的杂剧的成就首屈一指，因杂剧是使用北曲演唱的戏曲形式，故有人亦称元杂剧为元曲；每本杂剧通常分为四折，每折用同一宫调的若干曲牌组成套曲，由于曲牌各异，演唱起来异常动听。其中，关汉卿的《感天动地窦娥冤》（简称《窦娥冤》）和王实甫的《崔莺莺待月西厢记》（简称《西厢记》）成为享誉古今的元杂剧的杰出代表。

从小说艺术发展史程来看，至宋元时代小说艺术有了重大变化。自宋代起，中国古典小说潮流已明显分成文言和白话两大流向；宋元话本即是白话小说流向的显著标志。宋元话本是宋元时代民间艺人说唱故事时所依据的底本；当时的市井小民（城镇平民）、小商贩、小手工业者以听说唱话本作为一种消闲娱乐的重要方式。用小说观念论，这些话本就是从古代民间流行的口头说唱艺术兴起的古代白话小说，它们在中国小说艺术发展史程上树立了新的里程碑。其中，讲史话本最为突出。宋代的《新编五代史平话》（简称《五代史平话》）为讲史话本的主要代表作之一。平话是与诗话、词话对举而称的，是只平铺直说而不演唱的一类话本。五代指唐朝灭亡后，封建政权在中原先后频繁更迭的一段历史时期：公元907年，朱温（属今安徽人）于公元907年代唐称帝，在今河南开封建都，立国号梁，史称后梁；由此中国历史上在短短的52年间，走马灯式地出现了后梁、后唐、后晋、后汉、后周五代，直至公元960年，才为宋朝重新统一。《新编五代史平话》即讲述五代兴亡的历史故事。每代平话各自独立，断代成书，成为系列讲史话本小说。元代的《全相平话五种》也是讲史话本的主要代表作之一，所谓“全相”，即全都附有插图的一类话本。其中有一种《武王伐纣书》，讲述武王伐纣灭商的历史故事：商朝纣王残暴无道，整日只知宠爱妃子妲己，九尾狐化身的妲己不劝纣王为善，反助纣王为虐，因此许多忠良被无辜惨杀，生灵涂炭，怨声载道；于是武王麾师讨伐，大败纣军，并将纣王活捉处死，灭商而创建了周朝。还有一种《秦并六国平话》，讲述秦始皇并吞战国时代割据称雄的齐、楚、燕、韩、赵、魏六国而创立秦朝的历史故事。另一种《三国志平话》则讲述魏、蜀、吴三国的兴亡史。这类长篇讲史话本，用小说观念来说，就是初具规模的以古代口语为基础的白话长篇历史小说。

鲁迅先生说宋元话本的出现“是小说史上的一大变迁”（见鲁迅《中国小说的历史的变迁》，《鲁迅全集》第9卷第319页，人民文学出版社1981年版）。从中国小说艺术发展史的视角看，以宋元话本为标志的古代白话小说的出现与兴起，是中国气派、中国风格的小说发生巨变的重大艺术现象之一，它们为开拓中国古代小说的新局面做出了独特贡献。就艺术水准的单一角度说，艺术史程并非总是处在直线上升状态的，而往往表现出相对的或高或低的曲线起伏状态；但从思想、艺术、内容、形式辩证统一的整体角度说，艺术总是在不断地变化与发展着。虽然宋元话本小说的艺术水准尚未及精湛，但它们却是中国以口语为基础的白话小说开始兴起和预示中国古代白话小说将要崛起的显著标志。它们继承了中国小说艺术的传统，保持了唐代传奇小说重故事性、情节性和人物形象描画的基本特征。于其叙述中虽杂有一些浅近文言，但大体系以接近当时口语的通俗语言修订而成，表明中国小说艺术已由运用书面文言的语言形式发展到了主要运用接近日常口语的语言形式。这是中国小说艺术的重大革新与发展，具有开创中国小说新纪元的性质。其所述多为底层庶民喜听之历史故事，使小说与社会底层的广大普通人有了更广泛接触，其发展更趋向大众化、社会化了，因而在下层广大人群的心目中占据了地位，进一步从广阔的社会面上向诗文长期尊霸的文化现象进行了挑战，为中国小说艺术飞跃至元末至明清的古代白话小说的高峰阶段积累了艺术经验，在形成中国小说气派、小说风格上具有独特地位。

6

明清章回白话小说是中国小说发展史程中杰出的里程碑。

中国小说的流程，自发源中国远古人口头讲故事以及远古神话传说之后，流经了志人、志怪小说，唐代传奇小说，宋元话本小说诸区段，终于汇聚成明清长篇小说的大潮，这是中国古代小说的鼎盛期。

明清章回小说普遍采用章回形式。章回源自宋代讲史话本，至明清时代定体，并趋于繁盛，且至今仍有人沿用，成为中国小说艺术的一种重要民族形式。所谓“章”“回”，皆指小说故事情节的一个段落，亦即整部小说均以章回为段落；每章回立出标题，概括本章回之故事内容，一般好用对偶韵语（如《红楼梦》第 41 回“贾宝玉品茶栊翠庵　刘姥姥醉卧怡红院”），每回往往叙说一段相对完整的故事，并使之与前后回有一定连贯性，末尾还常重复悬念句："欲知后事如何，且听下回分解。"这样，整部小说的章回既相对独立、整齐，又相互连贯，故事完整，颇适应大众接受习惯，富有魅力，令人手难释卷或掩卷难舍。

在明代，章回白话小说的杰出代表作是《三国演义》《水浒传》《西游记》。"演义"是古代章回小说的一种样式，它同"史"联系在一起，多以某正史记载的史迹、史料为素材，在长期广泛流传的基础上由文人加工而成，大多叙述战争和兴亡的历史故事。在中国长篇历史小说史上有开山意义的罗贯中（生卒年不详，祖籍太原，实际生活地属今浙江杭州）的代表作《三国演义》（又名《三国志通俗演义》《三国志演义》），即是这类小说的代表。它叙述从东汉王朝垮台到天下归晋的兴亡史，着重全面再现三国历史时期曹操、刘备、孙权展开的复杂、尖锐的政治、军事斗争，塑造了奸雄曹操、仁君刘备、忠诚多谋的文臣诸葛亮、刚勇重义的武将关羽等人物形象，显示了"拥刘反曹"的封建正统的意识形态倾向。施耐庵（生卒年不详，属今浙江杭州人）最后编撰定的《水浒传》也是标志明清章回小说里程碑的巨著。北宋以来，梁山泊（在今山东梁山、郓城等县间）常被农民起义军当作根据地，相传在北宋宣和初年（时为北宋末年，宋徽宗赵佶在位末期），宋江起义后也曾屯聚于此。《水浒传》以宋江起义的史迹为基本题材，描写当时的农民英雄们由受压迫、受迫害、受欺辱，到复仇，到聚义，再到受招安被瓦解而最终失败的悲剧历程，着重讴歌了梁山泊农民英雄们的起义壮举和起义事业，塑造了天不怕地不怕的李逵、扶弱锄暴的武松等敢作敢为的古代英雄群像，显示了乱由上作、官逼民反、逼上梁山的强烈的反封建压迫、反封建统治的意识形态倾向。同时显现出了卓越的艺术水平，在个性鲜明的人物形象塑造艺术和采用丰富、生动、富于表现力的艺术语言方面，对后世的影响深远。长篇神话巨著《西游记》也是明清章回小说杰出里程碑的重要标志，其著者为自幼喜爱神话故事的明代小说家吴承恩（属今江苏淮安人），着重记写唐代取经事件的艰难过程：公元629年（一说627年），唐朝青年和尚玄奘（本名陈祎，俗称唐僧，佛教学者，旅行家，属今河南偃师缑氏镇人）鉴于国内佛学歧议颇多，难以定论，因此西行赴天竺（今印度）取经，历时十七年（一说历时十九年）；此后取经故事即广泛流传，并在广泛流传中不断得到丰富，《西游记》即在历代民间创作的基础上编撰加工而成。通过大闹天宫和取经途中斩妖除怪的一系列神奇故事，突出地塑造了凝聚着古代人类斗争经验、智慧和斗争精神的神话英雄孙悟空的艺术形象，在高度艺术想象中创造的富有象征社会意义的神话艺术世界中，充分显示了蔑视封建时代神权、皇权和邪恶势力的意识形态倾向，是构成杰出里程碑的富于积极浪漫精神的巨作。

在清代，标志中国小说发展史程杰出里程碑的章回小说代表作是《儒林外史》和《红楼梦》(原名《石头记》)。《儒林外史》为清代小说家吴敬梓（属今安徽全椒县人）的传世名作，着重揭露备受封建科举制度摧残的各种类型封建士大夫的人生与灵魂的状态，嘲讽封建科举取士制度和封建礼教制度的虚伪、丑恶与腐朽，为题材内容独特的中国古典讽刺小说的杰出代表作。《红楼梦》则是中国小说发展史程杰出里程碑的显赫标志，集中描写全书中心人物贾宝玉的婚爱悲剧，包括贾宝玉同林黛玉的爱情悲剧和贾宝玉同薛宝钗的无爱婚姻悲剧；围绕婚爱悲剧展示封建贵族家族的没落、腐败和封建社会的崩溃、灭亡的大趋势；同时粗细不等地刻画了王熙凤等数百个人物，突出地塑造了具有鲜明的叛逆思想性格和浓重悲剧色彩的贾宝玉形象；贾宝玉对林黛玉的发自肺腑的真诚的爱遭到了无情摧残，虽然他决计不充当贾氏家族的继承者，极力背叛封建贵族的人生归宿与否定封建礼教的桎梏，但最终未能超越时代所决定的悲剧命运，显示出复杂的封建与反封建的意识形态。同时其在小说表现艺术上具有集大成意义，是标志中国古典小说现实主义成就高峰的鸿篇巨制。此外，还有蒲松龄

（属今山东淄博人）的名著《聊斋志异》。鲁迅说“蒲松龄复拟传奇文记狐鬼”，其属“清之拟晋唐小说”（引文均见鲁迅《中国小说史略》，《鲁迅全集》第9卷《目录》第4页，人民文学出版社1981年版）。它创造性地融合了晋志怪和唐传奇的小说艺术，系模仿、借鉴过去时代的艺术形式与风格的拟古之作。同时它属文言短篇小说集（合计文言短篇近五百篇），为文言小说之继续发展，然文言之总趋势毕竟在走向消失，因此虽然它在整个中国文学林苑中享有突出地位，但置于中国小说艺术发展历程中考察，却不及上述章回白话小说的重要地位。

总之，至明清时代，中国小说发展史程中树起了杰出的里程碑。《红楼梦》等对后世影响深远的章回巨著，代表了中国古典小说的高度艺术成就；中国小说文体真正赢得突出的文学史地位乃始于明清时代，诗经、楚辞、诸子散文、史传散文、唐诗、宋词、元曲，而后至明清时代才突出了小说文体的文学史地位；以叙事为主和有情节有人物塑造的小说体裁，不仅打破了诗文长期尊据文学领地的局面，而且由往昔不登大雅之堂的卑微地位而跃居为显要席位；它们内容丰富、深厚，结构宏伟、完整，故事情节波澜起伏，引人入胜；它们在特定的历史、时代、社会和复杂的人生环境、人际关系中，塑造了众多的形形色色的人物形象；由于特别注重各类人物独特性格的刻画，因而留下了许多令人掩卷难忘的艺术典型；它们以多姿多彩的写实笔法或浪漫笔法，用经过提炼的浅近、流畅、生动的白话或经过锤炼的接近白话的书面语言展开文学性描写，成为体现中国小说艺术传统、艺术气派、艺术风格和小说艺术基本规律的对中国小说艺术的发展具有深远影响的重大艺术成果。

7

近代小说是中国小说发展史程中特殊的里程碑。

此段自公元1840年鸦片战争至公元1919年五四运动前夕的近八十年的小说史程的社会背景具有特殊性，中国社会的性质发生了根本性的演变。至晚清，闭关自守式的大清帝国的封建独立已经瓦解、丧失，西方列强纷纷阴谋侵略、瓜分中国，在洋枪洋炮的进攻下，中国社会已由封建社会沦为了半殖民地半封建性质的社会。在此期间，不同性质的风潮迭起，其中有农民革命（公元1851年1月11日洪秀全发动、领导的太平天国革命）、禁烟运动（以林则徐为代表的查禁鸦片的运动）、抵抗侵略的斗争（以广州近郊三元里民众的抗英斗争和天津的义和团运动为代表）、洋务运动（以清王朝议和派和洋务派首领李鸿章为代表）、改良主义风潮（以康有为、梁启超为首要代表于戊戌年1898年掀起的维新变法运动）、旧民主革命风潮（以孙中山、黄兴为代表），这些在内忧外患日益深重的近代一次次掀起的重要历史风潮，表明中国近代的社会矛盾与斗争、民族矛盾与斗争已经日益激化、尖锐化、复杂化，社会危机、侵略劫难、亡国祸殃日益深重，这便是近代小说兴起的复杂的特殊的时代与社会背景。

在这种内忧外患日益深重的复杂的特殊背景下，中国小说的社会地位、社会功能明显上升，小说已被视为具有重要社会地位、社会功能的文体。它不仅在一般的社会人群的心目中享有地位，而且在学界、政界人士的心目中也已享有前所未有的重要地位，尤其是清末改良派有意从改良功利的极端出发，极力强调小说对于改良政治和改良社会的功能。改良风潮的第二号人物梁启超力倡“小说界革命”，曾专论“小说与群治之关系”，强调“小说为文学之最上乘也”，指出：“欲新一国之民，不可不先新一国之小说。故欲新道德，必新小说；欲新宗教，必新小说；欲新政治，必新小说；欲新风俗，必新小说；欲新学艺（‘艺’指手艺、工艺、园艺，是技能、技术之意），必新小说；乃至欲新人心，欲新人格，必新小说。”（引文见梁启超《论小说与群治之关系》，始载1902年《新小说》月刊创刊号）在梁启超特定的审美需要中，小说是与现实政治社会、与现实政治目的密切关联着的，他看重小说的政治功能、改良功能、教化功能，认为小说可以作为从事政界斗争和实现自己改良主义政治主张的重要武器和助手。这种从“改良”的基点出发而强调小说社会化、政治化、武器化的理论，虽然并不那么圆满，但是小说被梁启超这种有影响的学、政两界人士所青睐与提倡，表明其社会地位与社会功能确实提高了。同时在近代已形成可观的小说林、小说界，相继创办了一些颇有反响的小说刊物；由小说抄本、刻本到有目的地创办专刊，由志在小说创作的个体小说家的出现，到聚集成有影响、有声势的小说林、小说界，也是小说社会地位与功能增强的表现。就小说专刊而言，诸如梁启超于公元1902年创办了中国最早的小说专刊《新小说》月刊，并亲自担任主编。公元1903年李伯元主编了《绣像小说》期刊（每回小说均据故事内容描绘相应的图像的一类小说期刊），并在首期中指出“欧美化民，多由小说”（参见《中国大百科全书》《中国文学》卷第2卷第1111页，中国大百科全书出版社1988年版）。特意强调小说的“化民”功能。公元1906年以吴趼人（即吴沃尧，号趼人，祖籍属广东佛山市，生地北京）为总撰述的《月月小说》创刊，其宗旨也在借小说的宣传教育功能去改良现实社会。公元1907年黄人主编的《小说林》发刊，其在发刊辞中说：“小说者，文学之倾于美的方面之一种也。”（参见《中国大百科全书》《中国文学》卷第2卷第1086页，中国大百科全书出版社1988年）特意指出小说的审美特性。在近代，小说已开始广泛受到政界、文化界乃至社会各界的重视，这种社会地位、社会功能的明显上升，亦可视为近代小说里程之特殊性。

近代小说品种较多，如有被称为“侠义小说”“狭邪小说”“黑幕小说”“政治小说”等的各种类别。较知名的长篇侠义小说有《三侠五义》，其前半部主要叙述北宋包拯（世称“包公”）审案的故事；后半部主要叙述有武艺、讲义气的侠客除暴护官的故事，是“清官”题材内容和“侠客”题材内容的合一；社会底层的人们之所以传诵此类故事，乃因于其中寄寓着要求申冤、雪恨、除暴的情绪；但就其实质而言，它歌赞官府的清官和护官的侠客，在很大程度上等于歌颂与维护封建皇权统治密切相关的“忠义”之举，是含有保皇性的意识形态的另一种形式的表现。所谓“狭邪”小说是着重写妓女或花旦的生活内容的一种小说；清代自乾隆以来，达官名士、王孙公子招梨园花旦陪酒助乐之风颇盛，以现代俗语说就是同性恋的世风盛行；清代陈森（属今江苏常州人，清代道光年间寓居北京）的知名长篇小说《品花宝鉴》（六十回本）即着重叙述贵族公子梅子玉同男旦杜琴言同性相恋的病态生活，是清代自所谓“乾隆盛世”以来就整个世风日下而陷于丑态、病态、衰态的反映。所谓“黑幕小说”是指那种以人世间的“秘史盗案”为题材内容的小说，如云某小姐风流隐私，某姨太秘密史迹，某盗案之奇巧绝伦之类，其代表集为《中国黑幕大观》；虽然由其所罗列的情节中可见近代社会的诸多丑恶现象，但大体有庸俗之嫌。所谓“政治小说”即与政治的内容与斗争相关的小说，如静观子（笔名，真名不详）的政治小说《六月霜》，集中描写旧民主革命志士秋瑾（属今浙江绍兴人）于 1907 年 7 月 15 日就义前后从事旧民主革命的人生事迹。上述小说品种较多，内容亦较复杂，可谓杂有“正负”性质之异。

近代小说的主要创作成果是谴责小说，它们着重暴露晚清官府的腐败政治和社会黑暗现实，重在表达改良主义的政治愿望与主张。主要代表作有《官场现形记》《二十年目睹之怪现状》《老残游记》等。《老残游记》

（共二十回）的作者刘鹗（属今江苏镇江市人，崇尚西学，对医学、数学、水利均作过研究）虽然对晚清残败的政局不满，但持“扶衰振敝”、维护清廷专制的改良主张；由于他早年科场落榜，仕途受阻，因而曾外游行医、经商，《老残游记》即记写被人称为“老残”（别号“老残”，实名铁英）的医生在摇铃行医中的见闻，其行踪所至，无不见晚清官吏大施暴政，突出地暴露了所谓的“清官”滥用权势制造冤案冤狱的罪恶行径；如书中写及曹州府（辖境大部在今山东境内）有一个名叫玉贤（全书主要人物之一）的知府（州一级的行政长官），朝廷喋喋不休地把他吹捧为“功绩”卓著的“清官”，但实际上在他把持曹州府不到一年的时间里，仅衙门里的12个站笼（即立枷，笼顶开有圆孔，套在颈部，使人昼夜直立，以致疲劳过度而死；或于套枷时在脚下设置垫物，套定后抽去垫物，使人悬空至死）便活活整死了两千多人，其中九分半是无辜的老百姓。晚清衙门的所谓“清官”是假，而肆无忌惮地虐害、枉杀无辜的“酷吏”是真，“暴政”是实！《二十年目睹之怪现状》的作者吴沃尧憎恶腐败无能的晚清官府，愤恨官吏胡作非为的晚清现状，主张“维新”以“救世”；《二十年目睹之怪现状》即此种政治意识的形象表现。它通过别号为“九死一生”的主人公在二十年间所见所闻的二百来件怪事，广泛揭露以官场为中心的晚清社会的黑暗与丑恶。如它开篇就写“贼扮官”和“官做贼”的怪事，实质上就是斥骂晚清官吏为盗贼，指出晚清官场中的“官”和“贼”是一码事，是串通一气为非作歹的一伙。就暴露晚清官场、谴责晚清官吏而言，李宝嘉（祖籍属今江苏常州市，后迁居山东）的《官场现形记》更有代表性。它的特点在于力图全面暴露与谴责晚清官场中大小官吏的腐败面目和丑恶行径。书中写及在当时操纵官场实权的最高统治者慈禧感叹说：“通天底下一十八省，哪里来的清官！”这实际上是小说作者借慈禧的嘴所说出的话，意谓晚清官府上上下下、大大小小，包括慈禧在内，全是贪官污吏！其中有一个被称为“华中堂”的人物，他在清廷军机处任军机大臣；军机处是辅佐皇帝处理军国要务的要害部门，可以用奉“谕旨”（皇帝的命令）的名义对各部门、各地方的官吏发布命令的权威机构，可见他占据的官位、官职的显要。然而他却不做任何一件好事，而只仗着手中的权势，在京城以开古董店的名义，干着专营买卖“官缺”的生意。身居要位的“华中堂”是清廷中的“上梁”之一，上梁不正下梁歪，晚清上下大小九品十八等官吏的腐败、作恶可想而知！显然，近代谴责小说有两大思想倾向、两大基本主题，就是暴露和改良；它们是以“改良”“补天”的动机去从事暴露与谴责的。

总而言之，近代小说的主要价值在暴露方面，而其改良的思想倾向则是它们的保守性、局限性所在。在封建制度统治下的改良，不可能挽救中华民族的危难，不可能开辟新的强国道路。在艺术形式上，虽然它继续废文言，崇白话，并继承了章回小说的艺术传统，大多故事曲折，语言晓畅，但相对而言，或嫌粗糙，或嫌说教，体现出石多玉少、莠盛良弱的衰微现象。

亘古不变的事物是没有的，发展变化是事物的常规，犹如云聚云散、潮起潮落都是合常规的现象一样，小说艺术的峰谷交替也是合乎常规的。中国古代白话小说自宋代分流出来之后，经过明清时代的高峰期，至近代则以相对衰落的态势而基本终结；而后又发展到较高水准的现代白话小说阶段。

8

现代白话小说是中国小说发展史程中新型的里程碑。

现代小说史程是指 1919 年五四运动到 1949 年新中国成立前夕的三十

年的小说史程。较之近代，中国现代的历史条件有了若干根本性的新变化。以孙中山、黄兴为代表的旧民主革命者，凭借与工农、市民、小知识分子的同盟力量而掀起的辛亥革命瓦解了清廷统治，结束了中国沿袭两千余年的封建君主专制；虽然中国依然处于半殖民地半封建性质的社会，但以 1919 年五四运动为开端，即进入了新的历史时代；在 1931 年九一八事变后，面对日本帝国主义穷凶极恶的侵略，民族矛盾上升，新的民族民主革命的怒潮不断席卷中国大地。大革命、土地革命、抗日战争、解放战争等历史事变，都是中国迈入现代较短的新的历史进程中震惊世人的重大历史事件；而总的现代历史演进大趋势，则是人民革命在挫折中日益壮大，中国的社会性质、政权性质日益向有利于被压迫被剥削的民众的一方转化。现代小说就是在这种新的历史时代条件下，植根于中国复杂社会的土壤上，于五四文学革命的紧锣密鼓中诞生与兴盛起来的新型白话小说。

从总貌上看，现代小说史程一般相对地简分为第一个十年（从 1919 年或 1918 年至 1927 年，实际不足十年，这是概数），第二个十年（从 1927 年至 1937 年），第三个十年（从 1937 年至 1949 年，超过十年）。其头十年以鲁迅的小说创作为最大实绩和最高成就。第二个十年是现代白话小说成果突出的时期，以茅盾、巴金、老舍、叶圣陶的小说创作实绩和水准为代表。第三个十年明显地分为蒋管区和解放区两大小说界，在解放区小说界，通常以赵树理的小说创作方向和实绩为代表，尚有周立波、丁玲、孙犁等的小说创作实绩也具有一定代表意义；在蒋管区也有被公认的杰作问世，如老舍于 1944 年至 1947 年间创作的巨著《四世同堂》等。这是现代白话小说新里程的概貌。

相比而言，中国现代小说里程有三大与众不同的显著特征：

一是显现出有组织地从事小说创作活动的显著特征。在近代的所谓“小说林”“小说界”，仅是围绕着小说专刊的主编者或总撰述者出现的，而非真正的文学组织形式；而至现代，创作常以有组织有计划的集体形式出现，小说家从事创作的自觉性、组织性、目的性空前强化。在自五四运动到抗战爆发后的年代里，许多小说家先后围绕着文学研究会（1921 年 1 月 4 日于北京成立，1932 年停止活动）、创造社（1921 年 7 月由在日本留学的郭沫若、郁达夫等在日本东京宣告成立，1929 年 2 月 7 日被封闭）、中国左翼作家联盟（1930 年 3 月 2 日在上海成立，1936 年春为适应民族抗日救亡的新形势而自行解散）等文学组织及其主办的刊物从事小说创作。文学研究会的主要会刊《小说月报》以刊载小说为主，其会员茅盾、叶圣陶、冰心、老舍都成为现代著名小说家。创造社中写小说的成员以郁达夫的创作实绩最为人称道，他的小说集《沉沦》（以描写不幸的小知识分子为主）于 1921 年 10 月首版至 1930 年，重印达 12 次之多，影响广泛，曾震动当时海内文坛。尔后，不同流派的小说家大多围绕“左联”从事创作活动，鲁迅、茅盾、郁达夫、丁玲等均为成就卓著的“左联”重要代表。在全国抗战爆发后，小说家们则大都投身于文艺界抗日民族统一战线的组织内从事创作活动；抗战胜利后，又在创建新中国的号角声中和旗帜之下更自觉地从事创作。尊重创作的个体和个性的有组织的小说创作成果，对中国现代小说里程碑的建树做出了杰出贡献。

二是在现代小说里程中造就了一些颇有影响的小说大家。鲁迅、茅盾、巴金、老舍等的一些优秀小说代表着中国小说现代史程的杰出成就。其中鲁迅最早自觉地以现代白话小说为反封建的民主革命呐喊、助威。他在五四运动爆发前一年，就以现代白话短篇小说《狂人日记》（载于 1918 年 5 月号《新青年》杂志上，中国现代白话小说的首篇）深刻地揭露封建礼教“吃人”的本质，成为现代白话小说的首创者。此后相继出版了《呐喊》《彷徨》《故事新编》三部小说集，其所涵纳的历史内容、社会内容、人生内容十分深广，但主要在于突出地反映辛亥革命前后到大革命前的历史时代的中国社会现实，尤其致力于反映这一特定历史时代中国农村社会的破败状貌和农民的痛苦命运，这是鲁迅小说创作所肩负的主要时代使命和鲜明的时代性。他最著名的小说代表作《阿Q正传》里的阿Q，以及《祝福》里的祥林嫂、《故乡》里的闰土，都是生活在那特定历史时代的深受压迫的心在滴血滴泪的惨痛农民的典型；农家子弟闰土由活泼而至麻木的变化，是在那特定历史时代深受内外强加的种种灾难和痛苦摧残的恶果；善良的农村妇女祥林嫂被一步步逼上死路的悲惨人生，是对那特定历史时代的封建制度与封建势力残酷摧残的血泪控诉；处在那特定历史时代辛亥革命氛围中的总喋喋不休地说自己是“胜利者”的雇农阿Q，同样从物质到精神都受到惨重摧残而终未摆脱被杀害的牺牲品的人生命运；鲁迅笔下的处于那特定历史时代的中国农民，是尚未摆脱沿袭几千年的封建精神枷锁、封建统治枷锁和尚未寻找到人生出路的农民，这种特定历史时代使命的出色完成，是现代现实主义高度水平和现代小说新型里程碑的突出标志。茅盾也是标志现代小说新型里程碑的小说大家，他在“左联”期间以充沛精力创作的《子夜》《林家铺子》《春蚕》被视为他小说创作的著名代表作；作为现代长篇小说创作名匠之一，他先后创作了反映辛亥革命至五四运动前的历史状态的《霜叶红似二月花》，再现五四运动至1925年五卅运动时期的历史动态的《虹》（未竟之作），描写大革命失败后小知识分子群体的生活状态和精神状态的三部曲《蚀》（由《幻灭》《动摇》《追求》三部中篇组成），展现20世纪30年代上海市民族资产界状况的《子夜》，反映抗战年代生活的《第一阶段的故事》、《走上岗位》（未竟之作）、《锻炼》、《腐蚀》（反映抗战后期重庆的险恶政局）等长篇小说，这一系列创作表明他在现代小说史程中以用长篇小说形式反映自辛亥革命到抗战年代的历史面貌为主要特色和时代使命；其中尤以《子夜》（30余万言）最为著名，其运用现实主义创作方法，突出地塑造了民族资产者吴荪甫的典型形象，显出了他长于刻画民族资产者形象的创作特色与功绩，同时借小说形式剖析与洞察了中国社会的发展前景，揭示了在半殖民地社会中的中国民族资本界只有破产的结局，在当年的世界环境中，列强资本和中国买办资本不容许中国民族资本获得生路；《子夜》也是现代现实主义高度和现代小说新型里程碑的突出标志。巴金虽然没有直接加入“左联”，但鲁迅说巴金是“在屈指可数的好作家之列的作家”（见鲁迅《答徐懋庸并关于抗日统一战线问题》）。他的处女长篇《灭亡》（着重描写封建军阀统治下的小知识分子的苦难与抗争），他最喜爱的长篇《爱情三部曲》（包括《雾》《雨》《电》三部），他正式集中精力创作的长篇《激流三部曲》（包括《家》《春》《秋》三部），以及他在抗战末期写的中篇《寒夜》（通过汪文宣、曾树生夫妇的人生悲剧，显示在战争年代人们普遍经受的苦难），都是产生过反响的现代小说名作。尤其以《激流三部曲》中的《家》更为著名和更有影响，它通过描写以高老太爷为首的高氏家庭的内幕，揭示现代封建家族的没落、崩溃以及家族内部青年一代的分化、觉醒与成长，显示了“五四”新时代潮流的威力；高氏家族中的高觉慧不断以自己接受的新思潮向封建家族制度发起强烈冲击，热烈追求新的生活理想和人生道路，鲜明体现了“五四”时代的民主精神；巴金的现代现实主义高度更突出地体现在塑造反抗封建家族制度的民主青年形象上，这是他对树立现代小说新型里程碑所做的独异贡献。老舍在现代文坛上也以用主要精力创作长篇小说著称，他在加入文学研究会的 1926 年，即完成了《老张的哲学》《赵子曰》两部长篇小说，尔后又一部紧接一部地创作了《二马》《猫城记》《离婚》《牛天赐传》《骆驼祥子》《四世同堂》《鼓书艺人》等长篇，产量惊人。其中《骆驼祥子》《四世同堂》更为知名，《四世同堂》分《惶惑》《偷生》《饥荒》三部（共百万言），全面再现日寇侵华年代北平沦陷后各阶层市民的苦难生涯与艰苦抗争的状况；《骆驼祥子》描写人力车夫祥子在苦难人生的反复挣扎中，屡遭打击、失败以至毁灭的命运，是旧时代京城贫民人群惨痛人生悲剧的反映；老舍的现代现实主义高度和独异性，突出地体现在擅长描绘京城市民社会风貌和刻画街头巷尾的苦难市民形象方面。此外，还有叶圣陶的长篇小说《倪焕之》，着重描写小学教员倪焕之由信奉教育救国论到盼望投身时代洪流的斗争实践中去的艰难历程，表明处在半殖民地半封建时代里的小知识分子群体，虽然肩负不起开路先锋的历史重任，但他们无不在困苦中热切地盼望和寻求自己的生路与出路。叶圣陶以塑造教育领域小知识分子形象而显示现代现实主义高度和应有地位。还有冰心的问题小说，如描写两种家庭生活方式和提出改良家庭生活的人生问题的短篇小说《两个家庭》等。还有沈从文以中篇小说《边城》为代表的湘西乡土小说等，都是现代小说新型里程碑的标志。上述小说家不仅在当年负有盛名，而且在20世纪后半期的小说家群中负有众望；他们积累下的艺术经验，影响过20世纪后半期成长起来的许多小说家。

三是在1942年后（亦即毛泽东发表《在延安文艺座谈会上的讲话》后）描写新的人物、新的世界的小说在抗日根据地和解放区盛行起来。这是在现代小说发展里程中及时顺应时代演变大趋势和文学新发展的新小说潮流。诸如马烽、西成合著的歌颂吕梁民兵的英雄事迹和显示人民战争威力的长篇小说《吕梁英雄传》（1945年完成，1946年东北书店出版发行，1952年人民文学出版社再版）；袁静、孔厥合著的歌赞冀中众多农民英雄的长篇小说《新儿女英雄传》（1946年上海海燕出版社初版，1952年人民文学出版社再版）；赵树理的写青年农民在抗日民主政权支持下争取婚爱自主的故事的《小二黑结婚》（1943年发表，1944年华北新华书店出版发行），写抗日民主根据地减租息斗争的《李有才板话》（1943年新华书店出版发行），写以铁锁为首的农民从忍受压迫到争取自己解放的历程的《李家庄的变迁》（1946 年东北书店出版发行）；丁玲的反映华北地区土改运动的《太阳照在桑干河上》（1948 年光华书店出版发行，1951 年获得斯大林文学奖金二等奖）；周立波的反映东北地区土改运动的《暴风骤雨》（1948 年东北书店出版发行，1951 年获斯大林文学奖金三等奖）等，都是 1942 年后解放区小说的重要收获。

现代白话小说的新型里程碑显出了新的格调、新的水平。其主题意识的现实性、战斗性、深广度明显增强。现实人生中的重要课题成为小说家们自觉关注、思考与揭示的重点，为现实人生而创作的意识强化了，封建制度、封建礼教、封建势力“吃人”的主题意识，中国农村社会广大农民的苦难与觉醒的主题意识，中国城市社会包括民族资产者在内的广大市民的命运与出路的主题意识，反抗日寇侵略、抗战救亡的主题意识，知识分子的命运与出路的主题意识，有关人民革命、人民战争的主题意识……其主题的新民主主义革命的意识形态基调日益明显，与民族、祖国、人民的利益的本质联系愈加密切，在民族危难和人民苦难深重的时代环境里显出了战斗性，这种战斗功能的发挥，表明其在时代使命面前没有失职。其人物画廊面目一新。人物主角不是神话人物、神怪人物，或名门士人、清官酷吏、将相谋臣之类；处在社会下层的劳动者已成为艺术殿堂的主角，在小说中被作为主人翁予以重点描写与歌颂，这是现代白话小说里程碑带有首创性的根本的特质之一。其艺术形式和创作方法已趋向多样化，显出了民族化、大众化、口语化的新趋势。特别是 1942 年以后，小说家们多以自觉尊重民族风格和以自觉走工农兵为主体的创作道路与自觉尊重大众的审美志趣及欣赏习惯为荣，使小说创作的民族化、大众化、口语化成了小说艺术的新时尚，开辟了中国小说艺术的新天地。

9

中国小说大致就是如上所述那样，一个时代又一个时代地踏着崎岖的历史道路发展过来的。20 世纪后半期及其后岁月之小说创作共同构成的崭新而庞大的小说里程碑是在深厚的传统艺术根基上建树的。

20 世纪后半期的小说史程始于 1949 年 10 月 1 日新中国成立后。此段小说里程是崭新的。其产生、发展于崭新的时代。时至 1949 年 10 月，中国充满苦难与抗争的历史发生了新的大转折和大变迁，长期遭瓜分、遭战乱、遭奴役、遭屈辱的中国旧时代结束了，崭新的时代来临了，中国开始以新的姿态独立于世界，被当作主人的劳苦大众从内心发出热忱去创造着自己的新事业、新生活，20 世纪后半期的小说史程正是在这种历史完成新的大转折之后，在崭新的充满着激越豪情的欢天喜地的时代旋律之下，伴随着一个个崭新的生活热潮起程并繁盛起来的。其题材、主题、人物的崭新成分显著，形式亦呈现出多样化的崭新的开拓性。综观大体，在题材上，它对古代、近代、现代、当代的漫长而广阔的时代里的众多题材都作过程度不等的描写，已向纵深横广的领域作了新拓展。在主题意识上，既从正面表达了新意识、新思考、新要求，讴歌了包括大公无私精神、奉献精神、牺牲精神、悲壮的英雄精神在内的种种特定时代倡导的新精神，也从负面反思与总结了种种有教训意义的新思想，在相当程度上显示了主题意识的广泛性、深刻性、辩证性、及时性。在人物形象上，它塑造了一大批崭新的人物，旧时代的被压迫与反抗压迫、被剥削与反抗剥削的劳动者的主人公地位，新时代的英雄人物、新型人物的主人公地位，在小说艺术领地里更名正言顺地得到了牢固地确立，既有朱老忠等历史英雄人物，又有梁生宝等处在现实变革激流中的新人物，还有乔厂长等形形色色的新型人物。在艺术形式上，已呈现出探索、尝试、采用多样化的艺术形式、创作方法、表现手法的新态势。所有这些，都是此段小说里程崭新性的表现。

同时此段小说里程已显出其庞大性。整个小说家队伍具有数代同堂的庞大阵容，由各民族小说家群体组成的整个小说家的庞大队伍源源不断地形成多代多梯队系列，一代代生生息息，共同创造着崭新而庞大的里程碑。第一代如赵树理、柳青、周而复、周立波、孙犁、巴金、丁玲、沙汀、康濯、欧阳山、艾芜、姚雪垠等，他们主要在抗日战争和解放战争时代的血与火的战斗环境中锤炼成功，他们的小说创作植根于各自经历的新旧时代、新旧社会、新旧人生世界和各自对新旧时代、新旧社会、新旧人生世界的深切体验；他们不仅在20世纪后半期依然陆续奉献出佳作，而且对新一代小说家还发挥着指导与培养作用。第二代主要是在新中国成立后蜚声小说界的小说家，如梁斌、吴强、杨沫、刘知侠、马烽、秦兆阳、徐光耀、陈登科、魏巍、峻青、肖也牧等，他们在战火环境中闯过来，同被压迫者一道站起来，歌唱人民的胜利和关注现实的课题分别成为他们创作的鲜明主题和基调。第三代小说家是在新中国成立到“文化大革命”前的时代环境里开始登上文坛的，如王愿坚、茹志鹃、邓友梅、曲波、从维熙、林斤澜、浩然、王蒙、高晓声、李国文、刘绍棠、罗广斌、杨益言等。他们自知旧时代、旧社会是什么滋味，有的投身过推翻“三座大山”的斗争活动；他们欢乐地、富于理想地在文学战线上成长起来，但有些在创作道路上受到过挫折、委屈、打击、考验，而在新的文艺春天重新降临之后，则又一度迅速成为颇有艺术创造能量的小说家。就20世纪后半期的时空而言，上述三代小说家在主导创作的基本因素方面有诸多带根本性的共同点：他们都处在新中国成立后同一时代环境和同一历史演进历程中，所经历的由中央方针政策严格主导下的社会生活主潮大体相同；他们遵从统一要求认真地延续着延安时代的理论信仰，保持着鲜明的政治使命感；他们注重描写重大题材，革命历史生活中的重大题材和火热现实生活中的重大题材受到他们的特别关注；他们强烈地表现特定的时代精神，体现社会主义思想、社会主义品德和体现理想主义倾向、英雄主义基调；他们所熟悉所塑造的主要是工农兵形象，尤其注重塑造工农兵中的正面人物形象、英雄形象，歌颂、宣传他们的优点、品格、精神，使工农兵英雄典型成为群众所向往的理想人物；他们力图运用革命现实主义的创作方法或“两结合”的创作方法，致力于创造民族气派、民族风格，崇尚高昂格调和阳刚之美，创作风格以昂奋、阳刚为主；他们既是在统一要求下形成的特定时代思潮、社会思潮、文艺思潮、审美风尚、价值趣向中从事各自的创作实践的，同时又由于他们各自的具体创作实践的着眼点、审美点、侧重点、着力点的差异及各自对创造独特艺术风格的注重与追求，因而又显出了各自的创作个性与艺术风格。顺时相继而来的是第四代、第五代等小说家。第四代主要活跃于“文化大革命”结束后的拨乱反正、反思经验教训、振兴中华的新时代环境里，如谌客、刘心武、蒋子龙、张洁、周克芹、古华、何士光、冯骥才、张贤亮、莫应丰、路遥、张承志、贾平凹等；新时代帷幕一揭开，他们即迅速以新的精神状态和艺术勇气开辟了小说创作的新天地。第五代小说家大都于改革开放的背景下充实到文学阵地，如柯云路、凌力、霍达、莫言、刘恒、李锐、方方、池莉、王朔、苏童等。第四代后的小说家所面临的社会生活内容、社会生活主潮、思潮、艺潮和所选择的创作着眼点、侧重点、审美点已与前三代小说家有所不同，或强调全面描写生活，或借鉴西方现代艺术派别，或强调文学的审美特性，或强调对人性、人情、心态的奥秘的充分揭示，或强调艺术探索的勇气，追求文学多样化，或强调文学的多功能性，如此等等；大体而言，均可视之为一种探索新的艺术境界和新的艺术途径的尝试与努力。从一代又一代小说家梯队的纵向看，20世纪后半期的小说里程已显出庞大性；从以地域为标志的小说家群体的横向看，它也已显出庞大性，其小说家之多，小说产量之多，小说“热”之多，是前所未见的，他们或承前继往，或启后开来，或老练成熟，或充满创新活力，在“二为”方向指引下，在百花齐放、百家争鸣的氛围中，各按各的生活库藏、审美志趣、艺术个性进行创造，广而言之可谓形成了中华儿女的多民族的空前庞大的小说创作规模。

综观整个中国小说的演进历程，自诞生、发展、取得首席地位以至兴盛，经历了漫长的历史过程。其源可追溯到远古人口头讲故事及远古神话传说，尔后经历了魏晋南北朝的志人、志怪小说，唐代传奇小说，宋元话本小说，明清章回白话小说，近代小说，现代小说，以及20世纪后半期及其后岁月创作的小说的漫长历史过程。这整个演进历程是一大系统工程，明显地表现为几大系列：一是中国古代小说系列，即1840年鸦片战争以前的小说系列；二是中国近代小说系列，即自1840年鸦片战争始至1919年五四运动前的小说系列；三是中国现代小说系列；四是1949年10月1日新中国成立后的小说系列。这几大性质不同的系列，构成了中国小说的宏伟系统，显出了中国小说的宏富特征；这个以宏富为总貌特征的小说宏伟系统，既是中华民族文化的突出部分，也是世界文化的突出部分；不仅在中国文学发展史上占有重要地位，在世界文学发展史上也占有重要地位。

传统小说概观

上　编

╱

既不忘历史又紧盯现实

第一章

从革命史迹里寻觅诗意

1

在人们要告别过去而跨入一个新的历史阶段时，刚过去的历史常常召唤起作家们绵绵的回忆与思索。在新中国成立初期的特定时代环境里，经过革命年代洗礼的一批小说家，对刚刚成为历史的峥嵘岁月耿耿于怀，无数耳闻目睹的英雄业绩，牺牲了的战友，亲身经历过的战斗征程，随时都从内心深处激发出创作欲望；而某些虽未亲身经历过革命年代洗礼的作家，由于受到当年强烈的革命传统教育的熏陶与英雄们的业绩和精神的感染，因而也感动不已；于是便自然而必然地形成了从革命年代的史迹里寻觅诗意的创作主流，可以说，新中国成立初期这种反映革命历史题材的短篇小说创作的突出现象，是由中国革命历史生活的特点和新中国成立初期的特定历史环境以及作家们的特殊成长道路共同决定的。

在新中国成立初期的短篇小说创作中，首先体现在孙犁的短篇创作业绩上，其中享有声誉的热点是他的代表性作品《山地回忆》。孙犁生于

1913年，河北省安平县人；14岁考入保定育德中学，受到鲁迅作品及苏联文学的影响；他的文化程度的提高得益于自觉坚持不懈地自学；1936年到河北安新县的小学教书；后先后到冀中区办的抗战学院和华北联大等校任教；还先后在晋察冀通讯社、《晋察冀日报》等部门当过编辑，并正式进行文学创作；1944年到延安，进入鲁迅文学院工作和学习，并陆续发表小说作品。短篇小说《山地回忆》作于新中国成立后的1949年12月，与他1945年在延安创作的奠定其创作风格的短篇《荷花淀》一样，也致力于以淡彩白描的笔法富于诗情画意地忆写抗战年代的生活片段，借以表现战争年代的艰苦和欢乐，以及军民之间的深挚情谊，讴歌冀中人民的心灵美、人情美，寄托对冀中人民的深情眷念。它只着重截取几个生活片段、几个场面、几个镜头来加以淡淡的白描。其深情的回忆是由冀中西部山区“阜平乡下”一位农民代表的到来而自然而然地引发的：“我们是老交情，已经快有十年不见面了”，他此次到天津的任务是“参观天津工业展览会”，于是“我陪他去参观展览”；他身上穿的还是十年前战争年代彼此相识时那种“土靛染的粗布”“阜平蓝”，于是由这种“阜平蓝”使“我”想起了“在阜平穷山恶水之间度过的三年战斗的岁月，使我记起很多人”。接着相继忆写四个片段：“我”和山地姑娘在河畔口角相识的片段；“我”登门同山地姑娘全家相识、交谈以及山地姑娘给“我”精心做布袜子的片段；“我”帮助山地姑娘家里贩运枣子和购买织布机的片段；“我”在黄河洗澡时，山地姑娘给做的布袜子被黄河水冲走的片段。那是“一九四一年的冬天，我打游击打到了这个小村庄”，“我每天到河边去洗脸”，有一天早晨，“我”与一个也是穿“阜平蓝”破袄裤的正在河边“洗菜”（实际上是“水沤的杨树叶”）的山地姑娘相识；那山地姑娘爽朗、泼辣，口齿伶俐，经过一阵口角后，她“望着我笑了”，当她看到“我”那“冻的发黑的脚”时，还主动提出给“我”做一双布袜子，并且果真花五天时间用她纺线赚的白粗布以“细细的麻线”给“我”做成了一双底子厚实的袜子。后来，“我”经过“上级允许”，则帮她家“贩红枣”，“每天打早起我同大伯背上一百多斤红枣，顺着河滩，爬山越岭”，送到曲阳（在冀中西部，位于阜平东南方）去卖，并且帮她家买回了一架她盼望已久的织布机子。尔后，山地姑娘很勤快地学会了织布的全套手艺，在她卸下第一匹布的那天，“我”离开了阜平山区；她给“我”做的“那双袜子，整整穿了三年也没有破绽”，可惜却未料“我”在黄河洗澡时，“一时大意”，“全部衣物”被冲走了，“那双袜子”也被冲走了……小说便在如此淡彩白描中，将美好的军民关系和纯洁深挚的军民之情鲜明地突现出来了，军民都有一颗美好的心，其人性美、人情美、心灵美纯真感人，令人难忘。

《山地回忆》这一代表性短篇突出体现了孙犁现当代短篇创作一脉相承的独特风格。这种独特风格大致可概括为以下几个基本特征：

其一，追求诗情画意。人们赞誉他的短篇为“诗体小说”，因它显示出“诗美”的艺术风格。这种风格是由作品的取材、内容、形式和作家的个性气质与审美情趣等多种因素造成的。“淡远”的艺术境界是他追求的艺术目标，其“疏淡”意境的背后有着耐人寻味的底蕴。他的一些作品虽然从残酷战争的年代取材，但他极少浓墨描述残酷的战斗过程，而是致力于描写某些场面，不是从正面直接摄取某些惊心动魄的奋战场面，而是擅长择取和富于诗情画意地素描某些通常的生活场景，从侧面反映战争年代的风貌。他致力于描绘冀中地区、冀西山地的风土人物，描绘那里秀美的风景画、风俗画、肖像画，描写青年男女在艰苦环境中的欢声笑语和那里善良美好的人性美、人情美、心灵美，特别是长于用活生生的富于崭新精神面貌的年轻女性形象来渲染诗意。他说：“我喜欢写欢乐的东西，我以为女人比男人更乐观，而人生的悲欢离合，总是与她们有关，所以常常以崇拜的心情写到她们”（《〈孙犁文集〉自序》）。而且他善于将所描写的一切容纳在简短的篇幅里，给人以短小、清新、秀雅、隽永的艺术感受，所以又有论者赞誉他的短篇好似一朵朵不凋谢的耐人欣赏不厌的鲜花。

其二，着重用白描笔法勾画人物。不致力于从内外全方位刻画人物，而力求以简练的淡淡的笔墨鲜明、生动、传神地勾勒出人物特有的时代气质与主要的性格特征，展示出人物善良、美好的内心境界。《山地回忆》里的山地姑娘等人物形象都是以俭省的淡彩白描的笔法勾画的，在“我”于1941年严冬的一个早晨与山地姑娘在河畔相遇、相识那个片段中，通过山地姑娘用严厉的声音同“我”拌嘴与对有关卫生问题所作辩论的几笔描写，即把冀西山地姑娘爽朗、泼辣、自尊、坦诚、率真、朴实、善良、欢快的天性，鲜明地显示出来了。她天真活泼，但不幼稚，她问“我”：“什么时候，才能打败鬼子?”“我们的房，叫他们烧过两三回了!”听了“我”的回答后，她又关切地发问：“光着脚打下去吗?”“你为什么不穿袜子，脚不冷吗?”“不会买一双?”“不会求人做一双?”“我给你做。”“你要没有布，我家里有点，还够做一双袜子。”这为数不多的朴实话语，充分显示出了山地姑娘对抗战子弟兵深情体贴与爱戴的美好心灵，她朴实得像山野泥土，热情得像艳丽的火，少女的心灵境界焕发着特定的时代光彩。接着，又同样以精练的笔墨依次写了登门交谈、一针针做新袜子、买织布机以及开国大典那天同大伯交谈等生活片段，进一步丰富了她的性格：心灵手巧，能干，要强，上进，有心计，对生活充满信心，满怀向往与追求，是不倦地热情追求新生活的强者。

其三，采用散文化结构。他不致力于传统的故事性结构，不追求情节发展的完整、连贯、曲折、紧凑，不将情节形成开端、发展、高潮、结局的通常逻辑，不故意让情节构成尖锐的矛盾冲突，不费心地去设置戏剧性的悬念、巧合，而采用一种以疏淡、自然、明晰为显著特征的散文化结构形式。他择取通常生活片段，从容而又精心地去信笔描写，情节的故事性虽然淡化，但对人物的活现与情意的充分抒发的艺术目标，却自始至终不疏、不忘。能否活现出鲜明的人物形象是小说艺术成功与否的核心标准，在孙犁散文化结构艺术中的一个个生活片段和场景中，鲜明地活现着聪明、美丽、多情、能干的女性形象，其有一定创新意义的结构艺术是成功的。

其四，抒情味浓郁。他的小说在没有急波骤澜的平缓舒展的淡雅描述中，深蕴着绵绵情思；不是用议论笔调直露地抒情，也不同于抒情散文和抒情诗那样直接抒情，而是让浓郁的情意洋溢于所淡描的普通的生活画面和平凡的人际关系之中；忆写往昔峥嵘岁月满怀深情，对冀中人民满怀眷念；特别注重抒发冀中人民的热情、高尚的情怀，尤其是那些女性的热情、美好、高尚的情怀异常突出、感人。

其五，语言质朴洗练，明快优美。他的小说的语言自然流畅，仿佛信笔出之；既简短明快，洗练不繁，又朴素中见优美，富于表现力。他在《山地回忆》中如此描写冀西山地：“阜平土地很少，山上都是黑石头，雨水很多很暴”，“阜平的农民没有见过大的地块，他们所有的，只是象炕台那样大，或者象锅台那样大的一块土地。在这小小的、不规整的，有时是尖形的，有时是半圆形的，有时是梯形的小块土地上，他们费尽心思，全力经营。他们用石块垒起，用泥土包住，在边沿栽上枣树，在中间种上玉黍。”这些似同从口语中提炼出来的短句，既切实地描绘出阜平地区独特的自然景观，同时又是在盛赞阜平农民的勤劳与智慧，并且还深含着对那里的土地、山石、树木、庄稼、老乡的眷念之情。再如对帮老乡贩枣和买织布机的往事的描写：“每天早起，我同大伯背上一百多斤红枣，顺着河滩，爬山越岭，送到曲阳去。”就这样一直坚持近半个月，最后将赚的钱给小妞买了架织布机：“我们分着背了回来，累的浑身流汗。”这同样是朴实无华的简短几笔，但从“每天早起”“背上一百多斤红枣”“爬山越岭”

和背着织布机“累的浑身流汗”的镜头里，充分显出了心灵美、真情美，是对民族抗战年代军民之间纯洁、真诚、美好的鱼水深情的真切表现和热烈赞颂。

孙犁在新中国成立后创作的短篇小说的数量虽不算很多，但由于以质取胜，独具一格，因此影响较大。他新中国成立后的短篇小说创作的艺术风格，是他现代短篇小说创作所基本形成的“荷花淀”艺术风格的继承和发展。

2

在新中国成立初期，峻青的短篇创作也曾从刚过去的革命史迹里寻觅诗意。峻青生于1922年，山东省海阳县人，童年时代读过几年小学，主要在从事抗战的工作实践中通过自学提高文化水平，历任记者、编辑。他的短篇《黎明的河边》（始载《解放军文艺》1955年第2期）所独树一帜的艺术风格与孙犁的艺术风格形成鲜明对照。

峻青生长在胶东半岛那块英雄的土地上，在艰苦战争的年代他曾当过敌后武工队小队长，亲身经历和耳闻目睹过许多英勇斗争的事迹。在新中国成立后，他一想起那些慷慨地献出自己生命的烈士们，心就强烈地激动起来，就禁不住产生一种要表现他们的欲望。他说：“夜里，我睡不着，感情激动的厉害。于是我点着油灯，伏在一张小凳子上，开始了《黎明的河边》的初稿的写作。写着写着，眼泪就滴落到纸上了。”（见峻青《〈黎明的河边〉的创作》，1955年9月29日《文汇报》）同革命英雄共同战斗的生活，以及要讴歌故乡英雄业绩的强烈激情，是他创作小说的前提和动力。

峻青喜欢编织艰险曲折、气氛紧张、动人心魄的悲壮故事，喜欢采用紧张、曲折、艰险、悲壮的故事性结构。《黎明的河边》全篇始终用讲故事的口吻描述，故事置于1947年解放战争的背景中展开：胶东解放区潍河东岸的武工队因叛徒投敌告密而营地被围，经过一整天激战，正副队长马汉东、刘军英勇牺牲，整个队伍被打散了。为把武工队重新组织起来以牵制敌军与配合东线解放军作战，西海军分区张主任委派老姚和老杨去河东接替正、副队长的职务，不仅命令他们连夜出发，而且要求他们在当夜渡过潍河，三天内一定要把队伍重新整顿好，以免根据地群众遭受更惨痛的摧残；同时还命令交通班骨干小陈当他们的向导，护送他们过河东。要到河东，必须通过一段敌方据点密集、封锁严密的地带，大约40里地。要过这一地带，只能乘夜秘密穿行，而且必须在当夜天亮前到达河东，否则性命难保，无法完成任务。在大约40里路和一夜时间里，峻青以典型化的艺术构思，设置重重险阻。先是遇着了倾盆暴雨，在漆黑雨夜的平原上行进，曾一度“迷路”而焦急地隐蔽在“一片草洼里”，当寻到并保持了向东行进的方向后，又与敌方（一些“还乡团员”）发生遭遇战，结果三人失散；后老姚好容易才按照事先约定的信号找到老杨和小陈。随后走进一片荒草地，天空依然漆黑，向导小陈竟又迷失了方向，不敢再前进，只好伏在荒草地里等待天亮。在东方泛白光时他们才知道已临近潍河边。三人急忙去找预先藏在河边的木船，不料木船已被夜里暴涨的洪水冲走。老姚和老杨都不会凫水，无奈只好到小陈家（小陈家住潍河西岸）找水性好的小陈爸爸。在一片果林深处找到小陈家后，小陈的娘和小陈的弟弟小佳，早已被敌人抓走“吊在梁头上”。在危急情况下，小陈爹不顾敌人的暗中监视，决定利用自己的好水性，挟带他们凫过河东去。小陈爹先挟送老杨过河，他“一只手拖着老杨，一只手划着水，在重重的浪山里向东急凫”。与此同时，几个敌人正向大河的方向走来，为掩护老杨过河，老姚和小陈阻击敌人，击毙叛徒陈兴。接着，“一片黑鸦鸦”的敌人奔向河边，并把小陈娘和小陈弟弟小佳推到一个沙丘上，劝小陈投降。小陈举枪击毙一个敌人，气急败坏的敌人也随即把小陈娘枪杀，同时推着小陈弟弟小佳向前冲；在危急关头，小佳趁机夺得敌人身上的一颗手榴弹，与敌人同归于尽。这时小陈爹已送走老杨返回河边。小陈负伤，小陈爹又挟带着老姚游往河东。当他们"冲过河中心的急流"时，带伤阻击敌人的小陈英勇地抱着一个冲到面前的敌人，跳进"浊浪滚滚的潍河里"。敌人疯狂地向老姚射击，但子弹已够不着，并且老杨已组织力量在河东掩护老姚过河。小陈爹的肩膀虽然早已负伤，但他依然用尽"最后的一滴力气"游过河东去。小陈一家老少就这样忠贞地以鲜血和生命的沉痛代价完成了护送任务。以上所描写的，对重新整顿、组织河东武工队的整个任务来说，只不过是刚"开头"而已，但这个"开头"却编织成了有开端、发展、高潮、结局的连贯的曲折的故事，从而突出地讴歌了胶东解放区人民英勇不屈的献身精神和军民之间的骨肉关系。强烈的故事性，是峻青短篇小说创作的基本结构特色。

峻青喜欢将人物置于严峻艰险、血泪交流的残酷斗争环境和尖锐激烈的矛盾冲突中予以浓墨重彩的描绘。人物都离不开特定的环境，有些小说家长于凭借通常的环境塑造人物，而峻青则喜欢在残酷险恶的环境中让笔下的人物面对一个接着一个尖锐激烈的矛盾冲突，让人物经受血与火的考验，在悲壮中显出人物的英勇不屈和精神的崇高。《黎明的河边》正是在一波未平，一波又起的血泪交流的斗争中浓墨重彩地描绘出小陈一家的英雄形象的。小陈娘和小佳被敌人抓去吊在梁上，他们宁死不屈；他们被押到沙丘上"劝降"，但他们却大义凛然地发出"朝我开枪"的呼喊，以求消灭躲在他们身后的敌人；结果小陈娘被敌人枪杀在沙丘上，小佳则拉响从敌人身上夺取的手榴弹，同敌人同归于尽。小陈爹被敌人抓去又放出来，企图借他"放长线钓大鱼"，但他一心倾向革命，忍受着老伴和儿子牺牲的巨大悲痛，果断地用尽全力去完成渡河任务，在生死攸关的严重时刻献出一片丹心。特别是小陈的英雄形象更为突出，老姚曾如此感慨："他才多大的一个孩子啊！如果没有战争，他也许还在父母的面前撒娇呢！"然而艰巨的护送任务却落在了他这个"长得很矮"的刚十八岁的交通员身上。尽管在遇到挫折时，他曾以"鼻子一抽一抽"地"啜泣"的方式表达出焦急的心理，但当军分区张主任严肃地给他下达必须在夜里把队长老姚和杨副队长护送过潍河去的命令时，他只说一声"是"，立即背起比自己矮不了多少的冲锋枪就出发了；黑漆漆的夜，狂风暴雨，同敌特展开遭遇战，在遭遇战后又迷失方向，好不容易到达河岸后，未料早先藏在那里的渡船又已被洪水冲走，无奈之下只好冒着危险回家找父亲帮助完成任务；在面对母亲和弟弟被杀害的惨境，他依然表现出刚强的气概，最后在危急时刻，他勇敢地抱住敌人跳进了潍河。在自然环境的考验面前，在敌我斗争的考验面前，在母子和兄弟骨肉之情的考验面前，在自身生死的考验面前，峻青将战争年代里的小交通员小陈塑造成了有高度责任感的忠贞、悲壮的英雄形象。

峻青在小说中喜欢以带有胶东半岛特色的风光作为小说的自然背景，而且他的自然景物描写，是构成小说情节和环境的突出因素。在《黎明的河边》中，他写暴风雨，写凶猛的河水，写浪涛，写激流，写漩涡，写草洼，写水蛇在草间沙沙地爬行，这些自然景物描写同残酷的斗争环境和刻画英雄性格的故事情节都很协调。小说中这样描写小陈带领老姚和老杨刚刚出发就面临的暴风雨："旷野里一片黑暗"，雷"在西北方向隆隆地滚动着"，闪电"呼啦啦啦地燃烧着"，闷热得旷野里柳树上的蝉竟然"在半夜里叫了起来"；接着，"风来了"，"先是一阵轻飘飘的微风，从西北的海滩那边沙沙地掠过来"，"一会儿，风大了"，"树上的枯枝克喳克喳地断落下来"，"沉雷克啦啦啦象爆炸似的响着，从西北方向滚动过来"；随即，"暴雨来了”，“大雨象一片很大的瀑布，从西北的海滨横扫着昌潍平原，遮天盖地卷了过来……”这暴风雨的描写，不仅显出了与塑造人物密切相关的艰苦的自然环境，而且成为下面情节发展的不可缺少的铺垫，因为向导小陈的迷失方向，预先藏好的渡河小船被暴涨的河水冲走，以及小陈爹泅送老姚和老杨等情节的发展，都与这场暴雨有着密切关系，如不逼真地写出这场暴风雨，就会使下文的情节发展失掉依据和可信性，可见这种自然景物描写已成为小说情节的重要因素。在小说第四节里又这样写暴涨的河水：“河水比平时涨大了几倍，原来藏小船的地方，现在已变成了河心，滚滚的大水，东面漫到了二道堤，西面一直冲到了石湾店村西的果林下面，河面足有一里多宽。浪涛一个跟着一个，崩雪似的重叠起来，卷起了巨大的漩涡，狂怒地冲击着堤岸，发出了哇哇的响声。有时候，冲在堤上的浪涛被堤岸挡住了，又向后涨回去，和后面新冲上来的浪涛碰在一起，忽隆一声，掀到半天空，然后又像瀑布似的崩泻下来。”在第六节的开头又一次写到风浪：“河面上，风很大，满河里都翻滚着白色的浪花，活象一片动摇不定的雪的田野。堤下面，一群群大浪，挟着惊人的吼声，一次又一次地向大堤上扑来，风把浪沫和草屑吹到了我们身上。”这些自然景物的描写，可以想见长着“苍白胡须”的小陈爹泅送老姚和老杨的艰难及其冒着危险完成泅送任务的英雄气概。总之，峻青笔下的自然景物描写同情节发展和人物刻画紧密相关，是构成小说情节的举足轻重的部分，与其鲜明的激昂悲壮的总体创作风格相协调，是描写得很成功的。

3

王愿坚在新中国成立后不久发表的短篇《党费》（完稿于 1954 年 11 月 8 日）也成为当年的热点之一。王愿坚生于 1929 年，山东省诸城县人，幼年在家乡读书，1944 年到解放区滨海干部学校学习，后曾任报社编辑、记者；1952 年至 1966 年担任《解放军文艺》编辑。短篇小说《党费》既是他的处女作，也是显示他的艺术个性的成名作和代表作。

王愿坚以从第二次国内革命战争低潮期井冈山老根据地人民在白色恐怖环境下坚持斗争的史迹中寻觅诗意见长。虽然他并未亲身参加过井冈山老根据地的斗争生活，但他于 1953 年秋曾到赣闽老根据地访问，在访问过程中认真地积累了诸多老根据地军民英勇斗争的素材，因而便使他间接地具备了形成自己短篇创作题材个性特点的条件。他说："讴歌英雄的前辈，努力开掘、搜求和理解革命的精神财产，这就是我学习写作过程中，给自己定的艺术探求的目标，也是这些作品的共同主题。"（短篇小说集《〈普通劳动者〉后记》，人民文学出版社 1978 年版）他的短篇《党费》描写 1934 年中央红军主力被迫长征后的革命低潮时期，井冈山老根据地军民坚持艰苦斗争的事迹，他笔下的同艰苦、牺牲联系着的带血的历史斗争故事，突现与讴歌了井冈山老根据地军民在残酷的斗争环境里忠贞不屈的崇高精神，这是他从革命低潮时期的史迹里所寻觅的诗意的最亮点。

王愿坚注重截取具有典型性的历史斗争生活片段构成篇章，在片段描写中，以刻意突现一个正面的中心人物为主要艺术使命，着意在片段描写中显示中心人物视党与革命的利益高于一切的情怀和不怕流血牺牲的献身精神。他不求在短篇中多侧面多层次地展现中心人物的丰满性格，而致力于展示人物心灵世界和精神世界中的闪光点和崇高美。他的代表作《党费》即通过具有典型性的片段描写，通过侦查员"我"在下山前听魏杰政委介绍情况与布置任务的片段描写，通过"我"两次下山接头的片段描写，通过"我"重返山上后的片段描写，突现了处在革命低潮期的艰苦斗争环境里的中心人物黄新的思想品格。黄新在井冈山根据地开辟之初是一心送郎当红军的积极分子；在革命遭围剿的白色恐怖环境里，她坚决支持丈夫随军长征，并坚定地坚持革命，即使牺牲生命，也坚贞不渝。“一九三四年”是“闽粤赣边区斗争最艰苦的开始”，坚持敌后斗争的革命力量遭到“疯狂的‘围剿’”，被逼上山；同时敌人通过“移民并村”切断了留守队伍同群众和地方党组织的联系，山上山下的斗争都极其艰难。“我”初次下山同黄新接头是在深夜时间：“我”在深夜“悄悄地摸进”“八角坳”，“蹑手蹑脚地”走到“第十七座窝棚”门口，屋里“还点着灯”，侧耳听听，还“有人轻轻地哼着小调儿”，这“是过去‘扩红’时候最流行的‘送郎当红军’”的小调儿。“我”小心地按照“约好”的暗话接上头后，就深深地感到，这位当年“剪了头发当红军”的“三十开外”的中年妇女，面对白色恐怖，是多么安详、沉稳、机警、老练，似乎“根本没把困难放在心上”。当“我”把上级党组织还健在的消息告诉她以后，她马上激动得流着眼泪说：“有我们在，有你们在，咱们想法把红旗再打起来!”并且毫不犹豫地接受了上级党组织交给的组织反收租夺田等斗争的艰巨任务，最后还要以丈夫长征前留给她的两块银洋，作为党费交给上级党组织。由这些描写，足见她在白色恐怖环境里坚持斗争的坚强决心、信心和信念。接着，又写了“我”“带着新的指示”到“八角坳”同黄新进行第二次接头的片段。由于敌人实行白色恐怖和严密封锁，留在山上的部队得不到食盐，而食盐是维持生命健康和战斗力量的不可长期缺乏的元素之一，从此革命实际需要出发，黄新在白色恐怖环境里组织“八角坳”的地下党员，用自己“腌的咸菜”向党组织缴纳党费的特殊方式，帮助在山上坚持斗争的部队解决食盐的困难。“咸菜”同山上的革命力量的生存联系着，同地下党员对革命的忠贞和斗争精神联系着，因此黄新不让自己那“细长的脖子挑着瘦脑袋”的亲生妞儿吃一根作为“党费”上交的腌豆角。最后在敌特到来搜捕的危急时刻，她又马上用刚强果断代替了平时的柔声和气，临危不惧，叫“我”躲在搁楼上，勇敢机智地用自己的生命保护

“我”脱险；在眼看敌特就要对全屋进行搜查的危急时刻，她猛地一挣，跑到屋门口，直着嗓子喊：“程同志，往西跑啊!”因此将敌特引出屋外，保护了躲在搁楼上的“我”；当“我”见她已被敌特抓走，准备跳下搁楼去拼个够本时，她“拉长了声音说：‘孩子，好好地听妈妈的话啊!’”她说的“妈妈”就是“党”的意思；小说在生死关头，突现了她那颗爱党的心和那崇高的献身精神，高度歌赞了在革命危难年代最可宝贵的崇高品质。

4

茹志鹃也是因从革命史迹里寻觅诗意出名文坛的。她生于1925年，祖籍浙江省杭州市，生于上海市；11岁开始上小学，仅读一年即辍学，后才又进初中读到毕业；1943年冬参加新四军，长期在军区文工团工作。她的短篇代表作《百合花》(始载《延河》1958年第3期，《人民文学》于同年第3期予以转载）描写了第三次国内革命战争时期（1946年秋）的一次战役的“前沿包扎所”的人员，向附近的老百姓借被子的故事，借以刻画了普通的小通讯员和普通的新媳妇的“普通人”形象。

人们认为茹志鹃的独特艺术风格是以其代表作《百合花》为主要标志的，《百合花》成为奠定她短篇创作的风格和地位的基础。

茹志鹃喜欢以小见大，从侧面切入火热的时代和生活。所谓从侧面切入，是指她一般不去直接描写重大的事件和激烈的矛盾冲突，不从正面描写惊心动魄的情节或惊险壮伟的场面，而喜欢把重大的事件和火热的斗争，作为背景来处理。所谓以小见大，是指她喜欢借特定时代的平凡而具有典型意义的生活事件表现特定时代的主题，反映特定时代的脉搏，让人感受到整个时代脉搏的跳动。她的《百合花》写的是第三次国内革命战争年代的斗争生活，正值1946年中秋，解放军主攻部队决定夜间向敌方发起总攻，这毫无疑问是一场血与火的鏖战；但小说不着重从正面取材和直接描写鏖战本身，而从侧面切入，着力富于生活气息地集中描写战场“前沿包扎所”发生的情深意永的动人故事。主攻团的团长命令小通讯员把“我”护送到离前沿三里地的包扎所去；下午两点到包扎所后，“我”又同小通讯员为预先筹备好护理伤员所需的物品而分头到老乡家动员借被子。小通讯员到一个“刚过门三天”的新媳妇的家里去借，新媳妇只默默瞅着小通讯员，依依不舍自己那里外全新的“上面撒满白色百合花”的“枣红底”的“假洋缎”被面的花被子，憨实腼腆的小通讯员两手空空而返；为尽力完成起码的筹备任务，于是“我”又去“向她开口借”，她才慢慢地把新被子抱出来。然而当“我”和小通讯员从老乡口中得知那被子是新媳妇娘家给的唯一的“嫁妆”时，心里都深感“过意不去”，尤其是小通讯员总觉得很“不合适”，口口声声提议再“送回去”。随后，新媳妇不仅怀着开初未痛快地将新花被借给小通讯员而感到有点“不好意思”的心情，也参加了“前沿包扎所”的护理工作，而且大大方方地麻利地“把自己那条白百合花的新被，铺在外面屋檐的一块门板上”。与此同时，返回主攻团的小通讯员在一条小巷子里为了掩护担架员而扑在一颗敌人撂下的手榴弹上受了重伤；当担架员把身负重伤的小通讯员抬到包扎所后，新媳妇一改以前曾显露出的那种未见过世面的“忸怩羞涩”的神态，迅速“解开他的衣服”，“庄严而虔诚地给他拭着身子”；当医生已明确说他的心脏已经停止跳动后，她依然像什么也没听见，依然低着头，拿着针，细细地密密地一针一针地缝着小通讯员衣肩上那个破洞。在入殓时，当卫生员“动手揭掉”盖在小通讯员身上的新媳妇那“撒满白色百合花”的被子时，“新媳妇这时脸发白，劈手夺过被子，狠狠的瞪了他们一眼，自己动手把半条被子平展展地铺在棺材底，半条盖在他身上”，用那“象征纯洁与感情的花，盖上了这位平常的、拖毛竹的青年人的脸”。以上便是《百合花》所描述的全部故事，其间，虽然也写到敌方的“盲目的轰响着”的冷炮，写到解放军总攻的开始及突破一道道防线，写到巷战，写到小通讯员英勇地扑向敌人的手榴弹，但都不是作正面详写的，而意在借以概括地渲染出“前沿包扎所”的背景氛围。其着重从正面描写的是小通讯员向新媳妇借被子的故事，是新媳妇参加包扎所护理工作和献出新花被的故事，它既让读者感受到当年激烈的战争生活的脉搏，又着意于把歌颂军民的血肉情谊和军民鱼水关系的主旨，真切、深沉、细腻、动人地突现了出来，这既是对解放战争获得胜利的根本原因的揭示，也是对决定当年历史前进的时代意志和伟力源泉的形象体现。

茹志鹃把艺术创造的志趣集中在“普通人”身上，致力于塑造“普通人”形象，也就是当年有些人所谓的“小人物”。她坚信对那些从各自起点迈步向前的实实在在的“小人物”，只要开掘得深，同样能刻画出时代。她不在“风口浪尖”上或血与火的直接考验中塑造他们，而注重展示他们的内心世界，使他们的心灵显得善良、美好、崇高，使他们的感情显得丰富、真诚、动人。《百合花》中主攻团团部的小通讯员朴实纯洁的品格和崇高的献身精神不是在冲锋陷阵的主战场上表现的，而完全是在前往“前沿包扎所”的路上和到达“前沿包扎所”后向老乡借被子，以及通过他在返回团部途中的行为表现的。在前往“前沿包扎所”的路上，小说让读者知道：小通讯员本是山里人，年方十九，“高挑挑的个子”，在天目山老家时，“帮人拖毛竹”，是在抗战胜利后新四军为实现全国人民的和平愿望而奉命北撤时自动跟随部队入伍的。在途中开始他不肯同女性的“我”走在一起，总“把我撩下几丈远”，“等我紧走慢赶的快要走近他时，他又蹬蹬蹬的自个向前走了”。“见我挨他坐下”，他“立即张惶起来，好像他身边埋下了一颗定时炸弹，局促不安”。当“我”问他：“你还没娶媳妇吧?”

“他飞红了脸，更加忸怩起来，两只手不停的数摸着腰皮带上的扣眼。半晌他才低下了头，憨憨的笑了一下，摇了摇头”，并冒出“一头大汗”。由此描写可知入伍仅一年的小通讯员，于其腼腆、羞涩、稚气、纯洁的秉性中，还自然而然地夹带着一些朦朦胧胧的封建意识。到达“前沿包扎所”后，当“我”帮“两手空空”的他向新媳妇借好被子后，他竟“不好意思”去拿，最后慌慌张张离去时还让新媳妇家的门钩把自己的衣服（肩膀处）挂了个洞。两相对比，小通讯员远不如“我”能说会干、经验丰富、工作大胆，确实是初出深山初见世面的“拖毛竹的小伙”。但是，在返回团部的途中，当他看到敌人撂下的手榴弹“冒着烟乱转”而威胁着担架员的生命安全时，却立即毫不犹豫地扑了过去而牺牲了自己，保全了别人。小通讯员是带着某些性格弱点的心灵善良、美好、崇高的具有献身精神的真实可爱可敬的“普通人”形象。

茹志鹃特别注重展示“普通人”的内心世界，善于通过外表和小事而向“普通人”的心灵深处开掘，使“普通人”的感情显得丰富、深沉而动人。在《百合花》中，虽然仅为新媳妇拍下几个特写镜头，但却可以真切地见到她整个的心灵世界。开初她心里舍不得把自己的唯一嫁妆新花被子借出去；面对再借时，她也是在“扭脸”“低头”“咬唇”“不语”的过程中于内心犹豫了“半晌”才把被子抱出来“朝我面前一送”的。由借被过程的描写可见她的心理状态是羞涩的、矛盾的，她那乡间少女的心灵是非常实在的，真诚的，没有隐藏任何虚情假意。后来，在参加“前沿包扎所”的护理工作时，她“笑眯眯的抿着嘴”，“把自己那条白百合花的新被，铺在外面屋檐下的一块门板上”。但是，面对给“重彩号”解开衣服拭洗身上的污泥血迹的任务，她“又羞又怕”而抢着去做“烧锅”的事。“我”动员了她半天，她也只“红着脸”答应给“我”做“拭洗伤员工作”的下手。这些描写表明她的心灵世界中存留着乡间传统年轻女性常有的心理弱点。然而当她发现重伤员是小通讯员后，她先前那种“又羞又怕”的神情却一下子消失了：她“轻轻移过一盏油灯，解开他的衣服”，“庄严而虔诚地给他拭着身子”，而且“侧着身子坐在他旁边”，“低着头”，“一针一针的在缝他衣肩上那个破洞”。这时，医生告诉她：小通讯员已经咽气。而她“却象什么也没看见，什么也没听到，依然拿着针，仔细的、密密的缝着那个洞”。当“我”低声对她说：“不要缝了。”“她却对我异样的瞟了一眼，低下头，还是一针一针的缝”。在给小通讯员收殓的时候，她细心地把自己那条枣红底色上洒满白色百合花的被子，半条平展展地铺在棺材底，半条盖在小通讯员的身上。至此，她的美好崇高的心灵，她对人民军队的真情，已经得到真切动人的表现，一个真善美的“普通人”形象已经感人地矗立起来，以真情感人是艺术的天职！

孙犁、峻青、王愿坚、茹志鹃都以从革命史迹里寻觅诗意而蜚声新中国成立初期的文坛，他们所着重表现的都是革命年代里超越血统亲情的建立在共同志向、共同奋斗目标的基础上的真诚情感，但彼此风格独异：孙犁善于淡彩白描和渲染诗情画意，峻青善于以浓墨重彩描绘血泪交流的故事和场面，王愿坚则致力于从革命低潮的一瞬间的史迹里寻觅精神的崇高美，而茹志鹃则以追求委婉、柔美、抒情性强的艺术格调见长，各放异彩。

第二章

将审美眼光盯住新农村现实

1

不同时代有不同的创作使命和课题。新中国成立初期的中国内地小说家们一方面从革命的史迹里寻觅诗意，另一方面则把审美眼光盯住现实，从急剧变革的中国内地新农村现实中捕捉创作主题。

农村、农民和农业的问题，至今仍是在人类世界的生活中占有重要地位的课题，特别在中国，农村社会问题历来占有重要地位。中国农村广阔，人口众多，生活多变多彩，可描写的素材丰富复杂，是造就大大小小的小说家的重要基地。

赵树理的文学创作独树一帜。赵树理 1906 年 9 月生于山西省沁水县一个贫苦农家；1923 年小学毕业后当乡村小学教师，两年后到长治省立师范学校学习，并受到新文化思潮的影响；1931 年开始尝试文学创作；1941 年到华北党校从事通俗文化工作，后在做《黄河日报》等报刊编辑工作的同时即积极进行小说创作，以于 1943 年先后完成的短篇《小二黑结婚》与中篇《李有才板话》而扬名于解放区。他于1950年5月发表的首篇短篇小说《登记》，是新中国成立初期众多描写新农村现实的短篇小说中的代表者之一。在刚刚拉开新中国序幕的年代，农村社会中的封建政治压迫和经济剥削的枷锁，虽然已经基本粉碎，但广大农村青年男女的婚姻，却依然受着严重的封建思想桎梏。婚姻自主、恋爱自由、批判封建思想、破除封建婚姻习惯，是新中国成立初期农村社会现实生活中普遍、严重而迫切的问题，《登记》中的反封建的思想主题是从新中国成立初期的特定时代的迫切需要中提取的具有独特现实意义的思想主题。反封建是赵树理新中国成立初期短篇创作的显著思想特征，是他现代小说反封建传统的相承与发展。

赵树理对“文学是人学”有自觉认识。他说：“一个文学艺术作品，主要是它的人物感人。”（《赵树理同志谈〈花好月圆〉》，《中国电影》1957年第6期）在他笔下，以对反封建的小人物的刻画和对因袭着某些精神负担的中间人物、转化人物的刻画为最出色。在《登记》中，他着重突现了以小飞蛾和艾艾为代表的两代农村女性的婚爱命运，形象地刻画与热情地歌颂了具有特定时代特征的反封建的小人物，他们的共同显著特征均在于公开坚决地维护自己自由婚爱的权利。

《登记》从第二节起，即以主要笔墨刻画艾艾和小晚等反封建的先进人物，而在这些反封建的人物当中，赵树理尤其特意让农村少女们在维护自由婚爱的权益时显得更坚强有力一些。当媒婆五婶（东院五奶奶）去给艾艾“找主儿”的消息传开后，其中写了小晚和艾艾两人的一段对话：“咱们这算吹了吧？”“吹不了！”“要是人家说成了呢？”“成不了！”“为什么？”“我不干！”“由得了你？”“试试看！”小晚的这一问和艾艾的这一答，鲜明地表现出了艾艾追求自由婚爱的坚强决心。最后，他们在追求自由婚爱的斗争中成了胜利者，这种结局显示出这样的明确宣传：在获得解放的农村社会中的青年男女，只要坚定不移地反对封建思想，反对包办婚姻，贯彻婚姻法，就能实现恋爱自由和婚姻自主。

相比而言，赵树理更擅长刻画那些转化的中间人物，《登记》中的小飞蛾形象被刻画得更为出色，她是甩掉封建传统道德桎梏而转化到先进人物一边的中间人物。赵树理让她在同媒婆五婶等老一代落后妇女的对比中，在同艾艾等年轻一代先进少女的对比中，鲜明地表现了她处于中间状态的思想性格。小说主要从三个艺术视角和层次来刻画小飞蛾形象：其一是写小飞蛾自身不幸的婚爱命运。在旧时代，她是封建买卖婚姻的受害者和封建伦理制度的牺牲品，本来，她少女时代有过自己的婚爱理想，曾钟情于本庄的青年农民保安，但为父母包办的封建买卖婚姻制度所迫，只得不情愿地嫁给了张家庄的张木匠，牺牲了自己的婚爱理想而结成了强扭的瓜，忍气吞声地受尽了“婚爱离异”的苦楚；特别是，当她少女时代曾同本庄保安自由恋爱的旧闻传到张家庄以后，加上张木匠在丈人家又确实亲眼见过保安手上戴着一只同小飞蛾的戒指一模一样的戒指，于是她便成了顽固的封建习惯势力强烈围剿与摧残的对象，不仅承受着外界的流言蜚语的压力，更是备受婆婆和丈夫的虐待，挨锯梁打，挨耳刮子……虽然离娘家不远，“可是有嫌疑，去不得”，“娘家爹妈听说闺女丢了丑，也没有脸来看望”，不得不回一趟娘家的时候，张木匠就尾随着监视，就像一具枷锁一样桎梏着小飞蛾；小飞蛾成了备受冤屈、虐待的旧时代无爱婚姻、买卖婚姻的不幸的代表者。其二是颇具艺术分寸地写小飞蛾自身的婚爱命运的转化。小说从主客观两面写出了其转化的过程，虽然她在自身婚爱命运上所受的创伤一辈子也难以完全治愈，但在赵树理的笔下，却是日渐向同张木匠“和睦共处”的一面转化的，而这种转化又显然由特定时代和特定人物的两大内外因所决定。张木匠打她之后，她便把自己戴着的“那只戒指”放进了“首饰匣子里”；到“生了艾艾”时，她又把保安给她的“罗汉钱”也放进了“首饰匣子里”，可知她的心已同保安有所疏离；待婆婆死后，“艾艾长到十五”，“张木匠和小飞蛾的关系比以前好点”，小飞蛾和保安也再无联系；“老两口”闲空时，还会借着闺女“开开玩笑”，张木匠指着艾艾戴着的戒指（艾艾十五岁那年，小飞蛾把自己戴过的那只戒指给了艾艾）说：“‘这原来是一对来！’艾艾问：‘那一只哩?’张木匠说：‘问你妈！’艾艾正要问小飞蛾，小飞蛾翻了张木匠一眼。”由此描写，可见小飞蛾的家庭环境、夫妻关系、心情状态已有所变化，悲剧气息减少，“共处”的局面已定。其三是写小飞蛾如何对待女儿艾艾的婚爱追求。这实际上也就是写小飞蛾如何转化为支持自主婚姻的强者的过程。进入新时代后，小飞蛾虽然仍受着封建思想的层层束缚，但她终于将其摆脱而逐渐转化成了反对买卖婚姻、包办婚姻而支持自由恋爱、自主婚姻的强者。在这一转化过程中，小说真实地揭示了她的内心矛盾和思想冲突，这是出色地刻画这位中间人物的重要艺术创造环节。当她发现女儿艾艾也私藏着一枚“罗汉钱”后，其内心顿时含有酸甜苦辣的味儿，她想：如果没收它，“说不定闺女为它费了多少心；悄悄还给她吧，难道看着她走自己的伤心路吗?”面对女儿的自由恋爱，她曾埋怨女儿“傻”，是跳进自己“半辈子没有得跳出去”的“圈子”的“扎下挨打根儿”的“贱骨头”，并曾同五婶一道回娘家东王庄探察民事主任外甥家的情况，想用“包办”的老办法把女儿许出去。后来，她听见民事主任的姐姐说艾艾的“声名不正”，还听见五婶说将来完全可以用打的法子将艾艾的“声名不正”正过来；听了这些话，小飞蛾的内心有了很大触动，成为小飞蛾转化的重要因素，因为她亲历的不幸婚姻使她懂得这纯属冤屈与虐待，她感到而今不能再让这种冤屈与虐待在女儿身上重演。正是在如此心态下，比艾艾还刚强得多的燕燕劝她说：“闲话也不过出在小晚身上”，“索性把艾艾嫁给小晚，看他们还有什么说的?”在反思自身的经验教训和在正面舆论的支持下，小飞蛾最终坚定地成了女儿自由恋爱、自主婚姻的支持者。小飞蛾这一转化人物在当年的宣传教育意义在于号召母亲们转变旧的思想观念，勇敢地支持女儿们的自由恋爱和自主婚姻。这种立意如今看来似乎平凡，但在新中国成立初期那特定时代的农村社会环境里，却有着重大的现实意义！其矛头主要是针对当时农村社会普遍存在的封建包办婚姻的，在当时的农村社会，在婚爱领域反封建、争民主、破禁锢、尊自由，的确是较普遍的现实问题。

追求民族化、大众化、通俗化的艺术风格是赵树理小说创作一贯的显著特征。它体现于赵树理的整个艺术道路中，这同他的艺术追求、审美情趣、生活道路及所处时代的要求，均有关系。他说："中国过去就有两套文艺，一套为知识分子所享受，另一套为人民大众所享受。"（《〈三里湾〉写作前后》，《文艺报》1955 年 10 月号）他强调文学的群众观点，强调文学的民族形式，强调尊重中华民族和中国农民的审美习惯，将民族化、大众化、通俗化定为自己创作的理想宗旨与目标。他长期生活在农村，熟悉乡间生活，熟悉农民，熟悉民间文艺，特别是熟悉晋地农村的劳动生活、家庭生活及农民们的思想感情；同时他热忱地积极适应新时代的要求，竭力使自己的创作成为新时代里的新主人所喜闻乐见的民族化的精神产品。他的《登记》照旧鲜明地显示出民族化的风格特征：其一，他讲究传统的故事性，故事完整连贯，有头有尾。他说："群众爱听故事，咱就增强故事性；爱听连贯的，咱就不要因为讲求剪裁而常把故事割断了。"（《也算经验》，《人民日报》1949 年 6 月 26 日）可以说《登记》就是采用评书体章回形式讲述的一个连贯故事。它这样开头："诸位朋友们：今天让我来说个新故事。这个故事题目叫《登记》，要从一个罗汉钱说起。"作者如同说书人，读者如同听书的朋友。它的第一节《罗汉钱》，相当于第一回，通过写两枚罗汉钱和两个戒指的来龙去脉，写两种婚爱的命运。第二节《眼力》相当于第二回，写艾艾等反封建的小人物的所作所为和小飞蛾的转化。第三节《不准登记》相当于第三回，继续写反封建的小人物所进行的斗争。第四节《谁该检讨》相当于第四回，提出解决问题的办法，表明故事的结局：艾艾等反封建的小人物都取得了胜利。故事的脉络十分清晰完整。其二，他注重在叙述故事中刻画人物，他喜欢采用白描笔法刻画人物；让人物用自身的言谈举止刻画自己；他力戒孤立地静止地描述人物的心理状态；这些表现艺术显然都是传统性的。《登记》中这样描写小飞蛾对保安的思念：她只有“偷偷地玩她那个罗汉钱”，“每天晚上打发婆婆睡了觉，回到自己房子里关上门，把罗汉钱拿出来看了又看，有时候对着罗汉钱悄悄说：‘罗汉钱，要命也是你，保命也是你！人家打死我我也不舍你！咱们死活在一起！’她有时候变得跟小孩子一样，把罗汉钱暖到手心里，贴到脸上，按到胸上，衔到口里……除了张木匠回家来那有数的几天以外，每天晚上她都是离了罗汉钱睡不着觉”。这些简朴的言行描写，展示了小飞蛾的心理状态，既可见小飞蛾缠绵、软善、多情的性格侧面，也是对封建包办买卖婚姻的指控。其三，他创造性运用适合他所处时代的中国老一代农民口味的民族语言和地方语言，这是构成他民族化、大众化、通俗化艺术风格的重要因素。他这种语言的总体特征是：通俗、易懂、晓畅；朴实、简练、风趣；生活化，口语化，个性化；通俗性与文学性相结合，朴而不拙。他多用农民的口吻描述，多用农民习惯的句式，博采农民的口语，体现农民的语气。他在《登记》中这样介绍主要人物及其关系：“有个农村叫张家庄。张家庄有个张木匠。张木匠有个好老婆，外号叫个‘小飞蛾’。小飞蛾生了个女儿叫‘艾艾’，算到一九五〇年阴历正月十五元宵节，虚岁二十，周岁十九。庄上有个青年叫‘小晚’，正和艾艾搞恋爱。故事就出在他们两个人身上。”其说书味、乡土味是否很浓？再如：“二十多年前，张木匠在一个阴历腊月三十日娶亲。娶的这一天，庄上人都去看热闹。当新媳妇取去了盖头红的时候，一个青年小伙子对着另一个小伙子的耳朵悄悄说：‘看！小飞蛾!’那个小伙子笑了一笑说：‘活象!’不多一会，屋里，院里，你的嘴对我的耳朵，我的嘴对他的耳朵，各哩各得都嚷嚷这三个字——‘小飞蛾’‘小飞蛾’‘小飞蛾’……”热闹的娶亲场面是用农家的口语和口气描绘出来的！其四，他着意写出浓郁的地方风味。在《登记》中他描绘了多种地方生活风习：相爱的男女青年交换戒指和罗汉钱的风习，张家庄正月十五玩龙灯的地方风习，新媳妇在大年初一被两个妇女挽着到邻近各家去拜年的地方风习；还有男女青年成双结伴到村公所开结婚介绍信的情景，区公所开结婚证时王助理员搞形式主义的情形等。诸如此类描写，都富于地方色彩和特定时代的气息，使小说散发出特定时代的浓郁的地方风味。

赵树理所创造的适合中国老一代农民口味的文学创作将民族性、地方性、形象性、生动性、表现力很好地结合了起来，他创造与奉献的精神食粮，以赢得20世纪80年代前老一代农民的喜闻乐见和口味为最大的社会效益和艺术效果。

2

在新中国成立初期，以敏锐目光盯着农村社会新变化的李凖一露头角就震动文坛和引起社会的瞩目。李凖生于1928年，河南省孟津县人，12岁小学毕业后上初中一年即辍学，他也得益于自觉坚持不懈地自学；1943年后在洛阳当学徒的二三年间，他用自己微薄的工钱几乎租读了一间小租书店里的全部中外图书；在1945年后当邮递员的三四年间，他又获得了博览报刊的机遇，因此文学修养得以不断提高；1952年正式开始文学创作，在小说、电影剧本、话剧、戏曲、散文方面都有成果，其中，他凭为当时的农村社会在究竟走哪条路的现实问题上敲了一锤警钟的处女短篇《不能走那条路》，而迅速成为知名于社会各界的文坛新秀。

《不能走那条路》完稿于 1953 年 10 月 2 日，始载于同年 11 月 20 日《河南日报》，1954 年 1 月 26 日《人民日报》予以转载，并加按语："这篇小说，真实、生动地描写了几个不同的农民形象，表现了农村中社会主义思想对农民自发倾向进行斗争的胜利。这是近年来表现农村生活的比较好的短篇小说之一。"（引文转引自《新中国文学词典》，潘旭澜主编，江苏文艺出版社 1993 年版）随后全国有 30 多家报纸和 10 多家刊物争先转载，并被改编成话剧、梆子剧等反复演出，因而持续形成轰动效应。

李凖这篇一时为众口赞赏的颇有影响力的成名作，已经显示出李凖短篇创作的一些基本特征：

其一，他选择的是故事性结构的创作路子。其小说线索单纯明晰，有故事性；其将人物形象的塑造和主旨、主题的表达，同故事的叙述相结合；只不过不如赵树理的故事那样细致、完备、详尽，不像赵树理那样把每件事的来龙去脉都交代得一清二楚，也不像峻青那样在故事的曲折奇巧上下功夫。《不能走那条路》写的是"土改"后张拴卖地和宋老定买地的故事，买卖土地是故事的中心线索。在"土改"中翻身的贫农张拴虽然分得了好土地，但没有心思种地，也不会种地，只一心想通过"胡捣腾牲口"捞取暴利，结果赔本欠了账；为了还账，他横心要卖掉"土改"时分给他的"一杆旗"好地。信息一传开，正符合日夜滴答滴答地打着买地小算盘的宋老定的心意。于是在旧社会当过财东账房的王老三，积极地为宋老定买地东串西颠。但最后，宋老定在不断变革的新时代环境里经过反复的思想斗争，不但放弃了自己买地的打算，而且主动热心帮助张拴渡过了穷困生活的难关。而一心想以"捣腾牲口"捞取暴利的张拴，在新政策新思想的不断教育下也醒悟过来，消除了卖地的念头，决心以搞打苇席的副业生产来还清欠账，改善生活，同大伙一道在政策指引的轨道上创造美好的人生。由此故事梗概已可知其所描述的故事有始有终，虽然线索并不曲折，也不复杂，但却是紧紧地围绕着与当年的有关政策相应和的创作意图以及塑造与创作意向相适应的人物的需要，极为紧凑与明晰地延伸、展开与收束的。

其二，李凖是农村新事物的追索者，他注重透过农村日常生活揭示新农村社会中的新矛盾、新课题。他对新农村的新生活抱有考察、探讨、研究的激情，他当年听到一个税务干部说："咱们土地交易税是经常超额完成任务。"（《我怎样写〈不能走那条路〉》，《长江文艺》1954 年 2 月号）这句简短的话，引起了他反复思考，他感到："土地改革以后，中国农民到底要走什么道路？生活中提出了这个重大问题。……因此就写了《不能走那条路》。"（《从生活出发》，《光明日报》1978 年 6 月 17 日）小说在当年的特定时代环境里，相当鲜明、尖锐地展示出三条农村生活道路：一条是张拴所代表的道路。他贩卖牲口，出卖土地，被视为终将使自己面临破产的道路。一条是宋老定一时所代表的道路。被视为是建立在别的农户破产的基础上的个体"置业""发家"的道路。一条是东山和秀兰理想中的互助合作的道路。东山和秀兰所代表的这条道路，被赞誉为是防止某些农户破产的一道过好日子的道路。小说就这样为当时的新农村社会敲下一锤警钟："土改"后不能买卖土地，"不能走那条路"——两极分化的老路。因而最先以艺术形式的方式提出了如何防止新农村的两极分化和如何引导农民走共同富裕之路的问题，这便是"买卖土地"的故事的精神实质，也是客观摆在当时新农村社会生活中和思虑于当年社会各界人们头脑中的新矛盾、新课题。

其三，李凖注重在新旧思想和新旧性格的冲突中刻画新农村的新人形象，他笔下的人物形象散发着强烈的新时代气息。《不能走那条路》中的东山和秀兰是李凖笔下的第一批新人形象，他们体现出当时农村社会中新生的社会主义思想同两极分化的思想倾向的交锋。东山强烈反对“土改”后买卖土地，反对走旧社会那种两极分化的剥削之路；他的妻子秀兰也同他志同道合，并盼望着大伙儿由互助组转入农业合作社；他们两口子的思想显然与特定时代的农村政策导向及精神实质是贴近或吻合的。但李凖在小说发表后不久说过，由于自己当时对这类新人还“缺乏深刻的理解”，尚未“钻到人物的灵魂深处”（李凖《我怎样写〈不能走那条路〉》，《长江文艺》1954 年 2 月号），因此对他们的描写难免处于粗略的概念状态。小说所着重刻画的宋老定形象是构成新旧观念和新旧性格冲突的重要一方，属所谓在岔路口上徘徊过一阵子才迈向正道的转化人物。小说既真切地展示了他那传统的小农生产者的心灵状态，也真切地描写了他思想转化的过程。“土改”之后，他家里之所以变富，既非靠搞投机倒把，亦非靠种地，而是由于他二儿子东林在外头当木匠而每月邮汇回家“几十万”（即现今票额的几十元）。他捏着这些汇款，既舍不得吃，也舍不得穿，只是日夜翻来覆去地谋算着如何“买地”，以致熬红的两只眼睛常常布满“血丝”。他“买地”是有意要成为“大财主”去剥削别人吗？他的实际思想活动是：“地是根本”，活着不能给后代“买十亩八亩”地，“心里总是下不去”；自己地多既能让子孙后代“宽绰”地生活，也能让子孙后代称道自己是“置业手”。可见他“买地”的自发性动机是源于世代沿袭的为后代“置业”的传统观念，与旧财主的剥削观念是完全不同的。小说着重展示了他在岔路口上徘徊的相当复杂而痛苦的心理：他有时感到脸红，有时感到理屈，有时感到难受，甚至有时竟难受得“象一捆柴倒在地下一样倒在床上”；他想到自己同张拴早已去世的父亲一样，熬过十八年长工，吃过许多受人“剥削”的苦头，想到自己的亲生女儿在旧社会“活活饿死”，内心一直感到很痛苦。正是由于他并非自觉地要“走那条路”那种人，因此在他大儿子东山的反对、教育以及其他走得正挺得直的农民的影响下，经过反复的内外思想交锋，终于清除了“糊涂”思想而醒悟了过来，扭转了一心想“买地”的自发思想倾向，以实际行动归向了东山所选择的谋求“共同上升”之路。小说意在通过这一转化过程表明：只要及时“教育”与“引导”，农民们是不会“走那条路”的。就广义而言，这种由旧变新的人物形象，也可以说是代表着当年老一代农民的新人形象。

其四，李準的小说创作显示出朴素、平易、明朗、欢快的文风。他的文笔质朴，语言平易、流畅、洗练。他说：“我的目的就是这样：能够让农民们听听，笑一笑，从笑声中来摆脱他们的落后，从笑声中认识到什么是先进。”（《我怎样学习创作》，《文艺学习》1956 年第 1 期）他的小说创作注重细节的选择和特写镜头的展现。如在《不能走那条路》第四节中他这样写道：“秀兰正和婆婆在厨房里烙馍，两个人一问一答正说得有劲。老定听见媳妇说：‘我爹呀！他还有老脑筋……’他就站在院子里歪着头听起来。”秀兰婆婆回答说：“他还不是为你们。他已经半截入土了，还不是为你们打算。人一年一年多了，他能不为你们打算！”秀兰听了却不以为然地笑着说：“俺们才不叫他打算哩。现在咱是互助组，过年咱村要是成立合作社，咱就参加合作社。将来能用机器种地，还发愁没粮食吃！”宋老定歪着脑袋仔细听着，“气的胡子都立起来了”。“吃饭时候，秀兰端上了饭。老定把脸扭在一边看都没看。秀兰说：‘爹！看凉了，吃罢。’他象没听见。停了一会儿，他忽然向东山娘说：‘我不吃了，我去集上吃肉哩！’他说着抓住几个馍，气呼呼地说：‘我给谁省哩，我把八股套绳都拉断了，还落不下好！’他眼睛一翻一翻地瞪着秀兰，秀兰脸朝着墙在暗暗地笑。”宋老定带着自家的几个馍“确实到集上吃了一顿。不过他没有吃肉，他只吃了一碗豆腐汤煮馍。”李準当年就这样前后写了带有豫西地方色调和乡土气息的婆媳之间、公媳之间以及老定自个儿在集上吃豆腐汤煮自家馍的三个特写镜头，把三个不同人物的基本性格突显出来了。

当然，艺术家们一般都难以逾越特定时代的局限性。在当年，李凖在创作思想上不可能认识农村商品经济道路的重要性，也不可能认识农民死守土地的弊病，但他所探索的是与数以亿计的中国农民的生活道路攸关的重大课题，其于中国文学历史长河中的艺术探索价值无可取代。

3

作协陕西分会小说家王汶石在新中国成立后的 20 世纪 50 年代中期曾以描写陕西渭河两岸农村生活出名于文坛。王汶石生于 1921 年，山西省万荣县人；1936 年春入县城高小读书；西安事变后积极参加抗日救亡活动，后到西安私立东北竞存中学学习，1942 年到延安西北文艺工作团工作；1956 年开始从事专业创作，致力于写农村题材。他说："要把笔墨献给新生活，献给新人物；要以现实生活为基础，以革命理想为主导，在本质伟大、貌似平凡的生活现象中，概括和复制无产阶级新人物的形象，展示他们崭新的思想感情。"（王汶石短篇集《〈风雪之夜〉后记》，人民文学出版社 1977 年版）可以说他一时产生过较强反响的力作及其主要的创作特色，均与其上述基本创作主张有关。

带着微笑看生活、写生活，饱含激情地描绘农村"新生活"和讴歌农村"新人物"，是王汶石短篇创作的显著特征。他以陕西渭河流域农村作为自己小说创作的生活根据地，那里的人生变化和乡土人情滋养着他的创作思想和滋润着他的笔端；他以突出描写陕西渭河两岸村民在农业合作化后的生活变革为己任，为特长；虽然并非毫不涉及生活中的困苦面，但他更喜欢侧重描绘"新生活"中理想的美好的一面，喜欢从有新鲜色彩的令人欣悦的一面去着眼与着笔，因而使作品洋溢着对"新生活"的乐观情调。在描绘"新人物"方面，他的创作眼光着重凝视乡间那些"貌似平凡而本质伟大”的普通村民，着重观察与表现他们新的性格因素，让他们处于浓郁的特定时代氛围和沸腾的农村生活变革的热潮之中，从而既显示他们像土地一样朴实的传统的精神美和心灵美，又突现了他们在新时代的农村生活热流之中的成长和具有特定新时代特征的新思想品质与精神风貌。

王汶石短篇创作的基本特征于其代表作《新结识的伙伴》（完稿于1958年9月10日，发表于《延河》1958年11号）里有明显体现。虽然它带有些“大跃进”年代的气息（如写及棉花“卫星田”等），但其主调是对农村“新生活”中的“新人物”的一曲颂歌。其中的张腊月和吴淑兰，都是在新时代的劳动竞赛的生活热流中成长起来的鲜明地表现出了新性格、新气质和新精神面貌的“新人物”。过去，她们或处在可悲命运的底层，或处在旧礼教、旧道德、旧观念的桎梏中，聪明才智几乎完全被压抑；在提倡“男女平等”的新时代环境里，她们的人生命运和思想性格发生了巨变，成为争强好胜、不甘落后、大显身手、大胆创造业绩的新型农村妇女。在旧时代，张腊月小时曾给赵百万家当“粗丫头”，结婚后，又整天跟着“那死鬼男人牵牛、跟车”；进入新时代后，她才逐步摆脱束缚而真正获得人身自由，并随着时代变革而经历过“土改”等运动的磨炼；在新旧生活的风雨中形成了她健壮的体格和外向的性格；她的手是“粗壮”的，她的肩头是“圆”的，她的脸是“红喷喷”的，她的上唇是“翘起”的，泼辣、直率、豪放，“高喉咙大嗓子”，“火炮性子，一点就响”；眉眼里常闪露出自豪的神气，有时说话还“快活地挤挤眼”，“耸一耸鼻梁”，或者“瞪着惊奇的眼睛”，或者重重地捶着别人的肩膀，甚至还“扮着鬼脸”。这些个性化的言行，表明她身心里已经丝毫没有了旧时代那种作为使唤“丫头”和男人附属品的气息，时代的巨变带来了她思想性格的巨变。吴淑兰的性格同张腊月的性格形成鲜明对比。她是传统的“好女人”“好媳妇”；瓜子形脸，“肤色微黑”，秀气俊俏；性格内向，文静凝重，温顺含蓄，柔中有刚；多思能干，不爱闲谈，论干活“哪一个妇女也比不上她”，但面对别人的言谈，却常“抿着小小的美丽的嘴”，热情地“文静地笑着”，有时也偶然会表现出因有些害羞而红着脸的神态。在旧时代，她从小受着“寡居的母亲的严厉管束”；快出嫁时，母亲反复叮嘱她“要检点”，“要当个好媳妇”。什么叫“好媳妇”？她母亲早已用有生以来的行为作了明确回答：每日认真做好眼前的烦琐家务；要“抚育孩子，孝敬公婆，缝缝补补，锄地，割草，喂牲口……”；不管担子有多重，都要遵从传统道德观念默默无言、默默无闻地挑起来。在刚进入新时代时，她那有政治思想觉悟的丈夫对她说：“今晚开群众会，你去参加吧！”她只对丈夫笑笑，“不说什么，依然坐在灯下，依然拿起针线来”，像过去母亲叮嘱的那样“缝缝补补”。过不久，丈夫又对她说：“明天党支书作报告，你去听听吧！”她同样只对丈夫笑笑，同样“不说什么，第二天，照常托着洗衣篮子，照常到井边去了。”而后不久，丈夫又对她说：“村里要办个妇女学习组，你去报名吧！”她仍旧只对丈夫笑笑，仍旧“不说什么，仍旧低着头，仍旧去做自己早已安排好的、三百六十天每天该做的事”。吴淑兰确实是按照母亲的“当个好媳妇”的叮嘱去做了，远近传统村民都夸奖她是“好媳妇”，夫家的亲戚们都称道她是“好媳妇”，丈夫的朋友们都赞叹她是“好媳妇”，她在传统思想道德观念主导下形成的性格受到了普遍颂扬。此后，她因女伴们的齐心推举而当上了南二社的妇女队长，使她不得不平生头一次从锅灶旁迈出来在世面上“抛头露面”，在火热朝天的时代里“不声不吭”地带领着她那群女伴们跟对手张腊月所带领的南四社的女伴们每日“暗赛”不休，虽然强壮、大胆、泼辣、敢说、敢干的对手张腊月口口声声说她“还很嫩”，但她不仅同南二社的女伴们一道凭高尚风格、进取精神和实干成绩，把“竞赛红旗”牢牢地拿到了手，而且还“暗示”今后仍要坚持不懈地同南四社的女闯将张腊月“摽着干”，时代的巨变也同样带来了她的思想性格的巨变。总之，小说通过对张腊月、吴淑兰两位农村妇女由互不相识，到既结成亲密伙伴又成为劳动竞赛对手的描写，展现了新时代里人与人之间的新型关系，讴歌了新农村中的“新生活”和“新人物”，歌颂了农村普通妇女们的成长，显示了新时代的农村妇女的社会地位、生活命运和精神面貌的巨变。王汶石当年是自然而然地满腔热情地追逐着新时代的足迹与应和着新时代的足音前行的，他在描写新农村的“新生活”和“新人物”方面，确实以此在特殊年代里洋溢着人与人之间激情的浪漫曲式的小说作品，鲜明地显出了自己创作的独特点。

王汶石善于从日常的平凡生活中捕捉富于时代特征的戏剧性情节去创造作品的喜剧色彩，这同他从事过戏剧创作有关系；在延安时代，他创作过秧歌剧《边境上》，新中国成立初年又创作出反映抗美援朝斗争的大型歌剧《战友》。同时他注意描绘富有地方色彩的风景画和风俗画，这有助于增添作品独特的乡土气息。他的笔调活泼、轻松、明快。

4

在发掘、追踪、探索与描写新农村社会现实的新人新事方面，李凖真诚地付出了许多心血。他说：“近几年来，我在写作上有个愿望，想写一些农村新人物，想在农村新人的精神面貌上，新的性格形成上，进行一些探索。”（李凖《我喜爱农村新人》，《电影艺术》1962 年第 6 期）特别是他在塑造农村女性新人形象上更加突出，在 20 世纪 60 年代伊始，他相继创作的短篇《李双双小传》（载《人民文学》1960 年第 3 期，经李凖精心修改过四次）和《耕云记》（完稿于 1960 年 8 月 23 日），所致力塑造与歌颂的都是农村新型女性形象。

《李双双小传》塑造了一个冲破旧观念的束缚和丈夫“大男子主义”

的阻挠，从传统家务中“解放”出来而全身心地投入“火热”时代的生活激流的农村新型妇女李双双形象。李双双十七岁就嫁给孙庄孙喜旺，年纪轻轻就不得不一个紧接一个地拉扯着三个小孩子，整天得围着那个锅台转，丈夫喜旺在别人面前提起她，只说“俺那个屋里人”或“俺做饭的”，全庄没几个人知道她名叫李双双，特别是“才过门那几年”，“没断挨”奉行“大男子主义”的丈夫打，这便是她原有的“很难有露面的时候”的多少带有“夫家奴”性质的生活地位。在“火热”年代那“向水利化进军的高潮”中，她因贴出“家务事，真心焦，有干劲，鼓不了……”的“大字报”，她的名字才开始“被人响亮的叫起来”，她的思想性格也才真正显露在众人面前。她有鲜明的个性特点：有“火辣辣的性子”，有“敢说敢笑的爽快劲儿”，“爱在街上管闲事”；她勤劳能干，心灵手巧，“做得一手好针线”，会纳鞋底会做鞋，纺棉花“粗拉拉的线一天能纺半斤”，“织起布来一天能织一丈三四”，里里外外“干起活来快当利落”。她反对丈夫的“大男子主义”，不甘居于绝对从属夫权的生活地位，要求夫妻相处相待以“理”平等论“是非”，反对不分是非曲直妻子都必须服从丈夫，反对丈夫那种“做饭就是屋里人的事”的旧思想，反对无论如何丈夫总是跷着木马脚或“直杠杠的躺在床上”“叭嗒叭嗒抽烟”来等着妻子做好饭端到跟前“请吃”的旧习性，主张谁先到家谁就该主动先下厨房动手做饭的新规矩。她要求从锅台劳动走向热火朝天的社会劳动，不乐意丈夫总想让自己束缚在锅台边和光守在孩子旁过日子；自农业合作化热潮以来她的愿望一步步得到了实现，在积极参加村东修引水渠时她表现出同男人们一样能干，被调到养猪场喂猪时她一人管喂“十八头猪”，同时为了让老母猪多生“猪娃”她还研究与掌握了“人工授精的新技术”，并想出了肥猪瘦猪“按类分槽”喂养的新方法，使养猪场很快兴旺了起来。她认为“吃食堂”既免了让家务“缠一辈子”，又“省工夫”，因此她率先主张在孙庄办“公共食堂”，结果得到孙庄党支书和乡党委的支持与赞扬。孙庄“公共食堂”办成后，她由养猪场调到“公共食堂”当了“炊事组长”，不久又当上了“食堂管理员”；她奉行的原则是无论何时何地做人做事都要“立的正，行的正”，要“一清二白，别见小”，在食堂里必须“不偷不摸，公公道道”，“不沾便宜”，要让大伙“吃饱”、“吃好”、吃得“卫生”；她亲自带领炊事员们改善食堂卫生条件，“案板、木笼、锅碗瓢勺都洗刷得起明发亮，不见一个灰星”，食堂里既无老鼠，也无苍蝇，面貌焕然一新；她发现大伙不喜欢吃红薯，就同食堂炊事员一道设法把红薯磨成粉浆烙成“又香又软”的煎饼，或再掺点白面擀成“又细又长”的面条，再加上对“炊具改革”的成功，因此充分满足了孙庄人久已盼望的“粗粮细吃”的心愿。由于她“工作积极负责，办事又公道，群众很满意”，“在冬天整社建党时”，她“被吸收加入了党”，同时在全县“食堂大评比检查”中，她主管的“孙庄食堂因为粮食节约和粮食调剂搞得好，被评为县一等红旗食堂”。上述便是小说所“传”的李双双的主要事迹。李双双携全家大小一起“吃孙庄食堂”，并把自己的几个孩子送进了“孙庄幼儿园”，确实一时从自家的“锅台”边和“孩子”旁的传统家务中“解放”到社会生产中来了，她在反对家庭中丈夫的“大男子主义”和在社会生产与社会服务中，突出地显出了勤劳能干、公道无私、热心泼辣的品格，她是从特定时代激进的农妇中提炼出来的新人形象，她概括着新中国成立后20世纪50年代里的广大农村妇女自觉与非自觉地走出传统家务小圈子而投身社会生产热潮的一般历程和社会风貌，曾备受当年社会各界和文坛界的称许。

《耕云记》所着力塑造的萧淑英形象，则属于立于20世纪那特定岁月的农村少女前头的具有一定气象科学知识的新型农村姑娘形象。她原是身体“修长健壮”的长有“一双很俊的眼睛”的“放羊的丫头”，只在山村里上过“三年扫盲班”。她生长的玉山是个山区，“气象情况复杂，又是在省的边沿，有时候全省全县的气象预报，在别的地方都准了”，可在玉山地区却“不一定准”，因此在安排与指挥农林牧副渔生产上老是被动，同时山区百姓一年四季的衣食住行也常需了解气象如何，“小妮子”萧淑英就是在这种迫切需要中成长起来的“农业气象员”。她 1958 年冬天被“保送到省里‘气象训练班’学习”，从对“气象”一词是啥意思都完全不懂的水平学起，头天听课时笔记都记不下来，在寒冬里急出“一头汗”；第二天她干脆用心“狠狠往脑子里记”，到夜里才“一个字一个字再往笔记本子上写”。在三个月培训时间里，由于训练班教师的“特别辅导”和自己夜以继日的不懈努力，结业时竟“考了个第一”。回到山区后，她在领导支持下立即白手起家，自力更生，克服重重困难积极筹建“气象站”；安放气象仪器的“百叶箱”是用她妈“一个破板箱改了改做的”，“风向仪”“量雨器”是找人用土法做成的，“量墒情的‘烘土器’”和“量湿度的‘毛发湿度仪’”是她自己创造的，保护气象站四周的“木栅栏”是她用“高粱秆”结结实实编成的“篱笆”，年仅“十八九岁”的小姑娘就这样“土洋结合”，破天荒地在玉山地区建立起了农业气象站，成了“山窝窝里”“耕云播雨”的第一个农业“气象员”。她怀有不凡的理想和志气：决心用气象科学和实际经验“牵着龙王鼻子走”；她巧妙地剪下这样一幅窗花：“天空上，朵朵云彩飘动着，一条龙拉了一张犁，张牙舞爪的在云彩里奔腾着。后边扶犁的是一个姑娘，她微笑着拿着鞭子赶着龙。”她对农业气象测报一丝不苟，高度负责，每天到“观天台”（她命名“气象站”为“观天台”）上认真观测，专心记录，及时预报；她将“洋”的“气象科学知识”和本地的“土农谚”相结合，在向乡亲们宣传“气象科学知识”的同时，还特别虚心地向老农请教与收集“云往东刮场风”“云往西披蓑衣”“东虹日头西虹雨”等气象谚语。她首次预报的“霜冻”气象讯息未完全准确，因而曾遭到七嘴八舌的冷言冷语；面对挫折她没有“躺倒”，而是继续认真准确地预报了第二次“霜冻”，并以及时燃烧“几万斤柴禾”驱散寒气的土方法战胜了“霜冻”，使玉山地区“几万亩麦子没有受到损失”。她不畏挫折，很有毅力，人小心计强，不断用心总结经验，心里牢记着山区以往降雨前“风云”等变幻的情景。正当麦熟麦收时节，有一天她观察到空中有“三条箭形云”，根据心里牢记着的“日落三条箭，隔天雨就现”的老经验，加上看到自家养在瓶中的蚂蟥“不在水底”而老想“跳出来”的情状，以及在“观天台”观测到的气温、风速等数据，果断地作了一场中雨“第二天下午就要来到”的气象预报。根据她的预报，山区生产指挥部决定“一律停止再收割麦子，集中全部力量，连夜突击运，突击打”，同时决定第二天上午“突击栽红薯”（六千亩）；结果既保住了已收割的麦子颗粒回仓，又省了给刚栽下的薯苗浇水的大量劳力。特别是在面临“百年一遇”的大旱的严峻考验的关头，她更是鲜明地显示出了“实事求是，敢说敢负责”的优秀品质。玉山地区那“八万亩稻子”的收成是男女老少的“命根子”，在大旱之年要保证“八万亩稻子丰收”，唯一靠“双山中型水库和下滩水库”的“四千万方水”的浇灌。在正在抗大旱的热潮中，县里气象站预报一日夜里有“大雨和暴雨”，可根据“观天台”所观测的气温、湿度、风向、风速等的气象数据以及天空云状、老农经验作综合判断：玉山地区一连两天“都没有雨”。同时县里水利局根据有“大雨和暴雨”的预报决定：为防“暴雨”后“山洪暴发”和保证“全县安全”，责令“把全县水库里的水都要放掉”。在此紧要时刻，即使在黑云翻滚电闪雷鸣的情景下，萧淑英小姑娘依然坚定地预报说：“咱们这儿确定不会有雨”，“只有一场六级风”。正是由于听从了她的准确预报，才在大旱之年保住了玉山地区水库的水，保住了“八万亩稻子”的丰收，保住了玉山男女老少的“命根子”。事实证明，一年四季，阴晴风雨，炎夏寒冬，都基本上在她的预报之中，领导称赞她：“工作很好，在群众中威信高”，是“侦察天空的小情报员”和“指挥农业的参谋”！农民们这样称赞她的气象站：“气象站，我赞成，一会离了也不行。指挥生产当参谋，征服自然当哨兵。你们长了千里眼，能看云外天十层。能唤雨，能呼风，能报天阴和天晴。只要常听您的话，更大丰收有保证。”萧淑英小姑娘确实尽心尽力地把青春的光辉都闪耀在山区管天管地管风管雨的“征服大自然”的热潮之中了，在协助安排、指挥集体农业生产和防灾、抗旱、夺丰收上，发挥了重大作用，因而她荣获了“全省的‘红旗手’”的称号。

诚然，《李双双小传》和《耕云记》的行文中及其主要人物的思想性格上，都难免多少留有“大跃进”的特定历史环境的印记，但其创作立意的实质点是值得肯定的，其具有一定典型性的主要人物形象的历史和艺术地位是无可取代的。前作提出的是解放妇女生产力和如何使妇女在社会生活中全面地赢得平等地位的问题；其主要人物李双双贴大字报要求办“公共食堂”虽然是脱离当时农村社会家庭实际的举动，但其思想实质在于反对旧意识、旧习惯，反对一成不变地“走老路”，要求“走新路”，要求“男女平等”，要求投身集体生产劳动，要求在社会生产劳动中发挥妇女的才智与力量，要求做新时代新生活的真正的主人。后作通过在新农村建立“气象站”的描写，以一个平时“不声不响”的刚“脱盲”的“小妮子”而成长为在关键时刻举足轻重的“耕云播雨”的农村“气象员”的艺术形象，显示了掌握现代科学知识和科学技术对于发展农业生产和战胜大自然灾害的重要性；萧淑英这一艺术形象是有深刻启迪意义的，农村社会在实现以土地为中心的公有制的新历史条件下所迫切需要的是什么？是掌握现代科学知识和科学技术，实现农业科学化、现代化，这是农村社会前途和农民愿望之所在。解放社会生产力和农业科学化问题，既是当年农村社会现实面临的重要课题，更是具有长远意义的重大课题，这既显示了李凖创作的新进展，也反映与预示出了时代内容的变化。应当说，李凖如此描写新时代的新人、新性格、新精神面貌的创作追求，是可贵的，是显出了其真知灼见的。

《李双双小传》和《耕云记》属显明李凖当年创作思想状态的代表性作品，他对作品中所描写的一切都可谓充满着乐观自信。前作所描写的孙庄春暖花开，枝条摇曳，麦苗油绿，丰收在望，笑声一片，其乐融融；后作所描写的玉山地区在大旱之年，靠着“气象站”的准确预报而将水库里的“清清的泉水放出来”浇灌“八万亩围风不透的稻田”，照样“热火朝天”、喜气洋洋地夺得了大丰收；作者当年对自己所观察、所体验到的农村生活是充满自信的。同时作者对自己的艺术进展也是充满自信的，作品的思想和艺术既有统一性，又有相对的独立性，两作中虽然有点夸“大跃进”的笔墨，概念化的印痕亦非毫无（如《耕云记》中的“富裕中农范富兴”总是“说风凉话”），但从总体衡量，其表现艺术可谓已向娴熟境界进展。他熟练地在矛盾冲突中刻画新人形象，李双双、萧淑英都是在同旧习惯、旧道德、旧意识的交锋中闪现出新的精神品质，而落后人物也同时在冲突中受到新事物新思想的陶冶，从而共同迈出跟随时代前行的脚步声。他的朴实、流畅、简练的小说语言艺术风格亦几近成熟，茅盾说《李双双小传》“笔墨简练”，前大半部“层层转进，峰峦重迭”，“如果说《李双双小传》还有些多余的句子，那末，《耕云记》就锤炼得相当精醇了；如果说《李双双小传》描写环境和气氛还不够，那末，《耕云记》已经没有这个缺陷了”（茅盾《一九六〇年短篇小说漫评》，见中国青年出版社出版的《一九六〇年短篇小说欣赏》1961 年 11 月版）。

一个时代有一个时代的作家和文学，上述小说家们是程度不同地以特定时代的农村政策的审美眼光盯住新农村现实的，他们直面了特定时代农村社会变化的客观历程和客观面貌。他们的作品的主导意向同中国内地当年那特定的农村政策精神和时代思潮相吻合，这种吻合是他们的作品在当年产生强烈反响的因素之一。

第三章

没有索性背过脸去

1

被赞誉为山药蛋派小说家群体头号功臣的赵树理在农村题材创作上取得了突出成就，被称许为山药蛋派第二号代表人物的马烽，也是在农村题材小说创作上成绩较突出和产生过较大反响的作家。马烽生于1922年，山西省孝义县人；1938年在高小上学时参加八路军；1940年入延安鲁迅艺术学院附设部队艺术学校学习2年，受到“五四”新文学和苏联文学的影响；1942年在《解放日报》上发表处女作《第一次侦察》。他的《我的第一个上级》（完稿于1959年4月，载于《人民文学》1959年6月号，亦收入小说集《我的第一个上级》，人民文学出版社1959年版）是显示他20世纪中期的创作高度及艺术风采的作品之一，它集中笔力刻画了农业战线上肩负领导责任的县农建局副局长兼县防汛指挥部副总指挥“老田”的艺术形象。老田是在关键时刻显示了令人惊奇的精神品格的新人物。他平时给人的印象是反常得出奇的“怪人”，“顶多不过四十岁”，“光头，面色苍白，脸上没有一点生气”；他穿着很“怪”，三伏天还“披着件夹衣”，“穿着条黑棉裤”，而且还扎着裤脚；他走路的姿势也“怪”，老是“低着头，驼着背，倒背着手”，“慢吞吞地”“迈着八字步”；他讲话也“怪”，“少气无力”，“声音很低，很慢，好像没有吃饱饭一样”；他平时处理问题也“怪”，“拖拖拉拉”，“疲疲沓沓”，似乎啥事“都不能使他激动”，啥事都不在乎。但是，在山洪危及人民生命财产的紧急关头，他忽而“完全变成另一个人”；他对全县河渠防汛抗洪的轻重缓急了如指掌，悉数在心，当他的手下人员彭杰向他报告永安河已涨发洪水和安乐庄已决口的时候，他不着急；而当一听到秦永昌报告三岔河洪水暴发时，他马上像中电似的从床上呼地一下坐起来，急忙用电话向有关的村庄作防汛布置，叫他们迅速打开哪些渠闸，立即关闭哪些渠闸，必须往哪些水库蓄水和严守哪段河堤，所有抗洪关键他都布置得一清二楚，“好象在数自己的手指头一样”。同时一放下电话，他马上出发去抗洪第一线，在前往海门村南堤的路上，那是一个“月黑星稀”的夜晚，他“拄着棍子”，竟“走的飞快”，以致彭杰“几乎是小跑才能追得上”他。在堵三岔河决口时，堵决口行家老姜头在遭到一次又一次失败后说：“堵不住啦!”并建议撤走防洪队伍，于是人们陷于慌乱之中；在此紧急时刻，老田却“象只猛虎一样”吼道：“非堵住不可!”吼声未落，他冒着生命危险首先跳进洪流，因而很快镇定了周围人群的惊慌心理和扭转了周围人群的动摇情绪，接着便团结一心，“呼喊着手挽手”地结成一道坚固的人堤，最终保住了人民的生命财产。抗洪胜利后，老田已劳累到了不省人事的地步，“闭着两眼，咬着牙关”，“身子趴在沙袋上一动也不动”，“两条腿弯曲的象两张弓，鼻子里只有一点微微的气息”，幸亏及时将他送医院经医治才脱离生命危险。不久出院后，他又恢复到了原先那个样子：“驼着背，低着头，背着手，迈着八字步”，只是步子迈得更慢了，背也更驼了。小说就这样，用欲扬先抑的笔法，在前后对比中，从“洋学生”彭杰骑自行车“上任”那天上午路遇相撞时所见、当日下午彭杰被他引见时所见所闻以及在防洪抢险的场景中，以平凡和非凡的两面，精彩地刻画出了老田的双重性格：平时普普通通，默默无闻，朴朴实实，毫无架子，以致被只看表面的人误解为疲沓、怠慢、拖拉；而在关键时刻则奋不顾身，显现出了惊人的胆略、魄力、意志、信心和才干，无愧为对人民事业高度负责、勇于献身的优秀公仆。茅盾说：“老田这个人物，写得龙拿虎跳，在马烽的人物画廊中，无疑是数一数二的。”（茅盾《读书杂记》，作家出版社 1963 年版）

人们常说作家作品应当“干预生活”，其实对“干预生活”不宜取绝对化观点，“干预生活”是可以从正负两面进行的。从负面揭示矛盾、提出问题、针砭时弊是“干预生活”，对正面的人和事进行讴歌、表彰也是“干预生活”；据此辩证观点，可以说马烽的《我的第一个上级》就是从正面“干预生活”，从正面讴歌、表彰保持本色的优秀干部，从正面关注干部队伍防腐防变课题的名篇，它颇具特色地塑造了一个毫无官僚主义习气和腐化堕落气息的体现了创作主体审美理想的著名县级领导干部的艺术典型。

相对说来，虽然马烽的创作精力更多的是花在了描写与讴歌农业战线上不同领域和岗位的先进新人形象上，但他也并未在新农村社会的负面跟前索性全然背过脸去。他另一曾产生过较大反响的名篇《三年早知道》（完稿于 1957 年底，载于《火花》1958 年 1 月号），表明他当年的艺术眼光是正视着新农村社会发展的艰巨性、复杂性的。《三年早知道》集中笔力所刻画的赵满囤有精明能干的一面，但更突出的历史性特征却是他具有强烈的利己意识。他加入当时的农业集体生产组织并非心甘情愿，而是在弟弟提出不入就坚决分家的压力下勉强加入的，因此他身在其内而心在其外。他加入是为着自己“合算”，为着在其中实现利己的目标，让他喂牲口，他把别人的本来又高又壮的牲口喂得皮包骨头，而把自家的瘦得剩下骨头架子的小驴驹喂得膘肥肉壮；让他赶车，他不但借机带客赚钱和做小买卖自落腰包，而且暗自挪用集体的炭本，为自家买下头小母猪喂养；让他到集体地里干活他始终懒洋洋的，碰到重活时他会装肚子疼，挑拣到轻活他照样马马虎虎无精打采；虽然受到批评教育后他思想有所触动，干活不再像以往那样偷懒，说梦话时也不再像过去那样责骂集体，但要从他心窝里淘汰掉那利己意识和在行动上停止做利己的活儿，却是非常艰难的事。让他负责指导挖井，当挖到紧要时刻时，他却偷偷地跑到西山贩运枣子赚钱去了，致使公家打井不得不眼巴巴地停工两天；即使他自认为在为集体办好事——诈骗过路的本来要为别的集体猪场配种的巴克夏公猪为本村的集体猪场的母猪配种，表面看来不过是处在损害别的集体利益而为自己所在的集体谋利的本位主义的层次上，实质上也是他那种利己意识的曲折表现。后来虽然小说让他这位 20 世纪中期的小生产者在兴修水利和规划远景的集体活动中以尽心尽力的行动表现了他集体观念的长进，但他此前的重“实利己利”依然是他的核心思想意识。他的思想实际及其“实利”要求与当年的集体经济生产形式和集体经济制度不相吻合。小说正视了当年要改变农民的小生产者的思想意识而令其接受集体的新观念和新的生产与生活方式的艰巨性、长期性、复杂性。

马烽特别强调深入农村生活和尊重农村政策对于创作农业题材作品的重要性。他认为，为着“忠实地反映生活”，必须长期地深入生活、积累生活。他说：“不管哪个作家，不管他是写哪方面的题材，都有个深入生活的问题。”而且他主张以扎根基层任职的方式深入生活，而不赞成“走马观花”式。同时，为着“忠实地反映生活”，他认为还必须尊重农村政策。（引文见包立民《根深叶更茂——访马烽》，《文艺报》1982 年第 9 期）他说：“我们的社会生活的发展受政策的影响非常大”，“如果对农村的具体政策不了解，就会不了解人物活动的典型环境，就不能很好把握住典型环境中的矛盾、冲突，当然也就难以塑造出典型环境中的典型人物”（出处同上）。这是他当年创作实践的指南，也是他对自己创作经验的总结。

马烽主张短篇创作要“新、短、通”。所谓“短”，就是力求“短小精悍”，这该是短篇小说本身的基本审美特征。短小并不意味着贫乏，不意味着缺乏生活和对生活的见解，不意味着漫不经心地轻易拼凑；而要求内蕴丰富，以少见多，以小见大，启人深思，借生活之一斑而窥知时代之全豹；在名副其实的短小篇幅中，要力求所择取与描写的生活内容富于典型意义，力求让有性格特色的人物鲜明起来，力求使之耐咀嚼耐品味；显然，要在创作实践上够得上如此的“精悍”，实在不容易！所谓“新”，主要是就时代、生活、思想的内容和人物形象来说的。他说：“就是要大力表现新的时代，新的生活，新的群众，积极反映生活中新的、革命的，具有无限生命力的新生事物”（见马烽《谈短篇小说的新、短、通》，《光明日报》1960 年 8 月 2 日，亦见《火花》1960 年第 9 期），“着重去写人的变化，着重去写人们思想意识上的变化”（马烽《〈三年早知道〉的写作经过》，《文学知识》1959 年第 3 期）。马烽自觉地以敏锐的感受力去发现生活的“变化”，“新”就意味着“变化”，“变化”就是“新”。所谓“通”，就是要“通俗易懂，平易近人”。马烽作为山药蛋派的第二号文学功臣，也追求文学的民族化、大众化、通俗化，也善于编造农民喜闻乐见的故事。他的著名代表作《我的第一个上级》是用讲故事的口吻描述的，他的代表性名篇《三年早知道》亦由许多有趣的大小故事连缀而成；它们都在叙述故事中完成刻画人物的艺术使命。其文笔通畅明快，朴实平易，带有风趣性、幽默感，适合民众的口味。

2

在20世纪中期，西戎也以很大精力从事农村题材的短篇创作。西戎生于1922年，山西省蒲县人，幼年读过小学，1940年冬到延安艺术文学院附设干部班学习，1942年开始在报刊上发表小故事，后进行小说创作。他的《宋老大进城》《赖大嫂》是他新中国成立后写的显示其创作个性的代表性作品之一。

西戎同20世纪中期“晋军”中的其他文学功臣一样，也关注着现实农村社会中的农民人生的变化，重在描写农民的思想、习惯的现状，描写农民由旧变新的欢乐、艰难、痛苦的复杂历程。他的《宋老大进城》（完稿于1955年9月被收入《短篇小说选（1953.9—1955.12）》，人民文学出版社1956年版）即突出地描写了当年农村阵地上同特定时代思潮一道欢乐的“急进”的新老农形象。宋老大奉命一大清早快乐地赶着骡子拉的满满一大车麦子，要到城里的供销社换购回“农业社”添置的新式农具——水车、步犁、圆盘耙、喷雾器等，同时还要买回两头大骡子，这两件公家的大事他都圆满地完成了。与此同时，他还意外地首次发现自己的闺女小秀，早同他随时满口称赞的副社长张方奎自由恋爱上了，让他暗自喜出望外；宋老大老伴跟着进城是为着买一块花布，可最后，宋老大将刚从银行里取出的要给老伴扯花布的十元钱，擅自挪给了搞科学试验的张方奎试制治蝼蛄的药方去了，搞得老伴白跑了一天，一无所得，因而满肚子怨气空手而归。这便是小说描写的“宋老大进城”的始末。但小说主要是在“进城”过程中集中刻画宋老大的“急进”的新老农形象。宋老大有两大基本特征：一是“爱管闲事”，分内的事要管，分外的事也要管。他是社员，不是社干，分内的职责“是光管赶车跑外，照料牲口”，但“每次社干们开会，不管需要不需要他，他都自动跑去参加，而且每次在会上，都是积极发表意见。”“有一次，副业组的人一时疏忽，叫老母猪压死两条刚出生的小猪儿，宋老大整整嚷了一天，回到家里，还把闺女小秀训得哭了半夜。又一次，有个社员搞坏一张木锨，宋老大直嚷的那个社员在会上检讨了两三遍。”他赶骡子拉的那车公家麦子运到供销社后，供销社还没到开门营业的时间，这本是他管不着的事，但他马上高声嚷着：“真官僚哇!”边嚷着还边“照着门上，空咚空咚踢了几脚”。在集上买骡子时，他絮絮叨叨地给素不相识的人家“调解问题”；对“单干户”王发祥，他日夜寻思着找时间怎么好好把他“那老脑筋通一通”；他对啥有意见就憋不住一个劲地提出来，总说：“群众的意见，没错!”处处以“急进”言行和“管闲事”为荣。二是随时随地他对自己所在的“农业社”都充满自豪心理。他经常“高喉大嗓地”跟别人谈论“农业社”的好处，而且一说就“收不住”：“如何建社，如何评产、评工，如何春耕播种，使用新式农具，如何打井种棉，如何麦子复播密植，合理施肥，讲究技术”，如何在深更半夜防冻，如何试验麦子受粉，凡开口说起这一套，他都要从头到尾讲一遍。听到别人称赞“农业社”，他心里就“比六月天吃冰都舒服”；他还滋滋有味地理想着“农业社”机械化的明天，称道着理想着“农业社”的一切，整个心灵简直都被“农业社”“抓住”了。当年，中国内地农村社会正处在单干、互助组、农业社并存的特殊历史时期，小说显然意在借宋老大形象宣传农业集体化道路的优越性，宋老大形象是与特定时代思潮与农村政策相应和的在某种程度上体现了当时人们的梦想与愿望的艺术形象。

在把眼光投向中国内地农村社会正面的同时，西戎也把眼光投向当年农村生活的消极面，正视与描写农村集体化阵地上那些存在不合时代潮流的秉性和有较重的旧精神负面的“中不溜儿”的人物。他的短篇《赖大嫂》（完稿于 1962 年 4 月 19 日，载《人民文学》1962 年 7 月号）中的主人公“赖大嫂”就是这样的人物。她“住在大榆树村”，已享有“三十七的阳寿”，她既不是当年那种为众人称道的“大公无私地关心别人”“关心集体”的被视为榜样的“先进人物”，也不是当年那种为众人所否定的有政治问题的坏的“反面人物”。她的品格有吻合特定时代潮流的一面，例如她很勤劳，能接受“事实”的教育等，但她主要表现出许多不与特定时代思潮吻合的秉性。她身上有三大突出特征：一是思想不“急进”，不是无私忘私，而是讲求“实利”，谋求“利己”，而且是专门以损人损公去谋求“利己”。小说以主要笔墨详写她的“养猪史”，公家号召养猪，“头一次是去年三月，队里和食品公司订了养猪合同，规定社员养一头猪，供应一百斤饲料”，可她把小猪和公家发给的一百斤猪饲料领回家后，只喂养了“三个月”，就通知公家说她养的猪已突然病死了，实际上是她自家既把“剩余的饲料”吃了，也把猪宰掉吃了。同年九月，“队里的老母猪下了一窝小猪娃”，于是队里又发出了“户户养猪”“大搞家庭副业生产”的号召。对此她患得患失地犹豫了半天最终还是响应了，于是又“第二次”领回了养猪的任务。这一回采用的新办法是：“队里不供应饲料，自喂自养，收入归己。”但她对“收入归己”信不过，只拿定了“走一步说一步”的“主意”，心里总想着反正不能损失自己的“实利”。因此她这回也采用了新的养猪办法：把“小猪抓回来后”，“不圈，不喂”，整天让“小白猪”不是在公家的“场里拱麦秸垛”，便是在公家的“秋庄稼地啃庄稼”。对她这种损公损人的“养猪法”“村里人看不过眼去”，意见纷纷。本来她对队里这回养猪“收入归己”的规约就“信不过”，加上听了众人对她的“养猪法”七嘴八舌地予以了“嘻笑戏谑”之后，她更是“信不过”了，因此她以“养猪受村里人欺侮”和“没有了饲料”为借口，又“突然把那头小白猪杀吃了”。此后，她眼睁睁地确实看到养猪“收入归己”的规约真的兑现后，她才主动急忙东奔西走，左求右告，催促丈夫赖永福赶紧去队里要求并保证按“养猪公约”认真地养猪。赖大嫂的养猪史突出地显出了她的讲“实利”、谋“利己”的秉性。赖大嫂的第二大突出特征是“惹不起”，以“利己”的是非观念蛮讲“利己”的“理”，站在“利己”的立场“自卫”与“舌斗”众人。她这一突出特征也是在写她的“养猪史”的过程中显现的。村上人谁要惹着她的“不是”，她就要一阵疾风似的用高嗓门“嚎叫着”“寻上门”去大吵，“伸手指着”对方或连连跺着“镰刀似的脚”“顶嘴骂人”与“硬嚷”不止。在“养猪会议”上，她“当场就跺着脚”对着“家庭副业组长立柱妈”“叫骂起来”：“不要指冬瓜骂葫芦，你看见我的猪吃了哪里的庄稼？你们抓住了？是我的不是?”“你们这么血口喷人不行!”“养猪会议”后第三天下午，民兵队长张立柱果然抓住了她那只在公家山药地里拱吃山药蛋的小白猪，并把它弄回来“关在了自己的猪圈里”。很快，她就“嚎叫着”寻上门来“伸手指着立柱硬嚷”：“你们欺侮的我还能活不能!”“谁说我的猪到了庄稼地里？到了哪块地里？为啥不把我叫出来让我看？我的猪压根儿就不会到地里！我把它喂得饱饱的，整天卧在圈里，鞭子打都打不起来，它怎就能到了地里?”“说罢，仰起脖颈，瞪着眼，呜呜哇哇地放声干嚎起来。”她就是这样理亏也硬要在高嗓门的骂声和干嚎声中装成自己是无辜“被侮辱、受损害”的样子。她的第三大突出特征是只接受“实利性”的“事实教育”，没有事实很难教育她。以空口说白话去“叫她认识自己的行为不对”，很难！“家庭副业组长立柱妈”想法子教育她“效果不大”，当她看到立柱妈把小猪娃养成大肥猪卖掉后，确实名正言顺地得到“实利”了，她才开始有了后悔当初自己把只“喂养了三四个月”没长够重量的小白猪“杀吃了”的心思，才慢慢在后悔中承认自己过去养猪的过错，才真正立下了要将现时从公家领养的小猪“一定喂它三百斤”才卖给公家的决心。西戎笔下的赖大嫂就是这样一个既十分“勤劳”，又十分看重与敢于维护自己的“实利”，并在“事实”教育下可渐渐悔悟的有棱角有锋芒有血肉的中年农妇形象。在20世纪中期的中国内地农村集体化的生产组织形式中和集体化的农村政策下，广大农民对“大公无私”的思想的适应力和心理接受力是不平衡的，赖大嫂这类普通人形象是构成丰富多彩的艺术形象的重要成员，其揭示出了当年一部分农民的思想、心理、愿望及要求与集体化的农村现实中“急进”的思想与制度之间不相适应的矛盾冲突，以及要消除这种与普通农户、农民的切身利益密切相关的矛盾冲突的艰难性、艰巨性，赖大嫂形象是严肃的现实主义精神的体现之一，不该忽视其在全面反映特定时代风貌上的艺术地位。

西戎同赵树理一样喜欢将情节构成故事和在描述故事中刻画人物。《宋老大进城》是叙述“宋老大进城”的故事，《赖大嫂》是叙述“赖大嫂”养猪的故事，分别在叙述故事中着重用言行来刻画主人公宋老大和赖大嫂等人物。同时注重故事情节安排的顺序性和发展线索的单纯性、明朗性，以及对故事情节描述的趣味性；在描述中一般不作烦冗的静态的心理描写，而注重捕捉与描写生活中那些富于表现力的生活细节，以构成作品的扎实内容；还注意提炼与采用通俗的群众语言。其作品总体风格表现为热忱、淳朴、洗练。

3

赵树理的《套不住的手》（载《人民文学》1960年11月号）也是20世纪中期中国内地的热点小说之一。在新时代新农村阵地上真正搞生产建设的先进的农民应该是怎样的？在赵树理看来，应该是用能干的双手勤勤恳恳地实干的，《套不住的手》中的主要人物陈秉正就是样板。陈秉正是随时随地从平凡处显出伟大思想品格的老农形象，具有中华民族世代传承的勤劳实干的可贵精神和崇高美德，这种精神和美德一年四季都充分表现在他那结实、神奇的双手上，因此老舍评论《套不住的手》是“手的赞歌”，而核心在于赞颂“在社会主义建设中的最可爱的品质”（老舍《读〈套不住的手〉》，《文艺报》1960年第22期）。陈秉正的那双大手非常勤劳，虽然他已七十有六，在当年当地可归属休闲休养的“寿星”之列了，但他连待在“敬老院”做那些“揭麻皮、拣棉花之类的轻微劳动”都不乐意，而非如同常人一样干活不可，而且做起活来，“一般青年小伙子”竟然“还有点比不上他”。他那双大手的不平凡还在于有切实有用、超群出众的农业技术，因此他称职地担任着“大磨岭”的“农技教练组长”。他那双大手十分勤劳能干，“犁、种、锄、收”等大活路样样领先，铡干草、出羊圈、窖萝卜、捶玉米等通常活路样样不亚于他人，经他那双手垒的“石头地堰”，从来“不会塌壑”，经他那双手“压的熏肥窖”，从来“不会半路熄了火”。他那双大手坚硬有力，不仅像铁钳子一样有劲，而且“跟铁耙一样，什么刺针蒺藜都刺不破它”。他那双大手非常灵巧，不仅“常用荆条编成各式各样的生产工具”，还可以“用高粱秆子编成各式各样的儿童玩具”。他那双大手总闲不住，因此也就总套不住，儿孙们“给他买了一双毛线手套”，可他几乎没怎么闲下来套过；最后，他把手套还给儿媳妇说：“这副手套还给你们吧！我这双手是戴不住手套的！”小说从各个角度讴歌了陈秉正那双总闲不住的手，实际上就是满腔热情地歌颂劳动人民脚踏实地确有成效的实干社会主义事业的精神，这显然同当时不实干、无成效、只虚夸的浮夸风形成尖锐的对立。

由《套不住的手》可见赵树理的小说艺术已略有变化，细致完整的故事性结构已略有削弱，已不像以往的短篇那样采用完整详尽的故事性结构，而以“手”为中心来串联与主人公有关的许多日常生活琐事，如陈秉正如何教练耪地，如何用手从土里抓树皮皮与禾根根，如何编织器具，如何赶物资交流会时买桑杈，如何在开劳模会时搬木头和扫地，等等，已着重以与刻画主人公及表达主题相关的具有典型意义的日常生活事件与细节构成篇章了。

在20世纪50年代后期，赵树理也曾善意地从如实反映新农村落后现实的角度来显示浮夸风与实事求是的对立，这突出地表现在他的短篇《“锻炼锻炼”》（完稿于1958年7月14日，载《火花》1958年8月号）中。究竟是实事求是地正视客观存在的矛盾与问题还是以浮夸去回避、掩盖矛盾与问题？小说在1957年秋末农村整风的特定背景下作了这样的回答：农民虽然已走上集体经济轨道，但集体生产的组织形式同农民的思想意识和干部的管理水平之间远未相适应，尚存在着不小的矛盾与问题。这种农村现实，小说主要是借“小腿疼”、“吃不饱”、王聚海三个人物形象来体现的。在“争先社”里，内部矛盾重重，为数不少的妇女用“自私自利”“偷懒取巧”的思想和办法来对待集体生产，光顾“自己”不顾“社”，缺乏搞集体生产的自觉意识；她们对“有出息”的活就干，对“没出息”的活就不干，“装病、装忙、装饿”；其中“小腿疼”和“吃不饱”则是这部分妇女的代表。“小腿疼”是五十开外的“小老太婆”，“她的小腿上，在年轻时候生过臁疮”（“臁”，小腿的两侧；“臁疮”，皮肤病，多发生在腿部，由小脓疱形成溃疡，流脓、疼痛，愈后留下瘢痕），虽然早在二十多年前就已经治好，但她硬说留下了“腿疼根”，而且疼得很蹊跷：“高兴时候不疼，不高兴了就疼；逛会、看戏、游门、串户时候不疼，一做活儿就疼”；“入社以后是活儿能大量超过定额时候不疼，超不过定额或者超过的少了就又要疼”。农业社副主任杨小四的“快板大字报”这样数落她：“只要没便宜，请也请不到”，“做完便宜活，老病就犯了；割麦请不动，拾麦起得早”。“吃不饱”原名叫“李宝珠”，是三十来岁的中年农妇，她同张信结为夫妻的前提条件是：“不上地劳动”。婚后她对张信实行的一套特殊“政策”是：“第一是要掌握经济全权”；“第二是除做饭和针线活以外的一切劳动——包括担水、和煤、上碾、上磨、扫地、送灰渣一切杂事在内——都要由张信负担”；“第三是吃饭穿衣的标准要由她规定”，“她的吃法是张信上了地她先把面条煮得吃了，再把汤里下几颗米熬两碗糊糊粥让张信回来吃，另外还做些火烧干饼锁在箱里，张信不在的时候几时想吃几时吃。”杨小四的快板大字报这样数落她：“有说四百二，她还吃不饱，男人上了地，她却吃面条”。对待集体生产，她的态度同“小腿疼”一样，一有取巧的活儿就参加，当便宜活儿做完后就喊叫“吃不饱不能参加劳动”了。这两位妇女的种种表现，突出地反映了当年集体化后的中国农村社会中小农意识的顽强性，尽管浮夸风、“共产风”盛行，但广大农村的现实实际依然是生产力低下的“小农世界”。而处在这种小农意识严重的“小农世界”中的农村基层干部的思想作风和管理水平又如何呢？他们欠缺有效地管理集体经济的水平而只有无济于事的“和事佬”的思想作风。小说中“争先社”主任王聚海便是这类干部的代表，他是“老中农出身”，抗战时期当过村长；“人们常说他是个会和稀泥的人”，他“主张‘和事不表理’，只求得‘了事’就算”；“争先社”副主任高秀兰的快板大字报这样数落他：“大小事情都包揽，不肯交给别人干”，“遇上社员有争端，他在中间赔笑脸，只求说个八面圆，谁是谁非不评判”，因此“有的没理沾了光”，“有的有理受了屈”，“正气碰了墙，邪气遮了天”。他名为“社主任”，但既不能实行有效的生产管理，也无法完成思想教育的任务，对全村妇女，他“连一半人数也没有领导起来”，而另一半却是实实在在地被“小腿疼”和“吃不饱”领导着。因此长期造成“争先社，难争先”的落后局面。“老好人”社主任王聚海和支书王镇海用“和稀泥”的办法不能教育她们；被王聚海和王镇海口口声声说还需要“锻炼锻炼”的年轻的农业社副主任杨小四公开贴“大字报”批评她们也未见奏效，后来杨小四一帮人当场抓住她们在公家地里拾棉花时“偷棉花”的事实，才迫使她们表示“痛改前非”。杨小四的“严加批评”和“严厉管理”的办法似乎解决了问题，但实际上，无论是“和事佬”王聚海等人的“软”的办法还是杨小四等人的“硬”的办法，都并未真正从根本上解决问题，正如王聚海所说：把她们“勉强动员到地里去，能做多少活哩?”赵树理通过他笔下的艺术形象表明：当年农业社集体生产的组织形式，同农民的思想条件和干部的管理条件之间，存在不相适应的尖锐矛盾；中国农村社会的问题具有长期性、复杂性、艰巨性，而绝非随意刮一阵浮夸风与“共产风”就能真正解决的。

4

在20世纪中期，欧阳山也陆续奉献出一些有社会反响的短篇小说。欧阳山生于1908年，湖北省荆州市人；16岁时开始文学生涯，主编《广州文学》周刊，并开始写小说；20世纪30年代在上海加入中国左翼作家联盟；1941年到延安。他在新中国成立后写的《乡下奇人》（1960年9月26日脱稿于广州红花岗畔，载《人民文学》1960年12月号）是颇具特色的短篇，它直接描写浮夸风与实事求是的尖锐对立，直接描写浮夸风对劳动者积极性的损害以及浮夸风的失败与被纠正。

《乡下奇人》中的浮夸风与实事求是的尖锐对立集中体现在赵奇和徐清这两个艺术形象上，既借徐清的形象尖锐地批判了当年的农村现实中严重存在的浮夸风、官僚主义、命令主义，又借赵奇的形象强烈地呼唤与讴歌了实事求是的思想作风、工作作风，鲜明地显示了两种路线和作风的对立，为反错误潮流、反不正之风的可贵精神唱了一曲赞歌。小说中的年纪“二十六七左右”的徐清是县级的做农村基层工作的干部，在那特定年代里，每当需要搞命令主义和浮夸风的时候，他就带着官僚主义作风来到真拱生产小队，或者立即召集会议，主观地布置指标，一本正经地批评别人右倾保守，跟不上大好形势，然后武断地做出结论，叫大家都盲从他所说的不切实际的那一套去坚决执行，而他自己则扬长而去；或者象征性地访问访问，征求征求意见，表面上请大家“由下而上”地讨论一番，但实际上却容不得半点不同意见，最后都得按他带来的“主观意旨”定下来去照办；有时他到乡下后也不得不象征性地劳动两三天，但他总是把秧苗“插得高高低低，歪歪倒倒，有疏、有密，有大棵、有小棵”，“十分难看”，还得别人重新“拾掇”——扶、补、挪、拔，否则就可能变成浮苗、死苗；在1959年订晚造包产计划的时候，他打着“反对右倾保守思想”的旗号，深入真拱小队大搞不切实际的“包产”高指标，用命令主义的高压手法定下“平均亩产六百斤”的指标后，悄悄对真拱小队的小队长王水养说：“你等着瞧吧，咱这个包产指标，准能在全县造成一个大大的轰动!”王水养随和地恭维他：“这是你领导得好——县里又该提拔你了!”他低头叹息道：“还说提拔呢，不批评就够了！唉，提拔也罢，不提拔也罢，我也不在乎了。”这些便是他的基本思想作风、工作方法与动机。小说在突出地暴露徐清的不正之风的同时，突出地歌颂了真拱生产小队第一组小组长赵奇反不正之风的精神品格，突出地歌颂了赵奇把革命热情和科学精神、把劳动干劲和讲求实效、把理想目标和实事求是相结合的思想作风。在订1959年晚造包产指标的时候，徐清授意王水养“亩产订六百斤”，赵奇公开反对，他说：“包产就要能够过秤，只许多，不许少！按我的意见是四百五十斤。不过要当真能够完成任务，还得狠狠地下几把劲呢!”结果赵奇被作为“落后分子”受到严厉批评。回到家里，赵奇依然感到气愤：“闭着嘴吧，不说话。”他老婆梁蝶知情后劝慰他：“别想那些事了。”他挥动着两手说：“我愿意大干一场，证明我自己的确是落后。”他承受着“死板”“执拗”“抬杠子”“落后”“不通世情”的指责，“起早摸黑，拼命地干”，在生产小组里掀起了生产热潮，他们耕种的那几片禾田长得非常好：“绿油油，硬撑撑，密挤挤，没有一根草，没有一条虫”，远近来参观的干群，没有不啧啧称赞的。但长熟收割后，平均亩产也仅有“四百五十一斤”，比原订的被指责为“保守”“落后”的“亩产指标”只增加了“一斤”，而且是“全公社最高的亩产量”。对“四百五十一斤”的亩产量，小队长王水养虽然已感到十分“得意”与“满足”，但颇有几分幽默的“赵奇还要大家做检讨”，因为没有完成徐清授意订下的“亩产六百斤”的指标计划，只是在徐清的不正之风主导下闹腾着浮夸一通而已！小说通过1959年晚造这次“包产”过程的描写，充分显示了赵奇反浮夸风的精神品格，他不仅在徐清授意的会上敢于当众对浮夸的指标提出尖锐的批评意见，而且用最有力的行动和事实对浮夸风进行了有效批判。浮夸风的实质就是不实事求是，其表现形式多种多样，在农村常发生在“包产”指标上，在翌年（1960年）晚造“订包产计划”的时候，不吸取失败教训的口口声声“反对右倾保守思想”的徐清又授意讨论“包产”指标问题。会上，真拱生产小队第二组组长林胜金当着徐清的面提议“还是依旧例，包上个六百吧！”第三组组长赵保在“苦思焦虑”了好一阵之后说：“这样也好”，“多了固然没有多大意思，少了也怕不行。还是按老规矩办事为高。”面对此种会议气氛，赵奇“不慌不忙地发言道”：“依我的意见，有两个做法：一个是真包产，一个是不包产。真包产就要认真计算，挖掘所有的潜力。不包则已，一包就算数。超过就要奖，完不成计划就要罚。不包产就是不搞这一套。大家拼着全力去生产，生产出多少算多少。”而且赵奇认为最糟糕的是像去年那样把“包产”指标当“儿戏”，如果还像“去年那个样子”，今年这晚造还是“不包好”！因为“谁都明明知道，六百斤的产量，这一造是办不到的。超产奖励自然是没有的事儿，就是想完成任务，也没有可能。这只能够打击大家的情绪，一点也谈不上鼓干劲。可是——

如果包产指标不是六百斤，是四百五十斤……或许顶多四百八十斤，那情形就两样了!”最后，赵奇反浮夸风的意见和实事求是的精神品格得到了上级领导的赞许。上述，既是小说中的“乡下奇人”赵奇面对盛行的浮夸风所表现出的实事求是的态度和采取的主张与办法，也是小说作者当年所持的见解和所开出的治弊病的“药方”。

在艺术上，《乡下奇人》突出地运用了白描手法。其艺术构思和情节描述简明平易，全篇八千余字，主要写真拱生产小队在 1959 年和 1960 年两次订晚造包产计划的活动，实质上也就是表达对当时农村包产问题的看法，从而显出两种路线和作风的正误。它有富于趣味的艺术场面，但不求情节连贯的故事性、戏剧性；它不着重于典型细节的细致描写，而是重在用简练的笔墨显“意”与传“神”；无简单浅露、烦冗艰涩之感，有以少胜多、以粗胜细的凝炼含蓄、意在言外、启人多思之艺术功效。其人物刻画亦用白描笔法，不求其性格丰满，而致力于勾勒其鲜明个性，以显其独特意蕴。除前已论及的着笔较多、个性鲜明的赵奇和徐清两个人物形象外，其他着笔较少的人物形象的个性也很鲜明。真拱小队小队长王水养以温顺随和为显著特点，他是一个完全看上头干部的脸色断事、行事的没有主见的盲从干部，他对徐清的授意总是“点头同意”，附和恭维，自己想说点什么还得先“望望徐清”，待徐清“点点头”后才敢启口。真拱生产小队第二组的小组长林胜金以“性情诙谐”为个性特点，第三组的小组长赵保以“态度严肃”为个性特点，他们心里虽然都不赞成徐清所授意的“包产”高指标，但始终都不敢公开反对，最后都只得乖乖地随风倒，违心地闷闷不乐地服从了命令主义。“桥头公社党委马书记”则以“随风使舵”为个性特点，他本来是推行“包产”高指标的，可得知地委书记说“包产要认真包”后，他马上对徐清采取了不理会的态度，他也是不从实际出发的没有主见的分不清正确与错误的盲从干部。应当说，欧阳山对白描手法的运用是成功的!

总之，在20世纪50年代后期那浮夸风盛行的年代里，前所论及的小说家们坚持尊重生活实际的现实主义精神，直面正负面农村现实，既形象地从正面回答了真正的先进农民和先进干部应该是怎样的问题，表明先进的业绩绝非浮夸出来的，而是靠求实精神勤勤恳恳地实干出来的；同时又形象地从负面正视了农村社会中与广大农民切身利益攸关的带有长期性、复杂性、艰巨性的物质与精神的矛盾和问题，特别是直接描写了眼前盛行的浮夸风的危害与失败，以正负两面的描写真实彰显了严肃而善意地批评不实干、只虚夸、无成效的浮夸风的创作意向，无愧为具有“现实主义深化”意义的可贵成果。

第四章

对蜕化变质隐患的透视

1

在传统短篇小说热点中，很值得重视的一个价值点，在于其中的若干作品已关注到“蜕化变质”的课题。在新历史条件下和新时代环境里，刚从农村根据地和硝烟弥漫的战场上进入大城市的某些革命干部，有无变质的苗头以及如何防腐防变？肖也牧（笔名，本名吴承淦，浙江吴兴人，曾任出版社编辑，1918—1970）的《我们夫妇之间》（始载《人民文学》1950 年 1 月第 1 卷第 3 期，又见《肖也牧作品选》，百花文艺出版社 1979 年版）即是新中国成立后最早提出与探索此类重大课题的短篇。其中心人物是一对年轻的革命夫妻，男的姓李名克，女的姓张（人们都叫她“张同志”）。在战争年代，他们都在晋察冀边区境内工作，1944 年当选为“劳动英雄”的小张在出席“边区英模大会”过程中，与向她进行访谈并为她整理事迹编写传记的李克产生了爱情；婚后，服从革命需要，头两年虽然彼此多分居相距百里之遥的两地，见面相聚的机会极少，但在那艰苦环境中，思想情调始终一致，夫妻关系十分和谐。小张知道李克患有只要一受寒就会复发的“胃病”，便不顾自个儿的劳累一直坚持利用半个多月的下午下工后的休息时间，上山割柴火（茅草）卖给工厂的马号里，当积攒够两块“边币”后即买了两斤羊毛纺成毛线，织了件防寒的毛背心托人带给了李克，并在附信中叮嘱说：“希望你穿上这件毛背心，就不再发胃病，好好为人民服务！”使李克在耿耿于怀的思念中流下了感动的热泪。更令彼此深感幸福的是：两年后不但有了爱情的结晶——孩子，而且被调到一处工作了。夫妻俩都努力工作，奋发上进，互爱互帮，同心尽力，将事业、家庭、孩子都处置得很好，颇令周围的同志们羡慕、赞叹：“看这两口子，真是知识分子和工农结合的典型！”

但是，他们于新中国成立之时由边区进入京城之后，却因在如何对待新的城市社会环境以及入城后究竟取舍什么样的生活作风、思想作风与人生态度的问题上的分歧，一时导致了彼此和睦、亲热感情的裂痕与伤害。小说通过一系列生活情节、细节的描写显出了彼此的分歧，小张习惯并保持着以往那种艰苦朴素的生活，她脑子里常浮现着这样的问题：“我们是来改造城市的，还是让城市来改造我们？”“我们是不是应该保持艰苦奋斗、简单朴素的作风？”李克对大城市的环境及生活看得惯，也习惯，能适应，他对城里的霓虹灯、地毯、沙发及舞曲均无反感，不乏兴趣；而小张则看不惯那种吃喝玩乐和讲究穿着打扮的人生状态；两口子进饭铺吃饭（当时工作单位尚未设内部食堂，不得不到饭铺买饭吃）时，李克想进高级点的饭铺吃，而她则喜欢在小饭铺里吃棒子面饼之类，而且常是一样一样地先打听价钱，一听价钱贵即马上扭头拉着李克离开，并一本正经地说：“一顿饭吃好几斤小米，顶农民一家子吃两天！”过去在边区，李克只能抽“合上大芝麻叶”的“烂烟”，而进京城后，李克抽上“纸烟”了，对此她也当众生气地批评说：“看你真会享受！身边就留不住一个隔宿的钱！给孩子做小褂还没布呢！一支连一支的抽！也不怕薰得慌！你忘了？在山里，向房东要一把烂烟，合上大芝麻叶抽，不也是过了？”有一天，小张从报纸报道中得知家乡地区遭了水灾，庄稼地全被淹了，极担心她娘及全村乡亲会挨饿，可正忙着工作的李克却不像她那样着急，说：“天要下雨”，“谁也没法治！”“你操心也枉然！”小张听后愤愤责备道：“你忘了本啦！”“你进城就把广大农民忘啦？你是什么观点？你是什么思想？”随后她擅自把刚收到的李克的一笔稿酬全寄往家乡了，李克想留下一半她都不允许。在机关组织的周末晚会上，李克想与男男女女的同事们一道跳跳舞，她也当场愤然阻止：“你倒会散心！孩子有你一半责任，我抱够了！你抱抱吧！”城市出身而加入革命队伍的“知识分子”类干部李克认为新中国成立后的“环境不同了”，“环境变了”！认为出身于山地农村的妻子在新时代环境里还甘愿固守着战争年代在山沟沟里养成的艰苦生活态度和思想作风，未免胸襟过分狭隘、思想过分保守、性情过分固执；而出身贫苦家庭、11 岁当童养媳、15 岁投身革命的“工人”类革命者小张则认为恰恰相反，认为丈夫李克在刚踏入的大城市环境中，便很快忘却了刚过去的战争年代的艰苦生活，丢失了艰苦奋斗、艰苦朴素的作风，淡忘了曾生死与共的边区的乡亲，露出了慕求“安逸”“享受”的思想苗头，存在失却原有本色的隐患与危险，“需要好好的反省一下！”两种态度和看法的明暗对立，使夫妻俩的感情与关系几近破裂。此后，小说又写了他们重归于好的结局：由于工作调动，难以顾家的小张请了一个蹬三轮车工人的女儿陈小娟当保姆，小张对小娟视若亲人，耐心教她学文化（认字写字），帮她提高政治觉悟，而李克对工人家庭出身的小娟及小娟的家人也同样很尊重；特别是有一次小张在京城遇见一个穿着笔挺西装的大胖子在一家舞厅门口殴打一个十三四岁的小孩，小张立即上前喝道：“住手！你凭什么压迫人！”并最终迫使大胖子到派出所表示悔过，并交了“二千元人民券”

的罚款，为被打的小孩争得了医药费；李克见到妻子这种正义行为后，连声称赞说："对对对！正确!"可见，他们两口子在反对人压迫人以及坚守正义、尊重劳苦民众等根本问题上的态度、思想与立场并无本质的分歧。因此在经过一阵家庭风雨与夫妻波折之后，通过各自的冷静的"反省"，既保持了各自的优秀品格，又正视与改正了各自的缺点，不仅又乐呵呵地重归于好了，而且共同经受住了新的历史和新的人生环境的考验。

平心而论，百人百性，小张心善、朴实、节俭、心急、心直、口快，有棱角，少顾忌，甚至含有些微粗俗的习气，在家庭生活中有贤妻良母的一面，对丈夫和孩子始终怀有爱心，同时不管在何种场合，又有敢于依自己的立场、观点去辨别、评判是非的勇气，但理智地控制自己的激动情绪和言行的涵养似略显欠缺，因此难免让丈夫一次次在同事面前处于尴尬难堪的境地，以致丈夫产生了如此的夫妻关系能否维持下去的思虑。本来，人的生活方式、生活状态是多种多样的；而革命宗旨是为人民谋幸福，其与改善生活、提高生活水平并无矛盾；出身贫苦农村家庭的小张一时看不惯、难容下京城人讲究穿着打扮的现象，多少流露出一点点由传统小农意识带给的狭隘性。而李克在进城后改抽"纸烟"以及在机关组织的周末晚会上与同事们跳跳舞散散心，也难提升到"忘本"的纲线上去；但是，全心全意为人民群众服务，保持艰苦奋斗、艰苦朴素的优良传统，保持本色、永不褪色，防止被权力、地位、捧场所腐蚀，防止被"糖弹"击中、击倒，认认真真地站稳脚跟，经受住新的历史考验，是新中国成立后新历史条件下的特定时代的时代基调，应当说小张的表现更符合这一特定时代的时代基调。小说通过一个普通革命干部小家庭的夫妻关系的波折的描写，以艺术形象的方式，提出了在革命胜利后的优越的历史环境中，必须警惕和严防被"糖弹"击中而蜕化变质的新课题，提出了必须保持革命优良传统、保持革命本色、防止腐化堕落的新课题。实质上其主题与新中国成立时特定时代的指导思想是相通的，是否可谓其为具有久远的警钟、警告意义之作？

小说的故事情节较曲折，人物个性较鲜明；心理描写、细节描写较突出，真切、委婉、细腻、动人；不乏生活气息、生活情趣和幽默感；是不该被排斥在短篇创作史外的艺术创造之一。

2

整体社会客观存在总是处在对立统一的状态之中，即使以光明面、积极面、进步面为主体的社会现实中，也会存在这样那样的消极面、落后面，也会出现新的矛盾和新的问题；革命现实主义的发展与深化，与勇于全面正视社会生活现实和勇于揭示社会现实生活中的矛盾与问题是一致的；王蒙的《组织部来了个年轻人》（始载《人民文学》1956 年 9 月号）就是体现这种发展与深化的代表性名篇。王蒙生于 1934 年，原籍河北省南皮县，生于北平；属于新中国成立后第一代有为的青年作家。他早期创作的短篇《组织部来了个年轻人》的情节梗概并不复杂：事业心较强的朝气蓬勃的小教林震（刚满 22 岁），被调到区委组织部分管“工厂系统”的建党工作，当他下到区委所属的“麻袋厂”调查建党情况时，发现厂长兼党支书王清泉有严重的官僚主义作风，接着又发现区委建党组组长韩常新对“麻袋厂”的官僚主义弊病竟熟视无睹，甚至采取掩盖、庇护的态度。于是林震便向处在区委组织部第一副部长重要职位上的掌握区委组织部实权的刘世吾反映，刘世吾听后在口口声声说“应该纠正”的同时，却一个劲儿向林震大谈“条件成熟论”和“成绩基本论”，实际上亦即对官僚主义作风采取麻木、容忍的习以为常的态度，因而使新到区委组织部的党的工作者林震深感怅惘、惶惑。随后，林震勇敢地支持“麻袋厂”的党支部组织委员魏鹤鸣搜集厂内工人对有严重官僚主义作风的王清泉的意见，并动员他写信向北京市委机关报《北京日报》反映，而正因此，林震在区委组织部的党小组会上受到了严厉的压制和批评。然而与此同时，《北京日报》却以显著标题登出了魏鹤鸣揭发王清泉官僚主义作风的信件，迫使刘世吾不得不同林震一道前往“麻袋厂”试图解决长期存在的官僚主义作风等问题。林震于是又抓住时机，在区委常委研究“麻袋厂”问题时，对区委组织部的官僚主义作风也勇敢地提出了批评，但同时内心又深感单凭个人勇气是无能为力的；于是他决心把希望寄托在区委书记周润祥的支持上，以便继续同官僚主义作风作斗争。这便是《组织部来了个年轻人》的基本情节内容。其意在正视、揭露、针砭中层领导机关中潜生暗长着的官僚主义弊病，反映官僚主义病毒已侵入、滋生于直接管理干部的组织部门的肌体，提出了需要防止干部队伍中意志衰退、思想变异、作风不正、蜕化变质的重大课题；同时赞扬新一代党的工作者同危害人民事业的官僚主义等消极作风作斗争的精神。小说所显示的这种意向，不仅在当年，而且应当说是具有长久的警世价值的。

就其当年对社会的震动效果而言，文坛界的论者认为《组织部来了个年轻人》的突破性价值在于从不同层次上塑造出几种不同类型的官僚主义者形象。小说中所描写的区委机关及其所属单位的干部形象可分几种不同的类型，其中区委第一把手区委书记周润祥不属于官僚主义者形象，他的缺点主要由客观原因所造成，他常常陷入“各种带有突击性的任务”之中，或者连日开会到深夜，研究大大小小的问题，或者搞长长的请示报告；区委组织部秘书赵慧文说他“是一个非常令人尊敬的领导同志”，林震则把反官僚主义作风的胜利希望寄托在他的有力支持上。其中的赵慧文、林震以及“麻袋厂”支部组织委员魏鹤鸣，则是各具特点的反官僚主义的人物形象，赵慧文刚从部队转业时，非常热情能干，给区委提过许多建设性意见，但三年后，却深感“事情的复杂性”和个体能量的无能为力，因而由公开地积极反对官僚主义作风而走向了观察、思考与沉默。魏鹤鸣则主要采取在暗中悄悄地写信向上反映的方式去反对官僚主义作风。林震对官僚主义的认识与揭露则有一个过程，最初，他对组织机关工作者的新生活“充满神圣的憧憬”，既热情、单纯、真诚、踏实、认真、勤恳、谦逊，又敬畏领导，上进心很强，想以“一日千里”的劲头奋进；但很快，他发现区委及其下属部门的官僚主义作风相当严重，出于对人民事业的忠诚，便强烈地想着改变这种状况，他的思想动机是：“我们工作中的麻木、拖延、不负责任，是对群众犯罪”，“党是人民的、阶级的心脏，我们不能容忍心脏上有灰尘，就不能容忍党的机关的缺点”。正是在这种思想主导下，他不仅支持魏鹤鸣向市委机关报《北京日报》揭发王清泉的官僚主义问题，而且动员赵慧文向党的机关报《人民日报》写信，反映区委机关的官僚主义问题，特别是他奋不顾身地在区常委会上公开批评组织部门的官僚主义作风。在整个过程中，虽然他随时碰壁，最终连他所在的区委组织部门本身的官僚主义作风也未能真正触动，但他却已由单纯走向成熟，懂得了反官僚主义作风的艰巨性与复杂性，更加深了对反官僚主义作风的价值的理解，表现出了不畏挫折、坚持不懈的勇气和精神。像林震这样血气方刚、血肉丰满、生龙活虎、坚决反官僚主义作风的形象，在20世纪50年代的人物画廊中，确属罕见！然而，被当年文坛界更看重更赞誉的警世与艺术的价值却是在于对官僚主义者形象的塑造。

小说中的官僚主义者形象各色各样，表现不一，有的表现严重一些，有的轻一些，有的直露一些，有的隐蔽一些，故从不同的角度和层次上给不同的人们敲响了不同的警钟。区委副书记兼政治部长李宗秦是体现官僚主义现象的人物形象之一，他实际上是“挂名”的组织部长，因此他“并不常过问组织部的事”，其“志趣”也根本不在所应肩负的本职工作上，深知内部情况的赵慧文说："他想去作理论研究工作，嫌区的工作过于具体。他做组织部长只是挂名，把一切事推给刘世吾。"当王清泉向他诬告魏鹤鸣在林震支持下搞"反领导"活动时，他听后不究不辨是非，不分青红皂白，既当面指出王清泉的一些"缺点"，又"同意制止魏鹤鸣再开座谈会"，同时还声称要给林震以"应有的教育"，在王清泉面前毫不费力地和一通稀泥了事。在区委常委讨论"麻袋厂"问题时，他也心不在焉，"用食指在空中写划着"；直至林震同韩常新、刘世吾争论不休时，他才"把两手交插起来放在膝头"，以像是"思索着如何造句"的神态"缓缓地说"："主要争论有两个症结，一个是规律性与能动性的问题，……一个是……"只搞了一通不触及不解决任何实际问题的空洞的分析，是名在其位而不用心尽力谋其职的和稀泥、讲空话的官僚主义者形象。

小说赋予区委组织部副部长韩常新的官僚主义特征主要是：悠然自得地漂浮在个人生活上边。他被号称为刚被提拔的"少壮有为"的干部，但实际上只用心于讲究外表的穿着打扮；他常穿蓝色的干净得一尘不沾的海洋呢制服，"每天刮一次"他那张"多粉刺的脸"，在参观服装展览会后，又特意做了一套在当时异常新奇的凡尔丁料子服；他官气十足，只会从原则上教训别人，而不尊重和深入基层实际，主要"在办公室听汇报，改文件和找人谈话"，惯于用电话指挥工作；对上，他用生拉硬扯的汇报敷衍塞责，对下，他从未切实地去解决实际问题；对王清泉的官僚主义作风他采取容忍态度，而对林震的反官僚主义的意见却予以非难，认为"是一种无组织无纪律行为"。总之，小说中的韩常新是刚被提拔的对上迎合、对下官气十足的只一心漂浮在个人生活上边的十分浅薄的少壮类官僚主义者形象。

而小说中的王清泉则是玩忽职守而又态度恶劣、粗暴的官僚主义者形象。他在抗战胜利后曾打入蒋军中任副团长，当时是个"刮刮叫的"地下

“情报人员”，但同时也染上了一些坏习气；他原来在中央某部工作，因为在男女关系上犯了错误而被降到“麻袋厂”任职；他棋瘾很大，常躲在办公室下棋；他向来的领导方法是吃饱后“转一转”，完不成“生产”和“质量”指标就狠狠地训斥生产第一线上的工人，因此全厂职工对他愤愤不平。后来，由于《北京日报》登出魏鹤鸣的揭发信件，他才受到“党内和行政都予以撤职”的处分。

被当年文坛界认为更有震动效果和警世价值的刘世吾则是在和平年代的忙忙碌碌中厌倦下来和蜕变下来的官僚主义者形象。他过去曾有过满怀激情奋斗的非凡历史，新中国成立前夕在北大担任过自治会主席，在参加游行示威时负过伤，被“青年军”打坏过腿，并留下“一道弧形的疤痕”；在一个小铺子里，他曾面对一起吃馄饨的林震怀念过自己往昔的岁月，他“喝了几口酒”后斜着头说：那时“我是多么热情，多么年轻啊!”林震听后用期待的眼光看着他问：“现在就不年轻，不热情了么?”他玩着空酒杯回答：“可我真忙啊！忙得什么都习惯了，疲倦了。”在长期从早到晚的忙忙碌碌中渐渐地发生了蜕变是刘世吾形象的第一大特征。刘世吾形象的第二大特征是对周围的一切已经“冷漠”。最初，他思想深处对区委机关中的消极现象也还是有某些不满情绪的，他说自己曾经面对许多消极现象发过愁：如“某支部组织委员工作马大哈，谈不清新党员的历史情况”；“组织部压了百十几个等着批准的新党员，没时间审查”；“新党员需经常委会批准，常委委员一听开会批准党员就请假”；“公安局长参加常委会批准党员的时候老是打瞌睡”等。就是在类似这样的消极现象面前他逐渐地消磨了原有的意志和事业心，磨灭了工作的主动性、积极性和创造性，以致对现实生活和事业的未来都抱无所谓的无动于衷的“冷漠”态度。他说：“我们，党工作者，我们创造了新生活，结果，生活反倒不能激动我们。”林震批评他：“您不对!”“你看不见壮丽的事业。”他一年四季的忙——每天和一沓沓文件打交道，或者坐在办公室召开这样那样的会与空对空地议论规划，都主要为着应付上级。他有一句随时都挂在嘴边的口头禅：“就那么回事”。赵慧文说：“他看透了一切，以为一切就那么回事”。因此他把志趣放在了研究象棋残局上，对周围的一切都采取“冷漠”态度了！刘世吾形象的第三大特征在于他思想性格上的正反面因素是掺杂在一起的，他的某些正面因素掩盖着那些反面的实质上有害于人民事业的因素，而且他善于用漂亮的理论性词句头头是道地将自己保护起来。他机敏，有能力，有经验，很注意消化重要文件，“有的不到三千字的指示”，他要“看上一下午，密密麻麻地划上各种符号”；他重视对基层和周围干部情况的了解；他在组织部门有一定威信，只要他“一下决心，就可以把工作作得很出色”；他凭自己的理论水平攻守自如，林震向他反映王清泉的严重问题，他却振振有词地教育林震：“现在下边支部里各类问题很多，你如果一一地用手工业的方法去解决，那是事倍功半的。而且，上级布置的任务追着屁股，完成这些任务已经感到很吃力。作为领导，必须掌握一种把个别问题与一般问题结合起来，把上级分配的任务与基层存在的问题结合起来的艺术。”“从各方面看，解决这个问题的时机目前还不成熟。”当林震提出区委会的缺点时，他把茶杯一放，说：“问题不在有没有缺点，而在什么是主导的”，“成绩是基本的呢，还是缺点是基本的？显然成绩是基本的，缺点是前进中的缺点。”随后，他在党小组会上还批评林震：“年轻人容易把生活理想化，他以为生活应该怎样，便要求生活怎样，作为一个党工作者要多考虑的却是客观事实，是生活可能怎样。年轻人也容易过高估计自己，抱负甚多，一到新的工作岗位就想对缺点斗争一番”，“这是一种可贵的、可爱的想法，也是一种虚妄”。搞得林震啼笑皆非，忍吃败仗！因此赵慧文说：刘世吾的官僚主义病毒“就象灰尘散布在美好的空气中，你嗅得出来，但抓不住，这正是难办的地方。”王蒙说：如果给刘世吾

“冠以‘官僚主义’的称号，显然帽子的号码与脑袋不会符合”（《冬雨·后记》，人民文学出版社1980年版）。刘世吾形象染上了比一般官僚主义作风更有害的病毒，其要害在于原有的事业心“冷漠”了，对壮丽的政治事业的热情、理想和自觉的奋斗精神丧失了，隐伏着滑向蜕化变质分子泥淖边缘的危险；其掩蔽性、隐患性、复杂性、严重危害性、危险性的特点，更强化与深化了其警世意义！

总而言之，官僚主义是脱离实际、脱离群众、在其位而不积极谋其职的“做官当老爷”的领导作风，所谓官僚主义者即处于不同职位上的在思想上、工作上、生活上染上了这样那样不正派作风的领导者。官僚主义作风既是一种态度表现，也是一种行为表现，其表现形式多种多样，或不深入基层，不搞调查研究，不去了解实际情况；或不深入群众，不关心群众的利益和疾苦；或无所谋划，无所作为，遇事不愿担当，不负责任，敷衍了事；或只发号施令，文牍至上，不依据客观规律而依据主观臆断瞎指挥；如此等等。官僚主义作风本属旧衙门的官吏作风，而不是新时代人民政府部门要求的公仆作风，虽然其性质属人民内部矛盾范畴，但实质上是意志衰退、蜕化变质的不良表现，发展下去必然日益严重地危害人民事业。对官僚主义作风课题的热切关注，实质上是对防腐防变的重大课题的热切关注，这不仅符合特定时代的反对官僚主义的整风精神，而且无疑是具有深远意义的！

《组织部来了个年轻人》是作者创作道路上以“生活流”为显著艺术特征的代表性作品。它属于“生活流”故事型结构，它以林震在区委组织部的见闻和反官僚主义作风的经过为中心顺时序进行故事性描写，虽间夹插叙、回述，但时、地线索清晰，几组矛盾虚实结合，章法活而不乱，自然、井然，无不与揭露与反官僚主义作风的主题及对人物形象的刻画相关。它注重在对比中突现同一类型人物的个性特征，如刘世吾的“冷漠”，韩常新的“漂浮浅薄”，李宗秦的名在其位而不谋其职，王清泉的公然玩忽职守，四位官僚主义者形象的个性各异。整个描写笔调幽默，许多细节描写具有善意的讽刺效果；粗犷描写和工笔描绘相结合，浓淡得体，自然流畅，既犀利又有韵味。

第五章

对婚爱领域的审美探索

1

婚爱生活是人类世世代代最具永恒性和情感丰富性、复杂性的生活之一。在20世纪50年代至60年代中期，中国内地小说家创作了一批以婚爱生活为题材的短篇，在这类以爱情为主旨的短篇中，宗璞的《红豆》（完稿于1956年12月，始载《人民文学》1957年7月号）是具有代表性的热点之一。宗璞1928年生于北京市；抗日战争时期在昆明的南菁小学和西南联大附中学习，1946年入南开大学外文系，1948年转学到清华大学，1951年在清华外文系毕业。她的成名作《红豆》回答了处在即将更替的新旧时代十字路口的知识分子面对事业和爱情的尖锐矛盾时，该如何抉择的问题。它在北平解放前夕的特殊背景上，以“红豆”为引线，着重描写在x高等学府（教会大学）的青年大学生江玫（女）和齐虹（男）之间的爱情由真心热恋而在历史转折关头痛苦破裂的悲剧性故事。整个故事是倒叙的：六年前（即1948年），江玫离开x大学时投身于人民事业，走上了革命工作岗位；六年后（即 1954 年），她又返回母校担任党委会的干部，而且正巧，被安排在自己学生时代曾住过的西楼那间女生宿舍里，于是她自然而然地由当年特意藏在耶稣像背面的墙壁洞里的镶嵌在“银丝编成的指环上”的“两粒红豆”，而连绵不断地想起 1948 年春至同年冬的人生“欢乐和悲哀”。于是便构成了江玫同齐虹之间由真心热烈相爱至彼此难以割舍的地步，而在历史关键时刻，彼此经过一段缠绵徘徊的痛苦历程，最终都作出了抉择并分道扬镳的爱情悲剧故事。

江玫在对爱情的抉择和在选择人生之路的过程中，经历过复杂的心灵冲撞。她曾长期在肖素和齐虹的两种关系和两种人生观中拉锯。肖素是 20 世纪 40 年代学生界的革命者，“殷红的圆圆的面孔”，是坦白率真、纯朴热情的湘地姑娘，“总是给人安慰、知识和力量”，常用热心关怀和实际行动影响着江玫，代表着影响江玫逐步走向新的人生道路的积极力量。江玫的男友齐虹则属拉江玫走离开祖国的人生道路的消极力量。他生长在拥有金融资本财富的家庭，有一张“清秀的象牙色的脸”，生活优裕，性情孤傲，面孔上常显出“漠然”的“冷淡”的神气；“什么都不能让他关心”，其神态“老象在做梦似的”，只是在弹钢琴时才可能顿然显出“神采飞扬”的模样。他对江玫说：“物理和音乐能把我带到一个真正的世界去，科学的、美的世界，不象咱们活着的这个世界，这样空虚，这样紊乱，这样丑恶。”还说：“人活着就是为了自由”，“自就是自己，自由就是什么都由自己，自己爱做什么就做什么”。他说他“恨人类”，首先是恨肖素；“他认为无论什么人，彼此都是互相利用”。齐虹就是这样一个在即将更替的新旧时代里怀着不正当的恨的绝对自由主义者和极端利己的个人主义者形象，他对江玫的所谓“爱”，不过是一种如同对“一件仪器”一样的个人独自绝对“占有的爱”。因此肖素向江玫一针见血地指出：齐虹的“灵魂深处是自私残暴和野蛮”，他的所谓爱情“象鸦片烟一样”。江玫正是在这种积极力量和消极力量的拉锯中，在复杂的内心冲突中，崎岖曲折地由中间状态而倾向并最终走上新的人生正路的。肖素、齐虹和江玫三个艺术人的表现，代表着处于1948年春至新中国成立前夕的新旧时代交替时刻的青年知识分子的一般心理状态、观念差异、精神面貌和对人生道路的抉择，共同概括着当时知识分子的基本人生面貌、人生走向、人生前途。

小说将江玫的人生抉择同爱情抉择紧密、复杂地交织在一起，并对爱情线索渲染得尤为细腻。江玫对齐虹的爱情萌发于外貌的吸引和共同的爱好。他们是在马路上一次相遇而过的刹那间留下难忘印象的，此后江玫总觉得齐虹那张“清秀的象牙色的脸”常在“眼前晃动”；后来是在学校练琴室里动人心弦的琴声中渐渐联上关系，并由悄悄的第一次并肩散步开始，日益发展到被“爱的火焰”困扰住了整个心灵。她说：“齐虹，咱们最好去住在一个没有人的岛上，四面是茫茫的大海，只有你是唯一的人。”可见她确实曾一度被齐虹的“爱情”征服过或俘虏过。处在人生道路十字路口上的江玫虽然曾想以“我爱他”来淡忘彼此人生倾向的分歧，但眼前客观存在的选择人生之路的分歧却又毕竟很难调和。小说以诸多笔墨展示了江玫在痛苦决裂的心境下对人生正路的抉择的生活和思想的基础：她五岁时父亲被黑暗势力冤屈而死，是在寡母“尽力遮蔽下”才艰难地度过少女时代的，因此她秉性中有从前辈那里承袭而来的一种“嫌恶”有“权势”和“金钱”的人的气性；入高等教会学府后，她最初犹如一只过着“与世隔绝”的生活的单纯快活的小鸟儿，后来才在肖素影响下自愿参加了“大家唱”歌咏团和“新诗社”；在歌咏团里她曾被《黄河大合唱》序曲中的“万马奔腾的鼓声”激动过，在“新诗社”里她读过左翼诗人艾青、田间的诗，在诗歌朗诵会上当众朗诵过艾青的《火把》，同时还悄悄写过“飞翔，飞翔，飞向自由的地方”的诗句；她还从读《大众哲学》的活动中受到某些思想影响，特别是肖素为救治她生病的母亲而组织要好的伙伴卖血、筹款的行动，深深地打动了她的心，使她的人生观念有了新变化，不仅要求自己有价值地活着，而且“希望大家都过好的生活”，并开始有了“少数人剥削多数人的制度应该被打倒”和盼望建立“新的社会秩序”、渴望中华民族站立起来的意识；因此她不仅比以前更关心政治局势，而且积极加入了民主运动和示威游行，甚至在肖素被捕后的游行队伍里，领头呼喊口号，显出了将自己的青春献给人民事业的高度热忱。小说对这些富于积极意义的故事情节的充分描写，可信地揭示了江玫人生抉择的内在必然性。同时另一方面，小说又让江玫对齐虹的“相思”贯串始终，甚至在她成长为“党的工作者”之后，当回首往昔“爱情”的前前后后时，仍情不自禁地流下“相思”的泪水，她是怀着对爱情的隐痛、期待、思念的复杂心理投身人民事业和迎接新时代的到来的，她是新旧交替的特定历史时代造就的倾向于新时代和新生活的感情丰富而又有些脆弱的体现着由中间状态而向“左”转的具有典型意义的知识分子形象。彼此人生倾向的分歧和对人生道路的不同抉择，导致爱情危机的风波不可避免地多起来，以致只好分道扬镳，齐虹决计“飞离大陆”，随家投向海外世界，江玫则认为自己的根、事业与命运都在新生的祖国，决意留在新生的祖国效力。总之，小说细腻地展示了江玫同齐虹的爱情由萌发、开花到萎缩、决裂的曲折、痛苦的心灵历程，表现了爱情的独特情韵，同时包纳着特定时代的丰富、深刻的政治思想内容，其所表现的不是恋爱至上的情调，而是祖国事业至上的主旨，这不仅与处在历史转折关头的特定时代的情境相协调，而且与爱情常规也不相悖；人类的爱情除必具情感丰富、缠绵的特性外，也属于总体社会关系的组成部分，因而其与社会的政治等社会性因素总难免有这样那样的千丝万缕的关联；可以说这是从倾向于祖国事业的角度进行审美的事业型婚爱小说。

《红豆》在宗璞整个创作道路上占有重要地位，既是她崭露艺术才华的成名作，也是标志她早期创作成就和创作特征的代表性作品。它表明：宗璞独特的生活和创作的天地主要在高等校园，她以知识分子作为主要描写对象；她热心歌颂倾向于人民事业的高尚的人生；她采用现实主义方法真切地按照人生的现实模样去构思与描写，善于展现诚挚、哀婉、动人的内心故事，长于心态的细腻描摹，以幽雅洒脱、富于深情的文风显示出了不凡的创作才情，为文艺园地献出了格调健康、独具风骨、经得起思索的艺术品。

2

年轻的人民共和国在硝烟炮火中诞生，在诞生后的初年，不料又经受着一场抗美援朝战争烈火的考验，这是 20 世纪 50 年代举世关注的重大事件。当年许多作家响应特殊年代的迫切召唤，在深入战地生活的基础上创作出不少歌颂志愿军英雄事迹的短篇，路翎的《洼地上的“战役”》（完稿于 1953 年 10 月 5 日，始载《人民文学》1954 年 3 月号）便是其中之一。路翎（笔名，原名徐嗣兴）生于 1923 年，江苏南京人，1937 年抗战全面爆发后离开南京到大后方四川进一所中学学习，因思想激进被开除后于 1940 年为谋生到一煤矿当过小职员，并开始陆续发表小说。《洼地上的“战役”》是他 1951 年底深入朝鲜战争前线采访回国后于 1953 年秋创作的艺术成果。

《洼地上的“战役”》在表现抗美援朝的重大题材与重大主题的角度上独具一格，它借一个朝鲜姑娘同一个志愿军新战士在战争环境中发生的感情纠葛，从侧面展现血与火的抗美援朝战地生活，讴歌中朝人民之间的深厚情谊，把对崇高的反侵略的英雄主义的赞扬同对纯朴的人情美的赞扬结合了起来，同时也谴责了侵略者以侵略战火破坏中朝人民向往和平劳动和幸福生活的美好愿望的罪恶。小说中对朝鲜姑娘金圣姬的恋情描写是合情合理的，金圣姬芳龄十九，与志愿军新战士王应洪同龄，能歌善舞，大方、开朗、活泼，有“一对热诚的眼睛”，是村剧团的积极分子，是“山沟里最活跃的一个姑娘”；一个星期天，因军事训练而暂住在她家的志愿军侦察员们休息的时候，“她就和他们学着打扑克，教他们朝鲜话，又向他们学中国话”，“侦察员们爬到屋顶上去替她家收拾房子的时候，她就攀在梯子上递东西，不停地快乐地大笑着”，最初，“她最爱和王应洪说笑，嘲笑这年轻人的愣头愣脑的劲儿；带着天真的神气逗弄他”，“搬着手指”教他学习朝鲜话的“一二三四”，“在王应洪发音错误的时候就大笑起来，每一次都笑得流出眼泪”，在那儿军训期间，王应洪也勤勤恳恳地“帮她家做的劳动最多，他一早一晚都要帮她家挑水，午饭后有点时间还要去抢着帮老大娘劈柴”，还抓紧时间帮她家做了个打老鼠的小竹器；而金圣姬则热情地帮王应洪洗衣服，做袜套，做绣花手帕；在相互帮助中，由于她被王应洪的“热诚”所感动，因此由无限感激而变成了她对王应洪的爱，她“总是痴痴地看着他”，一同他说话脸就红扑扑的；她的心思十分真诚、纯洁、单纯、朴素，只渴望同王应洪建立起和平、劳动的生活：“将来，她烧着火，担着水，他在院子里这里那里收拾一下，然后他们一块儿到田地里去劳动——这就是家庭了。”朝鲜姑娘金圣姬的爱的萌生与追求，是自自然然地出于真诚和感动，出于对战胜侵略者后的和平、劳动与幸福的渴望，她的爱是纯真无邪而崇高圣洁的。小说中的爱的“红丝线”是由并不直接受军纪约束的朝鲜姑娘金圣姬牵动的，她只反复地在心里想着爱情和军纪“有什么关系呢?”而毫未意识到当时的军纪正是她的爱的不可逾越的障碍，她追求的志愿军新战士王应洪是必须接受军纪管束的。如何处置好爱情与军纪的关系是对硝烟中的崇高的爱的描写的成败的关键，应当说小说中的情节描写是正确地处置好了两者关系的。王应洪没有违反军纪，他既没有主动追求爱情，更没有沉溺于爱情，思想作风朴实正派的他对朝鲜房东姑娘金圣姬暗暗地爱上了他丝毫未觉察到，压根儿未意识到，他说自己“一点心思也没有”，是“清清白白的”，始终对爱的感情“有很高的警惕”，始终未把金圣姬的感情当作爱情来接受；在他的头脑中，铁的纪律的意识始终占据主导地位，始终未无视纪律过，始终老老实实地严守与服从于军纪。小说的情节描写表明：金圣姬的热烈的爱并未影响或削弱了王应洪的战斗意志和战斗力量。金圣姬对爱并未缠绵悱恻，她送王应洪上阵地时没有当面哭泣，而只悄悄地把精心制作的绣花手帕送给王应洪，以之作为一种默默的鼓舞力量；当得知王应洪英勇牺牲的消息后，她依然忍痛不哭，而是“一件一件”地接过王应洪的遗物——绣花手帕和相片，并且紧握着送还遗物的王顺的手，以表示一种深沉的理解和崇敬；她对王应洪所表示的爱，得到了她所住的村庄妇女们的支持和称赞。平心静气而论，对金圣姬追求王应洪的恋情描写，在当年激烈残酷、军纪严格的抗美援朝战争环境中，虽不具有普遍意义或典型意义，但对当年文艺创作的“禁区”而言，却是具有一定的突破意义的，金圣姬形象从独特角度体现了当年中朝人民之间发自心灵深处的珍贵的深情厚谊和对和平、劳动、幸福的渴望，她以鲜明的爱憎感情拥戴了正义，谴责了侵略者的非正义。

小说在刻画志愿军指战员形象上别具风采，独具一格。在王应洪形象刻画上，小说尽力显示他在战争中不断克服弱点而锻炼成长为英雄的历程，以王应洪形象回答了英雄人物会不会有缺点以及可否写英雄人物的弱点的问题。它通过描写表明：英雄人物也会有弱点，文艺作品在一定的审美条件下也可以写英雄人物的弱点。王应洪作为刚入伍一个星期的“最多不会站过两次哨”的十九岁的新战士，他的军事知识和战斗经验都显得相当贫乏，他对敌人发射的多管火箭炮“不认识”，他站岗时紧握着的冲锋枪的枪口布竟然“没有摘下”，而且对这样一打枪便会爆炸的基本常识毫无所知；他看着“被几十个红火球包围着”的“前沿的山头”，既“有些不安”，又“非常景仰”；甚至他连站岗的实际经验也很缺乏，老侦察班长王顺奉团政委令在深夜去侦察二线上己方战士的警惕性时，悄悄地摸到新兵最多的九连的一个岗哨附近潜伏下来，恰好遇到王应洪站岗；王顺在麦田边轻轻咳嗽一声，王应洪闻声“只是疑惑地对这边看着”，而后“小心翼翼地走下坡来”，“丝毫也没有地形观念，不知道要隐蔽自己”，而且“正好经过王顺的身边，几乎要踩到王顺的脚”；当他又往回徘徊时，王顺“一下子跳起来”，“从后面”将他死死“抱住了”。王顺笑着对王应洪说：“要是我是敌人早把你干掉了。”随后，王应洪被选拔到侦察二班，但他最初仍缺乏侦察员应有的沉着老练的基本素质，在半分钟内选择与利用合适地形将自己隐蔽起来的训练中，别的侦察战士早已隐蔽好了，唯独他三心二意跑来跑去，没有按时完成隐蔽自己的任务；起初他躲在乱草丛中，觉得不合适又躲在一块石头背后，又觉得不合适而“焦急地”伏在“一棵小树下面”，刚伏下却又忽然“跳起来”往一条土坎跑去。这时，老侦察班长王顺一边检查一边“温和”地随口说：“咱们侦察员的纪律：伏下来，没有命令，不准动！你不怕把全班都暴露吗?”于是，他“痴痴地”站一阵之后，“就又回到了原来的小树后面，照原来的姿势卧好”。最后，班长批评他：你选择“三个指头粗的小树干子”怎能隐蔽自己呢，“你为什么会选择这里呢，因为你不沉着，人一不沉着，头脑就不灵活。”总之，在身经百战的富有实战经验的侦察班长王顺看来，王应洪表现出了不够成熟的“幼稚”的一面，一些基本军事常识尚须培养，但他身上也具备可贵的英雄素质，他渴望在战斗中建立功绩，他一到侦察班就满怀激动、自豪的心情迫切要求王顺分配任务；他在九连站岗时虽然曾被突然袭击所制住，但他很快就奋不顾身地同强手格斗起来，显出一种“无畏的仇恨的”搏斗品格；特别是他对祖国和朝鲜人民充满着爱，他常因“眼前的麦田”而想到祖国的家乡，他常感慨："朝鲜老百姓真是艰苦哪！"对朝鲜人民的一草一木都充满着爱。在实施"捉俘虏"的战斗命令中，正是由于他勇敢地抱住一个企图逃跑的敌人才及时完成了战斗任务；同时在他和班长王顺担任掩护全班撤退的艰巨任务而在"洼地"突围时，虽然他右腿等处负伤并"栽倒"在地，但他却要求班长王顺不要背他，宁愿牺牲自己以求班长能够"出险"；当王顺说返回部队后为他请功时，他说："我没啥功劳。真的。我就是觉得我够本了。"毫无居功之念。最后，在同一个敌人巡逻班决战时，他忍着伤痛奔到敌人中间，拉响手雷，英勇牺牲。由于他对青石洞南山的反击战的胜利有突出贡献，上级给他追记一等功。这些情节描写表明，王应洪不愧为全心全意为保家卫国、为朝鲜人民、为世界和平而战的志愿军英雄。

王顺形象的刻画也别具风采，他是将原则性和人性、人情统一起来的有血有肉的侦察班长形象。他身上有许多优良素质：性直、敏锐、严肃、沉着、幽默、冷静、多思；他深知自己肩上责任的重大，懂得是为保家卫国和世界和平以及崇高的正义事业而战；他理解"和平生活"和"战争生活"的不同含义，深知战争环境中的"纪律比一切都重要"，因此在严于律己的同时，对班里的战士要求很严；他爱护战士，身先士卒，在危急环境中主动把掩护侦察班安全撤退的任务留给自己，在战友王应洪在"洼地"上负伤"栽倒"后，他怎么也不肯丢下他；他既理解王应洪那样的迫切想建立功绩的战士，也理解金圣姬那样的燃烧着爱情的朝鲜姑娘，当敏锐地觉察到金圣姬对王应洪的恋情之后，他怀着"耽忧"的心理认识到："在军队的严格纪律和严酷的战争任务面前，这是断然不能容许的"；但同时他又觉得："年轻人总难免的"，金圣姬爱上"纯洁的中国青年"，实质上是自自然然地"渴望建立她的生活，和平的、劳动的生活"。因此他既不责怪王应洪，更不挫伤金圣姬的心灵；在"洼地"突围时，他甚至还特意折一枝金达莱叫王应洪带给金圣姬，把金圣姬对王应洪的感情视为中朝友谊的象征，启发与希望王应洪从中汲取鼓舞力量。王顺是当年的战争文学人物画廊里既有铁的原则性、纪律性，又有丰富的人性味、人情味的闪烁着奇光异彩的普通指挥员形象。

总之，小说以异国男女恋情纠葛为基本的情节线索去合理地反映抗美援朝的战地生活，将浓烈的硝烟味和浓郁的人情味交融起来，全文由平时和战时的一个个场景串缀而成，文思滔滔敏捷，笔调轻快灵活，笔端情感丰富，在场景描写中，很注重人物内心感情世界和心理动态的细致展示，在严峻的场面描写中也不乏情趣。

3

《在悬崖上》（完稿于 1956 年 9 月，载《鸭绿江》1956 年第 9 期，获同年《鸭绿江》举办的“优秀小说奖”）是邓友梅初显文学才华的成名作。邓友梅生于 1931 年，原籍山东省平原县，生于天津市；1942 年当八路军的小交通员；1944 年被押送日本当劳工，翌年夏回国；1945 年在新四军当通讯员、文工团员、见习记者，其文学生涯始于在战壕中写“火线传单”；1951 年发表处女短篇《成长》，1953 年入中央文学研究所学习，1955 年毕业；此后即相继发表小说作品。他的《在悬崖上》始终集中笔墨直接描写爱情本身，着重探讨婚爱道德问题。它以第一人称的叙述方式，由男技术员“我”回述自己爱情危机的往事——“我”与女会计以及女雕塑师加丽亚之间的复杂的三角爱情纠葛。在一个很难入睡的炎热的夏夜，工地上的小伙子们轮流畅谈各自曾经历过的恋爱生活，刚调到工地来的某设计院的男技术员“我”在大伙七嘴八舌的反复催促下便坦率地谈了起来：前年夏末，“我”与工地会计室的女会计相好，同年秋天便“闪婚”

了，婚后感情很融洽；后来设计院分配来一个美术学院毕业的女雕塑师加丽亚，加丽亚主动地热情与“我”交往，“我”同她成为好朋友，互以兄妹相称相待，虽然旁人都私下议论加丽亚“轻浮”，而“我”心里却很喜欢；此后“我”与“我”的妻子（女会计）常吵嘴、吵架，并由吵嘴、吵架而产生了离婚的念头，因而常陷于内心矛盾与痛苦之中；鉴于此，设计院一位科长在批评“我”的生活作风时告诫“我”：加丽亚在美术学院曾因作风不正而受过处分。但“我”仍若无其事，最终还是向自己的原配妻子（女会计）提出了离婚问题。然而，当“我”要求加丽亚确定婚事的时候，加丽亚却以自己不甘因嫁人被家庭过早束缚而轻易告别当姑娘的自由生活为理由，拒绝了“我”。遭到这一瓢无情的冷水后，“我”才重新回想与怀念起自己原配妻子（女会计）的恩爱，才悔恨交加地与她修复了原来的纯朴爱情与和睦家庭。这便是男技术员“我”所讲述的爱情危机故事的梗概。

爱情危机来自何方？小说情节描写表明：主要来自男技术员“我”和加丽亚。男技术员“我”在婚爱生活上的最大教训是喜新厌故，见异思迁，他以悔恨的情调总结了自己因偏重相貌与风度等外在美而一步步在迷梦中误入迷途并险坠可悲“悬崖”的教训，借以谴责了在婚爱生活中喜新厌故、见异思迁的婚爱观。女雕塑师加丽亚在爱情生活上的教训是充当了第三者。她对婚爱采取儿戏、利己的态度，奉行单纯寻求精神满足的恋情观，小说赋予了她许多令男技术员“我”迷恋的个性特点：年轻漂亮，热情开朗，天真烂漫，富于幻想，朝气旺盛，自由奔放。小说通过对姿色华丽的混血姑娘加丽亚的刻画，声讨了无视社会公德、只顾满足私欲而破坏他人幸福的第三者。小说中的女会计质朴、善良、沉稳、刚毅、多情，珍惜恩爱，忠贞不渝，她追求传统性的严肃的婚爱，主张的是建立在真心、诚信的基础上的爱情，最后她以宽容的胸怀重新接纳了在碰撞“无情壁”

后改正了错误的原配丈夫。小说借女会计形象既鞭挞了见异思迁的男子，抨击了卑劣的第三者，也讴歌了传统女性的自尊、自重、自强、自立的可贵品格。就实质而言，小说所揭示的爱情危机就是来自见异思迁者和第三者，这两者都是道德批判的对象；而女会计则是道德歌颂的对象。就形象塑造的艺术效果而言，被正面歌颂的女会计形象显得单薄，而被批判的男技术员形象和加丽亚形象却相当突出，特别是加丽亚形象最鲜明、最生动。总之，这是着重从道德角度进行审美的婚爱道德小说，其于当年所显出的独特点在于直率地闯入了婚爱领地和大胆地描写了人物间的三角关系，对婚爱本身的矛盾和波澜没有回避，没有作公式化、概念化的处理，借以体现出了不同的婚爱观念。它告诫世人：婚爱与社会的伦理道德是联系着的，爱情不是感情游戏，不是卿卿我我一番便万事大吉的事，爱情是人类男女间共同肩负的神圣责任；要“对别人负责”，要“互相都把对方痛苦当作自己的痛苦”，在婚爱领域要讲社会公德，要讲精神境界；不要因婚爱与家庭的某些不如意或不满足，就想入非非而随心所欲地见异思迁、喜新厌旧，也不要不负责任地以儿戏和极端利己的态度去充当第三者，去勾引他人、玩弄他人，以免把彼此推到可悲的“悬崖上”；这种告诫应当说是有久远的社会意义的。

4

康濯是致力于追踪现实农村生活步履的小说家。康濯生于1920年，湖南省湘阴县人；1938年在延安鲁迅艺术学院文学系学习，1939年开始在延安《军政杂志》和《文艺战线》上发表作品。在新中国成立后的20世纪50年代，他致力于描写中国内地农业合作化初期的农村社会生活和新型农民形象，他的《春种秋收》（曾被译成俄文、朝鲜文）便是他此期短篇创作成果的代表性标志，由此短篇可见康濯短篇创作风格的独特性。

康濯喜欢从婚爱问题切入生活，喜欢透过婚爱关系从侧面反映特定时代风貌；喜欢沿着婚爱线索去描写特定时代农民的生活和精神的变化，展现农村的新人新事、新天地。《春种秋收》以农村青年男女的婚爱为线索，在农村互助合作的背景下，集中描述了农村男青年周昌林和农村姑娘刘玉翠的恋爱故事，他们的爱情萌发、生长、成熟于春种秋收的互助性的农业生产劳动过程中，确立于共建新农村的理想的基础上，突出地显示了新农村社会里新的择偶观和新的婚爱精神，以艺术形象宣传了把爱情共建在热爱农业劳动和建设新农村的行动与理想的基础上的婚爱观。

康濯的创作注重渲染乡土生活色彩和乡土生活情趣，富有乡土田园牧歌式的情调。他善于渲染欢乐的乡土生活场景和在欢乐的生活场景中显示人物的欢乐情怀，他的《春种秋收》是常在笑声中展开描写的生活气息与情趣浓郁的作品。它通过艺术布局及灵活多变的笔触避免了平铺直叙，力图让情节的描述与人物的言谈举止都带有乡土风味。全篇可分为开头、故事、结尾三部分：开头采用倒叙方法，先道出恋爱故事的结局——周昌林和刘玉翠已经结婚，这是震动乡里人的一件大事；然后再娓娓追叙他们恋爱的进展过程，其间又将顺叙与插叙相结合，因而写的虽是平凡的乡间生活，但却颇具委婉有趣的田园牧歌情调。小说中的小伙子周昌林是乡里岭前庄人，虽无条件上学，“但靠着自修，肚里的墨水也不少”，属于当年自学成才的乡下有志青年。他长得“英俊”，劳动“可以顶住一个半人”，被选为村里青年团副书记和农业社技术委员，是“远近四乡都有点儿名气”的“挺红的干部”，刘玉翠的姨娘夸他“在区、县都是敲响了的人物”。小说中的刘玉翠则是岭后庄人，“聒聒叫的高小毕业生”，虽然没考上中学，但她漂亮、大方、能干，“是左近的山沟沟里第一个闪光发亮的姑娘”，“丰润的脸上透着粉红的嫩气，稳重的神色当中不露半点羞臊，俐俐索索的两只手，扑扑腾腾的满身的劲儿”，对针线活、轻重农活“都拿得起放得下”。她最初选择对象的标准是“两高两相当”（地位高、文化高、年岁相当、长相相当），为此她曾不甘心一辈子屈待在土生土长的“老山沟”里参加农业劳动，而想通过在自己所向往的城市里找个干部谈恋爱来实现人生的前途，因此当她姨娘跟她提起周昌林时她一口拒绝了。随后她姨娘到周昌林家说起她时，周昌林也同样表示不巴望她，并当场说道：“她呀!”“她那脑瓜子里装满了资产阶级享乐思想”，“说得好，是我没那福分！说得不好呀，我起根儿就瞧不起她!”显然，他们在产生恋爱前，彼此在思想道德观念上本是存在差异与对立的。然而此后，他们一次次同时在坡梁上紧挨着的各自的地里“做半天的活”的劳动过程中，却逐步消除了隔阂和确定了爱情关系，小说以细致的笔墨描写了这一有趣的过程。第一回同时干活时，他们深藏在各自内心的情感，虽然都暗暗荡漾起伏，但彼此仍感到“别扭”，都只是低着头“挺卖力气”地“使镢头刨地”。第二回同时干活时，彼此开始都是“你眇我两下，我眇你两下”；后来刘玉翠的“镢头掉了把”，而且木楔子已经破碎，刘玉翠无法修理，但只“呆呆地站在地里”，不肯开口求助于周昌林；周昌林见到此情景，七上八下犹豫了好一阵，才主动过去想方设法帮她拾掇好镢头；经过这次接触后，“两人的心思都松散了一些”。第三次同时干活时，是在“播种”的时候，两人在各自的地里播着播着，忽然刮起一阵子风来，把周昌林带去的“小报纸”恰好刮到了刘玉翠面前；于是两人便趁着捡“小报纸”的机会拉近了关系，并且在一起一边看小报一边“天上地下”地交谈了起来，因而相互得到了进一步理解。第四回同时干活时，各自地里播下的种子已经长出苗来，刘玉翠问周昌林：你地里的土为什么“黑得冒油”？苗为什么“出得那么稠”？两人诚心诚意地探讨着化学肥料和农业新技术的事。第五回同时干活时，刘玉翠“把一条洗得干干净净”的“包头毛巾”还给周昌林，并主动要求周昌林帮她“上上”肥田粉，“爱”心已初步向周昌林一边倾斜。他们第六回见面则非在地里干活的时候，而是在县团委会的院子里，县团委会副书记当着刘玉翠的面滔滔不绝地夸耀周昌林：“你看他——他可是认清了农村的前途。他积极办农业社，推广步犁、耘锄、喷雾器和各种新技术”；“不用说，将来使用拖拉机，昌林若不是咱们县里的头一批驾驶员，怕也是领导社会主义农业社的骨干呢！”自此后，刘玉翠不仅让周昌林在自己的心灵中占据了位置，而且也像周昌林一样“火气腾腾”地劳动着，学习着，因而受到了村里人的称赞。他们第七回见面则是在“秋收”的时候，彼此终于决意结成终生的爱侣，一道并肩建设新农村。在康濯笔下，他们“春种秋收”的劳动过程，是获得共同的思想基础、确立共同的生活理想和彼此爱情由萌发、生长而至成熟的过程，其爱情与热爱农业劳动及共同建设新农村的理想是融合在一起的。这既是对20世纪50年代那特定时代的新型婚爱观的礼赞，也是对新农村男女青年选择的生活道路和新事物、新风尚的礼赞。

康濯善于用白描笔法突现人物最基本的个性特征，善于揭示人物个性化的心理活动。他用遒劲的粗线条勾勒人物，并将行动描写和心理刻画相融合；他不求人物性格的丰满，而求用少量笔墨使人物的主要性格特征令人难忘。其人物虽以俭省的笔墨描画出来，但因捕捉与突现了其独特点，故犹如画龙点睛，仍能收到活灵活现的艺术功效。如小说中活蹦乱跳的“一根筋”周天成，以及将美好的理想与建设新农村紧密结合的先进青年农民周昌林，在新的思想风尚“影响”与“教育”下转变观念的知识青年刘玉翠，极力推动新人新事成长的县团委副书记，好显阔气、好出风头的华而不实的城市百货公司干部等，其不同思想性格和精神面貌，都是用不多的笔墨突现出来的。特别是康濯善于将细致的行动描写同生动的心理状态的展示结合起来以造成情节描写的生动性。小说中对周昌林和刘玉翠的心理状态的生动展现均颇突出，特别是真切地展示了刘玉翠的矛盾心理状态及其心灵的波动与转化的过程。“城市！学习！建设……莫非就注定了要一辈子困死在这个老山沟里么?”一连串的复杂意念，曾很长时期在她这位于当年特定时代里显得相当宝贵的农村知识青年的心中打着滚。当刘玉翠在县团委会的院子里碰见县团委副书记时，小说这样写道：“玉翠的脸上起了一层粉嫩粉嫩的云彩，胸脯卜卜卜乱动”。这简洁的富于生活气息的描写，透露出她曾暗暗地把离开山沟的希望寄托在同城里人尤其是同这位县团委副书记谈情说爱上的内心秘密。康濯的心理描写是以细微真切为显著特征的。

康濯小说的语言朴素、明快、形象，富于生活实感。他注意选用地方语言，注意从农民口语中提炼生动的文学语言。他的总体风格表现为清新、明朗、朴素、风趣。“在朴素中见出妩媚，在平淡中藏着诗意”，有“野草闲花”般的“天然的风韵”（见傅雷《评〈春种秋收〉》，《文艺月报》1957 年 1 期）。

5

周立波的短篇创作成就虽不及他的长篇创作那样显著，然而也以别具一格而受到文坛的赞誉。周立波生于 1908 年，逝世于 1979 年，湖南省益阳县人；1924 年考入长沙省立第一中学，1928 年到上海劳动大学就读；1932 年初因参加工人罢工斗争被捕，1934 年出狱后参加左翼作家联盟；1939 年到达延安，先后在鲁迅艺术文学院任教和参加《解放日报》工作；抗战胜利后到东北解放区参加土改运动，并在 1948 年完成了著名长篇《暴风骤雨》。他在新中国成立后创作的《山那面人家》（完稿于 1957 年 11 月，见于短篇小说集《山那面人家》，湖南人民出版社 1979 年版），是显示其短篇创作从内容到形式均具独特审美特色的代表性作品之一。

周立波的短篇创作多以湘地乡村日常生活为题材，善于通过对日常生活片段的客观、本真的描绘去反映特定时代的农村社会和农民精神的真实面貌。《山那面人家》集中描写湖南一个穷僻山乡的一场新式的普通婚礼，婚礼过程虽然很热闹，但十分俭朴，农业社的社长只能给新郎家预支包括用于“茶饭”“红纸”“红烛”等“一切花销”在内的“五块钱”现款办婚事，否则新郎家就会“变成超支户”，同时新娘也未讲求任何旧的出嫁排场，只是捎带着自己的记有“两千工分”的红封面的“工分本”作嫁妆出嫁。乡长、社长、社里的兽医也笑嘻嘻地按时参加婚礼仪式，在仪式上，酒糟脸的兽医虽未被邀请而主动抢先到司仪桌前以八股腔调慢吞吞地大谈、空谈“解放前后国内的形势”和“国际形势”，把好讲空话的时代风气带到了婚礼仪式上。婚礼由乡长当主婚人，主婚人着重一本正经地“念了县长的证书”。一代新人的婚礼、婚事与旧时代确实不同了，新风尚代替了旧习俗；在那艰辛、清苦的人生处境里，面对人生大事，乡社领导、山乡群众、男女老少都移风易俗、艰苦朴素、不讲排场、嘻嘻哈哈、知足自乐，礼赞新农村的新风尚显然是小说的重要意图之一，可谓其为着重从移风易俗的角度进行审美的婚爱小说。这种着重贴近农村日常生活本身的客观、本色、全面的描写，实为特定时代农村社会真实生活风貌的侧影。周立波是带着微笑和幽默去客观、本真地看待与描写20世纪50年代初期中国内地那特定时代的清苦、知足、自乐的农村社会现实生活的，他将那特定时代的多面多样的社会生活内容融合于同一婚礼过程的描写中，显出了客观全面地素描平凡生活的本色、本真的创作特色。

周立波长于生活场面的描写，在素描场面中注重渲染鲜活的生活气息和富于情趣的地方色调，这是他的小说显出别致神韵的重要因素。《山那面人家》中由多姿多彩、兴高采烈的山乡姑娘们在去参加婚礼的路途上的欢声笑语构成的场景，由爱欢快地放纵地笑闹的“红花姑娘们”，“在同伴新婚的初夜”，“偷偷跑到新房的窗子外面、板壁下边去听壁脚”的情景构成的场面，由山乡“司仪姑娘”主持的先由主婚人乡长带领大家向堂屋墙上挂着的“五星红旗”和贴着的“毛主席肖像”行礼的新式的“快活”的婚礼的全过程所构成的场面，由“红纸剪的大喜字”和有“鲤鱼”、有“壮猪”的“窗花”以及“锡烛台”“瓷壶”“瓷碗”和挺着胖大肚子哈哈大笑的瓷半裸罗汉构成的新房布置摆设场景，以及送亲嫂子在新房里教自己带来的三岁伢子唱儿歌的场景和旧式婚俗有板有眼地死去活来哭嫁所构成的情景，这些场景、场面、情景的描写都带有鲜明的地方色彩、浓郁的乡土气息与新奇的情趣韵味。

在人物形象塑造艺术上，周立波的短篇创作既善于集中笔力较丰满地从多侧面突现一两个人物的思想性格特征，也善于用白描笔法勾勒、突现众多人物性格的独异点。在《山那面人家》所描写的那个婚礼场面中，前前后后用粗细不等的笔触勾勒出了山乡男女老少青妇干群等各色人物，他们都是从特定时代的山乡现实生活中走来的显示出独特性格特征的普通人。其中的新娘卜翠莲，“不蛮漂亮”，“也不丑”，乌黑的发辫扎着红绒绳子，身上穿着“新蓝制服”，散发出“淡淡的香气”，这便是她作为新娘子当日随意的时尚打扮。她很开通，很大方，“一点也没有害羞的样子”，在新婚之夜的新房里，她竟当着众人“从嫂嫂怀里接过侄儿来，搔他的胳肢，逗起他笑”，还抱起侄儿出新房去“操尿”。同时她又是未经世面的山乡姑娘，当司仪姑娘宣布她面对乡社干部等讲话时，不免紧张得“满脸通红”，毫无笑容地把一年前的“订婚”误说成了“结婚”；她极朴实，极实在，很勤劳，无华而不实的花言巧语，除反复说“我快活极了，高兴极了”外，只从口袋里掏出一本记有“两千工分”的劳动手册“摊给大家看”，说：“我不是来吃闲饭，依靠人的。我是过来劳动的。我在社里一定要好好生产，和他比赛。”话音刚落，便仍“满脸通红”地“跑了下来”。这便是周立波笔下处在20世纪50年代湘乡新农村中的把生活和命运很自信地确立在自己力量的基点上的新娘子形象。其中的新郎邹麦秋也朴实憨厚，“矮矮敦敦，眉目清秀”，他在闹新房之夜不愿听牛郎中空口说白话而偷偷跑去检查社里“储藏红薯的地窖”，是不尚空谈而重实干和有责任心的保管员。被邹家翁妈请为主婚人的乡长，既有一本正经地坚持不苟言笑的一面，又有长于当众诙谐逗乐的本领，“听见人家讲笑话，他不笑，自己的话引得人笑了，他也不笑”，善于保持“正经男子”的模样。老社长“是个忙人”，忙得食不甘味夜不安枕，“每天至少要开两次会，谈三次话”，还要参加劳动，夜里“回去迟了，还要挨堂客的骂”，“任劳任怨”的日子过得相当辛苦。还有长于天南地北胡拉乱扯夸夸其谈和在自由结婚的婚礼上宣传包办婚姻好的酒糟脸牛郎中，以及在喜气洋洋的新房里枯起眉毛闹头昏、恶心、想呕并当众责备社长“老不正经”的漂亮兽医堂客，老实真诚的送亲娘子，稳重机敏的司仪姑娘，在飘满茶子花香的微风中传出一阵阵放纵的笑闹声的山乡姑娘群像，不知名姓的毫无顾忌地用趣话打岔和随时以响亮的掌声激增热闹的后生子群象；小说仅用五千余言，便素描出了许多各具特征的人物，从而借以完成了真实反映特定时代风貌的艺术使命，足为短篇创作之范例。

周立波追求自然、平易、朴素、幽默、风趣的文风，反对把作品搞得“剑拔弩张”和枯燥乏味，而力求写出一幅幅色彩鲜明、诗情浓郁、风趣盎然的生活图画。从《山那面人家》可以看出，他的短篇格调悠徐舒缓，笔触朴实细致，态度从容幽默，语言凝练素雅，将带有花鼓戏风味的乡土风俗画和各具特征的性格勾画交融在一起，显出了其独异的审美追求和艺术创造个性。

上述涉及婚爱生活的短篇虽不能绝对断言它们尽善尽美，但它们均未流于低级趣味；它们以独自的风姿有胆识地闯入了当年的文苑，试图挣脱公式化、概念化、说教性的枯燥乏味的创作框框，具体、细致、生动地描写了男女间在婚爱上的复杂纠葛、内心活动和感情波澜，正视了婚爱本身的特点和情调，显露了勇于进行审美探索的苗头与劲头，从不同角度显示了新的择偶观、新的婚爱审美观和新的婚爱精神，礼赞了新时代的新人、新事、新风尚，令人有耳目一新之感。总体而论，它们的思想艺术基调是正常的、健康的，大体未越出特定时代美学要求和审美时尚的端线，至今仍不失为经得起阅读与思索的艺术品。

中　编

／

并非一片贫瘠的艺术盐碱地

第一章

独特的历史战斗故事和现实生活主潮的实录

1

相比而言，在新中国成立后至1966年的一段岁月里，传统中篇小说创作属于薄弱环节，其创作成就落于传统短篇小说和传统长篇小说之后，但并非一片艺术空白地，在总体数量上也并非少得可怜；据不完全统计，从新中国成立后至1965年，曾先后问世传统中篇小说600余部，其题材、主题、人物等方面较之以往均有新进展与新特点。

记载与歌赞独特的历史战斗，是20世纪后半期里的中国内地传统中篇小说创作的一大突出现象。这方面比较优秀的成果，大都是记写第三次国内革命战争年代某些独特战斗生活的。较为出色的有刘白羽的《火光在前》，马加的《开不败的花朵》，陈登科的《活人塘》，谢雪畴的《团指挥员》等。

刘白羽的《火光在前》（始载《人民文学》1949年创刊号）是新中国成立后最早发表的描写第三次国内革命战争时期向江南进军的渡江战役题

材的中篇。刘白羽生于1916年，北京人；1936年在《文学》杂志上发表处女作；1938年奔赴延安，先后在延安和华北抗日根据地从事文艺宣传工作，1944年前往重庆从事《新华日报》副刊编辑和文艺界的统战工作，1946年以随军记者身份，跟随部队转战东北、解放平津、渡江南下，其间写了大量通讯报告作品。其中篇小说《火光在前》的篇名取自末章的小标题，篇名之下引有毛泽东和朱德发布的4月21日南下渡江作战的“奋勇前进”的命令，而后逐章描写，首章是“雷雨轰鸣”，接着是“政治委员来了”，而后是“新问题”，“平静的激流”，“夜袭天险长江”，第六章是“贺龙的红军战士”，再接下去是“水深火热”，“通不过的渡口”，“悬崖绝壁”，“血肉相关”，最后的第十一章即“火光在前”，全篇情节步步推进。它艺术地记载了渡江雄师某部在鄂西强渡长江天险的独特战斗历程。全体战斗员和支前员在师长陈兴才、师政委梁宾、团长陈勇、团政委蔡锦生等指挥下，冒着大雨，踏着泥泞，排除万难，生命不息，奋进不止。全篇情节描写富于气势，笔势劲挺，笔锋凌厉，并有张有弛，兼显独异的战斗与艺术的浓郁氛围。

马加的《开不败的花朵》（1950年人民文学出版社出版，共22节）所记录的历史战斗也很独特。马加生于1910年，辽宁省新民县人；1928年考入东北大学，虽然在教育学院读书，但对文学产生了浓厚兴趣；1931年九一八事变后只身流亡到北平，开始进行小说创作；1935年加入左联，1938年到延安。他的《开不败的花朵》在第三次国内革命战争刚拉开序幕的背景下，描写一支干部小分队由延安前往东北根据地的经历；他们依依不舍地告别延安的窑洞和宝塔山，奉命前往哈尔滨东北局，参与完成建立与巩固东北根据地的战略任务。小分队中有军事干部、妇女干部、文艺干部、群众工作干部30多人，还有10多名随身警卫员，合起来共50人左右，由曹团长和王耀东副团长领队。他们的跋涉异常艰苦，在穿越一望无际的内蒙古东科尔沁中旗大草原时，忽然遭到一股匪徒（保安队）的疯狂围击；王耀东副团长“为了全体干部队的突围”，奋力指挥反击，结果在指挥占领“沙岗子”战斗时不幸中弹牺牲。其题“开不败的花朵”，既是指草原上到处开放着的“蓝色的马兰花”“粉色的喇叭花”“小瓣的猫眼睛花”“素淡的野菊花”等各种花朵，也有用以象征与歌赞烈士的壮丽精神不死的意味。全篇文笔洗练，情思幽远，景色迷人，可谓既是草原风光的风景画，又是崇高感情深挚的抒情曲。

陈登科的成名作《活人塘》（1951 年人民文学出版社出版，共 22 节）是着重再现第三次国内革命战争爆发初年苏北地区的独特历史面貌的中篇。陈登科生于 1919 年，江苏省涟水县人；12 岁开始读私塾两年，1940 年参加游击队，1945 年调到《盐阜大众报》任记者，1949 年任新华社合肥支社记者，1951 年入中央文学研究所学习。《活人塘》全篇都是围绕薛陆氏及其家人讲述故事。“活人塘”是位于苏北“新河集”中间地段的“一座三丈六尺高的孙家大楼”的代称，由孙家孙锡川在清朝中武举后盖成，最初叫“福寿堂”。自孙家被御赐为武举之家后，新河集周围 30 里内的广大百姓，很快地就由“大户变小户，小户变光蛋”；当时流传着的一首民谣中有这样几句：“有钱没钱拖进去，打个票子到麦黄。有房有地就典卖，无田无地拖进塘。寡妇讹住去改嫁，姑娘留住当偏房。无数穷汉年不过，多少伢子无爹娘。”“活人塘”是仗势吃活人的罪恶累累的魔窟。孙锡川死后，他的儿子孙在涛当了伪乡长，继续横行霸道，周围百姓继续遭殃。村妇薛陆氏及其一家是小说描写的主要对象。薛陆氏的男人薛长高被孙在涛活活害死：为霸占薛家十几亩田地，孙在涛硬诬薛长高偷了孙家的毛驴，并令丁勇把薛长高抓入“活人塘”，先是吊起打，接着用铁丝穿鼻子，结果薛长高膀子被吊断，两腿被木杠子踩折，最后痛苦难堪，被迫在牢里撞壁而死，死前他咬破手指头在心口上写下“伸冤”二字。薛长高死后，薛家的田地、房屋、耕牛、家具、食物等全被夺走，还把薛陆氏抢去逼她“做小老婆”，后来幸亏长工沈二爹帮她把墙挖通才逃脱虎口，并被迫带着大女儿大凤子隐姓埋名逃躲在外村多年。直至1943年春，人民军队占领新河集时，她才重见天日并重新返回故里新河集。至1946年秋，因蒋介石发动内战，新河集成为双方争夺的血战地区。为支援人民子弟兵，新河集的贫苦百姓积极地组织起支前队，薛陆氏被推选为在后方为部队洗衣服的洗衣组的领导人，她的大女儿大凤子被批准参加担架队，她那刚17岁的小女儿七月子则跟在她身边帮忙，母女三人对挖工事、为伤员洗衣服、煮鸡蛋慰问伤员、给伤员喂米汤等支前工作非常热心与尽力。在抗击敌方向新河集发动总攻的激战中，小班长刘根生负重伤而落入敌手，敌人强迫薛陆氏挖坑活埋刘根生（敌方已占领新河集），薛陆氏无奈在极痛苦的心境下往坑里填了土，但事后她惴惴不安地及时冒着生命危险以赶自己的小猪为掩护，把压在刘根生头顶上的大土块掀开了，接着又再次去用米汤喂活了刘根生；与此同时，她的二女儿七月子因为被敌方飞机炸成重伤而眼看就要“断气”，因此她和大女儿大凤子用柳筐把“快死”的七月子抬出去，飞快地挖出刘根生，“飞快地埋了七月子”，又飞快地把刘根生装进柳筐抬回了家里（为何非舍垂死亲生女儿替换不可？因为敌人责令薛陆氏：如果刘根生“尸体”没有了，唯她是问）。刘根生被救后，在穷苦百姓掩护下养好了重伤，照组织决定，在新河集埋伏下来组织群众坚持斗争，以作内应，这便是小说前半部分讲述的薛陆氏一家遭受残酷压迫以及新河集争夺战、广大民众积极支前、薛陆氏“舍女救亲人”的故事。小说后半部分则继续讲述新河集被敌军占领后，穷苦百姓所遭受的残酷迫害以及广大民众同伪区长孙在涛等压迫势力展开斗争和新河集重获解放的故事。敌军攻占新河集后，肆意烧房、抓人、杀人、抢东西、逼捐税，民众苦不堪言，有的讨饭，有的被活活饿死。此时刘根生在暗中组织群众生产度荒、生产自救的同时，不仅组织群众同伪区长孙在涛搞合法斗争（反对他下令拆民房备战和反对他收壮丁费），而且还开展除恶、杀恶活动。最后，人民军队某部吴团长率领部队再次攻占了新河集，孙在涛被活捉，被清算，同时已赢来了人民军队大反攻的新形势；新河集的穷苦老百姓终于“跳出了活人塘”，刘根生也奉命准备重返部队。在一片欢庆的日子里，已上年纪的薛陆氏，提出女儿大凤子与刘根生定下了终身大事，刘根生与大凤子两人当场“拉拉手”表示同意。当部队上船过河时，大凤子蹿上前去，红着脸低着头轻声对刘根生说：“你不要忘记！虽说是天南地北，我死也等着你！”刘根生紧紧握了一下大凤子的手，同样轻声地说：“你放心吧！”部队开拔了，船开出老远了，他们仍在恋恋不舍地相互招手。这便是《活人塘》全篇所描述的故事，引人入胜的故事性是它最显著的形式特征，着意在描述故事中展示人物品格和人物命运是它显著的艺术特色。

《团指挥员》（共七节）着重描写人民军队某部在第三次国内革命战争中的一次攻城战斗的始末，着重塑造团指挥员崔克坚的形象。崔克坚懂得人民战争的重要性和必然性，懂得没有人民战争就不会有被压迫人民的翻身；同时他也懂得战争绝非轻松愉快的事情，而是非常艰苦的，甚至是要用牺牲众多活生生的生命代价才能去夺取胜利的；因此他总是用他那颗极善良的心去理解和体贴一次次面对着残酷战争的战士们和老乡们。他说：“我们这些人，自己累点是应该的，要是平白地牺牲一个战士，就是有罪的。”在每次攻城战斗胜利结束后，他眼睁睁地看到许多老战友都牺牲了，痛苦的心里总禁不住感叹不已。每次战争获胜后，他都不单纯地沉浸在一片欢庆声中，而总是想：“我，我怎样，才能对他们不愧？”这是一位很有特色的怀有慈母般软善心肠的指挥员形象。相比而言，其非以讲述战斗故事取胜，而以集中笔力塑造颇具特色的团指挥员形象取胜，这是它最值得称赞的艺术特征。

总之，此类描写历史题材的中篇小说的基本特点在于：内容充实，实录感强，记载性强，似于现成的故事与人物之基础上稍经加工与创造而成；而且都不同程度地采用故事结构，所描述的战斗故事历程都较引人入胜，重在描述战斗故事过程和渲染战斗氛围中塑造人物形象与显示人物的精神品格。

2

自新中国成立后至1966年的一段新时代，是现实生活主潮不断涌现的时代：大张旗鼓地实行镇反剿匪运动，大张旗鼓地开展抗美援朝运动，大张旗鼓地推行农业合作化运动，大张旗鼓地掀起工业建设运动。面对新时代一个接一个掀起的现实生活主潮，传统中篇小说也采取了热情拥抱的态度并取得了独特的成就。

它在镇反剿匪运动题材领域有独特建树。镇反剿匪为新中国成立初期现实社会生活的突出特点之一；尤其在崇山峻岭地区及边远地区，当年匪帮相当猖獗，匪患相当严重；在此领域，杨尚武的中篇《戈壁滩上的风云》（共10节加一“尾声”，1952年9月于敦煌完稿，1955年修改，1956年由上海新文艺出版社出版）作了独特反映。其置于“全国已解放三年”的时代背景中描写，着重描述在新疆大戈壁滩里围剿匪特的战斗故事。虽然驻守边疆的部队已经给了匪帮以沉重的打击，但“匪首胡番林带领二百多人”盘踞在戈壁荒漠里，并与“从外国潜入国境”的大特务金冶中相勾结，企图扩大组织，壮大队伍，伺机暴乱。因此剿匪总指挥部作出了分三路骑兵进行会剿的部署：由骑兵某团五连（连长名蔚青，指导员名朱玉祥）从大戈壁滩的“中间插过去”，亦即“横渡”大戈壁滩；骑兵某团五连的“右邻是从南疆诺羌出发的骑兵某团，并配有战车，朝东夹击敌人”；

骑兵某团五连的“左邻是从青海格尔穆出发的骑兵某团，向西夹击”；并令三路骑兵务于“三月十一日会师于坑寺，痛歼敌人”。小说着重描述的是骑兵某团五连以钟永胜为班长的战斗班以少胜多的剿匪经历，钟永胜是小说刻画的主要形象；他作为侦察员出身并有八年军龄的老兵，曾经历过无数次战斗，攻、守、夜摸的战斗任务都出色地担负与完成过。他职责心很强，他说：“完成战斗任务，是革命军人的最大责任”，“就是牺牲了，能把匪首打死，心里也痛快。”他富有实战经验，善于随机应变与当机立断。在插入戈壁荒漠后，他的战斗班同金冶中的二百多人遭遇，“敌我异常悬殊”（几条枪对二百多条枪），于是他果断决定“撤出阵地”，“等摸清底细以后再战”；当战友李玉根对决定感情上接受不下而“噘着嘴”不高兴时，他接着命令道：“服从命令，撤出去。就是打只狼，也得知道狼的大小，有什么本事，爱吃什么食，爱走哪条路。摸着瞎打仗还行！”于是全班“一声不响”地执行了他的命令，“急急朝南走”；走了“一个钟头”，钟永胜扭头一看，匪徒们“卷起一股恶风直朝他们扑来”；面对此军情，他当机立断：“不走了，打！”全班战士立即爬上沙丘挖工事，迅速进入战斗状态。匪徒们采用“步步为营”的战法步步逼近，他们夺占一个沙丘后待挖好工事再逼近另一个沙丘；在夺占沙丘过程中，匪帮的有生力量不断遭到重创与损失。钟永胜在所占沙丘失守后，立即命令班里战士用棉被、防雨布、皮大衣、单军裤做沙袋在平坦的沙地上构筑工事。匪徒们在夺占的沙丘上挖工事时，因流沙太松挖来挖去仍“露出半截脑袋”，因此犹如靶头般不断地被战斗班战士一个又一个地击中；吃了大亏的乌合之众的匪徒们气急败坏地发动一窝蜂式的数次冲锋也很快被训练有素的战斗班战士们击退；战斗班战士们的子弹打光了就扔手榴弹，手榴弹扔光了就取用匪徒尸首上的子弹；在激战中，钟永胜“只有一个念头：顶住打，坚决消灭敌人”。最后在进行肉搏战时，剩下的贪生怕死的匪徒们才胆战心寒地仓皇逃跑，钟永胜班长挂了花，战士田保生英勇牺牲；钟永胜紧接着命令跟踪追击“潜入国境”的大特务金冶中并活捉了他，在他趁机逃跑时，被战斗班战士李玉根击毙；最终匪首胡番林被活捉，逃跑的匪徒们一部分被击毙，一部分也被活捉，还有十几个潜逃到了国外，“戈壁滩上”的剿匪战斗就这样获得了胜利。小说对其他朝东夹击和向西夹击的两路剿匪部队的战斗行动只作了略写，仅于“尾声”里概括地提及。其历史价值胜过文学价值。

在抗美援朝战争题材领域它也有独特建树。此类中篇以陆柱国的《上甘岭》为著名代表（全篇共 9 节，初稿 1952 年 11 月 25 日写成于朝鲜金化前线，1953 年 7 月 19 日第 4 次修改于北京，始载《解放军文艺》1953 年第 3 至第 5 期）。陆柱国（原名陆祖柱）生于 1928 年，河南宜阳人；1945 年考入洛阳师范学校读书，1948 年参军，在中原野战军第四纵队政治部宣传部工作，1949 年当新华社前线记者。《上甘岭》最突出的独特点在于着重描写朝鲜战场上世所罕见、空前激烈、反复争夺的上甘岭阵地攻守战和坑道战，这是朝鲜战场上火力最密集、鏖战最残酷的战斗；同时它对人物的精神世界开掘得较深，感人地显示出了人物的崇高境界。所谓“坑道”，就是互相通连的地下军事工事，中国人民志愿军战士即日夜凭借这种地下工事生活与攻守，因此战斗异常艰苦、残酷、悲壮，指战员的精神异常崇高、感人，其英雄主义和乐观主义的精神可谓至高无上，生死与共的战友情谊可谓举世无双！

上甘岭是面积不足四平方公里的几个山头，但它极具军事战略意义。它是“中线战场的制高点”，“守住它，可以保障东西两线的安全；可以控制面前几十里之内的敌人活动”。离上甘岭几百米的南边是敌人的阵地，“敌人每天向他们打炮”，炮群每日发射几万发炮弹，敌机“每天在轰炸”，化学炮、硫黄弹，火焰喷射器等，几乎所有的凶恶武器敌方都用过了，而且还搞细菌战。上甘岭“阵地上的土，被炮弹翻过来，翻过去；石头变成了沙粒”，“如果从阵地上抓起一把土，谁也分不清里边究竟是碎石多还是钢铁多”。对上甘岭这一战略要地曾展开反复争夺战，白天，敌方以“猛烈冲锋”的惨重代价夺过去，夜里志愿军战士又用“残酷的冲杀”夺过来。接着激战由地面阵地争夺战进入坑道阵地攻守战，志愿军战士的坑道战斗生活异常艰苦，特别是在与后方断绝联系的那段日子里，指战员们几天没有喝上一滴水，炒面、饼干吃不下，饥渴难忍，“每秒钟都在忍受着艰苦和磨炼”，每秒钟都得咬紧牙关过；有的伤员渴得难忍时只得挤点牙膏吃，有的想找点尿当水喝而谁都连一滴尿都没有了，可为执行上级下达的坚守到底、夺取全面反击胜利的命令，几个幸存战士依凭坑道阵地不顾生死地顽强奋战着，一次又一次打退敌方的进攻；在此过程中，反复想方设法才以牺牲一个战友的代价从一个小水坑里抢回一点水来，同时团部也以牺牲两个战友的代价才送来一麻袋萝卜，幸存的战士们论口分水喝，论片分萝卜，论块分饼干，以保住生命和战斗力，坚守住坑道。志愿军先后有四个连的指战员为坚守上甘岭战略要地血战过，四个连队最后幸存战友仅约三十人。小说在描写战斗异常艰苦与残酷的同时，更突出地描写了志愿军指战员们战斗精神的异常崇高与感人，他们在任何情况下都是精神不倒的人，他们每秒钟都在经受着生死考验，同时他们“每秒钟都没有停止歌声和笑声”。

小说用更多笔墨更富有生活气息地描写了刘学才、林茂田、张文贵三个人物。刘学才是矮胖矮胖的小胖墩，爱说俏皮话，战友们给他一个绰号：“小赖皮”；林茂田是机枪射手，大眼睛，遇着不顺眼的事爱直爽地放开嗓门发脾气，当别的战友一边听留声机一边沙哑地随声哼歌曲的时候，他则往往是邀刘学才打扑克，但是打着打着他便会“小赖皮”长、“小赖皮”短地吵嚷起来；然而每当战斗一打响或夜间捉“舌头”的时候，他们两人却又配合得最默契；他们两人是既最爱吵闹又最要好的亲密战友。张文贵是连长，年轻、勇敢、单纯，有孩子般的天真，常“卷着舌头轻轻地学着鸟叫”；他很重感情，祖国在他心目中很神圣，曾有一个女文工团员送给他一束花，他一直难以忘怀；他带兵很重仪表，在一般情况下，谁的胡子长了都得及时刮净，他领着全连指战员过着严格而又有生气的前沿阵地生活；在保卫阵地时他战斗意志坚强，宁肯牺牲在阵地上也不愿后退一步，他率领的那个连队虽然仅剩下几个人，但在他指挥下仍坚守住了坑道阵地；后他奉命回师部重新率领一个新的连队掩蔽地运动到上甘岭，成为大反攻命令下达后发起突击冲锋的主力，为大反攻胜利立下了奇功。

此中篇兼具战史价值与文学价值。它直接描写了举世闻名的异常激烈残酷的上甘岭战略阵地攻守战的历程，这对于抗美援朝战争而言极具典型性；它所描述的情节内容本身就是动人的故事，读之始终如同直叙真人真事，无冥思苦索的虚构感觉；它从外在性格和内在精神气质上勾画了既普通又非凡的志愿军英雄群像，以整体艺术水准尽到了特定年代讴歌最可爱的人的崇高艺术责任。

传统中篇小说在农业合作化题材领域也有独特建树，刘澍德的中篇《桥》（1954 年 4 月 16 日完成初稿，1955 年 7 月 7 日第 5 次修改定稿，云南人民出版社 1955 年出版，后曾被选为国庆 10 周年献礼的艺术礼物，并由人民文学出版社再版）即为其中较出色的作品。刘澍德生于 1906 年，1970 年去世；吉林省永吉县人，早年因家贫只读过一年中学即返乡从事小学教学；1931 年九一八事变后流亡北平，主要靠坚持不懈地自学提高文化水平，后考入中国大学中国文学系；1947 年回东北到长春大学任教；新中国成立后到云南昆明师范学院任教，后调云南省文联工作。中篇小说《桥》是他在 20 世纪 50 年代初期深入云南晋宁上蒜农村地区蹲点后的产物，着重写云南边地少数民族农民在农业合作化初期的生活和思想的风貌。其主要笔墨用于展现老贫农高正国一家在面对初起的农业合作化浪潮时的矛盾与冲突。土改积极分子高正国在土改中获得了优越的生产条件后，生产搞得很出色，因此家里有很多余粮，但却不愿统购给国家；是执意留着自家大吃大喝吗？他有生以来从未大吃大喝过，他向来俭省得连自家的油盐都舍不得买。然而他灵魂深处一直秘密地打着“五年计划”的小九九，这个小九九的步骤是：首先用余粮放债，放债获得高利后再买地，买地后把家发起来就雇工，雇工后就坐享荣华富贵，荣宗耀祖。由于他这种发家的小九九思想相当顽固，因此人们给他一个“老铁头”的绰号；他是被作为与当年农业合作化政策相对立的相当落后的传统小农的代表性人物来刻画的，最后，经过乡里村里的干群们的反复、耐心的思想教育和帮助，在大势促使下他才检讨了自己想剥削别人的思想，不但卖了自家的余粮，而且第一个率先入了社，踏上了“通向共同富裕生活”的农业社的“金桥”，从被剥削意识困惑着的最落后的传统小农一跃而转化为了当年最先进的新型农民。不难感受到，作者是在深入南疆农村社会现实生活的基础上，以当年普遍强有力地推行贯彻的农村方针政策的理念为指导，来看待、理解与构思、描写土改后农村社会现实的面貌、变革，以及展现以高正国为代表的怀有强烈发家愿望的传统小农的思想变化历程的。

还有康濯的《水滴石穿》（始载《收获》1957 年创刊号）也是描写农业合作化题材的中篇，它的独特点在于将农业合作化的矛盾冲突与婚姻爱情的矛盾冲突，以及反对封建残余和官僚作风的矛盾冲突交织在一起，立体地再现了当年农村社会中错综复杂的生活矛盾和历史面貌。它围绕女主人公申玉枝婚爱遭遇的中心线索展开描写，申玉枝出身于晋冀交界地带山村铁匠家庭，是一位俊俏、聪慧、精悍的年轻寡妇，不仅很有气魄地创办了互助组，而且成长为远近闻名的清泉农业社的女社长。小说着力表现她这一奋斗历程的艰难性：那个受到上面官僚主义者袒护的蜕化变质干部张山阳，别有用心地利用当地浓厚的封建意识，屡屡让寡妇身份的她在入党、建社等方面遭受挫折；同时世俗的山地村民们对寡妇身份的她的婚爱新追求更是横加非议，她同先进分子张永德的爱情和她谋求的改嫁，都承受着外部习惯势力肆意强加的压抑；因而她常被迫处在复杂痛苦的思想和感情的矛盾冲突中。即便如此，她始终挺立着，信念坚定，坚守正义，把荆棘拨向两旁，直朝自己崇尚的人生道路前方走去，因而成为显示出一种颇具特色的水滴石穿坚韧精神的农村新人形象。

在工业建设题材领域传统中篇小说也有独特建树。白朗的中篇《为了幸福的明天》（共 18 节，1950 年 12 月 15 日修改毕，1951 年人民文学出版社出版）置于东北解放初年的时代背景下描写，当时第三次国内革命战争正在关内迅猛推进，东北即成为支前的后方重要基地；其着重描写专门制造炮弹的军工题材，凭借独特的军工生活素材，突出描写贯穿全篇的女主人公邵玉梅人生命运的巨变。小说是将她今昔的人生命运对比起来写的，一方面用了诸多笔墨写她在旧社会的苦难命运。她老家在山东，是为着不被活活饿死闯关东的；她打小就受罪，爸爸长年在外当长工，妈妈因重男轻女，一直对她不亲，只喜欢两个男娃儿；拾柴、捡粪、讨饭、挨饿，她什么活都得干，什么苦都得吃；在家是“受气包”，在外受人欺侮，小小年纪就被迫到纱厂出劳工，并且挨过打；好容易在一个火柴厂做上了工，但不到三个月又因工厂倒闭而失业了；不得不待在家以给人纳鞋底糊口，却又常受到嫂子的白眼、谩骂；一系列情节描写突出表明邵玉梅姑娘在旧社会所遭受的创伤是累累的，苦难是深重的。另一方面，小说用了更多笔墨写她在新社会的成长及其所表现出来的高尚品格和献身精神，写她人生命运的巨变。她进制造炮弹的兵工厂当了工人，工厂里到处充满着的友情和关切，使她深感自己是“为了幸福的明天”而生活、生产和建设，她以主人翁的积极态度，默默地把全部的热情和点滴的力量，都奉献给了新生活、新社会、新事业。她先是干很危险的“烘雷汞”的工种，温度低了烘不干，高了就会爆炸，但她从未计较自己生命的危险；后又干更危险的“配药”的工种，因为只要手上那把用来调配弹药的刷子一不留神调重了些便会引发爆炸，因此她每天随时都不辞劳苦、格外小心地工作着。有一次，有一百克“雷汞”发潮了，不能“配药”，虽然她已经很累了，但为了不影响生产，还是坚持要把它送回烘房烘干，结果因自己昏倒在地而发生爆炸，她的两只手被炸成重伤。因为左胳膊的伤对她的生命威胁最大，她那左胳膊从肘部被锯掉了；手术后因麻药麻醉止痛的效能失去而疼痛难忍时，她“没有叫过一声”。后来，苏联医生高索夫想方设法治好与保住了她的右手；同时在 1950 年五一劳动节前，她的左手安好了木制的假臂，并且通知她到北京出席全国劳模大会，本来长得很俊俏同时又很聪明伶俐的她，深感自己在新时代新社会里仍永葆着人生命运的青春。全篇小说情节的核心在于歌赞女主人公郚玉梅“为了幸福的明天”而全心全力献身革命军工生产的事迹和精神，她该属于当年刚刚从苦难命运中获得主人翁社会地位的普通工人的典型形象之列。

第二章

超脱老套路和敲响防腐警钟

1

传统中篇小说总体数量不算太少，但被文学史著多少提及与占据重要历史地位的作品嫌少，其中只有孙犁的《铁木前传》和杜鹏程的《在和平的日子里》被文学史著以较多篇幅赞誉过。

《铁木前传》(4 万多字，完稿于 1956 年，翌年天津人民出版社出版)本来属于原长篇创作计划中的前半部分，作者因病不得不中止创作才将它独立成中篇；假如作者当年按原计划将“后传”续完，则不属于中篇之列了。它被文学史界视为新中国成立初期中篇小说成就的主要代表性标志之一。虽然它也以农业合作化运动为题材，所表现的实质性意向，也是按特定时代基调宣传农业互助合作的必要性，但它在艺术表现上却有两个可贵的独异点：它不是像体现合作化时代主题的一般小说那样，让故事情节、人物关系、人物性格去演绎互助合作化运动客观的实际进程，而是致力于写铁木二匠老少（傅老刚及其闺女九儿和黎老东及其儿子六儿）两代人之间的人情、人心、人性的演变。生活在冀中农村的铁匠傅老刚和木匠黎老东两家，在抗战胜利前的艰苦残酷的岁月里，一直相互扶助，同舟共济；他们的下一代——傅老刚的好闺女九儿同黎老东的小儿子六儿，也在那样的年代里的长期耳鬓厮磨中，从心坎上搭起了爱情的小桥，因此两家都曾经心照不宣地默认为“儿女亲家”，彼此从未当外人怠慢过。然而在抗战胜利后，傅老刚因思乡心切而拖家带小返回山东老家谋生，但由于此时他老家所在地区尚未解放，所以他返回后很快又像过去一样沦于受压迫的境地，虽然他每日起早贪黑，辛辛苦苦，却依旧一贫如洗；当穷困得无可奈何时，傅老刚不得不重新带着一家老小返回冀中农村。此时，一直在冀中农村生活着的黎老东凭借土改后所分得的好地以及在天津做生意的儿子不断给家捎寄现款的优越条件则已经发家致富；由于致富，他那旧的发家意识逐步复活与作祟起来，本来美好的思想、心灵随之发生了恶变，私欲将其善良人性逐渐吞噬掉了。因此当一贫如洗的傅老刚投奔到他门下时，他完全忘了两家在苦难岁月里结下的患难与共的深厚情谊；他以东家的架势只把一贫如洗的穷哥傅老刚当作要饭的乞丐看待，当作雇来给他家打大车的无须给工钱的雇工使用，因而往昔在旧社会结下的患难之交、生死之交完全破裂。与此同时，黎老东的小儿子六儿的思想、心灵也已恶化，不但狠心地一手掰掉了同傅老刚的好闺女九儿的爱情嫩芽，毁掉了彼此已有的相好关系，而且已被一个放荡不经的少妇小满儿所迷惑。就这样，黎老东同傅老刚两家老小分道扬镳了，成了生活在对立着的“两股道”上的陌生人，这是由私有制下两极分化所造成的患难之交和儿女亲家以及人情、人心、人性的悲剧。最后傅老刚不愿再受新的剥削而同闺女九儿一道加入了农业合作社，走上了合作化道路。显然，小说的实质性意向也是在于按特定时代的基调批判自发思想倾向和宣传农业合作化的必要性，但它是着意借铁木两家两代人的友谊和爱情的悲剧来揭示的，是通过突现人情、人心、人性的演变来揭示的，这与那种让人物步步紧跟与演示合作化运动并表现出同政策原则精神相似的人物思想性格的作品比，显出了一定的独异性与新颖性。

《铁木前传》的描写尊重农村社会生活的丰富性、复杂性，力戒以政策过滤农村社会生活，重视艺术创造的生活化；它广泛地描写了鲁冀地区的种种社会生活场景，呈现出整体生活丰富复杂的真貌。人是生活的核心和主体，人的多样性是生活丰富性、复杂性的重要表现，它描写了农村社会中多种多样的人物，铁木二匠、四儿、六儿、七儿、九儿、小满儿，秉性各异，尤其是少妇小满儿的思想性格更具复杂性。小满儿有聪颖、能干、心灵手巧的一面，她要是“浇起园来，可以和最壮实的小伙子竞赛”，她要是学起织布和做起针线活来，“不管多么复杂的花布，多么新鲜的鞋样，她从来一看就会，织做起来又快又好”；但她也有不好的一面，而且这不好的一面是她思想性格的主导方面，她游手好闲，能干而懒得干，浪荡不经，以致陷入人生泥潭而几乎无力自拔，是农村社会人生世界复杂性和改造客观世界的艰巨性的独特表现。总之，《铁木前传》兼有文学的生活化和文学的“人学”所融汇成的浓郁的艺术味道，它没有陷入当年同类题材小说创作的常规与窠臼，在一定程度上难能可贵地显出了超脱艺术老套路的渴求。

2

在描写经济建设题材的中篇小说中，杜鹏程根据自己描写铁路建设生活的长篇中的一章修改、扩充而成的《在和平的日子里》（1958 年人民文学出版社出版），也被视为传统中篇小说创作成就的代表性标志之一。杜鹏程生于 1921 年，去世于 1991 年，陕西省韩城县人，在饥寒交迫的劳苦生活中长大，曾入孤儿院，当过学徒；读过私塾和半工半读学校；1938 年到延安，先后在八路军随营学校、鲁迅师范学校、延安大学学习过；1947 年初调到边区群众报社，在陕北战争中任新华社随军记者，后随军挺进大西北，长期同战士们生活、战斗在一起，为从事军事文学创作打下了坚实的素材基础。他的中篇《在和平的日子里》虽然问世于“大跃进”年代，但它直接描写的是 20 世纪 50 年代初期中国内地修筑宝成铁路的沸腾的工地生活，展现的是铁路建设的成就，其题材内容经得起历史检验。它不仅感人地描写与讴歌铁路建设者们不畏艰苦地战胜大自然的奋斗精神和创造新业绩的拼搏精神，而且它不夸饰现实，不回避矛盾，站在新历史时代发展的高度上，从深层严肃地正视了新现实生活中的消极面，显示出在和平环境里存在着由两种人生观造成的思想演变以及由思想演变所带来的种种矛盾冲突，鲜明地指出在刚刚胜利后的和平年代，革命队伍内部很快就有人丧失了奋斗的内在动力，就有人企图慕求个人享乐的特权了，尖锐地提出了某些出生入死屡经战火洗礼的从战争年代跨入和平年代的革命者在掌权的优越环境里面临着严防人生观被腐蚀而蜕变的危险的严重课题，从而以高度的责任感真诚地为人们敲响了防止人生观乃至精神世界、人生世界和平演变的警钟。

小说的思想内核——人生观的矛盾冲突主要体现在阎兴和梁建这两个艺术形象上。阎兴和梁建在硝烟弥漫的战争年代里是生死与共的亲密战友，在胜利后转向建设的和平年代，他们又并肩投身沸腾的建设事业，都同样肩负着领导职责，阎兴担任铁路工地党委书记兼工程队长，梁建担任铁路工程副队长，然而两人的思想已有了质的不同，因而不断发生矛盾冲突。阎兴胸怀历史使命，保持了政治本色，有强烈的经济建设使命意识和重任意识，清醒地深知革命和经济建设的必然联系，深知真正的革命者必须不断为人民的富裕、幸福立新功，必须不懈地继续以“进攻”的姿态夺取经济建设事业的胜利，肩负起同无数默默无闻的普通劳动者一道建设祖国的重担，把祖国各项事业建设好，如此方能算是出色地胜任了新时代的使命和重任。他说："只要前头还有战斗，就不能停止前进；只要任何地方还有贫困和落后，就算我们没有完成任务！就寝食不安!"因此他常是"寝食不安"地以高度的责任心思虑着、操劳着建设任务，在建设岗位上尽力发光发热，面对经济建设中的错综复杂的矛盾他没有畏惧过，面对风暴洪涛造成的工程险情与洪涛冲垮桥梁的严重困难他没有退缩过，而是奋不顾身地同工友们臂挽臂地投入激流抢险；在日常工作环境里他也表现出许多优良品格，他正直公道，谦逊朴实，待人谦和，遇事一碗水端平，顾全大局，既不对下摆架子，也不对上献殷勤，发生或发现问题之后，不是去盛气凌人地斥责别人，而总是先反省自己是否尽到责任；在家庭生活上，他一如战争年代那样艰苦朴素，带着五口之家（老婆及三个孩子）住在漏雨的席工棚里，从不搞特殊。总之，阎兴在和平年代保持着为人民事业奋斗的理想和情操，保持着战争年代那种献身精神、奋战精神、进击精神，奋发图强、立志创业，坚强地指挥着建设大军前进，是一位保持革命人生观和坚受住了战争年代和和平时代严峻考验的革命者形象。而梁建在进入和平年代后的人生观念和精神状态则与阎兴形成强烈对比。在战争年代，梁建是无愧为好样的革命者的，他在"毛孩子"时就跟随部队转战，后来曾英勇果敢地"面对面地捅死过日本鬼子"，用大铡刀义愤填膺地劈倒过罪恶累累的汉奸，在血与火中奋不顾身地摸爬滚打过几十年。但跨入和平年代后，由于人生观念的逐渐演变而迷乱地步步从思想到行动陷入错误沼泽而成为新时代的落伍者。战争年代曾有的坚强的革命意志逐渐衰退，私念日益膨胀，讲求个人权位，贪图安逸，思想保守，态度消极，厌倦生活，人生颓唐，有时似落魄失魂，有时显疲惫不堪，既后悔往昔"把青春交给了战争"，又后悔投身艰苦的铁路建设是"失算"和"受罪"，甚至觉得“人活到世界上没有一时一刻不作难”，连人生勇气都几乎日渐丧失了。在建设热潮中，他经常与阎兴唱“对台戏”，常用错误的思想意识看待阎兴的所思所为，认为阎兴的目的在于想出风头，在于企图求功劳，争名位。最后，由于他消极怠工，敷衍塞责，致使桥墩混凝土不合格，造成大桥严重事故，使国家建设受到重大损失，他自我的人生价值也随之几乎为严重错误所葬送，这是他革命的人生观和平演变带来的恶果。梁建形象的设置与塑造非但不是对革命干部形象的歪曲，而是作家能够以敏锐的深邃的眼力，严肃地正视、透视生活主潮中的消极苗头的表现，是作家勇于对新生活深处进行探索的表现，是作家的远见卓识和作品思想力度与深度的表现。它意味着某些曾出生入死屡经战火洗礼的革命者，仍有变为意志薄弱者的可能，革命者在和平年代会面临防止革命人生观和平演变的重大课题，因而具有警钟意义。

此部中篇标志着杜鹏程小说创作的某些新变化，在其创作道路上有一定代表意义。从题材选择上看，他由写战争题材而转向写和平建设题材；从主题的根本性质来看，则由写敌我斗争而侧向写人民内部的矛盾冲突，并勇于从新生活的消极面去揭示革命者正在或必将面临的新的要害课题。从艺术风格来看，除依然保持着原有的激情充沛、笔触雄健、粗犷磅礴的基本特色外，又增添了细腻的成分，特别是对人物心灵世界的剖析已趋向细致。

3

中篇小说是与长篇小说、短篇小说对称的一种小说样式。它们之间的区分，同篇幅的长短、容量的大小、人物的多少、情节的繁简、结构的规模等基本因素相关。长、中、短是从篇幅上对举而言的，由于篇幅长短不同，容量的大小、人物的多少、情节的繁简、结构的规模，也就会不同；所谓“篇”就是指篇幅，实际上就是字数的多少，长篇幅字数必多，短篇幅字数必少；一般来说，篇幅与容量是大有关系的，篇幅不宽裕，容量就有限，反之，容量就可能相对地多而广，同时容量（包括意蕴、人物、情节在内）的多少又与结构规模有正比关系，可见，篇幅的长短对小说而言具有重要的意义。按一般的传统小说观念来说，短篇小说篇幅短小（一般3万言以内），情节简明，人物较少，意蕴集中，结构紧凑，往往选择富于审美意义的典型片断、场景、插曲（或单一的片断、场景、插曲，或某一进程中的某些片断、场景、插曲的有机组接）作为描写对象，追求借一斑而窥全豹的效果。长篇小说篇幅长（一般10万言以上），人物多，情节复杂，内容丰富，结构庞大，可纵横交织，力图揭示以人物活动为中心的社会生活错综的矛盾冲突，广泛地多方面地反映社会生活的广阔面貌，往往追求史诗性。中篇小说篇幅介于长篇和短篇之间（一般3万言以上至10万言之间），情节较复杂，人物较多，内涵的广狭度适中，既有一定宽度，也有一定长度，虽不能像长篇那样作铺张性（向多面扩展）的描绘，但可对社会生活作较广泛的描写，适用于用短篇挤压不下而用长篇却又嫌空荡的题材内容，它这种兼有长篇和短篇的长处的中间性，可以说是具有一定的优势的，但新中国成立后的传统中篇小说创作成果尚未显出此种小说样式的优势。

比较而言，传统中篇小说的成就明显地落在传统短篇小说和传统长篇小说之后，在自新中国成立至1966年的文学创作史程中，文坛界一般似多偏重短篇和长篇，而对中篇小说创作，相对说来，创作界和评论界似并未予以同等重视。回顾当年的创作界，似乎或致力于短篇创作，或埋头于长篇创作，而对中篇小说创作则大多可谓偶尔为之，有的名作或是将无精力按原计划完成的长篇的业已完成部分当作中篇发表，或是将某一短篇章节扩充成中篇；而当年的评论界，似乎同样是对短篇和长篇的创作成就及艺术特征、艺术规律等问题的研讨较重视，一些较活跃的评论者的精力，大多被陆续问世的一些名家创作的优秀短篇和长篇巨著所吸引，而相对说来中篇则大多在相当程度上处于被“冷落”的境地；同时文学史界也未更多为中篇张目，在有的文学史著中，或合称“中长篇小说”，或合称“中短篇小说”，喜欢在评价长篇或短篇成就时捎带中篇，将其淹没于对短篇和长篇的赞美声中，仅给予它“附属地位”，而且一般只或多或少提及某些作品，而予以详尽论及者甚少；传统中篇小说创作成果处于薄弱状态及其成就落于同一历史区段的传统长篇小说和传统短篇小说之后，是否与上述原因并非毫无关系？

下　编

／

硕果和峰峦的显著标志

第一章

历史风云变幻的悲壮画卷

1

长篇小说这一样式，自孕育、产生、发展，以至兴盛，在中国经历了漫长历史。新中国成立后的传统长篇小说创作汲取古典小说的滋养，继承“五四”和延安文艺座谈会以来的优秀传统发展起来，它在反映磅礴多姿的时代风貌，再现波澜壮阔、复杂多彩的社会生活，塑造各式各样的众多人物，展示错综复杂的社会关系等方面，发挥着愈来愈重要的作用，是一个民族的文学发展水平和成就的显著标志。在新中国成立之初，许多新老作家便满腔激情，利用前所未有的良好创作条件，树雄心，立壮志，力图构写鸿篇巨制。因此，在 20 世纪 50 年代初期的中国内地，即日渐露出蓬勃发展的势头，而在 50 年代后期至 60 年代初期，果然开创了传统长篇小说创作的繁荣局面。

在新中国成立后至 1966 年的一段岁月里，传统长篇小说创作最可观的成果是描写不同性质的革命斗争历史生活的作品，其中之一大艺术重点和鲜明特色，是不少长篇作者把艺术构思的兴奋点和审美创造的笔墨凝聚在刚刚成为历史的第三次国内革命战争题材上，把描写与讴歌中国人民为自身的解放而艰苦奋战的历程和所取得的辉煌奋斗业绩作为理应首先肩负的艺术使命。第三次国内革命战争是蒋介石自以为有压倒性的强大军事优势而背信弃义蓄意发动起来的。战争走过了曲折的道路，它爆发的头一年，表现为蒋军的全面进攻和人民军队的防御，但由于人民军队大量消灭了蒋军的有生力量，因此迫使蒋军从 1947 年上半年起，不得不将全面进攻改为了对山东和陕北解放区的重点进攻。1947 年 3 月，蒋介石调遣 20 多万兵力，由他的亲信胡宗南打头对陕北发动进攻，杜鹏程的长篇小说《保卫延安》正是再现了艰苦卓绝的陕北保卫战的历史场景，成为新中国成立后第一部大规模正面描写第三次国内革命战争的优秀长篇。

《保卫延安》是作者在生活、思想、感情、艺术诸方面有充分准备的基础上动笔创作的。作者是陕北人，在饥寒交迫的穷苦生活中长大，1938 年到延安，先后在八路军随营学校、鲁迅师范学校、延安大学学习过，第三次国内革命战争时期同战士们生活、战斗在一起，同陕北军民一道经历过陕北保卫战，后又随军挺进大西北，以随军记者身份参加西北野战军的一个英雄模范连队，随连队参加过多次战斗，在此过程中并记有二百多万字的有关材料，为从事军事文学创作打下了坚实的素材基础。在开笔前后，他还着意研读了许多中外名著。《保卫延安》的创作，正是在这样扎实准备的基础上开始的。1949 年动笔，1953 年底完成，1954 年由人民文学出版社出版。首次问世前就九易其稿，问世后震动文坛，多次再版，几乎每再版一次又都要重新认真锤炼一番，其影响及于国外，被誉为新中国成立初期充满英雄精神的史诗性力作。可以说其成功是作者的生活、思想、感情与艺术诸因素长期积累及所付出大量心血的结晶。小说把延安保卫战放在整个广阔的第三次国内革命战争的历史大背景下描写，从保卫延安第一战——青化砭伏击战，到关键性的决战——沙家店歼灭战的描写，不仅让读者看到了延安保卫战的进程，而且看到整个第三次国内革命战争由蒋军之进攻、解放军之防御，而转为解放军之战略进攻、蒋军之溃败的历史进程，既是陕北保卫战的战歌，人民军队指战员的颂歌，又是第三次国内革命战争的战歌，人民军队革命英雄主义和人民战争思想胜利的颂歌。

在人物塑造上，《保卫延安》以广泛描写解放军可歌可泣、感人肺腑的指战员群像为显著特色。其人物形象塑造的成就代表性地体现在彭德怀形象和周大勇形象的塑造上。它首创性地在新中国成立后的长篇小说中感人地描写了西北野战军指挥员彭德怀将军的光辉形象，这是它的一大突出贡献。小说从日常生活和战争生活两个视角描写，一方面写他如何同陕北老乡聊天，如何同陕北娃娃亲热相处，如何随地甘当人民的“扫帚”的服务精神，他说：“我们要象扫帚一样供人民使用，而不要象泥菩萨一样让人民恭敬我们，抬高我们，害怕我们。菩萨看起来很威严、吓人，可是它经不起一扫帚打；扫帚虽然是小物件，躺在角落里并不惹人注意，但每一家都离不了它。”另一方面更多地写他如何按照党中央的战略意图部署兵力，如何分析敌情，如何把握战局变化，如何临阵指挥，如何创造性运用战略战术克敌制胜。虽然全书直接描写他的篇幅不算太多，但却写出了他的独特神韵和风采。他既是典型性加个性的桓桓战将儒将的形象，又是鲜明而难忘的普通一兵形象；既是勤恳和蔼的人民勤务员，又是具有卓越军事才能的勇谋兼备的伟大军事家。他深知兵民是胜利之本的真谛，践行全心全意为人民服务的宗旨，深切理解军民鱼水关系的重要性，既严肃治军，又朴实平易，细致深沉，指挥若定，志坚如铁，善于依据战争规律灵活机动地指挥千军万马去夺取一个又一个的胜利。在他诱敌深入的战役部署和指挥下，迅速地赢得了歼灭蒋军一个整旅的青化砭伏击战的胜利；在他声东击西的战役部署和指挥下，又取得了歼灭蒋军七千人的蟠龙镇攻坚战的胜利；在他的战略部署及精心指挥下，还取得了歼灭蒋军一个整编师的沙家店歼灭战的决定性胜利。这些惊心动魄的战例都生动地表现了彭德怀司令员善于从实战出发，出色地贯彻党中央的战略部署和纯熟地运用毛泽东军事思想去克敌制胜的将帅风度和英雄气概。这一光辉形象的成功塑造，是小说英雄史诗性成就的有力表现和显著标志。

对小说主人公周大勇及其所率连队浴血奋战的英雄群像的成功塑造，也是小说的一大突出贡献和成就。周大勇是冲锋陷阵的英雄集体的带头人，是第三次国内革命战争中动人心魄的具有代表性的英雄形象之一。在战争年代人民军队中穿着普通军服的人民子弟兵英雄一般都有这样的崇高品格：他们具有令后人肃然起敬的奋战精神、牺牲精神，他们把青春、血汗乃至生命都交给了人民的正义事业，什么强敌、饥饿、困苦、伤病、死亡，都是他们征服的对象，他们只有奋勇前进、顽强战斗、夺取胜利的念头，而从未有什么个人打算；为了人民的翻身解放，他们即使赴汤蹈火、粉身碎骨也在所不辞。周大勇也拥有这种一般革命军人英雄所共有的基本品格，他集勇敢、顽强、果断、冷静、机智于一身，不仅始终不渝地坚守着为保卫延安、为人民事业而战斗到底的人生目标，而且以全局观念把自己所率领的连队摆在整个大部队之中，总是竭尽全力、千方百计地使自己把握的一环，成为大链条中结实而可靠的一环。他的理想、精神、人生、人格是纯洁的，他视亿万劳苦大众的命运为自己的命运，视亿万劳苦大众受压迫、受剥削地位的变更即自己地位的变更，他是真诚地为亿万劳苦大众奋战的。因此，即使在危急关头，他也总是向前，向前，不顾生死地向前，从未有畏缩、停步、向后转、向后逃的时候，这就是他强烈的、不屈不挠的英雄主义的精神、气概和伟大人格。可以说，他是在特定时代的战火中千锤百炼出来的突出地体现着奋斗精神、献身精神、英雄主义精神的军人英雄形象的杰出代表之一，也属于处在改造旧世界的斗争激流中起着中流砥柱作用的没有辜负人民事业期望的风流人物之一。

《保卫延安》着重描写在艰苦残酷的战争环境里周大勇逐步成长的历程和通过各式各样严酷的战斗行动来突现他的战斗英雄与优秀指挥员品格。他的身世和成长在一定程度上概括着人民革命的发展过程和革命发展过程中的不同历史内容。他打小就有痛苦的人生经历，童年为生活所迫做过讨饭娃，其父兄在革命游击队里牺牲，母亲无辜被敌人杀害；他13岁时投奔红军，经历过艰苦备尝的二万五千里长征，抗战时期在吕梁山区当过武工队队长。面对第三次国内革命战争中的延安保卫战，在主动撤离延安之初，他对党中央不计一城一地得失的战略意图和决策并未真正理解，指挥能力亦尚未全面锻炼出来，后来在艰苦复杂的保卫战的伏击、诱击、攻坚等战争实践中，他作为成熟指挥员的英雄品格才日益锻炼与显现出来。在青化砭伏击战中，他率队冲锋在前；在攻打蟠龙镇时，他率队出色地完成了诱击敌人的战斗任务；在长城线上，他九死一生地率队实行独立突围鏖战；在率队与增援榆林的敌军的苦战中，他虽然头负重伤，但英雄本色不减。他是在延安保卫战的战略撤退、战略防御、战略周旋、战略反攻的全过程战火中千锤百炼出来的战斗英雄和成长、成熟起来的连、营级优秀指挥员。人们常异口同声地称赞《保卫延安》是充满英雄主义精神的长篇，这种精神正是最鲜明地体现在周大勇及其所率领的队伍的奋战历程中。周大勇形象是光辉的，崇高的，但他并未被神化，如前述及，他是由苦难的讨饭娃历经长期磨炼才成长起来的，他不但曾对主动撤离延安的战略方针未真正理解，而且他只长于身教，而不善于耐心做深入细致的思想教育工作，甚至有时在战场上还竟然发火训人，这些描写，表明他是特定时代战争环境中带有典型性的真实可信的军人英雄形象，而非远离生活真实的“神像”。

杜鹏程的小说创作历来注重抓生活的本质，注重选择有重大意义的题材、矛盾冲突和挖掘有重大现实认识价值的思想主题，注重塑造人民英雄形象，富于政治热情、激情，具有浓郁的革命浪漫主义气息、颂歌情调和抒情色彩。他的代表巨著《保卫延安》可以说就是由一曲曲昂扬激越的英雄颂组成的，充溢着鼓动人心的战斗激情和令人感奋的精神力量。书中众多英雄的崇高英雄品格在激励着人们，许多英雄都是怀着保卫延安和开辟民族新时代的壮志、理想而献出自己的一切；强敌、饥饿、困苦、伤病、死亡，都为他们所征服。直接在火线上与蒋军交战的战斗员的意志与精神如此，不直接在火线上与蒋军交战的炊事员亦如此。小说中为炊事员孙全厚唱了这样一曲赞歌："老孙啊，老孙！同志们走路你走路，同志们睡觉你做饭。为了同志们能吃饱，你三番五次勒裤带。你背上一面行军锅，走在部队行列里，风里来雨里去，日日夜夜，三年五载。你什么也不埋怨，什么也不计较；悄悄地活着，悄悄地死去。你呀，你为灾难深重的中国人民，献出了自己的一切啊！"书中许多英雄人物都光彩夺目，鲜明地显示出雄伟、豪迈、崇高的英雄史诗风格。其不足是否似在于对生活画面的描绘尚嫌不够丰富多彩，对陕北人民在保卫战中的作用的描写似尚欠充实，对敌方形象的刻画也似尚嫌薄弱？

2

吴强的代表作《红日》也是描写第三次国内革命战争题材的优秀长篇。吴强是江苏省涟水县人，1938 年在皖南参加新四军，担任过纵队兵团政治部宣传部长等职，亲历过涟水、莱芜、孟良崮、淮海、渡江等战役，同指战员们同吃、同住、同乐、同愁，为自己的艺术创作积累了生动、丰富的素材，《红日》（1957 年出版）便是他熟悉的战斗生活的艺术结晶，它是对第三次国内革命战争时期山东解放区反蒋军重点进攻战事的历史真实的艺术再现，集中体现了吴强在军事文学上的思考、追求和成就。它以陈毅、粟裕率领的华东野战军的战史为依据，描写的是重点进攻和重点反攻的重大战役，其情节主干着重描写从1946年秋至1947年夏初的山东战场上涟水、莱芜、孟良崮三大战役，从1946年秋第二次涟水战役人民解放军失利、受挫而撤退的场景写起，中间写莱芜大捷，最后写孟良崮歼灭战，一直写到全歼敌军，实现战略转折。人民解放军采用“集中优势兵力，各个歼灭敌人”和“大踏步地前进，大踏步地后退”的战略战术，有步骤地粉碎了蒋军对山东解放区的重点进攻。其中孟良崮战役是关键，1947年3月下旬，蒋军集中三个兵团（约45万人），沿临沂至泰安一线进犯，企图将解放军聚歼于沂蒙山区。解放军于同年5月13日至16日发动孟良崮战役，抓住骄横的蒋军王牌师整编七十四师，实行四面包围而一举全歼，促成了战略转折，小说着力以主要笔墨描写了这一鏖战的历程。这些战役的描写，是放在整个华东战场和第三次国内革命战争的大背景下的，因而它有代表性地展示了第三次国内革命战争强弱、攻防的演变历程，显示了人民解放军由弱到强、由战略撤退到战略进攻的历史转折，歌颂了解放军指战员的英雄主义精神，属人民解放军悲壮战歌之一曲和光辉战史之一页，具有独特的战史价值。

小说以塑造真实生动的艺术形象为首要任务。《红日》的成功，不仅在于它以壮阔宏伟的艺术场面，记载了山东战场上反重点进攻的史实，更重要的是始终把刻画人物置于核心地位，在激烈的斗争环境和通常生活中，刻画了交战双方各级指战员的形象群，显示了作者塑造众多人物形象的功力，这是小说文学价值的突出表现。其写正面英雄人物时，注意从生活实际出发描写性格的丰富性，让英雄性格和普通人的个性并存；写反面人物时，则力戒漫画化、简单化，使典型化和个性化同时兼顾。小说对人民解放军军长沈振新、副军长梁波、团长刘胜、连长石东根等英雄形象的描写，都有血有肉；他们都不是观念的化身，而是通常军人气质、独特个性和战场环境下的意志与气概的统一。他们各有独特性格，梁波开朗乐观，平易近人，幽默风趣，思想敏锐，长于兢兢业业地从实际出发开展工作。刘胜和石东根则各自表现出勇于克服性格弱点和逐步成长的历程，刘胜思想片面，容易急躁，一度轻敌；石东根勇过于谋，胜时骄傲，败曾气馁；但他们终不愧为襟怀坦荡、求战心切、敢于冲锋陷阵的战斗英雄。特别是对沈振新形象的出色刻画，使小说的巨幅画卷更显出了完整性、立体感和厚重感，因而更令人称道。他是在战场上体现军事战略和战争全局的关键人物，他是担任军长的高级指挥员，身经百战，实战经验和指挥经验都很丰富。他参加过长征，是在腥风血雨、艰苦卓绝的奋战岁月中冲杀出来的将才。他有一般指挥员共有的素质，忠诚于人民解放事业，坚韧顽强，奋斗不息，无论顺境逆境，都勇往直前；他明辨是非，爱憎分明，有高度的革命责任感和为崇高事业献身的光荣感。他对一道并肩奋战的战友的感情异常深挚，对他们的思想、冷暖感怀备至，如苏国英团长在涟水战役中牺牲后，他非常怀念他，有时深夜还拿着他们的合影久久地看着，思念着；再如，他一面批评团长刘胜骄傲自满的思想苗头，一面又把自己的绒大衣送给刘胜穿，因为他看到刘胜的衣服已被战火烧出了洞。同时他非常注重军民鱼水情，平时面对人民群众，总是十分关心体贴，问寒问暖，平易近人，特别是对处在战争环境中的老百姓的生活更是留心关照，所作所为总要考虑以保护群众利益为重，从不许随意伤害人民群众利益。而对战敌他却是历来深怀仇恨，恨不能把战敌一扫而光，如他深更半夜审讯战俘张小甫时，张小甫装死，他严厉地命令道：“我要你站起来!”但张小甫还故意显出傲气与放肆的模样，于是他义愤填膺，暴怒道：“我们要把你们喝下去的血，还有你们自己的血，从肚子里全部吐出来！不信！你瞧着!”就是带着如此鲜明、强烈的憎恨感情在战场上下把战敌都征服了。面对自己的部下，在通常情况下，他是有刚有柔、严肃可敬的首长；他对部下的原则态度是既严格要求，又要合情合理，需刚时则刚，需柔时则柔，是把原则和深情、严格与和蔼融合为一的治军将领。当连长石东根醉酒后，穿着敌方军服纵马时，他非常严肃地责问石东根：“是共产党还是国民党?”并立即限定他5日内务必交上战斗总结。这对于在军纪甚严的野战部队里担任连级指挥员的石东根来说，实在是一种严防、避免可能触犯严厉军纪的出自内心的深切爱护与关怀。吴强笔下的沈振新不是“常胜将军”，他也会在强敌面前遭到挫折，但他的不凡之处在于面对暂时的挫折，善于汲取教训，勇于自我反省，有化挫折为新的力量、新的胜利的意志、信心和领导艺术。涟水战役失利之后，面对苏国英团长的牺牲和七十四师战敌的嚣张气焰，他一方面很痛心，食不甘味，夜不成眠，似乎那颗“心被尖细而锐利的鼠牙咬啮着”；另一方面，他更满怀信心：坚信革命“一定要成功”，战争“一定要胜利”!并且他果然率领部下夺取了胜利。作为军级的优秀指挥员，他还有在实战的紧要关头冷静、果断、有力地驾驭全军和战局的本领，部下既佩服他临战决策的果断、正确，更佩服他以身作则、身先士卒而亲临战火纷飞的战地圆满地实现自己的战斗决策的英勇气概；他不是光说不做、不上前线的高级将领，而是在战地上把决策、说、做、身先士卒统一于一身的军级优秀指挥员，在进行最关键的孟良崮战役时，他带病亲临火线，冒着炮火硝烟、枪林弹雨指挥厮杀，因而终获全胜。经过严格训练和血火考验的军人性格确实与一般普通百姓不同，沈振新在腥风血雨的沙场上的严峻时刻，以英勇气概胜券在握地指挥千军万马冲锋陷阵，但在战场外的风平浪静的时日，他也同普通人一样不乏乐享温情生活的兴趣，不乏嬉笑着观花赏月的闲情逸致，军人不屈不挠坚决夺取战争胜利的勇敢和温情脉脉的爱情生活不是绝对对立的，小说中对沈振新和黎青之间的爱情生活、夫妻生活、家庭生活的描写，也是值得称道的，它使军人的精神世界显得更加充实了。小说正是通过在平时环境和战地环境中的一系列描写，让人看到了沈振新如何对待战友、如何对待群众、如何对待敌人、如何对待自己、如何实行战略战术、如何把握战时战局等情景，看到了他如何处置军民关系、官兵关系、敌我关系、夫妻关系、家庭关系；他坚守着坚定正确的政治方向，深知兵民是胜利之本的军事战略思想，实行灵活机动的战略战术，保持着艰苦朴素的工作作风，奉行全心全意为人民服务的宗旨；他战斗经验和指挥经验丰富，勇于自我批评，善于吸取失败教训，在紧急关头冷静果断；他感情深挚，严肃可敬，有刚有柔，明辨是非，爱憎鲜明；是真诚无私地为人民事业奉献了嘹亮、无悔的人生战歌的具有立体感的典型性将领形象。

复杂宏阔、严整统一、张弛适度的结构特色，是构成《红日》艺术成就的重要方面。它正面描写了大规模的军事行动，以军事斗争为中心线索，情节主要由宏伟、悲壮、激烈的战争场面构成，涟水战役为序幕，揭示出敌方仍暂时处于优势的时局特点，莱芜大捷是事件的发展，力量对比已发生变化，而孟良崮歼灭战，则成为主体事件发展的高潮和结局。它并未使描写囿于行军打仗的狭隘、单调的范围之内，而是把整体的战争生活作为表现对象，展示出广阔而丰富的生活内容和思想内容，整个军团大规模作战的描写，牵涉从前线到后方的广阔领域和众多人物，军、师、团、营、连、排、班，高级指挥员，中下级指挥员，普通战士，激烈交锋的战场，宁静的后方医院，地方支前，温情的爱情关系，甜蜜的夫妻生活，多方面的生活层面和侧面，都张弛适度地统一在气势磅礴的巨幅艺术画面上，共同构成视野宽阔、景观丰富多彩的艺术世界，体现了雄浑开阔、朴实明朗、粗细相兼、刚柔相济的军事文学风格。其不足是否如一般所认为的那样在于对人民军队的政治思想工作没有充分展开描写？

3

曲波的《林海雪原》也是描写第三次国内革命战争题材的曾吸引过当年广大读者的长篇。作者以亲身经历的生活为依据，加上艺术虚构而成。作者1938年加入八路军，担任过连级和营级的指导员，在第三次国内革命战争时期升任为团副政委，并奉命率领解放军小分队深入东北牡丹江一带深山老林中剿匪，在解放东北的战斗中曾负过两次伤。在新中国成立后以崇敬和怀念战友的深情为动力，孜孜不倦地坚持业余文学创作，主要致力于创作与自己经历的战争年代部队生活有关的题材的长篇小说。自1955年2月开始动笔写长篇处女作《林海雪原》，翌年8月完稿，1957年付梓出版。出版后读者争相传阅，影响广泛，成为当年众多读者爱不释手的一部长篇。小说在第三次国内革命战争初期的背景下，描写东北解放区以团参谋长少剑波为首的一支36人的小分队，为建立巩固的东北根据地而奉命深入人迹罕至的林海雪原剿灭顽匪的故事。通过对小分队在异常特殊的环境里历尽艰险、剿灭顽匪的特殊战斗生活的描写，歌颂了人民子弟兵艰苦卓绝的特殊战绩，讴歌了人民子弟兵赤胆忠心、英勇机智、不畏困难、蔑视顽敌的英雄素质和品格，赞颂了人民子弟兵的革命胆略、英雄气概和乐观主义精神。

《林海雪原》是一部现实性和浪漫性相统一的传奇色彩浓郁、民族风格鲜明的“革命英雄传奇”。作者说：“在写作的时候，我曾力求在结构上，语言上，故事的组织上，人物的表现手法上，情与景的结合上，都能接近于民族风格。”（《关于〈林海雪原〉》，《北京日报》1957年11月9日）在尊重生活真实的基础上，整个描写呈现出鲜明的民族化、传奇性和浓厚的浪漫情调，其内容本身带有传奇性，故事情节惊险曲折，艺术形象群带有传奇色彩，自然环境异常奇特，所穿插的神话传说带有奇异性，显然体现了民族古典小说的传奇性传统。虽然它主要写了奇袭奶头山、智取威虎山等几次大战斗，但大故事里套小故事，纵横交错，跌宕多姿，常常奇峰突起，扣人心弦，这是小说引人入胜的艺术魅力的重要来源。小说不仅一连串的故事显得惊险、紧张、神奇，而且对人物活动的环境——广漠无边、深不可测的林海雪原和崇山峻岭的描写，也显得奇特、壮美，异彩纷呈，甚至，在扣人心弦的故事描述中，还不忘插入一些美妙的经久难忘的神话传说，因而就更渲染了它强烈的浪漫主义情调和浓厚的传奇特色。

《林海雪原》的另一重要成就和特色，在于突出而成功地塑造了富于艺术魅力的既平凡又超凡的侦察英雄杨子荣的形象。小说在独特的剿匪环境中塑造了正反面的人物群像，既塑造了座山雕、许大马棒、栾平等匪徒形象，更塑造了少剑波、杨子荣、刘勋苍（力大勇猛）、栾超家（擅长攀登）、孙达得（快步如飞）、小白如（纯洁热情）等各具显著特征的英雄群像。其中，机敏善断、沉着冷静、长于谋划、善于用兵的首长少剑波固然是轴心人物，剿匪活动都同他的意志、决策、部署、指挥密切联系着；但是，侦察排长杨子荣却是整个小分队中最出色、最动人、最为光彩夺目的英雄人物。小说将他置于贫苦的独特人生环境、通常的军旅生活、非凡的侦察活动、严峻的考验关头，闪现他那英雄品格和崇高的精神境界。他出身雇农家庭，双亲被黑暗的反动统治势力夺去生命，妹妹被迫卖掉，自己脖子上还留着狠心的地主砍下的伤疤，因此他同旧社会的剥削阶级有着不共戴天的血海深仇。他 18 岁参军，并立志要掀翻吃人的旧社会，挖尽“剥削阶级根子”，灭绝“阶级压迫的种子”。可以说，他的整个英雄素质，都是确立在无产阶级阶级觉悟、阶级感情和历史使命感的基础上的。他对革命赤胆忠心，无限忠于党的事业，坚信无产阶级事业必将胜利。他智勇双全，胆识过人，富有斗争经验，在他面前，矛盾斗争接踵而至，一浪未平，一浪又起，但他总是忠心耿耿、沉稳老练、满怀壮志豪情地去争取胜利。同时他还有谦虚谨慎的美德，在功劳面前他从未居功自傲，总是把胜利先归功于党、首长、战友，归功于战斗集体。这些都是他性格的基本特征和他作为成熟的侦察英雄的必备素质。特别在孤身打入虎穴威虎山同狠毒狡诈的匪首座山雕及其死心塌地的团伙斗智斗勇的特殊场合，更显出了他智勇双全、无限忠于党的事业的高贵品质。在展开这一特殊战斗之初，面对茫茫林海，困难重重，无从下手，但他以一只破鞋为线索跟踪，终于智擒许大马棒的联络副官小炉匠，从而使小分队的剿匪活动有效地找到了突破口而迅速得以展开，特别是为早日消灭威虎山顽匪，他乔装打扮成匪徒胡彪打入虎穴，不仅以联络图取信于老奸巨猾的匪首座山雕，还战胜了八大金刚的黑话考问，以及有关郑三炮和蝴蝶迷私事的盘问，同时还将计就计地战胜了座山雕秘密布下的“军事演习”诡计的考验，而且在十分危险的关键时刻，沉着、镇静、机智地舌战被他智擒审讯过而又逃回到座山雕跟前当面揭露真相的小炉匠，终于化被动为主动，借座山雕之毒手杀掉栾平，扫除绊脚石，保证了智取威虎山战斗的全胜。杨子荣形象是富于生活实感与艺术魅力的“既超凡又平凡”的理想侦察英雄的化身，不愧为小说创作人物画廊中出色的艺术创造之一。其不足是否主要在于欠缺从多方面、多角度去深刻揭示人物思想性格，人物性格尚缺少丰富性？若将引人入胜的故事性同人物性格的丰富性高度结合，那将更富有艺术魅力。

4

罗广斌、杨益言创作的《红岩》是当年震撼过无数中外读者的长篇。罗广斌是四川成都市人，1948 年加入中国共产党，同年 9 月因叛徒出卖在成都被捕，囚于重庆渣滓洞、白公馆集中营，1949 年 11 月 27 日越狱脱险。杨益言1925年生于重庆，1944年因参加学生运动被学校开除后，返回重庆，在中国铅笔厂职工夜校教书，同年8月被捕，囚于渣滓洞集中营，1949年脱险出狱。两位作者都亲身经受过狱中生活和经历过在“人间地狱”——重庆“中美合作所”的斗争。新中国成立后，革命烈士们英勇斗争、视死如归的事迹，时刻强烈地萦绕在他们的心头。他们认真地做过大量的调查访问和搜集整理了在狱中牺牲的300多位烈士的大量资料并写成了小传，反复在重庆、成都等地作过上百次报告，写过有关的报告文学和回忆录，接着即在真人真事的基础上，与他人合作于1958年写成了一部300万字的草稿，后罗、杨合作于1959年7月完成第二稿，1961年2月完成第三稿，而后再行修改，前后三易其稿，大改五六次，历时3年，最终才提炼成了40万余字的长篇，并于1961年正式出版。出版后社会上迅速形成“红岩热”，先后再版20多次，发行近千万册，成为开创当年销售新纪录的畅销书，并被改编成京剧、话剧、电视连续剧以及被译成10多种外文发行于国外。这是浇灌着众多烈士鲜血、饱浸着作者大量心血的激越悲壮的形象的历史教科书。

《红岩》的时代背景、主题、题材、情节内容都具有独特性。它在20世纪40年代末期临近新中国就要诞生时刻的特定历史时代背景下展开全部情节描写，从1948年元旦直写到1949年冬重庆临近解放的时刻，着重描写20世纪40年代后期中共地下党的悲壮斗争，以集中描写革命志士在敌方血腥控制的特种监狱里展开的斗争为显著特色。这时，时局已至新旧交替的转折点，代表不同阶级和社会制度的政治势力的各种方式的搏斗愈加剧烈。一方面，革命车轮正在迅猛推进，占压倒优势的革命浪潮风卷残云式地席卷而起，春雷般的炮声就要驱逐黑暗而迎来黎明。但另一方面，在典型的蒋管区重庆，白色恐怖极其严重，斗争异常尖锐残酷。正是在这种特殊时刻和在美蒋血腥控制的特种监狱环境里，描写了两种政治力量和精神力量的较量，展现了黎明和黑暗交替时刻的斗争特点和时代风貌，特别是突出地描写了革命志士展开的悲壮斗争，记载了革命志士的斗争业绩和悲壮的斗争历史，歌颂了革命志士为祖国新生而坚贞不屈、英勇斗争、视死如归的坚强意志和崇高精神，以形象、生动、感人的艺术品方式让后人记得：祖国的新生是革命先辈用鲜血和生命换来的！

《红岩》塑造了在特定历史条件下的正反面形象系列，特别是塑造了在特殊环境下以中共党组织为核心的无私无畏、敢于斗争、坚持斗争、视死如归、坚不可摧的战斗集体，这是小说的突出价值所在。在人物设置和塑造上，它重历史真实和生活原型，其中许多人物都有生活原型。它不集中笔力塑造居于中心地位的典型人物，而从历史斗争实际出发，以刻画战斗集体和光彩照人的英雄群像为主要艺术使命。那里有大批的狱中革命者，有要求抗日而被囚禁的杨虎城将军及其秘书宋绮云一家；有倾向进步而被囚禁的黄以身将军；有“小萝卜头”和“监狱之花”那样天真可爱的无辜的小男孩和小女孩；有龙光华那样的性格坚强的新四军战士；有无辜的工人余新江和无辜的农民丁长发；有无辜的青年学生胡浩；有同资产阶级家庭决裂，真诚追求真理，不惜为党牺牲的知识分子刘思扬；有在《挺进报》事件中，采用以攻为守战术压倒敌特嚣张气焰的齐晓轩；有长期装疯、忍辱负重，而在越狱的关键时刻，却起了重要作用的华子良等，都是构成战斗集体的英雄，其中许多都是铁骨铮铮的共产党员。那些光彩夺目的志士们都有远大胸襟，有浩然正气，有刚强意志，追求战斗的人生，渴望光明与真理，勇于用鲜血和生命为实现新旧时代的交替而展开搏斗，在敌特的审讯、拷打、诱骗、枪杀，以及48套美式刑罚的摧残面前，坚强不屈，用顽强的革命意志和强大的精神力量，宣判了敌特在政治上的虚弱、失败和精神上的腐朽。崇高信仰的力量无穷，坚定的信念不可战胜，鲜明地显示了革命年代的时代精神。

在革命者的形象系列中，许云峰形象和江姐形象的刻画更为出色。许云峰是被着力刻画的主要人物。他视党的利益高于自己的一切，以党组织的生命为自己的生命，是有坚强党性和远大理想的久经考验的成熟地下工作领导者。他出身工人，当过钳工，到延安学习过，有丰富的斗争经验，有勇有谋，怀着拯救祖国、建设祖国的志向投身革命，把自己的人生同人民事业紧紧相连。他在小说中出现时，已是沉稳老练的重庆地下党负责人之一。他有敏锐的政治眼光，有高度的警惕性，不但一眼就觉察到秘密联络站——沙坪书店已被暴露的问题，并且非常及时果断地做了周密处置。在茶园与李敬原接头时，面对叛徒甫志高带领敌特进行的突然搜捕，他非常沉着冷静，而且首先关心的是李敬原的脱险和区委其他同志的安全转移问题，因而为掩护战友而被捕，表现出临危不惧而自我牺牲的高尚精神。在他那深沉的特殊性格里，蕴藏着坚决改造旧中国和临危力挽狂澜的斗志与豪情，在他那清醒的头脑中，时刻保持着正义的人民事业必将胜利的坚不可摧的信念，正是因为永葆这种信念、斗志与豪情，因此即使身陷囹圄也能始终表现出高度的政治原则性和坚定性，也能始终镇定自若、针锋相对地对付敌特分子。在刑讯室，他沉着稳健，从容坦荡，大义凛然，使狡猾阴毒的特务头目徐鹏飞一败涂地；在“宴席”上，他使敌特精心策划的劝降骗局彻底破产。在狱中他不仅想方设法与党组织取得了联系，而且以狱中党组织为核心，紧密团结难友，继续组织力量，不屈不挠地坚持与开展斗争；即使被单独隔离、囚禁在地牢时，他也依然坚持不懈地用手和拾得的半截铁镣日夜挖掘通道，以便供战友们越狱突围时使用。最后牺牲时，他还面对面痛斥敌特头目徐鹏飞，坚定地指出人民革命事业必胜而反动势力必败的必然前途。总之，许云峰意志坚强，信仰坚定，敢于斗争，善于斗争，无论敌特的心理进攻、威逼利诱，还是毒刑威胁、死亡恐吓，他都等闲视之，时刻都以党组织的利益为重和视党的利益高于自己的生命，时刻都在思考着如何为党的事业战斗，这便是许云峰的坚贞挺拔的特殊人格和至高无上的精神境界。

小说对江姐形象的刻画更为出色，她是外形外貌美和内在崇高美统一的女英雄典型，特别突出地以崇高美、理想美、坚贞美、刚柔美、深情美感染读者，她为赢得人间一片真情而奋战毕生。江姐的真实姓名叫江竹筠，江姐是狱中难友对她的敬称。她有苦难的身世，早年失去双亲，父亲早死，母亲投江自尽，因而她曾被迫流落到孤儿院，不到 9 岁便不得不在重庆南岸一家纱厂当童工，后累成重病而被赶出工厂。这种苦难的生活经历，是她后来成长为赤胆忠心的革命者的坚实基础。她在小说中以地下工作者的身份出现时，还不到 30 岁，但安详庄重，干练成熟，平易近人，给人以精神焕发之感；她工作起来细致热情，临危不惧，遵守组织纪律，严格要求自己，襟怀坦荡，真心真诚关怀同志，有民族传统女性的含蕴温柔、丰富深挚的情愫；同时又是外柔内刚的坚强者，是把柔和美与刚强美统一起来的气韵高洁的女英雄形象。她最初主办《挺进报》，并使它成为敌人最感到恐惧的有力武器。后来被组织调到川北乡下工作，在前往川北时，在重庆朝天门轮船码头上，她对穿着西服为她扛皮箱送行的甫志高及时地提出严肃批评，表现出她时刻保持着的高度警惕性和一丝不苟的严谨作风与政治原则性；紧接着她又在轮船上对付与战胜了特务的搜查，足见她沉着、机智、干练和地下斗争艺术的高超。在上华蓥山的途中，在经过川北县城时，她看见丈夫彭松涛（华蓥山纵队政委）遇难的布告和惨遭杀害而悬于城门上的头颅，顿时心情异常复杂，悲痛欲绝；但面对白色恐怖，她马上又强忍泪水，化悲痛为坚决的斗争。随后在川北乡下联络站同双枪老太婆见面时，她还生怕别人分担悲痛而宁愿独自深藏不幸。这些表现，足见她作为成熟的地下工作者必备的党性原则、精神境界和刚强的自制力。此后不久，她在川北乡下联络站遭叛徒甫志高带领特务逮捕入狱。

在渣滓洞，敌特对她进行无数次非刑拷打，十个指头一再被钉进竹签，但她始终保持着坚贞不屈的气节。她面对残暴的审讯和屡遭的酷刑这样回答："上级姓名、住址，我知道，下级的姓名、住址，我也知道……这些都是我党的秘密，你们休想从我口里得到任何材料！"还说："为了免除下一代的苦难，我们愿——把这牢底坐穿！"江姐就是这样，用生命捍卫党的机密和纯洁，发挥了强大的榜样作用和战斗力量。当得知新中国已经诞生的消息后，她同狱中难友怀着喜悦的心情，精心地绣制五星红旗，表现出她对缔造新中国的热切情怀和对革命必将取得全国胜利的坚定信念。在赴刑场时，她从容地换上被捕时穿的那件旗袍，从容地梳好头，深情地与战友告别，"异常平静，没有激动，更没有恐惧与悲戚"，"带着永恒的笑容"，怀着建设一个富强的新中国的心愿，还特意吻了吻"监狱之花"，嘱望后代把战斗的旗帜指向共产主义。这些催人泪下的描写，渲染出她为革命捐躯和视死如归的乐观精神。烈火见真金，江姐的坚强、坚定的信念和崇高人格是不可摧毁的，她为实现新旧时代交替，为争取光明幸福的未来献出了年轻、宝贵的生命，以大义凛然宣判了敌人在政治上的虚弱与精神上的腐朽。这便是昭示着特定历史年代的时代精神的真切、感人、光彩照人的江姐的英雄人格。

《红岩》所塑造的以中共党组织为核心的战斗集体的对立面是蒋介石手下的特务组织系统，狱中充满着两大组织系统之间的较量，斗争在活生生的正反面人物之间展开，形象地构成了严酷、尖锐的斗争形势，因而也就更真实地反映了历史年代特定岁月的斗争状貌。

在敌特组织系统中，小说突出地刻画了特务头目徐鹏飞的形象。其情节描写所赋予他的思想性格是复杂的，他骄横冷酷，谨慎多疑，灵魂卑劣，行为果敢。他把"量小非君子，无毒不丈夫"奉为律己的格言。他虚伪狡诈，但不浅薄；他残忍狠毒，但并不时时都那么露骨。他也长于用吃喝玩乐填补灵魂的空虚。他有时明显地表现出独断专行、目空一切的傲气，有时则不得不表现出温顺忠实的媚态；他忽而会眼里闪出凶光，暴怒如雷，必欲置人于死地而后快，忽而又会嬉皮笑脸地诱骗，把杀机暗藏在微微冷笑之中。《红日》中的张灵甫以狂妄自负为显著特点，而他却以阴险狡诈为显著特征。他诡计多端，并不呆头呆脑，有超于同伙的手段和才干，积累了丰富的狡诈经验。有论者用如此两句概括他的品行：好话说尽，坏事做绝。他虽然也会从利诱的明确目的出发，假惺惺地说一些“好话”，但他主要是操纵同伙实施坏事。他在出谋策划干坏事以对付许云峰和江姐等志士方面，从不甘落伍，而总是千方百计，绞尽脑汁。他也讲究出奇制胜，突然袭击，在审讯时总是力图抓住被审讯者的“弱点”，以采取迅雷不及掩耳的方式企图瞬间瓦解对方的意志；威胁、诱骗、软化等硬软兼施的手段他会，伪装革命者打入集中营刺探情报他也会，毒刑他更会，48套美式刑罚，他套套都精通；但是，在真正的革命志士跟前，他的诡计几乎都碰壁，许多手段都不能得逞，最后几近无计可施。除了他最初得意地侦破了沙坪书店，软化了叛徒甫志高，并从甫志高身上打开过缺口外，在那么多真正的革命志士面前，他哪一手段真的得逞过呢？无论他怎么卖力效劳，然而他的阴谋总是不断败露，无法得逞。小说情节描写还让读者看到，他在所处的集团内部，不是不热心于钩心斗角，争权夺利，然而在争权夺利中他交运的时候极少，几乎未见他完全遂心过。即使如此，他也要自觉地顽固到底，死心塌地力图在实施“密裁、爆破、游击、潜伏四大任务”上再立“功劳”，决计“潜伏”下来，以乘机再起，卷土重来，为复辟蒋介石统治效劳。但最终，他在隆隆的解放炮声中，无可奈何地看着隆隆的历史车轮滚过去了，他被历史淘汰的悲剧命运无可避免，他的悲剧是历史发展为他注定的悲剧。《红岩》中所描写的处在解放前夕黎明时刻你死我活的斗争漩涡中的徐鹏飞形象，是将凶狠和虚弱、卑劣和阴险、狡诈和残忍、顽固和腐朽等性格元素融于一身的已至末日的艺术人物，这是特定历史年代、历史时刻造就的一个艺术典型。

小说的整个描写严守了现实主义创作态度和体现着现实主义精神，极尊重生活和历史的真实，力求真实描绘特定历史年代西南斗争和全国时局的历史面貌。整部小说显出激越慷慨、深沉悲壮的特定斗争生活领域的氛围和基调。着重将人物置于尖锐的敌我斗争及生死关头来表现，着重展示英雄人物的崇高精神、坚强意志和远大胸怀。注重采用典型的情节细节突现人物性格，因此笔墨虽少，却富于表现力，令人难忘。它采用复线结构，以监狱斗争为中心，又交叉着重庆地下党斗争、学生运动、川北武装斗争等多条线索；狱中斗争、城内斗争、农村斗争和解放战争节节胜利的隆隆炮声交织在一起，真实地反映了当年西南斗争和全国形势的面貌、特点和发展趋势。小说按讲故事的方式进行描述，情节内容具有发生发展的过程。头几章着重描写独特的时代环境，后由秘密联络站的暴露和甫志高的叛变，把斗争推至血腥的监狱，先写渣滓洞的斗争，再由刘思扬的再次被捕入狱，把渣滓洞和白公馆的描写联结起来，直至协同战斗，越狱突围。同时将顺叙、倒叙、插叙交替运用，既脉络清晰，又舒展自如，只似口述革命烈士事迹的味道尚存。着眼于描写战斗集体有符合所描写历史题材的历史真实的优点，但以创造艺术典型的文学理论要求，则是否笔力似嫌有点平均、分散?

5

小说家欧阳山的《一代风流》是以反映漫长历史时期复杂斗争风貌为艺术目标的多卷长篇。欧阳山为湖北荆州市人，16 岁时（1924 年）便开始了文学生涯，1917 年组织“南中国文学社”，鲜明提倡革命文学，得到鲁迅先生的指导与支持。后在上海参加中国左翼作家联盟，1941 年到延安。他在新中国成立后创作的《一代风流》是他创作道路上的代表性标志，1957 年动笔创作，在动笔前曾酝酿 15 年之久。全书 5 卷，首卷《三家巷》，通过一条小巷中的周、陈、何三个阶级地位不同的家庭的复杂关系的演变，反映第一次国内革命战争时代前后的政治风云变幻。次卷《苦斗》，自 1928 年初写到 1931 年九一八事变前夕，通过广州近郊震南村的艰苦斗争的描写，反映第一次国内革命战争失败后革命处于低潮时期的生死搏斗。第三卷《柳暗花明》，从九一八事变写到 1938 年 9 月底，这是以阶级矛盾和民族矛盾复杂交织为显著特点的历史阶段，但民族矛盾日益上升，预示着抗战烽火必将猛烈地燃烧起来。第四卷《圣地》，其历史跨度从 1938 年至 1947 年，着重描写抗战年代延安和重庆两地的斗争风貌。末卷《万年春》描写 1947 年至 1949 年的第三次国内革命战争时期的斗争生活，最后以解放全中国收结。全书形象地展现了漫长历史时代的战斗历程和复杂面貌。

《一代风流》全书塑造了周、陈、何、胡、区诸家的众多人物，特别是通过错综复杂的人物关系和丰富的情节，着力刻画了富于独异色彩的贯穿全书的主人公周炳形象。周炳的性格十分复杂，他的人生历程及独特性格，概括了时代的、阶级的、民族的丰富斗争内容。他既有消极悲观、多愁善感、缠绵爱情、幼稚天真的时候，更有正直诚恳、刚正不阿、勇于斗争、坚持革命的主流面。他是在复杂多变的环境中，在尖锐曲折的斗争考验中，在勇于正视、纠正弱点的自省中，百折不挠地成长为出色的革命者的。

周炳早年的生活遭际相当复杂。他自小生活在三代铁匠家庭的社会底层，旧社会始终不让他吃“安乐自在”饭。他跟爹当铁匠，但干不下去；他给大姨爹陈万利当干儿子，但因偶尔见到陈万利的丑事而被撵出；他跟三姨爹区华当皮鞋匠，但却因用铁锤打了拧区桃脸蛋的“地头蛇”林开泰而被迫辞职；他又到舅舅杨志朴的生草药铺里当伙计，但不料却受到“偷钱”的冤屈而被打发回家；接着又不得不到乡下地主何应元家当“看牛娣”，但因弄东家的米谷送给断粮的佃户胡源而被“轰了出去”。这些复杂、坎坷的生活遭际，一方面说明旧社会给予周炳的只有暴虐、冤屈与不平；另一方面也说明周炳打小就有同情贫苦劳动者的正义感和敢于打抱不平的反抗性格，这是他能够发展为革命者的原有素质。同时，早年的周炳不仅生活遭际复杂，而且思想状态也相当复杂，他受到形形色色的思想影响。他父亲周铁在自家院子里的枇杷树下，向他传授过宿命论；他的周围还有李民魁的无政府主义，何守仁的国家主义，张子豪、陈文雄的三民主义、封建主义、资本主义；还有他大哥周金所信仰的共产主义。周炳幼年对这些“主义”，一概是不能鉴别的，反而在很长一段时期里，糊里糊涂地崇拜陈文雄、何守仁一帮青年，把他们当作自己效法的样板。他也曾经幻想顺着陈家给他的梦幻式的人生阶梯，爬到“上等人”的位置，幻想突然改变自己固有的同旧社会对立的阶级地位，但是，阶级社会中无情的阶级斗争规律，却注定了他的幻想的彻底破灭。总之，周炳早年的头脑里有许多资产阶级思想，这种复杂的思想基础和精神状态，给读者充分揭示出了《一代风流》中的周炳之所以艰难、曲折、缓慢地成长的内因和必然性。

在较长时期里，周炳的性格是复杂的矛盾的统一。小说不让他按一般正面人物那种通常的顺利的逻辑去顺利地发展。他不像梁生宝那样打小就显得那么高尚完美，不像朱老忠那样自始就带着受欺压的浑身愤恨走上反抗道路，也不像林道静那样直线上升式地完成成长的过程，他的成长道路异常曲折。在造就为成熟的革命者以前，他长期幼稚，或冷或热，左右摇摆，反复多变，情绪易为环境变化所左右，常在“一时振奋，一时沮丧的漩涡当中打着滚”，“一会儿心红，一会儿虚弱”，在失意时大量喝酒，拼命抽烟，独自悲伤，甚至因小资产阶级情调发作、膨胀而犯有“罪过”。在四一二政变后白色恐怖的日子里，他同大哥周金、二哥周榕躲在芳村冼大妈的竹寮里，曾昼夜按捺不住恋情而写信约表妹陈文婷幽会，因而暴露秘密躲藏的地址，造成敌特搜捕和大哥周金牺牲。然而与此同时，小说的情节描写又让周炳毕竟在不断搏斗和种种考验中日益改造与提高着自己。他由本能的个人反抗，由有意为区桃、周金报仇而卷入社会斗争怒潮，以至逐渐将复仇同从事人民革命事业结合起来而最终成长为成熟的革命者。在次卷《苦斗》中，他的思想性格已获得明显发展，不但严正拒绝军阀张子豪企图收买他当工贼、暗探、谍报员的阴谋诡计，坚持着反帝国主义、封建主义、官僚资本主义的大方向，而且面对残酷的白色恐怖，继续在九死一生的艰难环境中探索着革命道路。他在震南村奋不顾身组织起一支赤卫队，同时艰难地开展寻找失去联系的党组织和济贫的活动，发动农场工人罢工，先后发动攻打乡公所、向地主征粮、捣毁伪稽查站和抢救胡杏等斗争，显示出坚韧不拔地坚持斗争的性格。同时他想方设法找党而一时未能找到党的行动，既表明当时白色恐怖的极端严重性，也表明党的观念和决心献身人民革命的观念，已在他心目中占据着主导地位，他已经克服了“一会儿心红，一会儿虚弱”的幼稚、左右摇摆、反复多变、情绪易为环境变化所左右的毛病，这是他世界观的重大发展和思想性格的质的变化。此后，小说描写他的情节内容即主要从正面强化与丰富他作为坚定的革命英雄的作为与性格了。在《柳暗花明》中，他主要组织了抗日活动和在狱中经受了酷刑考验，表现了坚不可摧的特殊性格和坚定的信念，并成了无产阶级先锋战士，完成了思想性格的质的飞跃。在《圣地》和《万年春》中，他在民族民主革命中已锤炼成“相当成熟的革命家”。这便是《一代风流》的主人公周炳所经历的斗争和成长、成熟的全过程，他的大半生经历，富于特色地反映了中国整个新民主主义革命的战斗历程和漫长历史时代的复杂面貌。

总而言之，周炳形象是依据历史唯物主义和生活与艺术的辩证法来塑造的。小说把周炳的性格和命运置于广阔的时代背景、漫长的历史长河、曲折多变的生活流程及复杂的人生履历中展开描写，不把他当作天生英雄，不让他一眨眼便成为一无缺点的了不起的人物，而是致力于充分展示他坎坷曲折的生活道路、成长道路，致力于写他从幼稚到成熟的完整的艰难的成长过程，不把他写得绝对的好或绝对的坏，让人感到他毫无神话色彩，而是富于真人气息的确非一般化的艺术人。

《一代风流》民族风格鲜明，地域色彩浓郁，重写大小故事和各种人物，以日常生活和特定时代的斗争生活构成情节和故事，故事线索分明、连贯，在故事情节的描写中刻画各色人等，力求以个性化言行显示不同人物的不同社会地位和独特性格，语言简短明快，民族化、生活化。如何免除虎头蛇尾的现象是否该作为创作多卷长篇的作者多留意的课题?

6

梁斌的《红旗谱》在新中国成立后描写斗争历史题材的长篇创作成果中具有代表性。梁斌是河北省蠡县梁家庄人，1930 年曾求学于省立保定二师。他早年参加过一些地下或公开的斗争活动，1929 年参加反割头税运动，1931 年参加保定二师护校斗争，1931 年九一八事变后投身抗日救亡运动，1932 年经历过故乡发生的高蠡暴动，1939 年在冀中区兼任游击大队政委，1947 年参加过土改运动，他这些人生经历都直接或间接地与其创作有关系。《红旗谱》是在作者长期生活积累和创作准备的扎实基础上开笔的，早在抗战年代作者就开始酝酿这部书，并相继以不同艺术形式写及其中许多情节内容。1942 年写成短篇小说《三个布尔什维克的爸爸》，同年又写成五幕剧《千里堤》，并把前一短篇小说扩展成约 6 万字的中篇小说《父亲》发表；此后又相继写了《抗日人家》《五谷丰登》《血洒卢沟桥》等剧本。三部曲《红旗谱》正是在这些短篇、中篇、剧本创作的基础上重新酝酿、构思而长期付出心血的艺术结晶。作者说："这部小说中的人物、故事、情节，绝大部分在我的短篇、中篇、剧本中不止出现过一次，他（它）们的形成都有较长的过程，如果没有这些人物和故事情节做基础，我是写不出这本书的。"［梁斌：《红旗谱·漫谈〈红旗谱〉的创作（代序）》，中国青年出版社 1961 年版］作者 1953 年开始动笔创作，1958 年初出版第一部《红旗谱》，1963 年出版第二部《播火记》，1983 年出版第三部《烽烟图》。第一部从清末写至 1932 年夏，粗细不等地展现 20 多年间北国城乡剧烈的斗争图景，歌颂了北方农民奋起反抗压迫、谋求生存的斗争。第二部从 1932 年二师学潮七六惨案后的翌日起笔，直写到同年 9 月底，着重写张嘉庆深入白洋淀改造李霜泗武装和高蠡暴动的历程，形象地展现了当年压制不住的民主革命和救亡运动蓬勃兴起的特定时代风貌，让读者一幕幕地见到了中共党人如何在滹沱河与潴泷河两岸播下革命和抗日的种子的图景，歌颂了广大群众的英勇斗争精神。第三部从高蠡暴动失败 5 年后的 1937 年夏写起，直写到同年初冬，先回述暴动失败后敌特势力如何报复，革命者如何在劣势下坚持斗争，接着写卢沟桥事变发生后，革命者如何克服重重困难，建立抗日武装、抗日政权、抗日根据地和抗日统一战线，如何在冀中平原上打开轰轰烈烈的抗战局面。人们曾将之誉为"扛鼎之作"的多部曲《红旗谱》，就这样富于地域色彩和历史时代特色地讴歌了广大农民由自发而一步步到自觉地在中共领导下展开斗争的业绩和英勇不屈的精神，反映了中国民主与民族革命时代的脉搏和风貌。其在梁斌的创作史上具有集大成意义和代表意义。

《红旗谱》的重大价值在于成功地塑造了众多生动、丰满的人物形象。不是一个两个，而是从20世纪二三十年代生活中走来的、活动在冀中平原斗争舞台上的性格各异的形象群。其中，有祖孙三代的农民形象，有地下党领导者形象，地主家庭出身的革命者形象，旧知识分子形象和旧知识分子家庭出身的小姐形象，恶霸地主、狗腿子和旧军人形象，等等。小说更致力于塑造祖孙三代的农民形象，在父辈农民中，其塑造得最具英雄光彩的主要人物是朱老忠。首部《红旗谱》着重揭示朱老忠传统民族性格及其由自发反抗到自觉斗争的转折，次部《播火记》和第三部《烽烟图》，着重通过武装暴动和民族斗争的环境，进一步突现、丰富与发展朱老忠的无产阶级英雄品格。朱老忠作为生活在中华民族土地上并处在民主民族斗争时代里的新型农民英雄，其典型性格是民族性、阶级性、时代性和独特个性的有机结合，鲜明地概括着20世纪30年代前后亿万劳苦农民的革命品格和历史命运，成为那个特定年代劳苦大众拥戴的一面旗帜。

敢于反抗和斗争是朱老忠性格的鲜明特征。朱家世代处于被压迫被剥削的政治地位和经济地位，祖辈“窝着脖子活过来”，父辈为人扛长活，朱老忠自小忍饥受冻，生长在充满不平的社会环境里，目睹与被迫卷入了激烈的敌对矛盾冲突。其父朱老巩因被恶霸势力欺压而吐血身亡，姐姐被奸污而跳河自尽，自己19岁被迫流离失所。父亲挺身而出对抗恶势力的壮举，以及冯兰池把他欺压得家破人亡的悲剧，他都刻骨铭心，他的反抗和斗争性格就是建立在对封建势力压迫的痛恨的基础上的。时光流逝既不能熄灭他的爱的火焰，更不能消磨他包含韧性的反抗的意志和斗争精神。在漫长的25年被迫流落他乡的日子里，他到北京当小工，在天津学织毛毯，在长白山挖参，在海兰泡淘金，在黑河里打鱼，在关东草原上为人放马群，骑过最烈性的马，练就了最好的马术，还在山野里开过荒，这种四处谋生的复杂、艰难的生活的磨炼，使他成为阅历丰富、见识广博的硬汉子。同时他更打心底里怀念着锁井镇的穷哥们，更痛恨着使他家破人亡的冯兰池。因此他以他从前辈那里继承过来的敢于反抗压迫的鲜明性格返回了锁井镇，始终怀着满腔热血和信心有勇有谋地开展斗争。他的直接对手冯兰池狠毒地抓他大儿子大贵当壮丁时，他立时想奋起“拼命”，但他还是很快理智地抑制住了一时闪起的“拼命”念头，迅速地应变为自己从长计议的“一文一武”谋略的组成部分，以求更有力地进行反抗。在锁井镇地区爆发的反割头税运动中，他勇敢地参加了，在冲击伪县衙门的关键时刻，他擎着两条三截鞭劈劈啪啪打着，奋不顾身，勇往直前。在保定二师爆发学潮时，他毫不畏惧地给被敌对武装围困的二师学生送去粮食，并巧妙地到思罗医院把落入敌手的张嘉庆救了出来。在参与发动与领导高蠡起义中，他担任红军大队长，不仅率众一举攻克冯家大院，而且在暴动中始终冲锋在前。在抗战烽烟燃起后，他又担任农会主任和县委民运部长，肩负起抗日救亡的重担。及至老年，他的老农气色虽然已经增浓，但革命信念和反抗斗争精神依旧不减，而且已磨炼成一个“凡事谨慎小心”的人，把勇敢无畏、果敢、坚定、谋略融于一体。这种一以贯之的坚定信念和反抗斗争精神，是处于特定时代里的朱老忠性格的主导方面。

民族化的侠义性是朱老忠性格的另一显著特征，也是他性格的基础。“为朋友两肋插刀”成为主宰他行为的最重要的传统侠义观念。他对穷哥们讲团结，重义气，互帮互助，患难与共，当老朋友遭遇苦难时，他总是竭尽全力去分担，可以说，穷哥们的事，就是他的事，穷哥们也以同样的态度对待他，因此彼此间的侠义之情异常浓郁。他一踏进阔离25年的锁井镇，就为严志和、朱老明排忧解难：他掏出十块大洋给因同恶势力打官司失败而气瞎双眼的朱老明治病；卖掉自家心爱的小牛犊供江涛上学；江涛奶奶去世时，是他主持与支撑起严家的丧事；当运涛被捕入狱后，是他代替严志和步行南下齐鲁探监。他这种强烈的侠义性，同抽象的江湖义气、哥们义气是不同的，因为它是建立在朴素的贫穷阶级友情的基础之上的。正因为如此，当中共党的地下工作者贾湘农把革命真理一传播到锁井镇时，朱老忠们的侠义性，便能迅速地变成受压迫剥削阶级团结斗争的有力纽带，很快形成有组织的斗争队伍和力量。

朱老忠鲜明地保存着中华民族传统农民的素质，他强壮、豪爽、勤劳、俭朴、厚道、正直、善良、乐观、热爱故土。但由于他生活在20世纪30年代前后的历史环境中，他已经具有了新型农民英雄的品格。在新的历史条件下的新时代精神的影响与培育下，他逐渐具备了新的斗争素质和新的理想境界。他不再像父辈那样单枪匹马赤膊拼命，也不再像同辈那样对民国衙门抱有幻想，而是有了“出水才看两腿泥”的韧性。当暂时处于劣势时，他深知万般忍为高，心计、谋略显然已超过父辈。特别是他已具有无产阶级英雄品格，虽然他早年并未明确意识到朱家世代屡遭压迫和失败的根本原因，并未求得正确的斗争道路，但他的内心与无产阶级政党领导的革命是息息相通的。在流落关外时，他内心就为苏联在列宁领导下无产阶级已经掌权而高兴。听到国共联合领导的北伐胜利的消息，他更是兴高采烈，以至同严志和饮酒相庆。他不但凭借事实认识到中共是农民的靠山，始终坚信共产党，而且在反割头税运动期间加入她的队伍。他不但坚决反对剥削、压迫，不仅有爱国思想，忠心抗日，而且有了为人类解放而奋斗的理想，走上了自觉献身于无产阶级事业的道路，完成了由自发反抗到自觉斗争的转折。这是朱老忠同中国过去历代农民英雄的质的区别，是一个划时代的标志。

朱老忠的人生发展历程和性格发展的历史，是符合他所处时代的生活和时代的演进逻辑的。坎坷造英雄，朱老忠从趁夜逃离锁井镇到成为叱咤于农民运动潮流中的英雄的历程，是坎坷的。生活的挫折、磨难、坎坷，没有浇灭他父辈留下的反抗压迫与不平的斗争火种，反而在胸中愈烧愈旺，以致他迫不及待地要返回锁井镇。其父朱老巩单枪匹马抗争的惨败，深刻地教训他：不有组织地干是不成的。而同辈哥们儿朱老明领头三打官司的失败，又明确地教训他：靠封建衙门绝没有出头之日。现实一桩又一桩的事实有力地教训他：只有以共产党为穷哥们儿的靠山，穷哥们儿才能真正直起腰杆和找到出路。他一步一步地由个人自发反抗到有组织地展开自觉斗争，由朴素的穷哥们儿意识上升到清醒的为劳苦大众翻身而奋战的意识，由对党的朴素的感情到对党的自觉坚定信念，由参加群众运动到参与领导武装暴动，由对封建邪恶势力展开斗争到投身民族斗争，由思想渐变到思想境界的飞跃，由普通农民到为被压迫的劳苦大众的解放而奋斗的先锋战士，他这种人生和性格的发展历程与其所处时代的演进历程相适应。

朱老忠是 20 世纪 30 年代革命农民的艺术典型。他的典型性不仅在于他的性格和人生道路饱含着丰富而深刻的特定历史时代的历史内容、阶级内容、民族内容，不仅在于他概括地体现着 20 世纪 30 年代前后劳苦农民的革命品格和历史命运，而且在于他选择的斗争道路，是半殖民地半封建的中国社会的劳苦农民掀掉压迫、剥削而寻求解放的必由之路。朱老忠形象的成功塑造是中国文学发展史上的重要成果。

《红旗谱》中的严家和朱家都是 20 世纪 30 年代中国农民的代表性家族。在严家父辈人物中，严志和也给人留下鲜明深刻的印象。严志和的基本人格为软弱与反抗的两重性的统一，属 20 世纪 30 年代软善的劳苦农民的典型性人物。

软弱、软善是严志和性格最基本最鲜明的个性。他比他的父亲严老祥还要软善，可以说他始终负荷着这种带劣根性的中国小农的弱点。如前述及，朱老忠在那难行的荆棘丛生的社会环境里，总以自己的魄力去乐观地开辟着生路，可视为旗帜般、脊梁般、钢铁般的农民英雄；而严志和却总是极为胆小怕事，成为缺乏勇于斗争气魄的地地道道的被旧社会压在底层的普通小农形象。他打小就十分软弱，其生母老祥大娘说他“自小儿肉死，成天价碌碌轧不出个屁来!”随时说话慢吞吞，动作慢悠悠，扎一锥子也不冒血。他异常本分，从未离开过锁井镇，虽然干过泥瓦匠，但主要是围着他家那两亩“宝地”打转。他总想忍气吞声地“低着脑袋过日子”，总想窝着脖子在锁井安稳地度过自己的一生。他的小儿子江涛给朱老忠这样介绍说：“你要是不叫他吃饭，他就低下头做一天活儿。我娘要是不给他洗衣裳，他就一年到头穿着那个破褂儿。”他固守着为人不做亏心事，半夜敲门心不惊的小农观念；只求自家度日，绝不发难于人，绝不在别人的人生路上设置障碍；面对封建势力的压迫、剥削与欺负时，他更表现出逆来顺受的软弱性，江涛动员他参加反割头税，他胆怯地低声说：“算了吧！咱们别革什么命了!”但结果总是事与愿违，他越是软善，一件件意料不到的不幸的伤心事就越是不断落在他头上，使他一次又一次地遭受着严酷生活的沉重打击。他父亲严老祥被残酷生活所迫闯关东一去不复还，长期杳无音信；他被朱老明大哥硬牵扯着加入三打官司时，输掉了严家仅有的一头牛，让他一直痛心不已；他的大儿子运涛因参加的大革命失败而入狱后，他又失掉了严家几代人的命根子——两亩“宝地”；紧接着，二儿子江涛又因二师学潮而被捕，喊天天不应，呼地地不灵，使他深感绝望，竟想投河自尽，了却一生！人们常说性格决定命运，严志和过分软善的性格使他在旧社会厄运连连，苦难益深，直不起腰来，透不过气来，悲观失望的愁绪没有一天不笼罩在他的心头，使他每日每时似乎都感到被逼到了无路可走的悬崖上，从未感受到旧时代有何欢乐与希望!

但是，严志和所处的社会地位同朱老忠是一样的，都是受着深重压迫的被压迫者，这种人生地位便必然会使他足以成为“叛逆的同路人”［梁斌：《红旗谱·漫谈〈红旗谱〉的创作（代序）》，中国青年出版社 1961 年版]，只不过由于他的人格里头过重地世袭着“安命”思想观念，以及长期养成了由“安命”观念为主宰的胆小怕事的习性，因而他的觉悟与抗争的人生航向，需要更多外部的教育、启发、发动与指引才能确立起来和坚持下来。屡遭苦难，屡遭恶势力欺压，是激发他人格中反抗因素的外部条件，有强者领头、打头阵、率领着他，更是激起他人格中反抗因素的重要条件。地主恶霸冯兰池趁机夺去他一家的命根子——两亩“宝地”，成为激发他性格中反抗性的一面的最直接最重要的因素。过去失掉全家仅有的一头牛，他还可以咬着牙凭家里的人力耕种两亩地度日，而失掉两亩地后，本来就不得温饱的小农家庭，即等于赤贫如洗，一家人的生存都愈来愈难保了，这是激发他反抗性的转折点。在别人引领、率领下，他平生第一次敢壮了壮胆子卷进反割头税的怒潮中，反割头税胜利后，由于尝到了些参加集体反抗的甜头，他的反抗性得到强化了。缓慢地一步一步地，他最终成了革命“同盟军”的一员，在别人率领下他投入了高蠡暴动；在卢沟桥事变后，他又成了一名抗日游击队员。小说就这样描写了特定时代的严志和所代表的这一类中国小农的性格发展的曲折历程和趋势。应当说，严志和形象的逼真性、概括性并不亚于朱老忠，他是 20 世纪 30 年代前后中国千百万日益破产的软善小农的代表性人物，他代表着处在特定的动荡年代里的很大一部分农民的思想状态和行动轨迹，他的命运是封建统治下很大一部分中国农民的普遍命运。他想安分守己、逆来顺受地长期安于穷困、劳苦的生活地位而不能，最终只有克服软弱性、摇摆性，跟随着走上自觉反抗的道路。严志和形象对充分表现特定的时代风貌和丰富、深化主题的意蕴都有重要作用，其审美地位不可替代。

《红旗谱》还成功地塑造了一批从穷苦生活中走来，活动在 20 世纪 30 年代冀中平原舞台上，在风云变幻的时代环境里成长起来的各具才干的属于孙辈的先进青年，例如运涛、春兰、严萍、张嘉庆等。其中最突出的是江涛，他成为在党的哺育下茁壮成长的用崭新思想武装起来的孙辈人物的代表。

小说赋予江涛三大性格素质。一是从小就要强好胜。小说中这样评介他："这孩子自小要强、好胜，不论受了什么样的委屈，对别人一个字不提，只是结结实实地记在心里。"二是从小就很有正义感。小说中这样介绍他："这孩子很有正义感，听到不平的事，他会生气，听到愁苦的事，他会掉泪哩!"三是从小文静多思。他带有姑娘家的性格，性情柔和，也好动心思，对人世间的事总想问个究竟；常是"眨巴着又黑又长的眼睫毛，默默的不说什么"，实际上是在心灵深处思索着什么。江涛就是在这些性格素质的基础上，接受了中共地下工作者贾湘农有意传给他的新型思想理论武器，走上了崭新的道路，并在激烈斗争的考验中，逐步成熟与坚强起来的。

在江涛的斗争性格中，无疑汲取了祖、父辈的抗争精神元素，但江涛是用崭新思想理论武装起来的新一代，他的思想气质、战略、策略已迥异于前辈。朱老忠与严志和之不同，多表现在性格气质上，而江涛与父辈之不同，则已上升到思想武器和斗争道路的高层次的不同上。小说是有意把江涛作为领导人物来塑造的。贾湘农自始就把江涛作为领导人来培养，江涛在反割头税中是领导人之一，在二师学潮中，则是学生运动的主要领导人；最后，在民族危亡和抗战烽烟四起的时代环境里，他已成长为年轻有为、独当一面的民族斗争力量的中坚，成长为刚强的党的事业的组织者、领导者。

小说让江涛的独特性格在同张嘉庆性格的鲜明对比中显现出来，这是塑造江涛形象的重要艺术手段。张嘉庆火性子，江涛细性子；张嘉庆性急莽撞，粗心寡虑，勇过于谋，长期显得浮躁而幼稚，而江涛则沉静寡言，慎重细致，柔中有刚，勇谋相兼，显得稳重而成熟。江涛不是志大才疏者，而张嘉庆则有志大才疏之不足。张嘉庆有不顾天不顾地的个性弱点，江涛则有略带疑忌和矜持的个性弱点。张嘉庆出生在剥削家庭，小时享受过荣华富贵；江涛出生在穷苦农家，他是在穷哥们儿帮助下，才有机会获得中等的文化程度，因此他心灵深处的农家子弟观念和维护农家利益的思想是颇为浓重的。江涛如乡下地头一小松，迎风雨，起松涛，站得稳，立得牢，一步步成长。张嘉庆如大塘一劲草，奋力飞燕赵，落地未生根，风雨遭不少。

小说还写了江涛的爱情生活侧面。江涛与严萍相识于保定二师求学时，严萍深爱江涛于反割头税运动的火热斗争中；他们怀着同样的激情一起走了很长一段路程，在很长一段时间里彼此心心相印，似乎两人结成终身伴侣已不成问题；但最后，小说并没有让他们曾长期盛开着的爱情之花结出果实来。他们没有终成眷属的责任在何方？其实，严萍对江涛还是有忠贞之心的，错过美好姻缘的责任主要在江涛方面。这首先与江涛的疑忌、矜持的性格弊病有关系。严萍长于知识分子家庭，是执教于保定二师的正直的知识分子严知孝的女儿，性格外向，爽快大方，活泼开朗，无拘无束，与江涛那过分矜持、慎重、拘谨、内向以及好心怀疑忌、猜忌的性格弱点形成对比，以致江涛心灵深处不喜欢性格外露、外向的城市姑娘严萍。江涛的父亲严志和对江涛与严萍的自由恋爱虽然看在眼里喜在心上，但严志和的内心深处还是更喜欢心眼憨实的农村姑娘，认定这样的庄稼姑娘（就如同他和江涛他娘那样），才能在困苦的农家生活中一辈子相思相守，相亲相爱，而对天真活泼的城市姑娘，总担心即使“插门闭户也管不住”。江涛内心同严志和一样，也更喜欢朴实内向的农村少女，觉得农村子弟最好还是般配农村姑娘。江涛身上遗传的小农意识作怪是江涛与严萍爱情结局的主因。由此暗示：江涛不可能成为胸怀广阔的杰出的大领导者。

江涛形象的独特审美价值，在于显示了这样一种历史趋向：长期在三座大山压榨下的一代代中国农民，在总结了血的经验教训和经过中共党人的教育之后，正在一代胜似一代地成长起来，站立起来，成熟起来。朱老巩、朱老忠、江涛形象系列，代表性地反映了中国农民斗争的历史状况；祖辈人物朱老巩是旧时代里的旧式农民英雄；父辈人物朱老忠是跨新旧历史时代的农民英雄，他表明中国农民英雄已由旧式向新式转变；而子辈人物江涛则是用崭新的思想理论武装起来的新型英雄，他走的不是祖、父辈的悲剧道路，而是胜利的道路，这不仅显示出中国农民新一代出现的可喜形势，而且显示出中国农民革命发展的大趋势，带有必然性的一种大趋势。半殖民地半封建社会的劳苦农民，要打碎加在自己身上的压迫剥削的铁索，没有江涛式的奋斗者、组织者、率领者，只不过是梦想而已。正是江涛这一代青年人，成为党所依赖的推进农村革命和坚持民族抗战的中坚力量；贫苦农民新生活的希望只能寄托在新时代的诞生上，而首先，是寄托在江涛们的奋斗到底上；因此，江涛形象的设置，在小说中是占有举足轻重的地位的。总之，多卷《红旗谱》塑造了众多给读者留下鲜明深刻印象的人物形象，这是其主要成就所在。

《红旗谱》还提供了丰富的表现艺术经验。它在艺术结构方面提供了成功的经验。艺术结构是深刻表达创作意图、突现人物形象、强化艺术魅力的重要手段。长篇小说的艺术结构更为艰难，往往要耗费大量心血。《红旗谱》的艺术结构并不错综复杂，实质上只是由当时社会上的两对基本矛盾——农民同封建压迫者的矛盾和中国面对侵略的民族矛盾构成。所描写的基本情节也不繁多，主要写了朱老巩大闹柳树林、朱老明领头三打官司、反割头税运动、改造李霜泗武装、高蠡暴动、抗日救亡斗争等几大事件，可以说情节及线索相当集中而单纯，但它却有分量，有广度和深度，有气魄，有魅力。它严谨地遵循着叙事性作品的一般创作原则，即依据表达创作意图的需要和以表现人物形象为中心来布局情节结构。这点在

第一部里表现得尤为突出，它通过情节的着意安排，刻画了众多人物，深刻地揭示了中国农民革命由自发反抗到自觉斗争的历史性转折，形象地指出了旧中国农民求解放的必由之路。它把由冀中平原上的城乡斗争所构成的具体故事情节，置于风云变幻的广阔而纵深的历史时代背景上去展开。第一部首章为情节结构的序幕，置于辛亥革命前夜的时代背景上描写。当时，封建势力虽然处于优势地位，但社会上，不仅具有民主要求的民族资产阶级和小资产阶级汇聚成了推翻清皇朝统治的斗争，而且农民的反抗情绪，已积压到一触即发的饱和程度，只不过依旧处于散沙状态，反抗的方式依然颇为陈旧而落后，因而摆脱不了悲剧结局。二至十三章，置于辛亥革命后军阀混战的血泪淋淋的历史背景上，虽然已打出民国旗号，但广大国土上兵祸连年，生活日苦，苛捐杂税，负担日重；穷哥们儿吃尽了军阀统治的苦头，锁井镇便是当时社会的缩影。十四至二十五章，以1924年国共合作至1927年大革命失败为历史背景，不仅通过中共地下工作者贾湘农活动的描写，让读者见到了在大革命风暴即将卷起的年代，共产党人如何在北国农村播下革命种子，而且通过朱严两家喜怒哀乐的描写，让读者看到：当大革命胜利发展之时，穷苦大众怎样欢欣鼓舞，而当失败之后，又怎样惨遭苦难，陷入渺茫，真实地再现了历史面貌。二十六至四十章，写中共党人领导下的反割头税运动，时值1929年秋至1930年夏，以第二次国内革命战争时期为背景，此时，南方红色根据地获得发展，北方虽然白色恐怖严重，但中共地下党已深入农村，革命力量有所积蓄壮大，农民走上了崭新的反抗道路，赢得了初步胜利，显示了北国农村革命的发展。《红旗谱》第四十一到五十九章，以及《播火记》《烽烟图》，则通过二师学潮、高蠡暴动、卢沟桥事变等情节的描写，直接再现了九一八事变后，民族民主革命蓬勃兴起的时代风貌。这样，冀中平原上的城乡斗争故事的发展，同当时整个中国革命的历史脉搏相关联，符合历史时代变化发展的进程，不仅使读者形象生动地了解到富于地方特色的冀中平原上的实际生活和斗争，而且让读者感受到当时整个革命时代的气息和脉搏，看到广阔的历史面貌，从而增加了小说的内涵、广度和深度，提高了它的史诗价值。同时它那有张有弛、波澜起伏的结构艺术也很成功。它将动人心魄的激烈斗争生活和富于情趣的民间日常生活、田园生活、学校生活以至爱情生活，自然而然地交替展开描写，成败相间，悲喜交错，跌宕起伏，波浪形地展开，形成婉约和豪放的交叉与融合，从而增强了艺术吸引力。

《红旗谱》在人物形象的塑造艺术上，也提供了许多可供借鉴的经验。人物形象的时代性、代表性和独特性的有机结合，是人物塑造成功的基本因素。人物不具备其所处时代的特征，即从根本上失去了真实性；无广泛的代表性，就会缺乏深广的社会意义；而欠缺独特性，便丧失了鲜明性、生动性。人物总是生活在一定的时代和社会环境里，人物基本性格特征的形成，无不受着特定时代和社会环境的制约，因此成功的艺术形象系列，便成为一定社会和时代的缩影。《红旗谱》正是在人物所处的社会环境、时代环境同一系列人物性格的真实地结合上，做得相当出色。其中，作为不同时代阶段的代表人物的朱老巩、朱老明、朱老忠、江涛等的思想性格，都鲜明地烙上了特定历史时期的印记。朱老巩是清末时代朱家门下第一个自发地站出来，同封建势力拼命的悲剧性的古朴的农民英雄，而当衙门前挂上了民国旗号以后，朱老明面对不平则同冯兰池打官司，幻想依靠封建衙门解除不平，这种斗争方式及思想特征，同朱老明所处的特定时代和社会环境吻合。同样，只有在中共诞生以后的革命年代里，朱老忠的思想性格才能有质的发展，江涛才能以全新的战略策略投入斗争。总之，他们都是特定时代和特定社会环境的产儿。《红旗谱》不但重视人物时代特征的真实揭示，还注意展示人物的代表性和独特性。朱老巩、朱老忠、贾湘农、严知孝、冯兰池等各具代表意义。百人百性，现实中的人，由于社会地位、经济状况、生活阅历、思想观点、家庭影响、长幼性别的差别，必然各具特性。作者笔下那批农民形象，既具有旧时代农民阶级的共同特征，也各具独特性。不仅祖、父、子三代人物，如朱老巩、朱老忠、朱大贵，严老祥、严志和、严江涛等性格各异，即使同辈人物之间，如严运涛、朱大贵、严江涛、冯春兰等，也有明显差异。严运涛沉稳持重，朱大贵憨直敢为，严江涛机敏多思，冯春兰单纯爽直坚贞泼辣。正是凭借一系列人物的个性化活动，构成了小说中丰富多彩的社会生活图景。处在现实生活中的人们，可以在非凡的斗争生活中显示自己的真正性格，也可以在风平浪静的生活环境里表现自己性格的各方面，文艺作品也常从这两方面刻画人物，《红旗谱》两者兼而用之。它所描写的大闹柳树林、三打官司、反割头税运动、二师学潮、高蠡暴动等，都是社会的尖锐矛盾和冲突，在这些激烈的矛盾冲突中，被卷入的人物的本质性格特征都逐一得以突出表现；而同时，朱老忠从关外回乡后，怎样在严家团聚进餐，怎样对待穷哥们儿的生活困难，怎样迎接由“宝地”干活儿回来而临近家门的运涛兄弟吃午饭，而穷哥们儿又怎样为朱老忠盖新房，以及春节风习，耪地，青年男女捕鸟、热恋等富于情趣的日常生活的描写，同样刻画与丰富了人物的思想性格。正是通过这两种生活的自然地交替描写，创造了鲜明、生动、血肉丰满的人物形象群。《红旗谱》还突出地运用了对比的艺术手段刻画人物。诸如严志和同朱老忠，江涛同张嘉庆，冯兰池同冯贵堂等，都在互为衬托对比中显出性格的独特性。严志和同朱老忠甚至连体形和外貌都相映成趣，前者长身腰，满脸连鬓胡髭，后者敦实个儿，短胡子；在个性上，朱老忠打小倔强，敢说敢干，严志和自来软弱，安分守己，甚至逆来顺受，是反抗性与软弱性双重性格的结合。江涛和张嘉庆也形成鲜明对比，江涛文静多思，柔中有刚，谨慎细致，显得稳重而成熟，张嘉庆性格莽撞，勇过于谋，粗心寡虑，长期显得浮躁而幼稚。冯家父子也恰成对照，冯兰池是顽固守旧的封建老疙瘩，而冯贵堂则染上了浓重的资本主义色彩，一度信奉西方资产阶级改良主义，向往西方资产阶级民主政治，主张实施西方资本主义的剥削方式。对比，是《红旗谱》使不同性格鲜明化的重要艺术手段。《红旗谱》还成功地运用了性格化言行来刻画人物。作者着重将人物怎么说，怎么做，具体详尽地描述出来。例如，开卷第一章，朱老巩一听得冯兰池要砸古钟灭口，霸占官产，立刻愤愤不平，巴掌拍得呱呱响，又是连声跺脚，又是牙齿打着得得，成天价喊进喊出："和狗日的们干！和狗日的们干！"而且，连夜把铡刀磨得雪亮。而严老祥则扬起下巴，眨巴着眼睛，愣了半天才认识到冯兰池的图谋，接着只一个劲儿低沉着头，"下巴拄在胸脯上"，翻来覆去思虑了很久，才猛然抬起头说："可谁又管得了？"当朱老巩响亮地说他"就要管管"的时候，严老祥张开两条长胳膊往天上一挥一扬地说："管什么？说说算了，打官司又打不过人家。冯兰池年纪轻轻就是有名的刀笔。咱庄稼脑瓜子，能碰过人家？"此时，老祥大娘则低头耷脑坐在台阶上对朱老巩说："老巩！算了吧，忍了这个肚里疼吧！咱小人家小主，不是咱自个儿事情，管的那么宽了干吗？"而似乎一生都提心吊胆地走在独木桥上的朱全富，则是趁临夜的时刻，将朱老巩拽到门楼下，掩好大门，猫下腰，无声地合了一下掌，才悄悄说："天爷！你捅那个马蜂窝儿干吗？我知道你爹，你爷爷，几辈子都窝着脖子活过来，躲还躲不及，能招事惹非？哪有按着脑袋往火坑里钻的？"显而易见，一个刚硬，敏锐，一个迟钝，容忍，一个取一般农妇之见，一个胆小，软善，各自都用言行把独特的思想性格显现于读者眼前了。作者总是这样，力图独具匠心地写出人物在特定情境下特有的言行。性格刚强的人物也有温和的时候，性格柔和的人物也有激怒之时，人物的思想性格是复杂多变的。作者能够依据人物的不同情境遣用语言，或激烈慷慨、磅礴悲壮，或轻松委婉、清新明快。大凡人物对话、情节叙述、景物描画、议论点染，都力求为刻画人物思想性格服务，这是《红旗谱》能够成功地塑造出众多人物的重要艺术因素。

《红旗谱》绘制的是民族色彩浓郁的历史画卷。鲜明的民族风格是它艺术成就的重要方面。它首先从内容这一决定性方面奠定了民族风格的基础。作品描写的主要情节都是20世纪30年代前后中国社会生活中的真实事件。作者亲身“经历了反割头税运动及二师学潮斗争，亲眼看到‘四一二’政变及高蠡暴动”（见《作家谈创作经验·漫谈〈红旗谱〉的创作》，中国青年出版社1959年版）。这些运动，都是特定时代里中国式的群众斗争，带有鲜明的民族特色，小说对这些发生于中华民族土地上的斗争史实的描写，同冀中区域的通常民间生活、风土人情、乡土气息的再现水乳交融，这就从富于地方特色的民族生活内容和斗争内容上，奠定了民族风格的基础。小说民族风格的另一基础是一批具有民族性格特点的人物形象。书中的许多农民形象，都具有勤劳俭朴、刻苦耐劳、热爱故土的民族品格。其中，或者将勇敢善良兼于一身，遇有不平，面对邪恶，敢于挺身而出，或者继承着重然诺、讲义气、救困扶危、同舟共济、和睦相处的传统美德，或者仍被在漫长的中国封建社会中形成的伦理观念所束缚，保留着中国一般传统农民的民族感情、民族习惯、民族心理状态。特别是语言的民族化特色是它民族风格的重要标志。全书多是朴实生动的短句、大众化的口语或流行在当地群众生活中的富于泥土气息的很有表现力的方言土语，见不到“文人”的语言腔调和欧化的语言格式。在章法上，小说虽未采用传统的章回形式，但在组织情节时，仍相当注意体现中国古典小说在情节安排上讲究故事性的传统特点。它注重故事的连贯性、完整性，多依据事件发展的时序，作真切入微的细腻描述，即使描写运涛和江涛耪地，也让运涛边耪地边讲锁井发大水的故事。可以说，全书大都由大小的故事构成。凡此种种，都是构成《红旗谱》民族风格的因素。

比较而言，是否会多少产生这样的阅读感觉：第二部《播火记》对人物命运历程的叙述是否胜过对人物性格的刻画，第三部的语言是否似不如前两部流畅？但多部曲《红旗谱》终不愧为在思想和艺术上取得了杰出成就的占据着显著地位的巨著。

第二章

同现实急骤变革脉搏共鸣

1

历史和现实向来是文学描写的重点领域，在新生活浪潮推涌下，一些小说家把创作的审美目光投向眼前的现实，相继创作出一批描绘 20 世纪 50 年代中国内地所有制急剧变革的长篇，形象地记载着当年接踵而至的变革历程。

擅长描写农村生活和刻画农民形象的赵树理出身于山西沁水县尉迟村的穷苦家庭，1928 年在山西长治市第四师范学校初级班上学期间即爱好并尝试诗歌及小说的创作，毕业后曾任乡村小学教师。1937 年全面抗战爆发后加入革命队伍，并于同年加入中共。新中国成立后进京先后任《说说唱唱》《曲艺》主编及《人民文学》期刊编委，毕生致力倡导与努力从事大众文艺，一贯以严谨的现实主义态度进行创作，广阔的农村社会现实是他提炼作品的源泉，他自觉、认真地深入农村，坚持写自己在农村生活中真实感受到的东西。他在新中国成立后创作的最早反映中国内地农业合作化的长篇小说《三里湾》(14 万 9 千字，载《人民文学》1955 年第 1 至第 4 期，通俗读物出版社 1955 年版)，再现了当年合作化初期山西农村社会的人生面貌，通过三里湾农业社秋收、扩社、整社、开渠等大小事件的描写，让读者形象地看到了当年农村各阶层的农民们对农业合作化运动的不同心态及实际表现，意在揭示合作化思想同小生产意识的尖锐矛盾冲突，宣传农业合作化既是经济制度革命，也是意识观念革命的思想。

赵树理几乎把全部创作激情献给了心爱的农民，他笔下的农民形象多种多样，栩栩如生。在《三里湾》里，他通过描写家庭纠纷、恋爱婚姻的离合、思想道德与行为的变化，具体生动地刻画了处在变革浪潮中的各色人等。其中，既塑造出了一批积极投身合作化的先进人物，也塑造出了一批落后人物。从其所要表达的创作主旨而论，主要描写了王金生、范登高、袁天成、马多寿(糊涂涂)四个家庭里的成员。王金生是党支书兼农业合作社副主任，是站在合作化运动最前列的先进人物的代表；早在抗战年代就入党的老村长范登高私有制观念严重，属于自发倾向在党内的主要代表；袁天成则属于“两只脚踏在两条道路上”的一般落后党员，他被老婆“能不够”拉着后腿而又不肯去主动挣脱；而属于富裕中农的马多寿，则是相当保守、自私的小农私有者落后人物的代表。小说实质上所显示的就是一批先进人物与一批落后人物由思想交锋与行为对立所构成的矛盾冲突与冲突结局。赵树理笔下并非不擅长刻画农民中的先进人物，如王金生、王玉生(农业技术革新能手)、范灵芝(回乡知识青年)等，都是能给人留下独特印象的，但比较而论，他似乎对落后的旧人物更熟悉一些，其笔下刻画得更生动更出色的还是那种因袭着精神负担由落后到转变的中间人物、转化人物，糊涂涂就是带有典型性的一例。糊涂涂是绰号，真名叫马多寿。这个绰号是不雅的，糊涂就是不明事理，人们常用“糊涂虫”指喻不明事理的人，这一绰号的被选中，无疑是蕴含着赵树理的思想感情的。所谓马多寿糊涂，只能说他在入社问题上是糊涂的；实际上他并不糊涂，他在自个发家的问题上是一点也不糊涂的；可以说他是俗语所说的那种揣着明白装糊涂的人。一心想自个发家致富，一度拒绝入农业社，只日夜谋划着搞好个体经济，这是赵树理笔下的马多寿最基本的思想性格特征。他原是老中农，但在三里湾却属富裕户，由于家业比别人大，有较好的经济基础与实力，因此总企图一马当先地往新富农的方向奔。世上的人各色各样，有的损人不一定利己；而马多寿不仅为利己损人，而且总谋算着剥削别人，认为剥削得越多越好。他那铁算盘是很厉害的，例如他参加互助组，目的在于凭自己比别人雄厚的生产资料去剥削组员们的劳动力，进而让组员们都像他一样抵制或拒绝入社，以维持住马家在三里湾的优势地位。在合作化的年代，他严格而巧妙地管制下的马家大院，仍属一个世袭的以封建个体经济为基础的典型的坚固的实体模型；为了防备合作化的思想气息有一丝一毫吹进马家大院，他成天关紧马家大院的那两扇大门，小说第六节这样描写道："马家的规矩与别家不同：三里湾是个老解放区，自从经过土改，根本没有小偷，有好多院子根本没有关大门，就是有大门的，也不过到了睡觉时候，把搭子扣上防个狼，只有马多寿家把关锁门户看得特别重要——只要天一黑，不论有几口人还没有回来，总先把门搭子扣上，然后回来一个开一次，等到最后的一个回来以后，负责开门的人须得把上下两道栓关好，再上上碗口粗的腰栓，打上个像道士帽子的木楔子，顶上个连榾榾柮刨起来的顶门杈。"同时，还总是在门口弄上忌生人的红布，还一直养着凶猛而好咬人的大狗日夜守着，而且极严厉地实行着封建家长制。马家大院的一切，都得由他决断，各房费用一概由他掌管；女人们只有劳动的义务，没有参事、议事的权利和地位；公婆的鞋袜衣服均由各房分担；三儿媳陈菊英不但不能分出去过，还要像长工一样受虐待；四儿子马有翼同王玉梅的婚恋自主权也受到他的无理干涉，甚至逼迫马有翼同狭隘自私的袁小俊结婚；总之，他把整个马家人的民主、自由、言论的权利，都紧紧地控制在自己的手心里，要么成为他忠实、得力的帮手，要么成为他和他老婆常有理严厉控制、压迫的对象。同时他更是在很长一段时间里都站在合作化的对立面，为抵制扩社和开渠，他死守自己“刀把上”那块地，在 1952 年秋天里，三里湾农业社决定扩社和修水渠，修渠时必须经过他家那块“刀把上”地；社里派人同他一再商量，或者拿地换地，或者花钱把他家那块地买过来，这些公平合理的做法，他都一概拒绝；不但拒绝，还让他老婆常有理向县人民法院“告状”，夫妻俩为阻止三里湾农业社的发展，一唱一和，在一段时间里闹得不可开交。但由于合作化运动的宣传、声势、影响越来越大，他对马家人的管制也越来越不灵了，他既不能以过去那种威严阻止他那四儿子马有翼起来“革命”，也不能始终压制三儿媳陈菊英在合作化潮流汹涌下的觉醒与进步，更不能阻挡受到革命思想洗礼的二儿子马有福把马家闹分家时分到自己名下的“刀把上”地献给农业社的举动。无奈之下，他经过反复盘算，确认自己入社后竟确实能多得九石四斗粮食的实利，才随汹涌的合作化高潮的大势入了农业社。在赵树理笔下的马多寿，实际上是由于大势所逼和利害原因才裹进了合作化的热潮的。马多寿形象的塑造使命，在于表明：合作化的发展趋势是不可抗拒和阻挡的，合作化思想终究是要战胜狭隘的守旧思想的。

糊涂涂是在生活原型基础上进行典型化的结果。赵树理说：“如果有人问我：《三里湾》中的‘糊涂涂’是根据哪个人做架子写的？那我答不上来，因为中国农村里有‘糊涂涂’性格的人很多，说占农村人口百分之五六决不夸大，不过他们不完全是‘糊涂涂’，只是带有‘糊涂涂’的性格。至于哪个‘糊涂涂’才是最像书中的‘糊涂涂’，做这书中‘糊涂涂’做过的事情，我就一点也记不起来了。”（《和工人习作者谈写作》，《人民文学》1958 年第 5 期）赵树理除在生活原型基础上对糊涂涂进行典型化外，还致力于有分寸地揭示糊涂涂思想性格的本质。一方面，他属保守、自私、落后的小私有者，他要维持的是那种封闭型的守旧落后家庭的封建秩序，要巩固的是个体经营的小农方式；但另一方面，他又绝非顽固不化的分子，他始终没有越出人民内部矛盾的范畴，属于需要进行合作化教育而使之思想觉悟获得进步与提高的一类农民，这种艺术分寸的把握是否该是出色刻画糊涂涂形象的重要因素？

赵树理历来以广大农民喜闻乐见为自己创作的理想目标，对作品的民族化、大众化作了毕生探索。作为他新中国成立后创作成就标志之一的《三里湾》，也以具有鲜明的民族化、大众化的风格为突出特色。这从人物描写、章法结构和语言特色等方面都明显表现出来。它注重传统表现艺术的运用，讲究白描手法，不渲染，去粉饰，重简洁，不像外国小说那样喜好孤立、静止地描写人物的心理、肖像和景物环境，而是力求描情状物融合于故事的叙述之中，着重凭借人物富有特征性的行动、对话以及由通常生活事件、丰富的生活细节所构成的有头有尾的故事的生动叙述，来表现人物的思想性格，将人物言行、生活细节和风趣的故事交融在一起，而且前后连贯，来龙去脉清晰，特别符合中国农民的欣赏习惯。它还注意采用相互映衬烘托的方法表现人物，在人物相互关系中，彼此进行描写，而极少使用单纯概括介绍的方法。它的语言明白晓畅，生动活泼，通俗风趣，口语化，个性化，生活化。正是由于作者以生动的村言俚语，带着微笑，情趣盎然地去描绘农村社会的家庭生活、劳动生活、爱情生活以及落后面等等，因此散发出浓郁的农村生活气息，也保持着作者原来创作风格中的健康、幽默、乐观的情调，因而更为农村老百姓所喜闻乐见，更显现出民族化、大众化的特色。

2

周立波也擅长描写中国农村生活和刻画中国农民形象。他是湖南益阳人，1932年于上海加入中国左翼作家联盟，1937年全面抗战爆发后到达晋察冀边区投身抗战活动，第三次国内革命战争期间深入东北农村土改生活，并于1947年至1948年创作了代表性长篇《暴风骤雨》，新中国成立后在开展合作化运动年代回到家乡益阳深入生活达10年之久，后完成了长篇《山乡巨变》，它分上下两篇（共49章，41万多字），上篇从1955年初冬一个风和日暖的下午写起，直写到1956年元旦清溪乡5个初级社联合召开成立大会；下篇从1956年春节后太阳还没有出来的一个清冷的早晨写起，写到同年夏季获得农业大丰收。周立波怀着热忱带着微笑描写了当年农村社会生活中的真善美，描写了一个穷僻山乡在合作化运动过程中的巨变，实质上也就是描写了中国农村废除几千年的生产资料私有制和建立集体所有制的历程，歌颂以公有制代替私有制的变革，同时表现了广大农民在变革激流中的人际关系、思想波澜、心理状态、精神面貌。

小说依据生活的本来面貌，恰如其分地刻画了20世纪50年代农村社会中的各种人们。一揭卷，青年女干部邓秀梅就活现在合作化的声浪中，她由从未见过世面的山乡姑娘而迅速成长为了农村工作干部，她严格遵照上级指示，下乡蹲点，一次次按上级部署开会，组织干群讨论，反复宣传、串联，挨家挨户打通思想，积极推动合作化运动，年纪轻轻就很自信地独当一面，让许多山乡男女青年打心底里暗暗羡慕她。邓秀梅传统本色不变，吃苦耐劳，乐观风趣，在工作中特别注意维护农村妇女的利益，农妇们都很喜欢她。她干起工作来更是悉心尽力，雷厉风行，不畏挫折，敢于决断，而且俗话、粗话、细话都能说，因而在同群众打交道中如鱼得水，打得开局面；在她与农村干部“不停息的奔忙下”，她所负责的清溪乡在短短一个月里终于达到了百分之七十的农户申请入社的指标，不折不扣地按上头规定的各项标准建成了常青农业社。显然，周立波笔下的邓秀梅是当年的指导思想、农村政策和传统作风的体现者，是一位富有青春活力和社会主义事业心的农村青年妇女干部。小说中的刘雨生则是 20 世纪 50 年代在合作化潮流日益汹涌下才逐步觉悟过来跟着尽心尽力搞互助合作的农村基层青年干部形象。小说赋予他的明显外表特征是“近瞅子”（近视眼），最初，他对互助合作“有点犹豫”，甚至在运动过程中曾“心灰意冷”过，后来高潮迅猛涌到眼前来，才慢慢打定主意：“不能落后，只许争先。”让他担任高级社社长后，他整天不是开会，就是不厌其烦地安排活路，东奔西走催人出工，简直忙得他夜不安枕，食觉乏味。最令读者难以忘却的，是他在双抢大忙里，动员未婚妻盛佳秀把准备办喜酒的大肥猪宰了给社员们改善生活；赶到新婚之夜，他还只身到社里巡视，心里惦念着社里稻谷的安全。显然，小说赋予他的显著思想性格特征就是忠厚朴实，勤恳苦干，克己奉公，任劳任怨，一心为社。邓秀梅和刘雨生是当年合作化运动中具有代表性的先进青年和积极分子。

小说中的盛佑亭则是被当年的合作化潮头裹挟着艰难地前进的老农形象。因为他的基本性格特点是面面糊糊，所以当地人就给了他一个亭面糊的绰号。他是位老贫农，是土改时的翻身户，既分得了田产、竹山，也分得了房屋，因此他对新社会满腔热爱，对政府深为感恩；他勤劳、质朴、心善、热情、好客、健谈，只是说起话来啰里啰唆，来回叨咕，以致有时因扯淡而耽误了正事；还有他那张嘴巴厉害得很，成天价气哼哼地骂这骂那，骂自己精心喂着的牛，骂自己养得好好的鸡，骂自己真心爱着的儿女，但无论对人还是牲口，“厉害总是放在嘴上”，因此久而久之，没有谁再怕他那张嘴，反而感到他那颗心善得十分可爱，更喜欢同他亲近了。在当年那是非、爱憎分明的浓厚氛围中，盛佑亭依然用他那颗传统的善心去看待周围的一切，对周围的人们一律充满善意和信任，在吃喝方面更是不论先进和落后，也不论阶级阵线。别的老贫农都以自己是老贫农而充满自豪感，而他却很怕别人知道自己是土改时才翻身的老贫农而被人看不起。他还日夜敲打小算盘，公私念头常在心里打架，私心在灵魂深处经常作怪；身在互助组，但内心总认为那不过是“净扯皮”和“淘气”的事，因此互助组开会他十有八九不参加，偶尔参加了也是在别的厢房里打着震耳的鼾声睡觉。当办农业社的高潮迅猛涌来的时候，虽然他也乐呵呵地随着大伙申请入了社，但却是背着惧怕自家的私产归公的沉重的心理和精神包袱加入的。他的面糊特性常是同利己的思想与行为结合在一起的，在农业社成立前，叫他挑一担地瓜到集上卖钱后买回庆祝农业社成立时放的鞭炮，他竟然把钱拿去喝酒了，以致误了买鞭炮的正事，醉醺醺回家后，他老婆狠心卖掉一只正生蛋的老母鸡才把钱还上。在常青社成立后的热火朝天的日子里，小说才描写了盛佑亭的思想的变化，自私自利的思想逐渐减少，以社为家的行为有所增多；他是当年那种怀有私心杂念、重实利重利己、一时不大乐意入社，然而又不能不及时提出申请而最终被合作化潮流裹挟着行进并使思想观念和精神面貌有了改观的老农的代表；这一富于独特性、复杂性、生动性的艺术形象，是周立波当年生活体验深刻、独到的体现，他对当年处在急剧变革中的老农的观察、研究、分析是细致入微的，深入内心的。这一艺术形象的塑造，有助于把特定的时代风貌更全面、更透彻地展现出来，具有独特的艺术价值与地位。

小说中的李月辉是寄托周立波思想情感的重要人物。推动清溪乡合作化的关键人物邓秀梅，只在《山乡巨变》的正篇中占据核心地位、主导地位，在续篇中则未出现；而李月辉却是贯穿全书的中心人物，他亲身经历和切实管理着当地消灭生产资料私有制和建立初级社、高级社的全过程。

因此研读《山乡巨变》时，不剖析李月辉形象，就不可能真正完整地理解其思想和艺术，李月辉形象在《山乡巨变》中占有举足轻重的地位。

小说着重描写李月辉在特定历史潮流中的种种表现。在整个描写中，显出了李月辉的许多优良品质，他为人厚道，平易和蔼，待人宽厚谦和；由于他慈善、耐心、可亲、细致，当地人给他一个“婆婆子”的称号。他干事沉稳持重，注重实际，讲求实效，体谅民情；不重个人荣辱得失，经得起批评、委屈，只晓得凭着自己真实的感觉和实际的觉悟勤勤恳恳、踏踏实实地去做。小说赋予他的最突出特征，在于思想上和行动上没有“左”的色彩。他是清溪乡党支部书记，在群众中有威信，当地的人们说他是说话算数的人物。在合作化运动初期，他经手砍掉了陈大春的“自发社”，因而他犯过“右倾错误”，做过检讨。清溪乡无人不知李月辉犯过“右倾错误”，似乎连牛都知道，有一次犁田，李月辉一个劲儿赶牛，但牛不走，却一个劲儿地往右边回头斜视李月辉。人畜共知，可见李月辉当时遭到批评的声势是不小的。虽然他做完检讨后仍继续尽力挑着经营管理大规模集体生产的重担，但他对农业合作化的“总主意”是：“社会主义是好路，也是长路，中央规定十五年，急什么呢？还有十二年。从容干好事，性急出岔子。三条路走中间一条，最稳当了。”还说：“像我这样的人是檀木雕的菩萨，灵是不灵，就是稳。”他这番话表明他并非不赞成合作化运动和社会主义道路，只是认为不宜性急，而必须稳妥。避急求稳是李月辉思想性格的基础，实质上他是主张“反急反左”的，他在合作化初期所犯的“右倾错误”——砍掉陈大春的“自发社”与他“反急反左”的思想基础有极大关系。陈大春当时曾讥笑他是“小脚女人”，他不在乎，说：“小脚女人还不也是人？”别人当着他的面告盛佑亭因害怕私产归公而砍土改时分得的楠竹上街卖时，他说：“砍几根竹子，也是常事，人家是去换点油盐钱。”下乡蹲点的年轻女干部邓秀梅不满足于在短短一个月里，便不折不扣地按百分之五十的农户申请入社的指标建成了常青农业社的成绩，因而兴致勃勃地提出再苦干几天，以超过区委要求的指标数的主张。面对这种响亮主张，李月辉不盲目赞同，而明确主张“停顿一下”，说：“切记太冒，免得又纠偏。”对是否把中农都一股脑儿匆匆弄进农业社里的问题，他也主张不宜急躁勉强，而始终坚持真心自愿的原则。对那些不情愿入社的单干户，他从不歧视，对他们一直坚持实行“自愿互利”的政策。在小说续篇里，严格按照上级指示下乡蹲点积极推动合作化运动的邓秀梅已调走，而李月辉由小乡支书升任为大乡支书，他在主持大乡支部会时，常不忘捎带研究一下单干户的困难，反复指出农业社员跟单干农民的矛盾“没有你死我活的敌对的性质”；还常说：“不要看不起落后”，“天生的革命家是没有的”，“走得太快了不行，慢了又不对”。李月辉这些言行表明，他在潮流面前头脑是比较冷静的，他面对实际，脚踏实地，避急重稳，没有冒进的思想作风，不轻易为某种倾向所左右，是以没有“左”的色彩为主要思想性格特征的难能可贵的人物。在续篇中，李月辉同区委书记朱明形成鲜明对照，实际上是对朱明的简单急躁的思想作风的批评，而对李月辉的思想作风则是赞赏。应当说，赞赏党的指导思想和农村政策的体现者邓秀梅，是作者主观态度的形象表现；赞赏对合作化运动避急求稳的支书李月辉，也是作者主观态度的形象表现，而且可以说是一曲别具匠心的赞歌。

《山乡巨变》是忠实于当年农村合作化时期生活现实的现实主义作品，它如实地表现了当时农村人们各不相同的愿望、心理与态度。“有田大家作，有饭大家吃”，“人多力量大，柴多火焰高”，增了粮食，共同富裕，实现机械化、水利化、电气化，当年许多人们都抱着这样的美好愿望，但现实是连互助组都尚未巩固，合作化基础是相当薄弱的，农民们入社的动机、心理、态度很不一样。其中，积极申请入社的有鳏寡孤独，他们盼望得到社里的照顾，有好吃懒做的“懒鬼”，有的希望靠大伙的力量种两季稻，有的对合作化的发展前途抱怀疑态度，有的造出牛不能入社的谣言，有的怕入社不自由，有的舍不得自己的土地，有的怕搞不好“净扯皮”，有的是怀着不良动机而混入社的，有的刚集体申请入社就想退社。同时也存在经营管理等方面的问题，窝工现象严重，一个个都等着社长安排活路，否则就散了，但社长常白日黑夜开会，还有这样的场面描写：社长催着人们出工，但有的访亲戚去了，有的出门“赚外水”去了，有的在屋里打草鞋，有的到山里砍柴火，有的在园里翻菜土；收工时，有的撂下农具不管就溜了，在分配茶油时则吵起架来。小说中的此类描写该都是来自于当年生活本身的现实主义描写。小说在表现艺术上也独具特色，它着重通过描绘农村日常生活的图景来展现合作化浪潮对私有制和人们心灵的冲击。有的不断砍自家一直舍不得砍的楠竹到集上卖去了，有的要宰自家养得好好的耕牛了，有的向来不公开闹家庭矛盾的突然公开闹起家庭矛盾来了，一直相亲相爱的丈夫与堂客突然大闹特闹起“婚变”来了，如此等等。其通过广泛的日常生活的幽默风趣的描写，将面对合作化浪潮而产生的矛盾冲突引进农家生活的各个角落和农民们的心灵深处，使小说的描绘显得具体、细致、生动，富于生活实感与情趣。小说很注重渲染人物最独特的个性特征，如邓秀梅的朝气蓬勃，刘雨生的踏实本真，李月辉的缓性、稳当，陈大春的性急浮躁，盛淑君的爱闹爱笑等。因此，人物性格虽不十分丰满，但却极为鲜明，令人难忘。它还很注重使情节的组织安排服从于突现人物的独特性格，往往采用在某章里着重介绍、集中描写与刻画一两个人物的方法。如上篇“入乡”一章着重刻画邓秀梅和盛佑亭，“支书”一章着重刻画李月辉和邓秀梅，“面糊”一章着重描写盛佑亭及其家庭；而且整个描写与刻画都是着意选择最能显示人物特性的情节加以突现与渲染，让人物一个个活现出来。浓郁的乡土气息、生活情趣与栩栩如生的性格的水乳交融，是周立波后期文学创作的致力所在，也是其最具艺术价值之点，这同样集中体现在《山乡巨变》里；它生活气息浓郁，以生动描绘生活画面见长，着意于从广阔的农村社会里选择富于趣味的镜头，一个个场面描写中往往流露出花鼓戏的风味，富于幽默感和泥土气息，如“淑君”“离婚”“回心”“竞赛”等章的描写。可以说，它对自然风物、衣食住行的描绘，几乎都带有浓厚的湖南山乡特色，那里的山青翠欲滴，茶花娇妍秀丽，楠竹刚健挺拔，雨声淅淅沥沥，雷声由隐而隆；那里的山乡姑娘打辫子，中年妇女戴耳环，老年妇女梳粑粑头，手腕上戴玉钏，一派南国山乡风情。小说还注意对湖南山乡土语的适当运用，如对姑娘叫细妹子，小儿子叫满崽，老婆叫堂客，父亲叫爷爷。如此之类的描写，都有助于渲染出浓郁的南国地方特色，造就其平易隽永、凝练自然、细腻明快、意趣盎然的独特艺术风格。

3

柳青的生活与艺术的积累都相当深厚。他是陕西省吴堡县寺沟村人，1934 年在西安读高中时就开始尝试小说创作；1936 年即以柳青笔名（原名刘蕴华）在《中学生文艺季刊》上发表处女作《待车》。1938 年到延安，1943 年至 1946 年在陕北米脂县民丰区三乡任乡政府文书，后根据此段生活积累，于 1947 年完成了处女长篇小说《种谷记》。1952 年 5 月他带领全家离开北京到陕西长安县皇甫村长期安家落户，突出显示他小说创作基本特色的长篇小说《创业史》（旧版）即诞生于其落户期间。原计划写四部，但只完成了两部。第一部从 1954 年动笔到 1960 年问世，勤奋地耕耘了 6 年左右的时间，其间曾四易其稿；着重写互助组的建立、巩固与发展的过程，由题叙、正文三十章和结局三部分组成，既描写了广大贫苦农民在旧社会的劳苦史、饥饿史、屈辱史，也歌颂了贫苦农民走互助合作道路的热情，意在表明只有在新社会的合作化道路上才能真正开始农村的创业史。第二部着重写灯塔初级农业社的成立，但尚未获得巩固，进一步描写了农业合作化的艰难历程和新出现的困难与复杂的矛盾冲突。第二部第十八至第二十八章未及修改，柳青即于 1978 年 6 月 13 日不幸长逝，葬于皇甫村的神禾塬上。柳青生前说过："写第二部时，每一章的构思和写作时间很长，一般需要三四个月。"（见阎纲《小说创作谈·谈长篇小说的创作》，人民文学出版社 1980 年版）可见即便是未及修改的初稿，也是柳青苦心经营的结果。

《创业史》的主题十分鲜明，它集中描写中国内地广大农民在 20 世纪 50 年代初期如何实行互助合作，如何放弃私有制，如何由不接受到接受公有制的过程，描写他们放弃生产资料私有制而归入公有制的不同方式和复杂的心理状态。反映了急剧变革在中国内地广大农村究竟是如何发生与发展的，形象地记录了在那以土地为中心的生产资料由私有制到公有制的急剧的历史变革中，广大农村社会以及人们在思想上及心理上的复杂变化过程。

小说所描写的蛤蟆滩是个典型化了的小社会，可谓为 20 世纪 50 年代初期中国内地农村社会的缩影。蛤蟆滩的家庭矛盾、党内矛盾、社会矛盾、富裕户与贫困户的矛盾、人与人之间亲仇疏近的变化、爱情纠葛，都带有当时中国内地农村社会的基本特色。那里生活着不同类型的人们，既有几千年沿袭下来的习惯势力，也有生气勃勃的新道路的开创者，集中体现了当年各阶层的动态，展现出了合作化时期的种种矛盾。小说通过 1953 年春发生的生活事件的具体描写，形象地揭示了土改刚刚结束后的中国农村社会形势发展的复杂性和新特点。例如有的农民虽然分得了土地，但却因为缺少其他生产资料而无力耕种，有的很快卖掉了土地，有的则企图实行新的剥削，两极分化的苗头已冒出头。与此同时，小说通过互助组的发展和灯塔农业社的建立，又反映了中国农村社会发展的新趋向。这些正负面的社会生活图景的描写，便有代表性地构成了当时中国内地农村社会的基本面貌。特别是它在这种正反面的人生图景的描写中，以鲜明、强烈的倾向性歌颂了劳动致富、发展生产致富、协作致富的创业道路，歌颂了艰苦创业的精神，这不仅在20世纪50年代初期具有特殊意义，而且应当说在漫长的创建新业中都具有正面的重要意义。

《创业史》以刻画人物性格为中心，在文学艺术画廊里留下了一批带有20世纪50年代初期时代烙印的各具鲜明个性特征的农村人物形象，这是《创业史》最重要的艺术价值。例如对互助合作的迅速发展怀有恐惧心理的郭世富；脸色总像哭过一样沉重，但对互助合作死不变心，宁折不弯，又当爹又当妈的穷汉子高增福；被旧时代压弯了水蛇腰的任老四；长着一双扑闪扑闪的会说话的大眼睛，在婚姻和人生道路上有独自追求和打算的徐改霞；脾气有点倔的农村姑娘梁秀兰等，都能给读者留下难忘的印象。尤其是以强烈的激情塑造了站立在20世纪50年代初期的中国内地农村现实大地上的代表着当时农村社会发展趋势和体现着新的时代精神的先进人物梁生宝形象。从宏观上看，梁生宝所从事的主要活动就是创业。在旧时代，他成年后就怀有强烈的创立家业的理想和愿望，18岁在扛活中就精通了各种庄稼活路，并立下了创业之志。他先从治耕畜农具入手，把用五块硬洋买下的一条要死不活的小牛犊精心地喂养成了一条肥壮的大黄牛，并从破产农户手里置下几样必要的农具，又从吕二手里租下28亩稻地；之后，一家子勤俭地豁出命去干，一家全年不吃盐，不点灯，省吃俭用；在最紧张的夏忙季节，生宝从地里回来，一定得蹲在铺着被子的炕上吃饭，否则吃饭中间一瞌睡，碗就会从手里掉在地上被打碎……一家人就这样拼命地奋斗着，然而一年又一年地都遭到了破产，他同继父梁三拼死拼活地创立家业的愿望无法实现。在新时代，梁生宝成为在时代激流中坚定地紧跟着政府的农村政策率领群众走集体创业道路的先进人物，从具体的所作所为来说，他主要是在新时代不遗余力地办两件大事，一是组织互助组，二是试办灯塔农业初级社。党和政府的号召、嘱咐、引导，是梁生宝走上互助合作道路的决定因素，他是在全县开了互助组长代表会和县委杨副书记同他单独谈了一回话后，才积极响应号召和走上互助合作道路的。在走互助合作道路的过程中，小说写了他几次出色的举动，一是在许多贫困农户眼看就要揭不开锅而挨饿的时候，他在政府有关部门的支持下，挺起腰杆，带领大伙进秦岭山脉割竹子捆扫帚卖，因而使贫困农户克服了饥荒；二是不辞劳苦地为大伙到外地换新稻种，使大伙的庄稼得到了丰收；三是搞科学育秧，搞科学种田，靠科学技术闹丰产；四是在初级社搞牲口合槽。一言以蔽之，在上级党和政府的教育帮助下，他的思想觉悟迅速提高，使他诚心诚意、全力以赴地展开了互助合作的集体创业活动。小说的情节描写显明，梁生宝是面对土改后农村社会形势发展的新特点而展开互助合作的创业活动的。土改后，有的农民虽然分得了土地，但却因缺少其他必要的生产资料或劳力而无法耕种，例如既当爹又当妈的高增福没有足以保证适时耕作的畜力；被旧时代压弯了水蛇腰的任老四拖着四个只能吃不能做的孩子，也无力适时耕种自己的土地。还有的很快就卖掉了刚分得的土地，例如鞋匠王跛子，一茬未耕种过就把分得的土地卖给了郭振山。有的则伺机实行新的剥削，搞剥削致富，例如郭世富趁春荒之机大放高利贷。这些现象说明，在土改后不久，蛤蟆滩就已经冒出了两极分化的苗头。这种建立在私有制基础上的两极分化现象，同 20 世纪 80 年代建立在公有制基础上的先富后富是根本不同的。先富后富的最终目标是共同富裕，而建立在私有制基础上的两极分化的结果，则将导致新的破产、新的剥削、新的压迫。梁生宝正是为避免产生新的破产、新的剥削与压迫而站出来的，因此应当说他一站出来就闪耀着特有的光彩。

梁生宝的思想面貌和精神面貌是崭新的。他有旧农民所不曾有的新道德观念，并且把新道德观念实实在在地体现到了实际行动上，这就使他在当年具有特殊的凝聚力。他的思想、精神、行动、人格，表现出几大崭新的带根本性的特点：一是具有高度的党的观念，具有党的路线、方针、政策的观念，这是他思想性格的主导方面。他常说："有党的领导，我慌啥?"他经常从县委杨副书记和区委王书记的谈话中吸取政策精神和思想力量。他按照党的政策正确地处理了栓栓等退组和白占魁入组的问题。蛤蟆滩人都知道白占魁是兵痞，是二流子，他的老婆翠娥烂脏，名声很臭，而且"两口子都不是爱劳动的玩意"，但他主动要求加入互助组，互助组组员多数都反对，而梁生宝从改造他们恶劣习性的目的出发，在请示了下堡乡卢支书并得到同意以后，还是吸收了白占魁一家入了互助组。无论对待退组还是入组的问题，梁生宝都认真坚持与贯彻入组自愿退组自由的政策，对组内的不同意见，始终坚持耐心等待和说服教育的政策精神，也很注意贯彻党的团结中农的政策，坚持用自己的实际行动和成功的事实达到教育他们的目的。柳青说："我要把梁生宝描写为党的忠实儿子。我认为这是当代英雄最基本、最有普遍性的性格特征。"（柳青：《提出几个问题来讨论》，《延河》1963 年 8 月号）小说的情节描写显明，梁生宝这种做"党的忠实儿子"的性格特征是具有坚实的人生基础的。他有孤苦漂泊的身世，原是渭北高原上被亡父丢下的可怜的四岁遗孤，在 1929 年陕西大饥荒的岁月为饥寒所迫，随着母亲——一个浑身上下满是补丁和烂棉絮的中年寡妇，像小乞丐一样，逃荒、流落到蛤蟆滩，而后才被死了前妻的壮年梁三将他们母子收养下而结为一家；他刚满 11 岁，为生活所迫就得给下堡村郭家河的富农看桃园，同时每日还得割牛草卖给没娃的庄稼人；及至 1940 年，当他由瘦骨伶仃的孩儿成长为 14 岁的少年时，就给下堡村吕二财东熬半拉子长工了；接着又被拉壮丁，好容易花钱赎回后还不得不躲进人烟罕见、野兽出没的终南山，成为不敢在平原上露面的“黑人”；这种饥饿、逃荒、受压迫剥削的生活经历，表明他打小就吃尽了旧社会的苦头。而新中国成立后，他一下子就跳出了苦海，因此他满怀深情地感恩新社会，满腔激情地跟党走和真心诚意地听政府的话。小说赋予梁生宝的第二大性格特征是立志变革已沿袭几千年的私有制，具有改变穷困面貌的强烈愿望，决心以艰苦奋斗的创业精神搞劳动致富，靠发展生产致富，靠协作起来共同致富。他扛着集体经济的旗帜，怀着使农村发生根本变化的现代农业的憧憬与信念，顽强地活跃在蛤蟆滩。在当年旧的私有制和刚萌芽的新的集体所有制的尖锐对立中，梁生宝那个经济基础、思想基础都很薄弱的互助组所面临的矛盾很多，遇到了重重阻力，经受着多方面的考验。富裕户郭世富对抗它；富农姚世杰破坏它；抱着沉重的私有制观念的梁三怀疑它；其互助组成员——留有清代小辫子的王二直杠和梁大老汉父子不是真心实意搞互助组的，他们人在组内而心在组外；穷困户任老四思想上是摇摆不定的；普通中农冯有义只要组里一遇到问题心就浮荡、动摇起来；熬长工出身的雇农郭锁常显出置上了牲口农具就退组的神气；坚定的积极分子只有17岁的欢喜（真名叫任志光，任老四哥哥任老三之子）和民兵队长冯有万；梁生宝就是在如此的个体小农经济的汪洋大海中搞互助组，因此互助组面临着一次又一次组员退组与闹分裂的问题，当八个组员只剩下三个时，梁生宝仍矢志不渝，信心百倍，他说：“三户就三户！三户也要实行计划！”“咱这互助组，就好比天旱时的一颗嫩苗苗。只要甭让它死了，有一场好雨，它就冒起来罗。”虽然他自己没有聚宝盆、摇钱树，但是他有带领大伙去创造聚宝盆、摇钱树的强烈心愿。在第二部里，1953年底，经过在渭原县互助合作训练班学习后，他又当了黄堡区第一个县级试办的农业生产合作社——灯塔农业社的主任，这时他还不到30岁，成日为社操劳，浑身是劲，集中全力抓生产，把增加社员收入放在首位，虽然他感到担子很重，但他还是怀着改变穷困面貌的强烈愿望一心带头走在集体创业的道路上。然而他经常面临的是农业社的各种各样的困难与矛盾，面临的是如何巩固合作社，如何真正拿出实际利益证明农业社的优越性的现实问题；而他对合作化道路上的艰难和曲折性却恰恰考虑得不多，这些都是柳青的现实主义描写。小说赋予梁生宝的第三大性格特点是一心为公，不谋私利，只讲奉献，不求索取，具有自我牺牲的公仆精神、奉献精神，具有勤勤恳恳地为大伙办事的艰苦创业精神。他为人老实、厚道、本分，做事兢兢业业，能吃苦耐劳，总是站在群众前头，脚踏实地带头苦干实干；如在办互助组时，他冒着雪去郭县为互助组买稻种，一路没有宿栈房，而睡在车站的地脚上过夜，而且一路精打细算，省吃俭用，吃饭时仅仅花五分钱买一碗汤面送下自家带去的馍就完事；买回稻种后又不计算互助组人们的一分一厘的盘费；在他的动机里，没有琐屑的个人欲望，他的所作所为的出发点不是个人利益，而唯有集体利益才是他行为的最高原则，也就是他总是为他人着想的人，而不是单为自己谋利的人，因此广大农民信得过他。小说赋予他的第四大性格特点是有一定的科学精神，有靠科技致富的头脑，同时在创业的实践面前，他始终是清醒的，坚定的。他并未忽略科技兴农、科学种田的思想和实践；他始终全力抓生产，以发展经济为重点，把增加收成、增加农民收入放在首位，把改变贫穷面貌放在首位；他始终没有采取政治批判会的方式，始终采取“和平竞赛”、经济竞赛的方式；在各种困难和压力下，他依然全力盯住集体的奋斗目标，孜孜不倦地谨慎地艰苦奋斗着，从未见他动摇过，即使他感到担子很沉重时，也还是不断勉励自己：“甭骄傲，甭任性，甭大意。”柳青说“八条绳也曳不转”他的决心。这些，便是柳青笔下的梁生宝思想性格的主导方面。此外，小说也写了梁生宝的爱情生活，他也是一位富有感情和很重感情的人物。他有一个未婚的童养媳，虽然看来他不是满心欢喜她，但当童养媳有病时，他还是真心实意地去给她买药治病，直至他的童养媳因病不治去世。此后，他的心坎上曾搁着徐改霞，他喜欢改霞富于表情的大眼睛，喜欢改霞说话很好听的声音，喜欢改霞走路很好看的身段和轻巧的脚步，更喜爱改霞的聪明、大方、热心和爱劳动；但是，当改霞向他表白爱情的时候，他却轻轻地推开了“紧靠着他，等他搂抱的改霞”，因为他当时担心会因私人生活问题分心而对合作化事业产生不良影响。而后，他才同他认为志同道合的竹园村刘淑良相爱，在爱情生活上柳青也让梁生宝从合作化大局出发去考虑。梁生宝形象具有鲜明的时代性，他是20世纪50年代中国内地互助合作运动中的先进农民的艺术典型，他的思想面貌和行为表现，同当年的时代思潮、时代风貌和农村政策要求大体是吻合的；他的性格、心理、思维方式与行为方式，是属于他所处的那个特定时代的，他的性格的决定因素是时代，他是特定时代的产儿。同时应当说，梁生宝这一艺术形象既是现实主义描写的产物，同时也是焕发着一定的浪漫主义色彩的；柳青是把他作为当年中国广大农村阵地上的理想人物来加以刻画与颂扬的，他把自己在现实生活中所见到的真实人物的优秀品质综合起来，把自己的热烈感情、生活理想和美好愿望以及特定时代的闪光精神，一并倾注到梁生宝的身心上；也就是说，梁生宝是从当年广阔的农村现实中提炼、概括、加工而创造出来的，他是一个富于鲜明特定时代特征的闪着浪漫主义色彩的具有导向与引领作用的典型性艺术人。

从苦难的旧创业道路上挣扎过来，逐步甩掉传统观念的包袱，艰难地痛苦地摇摆、蹒跚、转变到新的创业道路上的普通农民梁三老汉，是小说中另一个思想性格具有较高的丰富性、生动性和真实性的人物。

柳青笔下的梁三其人有非亦有是。他有很自私保守的一面，但他的性格并非都是坏的。他吃尽了旧社会的苦头，不喜欢旧社会。在旧社会，他狠命创业，先后创业三次，连着失败三次，从早到晚起早贪黑劳苦大半辈子，除了脖颈上留下一大块死肉疙瘩外，所得到的始终是饥饿史、屈辱史，始终“像土拨鼠一样悄悄地活着”，世代依旧只能充当生活的奴隶而一筹莫展。因此他早就切盼解放，欢迎土改，欢迎新社会，感恩使他获得了实利的共产党和人民政府。他同梁生宝一样，有改变穷困经济地位和凭自己的艰苦劳动创立家业的强烈愿望，盼望早日过上好日子。他这种愿望，不仅在旧社会就耿耿于怀，而且在土改后愈加强烈与迫切了。他顽强地主张利用新社会提供的优良创业条件，使自己的家迅速地富起来，以便向富裕户郭世富看齐。同时他为人勤劳、俭朴、善良、耿直，甚至每日清晨拾粪时，也不忘拾些柴火或破布一类破烂回来，高高兴兴地献给生宝妈；生宝的童养媳病重时，他也精心照顾；对自家那匹瞎了一只眼的大白母马，也总是非常心疼地细心喂养着。这些都不能纯粹归属为他的劣根性，而应当说是 20 世纪 50 年代初期中国内地老农的思想性格的典型表现。

在多重矛盾冲突中，柳青更突出地描写了梁三同梁生宝之间的矛盾冲突。对梁生宝，柳青是极力突现他的先进性，而对梁三，则是极力突现他甩掉传统观念包袱而蹒跚到新的创业道路上的艰难、痛苦的历程。梁三面对急剧变革的现实，内心深处是非常矛盾和痛苦的，他的自发性时高时低，新旧感情时起时伏，新旧意识在头脑里反复冲突着。他感激使他翻了身并获得了土地的共产党、新社会，可共产党很快又号召与引导他走互助合作的创业道路；他那继子梁生宝根本不听他的创业主张，而专听党和政府的，一心要克己奉公地领着大伙去创集体大业，这与他的自个发家的谋算以及他那狭隘、自私、保守的个体小农观念冲突得很厉害；他一方面对梁生宝为大伙“闹腾”十分反感，对梁生宝的所作所为持怀疑态度，对梁生宝讽刺、挖苦、找别扭，甚至故意作对，抱怨梁生宝不按他的发家蓝图去做，愤愤不平地认为梁生宝为别人奔忙是“傻瓜”行为。另一方面，他又不是站在敌对的立场上，坚决地、绝对地反对梁生宝，而主要是对新事物一时还有疑虑，更相信自己的一套，因此他同时又透过自己那双“小眼睛”，很担心地关注着梁生宝互助组的一举一动，他在互助合作创业上同梁生宝是既矛盾又统一的，柳青正是精确地描写了他这种既矛盾又统一的历程。他主要等待什么呢？他要等待事实，只有在事实面前他才信得过，他是那种信奉眼见为实的老农。他教训梁生宝应当把种地机器弄到手再“闹腾”，而不要“空吹”“空盘算”。后来当他眼睁睁地看到丰产的事实后，他才服了梁生宝，才跟着时代潮流小心翼翼地开始迈开了前进的步子，艰难地统一到了新的创业道路上，完成了由旧式农民向新型农民的过渡。在试办灯塔农业社时，总的来说他比搞互助组时痛快多了，虽然他在自家那匹独眼老白马最后要离开他那草棚院而合槽于初级社时，曾“忍受过一次难过”，但并没有暴露出抵触情绪，后来他还常到农业社那简陋的饲养棚里帮助照料牲口，表明他那衰老的躯体上，确实已慢慢增添了某种新的精神因素，确实已艰难地把脚跟移到了新的创业道路上，只不过他对“刚刚开头的新生活”照例“不那么适应”，同时心里想到的难处颇多，对前进道路的艰难、崎岖、曲折、不顺畅，有更多的思虑和担忧，依旧常为生宝整天忙乎的那些公事和生宝长期不放在心上的私事“发愁”“担心”，整天心事重重，以致睡不着觉。总之，怀疑—反感—苦闷—信服—参加—发愁—担心，这就是柳青笔下的处在 20 世纪 50 年代初期中国内地农村变革激流中的老农梁三老汉。

柳青笔下的梁三和梁生宝的思想性格中的核心因素都是创业，但究竟在何种所有制下创业，却是分歧的根本所在。梁三总企图沿袭老的创业道路一直走下去，中国几千年的历史发展证明，在私有制下的创业，大致有三种情况：或者是劳苦、饥饿，或者是导致新的剥削，或者是青黄不接的自给自足。在旧中国的农村社会中，后一种情况不占大多数；中间一种情况只占少数；头一种情况则是占绝大多数，梁三在旧社会的几代人的创业史即属于这头一种情况。在与梁生宝的对立中，柳青笔下的梁三的内心里究竟想着什么样的创业目标呢？柳青让梁三在荸荠田里挖荸荠时暴露过谋取放债利息和非常羡慕亲哥梁大老汉买地的思想与愿望，梁三如果不转化并创业成功的话，他是要加入像小说中所描写的地主杨大剥皮、吕二细鬼那样的剥削别人的行列的，这是柳青笔下的梁三内心深处的盘算与愿望，也是柳青否定梁三创业道路而让他必须转化的根本原因与理由。梁三是一个转化的小农典型，是很值得研讨的 20 世纪 50 年代初中国内地老一辈农业劳动者的艺术典型。

《创业史》是柳青积毕生心血浇灌成的艺术品，要了解柳青小说创作的艺术水准和借鉴他的艺术经验，需要读读他这部作品。在结构艺术上，《创业史》以中国农民究竟如何创业作为线索核心来构成其主要情节内容。第一部由“题叙”、正文三十章和“结局”三大部分组合为一个艺术整体。第二部由上卷十三章和下卷十五章构成。从 1954 年元旦大张旗鼓地宣传总路线写到 1954 年春节前后灯塔社的成立和全县召开总结建社经验大会为止。虽然它们只分别突出地描写了中国内地农村社会生活的小小阶段，即所有制变革前后的历史时刻，但并非孤立地去描写的。第一部凭借“题叙”将艺术笔触深入到了蛤蟆滩的过去，又用“结局”预示出了农村社会发展的趋向，而第二部则紧接着描绘了农村社会变革的现实，从而把中国农村社会的过去、现实和未来联结在一起，使作品结构规模显出了宏伟性。柳青在第一部安排“题叙”的主要意图，在于简述梁三爹、梁三和梁生宝祖孙三代在旧中国创业的苦难史、破产史，同时简要介绍主人公梁生宝孤苦漂泊的身世。无情的旧社会使梁生宝美好、强烈的创业心愿彻底落空，因而预示出新中国成立后他将离开旧创业道路而决心树立创办新业的志向的必然性。于是，便从历史渊源上，引出了小说情节内容的核心——

新旧创业道路的矛盾和冲突，从20世纪50年代初期那个特定社会生活的本质矛盾上揭开了故事开端，因而更有助于深化作品的立意，强化主要人物的塑造和突现主要人物的主导思想性格。小说不是以描写罕奇的题材、惊心动魄的大事件、宏阔壮伟的大场面和非凡的情节故事来取胜，也不是以情节结构的错综复杂、曲折巧妙来取胜，而是以择取围绕互助组和灯塔社的建立所发生的通常生活事件，绘制成一幅幅农村生活通俗画面来取胜。诸如郭世富的新屋架梁仪式，“活跃借贷”会，买稻种，分稻种，科学育秧，进山割竹捆扫帚，牲口合槽等。正是通过这些普通农村生活画面，鲜明地展现了处在所有制变革时期的中国内地农村社会错综复杂的历史面貌。第一部最后特设的“结局”和第二部结尾所描写的全县总结建社经验大会，都分别展示了新中国成立初年时代潮流的趋向。特别是它突出而成功地运用了心理描写的艺术手法，真切地袒露了处在变革中的各类人物的灵魂秘密，展现了各类人物各自独特的内心活动、内心矛盾、内心冲突，揭示了各类人物在相互关系及矛盾冲突中的复杂内心世界的发展变化，这成为其独特而真实地反映新旧所有制急剧交替时刻的特定时代特点和深刻而出色地刻画人物的重要艺术手段。它让读者看到，变革激流中的许多事件的矛盾、冲突都首先在人们的心底里展开，在互助合作时代蛤蟆滩社会生活中居于重要地位的梁生宝、郭振山、梁三老汉、郭世富等人的内心活动都很丰富与突出。其揭示人物心理的方式多种多样，或让人物自己直接袒露内心秘密，或采用作者直接与间接描述的方式，或通过对人物的动作和神态的描写来揭示，或通过人物的对话来表现，或用概括的笔法描写众多人物的普遍心理。不妨花点篇幅录下其中一小段具体描写吧：在小说第七章柳青描写了梁三老汉一家人在饭桌周围吃饭时的场面，一家子聚在桌边进餐本该是最融洽最顺和的时候，但是因此前早听说生宝按“先人后己”的原则分自己费尽心思才买回来的稻种给大伙，而结果弄得自家反而不够用了的事正窝着一肚子气的梁三老汉，故意吊下脸舀起一碗饭往小方桌边的矮凳上一坐下就撒气地说：“宝娃！这，你回来了。”梁生宝亲热地答应：“唔，爹，你说啥呢？”“我说，咱那荸荠啥时挖呢？”“就挖。等着用钱呢。买稻种拉下人家的账；还有，互助组马快要进山呀！”“我不管你进山不进山！反正，卖荸荠的钱，得给我使唤几块！”“你要几块？”“十块。”生宝笑了。这时，在一旁的生宝妈看他们爷儿俩的口气不顺和，就出头替生宝问梁三：“你要十块钱做啥哩？”梁三答道：“你甭管！我有用项！”“你做啥用呢？”“我的汗褂穿成马笼头了。……”“鸡下开蛋了。我预备拿鸡蛋钱，给你爷俩一人扯一个汗褂哩！”生宝妈的劝说是很温和的，但梁三却更别扭地带气嚷道：“不！鸡蛋甭卖！”“为啥哩？”“我要吃。”“你吃得了五个母鸡下的蛋吗？”“我早起冲得喝，晌午炒得吃，黑间煮得吃……”“你老人家舍得那样浪吃吗？”这时梁生宝忍不住呵呵笑着，梁三老汉抬起眼严肃地瞟了一眼生宝后更带气地说道：“我怎么舍不得？光你舍得？”生宝妈紧接着说：“你舍得，扯个汗褂也用不了十块钱呀！”生宝妈已有些不满意梁三这种一再挑衅的说法了，但梁三却反而让道：“你甭和我寻气！我给人家十块钱做啥？我那么傻？我在黄堡镇下馆子哩。”梁三老汉这么一说，儿子梁生宝、闺女梁秀兰都哈哈大笑了起来，生宝妈也忍不住笑了。梁三老汉仍是很不高兴，大声反问：“我不吃做啥？还想发家吗？发不成家罗！我也帮着你踢蹬吧！”以上所引的是柳青笔下的通常的生活场面描写，这些经过严谨艺术构思、艺术提炼后的描写，让读者看到了不同人物的思想、心理和性格。自家个体“发家”是梁三老汉心灵深处的核心，他内心对梁生宝不按照他的自家个体“发家”的计划去办感到愤懑、恼火。梁三老伴的心理状态则是既体贴着老汉，又更护着亲生儿子生宝。梁生宝则是一心舍己为公，一心谋划着如何在公有制基础上大伙一道致富。柳青在心理描写上确实费了苦心。人的内心活动颇为抽象，由于柳青采用了如上所述的多种方式进行描写，因而并未显得单调虚幻，而是使作品赢得了真切、独到的深度。总而言之，《创业史》（旧版）的主题是鲜明的，符合中国农村社会生活变化的实际，它记录了 20 世纪 50 年代初期的中国内地农民是如何放弃私有制，如何由不接受公有制到接受公有制的过程，让读者形象地看到了当年土地改革刚刚结束后的那个历史时期的中国内地农村社会的基本面貌；它歌颂了劳动致富、集体协作致富和靠发展生产致富的创业道路，歌颂了艰苦创业的精神；它留下了一批形形色色的具有当时时代特色的人物形象；它突出地运用了心理描写的艺术手法，致力于揭示人物在相互关系及矛盾冲突中的内心世界，为人们提供了艺术借鉴。

对任何事物都应采取历史唯物主义态度。农业题材的传统长篇小说在当年拥有广大读者，它们对中国内地特定时代的农村社会的新人、新事、新生活、新面貌充满激情，它们大体上是确立于作者们耳闻目睹的生活真实的基础之上，它们描摹了当年农村社会的现实生活，并非凭空臆造的主观精神的产物，它们所描写的人物是从特定时代的农村社会真实中提炼出来的，刻留着特定时代的烙印，是特定时代的产儿，透过他们可以认识特定时代的基本潮流和大体风貌。同时它们显出了作者们对当年的农村社会生活的深广积累和娴熟的艺术素养。历史和时代的发展不会停步，在经受历史和艺术的不断考验中，它们自居应有的思想和艺术地位。

第三章

青春之激越赞歌及其他

1

对知识分子的生活应不应当花足够的篇幅予以描写？对知识分子的业绩应不应当理直气壮地予以歌颂？对这类问题，在20世纪50年代至70年代期间中国内地曾有过含糊其辞的时候，要不，就是用高调的概念苛求这类题材的创作，因此这类题材的小说创作处于薄弱环节。其中，占据较突出地位和较有影响的是杨沫的代表性长篇《青春之歌》。

杨沫1914年生于北京，其原籍为湖南省湘阴县。1927年至1930年在北京西山温泉女子中学就读，后曾在河北省香河县、定县当过小学教师，1937年到晋察冀边区投身革命。她的创作一般多以自身的生活经历为素材，其创作素材与创作激情可谓多是在自己长期的生活实践中积贮下的，只不过在新中国成立后的和平环境中才得以诉诸笔端而造就成艺术品。

《青春之歌》以1931年九一八事变到1935年一二·九运动的历史时代为背景，以当年北平地区的学生爱国运动为主线来展开描写，借以表现20

世纪30年代知识分子所经历、所抉择的不同生活道路、人生道路，形象地记载了当年知识分子不同的思想演变与精神面貌，反映了特定历史时期的社会动荡及历史趋向，从正反两面的对比中，回答了当年知识分子的出路问题，说明只有献身于为民族、为祖国、为千百万群众的利益而奋斗的崇高事业，知识分子才能焕发和永葆生命的青春。

通过刻画处在民族危亡时代环境里的不同类型的知识分子的群像，形象地记载20世纪30年代中国知识分子所经历的不同生活道路，是小说的主要成就。在小说里，有卢嘉川、江华、林红那样坚强的共产党人，他们以共有的革命品质和不同的经历与个性气质，给读者留下难忘的印象。他们朝气蓬勃，坚持党性原则，不顾个人安危，不计个人荣辱得失，出生入死，敢于斗争，为抗日救国和崇高理想奋斗不息，成为民族民主革命的骨干力量。小说也塑造了戴瑜、余永泽、白莉苹一帮与时代发展方向相悖的人物。戴瑜出身于大地主大官僚家庭，虽然身为党的区委负责人，但傲慢粗暴，主观武断，无视当时白色恐怖日益严重的局势，提出一套脱离实际的冒险主张，并动不动就训斥别人右倾动摇，然而他被捕后，却不到两小时就当了可耻叛徒。余永泽是走上为反动统治效劳的人生斜道的知识分子。他陷入追逐个人名利地位的泥潭，虽然曾经赢得纯洁美丽的林道静的爱，但在人生途程上，特别由于他无情拒绝卢嘉川在家里躲避反动军警追捕的事实，使林道静看透了他不过是极端自私庸俗的小人，看到了彼此所选择的人生道路根本不同，因而最后果断同他决裂。白莉苹本是当时北大法学院的青年学生，在同样的时代环境里，她原有的救国图强及反抗与进取的热情却逐日消减，最后落为影片公司经理的第二个小老婆，成为没有出息的寄生的玩物，属于同祖国、民族的要求与呼唤背道而驰的最终抱着“得乐且乐”的人生态度而沦陷于泥沼的女性。其中的王晓燕则是在生活和斗争实践中实现转变而投身斗争潮流的一类知识青年形象。她出身于高级知识分子家庭，当年北大历史系四年级学生；她文静善良，富于同情心，曾是林道静的好友；最初，她立志通过努力学习而成为一位学者，因此对社会活动极不感兴趣，同时由于政治上比较幼稚，曾一度受戴瑜蒙骗，并把珍贵的爱情轻易地献给了他。后来她在斗争中才看清戴瑜的真面目，并迅速觉醒而勇敢地投入了一二·九的示威行列，在充满斗争的年代的人生道路上迈开了强有力的步伐。王晓燕父亲王鸿宾也是在生活和斗争的环境中实现转变的人物。他身为高级知识分子，教授，本来不愿意参与政治事件；但他爱国，为人正直，有强烈正义感，不愿自己的民族遭受屈辱，面对当时祖国河山遭受侵略者蹂躏的惨痛现实，终于禁不住同进步青年并肩投入了示威行列；他是当年投身抗日救亡运动的老一辈知识分子的代表。

小说集中笔墨着力刻画的是林道静的形象，突出描写她在坎坷的境地中逐步觉醒、成长以至转化、成熟为无产阶级先锋战士的历程。林道静出生在地主家庭，她父亲林伯堂是地主，但她的生母秀妮却是当时受压迫剥削的佃户的女儿，她是林伯堂强奸秀妮所生之女。她的童年和少年时代，虽然生长在地主家庭，但却从小受到养母徐凤英的虐待，因此经常混在拣煤渣的穷孩子中间。她的童心和少年之心完全受到压抑，青年之心也一度受着压抑。这种特殊的生活地位，便决定着她思想性格的两重性，既有追求自由、民主和个性解放的反抗性，有处在社会下层的小知识分子的革命性，也有小知识分子的软弱性、幼稚性。她有高中文化程度，兼有苦闷、脆弱、狂热、缠绵、单纯、幼稚的秉性和脱离现实的罗曼蒂克的情怀，欣喜忧愁反复不定；最初，既对压制她个性自由的封建罗网缺乏深刻的认识，更不知自己正确的人生出路究竟在哪儿；面对残酷的旧社会现实，她只能以自我毁灭的投海方式进行消极软弱的反抗，同时也曾幻想在同余永泽意外的婚爱中求得对坎坷人生的彻底解脱；在逐步觉醒、成长而加入社会斗争行列后，面对被捕时，一进监狱她就天真地想为革命牺牲，因而很轻率地便向敌特供认出自己散发传单的事实；第二次被捕入狱后，还暴露出她脱离现实斗争实际的个人英雄主义的幻想，身陷囹圄却竟想入非非要到战场上杀敌立功。这些，都是她走上成熟前的小资产阶级弱点的具体表现。但同时她又确实有反抗性、革命性的一面，她有反封建家庭的民主要求，有追求个性自由解放的要求；处在民族危机深重的年代，面对帝国主义侵略国土和欺负中国人的现实，她也有反帝、反封建统治的爱国要求；她同情劳苦大众，崇尚正义，向往真理，倾向革命，想改变黑暗的旧世界。这些，又都是她不被时代淘汰而能够茁壮成长的积极因素。正因为如此，她在几条生活道路面前，最终选择了革命的道路。她长大后，面前曾摆着几条现成的道路，一条是地主养母徐凤英为她安排的“官太太”的道路。她高中毕业时，徐凤英把她当作“摇钱树”，逼她嫁给特务头目胡梦安；对这种扼杀她婚爱自主和个性自由的卑劣行径，她以只身逃离家庭的方式表示了个人的强烈反抗。第二条是小学校长余敬唐为她设下的做伪县长小老婆的道路。她逃离地主家庭而流落到北戴河地区后，本想在该地小学栖身度日，但不料余敬唐却给她布下陷阱，阴谋把她作为“礼品”献给鲍县长。这事对她刺激很大，使她深感天下乌鸦一般黑。第三条是余永泽为她安排的终生做温顺的家庭主妇的生活道路。她跳海自杀被余永泽救活后，很快为余永泽的风度学识和救命之恩所征服，因此便自愿与余永泽组成家庭。但不久她便发现，终生脉脉多情的平庸主妇生活，不能真正得到自己理想中的人生真义，特别是后来由于彼此在政治思想上的反差愈来愈大，因而她最终脱离了余永泽那块小天地。她从逃离家庭、流落社会、接受革命影响、搞宣传、坐监狱、到农村、回城市、搞游行，以至成为不可轻视的运动的组织者、发动者、率领者，终于从追求个性自由和从事个人反抗，而逐步选择并坚定地走上了革命的道路，她的这一成长步履是扎扎实实的，可信的。她的成长道路，深深地刻印着特定时代的烙印，她的命运和道路，从根本上说，是由特定时代潮流的发展和历史前进的大方向所决定的。在那个民族面临危亡和历史急剧变化的年代里，知识分子要不成为时代潮流的泥沙、渣滓，而要成长为助推时代巨轮的先锋，不投身到党所领导的艰苦卓绝的革命实践中去，是不现实的。林道静选择的人生道路，代表了她所处时代广大知识青年的主流和共同归宿，那就是最终跳出个性解放、个人奋斗的小圈子，勇敢地投身于为民族、为祖国、为千百万民众利益而奋斗的崇高事业中去，这样才能焕发并永葆生命的青春。

小说采取了始终围绕主人公命运历程而展开故事情节的艺术结构。以学生运动为主线，以林道静性格为中心，整个情节发展同林道静的成长过程相一致，同对林道静思想性格特征的揭示相协调。一开篇便让女主人公吸引着读者。十七八岁的少女林道静，“穿着白洋布短旗袍、白线袜、白运动鞋，手里捏着一条素白的手绢，——浑身上下全是白色。她没有同伴，只一个人坐在车厢一角的硬木位子上，动也不动地凝望着车厢外边。她的脸略显苍白，两只大眼睛又黑又亮。”而且，那“小小的行李卷上”，“插着用漂亮的白绸子包起来的南胡、箫、笛，旁边还放着整洁的琵琶、月琴、竹笙”。孤单、抑郁、美丽而酷好音乐的与众不同的少女究竟要干什么呢？她吸引着读者。小说结尾，则描绘一二一六游行示威的壮伟场面，林道静已成为排山倒海的游行队伍的主要负责人，在汹涌澎湃、浩浩荡荡的人流中，她带头呼喊着“中国人起来救中国”等抗日救国口号……前后相映照，在坎坷痛苦的境地中寻求人生出路，在人生磨难中觉醒，在自觉锻炼改造及党的哺育下成长的林道静，已成为率领群众抗日救国和为民族与党的崇高事业而奋斗的生气勃勃的革命者。小说还较突出地运用了细腻真切的心理描写。作者熟知女性内心世界的奥秘，并能以工笔真切描绘。如当让林道静跨出人生关键性的一步——决心同余永泽解除夫妻关系的时候，还不忘刻画出她作为女性的复杂心理，她带着几分依恋心绪，眼睛“潮湿了”，并给余永泽留下了“你要保重！要把心胸放宽！祝你幸福”的字条。这使读者更深切地感到林道静确是处在成长中的活生生的女性知识青年。

在1959年初，曾对《青春之歌》展开过讨论。有些论者从当时的概念出发去强求20世纪30年代的林道静，认为她未同工农相结合，思想感情根本未得到改造，达不到共产党员的标准，因而简单地将作品视作小资产阶级自我表现的产物。经过讨论，许多人当时就否定了那种非历史主义的批评。茅盾在讨论后期曾以《怎样评价〈青春之歌〉?》为题撰文指出：林道静这一艺术形象“是真实的”，“‘没有很好地描写工农群众’不是这本书的主要缺点”，“在当时的历史条件下，成千上万的象林道静那样的知识分子确是通过了同林道静大体相同的考验而走上革命道路的。由于历史条件的不同，我们不能硬说二十多年前在暗无天日的白区城市的青年知识分子如果没有经过象我们今天所做的和工农结合便一定不能改造思想”，“《青春之歌》是有一定教育意义的优秀作品，思想内容上没有原则上的错误”。(见《中国青年》1959年第4期)

2

在20世纪后半期的中国内地传统小说创作中，对于工业题材的描写较少，不如表现农村题材的长篇那样广阔，不如反映战争题材的长篇那样壮烈，也不如描写历史题材的长篇小说丰富多彩；而且过去流行着“两种方案，争论不休，书记先进，厂长落后，发明创造，工人带头，试验失败，特务暴露，厂长转变，共同奋斗”的创作公式，因此创作成果不那么突出。在当时为数不多的这类题材的长篇创作成果中，艾芜的《百炼成钢》

曾受到读者的好评。艾芜生于1904年，四川省新繁县（今合并于新都区）连丰村人。小学未毕业即考入成都一师，后因对学校古文等课程不满意和反对旧式婚姻而离家出走。1927年漂泊于缅甸，在马店当过扫马粪的伙计；在仰光街头病倒过，幸为一老和尚收留才保住生命。随后曾做过报馆校对和小学教师，后又漂泊到新加坡，不久又重到缅甸，做报馆副刊编辑。1931年夏到上海，在上海期间曾与早年同窗沙汀联名致信鲁迅，请教小说创作问题，得到鲁迅的教诲。1932年加入中国左翼作家联盟。抗战期间在桂林、重庆从事创作。新中国成立后，他由过去着重描写下层人民的不幸与抗争，而转移到了歌颂新生活和表现新人物上。他的《百炼成钢》于1953年写出初稿，1957年首发于《收获》上，突出描写新中国成立初期钢铁战线上炼钢工人的生活和斗争，它之所以受到人们好评在于虽然其主要情节是描写快速炼钢的生产活动，但它是力求以刻画人物的思想性格为主的，避免了只见生产过程而不见人物性格的弊病，对工业题材创作的薄弱环节有一定的突破意义。

《百炼成钢》塑造了具有不同性格的炼钢工人形象，其中，先进青年炉长秦德贵是它致力塑造的主要人物。作者对秦德贵形象塑造的主观规格较高，是力求将他作为“真正能够担任起创造新生活的大任”的新人形象来塑造的。他说：“我的书名采取一句中国的成语‘百炼成钢’，这不只是因为书里的人物在炼钢，而主要的意思，是说新的人，是锻炼出来的，而且还须不断地锻炼。”（见《百炼成钢·前言》，人民文学出版社1959年版）主人公秦德贵就是在加入工业战线前后特别是在创造炼钢新纪录中不断锻炼出来的新人。

当年，在新中国工业战线上奋战的人们，绝大多数是穿着工人工作服的农民，秦德贵也是这样。他来自农村，出身贫苦农家，小小年纪（8岁）就不得不给地主当放猪娃，旧社会没有给少年时代的他留下什么好感；即将进入青年时代时（16 岁）加入八路军，经受过出生入死的游击战的严峻考验；东北地区解放后，他复员到辽南钢铁公司炼钢厂当了工人，以高涨的政治热情投身于新时代的经济建设；这些便是他的基本人生经历。

小说是把秦德贵放在炼钢厂内外生活的矛盾冲突中塑造的。一方面，通过他本人在厂里的劳动表现来塑造他。他进入炼钢厂之初，虽然在炼钢知识与技术方面远不及别人，但他有高度的觉悟和责任心，有吃苦耐劳精神，虚心勤奋学习，因此仅用半年左右的时间就较全面地掌握了炼钢技术，并很快被炼钢厂提升为九号炉丙班炉长。此后，他不仅在政治素质上过硬，而且在技术上也过硬，能够娴熟地进行各种技术操作，并以主人翁的高度自觉性、责任感和过硬的技能，出色地创造了快速炼钢的新纪录，被赞誉为又红又专的新型工人的一员。他在创造新纪录的炼钢劳动过程中，虽然遇到重重困难，但他从不畏惧与退却，在多次炼钢事故的严峻考验中，他以出色的表现更充分地显出了他崇高的工人阶级品格。如当炼钢炉子烧漏、烧穿的严重事故发生后，他冒着生命危险去抢救的行动就极其鲜明、感人地显出了他勇敢无畏、奋不顾身的高贵品格。另一方面，更突出地将他置于同九号炉甲班炉长袁廷发以及九号炉乙班炉长张福全的思想矛盾冲突中来塑造他。袁廷发是自以为炼钢技术强过别人而自傲的思想保守的转变人物，张福全则属个人私心严重的总以自私、利己的眼光与尺度看待事物的落后者。当秦德贵创造出快速炼钢的新纪录之后，袁廷发随时硬说秦德贵只不过纯粹“只顾自己出风头”而已，而张福全则一个劲儿地骂秦德贵完全是“损人利己”的行为。但真金不怕火炼，秦德贵正是在面对故意针对他的业绩的冷言风语所造成的困扰与矛盾冲突中，以不断为新时代的钢铁事业创造新纪录的先进事迹，更鲜明地显示了自己忘我劳动、大公无私的新型人格。再一方面，小说还通过他与孙玉芬的爱情生活来塑造他。孙玉芬是公司电修厂的青年女工，与秦德贵本是同村老乡关系，他们小时在村里曾一起玩耍，同在一处工作后，两人在休假回家时，常同行一路，在说说笑笑中爱的情感油然而生，只是彼此都尚未公开提出男女爱情的要求。九号炉乙班炉长张福全竭力追求孙玉芬，面对此种情况，秦德贵内心是交织着矛盾、苦恼、忧虑、痛苦与挫折感的，但为了不因爱情关系而使炼钢生产受到负面影响，他把对孙玉芬的爱的真挚感情压在了心底，在爱情问题上，他同样表现出了高尚的情操，是以不损害炼钢厂利益和新时代经济建设利益为重的。最终，孙玉芬选择了秦德贵，真诚地把爱情献给了他。在艾芜笔下，秦德贵身上既始终保持着朴实忠厚、勤劳简朴、热忱待人的农民品质，以及勇敢无畏、不惧危险、敢于献身的军人气质，同时他又在新时代精神的陶冶与培育下，具有了忘我劳动、不计得失、勇于革新、顾全大局、任劳任怨、大公无私、爱护公家财产、视公家利益高于一切、尽力为新时代创造财富的新型工人的优良品德，他是集工农兵的一些优良品格于一身的先进工人形象。他既是战争年代打江山的一员，又是建设年代建设江山的一员，他的精神面貌体现出当年昂扬奋发的新时代精神。

炼钢生活题材的创作易流于程式化与模式化。艾芜的小说创作重日常生活细节的观察与描写，《百炼成钢》即突出地运用了细节描写来显示人物的个性特点和增强作品的生活情趣，为工业题材创作提供了有益的经验。

3

在新中国成立初期，新中国对民族资本家私有的工商业的政策，不像苏联那样采取没收方式，而是依据本国国情，创造性地开辟了社会主义改造的道路。这是新中国成立初期中国内地大城市面貌和国家经济关系的深刻巨变。周而复的《上海的早晨》正是描写这一特殊生活领域的长篇。周而复于1914年生于南京市，1933年秋入上海光华大学英文系学习，1938年夏毕业，同年到延安，参加过敌后艰苦的抗日斗争。新中国成立后先后在统战部门、宣传部门、对外文化联络部门、政协部门和文化部门任职，同时一如既往地抓紧业余时间勤奋创作。《上海的早晨》是展现当年对私营民族工商业进行改造的全过程的多部长篇。它规模宏大，内容丰富，总共四部，第一部在新中国成立初年的复杂背景下，主要描写1952年三反、五反运动开始以前民族资本家们的活动情况，从而揭示实行社会主义改造的必要性。第二部集中描写五反运动。第三部写民族资本家在通过五反关以后的生活和精神状貌，以及在私营厂开展的以纯洁工人阶级队伍与改革不合理的规章制度为中心内容的民主改革运动。第四部着重描写对私营工商业的社会主义改造运动，一直写到1956年初春全上海私营工商业实现公私合营后结束。在新中国成立初年，民族资本家是如何生活和开展经营的，三反、五反、民改运动、公私合营是怎样进行的，民族资本家们接受公有制的复杂过程是怎样完成的，小说都作了形象反映，成为记录新中国成立初年中国内地私营工商界历史面貌的具有独特认识与思考价值的长篇巨著。

《上海的早晨》以塑造民族资本家为中心，以棉纺工业资本家徐义德和医药商业资本家朱延年的活动为基本线索展开描写，刻画了一大批处在当年政策主导下的运动环境中的形形色色的民族资本家形象。如：外号叫“红色小开”的兴盛纺织厂年青激进的总经理马慕韩，饱经世故的工商界元老通达纺织公司董事长潘信诚，熟悉税务的外号叫“智多星”的东华烟草公司老板唐仲笙，凭“劳资专家”的美名而上下左右都吃得开的女资本家江菊霞，一无所有的工商界空头政客冯永祥，以一再“靠混骗起家”而又一再遭到破产并严重犯罪的不法奸商福佑药房总经理朱延年等。小说正是以这些形形色色的艺术形象构成了当年私营工商界的全貌。其中，徐义德是被重点刻画的主要人物、中心人物。他是上海沪江纱厂的总经理，当年工商界实力派人物之一，手腕高强，外号叫“铁算盘”，他视“人不为己、天诛地灭”为信条，把赚钞票作为人生目的，千方百计谋取高额利润；他不属“右翼”，也不属“左翼”，而是当年民族私营工商界的“中间分子”的典型性人物。

小说描写了徐义德不法的一面。在新中国当年的限制和改造的政策面前，他曾想方设法进行过反限制和反改造。他安排外号叫“酸辣汤”的梅佐贤当沪江纺织厂厂长，以利周旋、较量；他偷工减料，以劣棉充优棉，牟取暴利；他窃取国家经济情报，以便对抗当时国家政策；为维持自己的资本家地位，他还曾企图投靠国外敌对势力；内心还一度盼望抗美援朝失败，以使年轻的共和国站不住脚。在历史的大转折关头，他的政治态度是摇摆的，在接受改造的过程中，他也是充满着矛盾、动摇、忧虑、痛楚的。他对五反曾取对抗态度，曾企图以“私私”合营代替“公私”合营，他曾幻想阻止纱厂工人政治觉悟的提高，以避免知情工人对他的不法行为的揭发，也曾使缺乏斗争经验的党支书上过他的当。在过五反坦白关时，他的心情依然相当矛盾、复杂，即使越过坦白关之后，他内心企图东山再起的心绪也并未平息，直至上海全市公私合营实现之后，他才怅然感到时代潮流确实像黄浦江水一样不可阻挡了。与此同时，小说还描写了他非对抗性的积极因素的一面。无论在什么时候，他血管里毕竟仍不停地流着中华民族的血液，头脑里仍留有爱国思想，他在抗美援朝期间捐献过飞机。他还有识时务和顺应潮流的一面，虽然他在急剧变革的激流中不甘当破旧促新的激进者，但他终归在排除阵痛中审时度势而顺应了新时代潮流，在一次次实实在在地感受到政府的政策是公正的和自己的前程是光明的心境之下，终于放下了包袱，跨过了人生的十字路口，决心从根本上改变旧的生活方式，选择了新的人生方向，走上了新生的道路，加入了自食其力的普通劳动者的行列中去。他的命运历程，形象地反映了新中国成立初年中国内地绝大多数民族资本家经历的大致里程与归宿，具有代表性意义。

小说是全方位地塑造徐义德形象的。着意把他置于国内外形势的大背景、民族资本家队伍的背景、城乡工农战线的背景、家庭生活的背景中塑造，不仅写他参与的政治活动和从事的经济活动以及他频繁的社交活动，而且把笔触细致地深入到他家庭生活的各个角落，将他的物质生活、精神生活、婚爱生活、个人爱好（如好古玩等）全面展现，这样就使他以丰满的姿态站立了起来，使读者足以从经济地位、政治态度、社交关系、家庭生活、精神世界等各个视角透视他的思想性格。尤其是小说特别着意于揭示徐义德在顺应特定时代要求过程中的心灵演化历程。他的心灵是非常复杂的，他每日每时都处在矛盾的旋涡之中，如在面临棉纺企业合营前夕，他想到自己的厂子眼看就要换上“公私合营”的牌子，内心充满矛盾，深感留念；合营当天，职工们都兴高采烈地在响亮的锣鼓和密集的鞭炮声中扭秧歌庆祝，他却独自悄悄地溜回办公室里，使劲地都把窗户关上，两手紧紧捂住耳朵，还觉得那咚咚的鼓声一槌又一槌地敲在自己的心头上。在参加全市合营大会回到家之后，他从“幽幽地哭泣”到“嚎啕大哭”，想到再也不能挽回失去的一切，就又再一次闪现出逃往当时的香港的念头；但同时，在经受内心阵阵痛苦之后，他又感到那“华人与狗不得入内”的中国人备受欺凌的旧时代如今确实已经过去，作为中国人一员的自己，也应当同职工们一道站起来顺应新时代的潮流前进。这种心灵世界的刻画，使徐义德成为符合特定历史真实的有血有肉的艺术个性鲜明的在阵痛中转化与新生的民族资本家“中间分子”的典型人物。

小说在表现艺术上也有诸多优点。它结构主线鲜明，生活画面广阔；着意于人物个性的刻画，因而虽然主要塑造对象都是民族资本家群，但并不百人一性，千人一貌；同时它还重视从多侧面多角度刻画人物，让人物在一个又一个的具体生活场面中表现与丰富自己的独特品性。全书风格朴实平易，语言明快流利。

4

中国是幅员辽阔的多民族国家，少数民族在中华民族大家庭里占有重要地位，他们的生活方式与形态多姿多彩，反映这一领域丰富生活的文学作品成为构成中国文学创作成就的重要部分。描写少数民族生活领域的传统长篇小说，在当年较有社会反响的有李乔的《欢笑的金沙江》，玛拉沁夫的《茫茫的草原》，徐怀中的《我们播种爱情》，从中可分别见到彝族、蒙古族、藏族人民的生活风貌。

李乔生于1909年，彝族，云南省石屏县人。出身于贫苦家庭，少年时代曾随父亲到锡都个旧当过矿工。1938年随滇军赴台儿庄参加过抗战。1948年加入滇桂黔边区纵队游击队。自20世纪30年代他就开始文学创作，曾得到茅盾的鼓励；其创作成就主要建树于新中国成立后。1950年至1951年，他先后到阿佤山地区、德宏傣族景颇族自治州、凉山彝族地区访问和参加民主改革，他的代表作《欢笑的金沙江》（最早于1956年由作家出版社出版）便是他作为云南省民族工作队成员参与凉山民族解放和民主改革时亲身体验本民族斗争生活的艺术成果。它由四部组成，第一部《醒了的土地》，第二部《早来的春天》，第三部《呼啸的山风》，第四部《大地在阵痛》。凉山境内大部是高原山地，那里聚居着彝、汉、藏、回等兄弟民族。新中国成立初年，党和政府就迅速派出强有力的工作队到凉山彝族区开辟工作。但是，在解放战争中漏网而逃窜到凉山地区的蒋军胡宗南残部，曾梦想将那里变成蒋军伺机反扑、东山再起的基地；因此他们开始时竭力制造与利用民族之间的隔阂，不择手段地挑拨彝汉关系，并强行组成“江防大队”，阻挠工作队进入凉山地区；与此同时还四处造谣，煽风点火，蒙骗当地头人，费尽心机搞“饮血酒”活动妄图“结盟反共”，并且挑起民族械斗，企图使工作队即使进入彝民区也无法开展工作。但最后，他们的种种阴谋诡计都被以彝族干部丁政委为首的工作队所识破与粉碎，党和政府的民族政策和工作队全心全意为少数民族服务的行动终于温暖了彝族人民的心，使他们欢欣鼓舞地迎接了解放。这就是第一部《醒了的土地》的内容梗概。第二部《早来的春天》着重写对凉山地区奴隶制的民主改革，展示当年不同阶级、阶层以及同一阶级或阶层中的不同人们对民主改革的不同态度，记载工作队按照当年的民族政策实施一系列民主改革的事迹。第三部《呼啸的山风》主要写工作队同汉彝干群密切团结、配合，粉碎暗藏残匪勾结顽固的奴隶主发动的叛乱，从而保卫民主改革成果和维护民族团结的事迹。第四部《大地在阵痛》主要写在新的历史条件下，凉山彝族人民彻底推翻整个奴隶制度而跨入社会主义社会，以及凉山地区各民族如何维护社会主义祖国民族大家庭的事迹。整部小说的总主题在于反映凉山地区的解放过程和在解放后的翻天覆地的巨变，歌颂当时党的民族政策、民主改革和民族团结的胜利。

李乔出身于贫苦的彝族家庭，他对彝族新旧时代的生活有深广的了解，熟悉彝族各阶层的人们，这为他刻画彝族的人物形象提供了坚实、丰富的生活依据。《欢笑的金沙江》既塑造了彝族奴隶主头人的形象和暗藏残匪与叛乱分子的形象，更着重塑造了彝族干部形象和彝族奴隶的英雄形象。其中的彝族干部丁政委是全书的关键人物，他经历过漫长的斗争的考验，参加过长征，原在部队工作，故乡凉山有他母亲等亲人，他既十分怀念部队，更没有忘怀过本民族的乡土。小说主要通过他奉命回乡主持民主改革工作的种种表现，显示他作为成熟的民族干部的基本性格特征。他既有坚持党和政府当年的民族政策的高度原则性，也有从实际出发贯彻民族政策的智慧与灵活性；同时有艰苦朴素的工作作风，沉稳多思，耐心细致，从不为队伍内部的急躁冒进情绪所动摇，不盲目去做条件不成熟的事，也不为敌对势力企图阻挠或破坏民主改革的诡计所迷惑；他鲜明地站在彝族民众的立场上，既善于真诚热心地启发、教育与发动群众，又会恰当地采取不同方式争取、团结多数彝族上层人士；既对一时抵触与阻挠民主改革的一些人坚持做到仁至义尽，又绝不在残匪和顽固分子面前心慈手软。这些品格都鲜明地显示出他政治上的成熟和过人的领导才能，他是当年理想的少数民族干部的代表性人物。

《欢笑的金沙江》既是优秀彝族干部的颂歌，更是一曲嘹亮的奴隶解放的赞歌。其中，从奴隶时代过来的阿火黑日，就是它尽情赞颂的奴隶英雄的代表。小说着重写阿火黑日奴隶命运的变更历程。在旧时代，他是奴隶娃子，处在奴隶的生活地位上，被奴隶主践踏在脚下，社会地位等于零，吃尽了苦头，没有一日不是屈辱、苦难、忧伤与失望。他胸中早就积压着对奴隶制无比痛恨的怒火，只是需等待时机去点燃。他在漆黑如磐的奴隶制天地里，咬牙忍受着；但他不是苟活者，他憧憬自由，追求新生活，追求光明，向往革命，渴望推翻奴隶制，并且心里明白自己新生活的希望只能寄托在新时代的诞生上。尽管暗藏匪徒和敌特四处造谣，大肆挑拨，但因有沉重的压迫剥削在，他的愤怒怎么也无法消弭，斗争情绪怎么也无法中和，而一有时机就必然尖锐地爆发。果然，他盼望到时机了，在以丁政委为首的工作队的引导下，他由长期受压迫剥削而淤积的怒火点燃了，爆发了，他以鲜明强烈的立场与态度，坚决衷心拥护民主改革，勇敢坚决、坚定不移、全身心地投入到了民主改革运动中去。在奴隶群像中，他接触工作队早，觉醒得早，以实际行动显示出较高的阶级觉悟；尤其是他被送到云南民族学院进行培养教育后，思想水平与政治觉悟更是得到很快提高，进一步理解了党的民族政策，明白与接受了革命道理，懂得了自己的苦难人生不是像奴隶主所训斥的那样是命中注定的，解开了他长期的愚昧心理所形成的疙瘩，更自觉更清醒更理直气壮地投入到了彻底推翻奴隶制的斗争中；在新时代里，他不但获得了主人翁的尊严与社会地位，而且从一个备受奴役的奴隶娃子，很快成长为一名彝族干部，人生命运发生了质的飞跃。

小说突出地刻画了阿火黑日勇敢坚强的奴隶英雄性格。他在斗争中非常英勇坚决，面对暗藏残匪勾结顽固奴隶主发动的你死我活的叛乱，他毫无畏惧地自觉站出来进行斗争；为了有力地平息叛乱，他毫不犹豫地接受了侦察任务，只身一人深入奴隶主寨子侦察敌情；被敌方认出并抓住后，无论敌方采用利诱还是非刑折磨手段，无论是用皮鞭残酷抽打还是用熊熊柴火残酷烘烤，他都宁死不屈；面对凶残的匪特，他挣扎着大骂："你们这些强盗，人民终有一天要审判你们的。现在你们把我枪毙好了……"匪特是要慢慢把他折磨死的，但最后，他还算幸运，他心爱的同他处于同等阶级地位的姑娘果果，冒着生命危险把他背出了魔窟，他因此不但保住了性命，而且完成了侦察任务，为一举彻底平息叛乱立下了功劳。

小说是将阿火黑日同奴隶挖七对比着塑造的。对挖七是着重写他的成长道路，成长过程。在对党的尽量争取彝民族上层分子的政策上，挖七明显地表现出从十分不理解到逐步理解的过程；在对待很难觉醒、觉悟的那些奴隶上，挖七则表现出从一味厌恶到慢慢主动地去团结他们的过程；挖七是一名在不断慢慢成长的奴隶英雄形象。阿火黑日虽然也不是天生的成熟英雄，他也经历过从幼稚到提高觉悟以至成熟的过程，但相比而言，他显得很快就觉醒、觉悟、成长和成熟了起来，如此的艺术处理，意在着重突出地描写阿火黑日成长后所经受的严峻考验，从而充分地突现他坚贞不屈的奴隶英雄性格。这样，小说就从不同艺术视角，让读者见到了当年彝族奴隶阶级成员的不同状貌。

阿火黑日形象是具有概括性、代表性的奴隶形象，可否视为他是对当年奴隶们的共同人生命运的艺术概括？在新生前，他的经济、生活、生命地位，都是被桎梏于奴隶制的残酷压迫、剥削上头的；他个人的悲苦是整个被压迫被剥削的奴隶阶级之悲苦；他的新生也不是个人之新生，而是代表着整个奴隶阶级之新生。民主改革帮他砸碎了奴隶主强捆在他身上的锁链，这是让他从心灵深处感到恩重如山的事，他这种感情也代表性地体现着整个翻身奴隶阶级的感情；他的奴隶命运的改变和美好人生境界的开辟，代表着整个翻身奴隶阶级对民主改革运动的热切歌颂。阿火黑日是从奴隶制时代过来的由世代奴隶而变为新时代主人的具有概括性、代表性的典型人物。

小说结构线索明晰，语言质朴明快，不事雕琢，行云流水，从容不迫，重在以深厚亲切的情感实实在在地述写自己所熟知所经历的本民族的生活、事件、人物、故事，从题材内容、人物塑造、风物描画、艺术形式和地方语言运用方面，共同体现出鲜明的民族风格。

蒙古族小说家玛拉沁夫生于1930年，辽宁省吐默特旗黑城子村人。由于家境贫寒，仅靠大哥给王爷当奴仆得来的一点钱读过7年书。1945年冬（年仅15岁）加入八路军，在骑兵部队当通讯员，翌年转到文工团。他在解放战争前线生活过，也参加过土改，为创作积累了素材。1951年发表短篇处女作《科尔沁草原的人们》。1952年秋入中央文学研究所学习，同时开始酝酿创作长篇小说《茫茫的草原》。经过几年辛勤创作，于1956年9月以“在茫茫的草原上”为题，在《内蒙古文艺》上连载，翌年由作家出版社出版，曾获内蒙古自治区成立10周年文艺评奖文学一等奖，1963年再版的修订本改用“茫茫的草原”为书名。它是新中国成立后第一部反映蒙古族生活和斗争的长篇小说，描写了蒙古人民在抗战胜利后至解放战争时期所经历的种种斗争，真实地反映了蒙古察哈尔草原上的动荡局势，主旨在于讴歌民族统一战线政策的胜利，展示蒙古人民的历史命运和前途，表达民族解放、民族团结、祖国统一的重大主题。小说情节内容所描写的骑兵中队和保安团两支武装力量的冲突斗争，实质上是两种性质不同的政治力量和道路的复杂斗争。这种斗争的实质内容，也比较集中地反映于大财主瓦其尔的家里。在蒙古族要不要实现民族革命的严峻问题和新民主主义革命即将取得胜利的新政治时局面前，究竟何去何从？作为一家之主的瓦其尔坐卧不宁，忐忑不安，六神无主，最后在投机心理主导下准备谁到草原就打出谁家的旗号；而他的大儿子旺丹却决意追随保安团，小儿子沙克蒂尔则加入官布的骑兵中队。在一个家庭里集中了左、中、右三股势力、三条道路，强烈地显示出草原斗争的复杂性、尖锐性、深刻性，成为整个草原斗争的缩影，让读者形象生动地见到了当年一幕幕蒙古民族生活和斗争的历史风貌。

小说刻画了一批具有鲜明性格的人物形象。如勤劳刻苦、富于热忱、具有坚强原则性的女政委苏荣，军人出身的粗犷豪爽的师长洛卜桑，深沉坚定的骑兵队长官布，热情、倔强、善良的莱波尔玛，温柔软弱的蒙古族姑娘斯琴，阴毒狡诈的贡郭尔，老奸巨猾的特务头子刘峰，贪婪凶狠的土匪头子方达人等。在一系列人物中，更突出刻画的主要人物是处在不断成长中的牧民铁木尔。他是蒙古族青年牧民的代表，他的思想性格具有多面性，鲜明地表现出剽悍、勇猛、倔强、正直、善良、豪放与热情的蒙古族个性特征。他出身贫苦家庭，自小失去双亲，被大牧主瓦其尔收养；长大后，慢慢醒悟到瓦其尔如此对待自己的最终目的不过是在于奴役自己，就像“人们精心养壮小马驹子是为了将来骑用它一样”，因此他擅自离开大财主家而寄居到了老猎人道尔吉家中，并且以做一个优秀猎手为志向。但不料却被抓去当了伪兵，幸好随后八路军解放了他，他在八路军中接受了革命教育后获得了新生。可在抗战胜利后，他又独自离开了部队，悄悄返回了故乡特古日克村。恰在这时，在内蒙古察哈尔草原上，两大性质根本不同的营垒，正在酝酿成立：一是日伪警察大队长贡郭尔与蒋特刘峰相勾结，准备建立明安旗保安团，以反对民族民主革命，反对蒙古族的独立和解放；一是以苏荣为首的工作队，正在发动牧民建立以地下党员官布为队长的明安旗骑兵中队，这是中共领导的内蒙自治运动联合会为了争取蒙古族的光明前途，而建立的武装营垒、政治营垒。因此铁木尔面临着人生命运的选择，面临着究竟何去何从的严峻考验。在这历史转折的严峻时刻，铁木尔最终明确了自己的立场和观点，选择了坚决跟着中共干革命的道路，果敢地参加了骑兵中队，不仅在斗争风浪面前，显出了自己最可贵的革命品格，而且在革命道路上，逐步成长了起来。

小说中的铁木尔是曾承继着几千年流袭下来的地方民族主义观念的。他之所以离开使他感到很好的八路军部队而返回家乡，主要是因为他不愿在没有蒙古族人的八路军里再待下去。在他参加骑兵中队后不久，打入骑兵中队的明安旗保安团分子，千方百计地利用“只为蒙古族当兵打仗”的狭隘民族情绪煽动闹事，企图赶走骑兵中队女政委苏荣。接着又演出了土匪头目方达人率领土匪冒充八路军掳掠草原，而明安旗保安团又假装进行反击的双簧闹剧，使许多蒙古族牧民和一些骑兵中队成员被蒙骗，甚至一度盲目倒向保安团一边。在这种被狭隘的民族情绪所挑起的斗争中，铁木尔在狭隘民族观念作怪下的狭隘民族思想情绪也不时波动与起伏着，再加上他的民族家乡观念历来极重，因此当他所在的部队奉命实行转移时，他就擅自悄悄脱离队伍跑回了家乡，独自组织游击队以“保卫家乡”的名义采取自由行动，最后导致自己被俘被囚的恶果。但由铁木尔在旧时代的苦难人生所决定，他对解除蒙古族遭受压迫的苦难和追求蒙古族的解放与新生的要求是强烈的，他胸中也是奔涌着为蒙古族奋斗的激情和有为自己的民族去放开手脚“大干特干”的意念的，只不过他在未选择革命道路以前，对蒙古族究竟怎样才能摆脱民族压迫的苦难，究竟怎样才能真正获得民族复兴的问题是迷茫的，小说中这样写道：“到底怎样去大干特干？跟什么样的人去大干特干？他现在还是不能为自己找出答案。”“铁木尔浑身是劲儿，没处去使啊！青年牧人全身是胆，没地方去用啊!”他的强烈的“复兴民族”的意愿只有在加入革命队伍后才逐步得以实现，特别是在苏荣及其所率领的工作队的影响、启发、引导与教育下，他才逐渐提高了思想政治觉悟，认清了前途，明确了奋斗方向，这是他成长为同民族压迫的苦海告别的蒙古族革命青年骨干和变得愈加坚强成熟的主导因素。

小说没有把铁木尔塑造成天生的完美无缺的英雄，他的成长道路和战斗生活是坎坷的，他在成长中仍带着特有的个性弱点。例如在参加革命部队后，在同敌人搏斗时，他曾想到过佛爷不杀生的训诫，因而有过手软的瞬间；他还有鲁莽蛮干、不习惯军纪的约束的弱点，在一次追击敌人时，他私自远离队伍同敌人拼杀，因而违反军纪，受到禁闭；他甚至还提出过“像猎人打猎那样，每个人走每个人的路，每个人找每个人的‘野物’”，“杀一个算一个”，“愿意怎么干就怎么干”的鲁莽蛮干的战斗主张。铁木尔在爱情生活上也不是完美的，他对斯琴的爱情是他人生中的一大理想追求，但却遭到沉重打击，斯琴被贡郭尔仗势夺去霸占为妾，虽然后来他们以获得团圆为结局，但他内心在很长时期里是深含着爱情的悲苦的。总之，小说中的铁木尔不是高大全的英雄，金无足赤，人无完人，这种带着个性弱点和人生缺陷的英雄塑造，反而不至于减弱可信度。对于民族解放来说，在当年，只有像铁木尔似的在民族解放战线上奋斗不息，才能创造民族解放的奇迹，铁木尔所选定的道路具有代表意义。

小说从内容和形式上都鲜明地显示出独特的民族特色与民族风格。它采用传统的故事性结构，并使多条故事线索交织发展，主人公铁木尔的成长线索，以官布为队长的明安旗骑兵中队发展壮大的线索，贡郭尔纠集明安旗保安团进行破坏捣乱的线索，上层人士瓦其尔企图走中间道路的线索，诸条情节线索交织成复杂的故事；在故事框架中，独特的蒙古族的生活、性格、情调以及草原风光和谐地融合在一起，加上强烈的抒情笔调，表现出行文流畅、自然明快、朴素清丽、富于激情、刚柔相兼、民族气息与抒情色彩浓郁的艺术风格。

徐怀中1929年9月出生于河北省峰峰矿区山底村，少年时代（12岁）即离家前往抗日根据地读书，1945年在太行中学毕业后参加八路军，后在晋冀鲁豫野战军政治部文艺工作团从事美术工作。新中国成立后在先后任职于西南军区文工团和云南军区文化部时，曾多次深入康藏地区部队代职和到青藏高原体验生活与积累素材。他的长篇《我们播种爱情》（解放军文艺出版社1956年版，约25万字）即在深入康藏公路筑路部队和深入西藏地区进行广泛社会调查的基础上写成。小说置于西藏和平解放之初的特定时代背景下展开描写，通过一个农业技术推广站从筹建到发展成国营农场的过程，如实反映西藏和平解放之初的社会变革和生活面貌，以旧貌的迅速改观热烈歌颂汉藏人民并肩建设新西藏的辛劳与业绩。在当年，为改变西藏生产和生活的贫困落后旧貌，西藏更达坝子地区筹建了农业站，在站长陈子璜的主持下，怀着建设边疆的美好理想的农技员们干劲十足，开垦荒地，试种冬麦，选播良种，使用拖拉机、七寸步犁等先进农具，推广农业技术和农作物的种植；因此西藏地区的生产方式和生活面貌都有了很大改善。但在此过程中却遭遇了重重阻力、障碍以及诸多敌对的破坏与捣乱，一些在思想和生产、生活上守旧的藏族老农对新的生产和生活方式开始时怀有抵触情绪；一些被安排到政府部门工作的上层守旧人物（如女土司格桑拉姆）也抱着冷淡观望、消极对待、不予热心支持的态度；对藏族社会人群的思想和行为有直接影响的活佛呷萨对农业站的所作所为也抱着不理睬的消极态度；特别是潜藏在该地的蒋军残余分子千方百计进行破坏和不择手段地制造混乱，甚至企图伺机暗杀在政府里工作的女土司格桑拉姆以挑起尖锐的民族矛盾冲突，以阻止整个建设新西藏的工作的开展。面对如此复杂的现实局势，富有斗争经验的西藏工委书记苏易从实际出发，以至真至诚的爱心与持之以恒的耐心去处置一切，他将高度的原则性和灵活性紧密结合，既始终坚守正确的政治大方向，又始终以艰苦朴实的工作作风和灵活、宽容、有效的方式、方法，恰当地处置了一个又一个的现实斗争难题，团结了一切可以团结的人士，使广大藏胞实实在在地感受到了全体入藏工作人员全心全意为西藏谋幸福的真心诚意。在生产和生活日新月异的事实面前，保守的老农的思想和态度改变了，对藏民颇有影响的上层人士格桑拉姆和活佛呷萨等都以鲜明的立场同人民政府站在了一起，那些整天蓄意破坏、捣乱的蒋军残余势力也被人民军队消灭了，农业站不但很好地建设了起来，而且发展成了更有气派的大农场，西藏广阔土地的面貌和人们的面貌都明显改观了，田野上一派欣欣向荣的丰收景象，汉民族对藏胞和藏胞对汉民族相互间都充满着真挚的爱，各民族对和平解放后的新西藏都充满着深挚的爱，预示着西藏进入了向美好未来迅速发展的新时代。小说就这样以现实主义笔触，描绘了西藏和平解放之初的社会面貌和历史画卷以及预示了其未来发展的美好前景。

小说凭借富于藏族地区色彩的日常生活事件，塑造了当年的知识青年群像。它写了好几对正确处理了爱情和工作关系的男女青年。农业技术员雷文竹既脚踏实地，又富于幻想与热情，富有献身于事业的顽强进取精神，曾想把爱情送给倪慧聪，但当发觉自己已经是第三者时，便以高尚的道德克制住自己，是十分正派而有志气的青年人。林媛也很可爱，她随父（她是工委书记苏易的独生女）进藏，性格活泼爽朗，果敢泼辣，本想当一名出色的芭蕾演员，但她把祖国和事业的需要作为自己的志愿，遵照父亲的愿望在西藏草原上当了气象员、卫生员、小学教师，勤勤恳恳地为新西藏服务。她一度爱过一时雄心勃勃的兽医苗康，但当一发觉苗康有玩弄自己真诚感情的迹象后，即立刻与之断绝关系，绝不缠绵。专科学校毕业的女畜牧师倪慧聪性格温和、深沉、稳重，她也一度相当深挚地爱过苗康，但当识破苗康自私自利的本质后，便同样与之果断决裂，最终仍同曾默默地对自己一见钟情的雷文竹建立了纯真爱情。拖拉机手朱汉才也是品德高尚的青年，为人热情朴实，辛勤付出，不图安逸享受，天真美丽、活泼热情、坦率真诚的藏族少女秋枝对他萌生了爱情，同时秋枝还爱上了叶海，最后，朱汉才不动声色地诚恳地促成了叶海同秋枝的爱情，表现了他坦荡无私的胸怀与高尚品德。在当年，男女知识青年们以忘我精神和不畏艰难困苦的实际行动，全心全意献身于建设新西藏的事业的本身，就是真诚而崇高的爱心的体现；他们之间的恋情、爱情，是产生于以各自热忱的爱的情感自觉参与建设新西藏的事业的基础上的，同热爱新西藏、建设新西藏的热烈情感是一脉相通的，他们的爱是崇高的，他们是可敬可爱的一群知识青年。

小说始终以现实主义笔触进行描写，结构并不纷繁复杂，人物塑造不落俗套，个性鲜明，品貌各异，文风朴实，文笔流畅。

5

文学发展的历史是扎扎实实而非空空洞洞的，在20世纪后半期，在中国内地的小说创作阵地上，尚未出现超群出类的巨匠，其成就乃由广大作家群所创造，其价值主要体现在总体成就上；但相对而言，以上所逐一述及的一些长篇小说创作实际成果，却是20世纪后半期中国内地传统小说创作成就的显著标志，它们忠于历史和生活的真实，是作者们长期生活积累、艺术锤炼和不倦地付出心血的艺术结晶。

其创作题材及反映的生活领域较以往有了新开拓，既描绘了历史时代的斗争生活画卷，也在较宽广的领域再现了新时代的斗争生活图景，革命斗争历史题材、农业题材、工商业战线题材、知识分子题材、少数民族生活等领域的题材都有不同程度的描写，其中，尤以革命斗争历史题材的创作成果最为突出，这是传统长篇创作题材的崭新特色。歌颂新社会的光明，鞭挞旧社会的黑暗，讴歌革命人民的英勇斗争，颂扬革命英雄主义精神，呼唤新时代的诞生，歌唱社会生活的变革和建设的胜利，成为其富于教育功能的思想基调与崇高主题。特别是，其卓著成就更重要的在于成功地开创了一道较为丰富多彩的人物画廊。在诸种文学品类中，长篇小说的人物塑造最为重要，其反映历史生活和现实生活的深度、广度以及作品本身的真实性、丰富性、形象性、生动性、教育意义、审美作用，均与不同各色各样人物塑造的成败、高下密切相关。传统长篇小说创作正是塑造了诸多生活在特定时代、活动在不同生活舞台上的人物，它们各有各的时代内容、思想内涵、认识价值、美学意义；特别是作者们多用特定时代的思想和精神的强光，去照亮英雄人物的性格，使其美好的理想、情操、志趣，成为艺术鼓舞力量的重要来源；正是凭借一系列人物的个性化的频繁活动和复杂关系，立起一面面艺术的镜子，将广阔的历史生活和现实生活再现于读者的面前，由它们共同组成了闪耀着特定时代特色和独放个性异彩的概括着丰富深刻的时代内容的人物画廊。传统长篇小说创作还积累与提供了丰富的艺术经验，特别在民族化方面，许多作家有意识地从理论与实践上积极进行探索，并逐步形成独特的艺术风格。作家们力求运用本民族的大众的新鲜活泼的语言，抒写富于中华民族特色、不同时代和地方特色的历史生活、现实生活、风土人情、习俗心理、思想情感，发扬优秀的民族形式，吸收外来的有益的艺术手段，为我所用；力求将独具风采的时代风貌、社会风貌、民族风貌，形象生动地展示于世界，并贵在有意探索、追求一种融汇着民族特色、个性特点和新生代特征的艺术风格。诸如：《三里湾》从人物描写、情节安排、语言运用等方面，都焕发着作者一贯执着追求的民族化大众化的特色，讲究故事连贯性、完整性，在描述故事中刻画性格，乐观幽默，淳朴自然，适合本国农民的欣赏习惯及口味。《创业史》的作者则追求朴实严谨的传统文风，致力于艺术构思的深度、广度、厚度及人物心灵世界发展变化的深刻揭示，文笔简洁清丽。《山乡巨变》长于日常生活的场面描写，在风俗画面中凸显人物个性特征，风土气息和生活情趣浓郁，笔法活泼清新，细腻明快、凝练平易。《红旗谱》的冀中特色与时代气息交融，浑厚深沉，朴实清新，婉约与豪放自然结合。《青春之歌》婉转细腻，情真意切，结构严整，语言畅达。《一代风流》以描绘南国城乡的斗争画卷及地方风习见长，丰富复杂，变幻起伏，情彩独异。《保卫延安》充满英雄主义精神，豪壮粗犷，气势雄伟。《红日》宏阔壮伟，抑扬顿挫，既有粗笔勾勒，也有细致刻画，粗细相宜。《红岩》宏伟而严谨，错综而集中，激越慷慨，深沉悲壮。《林海雪原》富于浓厚的传奇色彩，情节奇特曲折，扣人心弦。《百炼成钢》时代感强，见物见人，脉络清晰，朴素平易，注意从日常生活中提炼诗意。《上海的早晨》风格朴实，语言明快流利，既抓住描写对象的共性特征，更在层层描写中突出其个性特点。总之，传统长篇小说创作的题材、主题的开拓，新型艺术形象的成功创造，对民族化的有成效的探索，个人独特艺术风格的基本形成，共同显示了其不该被低估的实绩。

新潮小说概观

上　编

在冷寂的艺术荒芜地上崛起

第一章

闸门轰然冲开后的潮头

1

从 1966 年下半年到 1971 年，中国内地的文学艺术园地，迅速萧条成一片空白地；至 1972 年，短篇小说创作园地虽有所苏醒与萌发，但并无经得起整体质量检验的作品问世；及至 1977 年底，短篇创作才率先冲开闸门而有声势地形成新潮。

短篇创作新潮的演进轨迹颇具代表性，随后如雨后春笋般兴起的中篇和长篇创作，也大体上追随着它最先踏出的轨迹行进。从总貌上概括而言，新潮短篇创作大致经历了伤痕小说、反思小说、新人小说、多样化小说的演进历程。

在 1977 年到 1979 年的历史区段，伤痕短篇小说是文学创作闸门冲开后掀起的第一个潮头，其以惊人的势头冲击着刚刚过去的“文化大革命”禁区，率先适应了新时代的急切召唤。在此类短篇中，产生较大反响的短篇是刘心武的成名作《班主任》（始载《人民文学》1977 年 11 月号，其冠于1978年获全国优秀短篇小说奖的25篇作品之首，获一等奖)。刘心武生于1942年，四川省成都市人；1958年开始业余创作，1961年毕业于北京师范专科学校。当年《班主任》发表得最早，被视为占据首创性地位的伤痕短篇代表作。

《班主任》通过“光明中学初三（三）班”班主任张俊石的耳闻目睹，最先触及与暴露了十年内乱给关系到祖国未来发展前途的青少年一代所造成的远比外伤更难以医治的严重内伤，发出了“救救被‘四人帮’坑害了的孩子”的呼吁，及时提出了当年令人忧心的社会问题。

《班主任》最先塑造出带有十年内乱所造成的内外伤痕的艺术形象，最先塑造了两个表面看来迥然不同，而实质上都同样是带有伤痕的伤痕人物。出身于充满忠诚感情的工人家庭的宋宝琦是遭受了内外创伤的悲剧形象。他在十年内乱的环境里，“因为卷进了一次集体犯罪活动”而被公安局拘留；在“审讯”中他除自己不得不“坦白交代”外，还“揭发检举了首犯的关键罪行”，因而得以“教育释放”出来而转学到光明中学插入张俊石当班主任的“初三（三）班”。他是独生子，其母是售货员，其父在园林局苗圃场工作，一家三口在物质生活上“不愁吃不愁穿”，但精神生活却很贫乏。作为一个未足16岁的中学生，按理本该发奋学习，然而在十年内乱的环境里，他书包里没有课本，没有笔墨纸砚，不仅无求知欲望，更缺乏起码的求上进的思想觉悟，其父由于养成了下午六点下班后常到马路边小树林里同一些人席地而坐打扑克消遣直打到天黑后八九点钟才肯回家的习惯，因此对他长期“缺乏教育管束”；而其只顾忙于上班和家务的母亲，也一直对他采取溺爱与放任的态度；就这样，“一疙瘩一疙瘩的横肉”与常显出空虚的愚昧无知的他，便误上歧途而堕入了祸害社会的“流氓集团”，并深受着“哥儿们义气”“享乐主义”和“读书无用”“知识无用”的思想的主宰，不仅心甘情愿地被大流氓头子严厉、野蛮地管束着，并且把虐待与欺压小于自己的小流氓当作最大的乐趣。他常随身携带的东西是“一把用来斗殴用的自行车弹簧锁，一副残破油腻的扑克牌，一个式样新颖附有打火机的镀镍烟盒，还有一本撕掉封皮的小说”；流里流气地抽烟、玩扑克、斗殴、翻看小说中的插图，这些便是他在特殊年代里的日常生活的基本内容；他那本从学校废书库偷来的小说是爱尔兰女作家伏尼契的名著《牛虻》，着重描写19世纪30年代意大利人民反对奥地利统治的斗争，塑造了资产阶级革命者牛虻的形象；他对《牛虻》从未读过，甚至不认识“虻”字，他是以“黄色”心理欲望把《牛虻》当成“黄书”看待的，他每日动心地翻看的仅是书里插图中的女主角琼玛，书中的“插图上，凡有女主角琼玛出现”，他都“一律野蛮地给她添上了八字胡须”；为啥全画上胡须？因为他跟他那帮流氓团伙“比赛来着，一人拿一本，翻画儿，翻着女的就画，谁画的多，谁运气就好”，以此当“算命，看谁先交上女朋友”。他即如此日复一日地在灵魂被严重污染与被损害的同时，一步步堕落于人生歧途，成了被称为“菜市口老四”的祸害社会的“小流氓”，不仅上唇留着殴斗时被打裂又缝上的外部伤痕，同时他还有精神世界极度荒诞空虚、愚昧无知的内伤。

小说中的谢惠敏则是另一类遭受到心灵和精神创伤的伤痕形象。她是光明中学初三（三）班“只有三个月团龄”的团支部书记，她“个头比一般男生还高”，“腰板总挺得直直的”，“显得很健壮”，扎着两根“小短辫”；“她功课中平，作业有时完不成，主要是由于社会工作占去的精力和时间太多了”；“除了随着大伙看看电影、唱唱每个阶段的推荐歌曲，几乎没有什么业余爱好”；她有品格正直、举止端正、感情朴实纯真的一面，神情昂扬，立志革命，但有时在过分天真地严于要求自己和别人的言行中也显出几分幼稚；在班级下乡学农返校那天，在离村已经一里多远的路上，她发现有个男生要把一个麦穗拿回家给家长看看乡下的“麦子长得有多棒”，立即非常生气地当面批评说：“你怎么能带走贫下中农的麦子？给我！得送回去!”在由此引起的一场争论中，她坚持认为绝不能让贫下中农损失一粒麦子，于是她“手里紧紧握着那丰满的麦穗”，“在雨后泥泞的大车道上奔回村庄”，送回了那个麦穗，觉得唯有如此才不会损伤农民群众的丝毫利益。在十年内乱中，她虽未怀有“丝毫的政治投机心理”，但她受似是而非、是非模糊、是非难辨的社会思想和“宁左勿右”的政治风潮的影响颇深，脑瓜中只装着些“阶级斗争”信息，缺乏独立思考与鉴别是非、辨别香花毒草的能力；在团组织生活中，她只会机械地重复当时报纸上的政治宣传内容，而坚决认定“爬山比赛”之类活动与组织生活是水火不相容的；在“热得象被扣在了蒸笼里”的炎夏，她为不沾染“资产阶级作风”，仍坚持穿着长裤子和长袖衬衫，同时把别的女同学穿花衬衫和短裙子一概混同于“资字号”的生活作风。当宋宝琦要插进她所在的班级时，她把宋宝琦等同于“阶级敌人”，晃着小短辫对班主任张俊石说：“这是阶级斗争！他敢犯狂，我们就跟他斗!”她认定凡不是当时书店出售的和图书馆外借的书，凡不是当年报刊上登载或推荐过的书，全都是“黄书”“毒草”，认为看了就必定“中毒”，就必定“受腐蚀”；她一听见是外国小说“就打心眼里反感”，她见《牛虻》里头“有外国男女谈恋爱的插图”便“惊叫起来：‘唉呀！真黄！明天得狠批这本黄书!’”她甚至仅“随便翻捡了几页”，便把“一九五九年出版的《青春之歌》”也“断定是本‘黄书’”。这些情节描写意在表明：在十年内乱的特殊岁月里，谢惠敏这类青少年并非健康地成长了，而同样被染上了思想的病菌，也是需要疗救的另一类伤痕人物。

两个作为青少年代表者（并非代表全部）的不同类型的伤痕人物形象的同时塑造，更显出了亟待疗救的迫切性，他们本该属于被寄托希望的一代，但他们的心灵和精神都遭受了创伤；小说对遭受创伤的青少年代表人物所抱的感情是惋惜的，认定他们都是不该被社会“歧视打击”的“需要帮助”的受害者，为了屹立于世界民族之林的祖国的未来，热忱呼吁要“化有害为无害”，“化无害为有益”，要“挽救”“引导”他们走上正路，“转变”与“教育”他们，对他们寄予了新生的热切期望，显出了强烈的社会责任感。刘心武此篇成名作显出了其小说创作的一大特点，即多采用概括性较强的笔法，议论色彩较强；此种笔法在其创作中有时表现得突出些，有时则不那么突出。

2

至 1979 年，问世了对新中国成立以来的生活道路进行再回顾、再认识、再评价、再总结的小说，对这类反思历史教训的小说，人们统称为反思小说，这是新潮冲击出来的第二个潮头。

从当年文坛反响较强烈的热点短篇看，最先是反思“大跃进”运动。茹志鹃的《剪辑错了的故事》（始载《人民文学》1979 年 2 月号）即着重总结了甘书记在“大跃进”年代的错误教训。小说以蒙太奇手法，将第三次国内革命战争年代的历史画面同“大跃进”年代的现实画面，进行跳跃式的交错描写、组接，如同将不同历史时期的镜头、画面剪辑错了一般，因此题名为《剪辑错了的故事》，但实质上，各幅画面之间都有内在联系，亦即均由干群关系及党群关系的灵魂串联着，因而历史和现实的干群与党群的关系状况形成鲜明对比。甘书记在艰苦的战争年代，把人民当作“衣食父母”，同人民患难同当，生死与共，而在新中国成立后的“大跃进”年代，却遗憾地变成了只顾为“左”倾思潮推波助澜的蛮横的“官”。他任职期间在“一天等于二十年”的声浪中，凭借人民赋予的权力搞了三手：一手是硬要砍掉很有经济效益的梨园，搞所谓亩产一万六千斤的卫星田（而实际上是10亩产）；一手是粗暴地推行高征购；一手是无理地打击抵制他这套弄虚作假、欺上压下的不正之风的老寿，仗势把田寿本打成右倾分子。由于他只顾欺骗与迎合上边，不顾群众疾苦，结果弄得大伙的“口粮一天只有八大两”，因而大伤群众的心，损害了干群关系和党群关系。小说实质上是形象地反思了主观蛮干、劳民伤财、不实事求是、随意上纲上线打击坚持实事求是精神的人的历史教训，批评、否定了“大跃进”年代不讲科学的冒进、冒干与浮夸的作风，揭露了“大跃进”运动和“左”倾思潮的严重危害。此篇反思小说表明茹志鹃的创作风格已由委婉走向深沉，由浅唱低吟而走向了沉思冷峻。

接着是对1957年反右扩大化的失误和1959年反右倾的错误进行反思。当年反右扩大化和反右倾往往同知识分子和干部相关联，因而此类反思小说亦可谓反思某些知识分子和某些干部遭受冤屈的不幸人生命运，李国文的短篇《月食》（始载《人民文学》1980年第3期）即是此类短篇中较突出的作品。李国文生于1930年，祖籍江苏省盐城县，生于上海市；1946年就读于南京国立戏剧专科学校；1950年开始小说创作，1957年发表处女短篇《改选》。《月食》中的主人公伊汝，是在抗战年代从小八路成长起来的富有才思的新闻记者，新中国成立后兼任毕竟部长的秘书，为人正直无私，一直保持着与人民群众的血肉联系，在1957年的一次党支部生活会上，他坦诚地提出了干群和党群关系有所疏远和说到不应失掉同人民保持鱼水关系的优良传统的问题，因而被错划为“右派分子”，被送到柴达木汽车修理站“劳动教养”22年。小说中的另一主要人物毕竟则是更有资历和文化的担任宣传部长兼报社主编职务的高级干部，他在战争年代当过游击队长和地委宣传部长，在艰难岁月同劳苦民众生死相依，新中国成立后他从同老根据地郭大娘的关系的变化中敏锐地感觉到有脱离人民的危险，理直气壮地认为掌权者应当且务必永远站在人民群众一边。在1958年“大跃进”的浪潮中，他主编的报纸常把损害群众利益的搞浮夸风的“高产卫星”的新闻“放在二三条位置来刊登”，同时在1959年底还亲自给“内参”写了两篇实事求是地“反映人民声音的情况报道”，因而被打成“右倾分子”，被送到“祁连山南草地一座战备粮库劳动改造”。伊汝和毕竟虽然都遭受到“左”倾思潮的错误打击，但始终未因自己所遭受的不幸而消沉悲观，他们总相信人生的不幸、党的优良传统的丢失以及失误与错误，终将如自然界出现的“月食”一般，总会过去的，美好的时日仍将重来。果然，进入历史新时期后，他们重新回到了党和人民的怀抱之中，当他们重返战争年代老根据地“羊角垴”的时候，那里依然充满着爱，依然有22年间持之以恒深情如故的妞妞的爱，有他们对已经去世的郭大娘的深沉怀念的爱，有他们与广大民众之间的真诚热烈的爱，失去的一切果真又都回来了！可以说此短篇既是写不幸，也是写一种信念；既是写人生命运的“月食”，写曲折发展的历史生活的“月食”，也是写对美好人生的信念，对党和人民的坚定信念；因此于不幸的氛围中，其格调依然是高昂的，依然表现出赤诚向上的精神，依然给人以信心、鼓舞与力量；它是按照特定时代的基调和精神来塑造人物形象的。此外，小说运用了象征、写内心独白、写梦幻、写错觉的手法，时序颠倒，情节跳跃，显出了与传统表现艺术不同的特色。

再次是将思考的触角伸向农民所走过的崎岖的生活道路。在新中国成立后的曲折的生活道路上，相对说来，广大农民所经历的崎岖路程更多一些，加上许多小说家较熟悉农民走过的崎岖路程，也长于写农村社会生活，因此这类反思小说更多一些。在这方面，名声较响的是高晓声，他的短篇《李顺大造屋》和《陈奂生上城》产生过较强烈反响。高晓声生于1928年，江苏省武进县人；高中毕业后曾考入上海法学院经济系，但中途辍学；新中国成立后才开始从事自己向往已久的文学创作。他的短篇《李顺大造屋》（始载《雨花》1979 年 7 月号）写农民李顺大三起三落的造屋史，实质上就是反思新中国成立后农民曲折的生活史。李顺大所经历的新中国成立后的三十个春秋，既有胜利和欢乐，也有挫折和苦痛。他在苦难的旧社会，连造屋的梦也没敢做过，甚至父母冻死在荒郊；只有在新中国成立后，他才敢抱有造三间屋以改善生活境遇的愿望，但不幸的是“左”倾思潮使他两次的苦心经营都陷于落空。第一次，他用六年心血筹备的造屋材料，被 1958 年的“共产风”刮得一干二净，砖被拉去造炼铁炉，木头被拉去造推土车，瓦被拉去盖猪圈。第二次，他虽然辛辛苦苦积攒下能造三间屋的钱，但造屋的希望却在十年内乱中破灭。而在新的历史时期的序幕刚拉开的时候，虽然他有可能实现造屋的梦想，但要弄够造屋材料仍依然颇费周折，令他简直感到艰难得寒心、伤心。李顺大如此三起三落的造屋史，带有清醒地正视和痛心地总结历史经验教训的性质：只有实事求是地纠正“左”倾思潮，才有可能使农村社会和广大农民摆脱贫困命运。这正是高晓声默默地在苏南农村底层长期体验到的生活真谛，这个真谛如今已成为家喻户晓的常理，但在小说发表的当年却产生过振聋发聩的效应。他的另一短篇《陈奂生上城》（始载《人民文学》1980 年第 2 期）着重描写陈奂生提着“干干净净的旅行包”上城卖油绳的始末。长期生计窘迫、无余粮余钱且常年负债的“漏斗户主”陈奂生在进入新历史时期初年，温饱问题已有所解决，“肚里吃得饱，身上穿得新”，但还想买一顶十多年来一直想买而一直未曾买过的防风防寒的新帽子；于是他提包上城卖油绳，想赚回一顶帽子来。可是出乎意料，他晚上“十点半以后”在城里的火车站上卖油绳时着凉患了“重感冒”，高烧得昏昏沉沉，卧倒在椅子上了；幸亏被曾在他那个大队蹲过点并在他家吃过一顿便饭的好心的县委书记吴楚发现，并派车送他到县委招待所，在机关门诊室“吃了几片药”后安歇一宿，才未酿成大病；然而，当第二天要离店时，却不得不自掏腰包向门口柜台处“甜甜地笑着”的算账钱的大姑娘交了五元住宿费。他那一旅行包油绳“一共六斤”，“卖完一算账”，实际上才赚到两元七角钱，如今住一夜竟把两顶帽子钱住掉了！他左思右想太“算不来”，因此“忿忿然”地重新返回招待所，坐到“弹簧太师椅上”和床上，“再也不怕弄脏了什么”，“即便房间弄成了猪圈”也不在乎，报复性地胡乱地折腾了好几个小时才扫兴地“拎了旅行包”走出招待所。在回村的一路上，他虽然也依旧感觉吃亏得很，“连本搭利几乎全部搞光”，但当他想及将县委书记如何用小汽车将他送到高级招待所住“五元钱一夜的高级房间”的荣耀经历叙说之后，再也不会有人“说他没见过世面”，再也不会有人“瞧不起他”，而将会从此得到人们的羡慕与敬重时，他突然极得意地感到了从未有过的“精神的满足”。此后，他不仅“一直很神气”，常给人讲着自己“住过五块钱一夜的高级房间”的“动人的经历”，而且“做起事来，更比以前有劲得多了”。这便是小说描写的陈奂生上城卖油绳的故事的始末。陈奂生这一生活侧面的内涵一言难尽，人们可以从经济、文化、道德、心理等角度予以思索，其中有两个意向较为明显：一是对新中国成立后的农民生活命运及其成因的反思，既包括不切实际的“左”倾政策所造成的农民生活的坎坷、艰辛、穷苦，也包括新的经济政策、农业政策所带来的农民现实生活的转机与希望；二是对20世纪70年代末的中国内地农民的心理精神状态及其成因的反思，陈奂生的性格、心态是特定时代中国内地农村社会环境中一部分农民的性格、心态的代表，他显示出了多方面的思想性格和精神因素，他古朴、勤劳、善良、憨厚、坚韧、重实利、重人情、重价值，灵魂深处仍多少夹杂着阿Q式的精神胜利的劣根性，这是古老的民族传统给予他的秉性；同时他又有狭隘、自卑、精神贫弱、心理平庸而易于满足的一面，这是由他长期处在带传统性的闭锁、贫困、穷苦的人生地位所决定的；然而他又并非麻木至不渴望改变现状而无追求的地步，在略微感受到春的气息的新时代环境里，穷惯了的他也初步萌生了要求改善自己的人生处境，改善自己的物质生活和精神生活，提高自己的人生地位、尊严、价值的积极心理因素；这样，小说不仅辩证地反思了形成陈奂生及其所代表的农民命运的外在原因，也辩证地反思了形成陈奂生及其所代表的农民命运的内在原因。这种辩证的反思与描写，体现、恢复与深化了从农村社会生活和农民思想实际出发的以真实性为基础和根本依据的现实主义描写原则，塑造出了特定时代环境里既可怜，又可笑，也可爱的启人多思、颇具艺术张力的较复杂的中年农民陈奂生形象，表明高晓声是凭自己长期的真实、深刻的农村生活体验而以真实、深刻地反思新中国成立后农民的人生命运和心理精神状态见长的小说家。

如前所述，在新中国成立初期所走过的路程上，既有成功、正确与阳光灿烂的一面，也有遭受挫折与失误的一面，这类反思小说一马当先地侧重反思过去未能正视与描写的失误的一面，以新的创作思想正视与揭示了“左”倾思潮的危害，从主题、人物和格调上突破思维定式而令人耳目一新地开创出了拨乱反正的艺术新天地，成为透视整体真实生活另一面的窗口，使特定历史时代下的社会现实生活得到了更全面、更辩证的反映，从抚摸伤痕中启示、激励人们奋起追求美好的新生活，这与当年从各方面总结历史经验的新时代要求是相吻合的，与特定时代的民众心声也是相一致的，该同样属于革命现实主义创作深化的新成果。

3

继伤痕小说、反思小说热之后，随着国家战略重点向“四化建设”的转移和“四化建设”大业的兴起，又及时掀起了描写“四化建设”新时代“新人”的小说热，这是中国内地小说创作新潮有声势地冲击出来的第三个潮头。

在新人短篇小说热方面，占据首要地位的是蒋子龙的《乔厂长上任记》（始载《人民文学》1979 年第 7 期，冠于 1979 年全国获奖短篇小说之首）。蒋子龙生于 1941 年，河北省沧县人；1958 年初中毕业后考入技工学校，1960 年参军，1965 年在部队时发表处女短篇《新站长》，同年复员到工厂。他的《乔厂长上任记》是新人小说创作的开山之作，发表后好些报刊迅速转载，好几家电台同时广播，一时形成了全国性的“乔厂长热”，产生过强烈社会效果，作者亦以此短篇而开始蜚声文坛。小说置于国家战略重点转移到经济建设上来后整顿企业的特定背景下描写，其中所描写的“重型电机厂”当时连年亏产，而“重型电机”上不去，整个“机电工业”都会被拖垮；专门给国家提供重型电机设备的“机电工业”的现代化不能走在前头，国家实现现代化的步伐必然严重受阻，因此必须“派硬手”去“重型电机厂”开创新局面。经历十年内乱之后的“重型电机厂”以“大难乱杂”为显著特征，厂子里“思想混乱”，“连信仰也失去了，连民族自尊心、社会主义的自豪感都没有了”，“群众在思想上一片散沙”；整个厂风已经遭到严重破坏，制度混乱，纪律松弛，人心涣散，厂子里的“干部几乎是三套班子，十年前的一批，文化大革命起来的一批，冀申到厂后又搞了一个自己的班子”；掌管实权的某些干部“只会做官”，弄虚作假，吹拍舞弊，冀申是“重型电机厂”一把手，本是搞组织工作的，缺乏搞工业生产的才干和经验，其本事在于“很善于处理人事关系”，他趁在市委干校“当副校长”的时机，“和许多身份重要的人拉上了关系”，因此他在“上层”的“四面八方”都有对他有好感的关系；其另一本事在于很善于从“争权夺利”出发去审时度势而决定自己的工作态度和行动；其在凭大搞“关系网”和“见机行事”的两大本事而保住手中实权与谋求更高官位的同时，把整个“重型电机厂”搞成了“烂摊子”。因此急需具有新时代的思想和精神的真正有现代管理才干的闯将奋不顾身地去勇挑重担，去大刀阔斧地开创“四化建设”的新局面。小说正是贵在一马当先而富于感召力地描写了攸关人民伟业成败和中华民族兴衰并与特定时代亿万民众的情绪、意愿与心声相应和的大刀阔斧开创“四化建设”新局面的重大时代课题，及时、强烈、响亮地传播了时代变革与发展的新信息。

小说以刚劲的笔力塑造了闪耀着“四化建设”时代崭新精神光彩的新人乔光朴形象。乔光朴是五十有六的中年人，“体架”魁伟，人们通常亲热地称他“大个子”，有一张“肌肉厚重的阔脸”，“一双火力十足的眼睛”，虽然“血压有一点高”，但“身体基本健康”，精神饱满，性格顽强，锐气十足，看去浑身仍显出一种力量和干劲。他青年时代曾经“留苏”，“在苏联学习的最后一年”（1957 年），曾“到列宁格勒电力工厂担任助理厂长”，1958 年“从苏联学习回国”后“被派到重型电机厂当厂长”，虽然业绩显著，但十年内乱中仍被当作“走资派”而常“挨批斗”，他那“在大学当宣传部长”的妻子于 1968 年初“不清不白地死在‘牛棚’里”，因此当他的儿女考上大学离开他以后，他便“一个人守着几间空房子，过着苦行僧式的生活”了。在搞经济建设的新生代里，他担任许多干部“梦寐以求而又得不到手的‘美缺’”——“机电局电器公司经理”，但他既淡泊官职名利，也没害上当年正流行着的因遭受过挫折、磨难、打击而产生的“政治衰老症”、“精神萎缩症”与玩世不恭症；既从不把精力耗在抚摸昔日留下的“伤痕”上，也不愿悠闲自得地凭着那无须费多少心血便可获得优厚待遇的公司经理的“美缺”去“享受”；新时代的“四化建设”的伟业重新点燃了他奋斗的旺盛激情，令其充满热情、信心和责任感；因此在“美缺”与“苦缺”之间他选择了“苦缺”，决心辞去“权力不小”“待遇不低”“费心血不多”的“美缺”而去念最不好念的“基层的经”。他明确认识到：“重型电机厂”搞的是“现代化的发动机”，国家那些台柱子大型骨干企业都需要现代化的发动机，“象电机厂这样的企业如果老是一副烂摊子，国家的现代化将成为画饼。我们搞的这行是现代化的发动机，而大型骨干企业又是国家台柱子。搞好了有功，不比打江山的功小；搞不好有罪，也不比叛党卖国的罪小。”因此在机电工业局的会议室里召开的沉闷、寂静的干部会上，他自告奋勇毛遂自荐：“别人不说我先说，请局党委考虑，让我到重型电机厂去”“当厂长”。并当即立下军令状：“我去后如果电机厂仍不能完成国家计划，我请求撤销我党内外一切职务。”他认为“雄心是不取决于年岁的，正象青春不一定属于黑发人，也不见得随白发而消失”。他表示：“过去打仗也好，现在搞工业也好，我都不喜欢站在旁边打边鼓，而喜欢当主角，不管我演的是喜剧还是悲剧。”这便是乔光朴自荐、自愿“出山”的经过、思想动机和所表示的迎难而上的决心。无论从政治、信心、魄力还是业务、技术角度看，乔光朴都是搞现代化大生产难得的领军人才，因此机电工业局批准了他再次“回厂上任”的请求。

乔光朴回厂上任后面临的“岂止是个烂摊子，还是一个政治斗争的漩涡”。由电机厂学徒和“造反派”组织头头升任为副厂长的郗望北，在十年内乱中曾一直是乔光朴的对头冤家，他当年带领“造反派”“专打乔光朴”，乔光朴回厂后怎么与冤家“一块共事”就是面临的一大难题；电机厂一把手冀申在乔光朴到厂上任前已抢先主持党委会研究过如何发动生产“大会战”，以此表面轰轰烈烈的传统方式掩盖“烂摊子”的真相和向乔光朴示威；同时在乔光朴上任后他被降为“生产副厂长”之后，依然随时设法与乔光朴作对，名曰“助手”而实为“敌手”；因此乔光朴在开创“四化建设”事业新局面的过程中面临着重重障碍和复杂尖锐的矛盾冲突。但无论如何艰难，刚正不阿、精通业务、雄心勃勃、对现代化企业管理很有一套的乔光朴，对自身的才干始终充满自信，胆量、勇气与魄力不减，决心以顽强劲头“收拾烂摊子”，决心披荆斩棘，锐意进取，敢作敢为，“大干一番”。他先从调查研究入手，上任后用半月时间“整天在下边转”，摸清整个干部和工人队伍的现状，抓准现实的要害问题；他并非只讲不痛不痒的原则话的领导者，而是有务实态度和科学精神的懂业务的实干家，“他说一不二，敢拍板也敢负责，许了愿必还”；他工作抓得很扎实、很细，诸如机床的检修保养、工厂管理上存在的“一粗二松三马虎”、职工干活的消极态度和技术上的不精益求精以及幼儿园的扩建等问题，他都认真负责地去抓；他要求“文明生产”，严格实行“质量管理制度”，一切都按制度办事，只要“全面完成任务就实行物质奖励”，就发“奖金”；他不以个人恩怨用人，而以“谁干得好让谁干”为任人标准，精明能干而又肯干者上，不称职、不肯干者下，绝不白养不干活者，人人都得靠才能、实干和实际成果吃饭。特别是他“把九千多名职工一下子推上了大考核、大评议的比赛场。通过考核评议，不管是干部还是工人，在业务上稀松二五眼的，出工不出力、出力不出汗的，占着茅坑不屙屎的，溜奸滑蹭的，全成了编余人员，留下的都一个萝卜顶一个坑，兵是精兵，将是强将。这样，整顿一个车间就上来一个车间，电机厂劳动生产率立刻提高了一大截”。他把“编余人员”“组成了一个服务大队”，“把厂里从农村招用来搞基建和运输的一千多长期‘临时工’全部辞掉，代之以服务大队”，并“派得力的财务科长李干去当大队长，从辞掉临时工省下的钱里拿出一部分作为给服务大队的奖励”，赢得了“编余人员”的人心。与此同时，他罢免了在全厂大考核中“被考垮了”的冀申的生产副厂长职务，把他调到了服务大队去搞基建，而把主动、自愿“下到二车间”干活的在大考核期间确实表现出能力的“派头头”郗望北（原副厂长）调上来任命为“生产副厂长”，既敢于把虽擅长“走上层路线”“搞上层关系”“升官有道”但不称职的干部撤掉，也敢于把真正能干的“冤家”委以重任，变成同心协力的“副手”“助手”；小说中的乔光朴就是这样“光明正大”“敢作敢为”

地排除了长期困扰人事关系、困扰生产和产量的“千奇百怪的矛盾，五花八门的问题”，把一个被搞成乱七八糟的“烂摊子”整顿了过来，开创了新局面；他是在新的历史条件下满怀“四化建设”紧迫感的一心扑在实现“四化”大业上的对什么误解、委屈、诬告、咒骂、讥笑都“悉听尊便”的具有潇洒进攻型性格的开拓者、创业者，是既具有勇于实验和另辟蹊径的气概，又脚踏实地以高度的责任感与献身精神而力求奋发有为的实干家，是牵动当年亿万民众心绪的为特定时代所召唤的尽全力为“四化”奋斗的第一个新人，也是作者笔下“开拓者家族”中最负盛名的艺术典型，这一新人艺术典型是特定时代的现实生活与作者对未来理想的统一。

所谓新历史条件下的新人，就是具有新的思想境界、新的精神面貌和为新时代使命奋斗的显示出了鲜明的新时代特征的新型人物、先进人物或英雄人物，是新时代精神品格的代表性体现者。这样的新人会涌现于各行各业，其艺术典型可从各行各业中塑造出来。那些闪耀着新时代特征的具有新的独特审美价值的新型军人英雄亦属新人之列，徐怀中的曾赢得当年文坛高度赞赏的《西线轶事》（始载《人民文学》1980 年第 1 期，冠于 1980 年全国获奖短篇小说之首）即是塑造此类新人艺术典型的代表性作品。徐怀中生于 1929 年，河北省峰峰市人；1945 年参军后在晋冀鲁豫野战军政治部文艺工作团从事美术工作；1954 年出版中篇小说《地上的长虹》。他的《西线轶事》以带有独异性的艺术构思和笔法勾画出了一些新型军人形象，所描写的是新历史条件下新时代战争环境里的军人；它不着重直接描写战斗环境，不着重从正面让军人去演出战争的经过，而是致力于选取、连缀男女电话兵面对一场特殊战争的一些零星有趣的生活片段，让那些零星的生活片段与整个社会生活息息相通，将战争环境里的“军人”当作“社会人”而予以立体性、个性化的描写，突出描写战争环境里的军人的内心冲突和思想感情的流动与变化，突出描写战争环境里的军人的人性美、人情美、心灵美、人情味。其于描绘20世纪80年代的女兵生活的过程中，出色地塑造出六个带着崭新时代特征的女电话兵形象。她们都是在和平环境中长大的年轻姑娘，分别带着一些女孩子的个性与习惯，有的“爱嗑瓜子”，有的“爱哭”，有的幻想着“个人问题”，但面对严酷战争考验，她们一个个都“剪掉了小鬏鬏”，都自然而然地想到了死的问题，因此或特意通过长途电话和妈妈告别，或特意抓紧时间若无其事地同妈妈唠着家常；当置身前线战斗生活环境后，她们一个个都顽强地克服各种困难，克服“解手难”的困难，克服“例假”的困难，克服惧怕敌人尸体的困难，克服在丛林中急行军的困难，克服酷热、蚂蟥带来的困难，并且勇敢地去完成一项又一项冒着生命危险的任务；这便是小说描写的富于青春气息的有血有肉的新型女兵的性格和精神风貌。其中，陶珂则是小说笔墨的致力点，她是干部子弟，小时流落他乡，遭受过十年内乱的创伤，既有稚气、单纯的一面，也有深沉、内向的一面，真诚、稳重、勇敢、顽强、无私、纯洁是她的主要品格。在战前她“一张粉团团的脸儿，稚气地笑着，并不言语”，但在自卫反击战打响后的硝烟中却毫不犹豫地置生死于不顾，勇敢地同敌人搏斗；战后她荣立战功，强烈地从内心深感荣耀与自豪；但当要批准她入党时，她说自己还需要经受更严格的锻炼与改造才能获得这样崇高的资格，她盼望与要求自己成为一滴洁净的水；多么平凡、纯洁、高尚的灵魂与品格！小说中描写得更有深度和魅力的是姓名带有女性味的男新型军人艺术典型刘毛妹。他是心灵留有伤痕的带着普通人本色的蕴含着诸多新旧时代内容、具有历史深刻感与鲜明新时代感的新型军人英雄形象。他的生活经历有独特性，性格有复杂性，心灵世界显出了丰富性。他有十年内乱留下的尚未愈复的创伤，他父亲在内乱中被诬成“叛徒”而含冤自杀，母亲则被迫与父亲“划清界线”，自己亦因此曾陷入逆境而遭受歧视，因而他内心曾深感特殊年代世态的炎凉；抑郁、苦闷、愤激、冷漠、沉思等情绪，曾混杂在他的心头，甚至入伍以后仍不时有冷漠不恭的情绪流露出来；不按军纪扣好衣扣，抽烟，且故意“一连串地吐着烟圈儿”，言语间常带些嘲弄意味，还曾对在童年便结下一定情谊的陶珂有过失礼行为；相对于严格的军纪而言，应当说他言行中确实是有些散漫消极因素的。但是，他毕竟是在新时代的土壤和阳光中成长着的新型军人，他是用诚实而冷峻的态度直面人生现实和沉思人生的，主张既不以海市蜃楼式的绿洲故意覆盖地上的沙漠，也绝不因坎坷而变得圆滑而落伍；为要从坎坷的生活中汲取自强不息的力量而去实现自己生命的崇高价值，他的内心深处时常忧虑着国家和民族的落后与安危，对自己那应尽的军人职责、爱国职责和卫国职责始终不忘。因此当祖国确实需要的时候，他突出地表现出了自己的爱国精神、献身精神，不仅冒着枪林弹雨为女兵电话总机班当人梯，还在危急时刻挺身而出，代替牺牲的排长继续指挥战斗，在自己的下巴骨和牙床受重伤以后，依然用缴获的报话机向指挥所报告战况，最后，不惜以年轻的生命尽职尽责，英勇捐躯，“大大小小挂花四十四处”。刘毛妹是在特定时代环境下造就的带有鲜明独特性的于以往军事文学中未曾见过的新型军人英雄。总之，《西线轶事》把军营当作社会细胞来写，把兵作为复杂社会关系中的完整的人来写，在自卫反击战的特殊画布上勾画出了处在新时代、新生活、新矛盾中的将时代性、先进性、复杂性相统一的新型军人形象，显示出了军人生活的奇光异彩和军事文学的新姿新貌，对军事题材小说有探索与创新意义，被称为最先掀起军事文学“冲击波”的代表性作品。

徐怀中小说艺术的突出特征在于追求心灵美和情趣美。他撷取那些富于生活气息、生活情趣的轶事来刻画军人，他笔下的情趣美、人情味胜过战火的硝烟味；他注重情节的生动性、趣味性，并使生动性、趣味性与人物鲜明的个性及创作意向的表达统一起来；注重通过能够见出心灵美的趣事写出心灵美的新型军人，使情趣美同新型军人的性格美、心灵美水乳交融，既给人以情趣美的享受，又是对新型军人心灵美的赞歌，因而其情趣不飘浮，不轻佻，而显得洒脱、隽永。

在辽阔的农村，随着现实的变革，也在不同生活层面上不断涌现出新人。黔地何士光的《乡场上》（始载《人民文学》1980 年第 8 期）即属描写新时代农村新人的产生过较强烈反响的作品。何士光生于 1942 年，贵州贵阳人；1964 年毕业于贵州大学中文系，毕业后到贵州凤冈县当乡村中学教师；1977 年开始发表作品。他的短篇《乡场上》通过寻常的乡间生活小事写出了新意、深意，写出了各具特色的人物，特别是塑造出了在新的农业政策下，精神世界开始突变而重新勇敢维护自我尊严的农村新人冯幺爸形象，借以强烈地传递了农民们精神面貌突变的新时代讯息。冯幺爸虽然不属于那种站在时代潮头上起劲地弄潮的新人，但他却无疑是显现了新的特定时代精神特征的新人，是在试行新的农村经济政策后，刚刚获得生产经营自主权和经济生活自主权，因而显出了独立生活的自信心的农村新人。小说对这个新人的刻画具有独特性：着重强烈地突现新的农村经济体制的实行和物质生活的变化带给他的精神世界的变化。因而使它成为 20 世纪 80 年代描写农民精神世界变化的先声之作，成为从精神世界的层次上展示农村新人的新品质的代表性作品。

《乡场上》在寻常的乡间小事中写出了深意，写出了有特色的“活人”。其主题与冯幺爸形象，只是在两个女人为孩子打架引发争执而叫冯幺爸作证的瞬间进行表达和完成刻画的。小事件寻常得很：在黔地乌蒙山隅小小的梨花屯的乡场上，罗、任两家的小孩发生纠纷，因此罗二娘（人称“贵妇人”，其男人是猪肉购销站会计，操掌着肉食的实权，她因有吃肉特权而随时盛气凌人）破口大骂任老大（“穷教师”）的孩子欺侮她的娃儿。此时，经常在罗二娘男人那猪肉购销站里得到“实惠”的曹福贵支书也口口声声地在一旁不分是非地偏袒罗二娘，并暗中威胁以往老实巴交的庄稼汉冯幺爸，要他颠倒事实真相，替罗二娘作伪证。冯幺爸开始精神包袱很重，只是一个劲儿地咧嘴、搔头、睖眼、眨巴眼，惶恐窘迫，连说真话的勇气都没有；但后来，他的精神世界忽然发生了突变，他在罗二娘变本加厉的谩骂声中突然出人意料地跺着脚吼了起来，不但痛快淋漓地揭破了支书曹福贵的假公允，当面斥责了“贵妇人”罗二娘的蛮横霸道，而且勇敢地按照事实真相，为“穷教书匠”任老大的女人作了证。这便是小说所写的情节始末，实际上就是写冯幺爸为别人吵架作证的始末。“作证”就是说明事实真相，就是不昧心说瞎话，这本是很简单易行的事，但是在农村实行变革前的旧经济体制下，冯幺爸是一个“顶没有价值的”、挺没用的穷庄稼汉。他养着六个娃儿，生活穷困，年年得靠“借”度日，或者央求支书曹福贵借些返销粮，或者央求“贵妇人”罗二娘接济一点；由于一家生计掌握在他人手中，因此他在梨花屯长期直不起腰杆，精神压力很大，连说真话的勇气都没有；后来他想到新的农村政策已经使自己得到生产经营和经济生活的自主权，生计问题已把握在自己手中，不再需要向曹支书央求回销粮和向罗二娘的男人央求猪“骨头”，心里觉得“只要国家的政策不象前些年那样，不三天两头变，不再跟我们这些做庄稼的过不去，我冯幺爸有的是力气，怕哪样?”于是他突然挺起腰杆如实地作了证。冯幺爸前后性格和精神面貌的不同，实质上是旧的农村社会生活、经济体制和新的农村社会生活、经济体制在他身上的反映。他是处在新旧历史时期交替时刻的在试行新的农村经济政策后刚获得生产经营自主权和经济生活自主权而显出了自我生活信心，并且敢于维护自我尊严的农村新人。

总之，何士光擅长描写他所熟悉的黔地山村的寻常生活，善于抓住对认识生活、表达深意有典型意义的一瞬间和对开掘生活有典型意义的突破点，善于将平凡小事结构成跌宕起伏的有板有眼的戏剧性冲突，善于通过外在的细微的举止透露出人物内心的情态；在冯幺爸经历的精神世界、精神面貌更新的突醒、突变的短暂过程中，既浓缩进了往昔的农民的思想和生活状态，暴露出了农村阵地上的不正之风，又传递出了新的时代信息；这种集中、凝练、细致、传神、以短胜长、以少胜多的艺术特质，不仅符合短篇小说本身要求短小精悍的审美特征，而且应当说是实现短篇小说艺术复归的不可忽略的重要之点。

随着社会和时代的发展，时代精神在不断地变化，新人的特质也在不断地变更，在这方面，王润滋的《内当家》（始载《人民文学》1981 年第 3 期）适时地作出了新的描写与探索。王润滋生于 1948 年，山东省文登县人；1967 年从文登师范学校毕业后先后从事过教育和新闻工作；1970 年调入烟台地区文化局创作组从事专业创作。前所论及的《乔厂长上任记》着重从大刀阔斧创业的角度塑造新人，《西线轶事》着重从爱国与卫国职责的角度塑造新人，《乡场上》着重从精神世界突变的角度塑造新人，而《内当家》则着重从“民族之魂”的独特角度描写农村新人，这个农村新人就是“内当家”李秋兰。

小说是置于 20 世纪 80 年代初中国内地的政治和经济政策急剧变革的新时代背景下写的，由打机井事件写起：锁成老汉一家所住的村庄里许多人都在自家院子打机井以方便生活，锁成老汉问老婆李秋兰：“咱打不打?”李秋兰回答：“打！人家能，咱也能，不少胳膊不少腿的!”但动工头晚，在“土改”时曾上台面对面地向东家地主刘金贵作过“说理斗争”的锁成老汉翻来覆去睡不着，他在半夜里推醒李秋兰说：“咱那井，别打了。喇叭匣子里喊着地富分子都摘帽了，咱这果实房还不知姓啥哩！刘金贵没死，他和儿子在日本听说开家大饭店还挺有钱，给县上又捎小鳖盖子车又捎电视机的，咱这井别打了，别他妈把劲出瞎了!”一向有主见的“内当家”李秋兰没听他的瞎嘀咕，第二天一早便红红火火地在鞭炮声中动土开工了！可是当机井打到两丈来深时，县政府办公室孙主任突然到村通知李秋兰一家：刘金贵从日本回国来了，要在明天就回村登门探视过去自己住过的旧宅，因此要求现在的旧宅“户主”李秋兰准备好接待他，并且挖空心思从县里拉来了一大汽车高级家具，叫李秋兰在旧宅里气派地摆设好以体面地给刘金贵接风。同时孙主任还摆起官架子亲自到旧宅查看，看后一嫌院子脏，二嫌打井方法太落后，并板着面孔责令把机井填上，以免产生负面国际影响。小说就这样通过锁成老汉家打机井和东家地主刘金贵归国探视旧宅的事件，具有代表性地反映了在 20 世纪 80 年代中国内地的政治和经济政策急剧变革的时代环境里不同社会人群的内心动态和行为表现，突现了“内当家”李秋兰的新人形象。面对刘金贵回村探视旧宅，新中国成立前长期在刘金贵家当赶马车的“长工”的善良老实的锁成老汉，神志迷乱，糊涂惶恐，十分忧虑“土改”时分得的旧宅会失去，脊梁骨有些发软，连自己院子里的机井也胆怯得不敢再继续打下去；那位县政府办公室孙主任则因崇洋媚外心理和虚荣心严重作怪而丧失了准绳，过分低三下四，弄虚作假，有伤李秋兰的“户主”地位和有损国格人格，他的神志也不是清醒的，脊梁骨也是发软的，小说形容他是“气象大学毕业的”，只会随风俯仰，是没有主见的“空心萝卜”；而李秋兰的脊梁骨则始终是硬挺的，她表现出了立场鲜明、信念明确、心明眼亮、头脑清醒、有主见、有准绳、有原则的思想品格，她说：“俺就不信日头能跟西边出！”她不像丈夫锁成老汉那样“善良”到糊涂、惶恐的地步，她当面反对孙主任送来高级家具“摆臭谱”，绷着脸喊道：“抬走！俺家不开展览馆！”并继续热火朝天地在旧宅院子里打自家的水井。她未忘新中国成立前的苦难，在 10 岁那年她在寒冬里被冻僵在路上，是因马车夫锁成把她抱回东家大院子的伙计屋子里才救活过来的；当她在那儿长成 17 岁的大姑娘那年，刘金贵暗中把她卖给了一个秃顶老头，秃顶老头硬拖着她往外走时，她拼命挣脱，猛扑到锁成怀里一个劲儿地喊叫她早已是锁成的女人；此时立在一旁的刘金贵即气急败坏地举起手中的水烟袋打破了她的头，至今她额角上还留有伤疤，刘金贵在旧时代留给她的只有压迫与痛苦；而今在政治气息有些变化和经济政策急剧变革的新形势下，她不相信“明朗的天”会翻个个儿塌下来而刘金贵还会重新成为旧宅的“户主”，不相信还会恢复过去那样“东家”与“长工”、“财主”与“女奴”的压迫与被压迫的阶级关系；她明白而今彼此的身份都已发生了根本性变化：旧时代的“长工”与“女奴”的身份早已成为“社会主人”的身份，“东家”“地主”的身份则已变为了“归国华侨”的身份；在新时代的旧宅里，两者之间的关系已确定为“主人”与“归国华侨”的关系，因此她以当家作主的意识与姿态有胆有识、不卑不亢、极有分寸地欢迎与接待了归国观光的刘金贵；翌日上午，当已变成一个瘦小的老头的刘金贵坐着小汽车到了旧宅院子后，李秋兰叫儿子骑车去割肉回家请洋老头吃了顿他过去最爱吃的发面包子，并请他品尝了一瓢刚打出来的家乡的井水；面对“主人”如此襟怀开阔的严正接待，当年曾威风凛凛的“东家”刘金贵在百感交集的心境下竟然忍不住流出了一串串不知是啥滋味的泪水。

在新的历史条件下，时代与社会在变化，人、人的感情、人际关系在变化；在这种新变化中，李秋兰能够清醒地坚定不移地主宰自己的命运，她是自“土改”后一直挺着腰杆的有主心骨、有自信的“心中始终有一杆秤”的明白人；她既正视历史，既不容否定历史上的原则性的客观事实，严正地维护自己作为新社会“主人”的尊严与地位，又能面向现实，正视社会与时代的发展，及时顺应新的时代精神，通情达理地从“四化建设”和中华民族利益的要义上，恰当地处置在政治环境与经济政策更新中出现的新事物、新关系、新问题，显示了一种面向现代化的全民族爱国统一战线的民族精神，是坚持着国格与人格的原则的有民族之魂的精明的“内当家”，而非随风俯仰的孙主任所责备的“粗鲁的乡下女人”。

小说情节跌宕，结构紧凑，文笔犀利；既洋溢着一种主人翁的豪情，也散发着一种爱国情感和飘荡着一种民族团结的气氛，整个格调显得刚柔适中，颇具思索的余地与价值。

第二章

狂飙天落般崛起的奇迹

1

在小说文体样式中，由于短篇小说能更便捷与及时地肩负起紧随时代新节拍和现实急剧变革步履的使命，因此往往先于中篇和长篇活跃起来，但其篇幅与容量毕竟有限。紧随新潮短篇小说的汹涌潮头，新潮中篇小说及时与新的特定时代的召唤相呼应，出现了狂飙天落般崛起的奇迹。1978年前可谓崛起前奏，据统计，一年间诸种期刊约发表中篇小说48部；1979年初见崛起之势，约发表中篇小说84部；1980年进一步崛起，共发表中篇小说近200部；1981年崛起势头更旺，一年发表达400多部；1982年发表约600部；1983年发表800多部；1984年发表千余部；1985年的产量亦数以千计，其于数年间以持续高涨的声威雄居文坛优势地位，至1987年其产量仍大致维持千部左右，形成了中国中篇小说创作史上令人瞩目的创作热潮，以迅猛大兴的新貌为中篇小说赢得了独立于文坛的显赫地位。

新潮中篇小说崛起的首批艺术果实依旧与拨乱反正的特定时代召唤相

呼应，在由伤痕文学进入反思文学的阶段后，新潮中篇小说以胜过新潮短篇小说的分量，以独特的姿态与步履，在更大广度上把正视伤痕、反思历史、探索成因、总结经验教训等多重意向熔铸在一个艺术整体里，成为一批更有分量的色彩斑斓的反思艺术果实。

在这方面，首先引起反响的是从维熙的大墙小说，这主要以其中篇《大墙下的红玉兰》（始载《收获》1979 年第 2 期）为标志。从维熙生于 1933 年，河北省玉田县人；1950 年在北京师范学校读书时开始发表作品。在《大墙下的红玉兰》所描写的监狱和劳改农场里，趁十年内乱之机肆无忌惮参与打砸省公、检、法机关而成为造反派头头的章龙喜以“农场政委”的身份占据着“专政岗位”，结果原本好端端的“人民民主专政”阵地被搞得法纪无存，是非不辨，敌我颠倒，坏蛋猖獗，好人受害。小说中的主人公葛翎是十七岁时就参加红军并早于抗战年代就入党的老干部，赤胆忠心为革命事业出生入死奋斗几十年；他一直尽责地胜任着省劳改局劳改处处长的职务，但在十年内乱中却突然遭到陷害，被“造反派”诬成为“走资派”和“现行反革命”，因而无辜被投入监狱，以“囚犯”的身份被押送到位于黄河之滨的“河滨劳改农场”劳改。他被关在老罪犯马玉麟那间牢房里，马玉麟是由“死缓”而减为“有期”的罪大恶极的“反革命分子”，对葛翎满怀仇恨；葛翎在 30 年前任冀东“土改工作团团长”时，曾带领工作队镇压过其大恶霸父亲马百寿，其为报父仇则曾勾结土匪偷袭工作队，枪伤过葛翎，并且组织“还乡团”，欠下人民血债。然而这个在新中国成立后一直被劳改处处长葛翎监管着的重刑罪犯（葛翎在任时曾多次查看过关马玉麟的牢房），于今却成了“犯人班长”，并奉造反派头头劳改农场“政委”章龙喜要将葛翎往死里整的指令，对葛翎进行了肆意报复，他在劳改工地上蓄意分派俞大龙（过去曾被葛翎审讯过的也满怀仇恨的“流氓集团头子”）同葛翎一起抬大泥兜，俞大龙为报复葛翎，不仅故意装满堆尖大泥兜，而且让葛翎抬重头，结果葛翎以不屈的意志抬上大堤时扁担压断了，大泥兜重重砸在葛翎那仍留有枪伤的腿上，鲜血滴流不止，疼痛难忍，老干部、好干部葛翎竟遭受了货真价实的“反革命分子”和“流氓集团头子”的肆意报复，“好人对坏分子的专政”竟颠倒成了“坏分子对好人的专政”！此后，葛翎在狱中得知首都人民自发悼念周总理的消息后，即与刚入狱不久的高欣一起准备做个花圈在清明节时悼念周总理，但准备好的扎花圈的纸张等材料，因马玉麟告密被章龙喜搜走了，于是葛翎便打算摘几朵从大墙外伸进墙内的玉兰花代替；至半夜时分，当葛翎爬上梯子摘伸到大墙内的玉兰花时，按照马玉麟献上的毒计而正守候在岗楼上的章龙喜夺过守岗战士手中的步枪，射杀了葛翎，就这样造成了葛翎无辜遭冤杀的惨剧。小说中描写的刚入狱不久的高欣，本是在体育学院深造的著名运动员，他是因1975年秋扔铁饼失手砸死一个小女孩而出于维护神圣法律甘愿主动入狱的；入狱后他奉守法纪，坚持正义，敢于惩恶扬善，在“流氓集团头子”俞大龙恶意报复葛翎时，他打抱不平，挺身而出，把俞大龙一下摔到了大堤坡底下，正义地制止了俞大龙对葛翎的报复，然而章龙喜一伙却把勇斗坏蛋的高欣关进了“禁闭室”，而令俞大龙担任了“犯人班长”，且将刑期未满的马玉麟提前8年释放而让他逍遥法网之外。小说中所描写的那位一直敢于坚持正确立场、坚持正确法纪、坚持正义的“农场场长”路威（葛翎的老战友），则因不断遭到被无辜逮捕的威胁而被迫离开“专政岗位”。小说所描写的一幕幕悲剧性情节的实质，在于显示：在十年内乱那特殊岁月的监狱和劳改农场中，“人民民主专政”的法制、法律已被肆意践踏。它启示人们：失去法制、不实行法制，不严守法律、法制，“人民民主专政”的法制、法律遭到肆意践踏，将要遭到怎样黑白颠倒、为所欲为、为非作歹的悲惨后果！

另一方面，小说也一幕幕地描写了好人对坏蛋、正义对邪恶展开的尖锐斗争。在小说描写的监狱和劳改农场中，以“农场场长”路威及在狱中劳改的葛翎、高欣为正义一方，围绕着狱中和劳改农场工地上发生的事件，向“农场政委”章龙喜及狱中罪犯马玉麟、俞大龙的邪恶势力一方，进行了针锋相对的斗争；章龙喜目无法纪，不依法专政，把重刑罪犯马玉麟当作言听计从的心腹、谋士与亲密战友，把流氓头子俞大龙当作得力的打手，指使他们肆意迫害葛翎、高欣；而路威则坚持以犯罪事实和法规为专政的准绳，依法判断是非，依法从事，依法管制、惩治货真价实的罪犯马玉麟和俞大龙，依法保护遭陷害而含冤入狱的葛翎和因拒绝被政治帮派利用而由“无罪”被判为“无期徒刑”的高欣，正义一方向邪恶一方展开的斗争十分鲜明、尖锐，显出了正义者的不屈气概和强烈的爱憎情感！小说第二节突出地描写了敢于惩恶的高欣同流氓集团头子俞大龙的直接较量，第五节描写了坚守正义的路威对章龙喜进行的面对面的批判，第六节描写了葛翎对反革命分子马玉麟的罪行的彻底揭露，特别是小说末尾暗写了首都天安门前四五运动的爆发，而好干部路威则正怀揣着那两枝被悲剧英雄葛翎的鲜血染红的玉兰花，乘坐着飞驰的火车上北京告状去了！这些描写显示出强烈的正气，无论“大墙”里还是“大墙”外，均犹存强大的正义力量，因而造就了其将悲愤与刚健、豪迈的格调交融在一起的独特艺术风格。

作者说自己反思1957年后的负面生活，意在“把苦酒——投在我们的身后”，“把甘露——洒在我们的前头”，亦即意在说明在特殊岁月的监狱中和劳改农场中，既有真正的坏蛋，也有受冤屈的好人，有美与丑的对立与斗争，提出了拨乱反正、落实政策、纠正冤假错案的问题，呼唤必须健全法制，把被颠倒的是非依法重新颠倒过来，显示了正义力量必将战胜邪恶势力和历史发展前景终将是光明的信心，其创作意向是积极向上的，为着向前看的。

从维熙是由20世纪50年代创作荷花淀文学而走向创作大墙文学的，较之过去，其创作格调显然增加了严峻、深沉的色彩；他长于编述故事和生动地描绘场面；相比而言，小说前两节写得紧凑、凝练、生动，后几节则较松弛。

叶蔚林的中篇《在没有航标的河流上》（载《芙蓉》1980年第3期，获1977年至1980年全国优秀中篇小说奖）的反思触角广及旧时代、旧社会和20世纪50年代、60年代、70年代，不仅更具历史厚度，而且其艺术构思别具一格。叶蔚林生于1934年，广东省惠阳县人；童年在农村度过，上中学时阅读过较多中外文学作品；1950年参加中国人民解放军，先后当过部队文工团团员和文化、宣传干事，1955年开始业余创作，1960年转业至湖南省民间歌舞团任创作员。《在没有航标的河流上》将湘南潇水上的自由自在的放排生活，同乱批乱斗的十年内乱的社会生活相映照，从而在对自由自在的自然美的倾慕中，表达出对充满人性美、文明美、自在美的人生世界的向往与追求。小说以金竹沟的大学生李冬平作为结构上的穿针引线人物，着重描写他在潇水排上的两昼夜沿途见闻。他因奋力救出突然跌进池塘里的五六岁的女孩而被公社推荐到省城去上铁道学院，但家里的爷爷供不出路费，因此只得搭青竹寨舅公盘老五的“直放省城”的木排去。一路上，他看到或听到两种鲜明对比着的状况，一种是“左”倾思潮、十年内乱带来的危害：同老百姓同呼吸共命运而深受群众热爱的老区长徐鸣鹤1959年因戴上右倾帽子被撤职“回家耍泥巴”，他在十年内乱中又被李家栋重算旧账而遭肆意揪斗，并被监督劳动改造；同李家栋一样搞极左的公社组委刘大苟则或者大搞割“资本主义尾巴”活动，或者依仗权势逼散、拆散石牯（放排的排工之一）同改改一直心心相印的爱情，并最终不择手段地为区委书记李家栋的侄子夺得了改改，对石牯造成极大伤害，或者经常串游到老实巴交的农家里“哄吃哄喝”，成为重在好吃好喝而不重在为农民干实事、好事的老油子；当木排放到双河街边的河段时，在双河街道里，李冬平则亲眼看到一场乱批乱斗的情景：在靠一帮背着枪的民兵组织群众观看样板戏的台子上，在开演前竟把曾在旧社会给财主当丫头而在新社会不幸死了男人和儿子且浑身病痛的老婆子爱花推到台子上当作批判对象，批判她讨饭维生是故意给新社会抹黑；上述都是小说中以李冬平所见所闻的方式描写的情节。小说中描写的另一种情节则是潇水两岸的真善美的情景：李冬平一路上看水看天，看山看树，两岸的自然风光是那样美好，自然环境是那样悠然、和谐，他深感木排上是最平安、纯朴、真诚、愉快的地方，那里的普通劳动者的心地非常纯美善良，那位梅河口青年放排工石牯敢于挺身而出去救护、医治被揪斗的老区长徐鸣鹤，另一放排工赵良和曾在潇水上放鹭鸶捕鱼维生的老魏头的心灵也同样那么美好，也都见义勇为地参与救护受迫害的老区长徐鸣鹤。在这种鲜明的对比性的描写中，强烈地显示了那美与丑的对立及爱憎的立场与感情，显示出了小说倾慕、向往、追求具有人性美、心灵美、文明美、自由自在美的人生世界的思想基调。

小说除了将自然、人、社会浑然融为一体的构思与描写的特色外，另一大特色在于塑造出了一个具有独特性的盘老五形象。小说着力于按生活原貌呈现这个出自农家的放排工的性格和心灵的独异性。其生活阅历独特，十五岁那年就当放排工，每年四季“天做帐，水做床”，码头为家，风吹、雨淋、日晒，被蚊虫叮咬，遭生命危险，既深感自己旧的人生很苦，也深感自己新的人生在许多日子里同样不顺心；他外貌粗俗，浑身黑瘦，满头白发，老气横秋，经常“露出两颗焦黄的大板牙”；他脾气不好，不但经常捉弄放排工石牯，而且经常骂粗话，动不动就吵架；他长期过着码头、姘头的“露水夫妻”生活，而且坏习性不改，屡在排上以愚昧的原始行为排泄寂寞、烦闷的情绪；总之，他身上存在许多弊病。但同时，他的心灵又有十分美善的一面，内心一直怀着“活人的世界”应该互相关心的人道主义信念，对搞极左的李家栋、刘大苟的胡作非为深感愤慨，敢于理直气壮地把被迫害得奄奄一息的老区长徐鸣鹤救治过来；不但始终表现出待人真诚慷慨、重情守义的性格侧面，而且在木排处于危险的时刻，能够首先想到别人的安危而不顾自己的生命安危，挺身而出，在危难时刻显现了他人性和心灵高尚美好的一面。盘老五形象外表粗俗，内心美善，既有文明性，也有野蛮性，既显现出普通劳动者优良的精神品质，又留有愚昧落后的国民性，在人物形象画廊中具有一定的新奇性。

叶蔚林的小说创作以构思新颖和抒情色彩浓郁为特色，以描写瑶山情状和潇水风光见长；他将笔下人物的性格和心灵置于优美秀雅的潇水风光的自然背景里描绘，令人油然而生对自由自在的自然美和人生世界的渴望；他喜欢像游记式地信笔写来，显出一种委婉朴实的文风。

2

当年曾受到社会广泛瞩目的张一弓的成名作《犯人李铜钟的故事》（始载《收获》1980 年第 1 期，获 1977 年到 1980 年全国优秀中篇小说奖）也是属于反思范畴的作品。张一弓 1934 年生于河南省开封市一个知识分子家庭；1950 年在开封读至高二年级时即肄业而先后到报社和农村地区工作；1956 年开始发表小说作品。《犯人李铜钟的故事》中描写的李家寨在 20 世纪 50 年代末至 60 年代初的经济困难时期的 1960 年春，遭到了罕见的大饥荒，寨里的近五百口男女老少已经面临断粮、饥饿和逃荒的生活危机，村民们在吃尽了长在所有地里的萝卜后，又不得不宰了耕牛分吃牛肉充饥，至断粮后的第 7 天，再无任何东西可充饥的寨里人全患了浮肿病，其中已有百余人僵躺在床上动弹不得了；在面对被饿死的绝境的关头，公社书记杨文秀仍害怕自己被戴上“右倾帽子”而一面继续推行高指标、高征购和空喊创高产、放卫星，一面向不断到公社反映实情和要粮的李铜钟推荐以弄虚作假的办法做成的“代食品”（口上说是用玉米皮、红薯秧、麦秸合做而成，但实际上是不可食用的东西），因此由旱灾及包括浮夸风在内的错误思潮与行动所造成的大饥荒、大灾难日益严重。小说中的整个故事的描写极具艺术分寸，大饥荒的成因十分明确，显示出了如何依法完善社会主义的应急与决策制度的迫切性，反思了特殊年代里“左”倾思潮带来的灾难性后果。

小说在李家寨近五百口人已经断炊七日的紧急关头的矛盾冲突中，塑造出了新型的悲剧英雄李铜钟形象。李铜钟在旧时代、旧社会吃尽了苦头，他出生于逃荒路上，年仅十岁就为生活所迫而给财主当长工；在李家寨土改时才得翻身，并当上了民兵队长，随后加入抗美援朝志愿军，成为安着假腿的残废军人，复员后他当选为李家寨大队支书，被称作“瘸腿支书”。在一个个严峻考验面前，他显现出了自己赤子般的悲剧英雄品格，大刮浮夸风时他敢于抵制，认为那是搞“花架子”，是“吹牛”，是“给上级演戏”；当公社书记杨文秀威胁要给他戴“右倾帽子”时，他说：“你把帽子给我，只要反右倾能反出粮食，反出吃的，这右倾帽子，我戴一万年”；在饥荒袭来时，他拒绝带着老婆孩子到“荣军休养所”独家躲避，而是为大伙想方设法度荒，一再瘸着腿向公社求粮，在一粒粮食也未求得的无可奈何的情况下，在李家寨近五百人口面临将被饿死的危难时刻，为保住寨里人的生命，他不顾安危挺身而出，向西山脚下靠山店粮站的主任朱老庆（他在朝鲜战场上的老战友）提出开国家粮仓借 5 万斤粮充饥、度荒、救命的请求，并最终说服了朱老庆，在两人都按下了指印的借粮条上写下了“违反国法，二人承担”八个字。这一向国库借粮的举动，不但救了李家寨人的命，而且让其他村的路过李家寨的逃荒者也吃上了一顿稠粥充饥。然而在天黑时分，县公安局的警察却用手铐将李铜钟抓到了审讯室审讯，并判其为勾结粮站主任煽动群众哄抢国家粮仓的“首犯”。在县委书记田振山亲自参加的审讯室里，李铜钟无畏地呼喊着：“救救农民吧!”并强烈要求田振山快到卧龙坡车站了解农民逃荒的严重情况。田振山了解真情后，终于将全县20多个仓库的粮食分配到了各社各村。李铜钟就这样救了众多饥饿农民的命，但他却昏倒在审讯室里，被送到县卫生院危急病房后也没抢救过来。这便是小说所描写的“犯人李铜钟”既救了李家寨饥荒群众的命，也参与救活了全县饥荒群众的命的故事。

李铜钟是带着可悲的泪斑的闪耀着崇高品德光辉的悲剧英雄。就具体到李家寨远近地区于1960年春所遭到的大饥荒而论，李铜钟该是李家寨饥荒群众和全县饥荒群众的首个救命恩人，虽然他背着“抢劫国家粮食仓库首犯”的罪名死去了，但他的心灵、品德是高尚的，精神是闪光的；他一不让寨里人饿死，二不带寨里人外出讨饭；他在审讯室里为民请命，从而使数以千计的饥民不被饿死；他是心里总装着人民群众、对人民群众总怀着赤子之心、总视人民群众的利益和生命高于一切并无私无畏地实事求是地加以切实保护的具有高度政治责任感和全心全意为人民服务的崇高思想品格的好支书，是将党性与人民性高度统一起来的和为着人民可以付出包括生命在内的一切的好支书；因此在新的一页历史翻开后，人民法院对已离开人世19年之久的李铜钟案重新作了“无罪”的判决，新升任为地委书记的田振山（他曾因开全县粮仓放粮而被撤职和批判）亲自在“平反大会”上为李铜钟平了反，纠正了19年前的这一大错案，恢复了李铜钟的名誉。

由此代表作可见张一弓当年小说创作的基本特征。他重在创作新时代的河南乡土小说，着重反思处在经济困难时期农村社会生活的挫折面以及农民的艰苦命运，善于围绕某一令人吃惊的事件组织农村社会生活矛盾和构成情节冲突，在波峰浪谷般的大起大落的矛盾冲突的层层演进中，不断突现各类人物的性格，并造成强烈的震撼人心的艺术效果。

鲁彦周的《天云山传奇》（载《清明》1979 年第 1 期，获 1977 年至 1980 年全国优秀中篇小说奖）也是用新的时代精神反思历史教训的一部作品。鲁彦周生于 1928 年，安徽省巢县人；读过私塾，1946 年进入中学读书，参加过渡江支前工作，1949 年到华东革命大学皖北分校学习，1950 年先后到皖北行政公署文教处、皖北文联、安徽省文联从事编辑、行政等工作；1954 年开始发表作品。

就新潮中篇小说创作领域比较而论，《天云山传奇》最先（1979 年初）写及 20 世纪 50 年代中期反右扩大化题材，最早于中篇小说创作史上塑造出因反右派斗争扩大化而被错划为“右派分子”的艺术形象。小说实际上描述的是“天云山地区规划小组”调查员周瑜贞在新时期调查、寻找“关于天云山的规划书”的过程中，当了解到罗群被错划为“右派分子”的经过和遭遇后，直面地委组织部副部长宋薇而为罗抱不平、讨公道，并最终在省委的干预下使罗群蒙受 20 来年的错案得以平反并复职的过程，其重点在于描写主人公罗群与吴遥的矛盾冲突，揭示罗群不幸遭遇的具体成因。长期身居要职的吴遥在天云山区综合考察队任考察队政委时，领导作风粗暴、固执、武断，不尊重科技人才，考察队人员的智慧和才干受到极大压制，考察工作长期未获得大进展和新成果，因而被上级调离而由罗群接任；罗群有学识有才干，尊重知识人才，使知识人才的积极性得到了充分的调动与发挥，因此考察工作进展迅速，很快考察到了新的资源，成果显著。但在随后开展的“反右运动”中，善于随风使舵的吴遥很快成为“反右运动”办公室的负责人。在他操纵下，罗群很快被打成了“右派分子”，根据是：一、罗群在接任考察队政委后重用知识分子；二、罗群在接任考察队政委期间，爱上芳龄 20 岁的考察队员宋薇的恋情属于生活腐化问题。

尽管当时许多人不同意据此便将出身革命家庭的烈士子弟罗群打成“右派”，但吴遥还是仗着“反右运动”办公室负责人的职权，对罗群作出了“开除党籍，戴上右派帽子”的决定。从此罗群屡遭磨难，吴遥一再找到宋薇说：罗已成为敌人，已成为“反革命分子”，可能被逮捕，务必与他划清界限和断绝恋爱关系。就这样，吴遥在批判罗群“生活腐化”的声浪中，主要靠威胁手段把在严峻的政治处境下内心仍爱恋着罗群但又倍感无奈的宋薇夺到了手，使二十出头的罗群的心灵遭受到沉痛打击。失掉了一切职权的罗群成了在天云镇赶运货马车的被劳动改造的“敌对分子”，虽然他及时得到了是非分明、不随波逐流、敢于打抱不平、甘愿为他付出一切的冯晴岚（于1956年秋与好友宋薇从技校毕业后一道分配到天云山区综合考察队工作）的爱情并与之结为夫妻，从她那瘦小身躯里的美好心灵中获得许多温存、勇气和力量，但他毕竟长期身处逆境而不断遭到吴遥的伤害。在1958年的“大跃进”中，他挺身而出阻止了破坏性的乱砍滥伐林木的行为，并参与了联名上书省委表示反对盲目修筑水库的活动，他这种正当举动，竟亦遭到吴遥的责难；他的家庭也受到伤害，他的妻子冯晴岚从考察队被调到天云镇郊区当小学教师，因身心长期遭受逆境压抑而患了不治之症。但在二十来年的逆境里，罗群依然矢志不渝，关心国家建设事业，以顽强的毅力和大量的心血写下了关于天云山经济建设规划方面的著述，整个身心同人民事业始终紧密联系着。

“在生产资料私有制的社会主义改造基本完成以后的中国，反对社会主义制度、反对党的领导的右派分子确实存在”，“但是，右派分子只是极少数”，“反右派斗争被严重地扩大化了”，“最后运动结束时达到五十五万”（1958年夏季），并“断定：资产阶级右派和人民的矛盾是敌我矛盾”，“这就从数量和性质两个方面导致反右派斗争的严重扩大化”（引文见胡绳主编、中共中央党史研究室著《中国共产党的七十年》，中共党史出版社

1991年版)。小说中的罗群毫无反对、否定社会主义制度和共产党领导的言行，他领导考察队时重用知识人才以及他当时同宋薇的恋爱关系，无疑不能定性为政治上反共反社会主义的“敌我矛盾”，无疑属于“反右运动”办公室负责人吴遥以无限上纲的诬陷手段对罗群所犯下的扩大化的严重错误；特别是在翻开新的一页历史后，靠在政治运动中一次次乱整人而握有重权的吴遥（地委副书记）仍蓄意扣压罗群及冯晴岚曾再三对错案提出的申诉；甚至当地委组织部副部长宋薇终于从“左”倾思潮的束缚中解脱出来而决定实事求是地以政策和事实为依据给罗群解决错案问题时，吴遥依然仗权予以阻挠；最后在省委干预下，罗群的错案才得以平反，并被复职、任命为天云山特区党委书记，四十多岁的正直、真诚、无私的罗群才得以凭原有的政治人格，更精神焕发地投身于领导四化建设的宏伟事业中去（而吴遥则被送入党校重新接受教育、检验与考验）。这便是小说所塑造的被吴遥扣上“右派帽子”的罗群的艺术形象。

全篇小说着重以地委组织部副部长宋薇的心理线索来结构情节，着重以宋薇的回忆联想、心理活动来贯穿故事的始终；其间又有穿插，既插入冯晴岚的信件，又插入公开积极地为罗群的错案平反奔走呼吁的周瑜贞的活动与谈话；因而其情节结构既脉络连贯，又曲折有致，跌宕起伏，扣人心弦。

王蒙的中篇小说《蝴蝶》（载《十月》1980年第4期，获1977年至1980年全国优秀中篇小说奖）则反思党政战线的一些干部在数十年间反复大起大落的人生道路，着重反思主人公张思远在新中国成立后三十年里的权位的反复起落和身份的反复突变。他是带着“小石头”的小名加入八路军队伍的，在抗日游击战的艰苦环境中，荣幸地成为“钻山沟的八路军”的连队指导员；1949年解放战争胜利之初，年方29岁的他荣膺某城市的军管会副主任，每日都精神饱满、充满自信、很有效率地奋力工作着，并满心欢喜地接受了当地一个激情洋溢而十分仰慕他的芳龄 16 岁的女学生（校自治会主席）的爱情，喜出望外地很快结婚组成了家庭。不过两三年光阴，他便荣耀地升为了市委书记，成为更有权威更自信不凡的领导者。但时至 1957 年，他的荣耀感、幸运感即开始有所低落，他的家庭在反右派斗争中发生了突变，他那在市里一所师专任助教的妻子海云被划为“右派分子”，他于是十分严肃地训斥海云：“我实在没有想到你会堕落到这一步！只有低头认罪，重新做人，洗心革面，脱胎换骨！”不久，他一本正经地同海云解除了婚姻关系。随后虽然他颇有几分得意地又获得了美兰的爱情和享受了美兰所创造的有些异样的家庭生活，但光景不长。至 1966 年，在十年内乱之初虽然他曾像既往一样威风凛凛地整出了一个又一个的“牛鬼蛇神”，但未料不久他自己也突然被一群人硬揪出来当成了“活靶子”，那些人呼喊着非让他低头认罪不可的口号，尤其令他痛心与不解的是自己那才十四岁的儿子冬冬，竟也以“造反”派头冲上台批斗他。紧接着，后妻美兰也贴出“大字报”声明坚决与他彻底划清界限。而后他被关进监狱三年，出狱之后，官位、权势、家庭一无所有，于 1971 年初春被送到一个边远的小山村，变成了通过插队劳动改造自己的“老张头”。“老张头”在小山村与农民同劳动的三四年间，同乡亲们的关系很亲密，感情很融洽，不仅对自己的生命价值有了新认识，而且在支边的秋文医生的激励下，对为人民治理好国家的责任也重新有了更自信的认定。至 1975 年，未料又时来运转，突然又来人把他这位正在乡下小山村劳动着的“老张头”接回原市委复了职；并且不过两年时间，又被升任为省委副书记；又两年后的 1979 年，则被升调到首都北京担任直属国务院的某部的副部长；就这样，曾用篓子背着羊粪走在那山间崎岖小路上的“老张头”，又变成了坐着飞驰的小汽车的“张副部长”。这便是小说中所描写的张思远在新中国成立后三十年间由“张书记”到“老张头”再到“张副部长”的人生经历，他的干部命运的浮沉，与三十年间政治风波的动荡、变幻有机地交织在一起，他与那种总受“左”倾浪潮伤害或总在“左”倾浪潮中整人的艺术形象不同，他在“左”倾浪潮中或浮或沉，既在“左”倾浪潮中得势并整过人，也在“左”倾浪潮中失势并被人整过；可贵的在于他通过对人生经历中正反面教训的反思，深刻认识并告诫大小干部们：无论何时何地至关重要的最靠得住的是人民，人民是根本，是根基，必须把攸关存亡的“人民”二字牢牢扎根于心底；大小干部手中的权力都来自人民，大小干部都必须永远同人民保持血肉联系，永远不忘记、不脱离人民，永远同人民同甘苦，共命运，心连心，永远做忠实地为人民谋福利的公仆，这是使灵魂永不变质、意志永不衰退和不受官僚病毒侵害的法宝，特别是重新掌权而身居高位时，更不应背离、忘却这一立于不败之地的永恒的真理。小说没有停留在单纯反思“左”倾思潮所带来的创伤的层次上，而是将创作意向升华到了一个新的境界和高度。

王蒙自觉地不踏步于表现艺术老路上，他不仅有意倡导小说艺术形式多样化，主张“标新立异，另辟蹊径，花样翻新”，而且成功地从自己的创作实践中体现出来。过去他着重采用传统的情节结构的艺术方法，而自1979年发表《夜的眼》开始，他便突出地将心理结构与情节结构相结合了，亦即突出地借鉴了西方意识流艺术结构，《蝴蝶》即属此类具有形式革新意义的作品之一。它不是全篇致力于编排、描述连贯曲折的故事情节，而是着重致力于袒露人物内心世界、心灵深处的意识流动，以主人公张思远的追忆、联想、梦幻等心理活动的线索串联情节内容，组接所描绘的政治风云和生活画面，其情节描写是围绕着张思远的意识流动过程不断展现的，将张思远的心理活动、自由联想、内心独白、主观感受的描写，同他经历的数十年的人生命运状况融合在一起，同他职权的得失升降融合在一起，也同他那悲喜交集的婚爱生活融合在一起，同他对有关国家命运问题的思考融合在一起。这种被誉为“东方意识流”的创作摒弃了西方意识流那种非理性的潜意识、下意识、颓废意识，其意识、意向具有积极向上的警世效应，其艺术形式探索有创新意义。其题《蝴蝶》有隐喻、象征意味，既似有象征张思远人生命运浮沉多变的意味，也似与采用思绪万千的意识流笔法有些相应，将意识性、心理性、象征性、形象性、寓意性交织在一起，不仅带有新奇感，同时引人沉思遐想。

师承母亲茹志鹃而蜚声文坛的王安忆的《流逝》（载《钟山》1982 年第 6 期，获 1981 年至 1982 年全国优秀中篇小说奖）亦属反思类作品。王安忆 1954 年生于江苏省南京市，祖籍福建省同安县，1955 年随母茹志鹃迁居上海市；1967 年上初中，1970 年到安徽省五河县插队落户；1972 年考入江苏徐州地区文工团，在乐队拉大提琴，其间于 1976 年开始试写并发表儿童题材小说，1978 年由插队的淮北农村调回上海担任《儿童时代》小说编辑，1980 年入中国作协文学讲习所深造，同时因创作与发表《雨，沙沙沙》等抒发少女情怀的“雯雯系列”小说而成名于文坛。

她的《流逝》虽然也以较多笔墨反思十年内乱，但不再是一般的伤痕立意的单纯重奏复沓，而是侧重从新的社会人生领域和新的思考角度反思出了新意，显示了其独异性及在特定时代中与众不同的构思力度和思想重量。其着重反思一个民族资本家家庭中的少奶奶在十年内乱中和十年内乱结束后的人生状态和心灵动态。新中国自 1953 年开始，仅用两三年时间即完成了对民族资本主义工商业的社会主义改造，当年对其实行“利用、限制、改造”和“公私兼顾”“劳资两利”的政策，对其企业采取“公私合营”的形式，对合营所得利润则实行“四马分肥”的规定，“即分为国家所得税、企业公积金、工人福利费、资方红利四个部分，资方红利大体占四分之一”（引文见胡绳主编、中共中央党史研究室著《中国共产党的七十年》第 327 页至 328 页，中共党史出版社 1991 年版），当年作为资方的民族资本家家庭，凭着“四马分肥”所得的红利以及定息、房产、薪金等资产，当然还是可以心安理得地享受着舒服、富裕、无忧无虑的生活的。《流逝》中所描写的身为资本家家庭长房儿媳的少奶奶欧阳端丽在新中国成立后、十年内乱前的日子里，正是在这种特定的时代和家庭背景下，凭着资本家家庭占有的资产所获得的优厚物质条件，依据政策心安理得地继续享受着养尊处优的生活，出入高档商店，在舞会上随着动听的舞曲跳舞，出席酒宴品味美食，令她觉得随时随地仍是那么自在、如意、满足、愉快。但十年内乱到来后，她家突然间无法如往昔那样名正言顺地支配原有的资产了，家境立即显出困顿，称心如意的悠闲“坐享”的生活不得不骤然变成了劳碌“艰辛”的生活，她出乎意料地不得不像普通家庭劳动妇女那样忙碌着，早早就起来操持家务，打扫庭院卫生，为做家常便饭而不得不出外采购食品，拆拆洗洗，缝缝补补；为维持住一家人的日常生活，还不得不去做通过左求右告得来的“保姆”和“临时工”，昔日那优越感、娇气与傲慢荡然无存了！然而又出乎欧阳端丽意料的是，十年内乱结束后，国家很快又为民族工商业界落实了政策，她家原有的资产（定息、退赔的房屋、补发的薪金等）又重新返回了手中，她又有权凭着落实政策后获得的优厚物质条件，合法地恢复往昔那种无忧无虑地出入酒店、舞会、酒宴的生活方式了；可是，在生活困顿的日子里为维持生计而在劳动生活中显出了自己生命力、生命潜能、生命价值后的欧阳端丽的人生观念已与以往不一样了，她领悟到了：作为一个社会人来说，“自我”人生岁月的“流逝”和“自我”人生价值的“留下”理应统一起来，人生不该“白白地流逝”，而该“留给人们一些什么”，因而她没有重蹈生活故道，不再甘愿单纯“坐享”豪华生活，而是做了甘愿返回原先劳动过的里弄小厂去重新开始劳动生活的选择，要用自己的双手和劳力为自己和社会创造与增添些财富，去追求自我的人生创造价值和确立自己新的人生位置。欧阳端丽所选择的用劳动去为社会创造的人生比她往昔那单纯“坐享”的人生更光彩，这是她人生观念的质变，或者说是她对“自我”人生观念的自觉革命！她自强不息地与时并进了，跟上时代发展的潮流了！这是劳动生活教懂她的，教给她的！人是越“坐享”越助长“惰性”，越干越能干，越干越能创造人生价值！

相比而言，以往的反思主要是单纯向外反思，向客观方面反思，《流逝》的反思则不单纯向外反思，向客观方面反思，而且还向内反思，向自我反思，反思人生的真谛，可谓别开生面。

《流逝》表明王安忆的艺术风格已进一步趋向深沉。从总体相对而言，王安忆此前的创作多从自己所熟知的青年一代的淡泊的生活中取材与立意，表现出恬淡幽深的创作风格，她善于把恬淡的凡人的小事同令人思索的立意结合起来，初看文面似觉平淡，然回味文意却颇感幽深。《流逝》显然增强了其创作风格的深沉的因素，其已探入人世和人心的深层，从人的灵魂内省的角度去开掘意蕴；像流水一般逝去的岁月，总会不断地改进人世，改进人生，改进人的观念，作为一个社会人，究竟如何与岁月并进去确立自己的人生观念、人生位置、人生创造价值？启人思索！

总的说来，上述那些在反思潮流中涌现的新潮中篇小说的主要创作目标，实质上也同反思类短篇小说一样，在于反思“左”倾的错误思潮所带来的危害，但它们已把反思小说的内涵推向了新的广度、深度和高度，其反思由近及远，反思的历史厚度、长度增加了，重新思考的领域和问题也更广、更多、更深，它们所表达的题旨和所抒发的情思同特定时代的人民的心声相吻合，是反思园地里能给人正面的精神力量的更有分量的艺术果实。

历史是不能更改的，无论是正确的或失误的历史过程都不能更改，任何历史过程总是难免失误的东西，而关键在于过后能否及时地正视与纠正失误，失误会使人聪明起来，人类在很多情况下都是在失误中聪明和成熟起来的。小说家们反思历史的失误，是为着分清是非，记住历史失误的教训，不再重蹈历史发展过程中的错误，辨明航向，激励人们重新奋起追求美好的新生活，因而反思类小说的基调都可谓是严肃的，积极向上的！

3

在伤痕和反思小说创作热有所降温之后，新潮中篇小说也及时快步地投入了改革文学潮流，开拓了中篇艺术的新天地。

改革先后在城乡各条战线上展开，尤其在新的农业政策主导下，迅速使一部分农民的经济生活和精神面貌发生了可喜变化，因此小说家热情地将创作精力转向了描写农村阵地农业领域所展开的变革上；其中，由描写城市工业领域改革而扬名文坛的蒋子龙，即以八万余字的中篇小说《燕赵悲歌》（始载《人民文学》1984 年第 7 期，获 1983 年至 1984 年全国优秀中篇小说奖）描写了由改革所带来的农民经济生活和精神面貌的突变。其创作意向是着重凭借一个理想性的农业企业家形象体现的，既是描写长期受旧农业经济政策束缚着的大赵庄人的生活的突变，也是为果敢地立于改革时代潮头之上的农民企业家武耕新高歌的理想曲。武耕新由大赵庄党支书而成为农村阵地上思想和眼界都很开阔的现代农民企业家，其思想性格和精神风貌鲜明地打上了改革年代初期的理想化印记。主要由于旧农业经济政策的束缚，位于华北东部平原的大赵庄长期以穷苦贫困为显著弊病，远近曾流传着“宁吃三年糠，有女不嫁大赵庄”的口头禅；新中国成立后 30 余年间，也未摘掉“穷”帽子，大伙依然苦累苦熬着过日子；武耕新由大队支部副书记升为主要领导人后，在改革浪潮掀起前，虽然也满心盼着大赵庄人苦尽甘来，起早贪黑在生产队的田地里埋头苦干，但仍被“穷”

字困扰得无可奈何。待至改革潮流骤起的20世纪80年代初，继续担任大队党支书的武耕新即决心冲在改革的前线，带领大赵庄人尽快富裕起来。他思想解放，以现代意识主导自己的行动，果敢地破除了生产队原有的那种组织生产劳动和经营管理与分配的旧办法，实行“专业承包联产到户”，一下子成立了52个专业承包组，充分让能人在各行业中各显其能，设法让大赵庄各色人等各得其所，放开手脚发挥各自作用；他通过安排和带领大赵庄割苇队割苇子去卖而积累了必要的资金，用以兴办了多种产业，既组织种田能手一类人承包大队土地大搞种植业、养殖业和兴办农场，也组织能工巧匠一类人搞工业、办钢厂，还组织擅长做生意的一类人兴办商业，组织会干泥瓦木工活的一类人搞建筑业，办木器厂；同时不仅拜经济专家为师，还办起了理工学院分校，力求让大赵庄人把勤劳致富同科学致富结合起来；最后他还顶住外来压力，在大赵庄创办了“农工商联合公司”，把农、工、商、科各条战线搞得红红火火，仅在短短三年间，大赵庄往昔的贫困穷苦便由富裕美好替代了；有气派的敞亮的新型住宅代替了世代蜗居的小土坯房，时尚的现代化家用电器代替了古老破旧的家庭摆设，皮鞋代替了破胶鞋，质地讲究的新式衣服代替了破旧的老羊皮袄，带过滤嘴的名牌香烟代替了自卷的“小喇叭”土烟；武耕新一本正经地这样要求大赵庄干部：“所有干部开会，会客，外出，一律穿顺眼的好衣服和皮鞋，谁要买不起我给他买，以上三种场合再有人穿带补丁的衣服就罚他。”在武耕新带领下，大赵庄人很快破除了死守“土坷垃”的安贫知足的小农观念和总想“把钱捆当枕头”的生活习性，既勇于放开手脚奋力创造优裕的现代生活条件，也开始乐于用现代消费观念和消费方式享受现代美好生活了。

显然，武耕新是立足本土的脚踏实地的冲在改革前列的农村先进人物，小说赋予他的显著特点在于：他有强烈的现代意识，迫切追求现代物质文明和精神文明；他有独立致富的气魄，不靠与不求上头的资助，不抱不切实际的幻想，毫不犹豫地把致富的希望和基点确立在自身的勤劳、智慧与创造力上；他勇于以现代意识破除小农意识，对长期形成的旧的一套生产方式、管理方式大胆进行了改革；他有现代商业经济头脑，不死守传统农业经营模式，摆脱了小生产者的保守性、狭隘性，用商品经济观念替代了单一的死守土地的旧农业观念，甚至懂得了以科技为支柱的商品经济的重要性，不再着重单靠“卖大力气赚钱”，而注重“科学致富”，以现代科技致富；他以现代意识追求农业和农村社会的现代化，在大赵庄创造了现代物质文明，带领大赵庄人摘掉了贫困帽子，迈向了共同脱贫致富的大道，尽力向消灭城乡差距的理想目标前进。这便是小说为武耕新高歌的理想曲。

武耕新的改革事业是在20世纪80年代初的时代背景上展开的，那是正处在尚未一致明确支持改革事业的特殊年代，因此小说也描写了农民企业家武耕新所承受的压力和阻力。如他在突破旧生产组织模式而组成“专业承包组”时，那些因干活偷奸耍滑等毛病而被甩出组外的五百多个人曾堵上他的家门闹事；再如县委书记李峰对大赵庄的改革也曾采取抵制态度，并派清查组到庄里专门清查问题；在支持大赵庄改革事业的县委副书记熊丙岚被调走后，武耕新所遭到的闲话、谣言更是无中生有地多了起来；在武耕新顶住各种旧思想观念和旧习惯势力形成的重重压力而创办的“农工商联合公司”所取得的显著成就面前，虽然仍坐在县委书记位子上的李峰的态度表面上有所软化，但仍有思想政治理论权威说大赵庄那一套做法“只抓钱不抓粮”，只“向钱看”，属错误倾向；小说最后，武耕新的改革业绩并未受到明确的肯定和赞扬。小说既写了大赵庄旧貌迅猛突变的一面，也写了它必然遇到或明或暗的压力、阻力的一面，这种矛盾冲突局面的描写，表现出了改革年代初期的改革之路的不平坦和改革事业的艰巨性。在改革初年，改革事业的艰难、阻力是与进展、成就交织着的，这预示着改革者必须有不改初衷奋勇前行的奋斗精神和献身精神！

《燕赵悲歌》的艺术创造是特定时代的现实和理想的结合，既热忱地近距离地及时描写了农村社会眼前摆脱穷困历史而致富的生活现实，传播了新时代的最新信息，鲜明地显示了新时代的动向，也展望了理想中的未来生活的前景，可谓为由穷致富的突变现实与对未来理想生活的渴望、向往与追求的融汇，是农村社会现实的突变同作者内心设想的样板性的农村改革蓝图的结合，以艺术形象的方式代表中国亿万农民表述了对美好生活的渴望、向往与追求，他们不再乐意以传统式封闭式的生产观念束缚自己的手脚，而乐意以现代化的开放式的商品生产观念主导自己，去创造与享受新的物质文明和精神文明。

新潮中篇小说对农业题材创作有新突破，在军事文学创作上，它也不断有新探索和新建树，其中，引起较强烈反响的是李存葆的《高山下的花环》（载《十月》1982 年第 6 期，获 1981 年至 1982 年全国优秀中篇小说奖）。李存葆 1946 年出生于山东省五莲县东淮河村的农民家庭，1961 年于五莲县第二中学读完初中后回乡务农；1964 年应征入伍，历任连队战士、班长、排长，后调团政治处任新闻干事，1966 年开始发表作品，1970 年调入济南军区政治部宣传队创作室任创作员。

相对而言，以往的军事文学作品多着重以军营生活及战争生活为描写中心，而新潮军事文学则较注重以新的创作思想烛照军事生活，将军内外的生活交汇在一起，既正视军营生活本身的独特性，也不避讳社会矛盾在军营中的投影，因而突破了过去单纯写军营的局限，扩大了艺术视野，写出了新意。在《高山下的花环》里，连长梁三喜家人的遭遇及其留下的 620 元账单，临战前才被提升为副连长的靳开来的“牢骚”性的话，因为给粮尽水绝的战友们去对方蔗田采甘蔗而踩着地雷牺牲后未被授予任何军功章的事，赵蒙生在战前和临战时的“曲线调动”，用“八二无后座力炮”打敌堡弹无虚发的炮手“小北京”薛凯华因两发“臭弹”而牺牲，社会上某些人对“兵”的一些误解，均可谓为当年军内外的一些具体矛盾和问题的反映。特别是其所突出表达的“位卑未敢忘忧国”的主旨，既属历代传承的一种传统的爱国主义和英雄主义精神，更是一种新时代军人本着奉献精神去尽卫国职责的崇高爱国主义和英雄主义精神，是对新历史时代军人崇高爱国主义思想品格和英雄主义气概与精神的歌赞！在漫长岁月中一直闪耀不衰的爱国主义和英雄主义精神品格，是中华民族永生的坚强支柱之一。

《高山下的花环》塑造了一些由普通性与英雄性融为一体的具有新的审美意义的新时代军人形象。其中的赵蒙生是从不正之风中挣脱后而成长起来的新时代军人英雄。最初，他身上的确表现出一些与人民战士的光荣称号不那么相称的毛病，他“养尊处优”，是在权力部门特殊关照下的优裕环境里长大而生活有些懒散的“将门之子”，他靠父母的人际关系“曲线调动”到九连当指导员后，又差点在自卫还击战打响前夕照样依仗“曲线调动”临阵充当逃兵，幸亏坚持原则、浑身正气、铁面无私的雷军长抵挡住了不正之风的袭击；后在九连指战员爱憎鲜明的义愤有力的教育与高昂的卫国激情的激励之下，他才怀着羞愧的心情毅然咬破手指头立下了誓与九连战友在战场上比个高低的血书；上战场后，他以战斗行动实践了自己的誓言，在九连攻上战略性的高地主峰时，在梁三喜为掩护他而牺牲后，他怀着怒火勇敢地提起一捆手榴弹冲进敌方暗洞，在自己负伤的同时，使九个敌人在爆炸声中丧命；他就这样，在军内外高洁情操的洗礼下，成长为一位高尚的获得了一级军功章的新军人英雄。小说突出描写的九连连长梁三喜，则是面对着当年军内外的重重矛盾和问题而真诚地本着奉献精神去尽军人卫国职责的普通而杰出的指挥员。他来自沂蒙山区，家有70岁老母、妻子以及刚出生3个月的女儿，他与妻子虽已结婚3年，但彼此生活在一起的时间总共只有短短3个月；他家有困难，有沉重的家庭负担，其内心常为家庭的一笔欠债而忧愁；他在部队里的全部家当是两套已经破旧的军服，还有一件相对说来算是较好的军大衣，全都用一个破旧纸箱装着，他不像家境优越的赵蒙生那样能抽高档香烟，只能抽黑乎乎的旱烟末，他很节俭，牙刷只剩8撮毛还继续使用；他身上，既一直保留着憨厚朴实的农家子弟品格，又有英勇机智的普通指挥员的气质；他既富于人情味地热爱和思念自己的老母、爱妻和小女儿，也随时准备在祖国和民族需要时毫不犹豫地慷慨献出自己的生命。在自卫还击战打响后，他指挥的九连奉命作为尖刀连穿插到敌方纵深，去攻占关系到整个战局胜负的364高地；他冒着敌方炮火沉着指挥，一路穿越高山峻岭，攻破明暗敌堡，义无反顾地冲锋陷阵，终于攻占了高地主峰；而后他因掩护赵蒙生而被躲藏在暗洞中的敌人击中，不幸牺牲，牺牲时他身上未留下什么豪言壮语，而只有一张620元的染上了鲜血的欠账单；这几百元的小账单，他不仅时时随身带着，而且在战前寄给母亲的“遗书”中已对如何还清作了明确安排，他的老母按他的遗嘱照办了；自卫还击战结束整个部队回国后，评军功时他被授予战斗英雄称号，是活着归来的战友们内心十分怀念敬佩的连队指挥员。小说中所描写的由炮排排长而在临战前被提升为副连长的靳开来形象也闪耀着独异光彩。他直率坦诚，襟怀磊落，是非分明，正义感强，敢怒敢言，但却一直被误解为“牢骚大王”；他牺牲在自卫还击战的战地范围内，但只因为是牺牲在为早已粮尽水绝的战友们去砍敌方田里的甘蔗解渴而返回的路上，故在评功摆好时，他连三等功的申请都未被批准；在生前，人们未能正视他“牢骚话”背后的正直与高尚，他死后，只偏重严于军纪的上级领导也未能实事求是地确认他行为的英雄价值的一面；可以说，他生前和死后，都带有被人们误解的悲剧性，这种总被误解的悲壮英雄，反而因令人痛心与思念而更具独特的艺术冲击力和感召力。应当说，由于一位位未被神化与净化的军人英雄形象的塑造，使其带有恒性的“位卑未敢忘忧国”的英雄主义爱国主义主题的表达，向新、深、广方面迈出了可赞的创作步子。

在表现艺术上，《高山下的花环》在一定程度上体现了艺术辩证法，在一定程度上改观了军事文学故事老、手法老的原貌，已注意变狭窄化为开放化，变军营式为全景式；在人物塑造艺术上已注意从军内外矛盾冲突中塑造有丰富心灵世界的军人形象，表现出一种实事求是的新时代英雄观，将军人形象的普通性、人性、血性和英雄性融合为一体，既不故意神化军人形象，也不故意把军人形象软化、平庸化，既不臆造“高大全”的模式化形象，也不走无视人民军队本质品格的“非英雄化”的极端，既唱正气歌，又注意使新时代军人的阳刚美与柔和美有分寸地协调起来，显出了崇高悲壮的思想格调，是对新时代军人英雄的悲壮赞歌！

新时代帷幕揭启后，在反思既往时代经验教训的创作潮中，对知识分子的重要性有了更全面的认识，知识分子问题与“四化”建设伟业成败攸关，因此一些小说家在突破知识分子题材的中篇小说创作上也投入了极大热情，在这方面，产生强烈反响的是谌容的《人到中年》（载《收获》1980 年第 1 期，获 1977 年至 1980 年首届全国优秀中篇小说奖一等奖第一名）。谌容生于 1936 年，祖籍四川省巫山县，生于湖北省汉口市；1957 年毕业于北京俄语学院。

《人到中年》成功地塑造了中年眼科医生陆文婷形象，讴歌了陆文婷平凡而崇高的精神。陆文婷成长于新中国成立后的新时代，是新中国培养出来的中年知识分子的艺术典型。她自身瘦弱娇小，看似温柔，但不脆弱，向来要强，积极进取，自强不息，由一个奋发向上的女孩子，成长为一个自觉奋发有为的著名女医生。在 20 世纪 50 年代，她把美好的青春献给了医学院的学业，那时她竭力刻苦攻读，学业优异；毕业后紧接着即真诚地把人生献给了眼科事业，成为大医院里的住院眼科女大夫。她在眼科事业上兢兢业业的献出是巨大的，然而享受的待遇却是微薄的，月薪只有56元，一家大小四口人蜗居于12平方米的一间小屋子里。她既是眼科医术闻名海内的业务骨干，又是困难重重的家庭的家务骨干，左肩上压着医疗业务重担，右肩上扛着家务重担，上要供养父母，下要抚育儿女；每天匆匆劳碌奔忙于家庭和医院两地，刚放下手术刀又得赶紧操起菜刀，刚脱下白大褂又得赶紧系上围裙，争分夺秒地把锅碗瓢盆使唤起来；尽管如此竭尽全力地付出，有时也还是无法克服艰难窘境，小女儿病倒在托儿所时，她因工作实在放不下手而没法及时去照顾，小儿子吃不上午饭时，她也因忙碌于工作而没法去给做，甚至常为赶上班时间而连自己也只得啃个又硬又冷的烧饼完事。虽然经受着诸多生活磨难，但她的理想和事业心始终不衰，报国之志始终没有沉沦，年复一年地怀着赤子之心奋斗不息，一心扑在医疗事业上，特别是在医术上精益求精，常因钻研医疗业务而熬到深夜。她为人随时随地正直无私，路子走得正，腰杆挺得直，从不为私利而搞关系网，从不看风使舵，从不为赢得权位权势而或明或暗地玩弄投机手段，从未企图借他人之梯往高位上爬，对任何病人她都一视同仁，任劳任怨，精心治疗，都用美好的心灵对待，从不弄虚作假；她就这样因长年累月地在生活窘困的低劣条件下“超负荷运转”，有一天上午在连续做完三场眼科手术后终于扛不住了，心肌梗死突发，以致昏迷不醒，生命垂危。这便是小说中所塑造与讴歌的平凡而崇高的正面人物陆文婷形象。应当说，陆文婷形象广泛地体现和代表了特定时代里中年知识分子的坎坷、热流和心曲，特定时代里的广大中年知识分子的生活艰辛、爱国心、事业心、奋发精神和奉献精神，都鲜明地体现在她身上了，她是一个典型，是一类人的代表，她广泛地体现了特定时代的时代内容和时代精神，及时地强烈地提出了中年知识分子的迫切问题，摆出了中年知识分子的突出贡献和生活窘困的尖锐矛盾，发出了一声声关心、爱护、抢救和赶快为知识分子落实政策的振聋发聩的呼喊，这些都是当年与“四化”建设命运攸关的需要及时解决的迫切问题。

小说以现实主义笔触真切描绘了陆文婷的人生历程、人生事件、工作场景、生活画面，是对特定时代中年知识分子的人生状态和精神面貌的实际状况的艺术加工和再现；它采用倒叙章法，先写陆文婷在极差的生活条件下“超负荷运转”而累倒在病床上，而后再以昏迷中的陆文婷的意识动态为线索，让其多层次地追叙自我人生状况和自展心灵动态与精神世界，给人以毫无讳饰的真实之感。其语言朴实无华，更收到了情真意切的艺术功效。

4

相对而言，中国中篇小说的演进较为迟缓。在中国古代，并没有中篇小说的名称。在中国古代小说林中，自唐宋以来，短篇小说即日趋发达，如有北宋李昉（北宋文学家，著有文集50卷，已失传）等编辑的短篇小说集《太平广记》（因书成于宋太宗太平兴国年间，故名，全书500卷，保存了大量的古小说资料，新中国成立后有经过校正的排印本），还有清代蒲松龄的《聊斋志异》那样著名的文言短篇小说集；在长篇小说方面，如有著名的《红楼梦》（曹雪芹）、《水浒传》（施耐庵）、《三国演义》（罗贯中）、《西游记》（吴承恩）、《儒林外史》（吴敬梓）；但却没有名正言顺地诞生过中篇小说。至现代，才有了长篇小说、短篇小说、中篇小说之分，在现代小说林中，既有《呐喊》《彷徨》（鲁迅）等著名短篇小说集，有《子夜》（茅盾），《家》《春》《秋》（巴金），《骆驼祥子》（老舍）等著名长篇小说，也问世了一些著名的中篇小说，如《幻灭》《动摇》《追求》（茅盾，本是系列中篇，后将其合为长篇小说《蚀》），《寒夜》（巴金），《二月》（柔石），《水》（丁玲），《李有才板话》（赵树理）等，也有人将鲁迅的《阿Q正传》（约二万八千字）视为中篇小说，但总的说来，并未充分发挥中篇小说的优势，其创作进展仍是缓慢的，不显著的。进入新中国成立后的20世纪80年代后的新潮阶段，中篇小说创作才获得了新的较大进展，可谓成了构成中国小说总体创作成果或总体发展成就的显著而重要的部分。

整个新潮小说的演进轨迹，最先大体上是由新潮短篇小说踏出的，由于时代思潮和社会潮流相同，创作主体的特定心理结构大体相似或差异不大，新潮中篇小说大体是追随着新潮短篇小说演进的后尘行进的，但其亦非完全沿着新潮短篇小说的足窠亦步亦趋，它既有追随性，也有独特性，既追随了新潮短篇小说的演进轨迹，也带着自己的特点去开创了自己的独特领域。大体相比而言，在伤痕文学阶段，新潮小说成就主要体现在短篇小说上，进入反思文学阶段后，新潮小说成就便主要体现在新潮中篇小说上了，此时新潮中篇小说的强烈社会反响，很显然地胜过了新潮短篇小说，其在更大的深广度上及时地满足了当时广大人群的心理需求。新潮中篇小说崛起的实绩主要体现在：同过去相比，其数量可观，创作量相继数年持续上升，其创作可谓形成了一个爆发期；同时它有较好的思想艺术质量，艺术上不甘于蹈袭以往的俗套，艺术概括力较强；它们给文学画廊增添了一大批具有新颖性、典型性的人物形象，为中篇小说赢得了引人瞩目的独立的文学史地位。中篇小说这一文学样式之所以在新潮期迅速崛起不是偶然的：一是由于它能够适应创作发展的要求，能够适合读者的需要；短篇小说的思想容量有限，难以进一步满足人们反思较长时期的历史生活的需求，长篇小说的诞生则需花更长时间，而中篇小说篇幅适中，既可以容纳较深广的时代内容，又便于作家较快地创造产品，从而及时地适应与满足广大读者的胃口，因此它在反思文学阶段很快就发挥了文学样式本身的优势。二是由于大批作家热衷于中篇创作，在较短的时间里迅速形成一支阵容较强的中篇创作队伍；专业作家、业余作家、老中青几代作家以及评论界、电影电视界，一时间都对中篇产生浓厚兴趣，因此携手并肩，推波助澜，蔚然成风。三是由于大型文学期刊增多，使中篇有广阔的发表园地；全国各省市自治区当年几乎都办有以发表中篇为主的期刊，正如人们所说："丛刊丛生，中篇复兴"。四是由于它拥有广大的读者群，广大读者欢迎它，能在较短时间里读毕它，消化它，因而它能够在较长的时期里保持活力而不容易产生冷落局面，直至1987年之后，它才同新潮短篇小说一起露出"疲软"姿态，声威开始有所减弱。

第三章

后来居上的强劲势头

1

相对而言，新潮长篇小说浪潮的形成迟缓一些，由于它篇幅较长，内涵繁富，需花更多时间和心血去创造，因而总体说来它是继诗歌骤起、短篇兴盛、中篇崛起，而后才迈着酝酿、复苏的艰辛脚步去开拓出后来居上的优势局面和显示出强劲的发展势头的。其热潮的形成是逐步的，其开端阶段的 1977 年约有 56 部长篇问世，时过两年后的 1980 年约有 90 部问世，1981 年问世百余部，至 1984 年约上升到 200 部，时人认为正是从 1984 年起，标志长篇创作已度过冬蛰期；而至 1986 年始，由于诸多小说家陆续进入长篇创作阵地，因而便显出了后来者居上的强劲势头与优势。

1982 年 9 月 1 日，中共十二大在北京开幕，会议决定全面开创中国特色的现代化建设新局面，此后中国经济体制改革迅速在全国范围内展开，在农业改革进一步深化的同时，城市经济改革则逐步成为重点，神州大地上的城乡各领域展开全面改革的热潮不断掀起；小说家们把再现近距离的改革生活视为自己应尽的职责，以强烈的时代使命感创作了一批拥抱城乡改革潮流的长篇。

柯云路的长篇小说《新星》（始载《当代》增刊 1984 年第 3 期，人民文学出版社 1985 年版）在当年产生过广泛的社会反响。柯云路（原名鲍国路）1946 年生于上海，自幼在北京读书，1966 年高中毕业，1968 年到山西省绛县农村插队，1972 年到山西榆次市锦纶厂当工人，1980 年开始发表小说作品。《新星》在 1982 年农村社会持续变革的热潮里，通过对太行山腹地古陵地区农村生活的描绘，着重讴歌了改革者在与抵制改革的保守势力的矛盾冲突过程中所取得的改革业绩，进一步强烈显示了对农村改革的愿望和理想。

《新星》着重刻画年轻气盛的改革者形象。不贪图安逸的年方 32 岁的李向南怀着振奋的心情离开省委机关前往古陵县担任县委书记，雄心勃勃地要通过自己的改革实践迅速改变那里长期贫穷落后的面貌。虽然那里已经实行“包产到户”的生产责任制，但贫困依旧，而且积压着许多阻碍农村社会改革的涉及政治、经济、道德、权力、法律等领域的大大小小的问题，尤其是在古陵县经营了几十年的老县委副书记兼县长顾荣，以明软暗硬手段充当了抵制改革的保守势力的指挥者，在他手下形成了复杂的有效力的权力系统，他老谋深算，有丰富的从政经验，着重以不露锋芒、不直接对抗的圆滑态度和手腕对付李向南，常使李向南如同哑子嚼黄连；他借病住在县招待所里遥控手下的权力系统，表面上不让任何人觉察到自己内心对改革的对抗情绪，不让别人从他“以静制动”的策略中感受到他是古陵县改革的绊脚石和阻力。由于顾荣营造的权力系统里的操掌着实权的干部未及时同李向南站在同一条改革战线上，因此左奔右突的李向南在复杂纠葛中常是势单力薄地对付着土生土长的一群固守着职权的守旧者。同长期从政的顾荣比，李向南确实不够老练，确实尚缺乏调节周围复杂矛盾的经验，在重重障碍面前，他步履维艰，图变艰难，推进改革的雄心遭到顾荣等守旧势力的沉重抑制。但是，作为改革时代具有锐意开拓思想品格的立志改革事业的年青一代的佼佼者的李向南，勇立改革潮头，决心奋力创造出改革业绩来；他有新的思想意识、伦理观念和工作作风，有勇气有魄力，不再用“左”倾思路和方式去处理现实存在的问题；他不避矛盾，不畏拨弄是非的人的冷言冷语，敢于竭力越过障碍挺进；他重深入实际调查研究，办事雷厉风行；至古陵县上任伊始，县信访站长期积压的案件堆在他面前，成为他迈开改革步子的绊脚石，因此他首先以迅速处理积案来揭开古陵县改革事业的序幕，到任翌日，他便是非分明地依法解决了陈村干部分配包产到户的土地不公平等群众意见强烈或有较大民愤的十几个长期积压的案件，很快使群众感受到了年轻县委书记的决心和看到了改革的希望。古陵县委副书记兼县长顾荣的儿子顾小荣等县级干部子弟犯有大量走私贩运银圆罪，但由于执法的县干部徇私舞弊，相互包庇，因此让他们长期逍遥法外，反而使对此罪案写过检举信的中学教师林虹长期遭受打击、报复；对此，李向南当众表示要坚决迅速处理此类犯法犯罪案件，大快古陵群众的心。李向南心里明白，要振兴古陵县的事业，必先将党风和社会风气端正过来，因此他三令五申，禁止借机花公款大吃大喝；然而县供电局领导充耳不闻，乘接待地区电业局金处长之机，让局里30多人前去陪吃陪喝，一餐便吃喝掉公款数百元；对此，李向南及时就地召开现场会当众公开作了处理，不仅责令参加吃喝的几十人分摊付还了公款，而且对参加吃喝的县供电局的大小干部作了分别扣发1个月或3个月工资的处罚。李向南始终拒绝做那种坐在县委书记办公室椅子上边抽烟边喝茶边作批示的领导人，他注重办公室外的高效率的现场办公，他带领县委常委下到黄庄公社去现场办公时，仅用10分钟时间就合理合法地审批了在两年里反复打了10多次申请报告都拖着未被批准的黄庄水库同黄庄大队联合养鱼的合同。在下乡办公期间，李向南发现横岭峪公社小学近40名小学生在漏雨的一间破窑洞里踩着泥泞上课，他立刻责令代理公社书记潘苟世马上从20多间公社办公室中腾出一间大房子做小学生上课的教室，潘苟世虽然当面满口答应，但被群众称为“土皇帝”的他根本没放在心上，却一心急于给自家的爹操办3周年忌辰去了，结果破窑洞倒塌，肖亭亭老师为抢救小学生被砸成重伤，李向南得知此事后，迅速在现场召开县委常委扩大会，会议一致决定撤了潘苟世的职。在推进改革过程中，李向南还特别注重保护自然绿色生态环境，不仅及时制止了凤凰岭大队几个小队数百人蜂拥登上凤凰岭乱砍滥伐树林的严重事件，而且以追责、撤职、立军令状的办法，彻底刹住了整个古陵县境内乱伐树木等破坏自然生态环境的歪风。上述便是小说所描写的年轻的县委书记李向南在太行山腹地古陵地区上任仅仅一个多月，所开展的以直面守旧势力而雷厉风行地处理、解决群众关切的一系列长期积压的现实问题为特点的改革生涯和所取得的主要改革业绩。他的所作所为受到古陵多数群众的拥护与赞誉，但他的改革宏图并未得到顺利地施展，他的直接上级领导古陵地委书记（同守旧者顾荣关系密切）给予他不小的压力，无奈之下他只得向省委写信报告自己的改革设想，省委书记以复信的方式肯定了他的改革设想，这才使他对古陵县未来改革的前景更抱有了希望和信心。李向南这一改革者形象既如实展现了20世纪80年代初中国内地农村改革的基本态势，又超现实地寄托了对改革强烈的愿望、理想和信念。

《新星》力图对社会生活作全景式的描绘与概括，注重在矛盾冲突中多角度多层次地刻画人物；文笔波澜起伏，生活气息浓郁。

李国文的《花园街五号》（载《十月》1983年第4期）则以1978年12月中共十一届三中全会后至1982年的历史阶段为背景，着重从历史的纵深上开掘，以历史隐喻的方式启示人们：历史总是要变革的，真正的历史主人必须以历史发展的自觉去顺应并推进历史变革的潮流，而这种艰巨的历史责任，必然要首先落到立志并勇于改革的改革者身上，显示了改革者登临现实舞台的紧迫性与重要性。

位于临江市中心一个公园附近那片树林里的“花园街五号”，是一座古代俄罗斯风格的花园洋房，从建成起已历时半个多世纪，随着时代变迁，已经以胜败的结局更换了五个主人，凡居住于此的主人，都是握有临江最大权力的人物。在半个多世纪的历史岁月里，轮住于此的依次是白俄贵族康德拉季耶夫，伪满临江驻屯军司令兼警察局长刘大巴掌，新中国成立后第一任市委书记吕况，凭造反起家的“文化大革命”主任，中共十一届三中全会后的改革时代受命居住于此的现任市委第一书记兼代市长韩潮。韩潮操掌临江最高权力的时间已不多，他即将面临离休，因此由谁接任便成为紧迫的现实难题，小说的独特之处正在于围绕着将权力交给什么样的人的核心问题，塑造了一位一度痛苦地陷于复杂内心矛盾的需要交权的老干部韩潮形象，刻画出了一个由一度处于徘徊观望的中间状态而经历复杂思想矛盾后投向改革潮流的转化人物。

韩潮的思想性格具有多面性，新的特定历史条件下的典型环境造就了他独特的矛盾性格。小说为了强化其性格的丰满性，概括描述了他数十年的坎坷人生旅程，作为泥瓦匠出身并以泥瓦匠职业作掩护的地下工作者，虽然他没有在疆场上出生入死地冲杀的壮举可言，但同样可称为革命年代敢想敢为的革命骨干和先锋。新中国成立后，他保持着刚正不阿、忠心耿耿的正直品格，从未以权谋私或得过且过，但可惜在长期的和平环境里，他那精神状态也渐渐起了锈斑，思想观念日渐陈旧，自然而然地养成了一种“迂缓劲”，因此在新的历史转折关头，虽然他绝非存心对抗改革路线，但却未能及时痛痛快快地迅速紧跟改革时代步履，反以“成熟”“沉稳”掩护自己的畏首畏尾与优柔寡断，特别是他面临的那个必须交权的要害问题，成为他内心左右为难的矛盾与痛苦不已的扭结点。他身边有两个等着他交权的人，一个是受到省委负责人许杰欣赏的现任临江市委常委、第一副市长丁晓，另一个是刘钊。丁晓凭着许杰的支持与提议，一直想夺得临江第一把交椅去发号施令，且把刘钊视为自己掌权的对手，他利用手中握有的实权，一再企图让刘钊在收拾烂摊子中以失败结局而丧失与自己争夺临江权位的条件，甚至竟然居心不良地指使他人无中生有地写信诬陷刘钊曾与韩潮的儿媳吕莎发生过不正当的性关系，企图借此让刘钊在韩潮的心目中彻底丧失好感而被唾弃。但长期的实践证明，原是商店学徒出身的丁晓思想僵化，安于现状，不思进取，只善于圆滑处世，讨好上级，以表面上的“顺从稳重”和争取有实权的上级的好感作为争权夺利的上策，实际上做事的积极性和能力都差，因此始终无大作为。刘钊虽然是伪满临江驻屯军司令兼警察局长刘大巴掌的儿子，但他是上中学时跟随韩潮参加革命的，新中国成立后曾任临江首任市委书记吕况的秘书，至改革时代韩潮才为其平反并将他调回临江工作，他虽未获名正言顺之头衔，但他面对改革时代，思想活跃，敢想敢为，极具锐意进取的精神，当丁晓蓄意指派他去收拾长期严重亏损的老大难企业临江拖拉机厂时，他以奖勤罚懒的有效“药方”，不但使长期无可奈何、无大作为的临江拖拉机厂在三年时间里起死回生，摘掉了老大难企业的帽子，而且使之成为全省上缴利润和创汇率最高的业绩优秀企业。在老大难企业跟前未能将刘钊摔倒后，虽然紧接着丁晓又蓄意派刘钊去接手破土动工两年仍看不到完工希望的烂摊子临江新村建筑工程，但刘钊接手后，仍以大胆实行“承包制”的办法，在未及一年的时间里，便使一片临江老百姓久盼未得的崭新住宅在旷野上耸立了起来，受到了群众的交口称赞。刘钊不仅对内大刀阔斧地大胆实施改革，而且对外也勇于力图打破封闭保守的常规，就连白俄贵族康德拉季耶夫（“花园街五号”的第一位主人）的孙子（在意大利做生意的大商人）来访，他也要不失时机地拉生意，让其投资办临江矿泉水厂，以便打入国际市场，以求赚取更多外汇用来发展临江经济。刘钊这些富有气势的敢闯敢为的改革举动和所取得的改革成果，表明自己是有胆识、有气魄、有开拓进取和创新精神的改革者。究竟该把临江市第一把交椅交给谁坐？积极支持改革的韩潮夫人吴纬力主“找一个大刀阔斧、有改革精神、有事业心”的改革者来坐；内心一直爱着刘钊的具有风流个性的韩潮儿媳吕莎（其丈夫韩潮的儿子韩大宝在“文化大革命”中以大造父亲的反而闻名，后患精神分裂症长期住院，吕莎等于守活寡）也支持让刘钊去坐，因此她不断以记者身份写文章为刘钊造声势。但韩潮内心对定谁为接权者仍旧处于苦恼、矛盾的状态，既不满意圆通沉稳、争权夺利、作风不端和以媚取上级的“好感”为掌权上策的丁晓，也看不惯自认为神气十足、无所顾忌、猛干猛冲的刘钊；既不敢轻视丁晓“盘根错节”的上下左右关系，也对提拔刘钊会遇到阻力而“通不过”或接权后在各权力部门可能“玩不转”的局面而颇感担心和无能为力；因此当省委在临江市委中搞民意测验以“举贤荐能”的关键时刻，他只能悄悄地在选票上打个问号而投了弃权票。韩潮在交权上举棋不定的复杂、痛苦的心态，直至市委书记高峰依据民意测验结果（刘钊比得9票的丁晓多2票）和刘钊所表现出的创新能力与所取得的显著业绩而决定让刘钊接任临江重要领导岗位时，才开始有了是非分明的转化与改变，他自觉地搬出了“花园街五号”，并顺从刘钊意愿将其改为了“临江市少年宫”，以实际行动表明他赞成了民意投票的结果，选择了刘钊，明确地站在了改革的立场上，焕发出了无私地为人民事业奋斗终身的本色。这种由处于观望的中间状态而经过复杂的内心矛盾再投向改革潮流的转化人物，在当年那特定时代环境里是否更富于普遍的深刻意义？

《花园街五号》采用的是开放的结构形式，它以改革的矛盾冲突和“交权”的核心线索辐射情节内容，打破按时空顺序、情节顺序布局的封闭式的传统结构模式，让联想、回忆、幻觉等穿梭式的思维活动相交织，形成时空交错、情节交错、虚实交错、今昔交错的篇章结构，造就了灵活自由、开阔厚实、波澜起伏、跌宕多姿、富于情感、气氛浓郁的艺术效果。其间突出地运用了象征手法，如以“花园街五号”所演出的一幕幕政治历史剧象征社会变迁史和权力更替史，象征历史是在不同性质的变革中发展的；“花园街五号”既见证了白俄贵族的豪奢、没落和伪警察局长的灭亡，也目睹过在改革时代被任命为临江市委书记的韩潮所面临的矛盾、痛苦与抉择。而小说结尾所描写的“绿灯”则象征着改革的发展趋势与前景，象征无论是历史、现实还是未来的生活，都必将在变革中创新、发展、前进。此外，在人物刻画上，《花园街五号》未追求人物性格的丰满，而重在以写意笔法突出不同人物的最本质特征。

张贤亮的《男人的风格》（始载《小说家》1983 年第 2 期）当年也产生过较大反响。张贤亮 1936 年生于南京市，原籍江苏省盱眙县；1954 年高中毕业，中学时代开始发表诗歌，1979 年后陆续发表小说。《男人的风格》在 1981 年初至 1982 年初春的时代背景下，致力于描绘城市改革的全景图，集中显示对城市进行综合改革的一系列设想、措施、行动与成效；不着重写改革中的障碍与挫折，而着重渲染大刀阔斧、雷厉风行的改革气势，描写改革力量的不断壮大与改革者开创出的新政绩及城市旧貌的改观，可谓为充满对改革的理想主义情调和乐观气息的格调高亢的城市改革进行曲。

《男人的风格》中的轴心人物市委书记陈抱帖是一个具有鲜明的改革时代色彩的颇有分量的改革者形象，小说将一系列改革设想都汇集到他身上，让其以将改革理论与改革实践的有力结合与充分体现改革时代的社会思想情绪为显著特色。他出身于农家，有大学政法专业学历背景，曾凭自己的本事长期胜任省委书记的秘书一职，有理论，有气魄，有才干，有谋略，有群众观点，有公仆精神，走群众路线，具备依规独立主持办理大事的能力，正是凭自己的政治素质和才能，他在改革时代被提拔而担任了 t 市的市委书记。刚上任，他就一心扑在改革事业上，就争分夺秒地把自己的改革设想大胆地变成了改革举动。他的改革是从实际出发的，而不是拍脑袋决策的；为了有的放矢，对症下药，他始终注重调查基层实情，亲自去摸清市属各企业、各单位、各部门的实况，根据实况制定操作性强的切实有效的改革方案；他明确认识到一切取决于生产力发展，改革的关键与要害在于必须改革那些确实有碍于生产力发展的弊端，同时他懂得必须把改革事业变成千百万群众的事业，而不是单靠个人手中权力左奔右突、孤军奋战，自己绝非“救世主”，而充其量不过是动员广大群众参与改革大业的带头人和组织者；他在于足球场上召开的大会上，通过向 t 市市民作“就职演说”而发动广大群众时，无拘无束地端起从场外递来的铅桶，仰起脸大喝几口水后，对着话筒放声喊道：“谢谢！这是主人给我这个仆人最高的奖赏!”赢得了广大群众的真心喝彩！他就这样潇洒地不拘形式地利用召开群众大会和进行个别交谈交心等方式，动员了一切有利于改革事业的力量，使之形成了改革大军。

陈抱帖对城市变革新局的开创并非易如反掌，如何把市委副书记兼市长孙玉璋变成同心协作的好搭档就是在一段时间里摆在他眼前的一个不大不小的难题。孙玉璋虽然富有实际工作经验，但他长期在 t 市担任的是没有决定权的副职，因此他往往“会上发言不算数，会下说话没人听”，被戏称为“万金油”“事事通”；他几十年如一日所形成的为人处世的观念是：如果连“小性命都保不住，还说得上啥‘为人民服务’?”因而他向来“居官谨慎”，以“超然派外”来“明哲保身”。他如此的官场处境以及处世观念与只习惯于按老一套传统章法办事的作风，使他未能顺潮迅速“急转弯”而紧跟改革时代步伐，一时对陈抱帖的“葫芦”里究竟卖什么药抱着强烈的提防、观望的消极心理；他每日在办公室里应付完后，即把坐办公室以外的乐趣，全部寄托在了私人养鸡上，在他那60平方米的庭院里不栽闲花野草，而只养着六七十只鸡，不是为着吃蛋，而只感觉是一种满足与快乐。对领导层中这样一位一时守旧与老农气息浓厚的颇有资历的老干部，陈抱帖是以极大的耐心和宽容真诚的态度以及改革的实际成效，最终把他心悦诚服地团结到改革大业的轨道上来的。在开市代会期间，已离休的孙玉璋仍兴致勃勃地向参加市代会的郊区代表们传授自己养鸡的经验，叮嘱代表们组织养鸡专业户发家致富，成了被陈抱帖“统战”到改革潮流中的不慕“高官厚禄”的踏踏实实的有影响力的改革事业的助力者。与此同时，陈抱帖也扫除了改革路上的一些绊脚石，握有t市公交财贸实权的向来“恃才傲物，不能容人”的副市长唐宗慈对陈抱帖实行的改革抱着“厌烦”的态度，他与他手下的“三条支柱”市工业局局长王恩鸿、轻工业局局长蒋岐山和商业局局长吴长荣构成一大块阻力面。唐宗慈本来是一贯善于掐“节骨眼儿”而顺潮、赶潮的人物，然而面对陈抱帖推动的改革却固执地认为那犹如“盲人骑瞎马，非摔个鼻青脸肿不可”，他与他手下的三大心腹“惶惶不宁”，牢骚满腹，成为改革路上的几块绊脚石；结果，陈抱帖以严肃的态度和委婉的姿态与方式解除了他们手中的职权。总的说来，陈抱帖是以文明的方式推动与实施对领导层的改革的。

陈抱帖是具有现代思想品格的新派创业者。他不怕戴上搞资本主义的急先锋的帽子，不仅敢于享受现代生活，“当仁不让”地坐名牌小轿车，住豪华饭店，认为这是“作为一个现代化中国的领导干部”应当适应的新时代的潮流和时尚，而且不拒绝从“资本主义”那里吸取有利的东西为己所用。他以现代理论观念为主导，提出与实施了针对历史经验教训和当前实际现状的综合改革、治理的举措，废寝忘食地（星期日晚上也办公，吃不上饭就找些饼干充饥）迎难而进，颇有气势地去开创城市变革的新局面，使t市的市政、农商、工交、文教等整个面貌有了改观，让群众看到了“破破烂烂”的旧貌变成了喜出望外的新颜的改革成果，受到了群众的普遍赞扬与拥护。虽然k省里的个别领导到中央告过他的状，但他推动的改革依然是以他的胜利而告终的；在他那没有别的改革者所遭受的那种政治命运的坎坷与沉重的打击的身上，所渲染出的改革基调是相当自信与乐观的！

张贤亮笔下的陈抱帖所推动的改革确实虎虎有生气，但他的婚姻家庭却是很不幸的。他无法治理自己的家庭和妻子，他的国事、政务与家事、家务不是完美地统一的。他的妻子罗海南是思想、感情、性格都带有复杂色彩的年方三十的女子，她出身于高干家庭，是在部长级家庭里长大的“高干小姐”，自少女时代就追求有强烈“爱”的非主仆型的婚姻，认为爱情的内核就是“爱”；她不喜欢迂腐、守旧、教条的男性，当初只因佩服陈抱帖的思想解放和直言勇气的现代“男人的风格”而与之结婚。但婚后，强烈追求纯男女的“情”和“爱”的她，很快就深感心灵的不满足，她幻想完全依据自己的欲望来左右丈夫，要求丈夫经常专门安排时间同自己钓鱼、打猎、谈情、嬉戏，然而陈抱帖“几乎没有一点业余时间”满足她的欲望与要求，她日日深感嫁给一个只有“事业心”而没有“业余时间”的男人是“最大的不幸”，于是她把爱慕的心投放到了她认为有罗曼蒂克情调和才华的作家石一士身上。她那些针对陈抱帖的无休止的牢骚、不满、吵闹与对抗，以及她从与石一士交往的婚外之情中寻找欲望满足的举动，既给改革者陈抱帖带来了婚爱刀剑的伤害和卧室悲剧的不幸，同时也多少包含着对出身于小农家庭的陈抱帖在婚爱家庭问题上所固执着的旧小农意识的抗争，陈抱帖能用现代思想观念对待改革事业，但却用旧的传统意识和方式对待具有复杂个性的罗海南，这是否于现代观念和传统意识的对立中提出了改革者在婚爱、家庭和事业上如何完美统一的问题？

《男人的风格》注重创造深沉凝重的艺术境界，着重在轴心人物身上融汇特定时代的广泛的社会思想，沿着主线将改革生活、爱情生活、家庭生活经纬交织，追求生活描绘和人物刻画的丰富性和复杂性，内容厚实，文笔凝重，逻辑思考有深度，形象思维有广度，将生活画面的描绘同工笔展示人物的内心世界相结合，其对罗海南在自家初次见到陈抱帖前后的心理状态的多侧面描写，以及对陈抱帖和罗海南吵闹后的复杂心理的描写等，均颇显功力。此外，小说也采用了集中介绍的传记式的方法描写人物，如第四章对孙玉璋的描写等；还喜欢用带分析性、议论性的描述笔法，因而在生活图景中往往寓含着哲理性。其第一章中写 t 市一对对婚后无房的男女“在公园搂着睡觉”的情节，以及第十四章“小说中小说”的情节描写，是否多少有失于艺术提炼?

苏叔阳的《故土》(载《当代》1984 年第 1 期，后被改编成电视连续剧）在当年曾颇受读者欢迎。苏叔阳生于 1938 年，河北省保定市人；1956 年考入中国人民大学中共党史系，1960 年毕业后留校任教；1978 年到北京电影制片厂任编剧，在电影文学剧本和话剧剧本创作方面取得过突出成就；大学时代即开始尝试文学创作。他的《故土》以城市改革潮流日趋勃兴的 1982 年夏至同年冬为背景，着重描写改革时代序幕期的城市医疗战线的改革面貌，它将以选择新华医院院长为重点而展开的复杂改革历程，同多角的爱情关系及特定时代的爱国思想情调或明或暗地交织在一起，而其核心意向似在于警示人们：在改革年代的任何战线任何部门的以权力交接为核心的变革过程，都可能面临品行低劣的政治投机者打着改革旗号和空喊着改革口号千方百计施展伎俩争夺权位，都可能出现错综复杂的局面，因此务必保持清醒的头脑，以免让极少数卑劣的政治投机者得逞而最终导致人民的一部分事业遭受伤害。

《故土》中的新华医院院长林子午是改革年代面临交权的老干部形象。

他一贯心地纯洁，忠厚善良，事业心、责任心强，领导作风民主，始终严谨干练地扑在用手术刀救死扶伤的本职上，是享誉海内外的学者型的胸外科医学专家。即将离休、离任的他，早已明智地正视到自己交权迫在眉睫，但他对选谁做院长接班人心里十分纠结；依据他向来尊重知识、尊重人才的观念与作风，他是盼望品才兼优的贤能者接掌院长职位的。他身边有三个院长候选人，其中院党委委员、医务处主任安适之外表风度翩翩，善于装模作样地以潇洒热忱掩盖自己私欲超常的灵魂去反复讨好上级领导的好感与喜欢，长于“走上层路线”和看风使舵，是医院里有名的风派人物；他并非毫无业务能力，然而他历来主要是凭借暗中搞政治投机的手腕而飘浮自如并平步直上；面对改革浪潮，他又迅速接过改革口号，怀着争权夺利的邪念积极地上下活动起来，明里唱高调，暗中弄权术，以致多少带有老书生气的林子午院长一度偏听偏信他而被老同事魏旭之、袁亦方毫不客气地骂为“昏庸老朽”的“傀儡”；幸亏他在老同事的骂声中终于警觉起来，从怀疑安适之的管理能力到有意考察他的政治灵魂，直至认定他不可信赖而决意抵制他作为未来院长候选人。林子午据自己的考察与判别，将郑柏年物色为理想院长候选人，郑柏年德才兼备，有为祖国医学事业奉献的精神，有技术水平，有医疗经验，对医院未来的发展认真作过通盘考虑，废寝忘食地编写出了《现代中西医结合医院的组织与管理》大纲，在院长候选人民意测验时得票也最多，因此他被认定是接替院长职位的最佳人选。然而令林子午极感痛心与不幸的是，郑柏年后来被确诊患有肺癌并不久就与世长辞了，他让郑柏年当院长接班人的谋划落空了。而后，林子午经过反复权衡，又举荐了白天明当院长候选人。白天明为人正直，有敬业精神，有真才实学；过去他曾被视为“白专典型”和因有“海外关系”而遭到不公正对待，曾被遣调至贵州山区，但他在那艰苦的山区环境下，仍兢兢业业，勤奋不息，凭自己在繁重的医疗实践中所表现的医术，赢得了同行与患者的高度称赞；他在改革年代自西南僻远山区重新调回北京新华医院后，即受到林子午的器重。与此同时，安适之也加紧实行以“走上层路线”打通争夺权位的路子的策略，不仅弄虚作假求一位作家写了悼念郑柏年的散文署上自己的名字登在报上，而且窃取郑柏年编写的《现代中西医结合医院的组织与管理》的大纲为自己在上级领导层中制造声誉，特别是当上级给新华医院一个出国考察名额时，他为增加自我争权资本而擅自挤掉他人独占了；就这样，最后他被偏听偏信的上级领导内定为新华医院院长接班人了。林子午所器重与举荐的白天明最终被安适之变相地排挤到了离北京更远的西藏地区，他那将院长交椅交给理想的接班人的心愿完全落空了，虽然他极不甘心在变革关头而接班人不当的时刻离开院长职位，但无可奈何，只得眼巴巴地看着安适之夺得院长职位而陷于极度苦恼之中。

小说作者说：安适之“集中体现了我对生活的思考。我们处在改革的时代，存在着错综复杂的现象”，“在社会生活中常常有这样一些人，他们善于接过我们的口号而营私”，“这是可怕的事”，“安适之是我们这个社会，不完善的那些体制所诞生的历史的怪胎”。（见《当代》1984 年第 3 期《〈一幅当代生活的斑斓画卷〉——长篇小说〈故土〉座谈会发言摘要》）

《故土》中还塑造了一些独具鲜明个性的女性形象。尽心尽责献身于医疗事业的袁静雅以甘受传统道德制约而不愿效法新潮女性为鲜明特征，她突出地表现出娴雅、纯洁、端庄、内向的传统品性。她从中学的少女时代就爱上了白天明，只因迫于父亲的压力才嫁给了品质低劣的安适之，结果吃尽婚爱的酸涩苦果，遭到了离婚的痛苦结局。在不幸的私人生活上，她有不平有痛苦而不去诉说，需同情而从不乞求，是被旧观念紧束着的长期默默承受着不幸的弱者；而在事业上，无论何时她都无愧为毫不甘示弱的顽强进取的强者，其高度的事业心在特定时代的中年知识分子中具有广泛的代表意义。26岁芳龄的叶倩如则是具有鲜明的开放型、进攻型性格的新型少女，她有朝气，有一双活泼而又鼓舞人的眼睛，是电影乐团的大提琴手；她突破自认为陈旧的种种世俗观念，在爱的王国里显出袁静雅一类传统女性所未有的新奇个性；她无所顾忌地把“竞争”引入爱情领域，泼泼辣辣，无拘无束，她的爱情观是：只要双方永远在一起就叫爱情，在多角恋爱中她不视任何一方为情敌；她不但公开给内心早就爱着白天明的袁静雅下限定时日的爱情挑战书，而且毫无顾忌与羞涩地躺在白天明床上去表示爱的真诚；最后她自告奋勇地主动同被变相排挤的白天明结为伴侣去支藏，献身支边事业，使自己的爱和人格都得到了升华。叶倩如形象的描写不该视为是不顾20世纪80年代初期的时代条件和具体国情而故意将民族女性的“洋化”，而应视为是在爱情领域描写中勇于触动陈腐观念和冲击世俗禁锢的一种艺术尝试。还有吴珍则是以具有强烈的热爱祖国的意识和意志为显著特征，她那“落叶归根”的传统意念始终不渝，虽然长期侨居于花花世界，但始终不随波放纵，始终怀着耿耿眷念故土、故乡、故人的爱国深情，令人敬佩。这些各具鲜明个性特征的女性形象是构成改革年代生活的重要形象，假如不设置这些扣动读者心弦的形象，改革生活就会干巴得多，其各显审美特性和新奇色彩，从不同侧面增添了改革年代社会生活的斑斓色彩。

《故土》长于真切自然地描绘独角或多角的戏剧风味的生活场面，其简洁晓畅的京味色彩浓郁的语言，细腻刻画不同个性和面目的人物的笔触，将形象性、抒情性、逻辑性、哲理性自然融合的描述，是共同构成其独特艺术风韵的重要因素，“人生最可怕的便是满足，满足于安逸，满足于恣睢，满足于辛苦，满足于麻木，满足于被哀怜，甚至满足于痛苦。人生的幸福与欢乐正在于越过一道道坎，踏过一丛丛荆棘，向着高尚的目标顽强地探寻。”这便是其于描述间顺势阐发的哲理之一例。权衡其沿着爱情与改革的两条基本线索的描写，两性的关系及生活的笔墨比重是否重了点?

总体概括而言，描写 20 世纪 80 年代初期中国内地改革生活的新潮长篇小说显出了一些共性特征。在思想特征上，它们不同程度地体现了改革的愿望，设想了改革蓝图，讴歌了改革者的改革举动，为改革造舆论；它们揭示在改革浪潮中同一营垒内的新旧思潮的冲突，揭示改革与守旧的思想矛盾，往往写及调整权力机构或领导权更迭的核心问题，常围绕用人方案及将权交给谁的要害问题展开冲突，实质上也就是一致为思想解放的改革者登上领导舞台助威；它们所共同展示的改革主题是前所未有的具有开创性的重大主题，是确立此类小说独特历史地位的重要因素。同改革主题的需要相适应，此类小说所塑造的人物形象的主要类型可概括为改革者、守旧者和一度陷于内心复杂矛盾的需要交班交权的老革命者，换言之，亦即此类长篇用笔最勤的是对最先最直接感受到改革浪潮冲击力效应的一些干部形象的刻画。面对改革浪潮，小说家们笔下的一些在职干部，或敏锐地积极主动顺应时代潮流去充当改革年代的主人，或守着既得职位，故步自封，瞻前顾后，观望犹豫，依然故我，处于被动，甚至成为障碍；而那率先奋力投身改革潮流的志在变革弊端以唤起企业活力和创造出经济实效的体现改革精神的被称为“改革者”的干部，则是此类小说共同致力的艺术创造的重中之重。此类长篇在总体艺术构思上勇于站在现实时代的制高点上去强烈体现新时代精神，勇于触及现实中的紧迫问题，发出现实性或超前性的呼声，显出了社会人群的流向和时代演进的趋势；在人物创造艺术上它们一般不是像过去那样重客观描述或外在表现，而多重在内在心态特征的表现和心灵世界的剖析，将情节故事和生活场景的描写同人物的复杂个性心理动态融为一体，使心态展示、心理剖析与挖掘人物灵魂的奥秘成为艺术表现的重点。总之，这类描写 20 世纪 80 年代初期改革生活的新潮长篇，在长篇创作史上具有首创性的历史地位，它们以特有的姿态敏锐地紧跟了神州大地上以经济建设为中心的时代由农村延及城市的改革的脚步，迅速地甚至超前地创造了崭新的改革者形象，突出地体现了艺术创新的精神，是构成新潮长篇创作史貌与创作成就的重要方面，在中国长篇创作发展史程上亦具有不可忽略与替代的地位及价值。

2

在长篇小说创作热潮不断涌起的日子里，文学界以文学家茅盾生前捐赠的25万元稿费为基金设立了全国性的优秀长篇小说大奖——茅盾文学奖，经过反复评选后而荣获该奖的作品是新潮长篇小说创作实绩的突出标志，也成为当年世所瞩目的享有国家级殊荣的新潮小说热点。

1982年底，经过不同范围的反复评选，从近500部长篇小说中选出了6部授予首届茅盾文学奖，它们是周克芹的《许茂和他的女儿们》，魏巍的《东方》，姚雪垠的《李自成》（第二卷），莫应丰的《将军吟》，李国文的《冬天里的春天》，古华的《芙蓉镇》。

周克芹的处女长篇《许茂和他的女儿们》（约22万字），名冠获首届茅盾文学奖的6部长篇之首。周克芹生于1936年，1990年8月5日在成都因患肝癌去世，原名周克勤；四川省简阳县人，家处丘陵地区，世代务农；1952年在成都当过糖业学徒，1953年考取成都农业技术学校，1958年毕业前夕，返乡务农；不久被选为生产队会计，连当10年之久，后升任生产队长，也当过民校教师、大队会计、公社农业技术员，还常被借调到区里协助工作；1978年5月才在简阳区当上国家干部。住在蜀地偏僻的“山沟沟”里长期务农的周克芹，无论生活还是创作，走的都是艰苦的道路，他深知生活的甘苦，其所亲身经历的农村社会的沧桑演变孕育了他的创作，在沱江流域的故土上，在巴山蜀水的环境里，通过他自己的艰苦摸索与奋斗，才一步步登上了文坛。他从 20 世纪 50 年代中期起，白天耕耘于田野，夜间笔耕于茅舍，在用墨水瓶自制的煤油灯下，默默坚持了二十来年业余创作，有时通宵达旦。他此部获奖的处女长篇通过描写沱江流域葫芦坝许家大院的盛衰际遇，着重反映 20 世纪 70 年代中期的中国内地的农村社会现实，也预示了农村社会在曲折中必有新发展的一线曙光，以严肃创作态度辩证地展现了十年内乱后期（小说以 1975 年冬整顿社队的工作组从进村到出村的半个月时间为描写重点）交错着创伤、渴望与信念的复杂社会面貌。周克芹笔下那巴山蜀水间的葫芦坝至 1975 年冬，掌权的“班子”相当复杂，他们所持的政治态度以及思想状态、生活处境各不相同，有的继续盲目推行“左”倾那一套，有的抱无可奈何的消极态度，有的装作睁一只眼闭一只眼的老好人，有的则纯属坏人，真正的好干部却被迫“靠边站”并遭受打击伤害。葫芦坝虽然富饶秀丽，自然生态和生产条件非常优越，然而在特殊年代环境下，农民的生活很困难，不得不普遍地吃着国家“救济”，一些少女还被骗卖到遥远的地方，令人不快的伤心事不时发生，更令人痛心的是人际的正常关系已遭到破坏，原有的鱼水般的党群关系在相当程度上受到损害，人与人之间的和睦相亲、诚实互助的关系，也在相当程度上为隔膜、冷淡、自私、欺诈所代替，甚至骨肉至亲也竟然相互疑忌，视若路人；青年男女的道德风尚也开始败坏，优良的传统美德在一部分青年身上已经丧失，老中青三代许多人心中都深度不等地留有忧伤的烙印，只是他们尚未绝望，仍在不同程度地盼望、渴望着改变；正是为了满足他们的愿望，小说中的颜少春才奉命带领“整顿社队”的工作组进驻了葫芦坝，然而创伤尚未得到治理，以颜少春为首的“整顿”工作组又忽然被迫撤走了，于是从经济基础到上层建筑，从人与人的关系到思想道德风尚，葫芦坝地区诸多领域的创伤依旧，葫芦坝人内心渴望改变现状的前景不知何时才能出现。这便是小说以忠于现实生活实际的笔触所形象地展现出的20世纪70年代中期（十年内乱后期）中国内地葫芦坝地区农村社会的面貌。

“一部优秀作品的标志，总是能够给读者留下一两个教人掩卷不忘的人物形象。中外古今的名作，所以能够流传久远，就在于它的人物形象，以及对当时生活的深刻描写，具有引人入胜的艺术魅力。”（巴金《祝贺与希望——在“茅盾文学奖”首届授奖大会上的书面发言》，《光明日报》1982年12月16日）《许茂和他的女儿们》的重要成就正在于塑造了数位打着20世纪70年代中期那特殊年代印记而具有审美意义的人物形象，尤其是许茂和许秀云是突出体现创作意图和寄托作者对生活的体验、思考及情感倾向的更为成功的艺术形象。

周克芹长于蜀地农村女性形象刻画。在短篇小说《勿忘草》里，他出色地刻画了芳儿。芳儿是蜀地优秀农村少妇的化身，她有端庄、美丽、俊俏的外貌美，她以高洁的情操、心灵、道德、情感扣动人心，浑身充满着美感和感人力量，是内外美统一的典型形象。在短篇小说《山月不知心里事》中，他刻画了少女容儿的艺术形象。容儿是改革年代初年的农村新人形象，她担任大队团支书和农技科研组组长，是在农村度过二十来个春秋而接受了新教育的少女。稳重、朴实、知足，有内向美，含蓄美。她善于思考，对“左”倾思潮影响下的生活感到委屈，总是噙着泪水回忆往昔那些日子。她不像母亲那样习惯于“日出而作，日入而息”的农家生活，而在要求改变物质生活的同时，还迫切要求改善精神生活；她立足现实，又立志不断变革现实，代表着新一代农民的愿望——迈入农业现代化的门槛和天地，她是推动农村社会发展的新生力量，是焕发着新时代精神的农村新人。在《许茂和他的女儿们》里周克芹又着力刻画了许秀云的形象。许秀云是许茂老汉的第四个女儿，人称四姑娘。小说是以特定时代现实生活为依据来塑造她的，她的命运受着欢乐与痛苦的时代的制约，是交错着人生幸运、人生痛苦、人生追求的命运。她生长于农村，有过快活的少女时代，那时正值新中国成立初期的互助合作年代，既如意地享受着母爱和父爱，又能在父亲爽朗的笑声中同姊妹们欢快地在许家大院里栽花植草，而且还在许家大院的家史上破天荒地有幸在农村初级中学享受着文化教育，她感到自己的少女时代生活是非常幸运的。而后，她却未料屡遭厄运而沦陷在辛酸里挣扎着几乎耗尽自己的青春岁月，她刚成年就遭到灵魂道德十分恶劣的郑百如的野蛮凌辱，开始在心灵深处留下了被糟蹋的痛苦的记忆；此后其生父许茂为着“凫上水”，又硬要她干脆嫁给郑百如；她被迫忍辱落入郑百如的陷阱后，深感自身连旧社会的佣妇或童养媳的命运都不如，不仅遭到头生娃儿夭折的不幸，而且在忍气吞声中受尽虐待，在那十年逆境年代，更是遭到郑百如（郑百如是在十年内乱中突然“红”起来的，在金东水被迫“下台”后，他是操掌着葫芦坝实权的“大队党支部副书记”）的蹂躏、遗弃，同时还遭到包括亲人在内的周围人群的误解、压抑、冷遇、摧残，反而不分是非地恶狠狠地把她当作伤风败俗的坏女人；在此期间，她曾先后有过两次跳进柳溪河的可悲举动，几乎被逼上了死路。这便是小说中所描写的被迫陷于人生漩涡中的遭受生活和精神磨难的许四姑娘的悲苦命运。

小说是着重把许四姑娘作为不幸女性来刻画的。她的不幸是美的不幸，她有外形美，瓜子脸儿俊俏丰润，身材苗条秀气，牙齿雪白，双眸黑亮，喜欢将乌黑的长发在后脑勺上盘成标致的发髻；她更有内在美，勤俭纯朴，娴静温柔，深沉坚毅，小说用像乡野的泥土，像“开放在深谷里的幽兰”，像迎风开在山冈上的海棠的比喻，来盛赞她朴实雅洁的秉性；这种内外美的统一，可赢得更多读者的同情心。同时她的不幸也是正义的不幸，她是从未蛮不讲理地轻易伤害过别人的受害者，给予她不幸者都是非正义的，是非正义对正义者的摧残，其内外美与正义性的结合，便使她不幸人生命运的悲剧力量更加显得格外强烈。

周克芹笔下的许四姑娘是生活在20世纪新中国成立后至70年代的承继着一些中华民族德行的传统女性，而非20世纪80年代那种少数的现代女性。传统中往往包含着积极与消极的种种因素，小说让她反复表现出弱者与强者、柔弱与抗争的双面性格，她那承继着中华民族妇女固有的温婉贞静的品性，既有令善良者喜爱的一面，但也同时因袭着旧时代世代遗传下来的消极精神因素——“忠恕之道”，这种“忠恕之道”曾在较长的人生期间里成为主宰她的主要精神支柱，使她养成了总是“埋着脑壳不开腔”的忍辱求生、逆来顺受的柔弱的一面，也是她不能迅速有力地对付凌辱她的恶者而久陷不幸深渊难以自拔的性格内因。然而同时，她又毕竟不同于从旧时代过来的那种目不识丁的传统农村妇女，她享受过20世纪50年代的初级文化教育，受过新时代的思想阳光的照耀和精神的洗礼，因此在经历痛苦的磨难与挣扎的过程中，她那种为摆脱悲剧命运而抗争的新精神元素，虽可一时被压制，却不会彻底被磨灭，因而一传出新时代的新转机、新发展的信息，她便能够迅速点燃她孤苦心灵的希望之火，摆脱因袭的“忠恕之道”的负荷，抛弃消极的精神支柱，跳出陷阱，拔出泥潭，大胆投入开创新前程的行列。她认定是郑百如毁了自己的青春、幸福和半生前程，因而一改默默忍辱吞咽不幸的柔弱性而向郑百如反戈一击，露其原形，与之一刀两断；同时她激发了大胆追求幸福的信心，以小姨子身份冲破世俗的偏见和压力，破天荒地公开追求并拿定主意嫁给中年丧妻并被迫害下台的干部大姐夫金东水，跟随重新挺起腰杆的金东水（金东水是非常正派、朴实、有理想、有能力的“大队党支书”）奋力投入了建设新葫芦坝的队伍，开拓了自己新的人生之路，显出了时代发展的亮光、动向和希望。许四姑娘这种交织着幸运、痛苦、希望、追求的悲剧命运和由软弱、忍受而转变为挺身抗争的复合性格，从正反两面概括着丰富的社会内容和时代内容。许四姑娘不是从书本上而是从反复反思往昔悲苦生活本身懂得人生真谛及确定自己的爱与憎的，严峻、不幸的生活是令她醒悟的导师，是使她坚韧刚强起来的熔炉。周克芹说自己是“以发自肺腑的热爱之情，噙着眼泪写四姑娘”的，他“把自己懂事以来的二十余年艰苦岁月的磨炼所积累起来的感情”，以及从“父母兄弟姊妹们”身上感受到的“美”，大部倾注给许四姑娘这一艺术形象了［引语见周克芹《〈许茂和他的女儿们〉创作之初》，《首都师范大学学报（社会科学版）》1982年第3期］，许四姑娘形象是作者“在悲壮的泪眼中见出崇高的美来”的美学愿望的成功的艺术实践。

比较而言，许茂形象更具有独特的艺术突破价值。许茂思想性格的复杂变化反映出时代的变迁。许茂在旧社会很穷困，饱受生活忧患，不得不忍痛把头生女儿送出门去当童养媳，由于他在旧社会吃尽苦头，他对旧社会没有好感，从未说过旧社会有什么好处，内心迫切要求改变自己穷困的经济地位，因此他积极地欢迎解放，积极地参加消灭封建剥削制度的土改运动，并在土改时才分得了好地产。在互助合作年代，许茂也一直带头走在前列，组织互助组时他任组长，成立高级社时他任农业组长，曾是费尽心力经营集体农副业生产而获得过政府颁发的奖状的积极分子；在为集体农业留下光荣业绩的同时，许家大院也确实进一步摆脱了生活困境，那时许茂站在集体的土地上曾踌躇满志地产生过许多美好理想愿望，他的女儿们也经常能听到他那非常愉快爽朗的笑声。可见许茂本是一位开朗乐观、富于人情、对集体农业满怀希望、“胜利地渡过了合作化那一关”、顺利地由个体私有小农生产者而积极地转变成了满怀希望的集体农业劳动者并以组长身份带头在集体农业的创业史上留下过光荣业绩的积极性很高的农民。但是，到了20世纪70年代，特别是在十年内乱期间，这个曾跟随新时代“不断打扫着自己从旧社会带来的灰尘”而思想精神面貌有了更新的积极分子，伴随着社会局势的动荡和许家大院生活磨难的重来，其思想性格不仅重遭扭曲，而且急剧恶化，除勤劳、省俭的传统品德依然如故外，其恶变得叫女儿们简直“不可理解”了。脾气变得愈来愈古怪，服服帖帖、热情爽朗为固执暴躁所代替，诚实互助代之以损人利己，隔膜冷酷几乎替代骨肉情义；“背地里咒骂这个那个，变得越来越孤独”，火气一来就立马横眉竖眼，暴跳如雷；特别是一反他此前那种积极参加集体劳动的态度，而是整日把全部聪明才智和心血用于精心“雕刻”自家那份“自留地”，力图从自留地上求生存、找出路，并且果然获得了空前的实际经济利益；同时为了积累自家钱财，他不止一次趁赶集之便搞当年被禁止的谁也没敢搞过的“投机买卖”，还竟然乘一位抱娃儿看病的寡妇之危进行敲诈，曾经被打扫过的损人利己的“灰尘”在他灵魂上又“堆集”了起来。甚至对骨肉至亲他也一度忍心冷酷无情地予以割舍，不仅拒绝住房被坏蛋郑百如蓄意烧毁的大女婿金东水到许家大院栖身，而且对病故的大女儿和被迫离婚回娘家寡居的四女儿，最初也都不给予丝毫的同情；大女儿死后穷得买不起棺材，许家大院里虽然堆放着许多现成木料，但他连一块薄板都不愿给；四女儿离婚不得不回娘家后，他连放柴草的破小屋子也不乐意腾给她住，整日板着冷面孔对待。凡此种种，都是许茂思想性格倒退、恶变的表现，许茂对20世纪70年代在“左”倾思潮主导下的动荡农村社会生活是极伤心、失望与反感的。然而，当颜少春奉命带领工作组进驻葫芦坝实行初步整顿而重新显现出生活希望时，许茂又随之逐步向正面“突变”了，他用慷慨仁慈替代了自私冷酷，将自己在伤心、失望的日子里辛辛苦苦、费尽心机好容易才一分一角慢慢积攒下的血汗钱均分给了女儿们，并重新同大女婿金东水情投意合起来。周克芹笔下的许茂是一个随着所处时代的变化而反复变化的人物，他的思想性格的多变都有特定的时代原因，同时代发展的顺利或曲折紧密关联，其多变的人生内容，同时代内容、社会内容是统一的，亦即解剖他的人生同解剖历史流程是相统一的，时代思潮的变化和农村生活的变化，与许茂思想性格的变化有着因果的关系。由20世纪后半期所创造的农民形象系列的角度考论，朱老忠形象显示出中国农民在漫长的民主改革中由自发反抗到自觉革命的历史性转折，梁生宝形象则标志着中国农村社会由土地私有制到土地公有制的革命性变革，而许茂形象则既反映出土地公有制后的新时代“左”倾思潮及其所带来的曲折的农村生活对农民思想性格的扭曲，同时也预示出广大农民渴望在新时代转机中获得新生。这样，从朱老忠、梁生宝到许茂，从锁井镇、蛤蟆滩到葫芦坝，便形象而深刻地记载着中国历史长河奔腾不息的曲直流程，使许茂形象具有了突破性的创造价值。

许茂的思想性格为什么会恶变？整顿社队的组长颜少春指出：“这全是生活教给他的!”许茂是非常重实际的老农，带有一切从实际出发去确立主见和选择行动的朴素的农民思想的特征；他向来以实际利益作为判断事物优劣的标尺，当年的土改和互助合作运动给他带来许多实际好处，因此他积极参加，在“左”倾思潮下动荡的岁月，他见不到实际利益，深感自顾不及，极为担心自己又会像旧社会（许茂害怕回到旧社会去）那样“挨饿”；可以说，他在特殊岁月中的一切行为的实际出发点和归宿，都在于设法避免自己再像旧社会那样“挨饿”，都在于探索如何保障自己的实际利益和现实基本生存条件的路径，都包含着对在新时代里的十余年的实际生活经验的思考和对实际生活道路的新探索。总之，许茂形象深深地刻着特定时代的烙印，他的多变的思想性格是特定时代的产物，他是生活在20世纪70年代公有制的土地上，生活在动荡的时代环境里，而且在经济、心灵、德行诸方面，都曾一度遭受过“左”倾思潮挤压与损伤的有骨有肉有血的活生生的老农，是在特定时代、特定环境中土生土长的真正属于民族的新艺术典型。

周克芹始终坚持革命现实主义创作道路，他扎根中国内地农村大地，关注农村现实，思考农村、农业和农民问题，写对农村生活的切身体验，他的小说创作是从不同角度体验、思考自己所处时代的农村生活的历史和现实的产物，集中描写特殊岁月农村悲喜剧的《许茂和他的女儿们》体现了他“自己多年来对农业问题、农民问题的思考”，他不再像过去描写农村生活的作品那样设置人物，不再把追求致富的农民当作反面的“小生产者”批判，他把农民的忧伤、渴望、信念、追求和盘托出，使20世纪70年代中期那交错着欢乐、痛苦和希望的农村社会现实，得到了真实、辩证的全面反映，无论日子多么艰难，广大农民心中的希望之火，都从未熄灭过。在创作上，周克芹受过萧红、冰心、孙犁、柳青等作家的影响，有意学习和追求朴素清秀、柔和抒情、哀婉刚健的艺术风格。《许茂和他的女儿们》较突出地运用了悬念艺术、行动描写、心理描写、对比描写、细节描写，无论在思想还是艺术上，都是较成熟的一部作品。其弱点是否在于尚缺乏从多侧面去丰富多彩地刻画人物的个性，对富于个性特征的人物对话的运用嫌少，后五章的议论和概括性描述嫌多了点？

20世纪50年代初年展开的抗美援朝是年轻共和国面临的举世关注的重大事件，魏巍的力作《东方》（74万余字）即描写了那场战争的全貌。魏巍1920年生于河南省郑州市，出身于城市贫民家庭；童年时代在一所免费平民学校读书时颇好诗歌；1937年在山西抗战前线加入八路军，后到延安，并入抗日军政大学学习；于抗大毕业后即随部队进入晋察冀根据地，在部队长期从事宣传工作，曾任教育干事、宣传科长、团政治委员等职，同时开始坚持业余创作。1959年他开始动笔创作《东方》，至1965年完成40万字，后搁至1974年才又继续执笔，于同年秋完稿，经修改润色，1978年由人民文学出版社出版。获奖后又增写《彭总》一章，发表于1984

年第 4 期《昆仑》杂志上，着重描绘彭德怀司令员的形象。其从抗美援朝前夕一直写到抗美援朝凯旋，自前后方的广阔领域形象地再现了近三年激烈战争的艰苦曲折的全过程。抗美援朝战争是由美国为首领的外国军队干涉朝鲜内战并越过朝鲜半岛“三八线”，蓄意将侵略战火燃烧到朝中鸭绿江边境中国一侧领土而引发的，刚刚在硝烟炮火中建立起年轻共和国的中国人民，多么渴望和平与安宁，但侵略的战争烈火又燃烧了起来，侵略军不仅于 1950 年 9 月 15 日在朝鲜仁川地区登陆和在 10 月初越过朝鲜半岛“三八线”，并且肆意向朝中边境推进而将战火烧到了鸭绿江边的中国一侧，为正义而战的中国英雄儿女，不得不以劣等的装备毅然迎击穷凶极恶、虎视眈眈的侵略者，这便是《东方》的特定时代背景。

小说将抗美援朝前线壮烈鏖战和后方支援两个不可分割的领域交错描写，以志愿军团长邓军和政委周仆所率的英雄团的战斗历程为贯穿始终的主线，以冀中农村凤凰堡为中心展开并串连成的后援画卷为副线，两线交织构成了前后方军民形象群的宏幅画卷，把作为特定时代主旋律的抗美援朝保家卫国的思想、气概和精神完整地显现了出来。在由抗美援朝前线司令员彭德怀、独臂团长邓军、舍身炸碉堡的英勇战士刘大顺、趴在敌方铁丝网上让战友踏着自己身躯前进的乔大夯、让青春在战地上闪耀着光辉的女英雄护士杨雪等组成的可歌可泣的志愿军英雄群像中，小说自始至终致力于塑造红三连连长郭祥的战斗英雄形象，将他置于坎坷的人生命运、不同的战争环境、三角的爱情纠葛以及战后的和平环境中，进行多层面的刻画，特别是着重在硝烟弥漫的血与火的朝鲜前线上突现他的英雄性格。郭祥出身贫穷农家，家居冀中平原凤凰堡，小时衣衫褴褛，常光着脚丫子；小名叫嘎子，有一股调皮劲儿，11 岁时因打死地主家的“护家神鹰”而被迫外逃流浪；13 岁参加八路军，在抗日烽火和第三次国内革命战争的环境中成长起来，成为身经百战的胸中怀着崇高目标的解放军连长。新中国成立后从大西北军营驻地回乡探亲方得知生父在全国胜利前夕已被反动势力杀害，这更增添了他的爱憎感情。他十分向往与珍惜用许多战友的鲜血和生命才换来的和平安宁的生活，但战火很快又燃烧了起来，内外局势动荡不安，中国领土和人民的和平安宁生活受到外国侵略的严重威胁，因此他为保家卫国提前结束探亲，迅速归队，并毅然奔赴抗美援朝战争前线。

在朝鲜战场上，他一直以连长军职率领战士冲在战争前沿英勇战斗，在一系列战斗中都表现出英勇无畏的英雄气概。面对装备精良的疯狂的侵略者，他敢于藐视、蔑视，坚信自己的力量；他珍惜自己和战友的生命，但为着保卫更多人的独立、幸福、自由，又随时准备率队献出自己的鲜血乃至生命。入朝之初，侵略者独霸制空权，敌机反复疯狂轰炸，在无可奈何的战况之下，他勇敢机智地以普通常规武器与敌机周旋、较量，终于赢得了迫使敌机退走的战果；他这种藐视强敌的无畏勇气和战斗经验，被上级肯定并推广之后，在朝鲜战场上创造了以普通常规武器对付并打下疯狂滥炸的敌机的奇迹，初灭了侵略者的淫威，大长了志愿军的志气。在苍鹰岭争夺战中，郭祥亲率红三连顽强奋战，在敌弹燃成猛烈火海而又自己面临弹尽的存亡关头，他奋不顾身率先带火英勇扑向敌军，在出生入死的拼杀中最终战胜敌军并保住了战略要地。在乌云岭守卫战中，他仅率领一个班的战友顽强坚守，在击退敌方的反复进攻中消灭了大量敌军后，终因弹尽才不得不以跳下悬崖的方式保存了自己（后获朝鲜妇女救助而又归队）。在坚守白云岭坑道的保卫战中，他指挥两个连的兵力，在缺粮、缺氧和严重缺水的恶劣条件下，以常规武器英勇机智地抗击了占有武器优势的数万敌军的疯狂进攻。在争夺、防御和坚守战之后进行反击战时，他的右腿被敌弹炸断，他仍顽强地忍着剧痛坐在担架上指挥前线激战，直至把敌军的坦克优势打垮，占领了敌方阵地才退下战场。经过多次反击战役，至 1951 年 6 月初，抗美援朝战线重新恢复并稳定在了“三八线”附近，侵略者利用机群进行狂轰滥炸的空中绞杀和利用舰艇进行疯狂海岸进攻的军事优势未能实现侵略野心后，终于不得不于 1953 年 7 月 27 日在停战协定上签了字。在朝鲜停战后，腿已残废的郭祥返回了祖国，但他拒绝到荣军学校安享“清福”，而坚持复员还乡，后被任命为县委书记，他把余生的点滴力量奉献给了和平年代的建设事业。在入伍后的整个生命途程中，郭祥都始终怀着崇高的人生目标和保持着顽强奋发的英雄品格，不愧是特定时代中“最可爱的人”的艺术典型。

《东方》对军事题材的长篇创作具有拓展意义，它已脱出以往军事文学多局限于写战地冲锋陷阵的狭隘天地的套路。可以说它是首部从前后方广阔生活领域全局性地反映抗美援朝、保家卫国战事全过程的长篇，它以宏阔的艺术视野、空间与框架，描绘出了洋溢着战斗气息和生活气息的从援朝到凯旋的前后方生活的完整画卷，具有相当程度的集大成意义。同时它不人为地净化同样充满矛盾纠葛的部队生活，不掩饰英雄人物的心灵冲撞，初步超越了忌写军人英雄缺点、忌写革命军队负面、忌写战争残酷性、忌写战地军人的爱情的常规、框框。它未回避战争的残酷性，然而它让读者激愤浩叹的却是侵略者的凶残和志愿军英雄反侵略的崇高精神气魄。军人英雄也是有七情六欲的会产生心灵冲撞或有某种缺点的活人，王大发在赴朝前曾擅自开小差回家种地，但在战地激战中，他却是淌着肠子还硬朗朗地挺着打退敌人多次冲锋的钢铁般的英雄。在硝烟弥漫的战地里它还写了营长陆希荣、英雄连长郭祥同护士杨雪姑娘之间的三角爱情。单纯、坚强、热情，全心全意、勤勤恳恳地让青春在正义的战火中闪光的杨雪姑娘十分令人喜爱；郭祥对杨雪的爱情真诚、纯洁、高尚，只是他面对爱情显得有些懦弱无能、缺乏勇气，在三角恋爱关系上，他最可贵的是始终以自己高尚的情操和忠贞的品德老老实实地去处置，杨雪因掩护伤员和朝鲜人民的生命而长眠于朝鲜战地上后，他痛心至极，由此愈显出了他异常纯洁、纯朴、厚道、善良的农家子弟品格。而陆希荣则是既在弹雨纷飞的战场上贪生怕死，又在情场上费尽心机，甚至企图利用自己手中指挥权借敌杀害部下情敌郭祥的反面指挥员形象，他参加革命只为着像商人一样捞取自身利润，内心怀着个人野心，对兵团司令的高级权位垂涎三尺；面对疯狂的侵略者他显露出恐惧性软骨症，而在情场上却竭力采用“诱敌深入”“严密包围”“勇猛突击”“一举歼灭”的“战略战术”，有步骤地把单纯的杨雪骗上了他的圈套；更不光彩的是他最后竟以自伤的手段离开朝鲜战场，回国后又甘当了“皮毛商”的女婿。这种战场上的三角爱情描写和带有投机革命与蜕化变质的反面指挥员形象的塑造，对以往的军事文学创作具有开拓意义。

总之，《东方》的革命英雄主义基调强烈，其崇高的反侵略的精神气魄撼人心弦，通篇憎爱鲜明，浩气凛然；其构架宏阔，笔调清丽晓畅，开拓与深化了军事文学的现实主义传统，是突破了旧艺术格局的具有集大成意义的力作。似嫌不足是否在于对某些战争历程的铺叙略显平淡？

创作多卷长篇历史小说需要更多方面的修养，若无丰富扎实的历史知识的积累和长期练就的厚实文学功底，恐难获成功。向来酷爱中国历史和中国古典文学并主要靠努力刻苦自学而一步一个脚印走上创作道路的姚雪垠，正是在史学和文学两个基本方面积累了优胜条件。姚雪垠生于 1910 年，河南省邓县人；小时读过 3 年小学和不到一学期初中；1929 年到开封考入河南大学预科，后因参加学运而被开除；主要靠自觉刻苦自学而走上创作道路；抗战年代到重庆，担任中华全国文艺界抗敌协会理事和创作研究部副部长；抗战后期任东北大学（当时校址在四川三台）副教授，抗战胜利后又曾任上海大夏大学教授；1938 年发表短篇小说《差半车麦秸》；1951 年调到河南省文联从事专业创作，1953 年调到武汉作协。写古代农民斗争历史小说是他的夙愿，早在 20 世纪 40 年代，他即有志于写反映明末农民斗争的长篇历史小说。经过长期酝酿和在充分准备的基础上，他1957年开始动笔辛勤创作《李自成》，1963年第一卷问世（52万字，中国青年出版社出版），此卷历史时间跨度自崇祯十一年（1638年，明亡前6年）10月至翌年夏，着重描绘明末农民起义处于低潮期的斗争画卷，主要写潼关南原大战及义军突围，亦写及明清之间的民族矛盾斗争以及明王朝主战派同主和派之间的斗争。仍占有明显优势的明军将李自成所率义军包围于潼关一带交战，结果义军仅突围出寥寥18将士；但李自成面对挫折，坚毅不拔，旋即避于商洛山地，矢志收整积蓄力量，重新发动起义事业。第二卷（83万字）大部分初稿于1965年完成，1972年完成余下部分，1976年出版（中国青年出版社）。此卷历史跨度自崇祯十二年夏秋之交至十四年（1641年，明亡前3年）2月，着重描写李自成亲率的将士在商洛山中艰苦经营、重整力量的斗争生涯和如何将起义事业由低潮推向高潮的情景。商洛山地瘟疫横行，李自成及其左右多数将领病卧不起；明王朝乘义军危难之机软硬兼施，既调大军分数路大举围剿商洛山营地，又千方百计用收买等手段策动义军内部叛变，竭力瓦解义军队伍，同时勾结当地反义军的寨主作内应，使起义事业面临生死存亡的严峻考验。但李自成终于同义军将士一道同心协力，在极其困难的处境下战胜了瘟疫，清除了内忧外患，稳定了军心，扭转了危局，并于崇祯十三年夏亲率千余精兵成功突围出商洛山营地，在艰难转战中果断抓住战机挺入河南，一路破洛阳，攻开封，使明王朝官军主力屡屡溃败，赢得百姓拥护，声势大振，把起义事业推进到了初步发展的轨道上。第三卷（94.9万字，中国青年出版社1981年版）从崇祯十四年春写至十五年（1642年，明亡前2年）11月，李自成率义军挺进河南后，已由义军被围剿而转变为义军围攻守城官军的斗争形势，其中所着力描写的义军三攻开封城的战役即突显了这种攻守形势的变化。义军首攻开封未获战果，李自成无奈率军避入伏牛山区休整，幸好罗汝才率领一支义军加入其麾下，使队伍及时得以补充、壮大，并相继击败了一股股又奉命前来围剿的地方官军。义军二攻开封自顺利扫清外围官军始，直逼至开封城下，采取以优势兵力围城攻击的战法；因开封城墙坚固，易守难攻，故义军在城下挖了数十个地洞，决计以爆炸法破城夺取，但未料地洞悉数被官军夺占；在义军既遭较大减员而又一时难破城获胜的情势下，李自成又只得再次撤军而转战他地；在于转战中取得朱仙镇大战的战果后，李自成乘势令义军正式发起三攻开封的战役；李自成责令被围困的官军投降，但官军顽固死守，并挖开黄河大堤以凶猛洪涛抵抗，开封城一片汪洋，结果除城内老少百姓遭殃外（饿死许多人）战役仍未分出胜负。李自成的起义事业虽然还将继续发展，但由此围攻战役已可见，随着地位和条件的变化，其同广大百姓的实际意愿逐渐相违等弱点已渐暴露，悲剧气息已经增加。全书分五卷，三百万余言，直写至清兵入关，主政中原，李自成率领的农民起义由胜而败，其与明王朝均走向悲剧结局。全书五卷，试比较前后笔法，是否似前细后略粗？但仍可谓百科全书式的鸿篇巨著，其中第二卷因荣获首届茅盾文学奖而产生过广泛的反响，成为全书成就的代表性标志。作者是用历史唯物主义观点指导创作的，这是它同旧的古代历史小说创作不同的根本点，它揭示了封建明王朝日趋崩溃的社会历史趋势，歌颂了李自成领导的农民起义事业，总结了农民起义的经验教训，显示了古代农民斗争的悲剧性规律，表明没有先进思想指导的古代农民起义方式不是中国农民彻底解放的道路。

为新文学画廊奉献出数以百计的各具人生命运和性格特征的明末清初时代的历史人物群像，是多卷长篇《李自成》文学艺术价值的主要体现。前两卷有名有姓的人物即超过二百个，前三卷中有名有姓的人物已超三百个。诸如张献忠、郝摇旗、刘宗敏、袁宗弟、罗汝才（诨号曹操）、高夫人、红娘子、慧梅、皇太极、多尔衮等。其中李自成和崇祯分别是农民起义人物群像系列与明王朝统治集团人物群像系列中的枢纽人物、轴心人物。李自成的塑造意图，在于“要塑造一个封建社会后期农民革命的杰出的英雄人物，而不是一般的英雄人物”，而且“企图通过对李自成性格的塑造写出一种封建社会农民革命英雄身上难以摆脱的历史规律”（引文见姚雪垠《〈李自成〉人物谈·序》，宁夏人民出版社 1981 年版）。为达此艺术目标，作者在历史上李自成原型的基础上，又吸取了历代义军首领的某些长处，令其集中地概括着历代农民起义英雄的若干优良品质。他既有卓越的治军才能，又有超众的政治才干；在危难关头他不畏却，而能依据实情重新实施出奇制胜的谋略；在屡遭挫折时他不绝望，而能竭力积聚力量，设法重整旗鼓，东山再起，再创前程；在政治军事风云变幻中，他有果断把握时机的决心和能力，须退避时退避，可突围时突围，在转战中及时扩军筹粮，能反攻时趁势反攻；对推翻明王朝与建立闯王天下的事业，始终坚守不渝，无论在何处境下都坚毅不拔地顺应潮流奋进，一度成了很有气势地往胜利轨道上推进起义事业的才干超群、业绩卓著的义军领袖，成了历史演进的动力。另一方面，小说又把他作为由成功而至失败的悲剧英雄来塑造。在第一卷里就显露出的天命观和帝王思想是李自成思想性格的基调，他的起义事业自始就是建立在他因袭的封建天命观和日益滋长着的帝王意识、帝王思想、帝王欲望的根基上的，这就从根本上决定了他与他主宰的起义事业的悲剧性；闯王和为创立闯王帝业而奋战的义军队伍从上到下都无法突破封建思想、封建制度与封建小农群体狭隘性的束缚与历史局限性，因而也就不可能自觉摆脱悲剧结局而达到“百姓乱久思治”的长久胜利愿望，这是李自成的命运和他主宰的起义事业由不可能自觉突破的历史局限所带来的历史必然性。李自成在其所处的历史条件下，根本不可能自觉克服信守封建伦理观念的弱点，也不可能真正懂得和总结出得到百姓支持就胜利而违背百姓的意愿和利益就会失败的经验教训，他一再下令坚持围攻开封不下，致使城内百姓大为遭殃，既暴露了他那独断强行、谬误决策、过而不改的不良作风，也暴露了他在地位改变后，同百姓意愿和利益日渐相违的根本弱点。同时斗争实践逐步证实着他没有能力也根本不可能自觉把握历史的航向，以及根据形势的发展与需要不断自觉地运用先进思想有效地治军治政。对由小农组成的整个义军队伍的落后思想观念他无力改造；对义军间的裂痕、摩擦他无法从根本上消除；对亲仇无定的张献忠他无法教育；对同罗汝才之间的内斗他无法平息；对义军的流寇行为他无法有效纠正；对李信兄弟的“据洛阳以扫荡中原，据中原以夺取天下”的正确谋略他不肯接受，主观、独断的不正之风日益滋长。这些都是合规律性地由隐而显地逐步深化其悲剧性格和悲剧命运并导致他最终无可避免地走向江山得而复失的悲剧结局的致命因素。

小说中的李自成形象不是历史真实中的人物，而是历史真实和艺术虚构的结合体，是英雄性格和悲剧性格的结合体，英雄性和悲剧性成为他性格的最突出最鲜明的两极，他既是惊天动地的明末农民起义的雄伟正剧的主角，也是封建社会中壮伟的规律性大悲剧的主角，其从正反两面概括着深广的历史内容、时代内容、审美内容，出色地完成了借以讴歌古代农民起义事业和揭示封建社会农民革命英雄难以摆脱的悲剧性规律的艺术使命，这是李自成形象的根本塑造目的和主要审美目标。

崇祯形象是小说突破性进展的突出体现。对于封建社会后期的封建皇帝崇祯，姚雪垠曾明确地给自己立下这样的塑造目标：“我要努力的是将崇祯写成一个生活着的人，而且是他这个人，并不是别人，不是一般的人，也不是一般的亡国之君。”（引文见《〈李自成〉第一卷修订本前言》，中国青年出版社 1977 年版）小说让他在宫廷内外一系列矛盾中，在行使帝王特权中，在特殊琐细的寄生生活中，表现出最高封建统治者的复杂独特的思想性格。百人百性，封建帝王的秉性也各有差异，有些皇帝荒淫无度，昏庸无能，歌舞混日，不理朝政，姚雪垠不着重从这个惯用的视角刻画崇祯，没有依据帝王将相的俗套、模式将他脸谱化、漫画化、简单化，没有把他写成那种赤裸裸的昏君；他面对明王朝统治将要倾倒的危局，不是整天沉湎于酒色，不是作醉生梦死的选择，而是竭力励精图治，志在成为明代皇权史上的“中兴之主”；他不仅躬理朝政，亲批奏章，而且“宵衣旰食”，每天天不亮就赶紧穿衣起身，勤勉政事，且屡因终日心忧事繁而误时晚餐，他为实现“中兴之主”的梦想，确实称得上是废寝忘食、呕心沥血、费尽心思的。小说虽然让自称圣明的崇祯在某些场合表现出了一定的宽仁大度，但并没有掩盖他那由他的皇帝本质、统治地位所决定的反动与腐朽、残暴与虚弱、狠毒与卑劣的特性；由于他是封建专制统治集团的首领，是王侯将相的总头目，是握有明王朝一切权柄的最高统治者，因此他敢于毫无顾忌地表现出刚愎自用、独断专横的鲜明特质；身居长期无休止地钩心斗角的封建宫廷官场复杂环境，还造就了他生性多疑、心怀叵测、反复无常的特性；崇祯毕生的政治意志，概而言之就是：梦寐以求稳住世袭的王朝宝座，维持住自己的统治地位，重振明王朝。为此他主要采用三大政治方针、政治手腕，对王朝内部苦心经营，对农民起义实行血腥镇压，对清兵的袭扰、入侵实行妥协请和，实在不得已时才被迫交战。他压根儿没有实施从根本上革新明末朝政的方略，他那“中兴之主”的最高人生志向不过是心造的幻影而已，他世袭着皇权而做垂死挣扎的没落君王的政治命运，随着不以他个人的意志为转移的政局的变化和事态的发展，日甚一日地显明出来。他苦心经营朝政，但对朝廷里的大小贪官污吏他无法真正管治住，唯有一步步陷于无计可施、一筹莫展、集团瓦解、大势去矣的绝境；他对清兵袭扰一味采取妥协决策，但清兵却伺机得寸进尺，在不得不进行松山之战（第三卷）时，其手下将领洪承畴所率的10万明军覆没于皇太极所率清军的铁骑之下，此后元气日损，一蹶不振。他血腥镇压农民起义，但在农民起义军的沉重打击下，不仅明军丢盔弃甲，而且连他自个儿的宝座和性命都未能保住。总之，李自成事业的命运轨迹是：举旗起义、遭受挫折、重整旗鼓、取得胜利、最后失败。崇祯事业的命运轨迹是：世袭皇权、励精图治、镇压义军、妥协清兵、四处碰壁、分崩离析、孤掌难鸣、乾坤无奈、彻底灭亡。李自成演出的是一幕规律性的大悲剧，李自成是壮伟的历史性大悲剧的主角；崇祯演出的也是一幕规律性的大悲剧，他既非傀儡儿皇帝，也绝非好皇帝；最后清兵入关，主政中原，这都是中华民族历史合规律性地演进的结果。

《李自成》是姚雪垠在长期研究历史的基础上加上艺术虚构的艺术结晶。其坚持既深入历史又跳出历史的创作原则，其主要人物和基本事件都有史可据，既以真实史料或民间传说为依据，又以虚构增添其表现力、感染力，既力求历史地再现历史生活，又力戒机械地给历史照相，是历史真实和艺术真实的结合。它运用按单元集中描写和多线索发展的庞大结构艺术，线索错综，但繁而不乱，多姿多彩。全书主线是义军同明王朝的复杂矛盾斗争，围绕这一主线展开各种各样的副线；义军的挫折、胜利、失败为其情节基调，最终以大悲剧结局，构成规模宏大的多线索而又主调突出的形象化、艺术化的历史大悲剧。其笔触深广，意蕴丰富充实，历史生活画卷多姿多彩，义军如何为求生存而揭竿奋起，朝廷内各种等级和面目的官吏如何守旧、腐朽与钩心斗角，被残酷压榨的平民百姓如何在苦难中度日，穷乡僻壤的农夫们如何痛苦地熬磨光景，阶级对立、民族冲突如何日益尖锐复杂起来，明王朝怎样由动荡不宁、危机四伏而趋向崩溃，农民军怎样由喜剧而导致悲剧，满族人怎样生活，清兵怎样步步袭扰、入侵以至取而代之……其将鸟瞰式的宏观描写与细腻的微观特写相结合，表现出一种粗犷和细腻并举、主干和繁枝相称、全景和局部和谐的博大风格，不愧为有张有弛地形象描绘明末清初从上层到下层的充满矛盾斗争的封建社会生活与人生世相纷呈、风土人情各异的斑驳陆离的长轴历史画卷，具有文学、历史学等多方面、多学科的研究价值。有所遗憾的是否在于第三卷的文学描写即已略露减弱之势，义军领袖人物李自成思想性格的理想成分是否嫌多了些?

古华在小说创作方面也取得过成绩。古华 1942 年生于湖南省嘉禾县，中学时代开始练习诗歌、小说的创作；曾在郴州专区农业学校上学，后因学校解散而到郴州地区桥口农科所当农工达 14 年之久；1962 年发表小说处女作《杏妹》，1979 年调入郴州地区文联，1980 年春到中国作协文学讲习所学习。古华曾长期生活在湘南山区小镇里的农村，打小受到家乡民歌的熏陶，对那里表现在衣食住行等方面的民风习俗以及各种人生命运的变故都相当熟悉，并成为造就他文学创作成果的重要题材。他的代表长篇《芙蓉镇》(始载《当代》1981 年第 1 期，初稿名《遥远的山镇》，《当代》发稿时，秦兆阳从古华自己开列的 16 个拟选的书名中认定《芙蓉镇》最好）着重描绘 20 世纪 60 年代初至 70 年代末近 20 年的中国内地农村社会生活的图景，展示那段岁月的农村社会生活起伏变幻的状况；着重反思那段特殊历史时期农村社会生活曲折的演变历程及其成因，依据生活的本来进程与真相，将新旧时期和新旧政策的交替鲜明对照，预示生活的航向、希望和前景。

位于玉叶溪旁的“芙蓉镇”，是仅住着几十户人家的小镇，它同湘南诸多小街镇一样，街道中间铺着已被踩得很光滑的青石板，既是富于南国独特风情和气息的小山村，也是由复杂、独特、典型的性格所构成的艺术化的小社会。小说着重围绕着镇上芳龄 26 岁的青年女子胡玉音的人生际遇展开描写，胡玉音原是小商人的女儿，年轻美貌，被异口同声地赞誉为“芙蓉姐”；她性情温和柔顺，既有山乡青年女子那种特别勤俭、善心、本分的德行，又有凭自己的双手过好自家生活的心计、本领和吃苦耐劳的毅力。她少女时代的心仪情郎是同镇的黎满庚，黎满庚参军转业后，回镇担任党支部工作，她一心盼望嫁与满庚哥，满庚哥也与她情投意合，但因她出身的家庭有问题，她父亲曾同青红帮为伍，她母亲曾沦落为妓女，因而在外力干涉下，她只能认黎满庚做干哥，最终只得无奈改弦更张而赘招屠夫黎桂桂做了丈夫。她内心深处怀着与满庚哥的婚爱受到干涉而桂桂又未能让她生出个娃儿来的不快心绪，将艰难的日子过到了 20 世纪 60 年代初期，当时由于国家为战胜严重的经济困难而对多项政策进行了调整，因而整个国家经济形势逐步有了好转，“芙蓉镇”地区也不例外，让向来就不反感新社会的胡玉音感到生活又有奔头了。在宽松政策的允许与激励下，善于经营生意并力求过好自家生活的她，满心欢喜地在“芙蓉镇”街上摆了个米豆腐摊子，她有力气，手艺很好，讲究卫生，碗筷瓢勺等食具器物看去都干干净净；同时她对待食客热忱周到，一视同仁，盛给顾客的每碗米豆腐都量足味够，使香辣辣地吃到肚子里的食客都心满意足，因此生意很好；尤其逢圩集的日子，由于“芙蓉镇”位处湘、粤、桂三省交界之地，四面八方赶集的男女老少和搞大小买卖的商人聚集于此，她的米豆腐摊子更是忙得不可开交，挣得的票子也就比平常日多得多。胡玉音夫妇就这样日日精心经营，勤劳苦做，省吃俭用，自 1963 年到 1964 年春一分一毛地攒够了一笔钱，费尽心思好容易才凭那笔钱盖成了一栋新楼屋，实现了自己心里梦寐以求的一桩大心愿。她庆幸自己确实以摆米豆腐摊而富裕一些了，但却未料自己的勤劳苦做竟成了“罪孽”。时至 1964 年下半年，以打击“资本主义势力”为根本目标的“社教运动”（在村镇地区简称“四清”运动）开展起来了，曾任芙蓉镇饮食店经理的 32 岁大龄仍单身的李国香（其舅是县委财贸局书记）带领县委“社教”工作组进驻了芙蓉镇。李国香在县商业部门早就以搞“批资”闻名，并早就对生意兴旺的胡玉音暗中进行过“政治调查”，并居心不良地早想待机整治一下“发家”

的胡玉音，于是她把刚盖了新楼屋的胡玉音定为了“四清”运动“被清算被批判”的对象，强迫胡玉音撤掉了米豆腐摊子。其实胡玉音一切都是在当时宽松的政策允许之内合规地去做的，她用来做米豆腐的60斤小碎米头子是当地善心为民的粮店主任谷燕山（南下干部）从粮站打米厂批卖给她的，她没有“投机倒把”，没有违法乱纪，但她却被李国香戴上了“新富农婆”的帽子，于是胡玉音成了每日清晨必须打扫芙蓉镇石板街的“劳改”女人，同时她那老实胆小的丈夫黎桂桂则自尽。在接踵而至的十年内乱中她更被一些人当成“活鬼”，同时因她在三年扫街“劳改”中与同样被强迫扫街“劳改”的秦书田（原是县歌舞团编导，因被划为右派而开除遣返乡镇）相爱并偷偷成婚，又被已当上“公社革委会主任”的李国香等帮派势力打成“黑夫妻”，还被诬为“反革命犯罪典型”，判刑3年（秦重判10年）。直至1978年12月召开中共十一届三中全会后，胡玉音的人生命运才有了逆转，她和秦书田均被平反，两人成了名正言顺的夫妻，秦书田当上了县文化馆副馆长，胡玉音成了街办米豆腐店的服务员，曾遭不幸的他们又重新树起信心开创舒心的新生活了。小说就这样在近20年的特定历史背景下，塑造了被“左”倾思潮扭曲后又重新得以矫正的人物形象，处于全书中心地位的漂亮、能干的胡玉音，既曾是在“左”倾思潮下受到伤害者，又是在新时期新政策下重新鼓起正常人的生活信心和再创新生活的新生者，鲜明地反思与概括着20世纪中期中国内地农村社会近20年曲折发展历程中的经验和教训。

作者将自己在特定时代所经历、所感受、所认识的湘南山乡生活、社会风俗、乡土民情，囊括在了篇幅不长的《芙蓉镇》里，将山乡小人物的人生命运的悲欢、独具特色的山乡风俗民情以及不同时期的政治风云融汇为一体，它那湘乡色泽浓厚的社会风俗画，富于乡土气息的朴实凝练的文学语言，凄婉激愤的民歌情调，丰富奇异的乡间生活情趣，复杂独异的性格群体，特定时代的多变的政治脉搏，融合成了一个具有多方面审美价值的艺术整体。但其中的某些细节描写是否有点粗俗性的自然主义色调？

3

1985年冬，又从相继问世的数百部长篇中筛选出3部授予次届“茅盾文学奖”，它们是李凖的《黄河东流去》，张洁的《沉重的翅膀》，刘心武的《钟鼓楼》。

李凖生于1928年，蒙古族，河南省孟津县南麻屯镇下屯村人，原姓木华梨，后简改为李；从小生活在农村，12岁小学毕业后上完初中一年级即辍学，但在家边参加劳动边跟祖父学过不少古典文学作品；1943年在洛阳当学徒，其间租读了不少图书，1945年后在当邮递员期间又博览了许多书籍报刊；1948年到银行当职员，后又到一个干部学校当过语文教师；1952年开始业余创作，1954年调到河南省文联从事专业创作。李凖以真实描写中原农村的历史和现实的生活见长，他的名冠次届“茅盾文学奖”之首的《黄河东流去》，从独特的题材领域着重展示了20世纪三四十年代中原黄泛区民众所遭受的悲惨苦难和为生存所进行的抗争。1938年夏，肆意侵略中国的日寇的铁蹄野蛮践踏到中原要地，一路溃退的蒋军奉蒋介石命令，炸开黄河花园口大堤，“以水代军”阻滞日寇嚣张南侵的气焰，结果中原一带被洪水吞没，一千多万民众在巨大灾难中流离失所，小说即在这种流尸和难民遍野的忧患交加的特殊历史时代背景下，着重描写了世代居于豫东平原赤杨岗上的7户农家在1938年至1948年间于颠沛流离中多种多样的不幸人生遭遇及其各不相同的抗争、谋生、求生的方式和精神状态。他们在种种悲愤的人生磨难和悲欢离合的人际纠葛中，显示出了世代沿袭的优良传统道德和高尚情操与相依为命的顽强生命力，借以表现与歌颂了中华民族坚忍不拔、不屈不挠的精神气质，思考与揭示了屡经忧患的中华民族的伟力源泉，表达了中华民族无论在何种历史环境下都能够自强不息的坚定信念。

小说致力于刻画20世纪三四十年代流落异乡的中原乡村普通人形象，他们同处于苦难的生活地位上，但因家境、阅历、教养等毕竟有所差异，故各具独特的秉性。其中如坚强开朗、母爱深沉的李麦，倔强执拗的海老清，倾家荡产、备受煎熬、不惜以惨痛代价顽强求生的海长松，带有狡黠个性而又屡遭恶势力欺诈诬陷的王跑，生死痴情难舍的蓝五和雪梅，聪颖、贤惠、灵变的风英，以及憨厚固执、一离开土地就笨拙得出奇的春义等，都各具异彩。

在流落异乡而遭受种种苦难的人物群像中，徐秋斋形象更为人称道。徐秋斋自称“寒士”，是较为罕见的时刻擎着民族道德火把而又能想方设法有效地抗恶助弱的乡间“寒士”。所谓“寒”，是贫困之意，“士”是古时与“农”“工”“商”对举的称谓，是对有文化专长者的通称；“古者有四民，有士民，有商民，有农民，有工民”（见《穀梁传·成公元年》），“士民”即不商、不工、不农的读书人，故“寒士”即可谓为贫困潦倒的读书人、文化人。古代的文化人较为复杂，在徐秋斋所生活的现代，文化人群依然带有复杂性，其处于不同的生活层面上，以悬殊的方式生存着，命运注定在农村时便待在农村，命运迫使漂泊在城镇时便漂泊在城镇，徐秋斋便是如此的文化人，无论是在乡村还是在城镇，他都是遭受着生活境遇压迫的文化人，而不是那种有优裕条件隐居书斋的文化人。

作为20世纪30年代中原乡下的自称“寒士”的徐秋斋身上没有孔乙己那种迂腐劲儿，但也没有组织群众力量进行大规模反抗邪恶势力的能力。他那平凡的人生、观念、性格、命运，有与他同代的中原下层贫苦农民相通的一面，同样是在饱经忧患的中原黄土地上成长起来的，因此他既带着中原乡下一般普通农民的血气，又有区别于中原文盲农民群体的独异性。他是旧时代中原农民中的那种“读书人”“穷书生”，他有幸受过书本文化的熏陶，在乡间当过私塾先生，教过蒙学，还学得一些带有封建色彩的技艺，在危难之时，尚充当算卦先生凭卜卦算命糊口；他的见识比一般农民广泛，对世事看得更透些，因而接物处事的智谋常胜一般普通农民一筹；落魄多艰的不幸人生强化了他听天由命、达观幽默的秉性，以及建立在这种秉性基础上的以寻常心笑待世事的柔劲儿；正是凭借这些独异性，他虽然与众乡人一样时时经受着人生境遇的压迫，但他从未明显被人生逆境压倒、压垮过，相反，他常常凭着自我文化素养的优势充当患难中的乡亲们的军师和智囊，使乡亲们从他身上借鉴、汲取了某些智慧与力量而不屈不挠地挺立住与生存着。

在那危难重重的时代逆境里，徐秋斋显出了一种与悲剧命运顽强抗争的刚正的骨气和精神，显出了不畏邪恶、扶济弱小与邪恶势力针锋相对地斗智、斗巧的正义精神。他常以智斗邪恶的品行扣动人们的心弦，如他用洒鸡血的迷信活动，对付仗势为非作歹的恶霸地主海南亭；他借卜卦算命之机，咒骂那帮横行霸道的恶势力；他用蟋蟀闹马耳之计，为满肚子窝着冤气没法出的王跑讨回了驴子钱等。总之，在那恶势力张狂的充满不平的旧时代环境里，他不仅自个不眼巴巴地甘当被损害、被欺侮的对象，而且真诚地站在那些被恶人损害、欺侮的弱小者一边，并机智地尽可能设法扶济、帮助他们；在不时面临的悲剧生活的无情打击面前，徐秋斋不仅很有骨气地乐观站立着，而且常是不屈不挠地积极想方设法排除危难继续前行，显出一种非常可贵的代表民族精神与品格的顽强的生命力。

徐秋斋形象的另一突出特点，是时刻都举着民族道德的火把。他所举的这种火把，不仅毕生照着自己，而且还总不忘用以照亮别人。小说中所描写的庄稼人，在生活磨难中所表现的传统民族道德、民族情操、民族精神、民族生命力，都较强烈，他们无论怎样颠沛流离，走南闯北，全都本分地不怕千辛万苦地竭尽全力凭自己的劳力、手艺谋求生存，至死不向苦难命运低头；他们对侵略者和反动势力满怀愤恨，对人民军队、人民政权满怀热忱；这些是小说中描写的中原庄稼人共同的精神、道德与心理的内核。而在乡间“寒士”徐秋斋身上，其民族优良道德与民族精神则表现得更为鲜明与坚固，他毕生刚正善良、重情多情、重义守义，在流落异乡时，他老伴宁愿饿死也要将不多的一点食粮（一斗麦子）留给他，而他在屡遭磨难的人世中则一直念念不忘老伴生前的恩德，彼此毕生都永怀着似海的深情和金子般的爱心。他承袭着民族侠义性，自觉地同情、爱护与自己生活相近的穷苦人家，乐于主动为他们排忧解难，真心诚意尽力以自个的言行举止把优良民族道德和美好情操传给后来人，他深情地教导梁晴说：“什么叫良心？良心就是一个人的德行，一个人的胆气，一个人的脖颈和脊梁骨，人有良心就活得仗义，活得痛快，什么都不怕，他没有亏心！”他毕生就是自觉地凭这样的良心活着的。总之，在徐秋斋身上，有民族道德的火把，民族灵魂的闪光，民族气节的光彩，民族精神的坚强支柱。无疑，徐秋斋的民族道德精神素质是传统性的，但这正是任何灾难、厄运都击不垮他的内因。

《黄河东流去》鲜明地标志着李凖文学创作的创新和发展。其严格奉行“生活怎么样就怎么样”的艺术创作观，防止像往昔那样疏离特定生活实际拔高人物。其着重通过真实细致地展现、解剖一些活生生的“社会细胞”——普通人家庭，通过如实描写一系列生活化的情节、细节、场景去实现艺术目标。其致力于真实活现 20 世纪 30 年代中原乡下苦难生活中的普通人，致力于以如实揭示他们世代沿袭的传统美德、人情美、心灵美去扣动人们的心弦，致力于具体细致描写他们的悲欢离合，以他们遭受的实实在在的灾难、苦难控告着反动势力和疯狂的侵略者，他们一个个都热爱故土，顽强地在人世间挺立着，坚韧不拔地活下去，绝不向灾难和厄运低头，同时拼命追求和开创人生新天地，那一个个未经讳饰的艺术真人所体现的精神，正是由亿万炎黄子孙组成的伟大中华民族所以源远流长、生息不止的伟大精神。热忱、真切、生动、感人地歌赞这种民族精神是否可以说便是整部小说思想艺术价值的精髓？

张洁的《沉重的翅膀》（连载于《十月》1981年第4期和第5期，后经修改于同年由人民文学出版社出版，约26万字）是描写四化建设时代工业部门整顿与改革生活的长篇。张洁1937年生于北京市，原籍辽宁省；幼年丧父，靠母亲当保姆或当乡间小学教师的收入为生；早年就爱好文艺，对诗歌、音乐更是喜爱；1960年大学毕业，本学计划统计专业，被分配到第一机械工业部工作；1978年发表处女短篇《从森林里来的孩子》。《沉重的翅膀》以中共十一届三中全会确定以现代化经济建设为中心的发展战略后的特定时代为背景，在政治界、经济界要求改革体制的呼声日益高涨的形势下，着重描写国家重工业部及其下属企业于1979年冬至1981年元旦期间，围绕经济体制的整顿与改革所形成的改革与守旧的两种思想和势力之间的人民内部矛盾冲突与明暗争斗。当时，整个社会已开始进入改革交响乐章的前奏，形势迫切要求加速发展整个国民经济，要求实现经济管理的现代化，因此经济体制改革的迫切性异常突出。要把现代化经济建设搞上去就必须敢于改革以往那些与实践不相适应的思想方式和管理方式与方法，采用与之相适应的真正有效的管理方式、方法，敢于革新旧经济体制，创立科学的现代经济体制。这种特定时代所呼唤的改革精神，在小说中突出地体现在副部长郑子云和部属曙光汽车厂厂长陈咏明两个人物形象上。在十年内乱中曾被误作“走资派”审查对象的郑子云，面对改革潮流，思想解放，不因循守旧，不满足于死守既得权位，而迫切盼望尽快解决人民生活的物质经济问题。他有胆识，有气魄，认为体制改革势在必行，认为再故步自封地按过去“学大庆”那套旧体制去搞，国民经济难以搞上去，四化建设难以开拓出新局面，困难重重的严重局势难以大改观。他清醒地积极地敢于在改革理论和改革实践中闯新路，在重重困难中推进改革事业；他把自己的抱负、愿望、主张、办法浓缩到一整套新型的企业管理理论中，他的改革理论和改革实践的核心，在于主张大胆实行体制改革，实行民主管理，以经济手段管理经济，以“国强民富”为发展生产力的目标，用现代科学的管理体制和方式、方法解决各种老大难问题，放手扩大企业管理自主权，采用统筹法等科学管理办法和计算机等现代化工具，运用企业管理心理学，实现管理现代化；他强调高度尊重、发挥人的能动作用和人的创造与创新的价值，在运用物质杠杆的同时，用科学的方法开展务实的思想政治工作，用实实在在的关心人、温暖人的人道主义方法，从心底里真正提高职工的主人翁意识和主人翁的责任感、荣誉感、价值感、幸福感，从而充分调动与发挥每个人的主动性、积极性，持续激发每个人的勤奋精神和发挥出每个人的创造效能，形成一种有原则的、有共同目标和各自经济利益的人人心情舒畅的、能自觉持久地以昂扬奋发的姿态和充沛的热情出色创造财富、献身四化建设大业的健全的新型现代化企业团体。

向来注重发掘、培养实干家的郑子云为着实践他那套改革理论与设想，理直气壮地把态度积极、作风硬朗、精通业务的陈咏明，推荐到了部属曙光汽车厂任厂长。曙光汽车厂原厂长宋克（守旧者）把厂子搞得连年亏损，可部长田守诚仍将他升职为部里主管汽车厂的局长，于是郑子云便抓住时机推荐由陈咏明去任厂长。该厂问题成堆，如设备极差，陈旧落后，完好率仅有三分之一左右；在职工队伍中有该落实政策的百来人未得以落实政策；后勤保障极差，职工住房长期无法解决，千余职工无房可住等。面对种种困难和阻力，陈咏明在郑子云指导与支持下（陈得到极具贤惠传统品格的妻子郁丽文的全心支持，她以自己的智慧创造着甜美的家庭生活，使陈的“疲劳的身心”日日得到抚慰），毫不畏缩，奋不顾身、不畏万难、不辞劳累地以改革精神去清理、解决与管理体制相关的各种问题，从实际出发去领导与组织生产，如他撤销人浮于事的机构，取消旧管理体制设置的“政工组”“大庆办”和车间专职支部书记职位，调整了各部门的领导班子，充实了生产第一线，严格地实行了新厂规，造就了在厂规面前人人平等的风气，对两个月抱着消极情绪不上班的支部书记李瑞林扣发了工资，对不按政策办事并消极抵抗厂子新规章的保卫处处长予以了撤职，对消极抵抗厂子改革举措者，无论其后台是谁都依规予以处理。他讲究、强调实际生产效益，注重及时听取并实施合理化建议，他主张建立联合汽车公司，以取长补短，增强生产力和竞争力，打入国际市场；还畅想着建立一个像自动化一样精密、准确、高效的企业管理系统，以求最大限度地创造经济效益。与此同时，他还十分强调与注重职工的物质生活福利，如他请花匠建暖房，美化生产厂房环境；他贷款给职工买自行车，解决上下班挤车难的问题；他为职工办托儿所，抽劳力盖鸡场，挖养鱼塘，严抓工厂食堂的饭菜质量；特别是为解决职工住房的老大难问题，他从各车间抽调一些工人组成了强有力的建房队为职工盖宿舍，仅几个月时间就让最困难的几十户职工住进了新居。陈咏明就这样积极地创造性地实践着郑子云的一些改革理论，真心实意地想方设法把长期亏损的部属厂子的经济建设搞了上去，使职工的福利得到了保障与提高，厂子的生产状况和职工的精神面貌都明显改观了。但是，面对受到广泛称赞的陈咏明的改革业绩，曾把厂子搞得连年亏损而又硬是被部长田守诚提升为主管汽车厂的局长并总盯住副部长职位的宋克，却因担心陈咏明会因业绩优异被提拔为重工业部副部长而写信诬告陈咏明“非法搞基建”并“发生过严重伤亡事故”。对此郑子云通过实际调查后，旗帜鲜明地支持与肯定了陈咏明的改革举措，赞扬了陈咏明的改革业绩。与此同时，以新闻战士的姿态关心、研究、鼓动改革的记者叶知秋与他人合作，也及时以报告文学形式向社会披露了陈咏明的改革事迹，因而使重工业部的广大职工受到了极大鼓舞，更有信心地预感到了新的改革生活前景。

显然，张洁笔下的勇于在改革理论和改革实践上闯新路的副部长郑子云和务实的实业家陈咏明，是奉行改革路线与方针的改革者，而部长田守诚则是思想和行为都保守的以坚持走老路为显著特征的阻碍改革的守旧者。小说中的田守诚向来属于无视党性原则的“风派”部长，他以见风使舵为特长，一直看重自己的“升迁荣辱”，抱着及时跟风与见机行事方为立于不败之地的为官及升官观念，只顾上通下达，不思进取，不面向实际，不讲求实效，不任人唯贤，部属厂子生产的拖拉机质量不过关，农村公社买了后根本不能用，部属汽车厂连年严重亏损，他都长期若无其事，不积极想方设法去解决；同时他对郑子云抓体制改革、抓业务管理、抓经济增长、抓干部队伍建设的设想与举措却又全不以为然，认为那不过是“自由化”倾向的表现，并在采取待机“坐收渔人之利”的策略的同时，还明里暗里与之作梗，而当他看到郑子云推荐到部属汽车厂任厂长的陈咏明不但未被宋克诬告倒，反而日益显出优势时，又一反常态，以提拔陈咏明当重工业部副部长的手段拉拢陈咏明，企图借机捞取“筹码”，直至遭到陈咏明拒绝后才显出一脸无奈。小说的情节描写表明，郑子云的改革理论虽在部属企业得到一定实践，取得了一定业绩，但他当年同部长田守诚的冲突尚未分胜负；最后郑子云还因陷于婚姻、家庭（同女儿之间存有“代沟”）的极度烦恼与痛苦中患了心肌梗死，住进了监护病房，人生旋律中尚带有一种悲剧氛围。

小说中也写了面对改革浪潮而心态各异的其他一些干部形象，例如善于机敏地在力主改革与阻碍改革两股内部力量的矛盾中，总以调和态度应付局势和费尽心机维持皆大欢喜局面的骑墙者汪方亮；在改革潮流面前以小心守住自己既得权位为上策的主管政工的副部长孔祥；有头脑、有进攻型性格、惯于要弄权术迎合讨好上级掌权者和擅长为子女疏通关系走后门的对改革取保守态度的何婷处长；擅长保养，特重在穿着上讲究时尚，虽年近花甲仍貌似40有余，而事业心已经麻木，进取精神已经丧失，并同丈夫郑子云之间已失去往昔维持爱情的“事业和理想”一致的基础，时常给郑子云制造烦恼、心酸与不幸的夏竹筠等。小说由所描写的面对改革潮流心态各异的干部形象群之间的明暗矛盾冲突，形成了积极投身改革和消极抵制改革的两股力量的冲突与较量，表现了特定时代的改革生活的动态与动向，既显出改革事业起步的艰难及现代化翅膀起飞的沉重，又乐观自信地预示了四化经济建设必将展翅高飞，前景光明。

张洁以往的创作以写普通人平凡的生活命运和探索婚爱伦理道德见长，《沉重的翅膀》正面描写了眼前四化建设时代重大的社会题材、社会矛盾、社会课题；其以往的创作艺术以细腻、抒情与淡淡的哀婉格调著称，《沉重的翅膀》则将婉约豪放、细腻雄浑、情趣哲思交织在一起，气魄明显增强；它以写处在改革序幕期潮流中的各种人物为中心，将家庭纠葛、人物命运、心理刻画同特定时代的社会改革的矛盾冲突紧密联系，在矛盾冲突中勾勒人物，好用犀利笔触凸显各种人物的面目、心态；它不追求传统的严密连贯的故事性结构，而以创作主体情意的表达、人物独特性格的凸显、人物个性化心灵的展示为结构依据，尤其侧重于不同人物心理动态的细致表现，是否可谓为致力于内在心理状态的显示和长于富于人情味的情意抒发与渲染的情绪型长篇？此外还好用哲思性描述将读者引向沉思，笔端有激情、思辨、趣味与雄风，论辩色调强烈，文笔泼辣，是否以一般女性难得的豪爽与粗犷突破了其以往创作的艺术氛围？

按三年一评奖的惯例，第三届茅盾文学奖本应在1988年揭晓，但后来因故经中国作协主席团决定推迟到 1989 年 10 月颁奖，然而这一决定也未如期实现，直延至 1991 年 3 月 8 日，第三届评奖的结果才揭晓，并在同年 3 月 29 日于北京举行了颁奖大会。第三届获奖的作品是从 1985 年至 1988 年间发表的 600 多部长篇中审评出来的，它们是：路遥的《平凡的世界》，凌力的《少年天子》，孙力、余小惠的《都市风流》，刘白羽的《第二个太阳》，霍达的《穆斯林的葬礼》；同时还授予两部长篇荣誉奖，它们是萧克的《浴血罗霄》，徐兴业的《金瓯缺》。

凡获奖的作品就必定是传世之作吗？凡没有获奖的作品就必定不是佳作吗？当然不能绝对地下这样的断语。但是却可以说，从 1500 部左右长篇小说中反复挑选出的先后获第一、二、三届茅盾文学奖的 16 部长篇，大致分别代表了同期长篇小说创作的新特点、新水准、新进展，它们是长篇小说行进在特定历史阶梯上的突出标志，是中国长篇小说创作长河流程中的重要史实。概而言之，这 16 部长篇构成了丰富、斑斓、独特的艺术世界，属丰硕的艺术果实，从宏观视角对它们作一番综论，即可大致了解到它们的实质内涵和新特点、新进展。

它们描写了新的题材，表现了新的主题，在题材和主题上，显示出了一些前所未有的新进展、新特点。它们之中，致力于描写古代历史题材的有《金瓯缺》《李自成》《少年天子》。《金瓯缺》集中描写 12 世纪北宋末年中华民族内部宋、辽、金之间的民族矛盾和民族战争，借以讴歌不同民族在特殊历史条件下的爱国思想、爱国行为和民族意识、民族精神，再现了中华民族不断融合壮大的历史进程。《李自成》全面地再现明末清初的复杂广阔的历史面貌，讴歌李自成统领下的农民起义事业，揭示了封建时代农民起义的悲剧性的规律。《少年天子》突出描写清朝入关后第一代皇帝顺治面对复杂激烈的宫内矛盾冲突，而奠定清王朝统治制度和开创清王朝基业的斗争状貌。它们之中，致力于描写现代历史题材的有《浴血罗霄》

《第二个太阳》《黄河东流去》。《浴血罗霄》着重通过罗霄纵队奉命“北上”的军事行动，首创性地展现第二次国内革命战争时期中央苏区红军在第五次反“围剿”的危难时刻的战斗生涯和斗争史迹。《第二个太阳》记写解放军某部渡江攻占武汉和继续南下进军湖南的战斗历史，告诫后人新中国这“第二个太阳”的升起，是用自1927年至1949年的历史推进过程中无数可歌可泣的先烈的鲜血和生命迎来的。《黄河东流去》在日寇铁蹄野蛮践踏中原国土的背景下，记写中原赤杨岗一些难民颠沛流离的生活磨难，借以歌赞坚韧顽强的民族精神。《钟鼓楼》《冬天里的春天》则兼写现代、当代的题材内容，将历史和现实的生活题材相交织；前者广泛展现北京市民的今昔生活风貌，在历史文化积淀和当代文明发展的联系中，展示北京市民的生态、心态、命运；后者则围绕主人公于而龙在战争年代、建设年代和十年内乱中的人生遭际，围绕于而龙对同身边的两面派王纬宇近半个世纪的现实与历史的明暗较量的反思中，展示真正的布尔什维克战胜伪装的布尔什维克的长期性、曲折性、艰巨性。它们之中，致力于描写新中国成立后特定时代生活题材的有《东方》《将军吟》《芙蓉镇》《许茂和他的女儿们》《沉重的翅膀》《平凡的世界》《都市风流》。它们各有各的描写领域和描写重点。《东方》从前后方的生活领域，全局性地再现20世纪50年代初年的抗美援朝的全貌。《将军吟》从部队生活领域集中反思变幻莫测的“文化大革命”闹剧、灾难，是最早直接写及十年内乱题材的长篇。《芙蓉镇》着重反思20世纪60年代初至70年代末的中国内地农村社会的曲折发展生活中的经验教训。《许茂和他的女儿们》在“整顿”的特殊背景下，着重辩证地展现20世纪70年代中期（“文化大革命”后期）交错着创伤、渴望与信念的中国内地农村社会的状貌。随着时代演进，长篇创作的现实题材亦不断更新。《沉重的翅膀》是长篇创作史上最早正面描写20世纪80年代改革动向和讴歌改革业绩的长篇。《平凡的世界》则在广阔的社会背景上，展示“文化大革命”后期至改革初期（1975 年至 1985 年）十年间的中国内地农村改革进程，在着重揭示农村变革的艰难性中讴歌农民们的吃苦耐劳精神、进取精神、奋斗精神。《都市风流》围绕北国某大城市环线道路改造工程的竣工历程，描写处在深化改革的热潮中的城市生态、市民心态，讴歌人们奋起推进改革和努力创造改革业绩的精神风貌。而它们之中的《穆斯林的葬礼》则是展现少数民族回族玉器艺人自 1919 年以来 60 年间三代人的生活命运和变迁史，歌颂穆斯林玉器家族为人生和玉业而自强不息的民族气质和民族精神。总之，荣获第一、二、三届茅盾文学奖的 16 部长篇小说，在题材和主题上，虽然尚不足以用丰富多彩的辞藻去形容，但它们确实从不同角度显出了前所未有的新特点、新进展。它们的题材有广泛性，既在古代和现代的历史题材方面开拓了以往的长篇小说尚未触及的新领域，也在新中国成立后的现实题材方面，随着时代的演进和时代精神的变化，开拓出了一些新领域。较之以往，其明显的变异在于：注重辩证地反思新中国成立后的现实生活的变迁，在不忘继续从正面、光明面表现顺利发展的生活主流的同时，更侧重了从背面正视与总结曲折发展的生活历程中的经验教训。同时还以空前强烈的使命感积极响应新时代的召唤，直面眼前改革生活的新潮流，迅速提炼与描写了同新时代的最新主旋律和广大社会人群的最新生活愿望相适应的崭新题材内容。

它们塑造了新的人物，在艺术形象上有新创造、新特点、新进展，这是奠定它们的艺术地位的基本条件。其中《李自成》《金瓯缺》《少年天子》三部历史小说为文学画廊增添了历史人物群像。《李自成》首次塑造出数以百计的明末清初时代的历史人物群，尤以李自成形象和崇祯形象最为突出。李自成是封建时代的农民义军领袖和悲剧英雄，他既概括着历代义军首领的理想成分，同时又无法自觉突破历史局限和摆脱悲剧结局，是合悲剧性的大悲剧的主角。崇祯则是封建社会帝王将相的总代表，作为明王朝末代最高封建统治者，他一方面对朝政苦心经营，励精图治，一方面对农民起义实行血腥镇压，一方面对清兵袭扰采取妥协请和政策，然而最终亦未违背其注定的历史命运，演出的同样是一幕大悲剧。《金瓯缺》所描绘的形形色色的历史人物也有数百人之众，其中最突出者是贯串全书的主人公马扩，他力主伐辽抗金，收复失地，重振宋代山河，与丧尽民族骨气的一帮投降派形成鲜明对比，属宋代智勇双全的爱国英雄。《少年天子》主要刻画少年登基亲政的清朝顺治皇帝形象，他集精明、雄心、暴戾、脆弱、多情的个性于一身，可谓命运独特、性格复杂的年轻君主的艺术典型。其中《东方》《第二个太阳》《浴血罗霄》《将军吟》《冬天里的春天》分别塑造了一批独特的军人形象和处在政治逆境中的老革命者形象。《东方》所描绘的主人公红三连连长郭祥是抗美援朝年代的志愿军战斗英雄，不愧为特定时代中“最可爱的人”的艺术典型之一。《第二个太阳》所描绘的轴心人物兵团副司令员秦震，则是在战争年代里把全部精力和心血都真诚地献给了革命事业，并始终未被人生磨难压倒，始终自觉地与革命命运血肉相连的高级将领的典型形象。《浴血罗霄》以勾勒敌我人物群像为特色，其中重点描绘的具有艰苦奋战的顽强意志和不屈精神的红军罗霄纵队司令郭楚松，是有强烈历史真实感的红军指挥员形象。《将军吟》里所描绘的主要人物彭其则是长篇创作史上首次塑造出的由十年内乱造成悲剧命运的高级军人形象，他有过二十年出生入死的沙场作战和二十年担任行使南国制空大权的和平司令的英雄阅历，在逆境期间他始终未丧失传统的刚正不阿的将军气概。《冬天里的春天》的主人公于而龙则是在战争环境、建设环境和政治逆境中，都固守着强者的品格和保持着不忘历史、不忘人民、不忘真理的精神气质的老革命者形象。其中《黄河东流去》《芙蓉镇》《许茂和他的女儿们》《平凡的世界》塑造了一批具有独特色彩的农民形象。《黄河东流去》描绘了20世纪40年代流落异乡的中原农民群像。《芙蓉镇》中的胡玉音是概括着新中国成立后中国内地农村社会近20年的正反经验教训的悲喜剧色彩浓重的农妇形象。《许茂和他的女儿们》中描绘的许茂是生活在20世纪70年代公有制的土地上和十年内乱的环境里的在经济、心灵、德行诸方面都遭受到损伤的具有探索保障农民实际利益的农业新道路的品格的老农形象。《平凡的世界》则致力于塑造自“文化大革命”后期到改革初期的特定时代环境里的农民形象；其中，具有现代意识的农家知识青年孙少平是被着力刻画的主要人物，他与立志要在农村环境里成就一番事业的孙少安不同，他决心利用一切条件冲向外部世界去成就大业，是眼界开阔、理想宏远、有潜力、有信心、有条件迎接未来急剧变革时代中的种种挑战的新一代知识农民形象。其中《沉重的翅膀》《都市风流》塑造了以不同心态面对新时代改革浪潮的干部形象。《沉重的翅膀》最新塑造出面对改革浪潮而心态各异的干部形象群。《都市风流》则在城市改革日益深化的形势下，着重塑造既富有改革精神、创造精神，又有实干劲头的建设者形象，其中心人物市长阎鸿唤，则可谓为领导各阶层市民迅速创造建设现代化城市的奇迹的干部典型。此外，还塑造了诸多市民形象。《钟鼓楼》以致力于从复杂的生活层面上广泛勾勒北京形形色色的普通市民形象为显著特色。《穆斯林的葬礼》则集中笔力描写独特的玉器行业的回族市民，着重塑造韩子奇、韩新月等回族玉器艺人的艺术形象。由以上简要评述可见，荣获第一、二、三届茅盾文学奖的长篇小说塑造了一批带有新特点的新型形象，它们各具独特性，有些具有典型性，有些则可以说是依据新的审美尺度创造的含有新的审美意向和审美价值的带有首创性的艺术典型；这些标志着新进展、新成就的艺术形象，分别概括着特定历史时代的社会生活内容，或显示出鲜明的历史特征、历史感，或富于鲜明的新时代特征、新时代精神；它们丰富、充实了艺术形象的画廊，使历史和现实的生活面貌，得到了更广泛更充分的展现。

在艺术形式上，荣获第一、第二、第三届茅盾文学奖的长篇小说，在现实主义的基础上也作了一些新尝试、新探索。总体而言，它们都在不同程度上发扬或深化了现实主义的优良传统，以忠实于生活的原则去再现历史和现实的生活真实面目，它们的艺术创造可以说都在现实主义的框架之内。但同时，它们也作了新的艺术探索和追求，创造了某些值得重视的新特点。《李自成》《金瓯缺》《少年天子》三部巨著都是历史真实和艺术真实相结合的艺术体，是克服单调化的艺术弊病而追求笔触深广和丰富多彩的艺术世界。《东方》以全景艺术规模突破了军事艺术天地的单纯性、狭隘性；《浴血罗霄》以求实、求真的强烈纪实性为突出特色；《第二个太阳》不重在写战争历程，而重在刻画人和表现人的心灵及悲欢离合的人生命运；这些艺术表现相对于以往同类题材的军事小说而言，都有一定的开拓性与创新性。《冬天里的春天》则凭借回忆、联想和蒙太奇手段，以心理历程为线索，把不同时空里的历史和现实的生活镜头交错地组接起来，尝试了意识流结构艺术。《芙蓉镇》颇注重南国山乡风俗民情的描绘，把写经验教训、写人生、写性格、写民俗融合为一个艺术整体。《许茂和他的女儿们》运用艺术辩证法，力避艺术表现的绝对化，辩证地展现20世纪70年代中期交错着欢乐、创伤和希望的中国内地农村社会现实。《黄河东流去》致力于刻画生活中的真人、活人，奉行“生活怎么样就怎么样”的创造艺术。《钟鼓楼》不采用由中心情节或中心人物串连成的传统故事性结构，而采用压缩式和橘瓣型的艺术结构；不仅把复杂的情节内容压缩在一天的12个小时的框架之内，而且将凡人小事构成的一幅幅生活画面，以橘瓣型结构形式组合。《沉重的翅膀》在概写外在现实世界的同时，更侧重内在感情世界的表现，更侧重创作主体情意的抒发和人物内心活动的揭示，显示出侧重内在感情抒发的情绪型的特点。凡这些，可以说都在不同程度上带有新尝试的性质。《穆斯林的葬礼》委婉典雅，情文并茂，表现出讲究、追求精湛的语言艺术的特点。《都市风流》洋溢着奋发向上的主旋律和鼓舞人心的阳刚之气。《平凡的世界》的描绘十分讲究特定时代的生活的真实性，生活场景逼真，笔触细致，体现出严格的现实主义精神。总之，它们是从同期长篇小说的大树上选摘出的带有特色的艺术果实，它们提供了一些新的内容，在发扬传统现实主义艺术的基础上对表现艺术有所创新，在思想和艺术上都表现出了一些新特点、新进展，显示出了一些不可替代的独特价值和美学境界，在长篇小说创作发展史上具有应得的历史地位和艺术地位。

中　编

／

油然相随相继涌现的热潮

第一章

乡土和民俗小说潮

1

一般来说，“乡”是跟“城”相对而言的，“乡土”本指城域之外的乡村，乡土小说主要是指那些描写城市以外的乡下生活的小说。

乡土小说是“土特产”，其艺术传统久远。就近而言，早在20世纪初叶，中国文坛即已兴起乡土小说，鲁迅于20年代初以写实主义创造了以故土的乡镇生活为源泉的乡土小说，描绘了当年中国江南乡村的基本面貌；时至20世纪80年代，在涌现多样化的小说潮流中，这种乡土小说艺术传统依然未艾，其中刘绍棠可以说一直自觉地举着乡土小说的旗帜。刘绍棠1936年生于北平通县，自小喜爱民间艺术，12岁入北平市立二中读书；1949年开始发表作品，1952年因发表《青枝绿叶》等短篇小说而一举成名；1954年入北京大学中文系学习，1956年加入中国作家协会，同年回家乡从事专业创作，在1957年后的一段时间里，于艰苦的人生条件下仍笔耕不辍。他说：“土生土长所形成的土性，也就是我的经历和教养决定了我是个土命人，是个土著作家，只能写土气的作品。土气的作品，我称之为乡土文学。乡土文学在我的心目中，就是要坚持现实主义传统，继承和发扬中国文学的民族风格，保持和发扬强烈的中国气派和浓郁的地方特色，描写农民的历史和时代的命运。”（转引自《缤纷的小说世界》，张学正、张志英选评，花山文艺出版社1988年版）致力于创作乡土小说是刘绍棠一贯自觉坚守的艺术信念与实践。

在20世纪后半期的不同小说家笔下，乡土小说的成就、格调与风采各异。刘绍棠致力于在京东运河两岸“挖掘深井”，以展现京东运河两岸的乡土生活的乡土小说成就而在20世纪后半期的艺术领域中享有独特地位。其乡土小说之最是《蒲柳人家》（共12节，约5.3万字，始发于《十月》1980年第3期，曾被译成英、法、德三种外文出版发行）。

《蒲柳人家》以1931年九一八事变后至1937年卢沟桥事变前（1936年）的冀东抗日救亡活动日趋兴起的特定历史区段为大背景。当时日本鬼子侵略中国，“先在东三省立了个小宣统的满洲国，又在口外立了个德王的蒙疆政府”。而当地“殷汝耕在日寇卵翼下”则“成立伪冀东防共自治政府”，那是一个日寇要中国人当“亡国奴”的“国难当头”的年代，是一个交织着内外不同阶层矛盾和民族矛盾，且民族生死存亡矛盾日趋上升、日趋尖锐的年代。面对如此危亡时代，运河两岸的“星火”也在闪烁：京东闹过由地下共产党员周文彬（潞口中学毕业的京东地区地下工作者）组织的反伪政府的学潮；同时周檎（与他的上级领导周文彬志同道合）奉命以小学教员身份作掩护，公开“打起民团旗号”，在京东运河两岸“建立秘密抗日武装”；中华民族正在加紧组织与积蓄力量，已预示抗击日寇侵略的烽火日渐增强的势头；这便是《蒲柳人家》所描写的“蒲柳人家”的生活大背景和引吭高歌的特定时代主旋律。

《蒲柳人家》富于特色地勾勒、刻画了京东运河两岸有鲜明共性与个性的“民族化”“乡土化”的人物群像。其中多是勇武侠义、敢说敢做敢抗敢斗者，也有柔弱温顺、安分守己者或已失去农家子弟的气质者。

何大学问是“蒲柳人家”中有威势的首屈一指的“名人”。他“人高马大，膀阔腰圆，面如重枣，浓眉朗目，一副关公相貌”；他的秉性有多面性：“脾气大”，“风火性”，待人接物不高兴时会阴沉着脸，好“讲排场”“摆阔气”，“好说大话”，好“自吹”，“好喝酒”，“好戴高帽儿”，“好攀高枝”。对“婚爱”他不守旧，在“赶马”期间他和一个住在野地帐篷里“放马”的比他老婆年轻十多岁的漂亮女人十分相好。对自己的亲孙子他软硬兼施，每趟“赶马”回来都要给他带回些“吃食”以示“疼爱”之心，但有一次他听老伴嘟哝孙子一天到晚在外野跑的事后，一怒之下，竟把孙子拴在了葡萄架的柱子上。孙子是他的“最大乐趣”所在，他把希望全寄托在孙子身上，因此在苦活苦做、节衣缩食的人生处境下，还决意把一个骡马大店的“帐房先生”（前清老秀才）礼聘到家教孙子（教一个字一个铜板）；当孙子老“走神儿”学不进去时，老秀才急得用烟锅在孙子“光葫芦头”上敲起个大“青包”，他非但不怪罪老秀才，反而给老秀才“呐喊助威”，因为他一心“认定不打不成材”的“老理”。他走南闯北，见多识广，年轻时“当过义和团，会耍大刀，拳脚上也有两下子”；他“给地主家当过车把式，会摆弄牲口，打一手好鞭花”；还受雇“给牲口贩子赶马”，几百匹野马都怕他那杆大鞭，沿途的“偷马贼”也都怕他；由于他“好听书”，久而久之也鹦鹉学舌会说一些；同时又不怯于当众编讲些离奇、惊险、曲折的故事，因此乡人送他一个“何大学问”的外号，但实际上他“没进过学堂一天，斗大的字认不得三筐，而且只会念不会写”，仅会瞎编瞎讲而已。追根溯源，他“祖宗八辈”家居“北运河岸上”，“门口外就是大河”，“穷得房无一间，地无一垄”，而且世代“都是睁眼瞎”；如今“自个儿跳跶”到“年过花甲”也仅“挣下三间泥棚茅舍，八亩河滩洼地”，“拖家糊口都够戗，哪来钱粮读书?”乡人送他“何大学问”的外号后，他更是“穿起了长衫，说话也咬文嚼字”起来，甚至“在长城内外崇山峻岭的古驿道上”赶马时，骑在“光背儿马”上“右肩扛一杆一丈八尺的大鞭”，左肩也非挂一书囊不可，并且路遇“文庙”（如孔夫子的破庙）时他还要一本正经地下马作揖上香。以上所述的模样与行为可谓为小说赋予他的独特个性特征。小说赋予他的显著共性特征是豪爽慷慨，仗义疏财，“爱打抱不平”，为受欺侮者“敢两肋插刀”，挺身救助。他好与“知音相好”聚会，尽力助“知音相好”排忧解难，共谋对付邪恶势力；在“赶马”路上遇见“老弱病残”他解囊帮助，与他相识的“伙友们有谁揭不开锅”他也掏钱相助；当望日莲处在遭杜家“公婆”欺凌暗算的孤苦境地时，他与老伴不怕刁难，不畏邪恶，不惜财产，尽力救助，不仅认望日莲为“干闺女”，而且“赔出四亩地”（二亩“赎身”，二亩“陪嫁”），满心高兴地办成了望日莲与周檎的婚事。同时他还满怀民族义愤，对日本鬼子侵略中国和在中国东三省成立所谓“满洲国”欺压中国人的野蛮行径怀着深仇大恨，将参加“抗日锄奸”视为最大的民族义举。这些便是小说在特定历史背景下从多方细致描写而赋予“蒲柳人家”中的大“名人”何大学问的性格特征。

何大学问的老伴一丈青大娘则是“蒲柳人家”中有威势的巾帼“名人”。她“五六十岁”，“青铜肤色”，“一双长满老茧的手”，手腕上戴着“黄铜镯子”，“大高个儿”，“一双大脚”，热情泼辣，嗓门“亮堂”，骂起人来“方圆二三十里”无“招架”的“敌手”，“鼓点似的骂一天”也“不倒嗓子”，不如意时还会使劲拍着巴掌大嗓门跟何大学问吵嘴，动手打起架来“三五个大小伙子”也不是对手。对村里村外她都敢于以浑身正气驱邪，有一回她把几个从她门前拉纤而过的硬是不穿上裤子的纤夫用“耳刮子”和挥舞着“一棵茶碗口粗细”的河柳棒子统统打下了河里去。她很能干，手艺多，乐于助人。“种地、撑船、打鱼、放鸭群”都是行家，宰羊、杀猪、杀鸡、杀鸭，样样都干得十分利索；还会“扎针、拔罐子、接生、接骨、看红伤”，村里“大人小孩有个头疼脑热”都“找她妙手回春”，“全村三十岁以下的人”都是她那一双粗大的手“接来人间的”。她同村里所有的女人一样也有迷信意识，烧香上供拜佛许愿是她想干就干的事。她把孙子当心肝宝贝，孙子何满子落生当日她虔诚地为他烧香上供、拜佛许愿里里外外忙活一整天；孙子三朝当日她宰羊杀鸡设宴、上供、拜佛又忙活一整天；孙子满月当日她杀猪杀鸭“大宴乡亲”、上供拜佛又忙活一整天；孙子百日当天她十分严肃地给孙子穿上她“跑遍沿河几个村落，挨门挨户乞讨零碎布头儿”缝的“百家衣”；孙子一周岁生日她给孙子戴上用很费劲才从口里攒出的钱打造的“包铜镀金”的“长命锁”；孙子二三岁时为避免“重男轻女”的阎王爷对孙子“勾魂索命”，她特意叫“东隔壁”的干姑姑给孙子做了个“用五彩细线绣了一大堆花草”的“花红兜肚”，让孙子以“男扮女装”的迷信计策对付阎王爷来保住性命；孙子四五岁时“整日在河滩野跑”，她即整日“提心吊胆”，“怕让狗吃了”，“怕掉在土井里了”，怕被人“拐走”了，“出来进去团团转”，“村前村后，河滩野地，喊哑了嗓子”，像“丢了魂”一样；“等到天黑”孙子回到家，她虽然也会扑哧扑哧地气得“抄起顶门杠子”吓唬孙子一阵，但从未动手打过孙子，而总是扔下“杠子”叫声“小祖宗儿”就赶忙进灶屋给“心肝宝贝”煮鸡蛋或烙白饼去了，简直为何家的孙苗儿操尽了心。但是她对为何家生下孙子的儿媳妇却不中意，这与她的择媳观念与标准有关，她讲究“实用”“实干”“能干”“顶用”，喜欢能“干活”能“支撑门户”的姑娘，本想“找个农家或船家姑娘”做儿媳；但没想到通州城书铺掌柜却将女儿“许配”给了儿子，女儿“长得好看”，又“识文断字”，儿子满心欢喜，她却始终嫌儿媳言行斯文，身子单薄，如“一朵中看而无用的纸花”；因此她与儿媳之间存有矛盾，加上后来为与儿子儿媳“分家”左右为难，处世一直如同硬汉的她竟也“偷偷掉了好几回眼泪”。这些细致描写便是小说赋予一丈青大娘的基本性格特征，小说主要是以四大故事：怎样对待赤身裸体的纤夫的故事、怎样“乐于助人”的故事、怎样对待孙子的故事、怎样看待儿媳妇的故事，来完成对一丈青大娘形象的勾勒与描绘的。

柳罐斗更是“蒲柳人家”中“深沉大度”的视无情无义为天理不容之事的“英武汉子”。他在运河上摆渡船为业，“三十八九岁”，“五官端正”，“高大魁梧”，“宽肩膀”，“细腰身”，“扇面胸脯”，每日“黎明拂晓解缆，日落西山收船”；虽然他也有“一座四面夹着柳枝篱墙的院落”和“三间蒲草盖顶的棚屋”，但为生计所迫，只能常年留住于摆渡口的船上，即使邀集何大学问等相好的老哥儿们聚会畅饮也只在船上。他的人生经历颇具传奇性：他出身贫苦农家，年轻时在财势两旺的董太师家扛长工，“董太师的女儿爱上了他”，并“有了身孕”；董太师知此事后不仅用“一条白绫勒死了女儿”，而且要活剥他的皮；于是他只得“投奔了打到河南的北伐军”（他是拿着他姐夫共产党员周方舟的一封介绍信去投奔北伐军的），不久他在北伐军蒋先云（共产党员）团长手下当了排长，练就了百发百中的枪法，后因蒋先云阵亡并愤恨新任团长（国民党员）的为非作歹而又“解甲还乡”。还乡后，董太师还要“抓他五马分尸”，幸巧在北伐军时曾在他手下当“排副”而今又在“青天白日旗”下“驻防通州的冀东保安队里”当“连副”的“把兄弟”带着一队人马前来看望他时救了他的命（柳罐斗在北伐战场上曾三次冒着枪林弹雨救出过这位“把兄弟”），而且那位“把兄弟”还应他的要求将自己的驳壳枪、子弹带、所骑的马送给了他。此后，他与当了“保安大队长”的“把兄弟”绝了交（因他内心一直只对蒋先云心怀忠诚），卖了“把兄弟”送的“好马”打造了大船以摆渡养活姐姐和外甥等一家四口（姐姐在丈夫死后无法生活，带着孩儿回到娘家），并为此终生不娶，始终是以亲情为重、有克己意志和牺牲精神的汉子。他更惊人之举是在“七月十五鬼节”时设美人计诱杀了河防局的巡长麻雷子：他叫云遮月（通州城鼓书女艺人，“不到三十岁”的有姿色的“烟花女儿”）从停在岸边的渡船上风姿迷人地下到河边洗被子，麻雷子一见就“色迷心窍”并迫不及待地从对岸下河“踩水泅过”，柳罐斗即潜于水下扯住麻雷子两条腿，两人在河中“角斗了十几里”，最后柳罐斗掐着麻雷子的脖子“灌坛子”，直至他“断了气”，并把他的尸体拖到了浓密的草丛中。云遮月每年入夏都要到运河滩走村串庄唱京东大鼓，有一年农历五月初五“赛船会”，她到村“行艺”过运河时刚踏上渡船就对柳罐斗“一见倾心”，并“三更半夜”“爬墙出来”执意“钻进船舱”要跟他“同床共枕”；他“婉言谢绝”，“把她挟下了船”，并把船迅速撑到对面河岸边避开；云遮月仍不肯罢休，不顾一切扑通一声跳下河，硬要游过他停船的对岸，无奈一下河就沉了底，他这才为救死赶忙把她捞到自己的船上而互为有情有义的“情人”，此后他们“好得如胶似漆”，但彼此始终都不愿成为正式“夫妻”，柳罐斗说：“她是一只水鸟儿，我不想把她关在笼子里。”云遮月说：“他应当娶一个好人家的黄花闺女。等他看中了谁，明媒正娶，我就跟他一刀两断，绝不藕断丝连。”他们就这样不是“正式夫妻”却胜似“正式夫妻”地相好了多年，心地善良地享受着特殊的“反封建”的纯人性化的“人伦”快乐。小说也是通过一系列人生故事：与董太师女儿的恋情故事、投奔北伐军和解甲还乡的故事、与鼓书艺人结为“情人”的故事、在鬼节设美人计诱杀麻雷子的故事，显现了京东汉子柳罐斗多情重义、讲究是非、注重品格、侠义勇武、敢作敢为的颇具传奇性的性格。

吉老秤也是“蒲柳”乡间勇敢而有义气的豪侠者。他“五十几岁”，“身体硬实”，大肚子，以开小铺“钉马掌”为生；“手艺高超，远近驰名”，但只能过着半饥半饱的生活。他“火性子”，“好喝烈酒”，“喝醉了就睡觉”，“不娶家小，不信鬼神”，从“不跟女人打逗”。他对穷苦人家总是一片真心善意，但从不把恶势力放在眼里，“有冤必伸，有仇必报，有气必出”，“说得出做得到”，不仅制服了用鞭子抽打牵牛儿的地主“小管家”，为牵牛儿抱了不平，还反复苦口婆心地教育牵牛儿要敢于反抗。他以“金刚怒目的模样儿”和“火神爷的脾气”登进与恶势力有瓜葛的豆叶黄家门大吼大叫地给周檎、望日莲提亲，吓得豆叶黄不敢不答应。特别是他九年前就跟着周檎爹“闹暴动”，失败后虽然被抓去坐过五年牢，但出来后决心依旧，对“党代表”周方舟念念不忘，随时待机举起自己当年用掩埋的方法藏下的那杆大枪义无反顾地干起来。

在小说所描写的“蒲柳人家”中，也有在生活困境里始终以安分守己为人生准则而凭自己的双手艰难埋头度日的人。号称运河两岸“活鲁班”的老木匠郑端午即此类人的代表。他在木工活方面被称为“能工巧匠”，在种瓜方面也被认作“高手瓜把式”，他种的瓜“个儿大”，“皮儿薄”，“结得多”，“色、香、味都是上品”。“在日寇卵翼下”的“伪冀东防共自治政府”的首要分子殷汝耕强征他去造屋、造佛堂，他不敢吭一声，结果从“大柁上摔下来”，“摔得大口吐血，跌断了右腿”，也不敢吭一声；在此次“死里逃生”后，他更是忍气吞声、与世无争、老实巴交地一心扑在了村外河边那“一亩三分瓜田”上，尤其每年夏天长瓜时节，他“日夜住在小小的瓜棚里”，每夜几乎都是熬夜驱赶那“进犯瓜田的刺猬和狼叭狗子”，豁出命去保住以卖瓜来挣出一家活命的全年的口粮钱。

以传统观念依年龄区分，人生可分为婴儿时期（不满一岁）、幼儿时期（一至二岁）、童年时期（三至十岁左右）、少年时期（十岁至十五六岁）、青年时期（十五六岁至三十岁左右）、壮年时期（三十岁至四十岁）、中年时期（四五十岁）、老年时期（六七十岁及以上）；据此社会人群亦可相应地划分为婴儿群、幼儿群、童年群、少年群、青年群、壮年群、中年群、老年群。前所论及的“蒲柳人家”中的人物何大学问和一丈青大娘属“年过花甲”的老年人；柳罐斗属“三十八九岁”的壮年人；吉老秤属“五十几岁”的中年人；郑端午也应属中年人，因为小说中写及周檎是柳罐斗姐姐的儿子，柳罐斗是周檎的小舅，周檎叫吉老秤为“吉秤大舅”，也叫郑端午为“端午大舅”，可见郑端午和吉老秤都是比柳罐斗和柳罐斗姐姐年岁大一点的中年人。他们有代表性地显示了“蒲柳人家”“穷哥们”中的壮年、中年、老年数代在特定时代的人生状态、精神状态。而运河岸边“蒲柳人家”的青年一代男女的人生状态和精神状态则是由周檎、望日莲、郑整儿、荷妞几位人物显示的。周檎在有斗争精神的穷困的人生环境中长大，周檎父亲周方舟在小学当教员，“九年前”（20 世纪 20 年代）以“党代表”身份领头闹起“京东农民大暴动”，“暴动失败”，被张作霖的奉军杀害了；因此周檎母亲只得“带着周檎跟外祖母和舅舅柳罐斗一起生活”，不久母亲“因哀痛过度而亡”，周檎实际上是同外祖母和舅舅“相依为命”长大的。周檎从小很孝顺外祖母和舅舅，从未在他们面前抬杠或顶嘴；并且肯学活、干活，挖野菜、打青柴、摆渡船，什么活都帮着干，也很会干。他上学也很勤奋、聪明，“以甲等第一名考入美国教会开办的通州潞河中学”，并一直是那学校成绩“数一数二”的学生；毕业后又到北京考上了“燕京大学”，但他没有就读，而是继承父亲的斗争精神，奉命以在村里办“小学堂”为掩护，在运河两岸组织、发动抗日活动。他同柳罐斗、何大学问、吉老秤、郑端午等人频繁聚会，表明他将把他们作为抗日组织所依靠的骨干力量。小说中设置周檎这一青年人物形象的主要艺术使命是以其在 20 世纪 30 年代所从事的抗日活动来显示主导特定历史时代的时代基调、主旋律与时代精神及核心力量。

望日莲的人生命运是小说情节的重要线索和内容。她是出生于穷苦家庭而又落到“心肠歹毒”人手里的“苦命女”。其亲生父母给她起的“奶名”叫“可怜儿”（一丈青大娘为保护她认她做干闺女时给她改名贵莲，望日莲是周檎与她相好后给她改的名）。她打小被“何家东隔壁”开店铺的花鞋杜四从逃荒饥民手里买下给自家的傻儿子（小名二和尚）当童养媳，“在饥饿、虐待和劳苦中”长大；其婆婆豆叶黄“心肠歹毒”，逼着她“一年到头天蒙蒙亮就起，烧火、做饭、提水、喂猪、纺纱、织布、挖野菜、打青柴”，样样活儿都得干；夜里还得趁月光“织席编篓子”，“一打盹儿”就要挨“笤帚疙瘩”。她“十岁”那年，张作霖、吴佩孚“隔着北运河开仗”，她被“倒栽葱”埋在了炸弹坑里，杜家不拔她，一丈青大娘冒着硝烟把她拔出来才救了她的小命。豆叶黄在傻儿子二和尚被奉军抓了夫“下落不明”“生死未卜”后，更是将望日莲视为“扫帚星”“克夫命”而狠心打、骂、掐、咬，她身上常被拧、掐、咬得青一块、紫一块、血一块，仅十岁的她只在到河滩打青柴时才独自在芦苇丛深处流下痛苦的眼泪。望日莲自生下来就好看，当长到十九岁时，“出落得一朵鲜花似的”，“模样儿越来越俊俏”“秀美”，“俏丽的脸儿，就像雨后清晨的一朵荷花”，嘴唇红润，眉秀，目光明亮，一条“粗大油黑的辫子”，遇见心眼好的人会报以“一串脆笑”。她夏天身上常穿着“打满补丁的蓝花土布小褂儿”，但那身材、模样，“现代女名模儿”“也难说个个准比过她”。一年年长大后，险恶人世的悲苦教训让她慢慢懂得了如何对付现实的一切，为防“恶贼扑门”祸害自己，即便暑伏时节，她每晚睡前都要关窗顶门，并在身旁备上镰刀、剪子。同时她聪颖与崇尚自由的天禀也日益显露出来，夏天到河滩打青柴时不但会快乐地用柳枝编成“柳圈儿”潇洒地戴在自己头上遮阳，而且会用“低柔的嗓子”轻轻唱动人心弦的情歌类“小曲儿”，还会选择“被一道沙冈环抱着”的“长满红皮水柳”的“水色澄碧”“清可见底”的“僻静的河湾”，在“红皮水柳丛中影住身子”，“洗衣裳”，“洗身子”，一阵阵地“撩水”“戏水”“凫水”，直到把洗的衣裳“晾干”才穿好上岸。望日莲10岁那年二和尚被抓夫后，时过八年“一去没回头”，19岁芳龄的她仍是尚未“圆房”的“童养媳”，但即使二和尚在，如今她也会抗拒与傻子“圆房”，因为她和周檎小时候在运河滩上挖野菜、打青柴、凫水、玩耍的过程中心底里早已自然而然地产生了“恋情”。他们小时一道打青柴时，“常嬉戏打闹”，“十分要好”，十岁那年，她同周檎在河滩上挖野菜，周檎下河凫水，被卷进“水漩”里，她立即跳下河将周檎“拽上了岸”，成为周檎的“救命恩人”；此后周檎即常同她搭伴凫水，并且还在柳棵子地里很要好地“过家家玩”和“拜过花堂”，周檎成为她“日夜思念的人”；她看见他心就“猛跳”，脸就“绯红”，跟他说起话来也总是含情脉脉，或者“目光火辣辣”地向他问这问那，她思想并不守旧，有时还跟周檎肩并肩坐在炕沿上，甚至不止一次地把她那条粗大油黑的辫子“绕在周檎的脖子上”。她觉得自己和周檎是天生的一对，周檎“二十岁左右”，与她年龄相仿，“高个儿”，“剑眉”，“高鼻梁儿”，“一双笑眼”，清秀文静，和蔼深沉，她打心里深爱着他。小说这样描写了思嫁心切的望日莲在19岁那年的“七夕之夜”同周檎约会时定终身的情景：约会时她没有如习俗传说的那样将“红线”穿进“针鼻”，她极痛心地“嘤嘤啜泣”着说：“我是柴草穷命，黄连苦命，天意不能嫁给你。”周檎说：“我不信天意信人意!”“我一定要把你救出火坑，跟我做一对志同道合、生死与共的终身伴侣。”并问道：“你真的甘愿跟我同生共死吗?”望日莲说：“我愿意跟你活在一处，当牛当马服侍你；遇到三灾八难，我替你去死。”周檎告诉望日莲：“我们不少人成立了京东抗日救国会，开展抗日救国活动，将来还要建立武装。”望日莲热切地问：“你打算叫我干什么呢?”周檎用坚决而沉稳的口吻说：“参加救国会，打鬼子，锄汉奸。”望日莲回答：“真要拿刀动枪，我比你胆子大，手也狠!”就在这心心相印的“七夕之夜”，望日莲说：“我的心整个儿给你了，今晚上我把身子也给你送来了。”她就这样激情满怀地以“身心”相许，自定终身。尔后，在何大学问、一丈青大娘、吉老秤等乡亲们的帮助、操持下，他们粉碎了花鞋杜四企图卖望日莲给董太师“做小”的阴谋，办完了“喜事”，名正言顺地成了恩爱和美、志同道合、生死与共的从事抗日救国活动的伴侣。望日莲是在多情重义、救困扶危的乡亲们帮助下，在与恶势力的抗争中改变了不幸的人生命运和加入了斗争行列，并在共产党地下工作者的带领下参加了发动群众与筹建京东抗日武装的活动，而且将日益成长起来，投身“拿刀动枪”的民族抗战，在她身上显出了同一丈青大娘等老一代一脉相承的中华民族挺立不屈、可歌可敬的义勇精神。

在“蒲柳人家”中同属青年一代的郑整儿与荷妞也属“青梅竹马”“耳鬓厮磨”的一对。荷妞原是郑端午在外地做木匠活时顺便认领回来的六七岁的小胖丫头，到郑家后，小时也跟郑整儿、周檎玩过“过家家”“拜花堂”游戏，但更多是同郑整儿形影不离地在郑端午教会的木匠活中一起长大，荷妞比郑整儿更勤劳、更能干，两只“大手”“满是硬茧”。由于郑端午对接下了家传木匠手艺的郑整儿和荷妞十分满意，荷妞十八岁那年同郑整儿“圆了房”，她在洞房花烛夜显出了敢于反对封建“夫权”和保卫自己爱情的泼辣秉性，斩钉截铁给郑整儿“约法三章”：绝不认“娶来的媳妇买来的马，由人骑来由人打”的封建规矩！往后你必须“学做针线活儿！”“打明天清早起，不许你再跟大姑娘小媳妇儿贫嘴滑舌！”郑整儿稍有犹疑就在她连吓带打耳光之下一一依从了。此后，虽然荷妞更加勤劳，更加卖力气干活，但依旧“家无隔夜之粮”，加上“婆婆亡故，公公残废”，自己也“没有生下一男半女”，家计、家境愈显窘困，但她同郑整儿在艰苦的人生挣扎中依然像“两小无猜”时那样“嘻嘻哈哈，无忧无虑”，以乐观的天性和顽强生命力笑看一切，笑对一切，对付苦难的人生，盼着美好人生的到来。

小说中何大学问的孙子何满子和为财主放马的小马倌则分别属于“蒲柳人家”中普通农家和社会人生底层的童年和少年一代。小说着重描写何满子的童年人生状态，小说情节的演进与诸多人物的出现都与何满子有不同程度的关系，系于小说结构线索上起重要作用的小人物。何满子至卢沟桥事变前的1936年，年方6岁；“光葫芦头”，“小圆眼睛”，“天灵盖上留着个木梳背儿”，“一交立夏就光屁股”；其父何长安“胆小柔弱”，“心地善良”，外貌清秀，“念过三年私塾”，在通州城书铺里当“石印”学徒，会书会画，后书铺掌柜将女儿“许配”给他，掌柜的女儿虽“没上过学”，由于在“文墨小康之家”长大，也能“识文断字”，她身子虽单薄，但“长得好看”，二话没说就依“父命”成亲了，并不足一年就生下了何满子，何满子一生下来就在何家祖辈人的心目中享有心肝宝贝的地位，何满子父母后来成为家居通州城的整日忙碌的“文雅”商人，何满子却是在农村由奶奶一天天带大的，奶奶把他当作自己的“心尖子，肺叶子，眼珠子，命根子”一般精心呵护，他童年时代天真快活、无拘无束，颇有生活乐趣，夏天“头顶着毒热的阳光”，“整天在运河滩上野跑”，“欢叫着蹚过一条条河汊”，“从一片片水洼的苇丛中钻进钻出”，“最后一口气跑上最高的那道沙冈”；或者“光着屁股浸入河汊，捞虾米，掏螃蟹，摸小鱼儿”；或者“钻进苇塘里搜寻红脖水鸟儿，驱赶红蜻蜓满天飞舞”；或者在那里的“大树下、茂草中和柳棵子地，埋下夹子和拍网打鸟”；把运河滩当作玩乐的“天堂”。他也顽皮，不一板一眼地听奶奶的话，奶奶叫他“穿花红兜肚”，他硬不穿；当奶奶像“丢了魂”似的到野外河滩找他时，他“隐匿在柳棵子地里”，或“深藏到芦苇丛中”，或“潜伏在青纱帐的豆棵下”，“跟奶奶捉迷藏，暗暗发笑”；听到他过分顽皮的事，火性子的爷爷何大学问无奈时也只得用活扣将他“拴在葡萄架的立柱上”，闹得一丈青大娘的心头肉一剜一剜地疼。他很聪明，“脑瓜儿记性好”，“爱听故事”，让老一辈人觉得他似乎有“过耳不忘”“过目不忘”的“神童智慧”，因此何大学问极想靠孙子改变自己祖宗世代的“穷白”命运，给他聘了个前清“老秀才”教他“之乎者也”，由于他坐不住，老“走神儿”，甚至趁爷爷去“赶马”时就干脆“逃学”，加上招待不佳，气得老秀才“忿忿而去”，但他此后却很有兴趣地跟“洋学生”周檎“学会了一大堆字儿”。有一天，他偷听到了麻雷子与杜四关于“自治政府警察厅”下“十万火急的公文”“悬赏缉拿”共产党员周文彬（京东地区地下党领导人），以及他们商定通过监视周檎同周文彬的关系而把周文彬、周檎、柳罐斗、何大学问等人一块抓起来并要把望日莲卖给董太师“做小”的密谈后，迅速告诉了周檎，使周檎提高了斗争的警觉性和主动性，表明他从小就受到了见义勇为精神、反抗精神、斗争精神的影响。何满子的多种性格是京东普通农家童年人生、童年品格的共性与个性的写照。小马倌牵牛儿的人生状态与何满子形成鲜明对比，他小小年纪就得以给财主喂马、放马维持生存，并忍受着层层欺凌，连财主家最低等的小管家都无缘无故地肆意用鞭子狠狠抽得他死去活来，其人生苦难之多之重可想而知！如没有“蒲柳人家”中吉老秤等多情重义的父老乡亲的呵护，其小命能否保得住都难说。“苦命儿”小马倌和“幸运儿”何满子是京东运河两岸地域常见的两类不同童年人生状态的写照，童年时代的生活和艺术的熏陶对刘绍棠的乡土小说创作的影响该是很深的。

“蒲柳人家”地区除一般普通农家的数代人物以外，还特意设置与粗细不等地描写了花鞋杜四、豆叶黄、董太师、麻雷子、小管家等不同年龄段的人物。花鞋杜四是雇用三个伙计的土店主，既提供贩夫、走卒、苦力临时居住的需要，也给抽大烟、玩妓女的商人或纨绔子弟提供需要；他“入了会道门”，“脖子上挂着一串念珠儿”，“开口闭口阿弥陀佛”，但“抽大烟抽得瘦小枯干”，并与当地一些“地头蛇”狼狈为奸，为非作歹。其婆娘豆叶黄虽年已半百，但总装扮成“豆蔻”姑娘模样，“描眉入鬓”，涂红抹粉，“爱穿一身月白”和“三寸金莲凤头鞋”，“走起路来扭扭捏捏”，“两只长长的耳环子荡来荡去打脸”；还常拿着“翠玉石嘴长杆烟袋”抽“兰花烟”，“一口牙齿熏得乌黑”，是小说中享受至上、懒馋成性、招野汉子成性以及要卖望日莲给人“做小”的“歹毒”妇人。董太师则是当地财主，他养着一帮武装团丁，一群恶狗，责令团丁带着长枪和恶狗守护自家那一大片瓜田；扬言要“活剥柳罐斗的皮”，要抓住柳罐斗“五马分尸”；还仗财仗势要买望日莲做小，常显露他欺压穷苦人家的凶狠心肠。周檎说董太师“是个汉奸，我们要打倒他”，他是运河岸边投靠日伪的有“几十条枪”的恶霸、地主、汉奸。麻雷子是京东运河河防局巡长，“有头无脑”，只会对上唯命是从，每日东颠西窜到哪儿就“好吃、好喝、好色”到哪儿，最终落个丧命于“美人计”的下场。小管家是董太师家的小狗腿子，对主子摇尾讨好和对手下“奴仆”凶狂是他作为“奴才”人物的两大基本特点。

以上便是小说《蒲柳人家》所描写的形形色色的人物形象，不勾画出这些“赶马”兼种沙地的、在书铺里当学徒的、摆渡船的、钉马掌的、当木匠的、开店铺的、当童养媳的、当巡长的、当恶霸汉奸的、当狗腿子的、当小马倌的、以教小学为掩护而组织抗日武装的等人生的过程、方式、状态以及年龄段不同的众多人物形象，即不足以完成全景式地较完整地显现“蒲柳人家”的种种人生状态、人生面貌的艺术使命，其众多人物的设置与勾画与其艺术使命是相适应的。由此可见其人物描写的三大特点：其一，不致力于塑造典型的主角人物，而是以无主角的方式设置众多人物，以独特地域生活本身为依据勾勒或描绘活生生的人物群像；其二，致力于勾画、歌颂具有世代相传的刚直豪爽、救困扶危、义重情深的传统性格和具有传奇色彩的乡土化的父老乡亲，鲜明地显示出古朴善良、不屈不挠、顽强生存的民性，突出歌赞民性中世代相传的人性美、人情美，以及疾恶如仇，对恶势力勇于反抗和斗争的世代相传的品格，勾画与歌赞京东运河两岸的能干、侠义、智勇、不屈的男女是刘绍棠的重要审美观念和创作原则之一；其三，着重用传记法相对集中地展现人物的生平事迹及于描述人物一个又一个的人生小故事中显现人物的思想性格。故事由诸多现实性与历史性的人生事迹构成，不是“一个”连贯的故事，而是“一个又一个”的相对独立的带有传奇色彩的故事，一连串都不同程度地与人物性格有关的经过了艺术提炼或艺术夸张或浪漫性处理的故事，即构成其传记法，这种促膝谈心式的介绍性的轻松自如的传记故事法，是否受到主要以人物传记为中心的传统传记体体裁的影响？

《蒲柳人家》可谓由雅俗共赏的乡土画、风俗画、风景画构成。那运河岸上人家的门口外是汩汩而流的运河，运河岸边有大树、芦苇、野麻、蒲草、沙滩；那儿夏日常见“只系着一条围腰”的“赤身裸体”的纤夫在岸边拉着帆船“顶水”“逆风”而行，居家的人们有的只穿条到膝盖的大裤衩子坐在大蒲团上挥着破芭蕉扇子驱赶苍蝇或者盘膝大坐打瞌睡。何大学问的院子是乡土风俗画：“四面是柳枝篱笆”，“篱笆上爬满了豆角秧”，“豆角秧里还夹杂着喇叭花藤萝”；“柳枝篱笆外边”“长着杨、柳、榆、槐、桑、枣和杜梨树”，树上有时有一群群喜鹊“喳喳山叫”；“柳枝篱笆里边”“长着杏、桃、山楂、花红果树”；“院子中间”“搭了几铺”绿荫如盖的黄瓜架、葡萄架；“院子里北边”有屋顶爬上了相互缠连的南瓜藤和横七竖八长着大南瓜的“三间泥棚茅舍”。花鞋杜四所开的店铺是带有特殊性的乡土习俗画：它“坐落在距离渡口百步之外的一块空地上”，“四面”是打起的结结实实的“半人高的土墙”，“土墙外”“栽种着连绵不断的柳棵子”，“柳棵子外”“掩上了沙坡”；“土墙里”“是个大院”，由荆条编的大梢门进入，大院分前院和后院，前院的东西两边是“两溜敞棚”，

"拴着骡马，存放车辆"，地面上全是"粪尿和草料末子"，"招引来一群群鸡、鸭、麻雀啄食"；前院的正面是一座"长棚屋"，"被一条过道隔成两个大通间"，"每个大通间都是对面两条炕"，"每条炕挤得下二三十人"，每晚住的都是"贩夫、走卒、苦力"一帮人，他们"三五成群，聚拢在小黑油灯下，掷骰子，押大宝，呼幺喝六，吵蛤蟆坑"。穿过前院"长棚屋"的"过道"即是后院，后院的东西两边是"两座厢房"，"东厢房是灶上"，"西厢房是花鞋杜四和三个伙计的住处"；后院的正面也是一座"长棚屋"，但却是"隔断成一个个鸽子笼似的单间"，"四壁粉刷了白灰，店钱高出前院大通间十倍"，"租赁这些单间的都是商人、老客、纨绔子弟，他们开酒席，推牌九，打麻将，抽鸦片烟"，随意玩乐。周檎与望日莲在结婚"喜日"办喜事及欢度"洞房花烛夜"的描写也是乡土风俗画：周檎与望日莲是在周檎舅舅柳罐斗家成亲的，何大学问的儿子何长安给望日莲送了嫁妆——"一身衣裳"，"两双鞋"，一个"茶壶"，一个"茶盘"，一套"茶碗"，"一面镜子"，"一只梳头匣"；男方由大媒吉老秤替男家迎亲，女方由大媒郑端午替女家送亲，平辈郑整儿当"喜令官"，郑整儿媳妇荷妞"专管铺红毡，捯红毡"，小辈何满子奉命穿着花红兜肚在炕上嬉笑着滚床。"喜日"当天，柳罐斗家的小院中央放一张小桌，桌上插有"红烛高香"，周檎在舅舅的帮助下雇了一顶四人抬的小花轿，两名吹笛的乐手（不是富家迎亲所雇的敲锣打鼓吹唢呐的鼓乐队），花轿进门时放了一挂鞭炮；新婚夫妇在"喜令官"的口令声中"拜过天地"和拜见亲朋好友们后即"双双牵着彩带"平平当当进入"洞房"。那里的一般人家都是住着"四面夹着柳枝篱墙的院落"和"蒲草顶的棚屋"；那里的人家用葫芦装酒；那里的男孩女孩小时在夏天只穿件"兜肚"，童年时都喜欢玩自老辈沿袭下来的"过家家""拜花堂"的游戏，玩"拜花堂"游戏时，男孩戴"柳圈儿"装"新郎"，女孩顶张"荷叶"装"新娘"；那里流传着好奇的孩子们每年热盼着目睹的牛郎织女七夕之夜于鹊桥相哭相见的有趣的故事，相传着成年未嫁的姑娘悄悄拿着香烛针线“拜月乞巧”以测试“美满良缘”的风习。这些古朴民风、民族风习都是造就乡土气息与乡土色彩的重要因素。《蒲柳人家》还勾画了京东运河两岸诸多美丽的风景画：那里的“河滩方圆七八里”，“一条条河汊纵横交错”，“河汊里流水潺潺”，“河汊两岸生长着浓荫蔽日的大树”，“一片片水洼”“丛生着芦苇、野麻和蒲草，三三五五的红翅膀蜻蜓在苇尖、麻叶和草片上歇脚”，隐藏于深处的红脖水鸟儿“啼唱得婉转迷人”；“一道道沙冈连绵起伏”，“沙冈上散布着郁郁葱葱的柳棵子地，柳荫下沙白如雪”；河滩上还“遍地开放着”“火红的、金黄的、洁白的、绛紫的、天蓝的”野花；河滩边有片片绿油油的瓜田；这是着重由独特的地域地理风貌所构成的风景画。“蒲柳人家”即生活在这样树多草茂、花绣锦地、众鸟飞鸣的如画般奇异秀美的乡土风光中。

刘绍棠致力于追求返璞归真的田园牧歌式的民族乡土艺术风格。他着重描写自己所熟悉的乡土日常生活和田园风貌，着重勾画民族化、乡土化的人物，着意将一幅幅具有浓郁田园风味、乡土气息的风俗画、风景画鲜活地展现于人们面前。他侧重于对乡土人生中得意、得胜的带有诗意、情趣的那些生活的捕捉、提取与描写，注重发掘乡人间的道德美、人情美、人性美；他笔下的“穷门小户”人家多是以义气维系着、相帮着的，那些村童古朴纯真，天真烂漫，泛着浓郁的村童人生气息；那些大人们似乎个个都苦中有乐、悲中有喜、憎中有爱、屈中有义；他笔下的穷门乡人的秉性、命运及人生环境、人生遭遇相对而言均较为单纯或轻松，而多未着意发掘、搜集与凸显他们人生的苦痛、隐痛处。总体而言，其叙事舒缓、自如、平易，语言清新质朴，通俗、明快、流畅，富有地域色彩及乡土气息。诸如：“眉头子挽成个鸡蛋大的疙瘩”（描写何大学问愁眉苦脸的模样），“砸碎了骨头也榨不出几两油来”（何大学问说自己“老迈年高”，无法为自家创造出多大“财力”了），“小嘴噘得能挂个油瓶儿”（描写何满子因爷爷何大学问“赶马”回来未带“吃食”而对爷爷不满意的神态），“天长地久马勺没有不碰锅沿的”（柳罐斗说居家过日子，时间长了总会有拌嘴的时候），“像浸了水的木鱼敲不响”（描写牵牛儿“蔫蔫糊糊半天说不出一句话”），“狗汪汪拦不住人走路”（周檎以此话暗示麻雷子阻止不了抗战活动的开展），“水大漫不过船去”（何大学问说望日莲的婚事不能越过他去办成），“马勺上的苍蝇混饭吃”（花鞋杜四骂卜卦算命的铁嘴小神仙的话），如此等等。这类乡土语言的自然运用，与追求田园牧歌式的乡土艺术情调与风格是相吻的，《蒲柳人家》的田园牧歌情调与风格不光是绵绵情思、窃窃私语、袅袅炊烟、微风习习的农家生活情趣的一面，它还有刚劲的一面。其中有矛盾，有较量，有斗争，可从侧面或不那么沉重的正面感受到特定时代的政治斗争、民族斗争风云的变幻。其民风民性是古朴善良的，又是顽强不屈的，充满勇武与斗争精神的；其隐伏着的蓄势待发的义勇的旋律，体现了中华民族挺立不屈的骨气。《蒲柳人家》这种从侧面注入的特定时代精神是刘绍棠乡土小说独特个性的体现，正是独特的乡土性、乡土民情与特定的时代性、特定的时代政治风云变幻的相交融，赋予了《蒲柳人家》新的独特的艺术生命力。

《蒲柳人家》中有的传奇性描写不一定那么可信。如吉老秤给牵牛儿剃头剃了一半就撂下剃刀同周檎商讨抗日活动的事了。商讨完后，吉老秤喊道：“秤爷爷接着给你剃头。”“牵牛儿却犯起了牛脾气，一动不动；吉老秤奔过去，把他挟到凉棚去。牵牛儿踢蹬着两条腿，吉老秤降服不了他，只得像给倔骡子钉掌一样，把牵牛儿上了桩；然后打开剃刀，接着剃起来。”“像给倔骡子钉掌一样”“上了桩”剃头，这种传奇色彩只能信不信由你了！

2

在不同素养和气质的小说家笔下，乡土小说必然会显现出不同的格调与风采。汪曾祺以长于追求独异的地域风情与人间新奇趣事及致力于描写苏北下层奇异的人生世相而为人击节称赏。他生于1920年，江苏省高邮县人；在家乡和本省读完小学、初中、高中后，1939年从上海经香港、越南到达云南昆明，并考入西南联大中国文学系，1940年肄业后相继在昆明、上海教过中学；1948年到北平，曾在历史博物馆任职；北平解放后加入中国人民解放军"四野"南下工作团，至湖北武汉时奉命留下参与接管文教单位，后被派到一所女子中学工作，时过一年调入北京市文联。

其短篇小说《受戒》[始载《北京文学》1980年第10期；后收入《汪曾祺全集》（八卷集）小说卷第一卷，北京师范大学出版社1998年版］着重描写明海出家当和尚至"受戒"的经历以及明海与农家姑娘小英子自发地、自然地自由、自主的"婚爱"过程。明海的家乡有"出家"当和尚的风习，因家里"兄弟多"，"田少"，就会"派一个出去当和尚"，故当地世代以出和尚闻名。排行老四的明海之所以在七岁那年，爹妈就同他当和尚的舅舅商量、决定让他"出家"当和尚，即因家里田少，留三个哥哥在家种田就足够了，同时他们一致认为当和尚是一举多得、进退不难的"幸事"，不仅能安稳地"吃现成饭"活下去，同时"可以按比例分到辛苦钱"，可以将钱积攒起来"还俗娶亲"，即使不还俗也可以"买几亩田"租出去获租利。

为当好和尚，明海在爹妈安排下"开蒙入学"念了几年书；十三岁那年他穿好和尚舅舅带来的和尚领短衫，给爹妈"磕了个头"就跟随着舅舅上路了，"过了一个湖"，"穿过一个县城"，"到了一个河边"，乘渡船过了河，就满怀喜悦到了荸荠庵（本名菩提庵）。在荸荠庵，他按小和尚的规矩干着：每日清早从“地铺”上爬起来马上打开山门，扫地，给佛像各“烧一炷香”，各“磕三个头”，各念三声“南无阿弥陀佛”，各“敲三声磬”；然后挑水，喂猪；接着“当家和尚”（即其舅舅）起床一句一句地教他“唱早经”和反复练“唱经”的嗓子，此后其他师父才陆续起床。明海看到荸荠庵里连自己在内一共只有五个和尚：一个“六十几”岁的“师爷爷”级的老和尚，法名普照；三个“师父”级的中青年和尚，大师父法名仁山，二师父法名仁海，三师父法名仁渡。师爷爷普照“过年”时公开不“吃斋”，“是个很枯寂的人”，整天“关在房里”，“看不见他念佛”，只“一声不响地坐着”修炼“贵体”。大师父仁山（即自己的舅舅）是“管账”、管伙食、管花销、管收支的“当家”和尚，他相貌“黄”而“胖”，经常披件短僧衣，袒露着“黄色的肚子”，光脚“趿拉着一双僧鞋”，每天“不衫不履”地“这里走走”，“那里走走”，并常“发出母猪一样的声音：‘哞——哞——’”，是个“风流”和尚。二师父仁海有婆娘，其婆娘每年夏秋之间都要到庵里“住几个月”，他们“两口子”只在傍晚时分“坐在天井里乘凉”，其余时间总是“闷在屋里不出来”。三师父仁渡才“二十多岁”，“聪明能干”，善“心算”，应里外邀约“打牌”时“赢的时候多”，而且“经忏俱通”，对念经、拜忏（代人念经忏悔罪过）弄得令人信以为真，还会耍“飞铙”和“放花焰口”的绝技，一般的吹唱敲打之类乐事，他独自一人即可唱一夜“不重头”，尤其喜欢一个接一个地唱情歌，并与“不止一个”“大姑娘”“小媳妇”“相好”，因此他多年不在庵里住宿。刚到荸荠庵时，明海对所见所闻还多少有些神秘感，随着日子一天天过去，他明白了荸荠庵里压根儿“无所谓清规”，既不禁吃斋，也不斋戒，还吸烟，同“收鸭毛的”“打兔子兼偷鸡的”在庵门口一起“斗纸牌”或“搓麻将”，没有“外客”参赌时三个师兄弟就把“老师叔”拉出来“斗”或

“搓”；同时庵里还在“大殿上”用尖刀“杀猪”，公开吃荤。在进入青年岁月的十七岁那年，明海通过到最威严的“善因寺”里“受戒”又明明白白地看到：“善因寺”里也无所谓“清规”，那里的“高级”和尚比荸荠庵的和尚似乎更“俗”，“受戒”时有个山东和尚当着“高级”和尚和旁观的众人竟破口大骂：“俺日你奶奶的！俺不烧了！”“善因寺”的方丈（住持）石桥则过得很“风流”，不仅相貌保养得出众，其住屋比小姐的绣房还讲究，“什么东西都是绣花的”，满屋用很贵的伽楠香熏得香气扑鼻，还“金屋藏娇”，有个“十九岁”的“小老婆”时时相伴。以上所述便是明海从“出家”到“受戒”的四年间的所见所闻。此前总听说“出家”投“佛门”当和尚是为“修行”，所谓“修行”就是把“佛”所教诲的学到手，把它贯彻在行动中，日日时时修正自己，力求“正果”。可是明海自己所见的师爷、师父真朝着学佛得道、修得正果的宗旨、目标去做吗？他们有丝毫“修行无道”会导致“身败名裂”的顾虑与愧色吗？明海心里觉得自己是看到八九不离十了：他们虽然都早已在佛门“受戒”，但根本不守那些“清规戒律”，他们不当“真和尚”，而当“俗和尚”，“一切都和在家人一样”，仅搞一下“佛门仪式”而已！这便是小说所描写的明海“出家”至“受戒”的过程，既是明海对特定的佛门人生状态的见闻过程，也是明海受到的如何对待佛门“清规戒律”的最入心的反叛教育的过程！

小说还写了明海与小英子的婚爱过程。明海“出家”至“受戒”的过程与明海同小英子的婚爱过程相交织。为人称道的姑娘人物形象小英子姓赵，有一爸、一妈、一姐，姐名大英子；因小英子“爱吃荸荠”，故其自家的田一亩种了慈姑，另一亩“种了荸荠”，此外还租种了荸荠庵上的十亩田，养了“一大群鸡鸭”；小英子的爸爸体强能干，不仅田里场上的活茬样样精通，而且洗磨、修船、烧砖、箍桶、绞麻绳等手艺活儿也在行；小英子的妈妈漂亮能干，家务活干得很利索，磨豆腐、编蓑衣、织芦席都很拿手，特别会腌很好吃的萝卜干，尤其她那“剪纸花样”远近二三十里闻名，因此乡人都啧啧称羡小英子爸是“摇钱树”，妈是“聚宝盆”；小英子自己也很能干，田里家里的零碎活儿都会，还会用非常脆亮的嗓子唱出动人心弦的歌；小英子就是快活地生长在“日子过得很兴旺”的普通农家里。小英子“娘女三个”都长得漂亮远近皆知，“娘女三个去赶集，一集的人都朝她们望”，尤其青年人的眼珠子总盯着小英子的脸儿转，远近人家向小英子提亲事接连不断，可小英子均未动心，唯独有一天她在渡船头上剥莲蓬吃而初遇“出家”的明海时，却首次主动、热情地向他献出了亲近的情意，主动开口问明海：“是你要到荸荠庵当和尚吗?”明海只“点点头”。又问：“当和尚要烧戒疤呕！你不怕?”明海只“含含糊糊地摇了摇头”。又问：“你叫什么?”低声答道：“明海。”紧跟着问：“在家的时候?”立答：“叫明子。”小英子顿时高兴得喊起来：“明子！我叫小英子！我们是邻居。我家挨着荸荠庵。——给你!”她“把吃剩的半个莲蓬扔给明海”，明海“剥开莲蓬壳”，“一颗一颗吃起来”。就这样，在纯朴、善良、真诚、爽朗、热情、快乐、活泼、天真、嘴巧的小英子主动亲近下，同是青春初发的他们在过河的渡船上偶遇时即结下了友情；明海对这种友情一直心怀喜悦，并在“师爷”“师父”“名方丈”的反叛教育和男女青年相互间自然的内驱动力促使下，日益向婚爱目标发展。明海每听见小英子从田里传来的歌声，就会三步两步地走到田里帮小英子干活，一起栽秧，一起薅草，一起轻轻地唱着山歌车水，明海还扬起鞭子用非常好听的嗓音喊起号子帮小英家“打场”；晚上，他们“并肩坐在一个石磙子上”一起看场；又一次小英子拉着明海一起去自家荸荠田里踩收荸荠时“老是故意用自己的光脚去踩明海的脚”，自这次踩荸荠起，明海的青春活力愈被激活了，小说写道：“她挎着一篮子荸荠回去了，在柔软的田埂上留下了一串脚印。明海看着她的脚印，傻了。五个小小的趾头，脚掌平平的，脚跟细细的，脚弓部分缺了一块。明海身上有一种从来没有过的感觉，他觉得心里痒痒的。这一串美丽的脚印把小和尚的心搞乱了。”一天天，他们的恋情幼芽从心底里发出来了，自然而然地“飞跃”到了爱情。明海老往小英子家里跑，明海会画“花样”，小英子叫他给姐姐画“花样”绣嫁妆；小英子妈喜欢明海聪明，认明海做“干儿子”；明海每次到家为别的姑娘画绣花图样时，小英子都热情地给明海做煮鸡蛋、蒸芋头、煎藕团子等好吃的端给明海吃。当明海说要去“受戒”时，小英子心里会油然而生怅然若失的感觉，她不想让明海受那份疼痛；明海最终决定要去“善因寺”“受戒”后，她热心地主动划船送明海去；明海在深更半夜被烧戒疤后，她翌日一大清早就赶紧划船去看望明海；明海“受戒”完毕，她又热心地划船到“善因寺”接明海回来，一路上亲密无间地谈这问那；当明海说“善因寺”里可能有意选他当“沙弥尾”的职务时，她不安地恳求明海千万别当；听到明海明确表示“不当”的话，她才安了心；当船将划到那芦花荡子时，她“趴在”明海的“耳朵旁”小声说：“我给你当老婆!”明海会心地微笑着答应了。于是刚“受戒”完的明海与小英子飞快地把船划进了那片“四边不见人”的芦花荡子里……小说所描写的他们的婚爱是由天真无邪的点滴友情积累成的真正的不受家庭、宗教等束缚的自由、自主的婚爱！这既是对独异的地域风情与人生世相、奇异趣事的述评，也属一种理想与赞美。

上述便是小说所描写的明海从“出家”至“受戒”的过程以及他从“出家”至“受戒”四年间与庵赵庄农家姑娘小英子的婚爱过程；着重描写明海在“出家”“修炼”至“受戒”四年间的人生状态、心理状态和人性冲动。佛门弟子明海在刚进入自然人性成熟的十七岁的青年时期，既受了“戒”，又接受了婚爱，受戒和婚爱的两个过程是“出俗”与“入俗”、“受戒”与“破戒”的过程，明海的“戒”与“破戒”的“佛心”与“凡心”的矛盾冲突的结果，是“凡心”不断激动、张扬并突破了“佛心”的束缚，佛门中同样充满尘世味、人性味、人情味，这是人类普遍性的自然本质，是科学的人类文明、人类文化观念的体现。

《受戒》是独异的乡土、民俗画卷。其乡风民俗性很强，由独具特色的乡风俚俗、佛门生态、和尚生趣、地理风貌、自然风物构成一幅幅独异的画面。小说所描写的独特地域名“庵赵庄”，都姓赵的人家三三两两散居着，远而可见，往来都得走“弯弯曲曲的田埂”；小英子家“像一个小岛”，“独门独户”，东南北“三面”是“河”，“西面有一条小路通到荸荠庵”，“岛上”“有六棵大桑树”，“一个菜园子”；“院墙下半截是砖砌的，上半截是泥夯的”，大门用“桐油油过”，两边贴着一副对联，上联是“向阳门第春常在”，下联是“积善人家庆有余”；门里的场地很宽，“一边是牛屋、碓棚；一边是猪圈、鸡窠，还有个关鸭子的栅栏”；“露天地放着一具石磨”；正北面是“砖基土筑”、半瓦半草盖顶的住房，住房正中是堂屋，两边是卧房；住房檐下一边种着一棵石榴树，一边种着一棵栀子花，栀子开花时其香顺风可飘到荸荠庵。这是小说中所描写的以庵赵庄为背景的小英子家的全景式图画。那里的县城很“热闹”；有官盐店、税务局；有肉铺，“肉铺里挂着成爿的猪肉”；有香油坊，“一个驴子在磨芝麻”，满街都是香油味；有布店，有以“斋”为名称的卖梳头油等日用品的小商店；有沿街叫卖绒花、丝线的小贩；有占地耍把式卖膏药和耍蛇敛钱的江湖骗子；有摆摊吹糖人的手艺行商；等等。这是小说凭借明海的眼睛所描绘的以五花八门的店铺、人等为主体的县城世相、世道、世风图画。那个不是住尼姑而是住着和尚的不大的“荸荠庵”建筑在庵赵庄地势最高的“一片高地上”，它大门前“是一条河”，再往外是“一片很大的打谷场”；其后、左、右“三面都是高大的柳树”，大门里是“一个穿堂”，穿堂之后是“佛堂”，“佛堂”里“迎门供着弥勒佛”，两边有对联，上联是“大肚能容容天下难容之事”，下联是“开颜一笑笑世间可笑之人”；弥勒佛背后是守护神“韦驮”；“佛堂”之后又是一个“穿堂”，“穿堂”之后有种着“两棵白果树”的“天井”，“天井两边各有三间厢房”；“天井”之后是“大殿”，“大殿”供着“三世佛”，“大殿东边是方丈”，“西边是库房”；“方丈”的东边“有一个小小的六角门”，刻有一副对联，上联是“一花一世界”，下联是“三藐三菩提”；“六角门”里边“有一个狭长的天井，几块假山石，几盆花”和“三间小房”。这便是小说所描绘的“荸荠庵”的全景画卷。还有对深藏在树林子里的金碧辉煌、气象庄严、供有释迦牟尼佛祖的全县第一大庙“善因寺”的描写，虽然笔法较概括一些，但均系同和尚们的实在实惠的物质生活和虚飘飘的精神生活的状态密切相关的长轴画卷。小说这样描绘小英子在与明海定下婚爱后飞快地划船进去的“芦花荡”：“芦花才吐新穗。紫灰色的芦穗，发着银光，软软的，滑溜溜的，像一串丝线。有的地方结了蒲棒，通红的，像一枝一枝小蜡烛。青浮萍，紫浮萍。长脚蚊子，水蜘蛛。野菱角开着四瓣的小白花。惊起一只青桩（一种水鸟），擦着芦穗，扑鲁鲁鲁飞远了。”这“芦花荡”画面是充满生气、乐趣和诱人的形象画面。小说里所描绘的乡俗画片、“佛俗”画卷也独具异趣、异彩：如“庵赵庄”的女孩子们会开心地聚在一起绣花样，做嫁妆；男子汉们则不断地高声喊着“格当嘚——”的号子“赶牛打场”；那里有牵水牛“打汪”的风习：“牛卸了轭，饮了水，就牵到一口和好泥水的‘汪’里，由它自己打滚扑腾，弄得全身都是泥浆，这样蚊子就咬不透了。”那里有“换工”的风习：在重农活到来的时节，几家排好了日期，按日期“轮流”相互帮工，“不收工钱，但是吃好的”，“一天吃六顿，两头见肉，顿顿有酒”，“干活时，敲着锣鼓，唱着歌，热闹得很”。除奇异的乡俗外，还有奇异的“佛俗”。如和尚们在“膳堂吃粥”的“佛俗”：“吃粥”时所有和尚不准吃出一点声音，谁吃出声音就要挨负责监督的值日和尚象征性的一戒尺。再如佛门弟子“受戒”时“烧戒疤”的“佛俗”：

烧戒疤“不许人看”，因而时间定在“半夜”；先请老剃头师傅把头剃得“横摸顺摸都摸不出头发茬子”，然后“用枣泥子”在头皮上点十二点；接着“用香头子点着”，忍受着烧成十二个戒疤；烧成戒疤后立即给喝一碗蘑菇汤让它“发”，还要来回不停地走动，名曰“散戒”；此后光光的头皮上先出现十二个黑疤子，黑疤子掉了才露出十二个白白、圆圆的“戒疤”，于是就不再被当作“野和尚”而被当为佛门公认的可到处云游、吃斋、住庙的“真和尚”了！其中最奇异的“佛俗”是“放焰口”，这是荸荠庵里常做的“法事”。“放焰口”有大小等级的不同，放不起大“焰口”的人家“死了人”就“只请两个和尚”，甚至只请“一个和尚”，“咕噜咕噜念一通经，敲打几声法器就算完事”，这是最简单最低级最起码的“放焰口”法事。荸荠庵通常只凑合做半台“放焰口”，两边“一边一个”和尚，草率地念念打打就了事；稍在意的一台“放焰口”得“八个人”，一个“正座”，一个“敲鼓”，两边“一边三个”，无论“念”“打”都热闹得多；正规的一台“放焰口”规定是“十个人”，一个“正座”，一个“敲鼓”，两边“一边四个”；特级规模的是在“盂兰会”上“放大焰口”，“穿绣花袈裟”的“几十个和尚在旷地上”一道起劲地敲、打、唱、念，特别是还要“飞铙”，“就是把十多斤重的大铙钹飞起来”，“到了一定的时候，全部法器皆停，只几十副大铙紧张急促地敲起来”，“忽然起手，大铙向半空中飞去，一面飞，一面旋转”，“然后又落下来”，分别用“各种架势”接住，如同“耍杂技”，“是年轻漂亮的和尚出风头的机会”。有的人家为祖先做“冥寿”时，还会要求“放花焰口”，“就是在正焰口之后，叫和尚唱小调，拉丝弦，吹管笛，敲鼓板”，这已是变哀伤的“法事”为娱乐的“法事”了。小说即凭上述一连串细致描写，呈现出了由广阔天地里的山川地理、居屋庵寺、县城村庄、河湖水乡、田园郊野、芦花荡域以及独具异彩的乡俗、佛俗所综合构成的或全景，或片景，或风物，或风俗的神奇、优美、神秘、诱人的大小画幅、多彩画卷，创作主体是擅长以语言文字绘画的大“画师”！

3

汪曾祺的另一热点篇章《大淖记事》［始载《北京文学》1981年第4期，获1981年全国优秀短篇小说奖；全文共六节，收入《汪曾祺全集》（八卷集）小说卷第一卷，北京师范大学出版社1998年版］则致力于记写“淖”地独异的人、事、物，展示“淖”地凡人、常人的日常生存状态、风俗习惯、是非观念、伦理道德，尤其致力于展示社会下层艰辛、古朴、以血汗求生存的劳动者的生活意趣及其对人生命运的抗争，张扬其率真的人性淳朴的人情。位于“城区和乡下交界处”的“淖”地杂居着各色人等，其求生手段、生存状态、人生习性各异，构成一个独特的“对立统一”的男男女女群体。“淖”地西边有凭“鸡鸭炕房”孵卖小鸡鸭“活命”的，东边有凭“浆坊”卖浆衣服的“浆粉”“活命”的，“炕房”“浆坊”附近有凭“鲜货行”分别买卖荸荠、茨菇、菱角、鲜藕“活命”的，有凭“鱼行”买卖鱼蟹和凭“草行”买卖青草“活命”的，这群较固定的商贩的生存状态是“日出必作，日入则息”，赚多赚少，“活命”而已；“淖”地南边有过去因号称“轮船公司”“热闹过一阵”而今败业、空荡、冷清、任野孩子撒尿的“木板房”，“木板房”西边的“低矮的瓦屋”里则临时租住的是从外地来的分别靠“卖紫萝卜”“卖风菱”“卖山里红”“卖熟藕”“卖眼镜”“卖天竺筷”“活命”的，这群小贩的生存状态是每日“吃罢早饭，各自背着、扛着、挎着、举着自己的货色，用不同的乡音，不同的腔调”，吟唱、吆唤、叫卖着，他们本小利微，时时小心经营，凡事和气忍让，不然怎么“活命”？他们大多小生意一做完即一拍屁股退房走人。“木板房”东边的茅草屋里住的男女老少是靠肩膀卖力气“活命”的“挑夫”，他们主要为米商、大户挑运稻子，也为人挑送砖瓦、石灰、竹子、桐油等，其中男挑夫挑着重担“一二十人走成一串，步子走得很匀，很快”，“一路不停地打着号子”，“换肩时一齐换肩”；姑娘媳妇则更多是为人挑送荸荠、菱角、莲藕一类“鲜货”，她们也一二十人走成一串，一双双用凤仙花染红指甲的脚都穿的是草鞋，有时也打起号子，像一阵风似的“嚓嚓地走过”，一点都不肯逊于男人们。他们虽然一天三顿都吃得上“糙米”干饭，但也只能是“无隔宿之粮”的靠昼夜红肿的肩膀糊口“活命”而已！“淖”地早已形成“兴用锡器”的风习，香炉、痰盂、茶壶、酒壶甚至尿壶都用锡料做成，谁家嫁闺女都得“陪送一套锡器”。因此那儿有“二十来个”凭打造锡器手艺“活命”的锡匠，他们由一个很耿直的老锡匠为“头领”组成手艺“行商”，谁家请谁去打锡器，谁就挑着“锡匠担子”到谁家去敲打；他们彼此“很讲义气”，相互间互帮互让，出外做活童叟无欺，不赌钱喝酒，不嬉戏妇女，不惹事，也不怕事；由于“头领”会拳术、拳脚、拳棒，因而他们还常“操练武艺”，拿着白蜡杆或三节棍对打；一帮人也不忘“娱乐”，雨天没活时就清唱或彩唱“白娘子水漫金山”等地方小戏，自娱自乐的热闹的吹打弹唱招引附近的姑娘媳妇都来挤着看、听，他们是凭着“手艺”兼“武艺”相互抱团、撑腰而直着腰杆“活命”的一帮人。“淖”地还有住在道观里的名义上归县政府管辖的将近一营兵力的“水上保安队”，他们口口声声说要对付水上土匪，但实际上只是凶恶地欺压“淖”地那些软弱的勤苦“活命”的小民。这些便是小说记写的“淖”地那片乡土上各色人等独特的求生方式、生存状貌及人性人情状态。

小说重点描写“淖”地木板房东边挑夫女儿巧云与“头领”老锡匠的侄儿小锡匠十一子（在家“大排行第十一”，小名叫“十一子”，外人叫他

“小锡匠”）的爱情故事。“淖”地木板房东边挑夫中的姑娘媳妇都长得“颀长俊俏”，个个脑后盘着浓黑油亮的大发髻，并喜欢在其一侧插上嫩枝或鲜花等饰扮；她们多旷达无羁，会“用男人骂人的话骂人”，尚未出门的姑娘一般自己找男人，做了媳妇就“要多野有多野”，在男女关系上的“标准”就是“情愿”。巧云就是生长在如此环境里的挑夫人家的姑娘，她三岁那年妈就随过路戏班子的一个小生跑了，是当挑夫的爹一个人费好大劲把她带大的；她漂亮，能干，十四岁就能熟练地结渔网、打芦席，十五岁“长成了一朵花”，“瓜子脸”，两边有“酒窝”，黑眉凤眼，睫毛细长，身子苗条，许多人都喜欢看她。巧云十七岁那年厄运临头，爹“挑重担”摔断腰杆而“半瘫”性“残废”，自此她即把自己的亲事放在心头上了。同许多小伙子一样，十一子也总想从巧云家那“三间草屋”里迎娶巧云这朵花，十一子聪明俊美，“肩宽腰细，唇红齿白，浓眉大眼”，扇面胸脯，腿脚麻溜利索，很招巧云喜欢；当十一子主动高高兴兴地到巧云织芦席的柳荫下与巧云为伴给人做锡活时，巧云即停下自己的活计帮他拉风箱，而后十一子也会格外亲热地帮她织一气芦席；巧云有时一不小心手指被芦草划破了，十一子立即帮她“吮吸指头肚子上的血”；日复一日，慢慢地自然而然彼此动了春心。但巧云是父女俩，“要招一个养老女婿”，十一子是母子俩，“要接一个当家媳妇”，般配的鸳鸯一时未配成对；一日月夜，巧云在“淖”边一空船上洗衣裳时栽到水里被冲走，幸亏正赶上十一子在附近才把她托救上岸，并把她抱送回家，热心熬姜糖水给她喝后才清醒过来；对此巧云万分感动，于是彼此在爱心激动中正经地确定了“爱情”。但不幸，巧云恰在此夜遭到了恶势力的践踏：水上保安队“号队”（共12个兵痞12支铜号）刘号长拨开巧云家的门玷污、强占了巧云。刘兵痞强占了巧云身，但强占不了巧云心，巧云心里一直深爱着十一子，并一有时机就在“淖”中央沙洲的茅草丛里或家里与十一子亲热不已。无耻霸道的刘号长带着几个兵痞把十一子捆到一个庙后的坟地里用棍棒残酷地殴打至奄奄一息。巧云同十一子的爱情、人格遭到野蛮摧残，但巧云的爱心至死不渝；巧云和十一子赢得了“淖”地穷苦人家的同情与支持，锡匠们开会决定要求县政府和保安队将刘号长交出来，县政府不予答复，二十来个锡匠同人于是联合起来连续三天上街游行抗争，他们分别挑着自己的锡匠担子在全县城的大街上沉默、威严地走；至第三天，他们还举行“顶香请愿”：每人头上用木盘顶着一炉炽旺的香，在县政府照壁前坐着，显示申冤报仇的坚强决心，并终于取得了胜利。县政府被迫答应：十一子养伤的药钱由保安队负担，把刘号长驱逐出境，不准再踏进“淖”地一步。巧云不以礼教绳索捆绑“爱心”与个性，崇尚善美，明辨善恶与是非，坚决对抗丑恶，其“爱心”遭危难而弥坚，最终取得了胜利。这既突出地歌赞了巧云淳朴善良、坚贞不屈的性格和精神，也是对婚爱自由自主自愿和坚贞不渝的崇高原则的歌赞；同时是对挣扎在社会底层的劳苦大众不畏恶势力、反抗恶势力、团结起来伸张正义并战胜邪恶的品格和精神的歌赞。

由以上论列足见，汪曾祺乡土小说创作的审美聚焦点及艺术聚焦点是独异的，其显出独特的艺术审美趣味与独特的艺术风格追求。其一，不是非将艺术品融入政治风云变幻之中不可，而是将审美眼光和艺术志趣投向独特人生领域，从中获取真切独特的发现和进行真切独特的艺术创造。其二，擅长描绘独特地域的风俗风情画。《受戒》在乡土风俗画卷中展现了佛门的生活状貌及人性本质；《大淖记事》也是注重特定地域的乡土风俗民情描绘的画卷，如挑夫们如何“挑担”，锡匠们如何打锡器，等等，都是地域色彩鲜明的古朴的风俗画。他笔下的风俗画以细腻真切为显著特点，这是扎扎实实的创作力、创造力、艺术力的表现。其三，注重在描述风俗中以白描法写人物。从积淀着传统文化、地域风情、人生异彩的风俗中可见人的共性、天性；其笔下之风俗、人物、民情、景物多自然融为一个艺术整体。其四，重在追求独异、质朴、真切、自然、抒情的文风。其地域风貌、人生际遇、风俗民情、乡土气息多具独特性，其笔调质朴真切，舒展自如，似顺其自然随意漫笔而实苦心独运，整个描画构成风采独异的民族化、地域化的自然融合的艺术境界。

4

邓友梅在多种题材的小说创作上都取得了成就，如前所述及的以婚爱为题材的短篇《在悬崖上》；再如写军事题材的短篇《我们的军长》（发表于 1978 年，获同年全国优秀短篇小说奖）和中篇《追赶队伍的女兵们》（发表于 1979 年，获 1977 至 1980 年全国优秀中篇小说奖），前者通过对抗战胜利后到解放战争开始一段岁月的前后方生活的片段性回忆，塑造与讴歌了新四军军长陈毅的光辉形象；后者以 1947 年华东战场为背景，描写高柿儿、俞洁、周忆严三位掉队的秉性各异的女文工团员追赶正在实行战略转移的大部队的故事。邓友梅尤以写京城市井生活题材的民俗小说最为人推崇。民俗、风俗是某一地域的人们积久而成的风尚、习俗，是长时期里养成的带有普遍性的人生方式与习惯，可体现在各阶层、各色人等的衣、食、住、行、交际、礼仪、节日、婚丧、信仰、志趣、语言、心理诸方面，故此类小说家均以注重民俗画、风俗画的描绘为共同特征，但由于各自人生阅历、生活地域、交往对象、文化教养、所见所闻、艺术志趣等内外因素之差异，必定会各显独特的艺术追求和创造。

邓友梅的京味民俗小说产生过较强烈反响的有《话说陶然亭》《那五》《烟壶》。《话说陶然亭》发表于 1979 年，获同年全国优秀短篇小说奖，通过描写几个有代表性的老年人的“溜早”活动，反映京城市民于 20 世纪 70 年代中期那特殊岁月中的独特心态；《那五》始载《北京文学》1982 年第4期，获1981至1982年全国优秀中篇小说奖，曾被编拍成同名电视连续剧；《烟壶》始载《收获》1984年第1期，获1983至1984年全国优秀中篇小说奖。

邓友梅致力于描绘北京特有的古今民俗画，并将艺术重点选择于清代封建府内特有的贵族后裔及其家眷的人生变迁上，将特定的民俗、民情、时代风貌与主观审美意向自然融合于一个艺术整体。民俗、风俗有时代性，任何民俗、风俗都是一定历史时代的产物，它在历史的演进中可以遗传、继承，也可以革新、创造，邓友梅小说中的民俗画、风俗画即具有鲜明的时代性。民俗、风俗还有地域的差异性，邓友梅小说中的民俗画、风俗画是地域的差异性与独自的个性的结合，其笔下的北京民俗画、风俗画，与刘绍棠笔下的京东运河两岸的以多情重义为显著特征的民情风俗不同，与汪曾祺笔下的苏北区域的颇富新奇感的民情风俗不同，与刘心武、苏叔阳笔下的京城大杂院和小胡同里的现实时代的民情风俗也不同。就邓友梅创作实际而言，虽然其并未忽略现实时代北京民情风俗的描绘，但其艺术创造的重点与成功，主要在描绘清末和辛亥革命后至北平解放时的古都民俗画、风俗画上。他那篇《那五》在一个个故事中，集中描写清朝贵族后裔及其某些亲眷在辛亥革命后至北平解放时的人生面貌，描绘了辛亥革命后历经民国时期、日寇侵华时期及北平解放前夕的一幅幅古都民俗画、风俗画。伴随着那五的人生滑稽剧，可以见到古都天桥一带由卖艺场、摔跤场、修脚摊、看相摊、拔牙摊等构成的民俗画，可以见到古都大栅栏一带由大烟馆和古董店等构成的风俗画。《烟壶》在围绕小小的鼻烟壶生发出的一个个故事中，广泛地展现了清末光怪陆离的历史生活画卷，描绘了一幅幅大清王朝末年充满着人群矛盾和民族矛盾的古都民俗画、风俗画，可以见到古都德胜门外的人市、鬼市的交易，可以见到崇文门外的盂兰盆会和哈德门外花市匠人的奇异的聚居处，那时古都的戏班、茶坊、酒肆、强盗拦路抢劫是怎样的，各个角落里的形形色色的市井细民的习性嗜好和衣食住行是怎样的，可谓包罗着各色各样的市井奇闻，展现了旧时古都的世风、世道、世情，可视为特定时代的市井众生相和世态炎凉的实录。

邓友梅的民俗小说塑造了特有的人物系列。民俗小说都注重在描绘民俗、风俗中去完成创作主体既定的艺术使命，但实际上也是有类别的。有些主要致力于民俗画、风俗画的展示，着重表现特定地域的生活风貌和精神状态，而对人物性格及命运的充分表现则不强调；有些则着意将民俗画、风俗画的描绘，同人物特别是中心人物的刻画与塑造有机交融起来。从《那五》《烟壶》两篇小说可见，邓友梅同刘绍棠、汪曾祺一样，是注重后者或更自觉地追求后者的。严格地就小说本体特质而言，凡民俗小说都应当把描绘民俗画、风俗画同刻画人物性格和表现人物命运结合起来，这是它同历史记载性的民俗志、风俗志的根本区别。在邓友梅不同风格的小说中，知识分子形象、军人形象、市民形象都相当突出，其中又以对大清王朝旗人的遗民、遗少的刻画更为成功。《那五》中的那五和《烟壶》中的乌世保，都是文学画廊中罕见的特殊性人物形象，他们都是八旗贵胄子孙，但却是不同类型的代表性人物。那五有四大显著特征：一是仗着老祖宗的封建贵族特权养尊处优。二是毕生奉行玩、混的人生态度，打小专好“斗鸡走狗，听戏看花”，或“溜冰、跳舞，在王府井大街卖呆看女人，上‘来今雨轩’饮茶泡招待”，长大后则进一步把家里剩下的祖传古董卖光，挥霍光。三是他在丧失祖传的封建贵族特权后放不下贵族臭身架，不自新自立，他在倾尽祖传家产后生活无着，只得无赖地投奔过去当用人使唤的紫云家，继续过着寄生生活；紫云尽管以给人洗衣和做针线活维生，但仍用传统亲眷观念和态度侍候与养活他，而他仍硬摆臭身架，恶习不改，饭来张口，衣来伸手，“窝头个儿大了不吃，咸菜切粗了难咽”，“逢吃炸酱面时，他要独个儿把一半肉沫炒了夹烧饼吃"；待紫云靠勤劳苦做、省吃俭用而把他当掉的衣服赎回后，他马上又恢复了过去"一天三换"的排场，而且换下的衣服非但自己不洗，还嫌紫云烫得不平展，埋怨说："象牛嘴里嚼过似的，叫人怎么穿哪"，仍像过去一样视紫云如家奴；他好逸恶劳成性，过大夫劝他学医，他无心下功夫学，武老头劝他合伙打草绳子，他觉得同自己"金枝玉叶"的命太不相称，始终硬摆着贵族遗少派头。四是他是历来不务正业、毫无本事的八旗后裔儿孙，他充当《紫罗兰画报》记者时，想胡编"牛角坑空房闹鬼"和"丰泽园菜中有蛆"的新闻向房东和小商诈钱，因无真本事把谎言编圆而未得逞；他假装"阔老"为贾凤楼"捧角儿"，虽使虚荣心得到了一定满足，但离开剧场后却乖乖地听任"强盗"把自己扒得只剩下一条小裤衩，毫无反抗之力；他跟胡大头学京戏，到茶馆卖清唱……但无论干什么，都不过演出些荒唐可笑的事而已。总之，那五一生没正经干出过什么有价值的事，"办好事没能耐"，"做坏事本事也不到家"；是好逸恶劳、玩混一世、只知不劳而获、坐享其成的废物一个。《烟壶》中的乌世保形象与那五形象形成鲜明对比。在本性上，乌世保与那五有许多相似之处，作为没落的八旗后裔，他也打小就仗着封建贵族特权过着养尊处优的寄生生活，吃喝玩乐也曾是他的能事，也曾有软弱、无聊、图虚荣、讲排场的劣根性，在封建贵族的权势和家道败落后，也曾靠卖剩下的祖传家当混日和一度放不下贵族遗少身架；但是，由于他不甘像那五那样胡混一世，由于他能"随遇而安，乐知天命"，由于他有肯于利用机遇去自新自立的精神，因此走上了自谋生计、自立、自理、自强的人生道路，凭自己的双手和智慧使自己的人生有了新转机。不但从匠师聂小轩那里学得了烧制"古月轩"名瓷和画"烟壶"内画的全套绝技，成为内画名师之一，还以《四君子》图中的"梅兰竹菊"象征自我追求的人格志趣，借以不断激励与陶冶自己的思想品格，当"洋人"令他画“八国联军占北京”的内画时，他严肃地予以拒绝，不愿再弯腰去做有损国格和民族尊严的事情。《烟壶》里的乌世保识时务，直面人生，自新自立，自动造就谋生本领，有劳动意识和道德意识，有民族尊严和爱国精神，是丧失封建贵族特权后走上自食其力的人生道路的另一类八旗后裔的代表性人物形象。

那五与乌世保的人生对比具有独特的审美价值，他们概括着失掉封建特权后的两大类八旗后裔的历史命运。那五的人生悲剧是封建贵族特权和封建贵族特权庇荫下的养尊处优的悲剧，那五演悲欢之事，也是辨兴亡之理，其命运历程蕴含着大清王朝没落的教训和必然。就个别人生而言，其突变、挫折、危难、盛衰难以预卜，但只要有自新自立及进取向上的精神，就可能顺应变化而更新自己的人生命运、人生道路、人生境界；同时无论处在什么境地，民族尊严和爱国精神总该有的。这些是否便是邓友梅笔下的那五与乌世保形象的独特审美意义？

邓友梅在民俗小说中突出地运用了北京方言。富于民族性、地域性、独特性的方言的运用是创造民俗小说的重要因素。邓友梅创作小说时立志“要以民族色彩和地方色彩来‘叫座’”，他在熟练地掌握各个特定历史时期的北京方言方面下过功夫，通过各种渠道广泛地学习、熟悉、研究过北京方言，在一段时间里，还曾“规定自己生活中只说北京土话”，并留意进行选择、提炼、加工，力求使之从生活语言化为传神的文学语言。人们之所以称邓友梅此类小说为“京味小说”，无疑同他对这种“京味语言”的运用分不开，其“京味语言”在追求民族色彩、地方色彩的基础上，还讲求时代色彩、行业色彩和个性色彩，例如，《那五》中这样写那五家族的败落：“直到福大爷把房产象卖豆腐似的一块块切着卖完，五少爷把古董象猫儿叼食似的叼尽，债主请京师地方法院把他从剩下的号房里轰出来，这才知道他这一身本事上当铺当不出一个大子儿，连换个硬面饽饽也换不来。”可谓句句属“京味语言”。再如，那五“倒驴不倒架儿”，当他实在无法混下去时，紫云托人接他来家同住，他还摆起主子相来，说什么“到您那儿住倒是行，可怎么个称呼法儿呢？我们家不兴管姨太太称呼奶奶”（紫云佃户出身，过去被那五祖父收作丫头）。这几句不乏北京口语味的语言，可谓把没落贵族儿孙的虚荣灵魂剖露出来了。

邓友梅的小说创作是建立在自己扎实而独特的生活基础之上的。他 11 岁即独自走上人生道路，曾流落过街头，在日本军国主义的刺刀强迫下到日本做过苦工；当过八路军的小交通员和新四军的文工团员，还当过随军记者；定居北京后，干过瓦工、木匠等活路，结交过上起皇亲国戚，下至贩夫走卒各色人等。可以说，他在小说创作道路上的步履，同他的基本人生步履都有一定的关系，如果他没有扎实的生活储备和独特的生活矿藏，是难以创造出独具风采的艺术硕果的。

邓友梅是在明确的创作观指导下从事小说创作的。他说自己在“从 1946 年到 1956 年”的战争和建设的洪流中奠定了人生观和文学观，而在“从 1976 年到 1986 年”这十年中，则进一步“学到了应当怎样做人和作文的道理”。他认为“写作总有个功利目的”，“不同的社会群体，有不同的利益”；“在为人民服务，为社会主义服务这个大限之下，容我们驰骋的天地够广阔了”。（引文见邓友梅《拿起笔来没压力了》一文，《文艺报》1986 年 5 月 17 日）同时他还认为：“小说的首要功能是提炼、概括、再现、复制有意义和有趣味的生活片段，给人审美享受，并通过这种享受认识世界和人类自己。”（引文见邓友梅《我在民俗小说中的方言运用》一文，《文艺报》1989 年 11 月 25 日）因此小说家写小说要讲求真实性、形象性、趣味性、欣赏性、艺术性、审美性、启迪性，他的小说创作成果大体上是他的创作观的体现。京都地域特有的民俗画，以清王朝八旗后裔为主角的京城市井人物系列，以及北京方言的出色运用，构成了邓友梅京味民俗小说的显著特征，表现出了他小说创作的风趣、幽默、深沉、刚健的基本艺术风格，他是有独自的审美志趣、审美视点、审美追求并以京味民俗小说见长的小说家。

综上所述，可谓八仙过海，各显其能。刘绍棠举着乡土小说旗帜一个劲儿地在京东运河两岸“挖掘深井”；汪曾祺以独自的美感致力于细腻地描画苏北乡土下层奇异的民风世相；邓友梅见长于以深沉的历史思索在清末及辛亥革命后至北平新生时刻的特定历史积淀层上发掘八旗后裔的人生底蕴和命运的变易。毫无疑问，要将各自心目中的一切描写对象、创作意向自然真切地融合在各自独异的乡土、民俗画卷中绝非轻而易举之事，均须有扎实、全面、深厚的艺术准备、艺术功力方能造就。他们的创作成果于斑驳陆离、五花八门的小说园地中以自有的生命力毫无逊色，傲然自立。

第二章

文化寻根小说潮

1

在 20 世纪 80 年代中期前后，中国内地的文化寻根小说成为新潮小说热点中一大突出现象。其兴起原因：一是其为由对中国特定历史进程进行反思后而延伸到对民族传统文化追根溯源的结果；二是与文化意识、文化观念的广泛张扬有关系，因而感到有必要向上追本溯源，重新审视古老的文化。

文化寻根小说热是以一批青年小说作家为中坚力量掀起来的。当时一些青年小说作家先后提出“寻根”口号，如韩少功的《文学的“根”》（见《作家》1985 年第 4 期），郑万隆的《我的根》（见《上海文学》1985 年第 5 期），李杭育的《理一理我们的根》（见《作家》1985 年第 6 期），阿城的《文化制约着人类》（见《文艺报》1985 年 7 月 6 日）等。其中，韩少功的《文学的“根”》被时人美誉为“寻根派宣言”。青年小说作家们不但异口同声地提出“寻根”口号，而且执意于“自我”的“寻根”观念而积极地从事创作；同时由于倍受文学创作“追随性”的影响，一些没有声张过“自我”的“寻根”观念的小说作家也卷入到了寻根潮中，因而一时间便形成了文化寻根小说创作潮，直至1986年日渐落潮，1988年显然消退。

此类文化寻根小说一时争相竞出，时人喜好依地域或题材性质不同而为之分类与号名，诸如：侧重写湘地文化者号曰“楚文化小说”，如韩少功的《爸爸爸》《女女女》《归去来》，叶蔚林的《五个女子和一根绳子》，古华的《贞女》等（在20世纪80年代中期，韩少功、叶蔚林、古华均属湘楚小说家集群成员，后星散于外地）；侧重写山西文化者号曰“晋文化小说”，如郑义的《远村》《老井》，李锐的《厚土》等；侧重写陕西商州地域文化者号曰“商州文化小说”，如贾平凹的始笔于《商州初录》的商州系列小说等（《商州初录》始载《钟山》1983年第5期，可视为笔记体纪实性小说类）；侧重写黄淮流域文化者号曰“黄淮文化小说”，如王安忆的《小鲍庄》《大刘庄》等；侧重写长江中下游地域文化者号曰“吴越文化小说”，如李杭育以《最后一个渔佬儿》为起点的“葛川江”系列小说等（李杭育的短篇小说《最后一个渔佬儿》始载《当代》1983年第2期）；侧重写鄂温克族狩猎生活者号曰“狩猎文化小说”，如乌热尔图的《七岔犄角的公鹿》《琥珀色的篝火》等；各异的地域文化题材小说如雨后春笋，可谓不胜枚举。

20世纪后半期中国内地的文化寻根小说曾以其歧义性、争议性热闹于文评界。持赞扬态度者说它是真正属于中国这块土地上的具有鲜明民族特点的一种新小说，说它是不愿失落民族文化气脉而自觉强化民族文化意识和民族文化气息的不知比模仿西方现代派好多少倍的创作潮流；说它的“寻根”实为以更深远的眼光和方式关注复杂的现实，今与古、现实与历史从来就是在一条奔腾不息的长河上联结着的，不“寻根”，不知古，不知历史，岂能深知今、深知现实；说它意在以沉重的呼声唤起民族自觉，志在呐喊改革、振兴与新构辉煌于世界的民族文化，因此其“寻根”的现实意义是不逊于其它小说潮流的；还说它既是对鲁迅解剖国民性的现代现实主义文学传统的继承，也是对传统艺术的变革，既是中华民族文学的新的里程碑，也是中华民族文学走向世界的先兆。持批评态度者则说它显示出了远离时代、逃离尘世的倾向，是厌倦现实、麻木于时代感召而怀古念旧、共鸣于“老庄”的表现，是“复古”情绪的排泄，是“封建倒退”的同盟军；说它表现出一种低级的原始主义倾向，热衷展览愚昧、丑陋、落后，过分地把“雅文化存在”退回到“俗文化存在”，所昭示的是人类智慧的“负面”；说它一味执迷于那些被历史发展淘汰了的东西，因而与发展中的时代精神所要求的美学境界相悖离，不是文学创作的根本出路，而恰恰会把文学创作进一步引入困境；说它既容易走向极端“非传统文化”的误区，又可能导致对“外来文化”一概采取抵触情绪的倾向；各执一端，热烈研讨，各说各理（当年不少报刊都展开过讨论，如《文艺报》《文学评论》《光明日报》等都就“文化寻根”问题展开过讨论）。就这样，在几股合力作用下造成了20世纪80年代中期的文化寻根小说热潮。

2

韩少功的《爸爸爸》是反响较强烈的寻根小说之一。韩少功生于1953年，湖南长沙人，曾用艄公等笔名，1968年（15岁）初中毕业后，作为上山下乡知青到湖南汨罗县天井公社插队务农，1974年调到县文化馆工作，1978年考入湖南师范学院中文系，1982年毕业；1979年加入中国作家协会，1984年调入中国作协湖南分会从事专业创作，中短篇小说集有《月兰》《飞过蓝天》《诱惑》等，文艺理论著述有《面对神秘空阔的世界》等，其引起较大反响的代表作品主要有短篇小说《西望茅草地》《爸爸爸》等。

《爸爸爸》(始载《人民文学》1985年第6期，共八节，是篇幅较长的两万六千字左右的短篇小说)从丙崽“生下来时”写起，写到鸡头寨青壮男女们于“打冤”惨败后，不得不照着祖先那样唱着古歌又一次“向更远的山林里”迁徙，而鸡头寨最终仅剩留下愚顽依旧，但却依旧继续为邻寨小娃崽们盲目“崇拜”的丙崽为止。小说未设定明确的特定时代背景，唯以奇异复杂的带原始性的地域民俗文化内容构成一个极沉郁的令人忧虑、厌恶、深思、深省的神话传说般的故事。

小说对鸡头寨原始性的地域文化生态环境作了不厌其烦的整体性、微观性的突出描写。鸡头寨坐落在满山奇林怪树的大山里的白云深处，那里蛇多，或“粗如木桶”，或“细如竹筷”；有一群群嚎叫着的野猪横行；有大大小小的争抢着吃掉死人半只脚甚至把熟睡老人当死人啃咬的成群结队的老鼠；有瓦罐那么大的绿眼赤身的拿到火塘里一烧竟“臭满一山”“三日不绝”的蜘蛛；有曾咬死过人的大蜈蚣随处爬来爬去；有硕大的蝴蝶随地乱飞乱落；那小如拇指、黑如焦炭的铁甲子鸟的叫声乍听起来疑似鬼叫一般；同时那里屎多，苍蝇多，蚊子多，历年厚积的腐烂枝叶散发出浓烈的腐臭，整个山寨都浸染在腐臭味里；这便是小说所描写的鸡头寨人所赖以生存的远未开发的荒僻的原始性自然生态环境。在如此自然环境里过着原始性、封闭性的自给自足日子的一代代鸡头寨人，吃饭靠自家种粮，吃菜靠自家种菜园子，吃肉靠自家养鸡喂猪，烧火靠自家上山倒树，穿鞋穿衣靠自家手工制作，一直都维持着这种低下、落后的生产力水平和人生水平。鸡头寨人始终固守着原始性的守旧的特性：一代又一代地依旧住在祖式的以“粗大厚重”木柱、木板构建的木屋里；世代像祖先那样烧火塘，烧木头，用吊壶烧茶水，坐“吱吱呀呀”的竹椅子，用竹烟管“荷罗罗”地喝烟，拿大瓦坛子腌酸菜；尿撒在木屋里的尿桶里，捣衣用木槌棒子，背运东西用蔑篓；都在壁上凿洞做“鸡埘”（鸡窝），杀牛用大刀一刀把牛头砍下来；夜晚家家依旧在屋壁上点着野猪油灯或在铁丝灯篮里烧着松膏块；男女老幼冷时就围着火塘烤火，热时就摇自制的蒲扇，最大的乐趣就是围坐在一块堆喊歌、摆古、叨咕农事或打瞌睡。世代都严守原始性的陈规旧矩；男女老幼一心盲目崇拜祖先，小辈盲目听从长辈，长辈权威神圣，先祖禁忌邪说神圣，祖传一切崇拜及规矩神圣；无论谁死后依旧维持祖传的棺木土葬传统，因此人们打小就都上山选定自己打棺木的寿木，并照祖规在选中的树上扎上篾条做上记号；他们依旧用祖传的灌大粪的办法治疯病；人染上虫毒依旧以杀白牛喝生牛血并学公鸡叫的老方法解毒；迷路了照样以祖辈教的“撒尿”“骂娘”的方法对付“岔路鬼”；其日常话语也一直延续着祖腔祖词：“他”依旧说成“渠”，“说”依旧说成“话”，“睡觉”依旧说成“卧”，“父亲”依旧称呼为“叔叔”，“叔叔”依旧称呼为“爹爹”，“姐姐”依旧称呼为“哥哥”，如此等等，一切都依旧按祖传规矩处置；世代从远古走来，生活习性一直未变。虽然寨里也偶尔进出一些牛皮商贩、鸦片贩子、手艺匠人、阴阳先生、读书文人，也会流入一些玻璃瓶、小照片、废报纸一类新玩意儿，或突然开进汽车一类现代文明的东西，但对他们大多数人的思想观念和生活习性未见有任何触动；他们对山外传入的“既然”“因为”“所以”一类新词语似懂非懂，也从未想去弄懂，更不想去学会；与其毗邻的鸡尾寨（藏在深山老林中的鸡公岭的一头名鸡头寨，一尾名鸡尾寨）是有“几百号人口”的大寨，“比较富足”，过年“家家宰牛”，并“出了一些读书人”，其中有的“成了大文豪”，有的成了“在新疆带兵”的武将，对比之下，鸡头寨更显出了其文化生态的落后性，但鸡头寨人除了依据祖传旧观念、旧方法去同其“打冤”外，却从未见向人家学习任何比自己强的东西。同时鸡头寨原始性的迷信思想盛行：人人畏天祭神，凡事都以迷信观念去解说，都要卜问神灵指引和预判吉凶结果，收成不好即求神祭神；人人相信因果报应，相信“蜘蛛精”等鸟兽虫木变成的“精怪”会报应人；后生崽相信“花咒”能迷住自己看中了的漂亮姑娘。世代既对祖先何年何月何处而来的祖史无知，亦从不相信“史官”所云，而只虔诚地迷信“古歌”中的神话传说：鸡头寨人是始祖刑天的后代，鸡头寨人是为找地盘活命才迁移来的，祖先子孙多了，原地“东海边”连“晒席大一块空地都没有了”，才在凤凰引导下坐上枫木船和楠木船迁徙到鸡头寨地盘的，就在这种神话传说的世代相传中始终保持着原始迷信崇拜的思想精神状态。尤其是那里仍因袭着原始性的野蛮兽性和仇杀异族的“打冤”习性：野蛮行径猖獗，弱肉强食，欺侮殴打弱小，或“剪径抢劫”，或自制毒粉藏于指甲缝中弹入他人茶杯中让人“暴死”；历来匪患不断，山洞里死人白骨成堆，摧残人命的兽性凶狂者不绝；视祖传的“打冤”为头等大事，在迷信崇拜观念主导下，只要与异族一结下怨恨即采取“打冤”方式报复，当以大刀砍下牛头的方式预测为“吉利”时，他们全寨男女老幼便立即“头缠白布”，在锣声、牛角号声、尖利的叫喊声和铁器的碰撞声中誓死“打冤”，并将猪和冤家尸体同煮同吃，以示“同仇敌忾，生死相托”，结果无论刀棍厮杀还是火攻残杀，都一颗颗人头落地；事后一群群母狗公狗即疯狂撕咬着“坡上、路上、圳沟里”的血淋淋的尸体，惨不忍睹。上述便是小说所描写的鸡头寨祖传而来的几未变更的由自然环境、生活习性等物质和精神的总和所构成的封闭、蛮荒、愚昧、落后与简直守旧到顽固不化地步的文化生态。

小说在原始性文化生态的奇特环境中重点描写了属同一血缘家族的仲满、石仁、德龙、丙崽娘、丙崽数位人物。仲满与德龙属亲兄弟；丙崽娘系德龙老婆，仲满弟媳；石仁是仲满的亲儿子，与德龙为亲叔侄关系；丙崽系德龙与丙崽娘所生，与仲满为亲伯侄关系；石仁与丙崽即亲叔伯兄弟。彼此虽属同宗遗传的隔墙邻居之血统家族，但却从未睦处，常相怒骂、使坏，交恶不已，内斗不止，如狼似虎。

曾因出过天花而脸上留有几颗阴麻子的仲满“粗通文墨”，其婆娘早死，是家族里不种粮、不种菜、不喂猪的、以传统裁缝手艺度日的、毕生安于传统小手艺的封闭、守旧的愚顽者；他怀旧、怀古，他说：“汽车算个卵”，“卧龙先生造了木流牛马”，“后人蠢了就失传了”，“先人一个个高八尺，力敌千钧”，“哪象现在，生出那号小杂种”。他常逞祖传的长辈威风而冒无名火，有一次冒无名火时竟愚蠢地把在火塘烧的老鼠的尸灰泡在水里全喝了；他口口声声叫唤死也不能“倒威”，死“要有死相”，死得足以载上祖传的族谱，为此他特意上山砍削出一个尖尖的小松树桩，决心“坐桩而死”（但他“坐桩”时被一樵人发现又被救了回来）。他既是愚顽者，又是野蛮的祖传“古道”的顽固维护与实行者，他趁鸡头寨“打冤”惨败和“已无三日粮”的危急时刻，采下几株毒性很大的“鸟触即死”“兽遇则僵”的“雀芋”熬成半锅黑毒汁，按照祖传做法，提着瓦罐“一户户送上门”，令“老小残弱”乐乐呵呵地喝毒“殉古道”而死，连奶崽也不放过，而只留下“几头牛和青壮男女”“繁衍子孙”，其所维持与延续的生存繁殖、传宗接代、“传接香火”的方式，纯属原始、野蛮、愚昧的方式。这便是小说中所描写的以愚顽为显著特征的握有“族权”的长辈仲满形象。

淡眉毛、细脑壳的德龙的一生也是在愚昧中混过的，他是祖传的“愚昧史”的承传者。他会用尖细的娘娘腔唱祖传的包含着“族史”的古歌，族人们都十分迷信他在古歌里唱的似是而非的宗族繁衍史迹；作为宗族遗传的“风流种”，他最喜欢一边“玩着一条敲掉了毒牙的青蛇”，一边嬉皮笑脸地唱“最能博取笑声”的女人大胆“思郎”一类的“情歌”；其人生结局是，族人传说他是因为不满意婆娘的丑陋和丙崽那个孽障，便带着他那条小青蛇“贩鸦片”出山而杳无音信，或说他被毒蛇咬死了，或说他被鸡尾寨人杀死了，或说他迷路后从陡壁摔死了，或说他的尸首被野狗吃掉了，死活不明。这便是小说中所描写的同样在愚昧中混过一生的德龙形象。

相对而言，仲满儿子石仁可算是同一血统家族中有“雄图”的“新派人物”。他能说会道，比鸡头寨一般男女见识多，他不绝对拒绝新环境、新事物。他常下山，并顺便带些玻璃瓶子、松紧带子、小照片、废报纸、大皮鞋以及新名词一类新鲜玩意儿回山寨。他羡慕山下人的生活，曾学山下人挖煤那样想在山寨里挖出金子来。他不封闭，不死守祖传规矩；他喜欢山下女崽，总想若不能把山下女崽弄回山寨就下山做上门女婿。他有随时俱变的心思，想用新章法处事，嫌族人“太保守”，对寨里祖传的耕作方法和烧香拜神的做法他觉得可笑。他在寨里神出鬼没，忽而卷起铺盖下山去了，忽而装出“大忙人”模样在寨里颠来串去。他善变阴阳嘴脸，既未见他直接持械出征“打冤”，也未见他在族人面前尽力制止“打冤”。他可望的人生“奔头”无非是下山“打零工”，或找机会做山外的上门女婿，或浪荡于闹市做“拐子”。对他的言行举动，山寨里与他同辈的那帮后生们是以疑惑或想跟着沾点光等混乱如麻的复杂、烦躁的心绪看待的。这便是小说描写的相比于同一血统家族的其他成员略有新观念新作为的“新派人物”石仁。

丙崽娘是由山外嫁到鸡头寨的，她脖子粗如大腿，“死鱼般”的小眼睛间或翻一个白眼，身子“胖得象个禾场磙子”，“腰间一轮轮肉往下垂”并发过一次疯病，自德龙不知浪荡于何处后，她就独自拉扯着儿子丙崽住在鸡头寨口边一栋孤零零的木屋里；她既“种菜喂鸡”，也充当神婆似的接生婆，闲时架起一条肥腿剥脚板上的茧皮，或者拉着丙崽串门叨唠令人心惊肉跳的神鬼邪念；她那把接生的剪刀既剪婴儿的脐带，也剪鞋样、酸菜和她那藏满污垢的指甲，并每次都把接生婴儿的“胞衣”当作“大补佳药”吃或当作“大补佳药”卖，为便于储存还常把散发着血腥气的“胞衣”摊晒在门前地坪的竹席上，弄得附近腥臭熏人。对儿子丙崽的呵护不能说她不尽力，她“遍访草医，求神拜佛，对着木人或泥人磕头”，但始终“还是没有使儿子学会第三句话”；哭骂是她对付恶人和出怒气的重要手段，当遇见别人欺负她儿子时，她会操着古怪口音、横眉立眼、蓬头散发或者拍着巴掌、大腿破口大骂：“黑天良的，遭瘟病的，要砍脑壳的!”“几多毒辣呀!”“烂肝烂肺”呀！哭着，骂着！又哭着，骂着！有时骂一句还用手“在大腿弯子里抹一下”，以增强咒骂的恶毒性，当家庭苦难燃烧起她心里的怒火时，她即大骂德龙是畜生，并絮絮叨叨叮嘱丙崽找到他，“杀死他”；但年复一年，她又屡屡感到养着丙崽“还不如养条狗”或“养头猪”有用。小说中所描写的丙崽娘就这么一日复一日地赖活着，弱智、病态、愚昧、落后是她人生的基本特点，她这些基本特点直接“遗传”给了下一代，显示“遗传”劣根性是否便是设置丙崽娘形象的基本意向?

丙崽是贯穿原始性、神话传说性故事的主要人物。他从娘肚里生下来酷肖“死人相”，“两天两夜”死闭着双眼，三朝日才“哇地哭出一声来”；长来长去身子依然“只有背篓高”，瘦骨嶙峋，肚脐眼“有铜钱大”，脑袋畸形，大得“象个倒竖的青皮葫芦”，眼珠无神，行动呆滞，抬眼皮、翻白眼、调头、划步，都很费力；始终穿着“开裆的红花裤”，挂着鼻涕，长着脓疮，满额皱纹；常在门前“戳蚯蚓，搓鸡粪”，玩腻了就呆头呆脑“打望人影”，或“傻笑”着搔头上的脓疮；白天常尿湿衣裤，夜里常尿湿被褥，衣裤和被褥尿痕斑斑，浑身尿臭刺鼻；始终只会说幼时“很快学会”的两句话。还是“在地上爬来爬去的时候”，他就常被族里人逗耍、嘲弄、咒骂，被人在葫芦脑袋上敲“丁公”，或在脸颊上打“耳光”，或“丁公”“耳光”一并痛打，甚至连娃崽都常欺侮他，成群围上去捏他的耳朵，让他跪在牛屎前嗅味。在外遭欺负后他只会一个劲儿哭，从未见他略显反抗之意和反抗之力，但他却是“窝里横”，在家里有时他会突然“愤怒”起来，一“愤怒”就要“报复家里”，“把椅子推倒，把茶水泼在床上”，“把柴灰灌到吊壶里”，用石头把铁锅砸破。他活不好，变不了，死不了：当鸡头寨人按“老规矩”决定砍杀他祭谷神时，却未料天响一声惊雷救下他一条孬命；当仲满按祖传方式决计毒死族里“老弱”而最先给他灌下半碗毒汁后，其他“老弱”都一一被毒死了，他却依然不死，祖传的鸡头寨地盘上最后居然仍惟一剩留了他这个只会依旧咕哝的“孬种”。上述情节是否意在表明：丙崽乃生命毫无创造价值的“白痴”形象？他从娘肚里出来就是“白痴”，年复一年长来长去依然是个“白痴”，自始至终都是要死不活、呆头呆脑的“白痴”；弱智、低能、呆傻、迟钝、蠢笨，智商、智力几乎“弱化”“退化”到“零”，思维机能、思维力、创造力极端低下，只会本能地吃喝拉撒睡玩哭与怒发“窝里横”。丙崽形象是否同样是家族文化劣根性一面的象征？

简括而言，封闭、愚昧、落后、退化是小说所描写的整个鸡头寨人的基本特征，其原始意识、原始观念、原始崇拜、原始习性、原始状貌一如传统，是只信祖传的传说、鬼神、巫师的“科盲”。小说对鸡头寨的整个原始性文化生态环境的描写，对生活在原始性文化生态环境中的鸡头寨男女老幼的描写，对祖传的凶胜虎狼的异族内斗“打冤”的描写，其核心用意均在于显露、批判原始性传统文化形态及其弊病。不是意在展现传统民俗文化状态的一类、一种，也不是称道传统民俗文化状态的多样性或多样化，而是对其劣根性的揭批。小说结尾虽然写了鸡头寨人在“打冤”遭惨败后，曾办过“赔礼酒席”，并待“双方交清人头”后“折刀为誓，永不报冤”，同时作出老弱“殉古道”而仅留下“青壮男女”迁徙异地“繁衍子孙”“传接香火”的决策，似乎已有告别愚昧、封闭、落后的省悟，然而实质上依旧是愚昧、封闭、落后的生存发展方式。烧毁木屋、头缠白布、脸色蜡黄地在一座座新坟前磕过头，“嘿哟喂”地凄厉地唱着祖传的“简”（古歌）的鸡头寨青壮男女们赶着“几头牛”，带上“犁耙、棉花、锅盆、木鼓”、筐篓、马灯向哪儿迁徙呢？“向更远的山林里去了!”向更封闭的深林地域去了，其愚昧、落后的生存方式会改观吗？会变更吗？其原地盘鸡头寨只留下了生命毫无创造价值的“白痴”丙崽一个，而且邻寨的几个小娃崽仍“很崇拜”他，“学着他的样，拍拍巴掌，纷纷喊起来：‘爸爸爸爸爸’!”这岂非意味着鸡头寨人无论“迁”“留”，都是封闭、愚昧、落后的延续?!《爸爸爸》之主旨在于反思、批判封闭、愚昧、落后的传统文化生态、文化心理及习俗。传统文化有优劣之分，其反思不重在对正面的发扬，而重在对负面的批判，重在从负面切入而着意表达批判主旨、批判主题。其故事编造、其情节铺叙、其人物设置、其内容汇纳，以繁杂性、猎奇性、玄晦性、诡秘性、象征性、沉郁性为基本特征，因之足以任人从多视角猜想，任人“见仁见智”。可谓写某地域深山中的整体山民的人生状貌；可谓着重写同一血统家族的不同人生状貌；或谓系对愚昧、迷信、蛮荒的原始性习俗的总汇；或谓系全面展现山民世代相承的生存方式、繁衍历史；甚或谓之为表现一个生命群体告别愚昧衰败而奔向新的人生境界的艰难历程；如此等等，似均未尝不可！然而综观其核心、其主旨、其基调、其主导倾向，乃是对传统的文化生态、文化心理、文化灵魂、文化生命群体的弊病一面的反思，是对传统文化的劣根性这一面的揭批。这种揭批主题无可非议，小说不是科学论文，不必苛求面面俱到，不宜求全责备。传统的文化中积淀着一些弊病，有些弊病顽固地浸染在物质和精神的生活中。鸡头寨完全与世隔绝了么？没有。一点也没传入现代文明么？也不是。但原始、封闭、愚昧、野蛮、落后、穷苦、守旧却是其生存状态、生存方式的突出特点，寨子一代代迷信、守旧、败落下去。其群体生命的价值取向与群体人生追求是什么呢？群体奋斗目标何在呢？什么生命价值，什么创造自我生命最大价值，有谁真正自觉意识到了呢？人与畜生的生命的祭品价值同等；死活无所谓，无须珍重，能活赖活，要死便死。无取向，无追求，无目标，无变化，无发展。有无科学意识？有无要求现代文明的意识？总体而言，是否传统生存方式依旧，传统存在依旧，传统意识依旧？是否几乎是根本不以现代文明、现代科学的态度对待世人世事的愚顽者？是否更是“传统文明”“传统文化”与“现代文明”“现代文化”（物质与精神的总和）的差距？总之，鸡头寨山民世代沿袭传统文化劣根性，固守传统文化劣根性，昏睡、僵滞于传统文化劣根性，是《爸爸爸》故事情节的核心内容，揭批封闭、愚昧、落后的传统文化劣根性是《爸爸爸》的基调、主旨、主题所在。凡命运之变更必须告别劣根性，必须决心改变、根除劣根性，因而亦可见其深沉之忧患意识。

小说之背景隐晦，似远古，似现实，任人思索，见仁见智。其故事似古怪、离奇、神秘、离谱离格。其艺术表现颇具荒诞、神秘、魔幻、象征的现代色彩。

3

韩少功的《爸爸爸》着重揭批南国深山老林中世代沿袭的劣根性，李锐的《厚土》则着重揭批北国黄土高原上世代沿袭的劣根性。李锐 1950 年生于北京，祖籍四川省自贡市；1966 年毕业于北京杨闸中学，1969 年自北京去山西吕梁山区蒲县底家河村插队落户；1974 年开始发表小说，1977 年调入《汾水》（后改为《山西文学》）编辑部；1980 年至 1984 年间系辽宁大学中文系函授部学员；后从事专业创作，并任《山西文学》副主编；小说集有《丢失的长命锁》《红房子》等。其自 1986 年底陆续发表于《人民文学》《上海文学》《山西文学》《青年文学》等不同刊物的总题为《厚土——吕梁山印象》的系列短篇小说产生过较大反响，其中《合坟》获1985年至1986年度全国优秀短篇小说奖（始载《上海文学》月刊1986年第11期）。

韩少功的《爸爸爸》全方位、整体性地揭批世代沿袭的原始性文化生态，《合坟》则着重于对世代沿袭的以迷信为核心的文化心态、文化心理、文化灵魂的审视，简言之即描写吕梁黄土山村里“合坟”的故事。为啥“合坟”？为“配干丧”，“合坟”就是“配干丧”。为谁“配干丧”？为十四年前死去的一个女知青陈玉香“配干丧”，也就是给她在阴间“配骨头亲”，“捏合一个家”。陈玉香姑娘是北京知青，是十四年前中学毕业后顺从特定时代的插队浪潮而由北京被席卷到吕梁山黄土地上的。当年她年轻活泼，白嫩细挑，辫子黑长，扎着红毛线头绳，有说有笑，十分天真可爱。刚插队时她在老支书窑洞里住过两年，老支书视她如亲生闺女。她是怎么丢掉性命的？当年老支书领着村民和知青“修大寨田”，热火朝天苦干一冬一春修出三块大寨田，为此得到县委奖的一面大红旗。但未料夏季头一场山洪就冲掉了其中两块；当第二次山洪暴发时，知青们从老支书家里打出那面奖旗往尚未冲走的那块田的田头一插，发誓“抗洪保田”了！小说如此写道：“疯牛一样的山洪眨眼冲塌了地堰，学生娃娃们照着电影上演的样子，手拉手跳下水去。老支书跪在雨地里磕破了额头，求娃娃们上来。把别人都拉上岸来的时候，新塌的地堰将玉香裹进水里去。男人们拎着麻绳追出几十丈远，玉香在浪头上时隐时现地乱挥着手臂，终于还是抓住了那条抛过去的麻绳。正当人们合力朝岸上拉绳的时候，猛然看见一条胳膊粗细的黑蛇，一头紧盘在玉香的腰间，一头正沿着麻绳风驰电掣般爬过来，长长的蛇信子在高举着的蛇头上左右乱弹，水淋淋的身子寒光闪闪，眨眼间展开丈把来长。正在拉绳的人们发一声惨叫，全都抛下了绳子，又粗又长的麻绳带着黑蛇在水面上击出一道水花，转眼被吞没在浪谷之间。一直到三十里外的转弯处，山水才把玉香送上岸来。”玉香姑娘就是这样在插队中，在为“抗洪保田”中被山洪夺去性命的。她的事迹登了报，县委书记亲自来村为她开过千人悼念大会，并经县党委会决定，在正村口用砖和水泥为她砌了“坟包”，还立了块碑。“碑的正面刻着：知青楷模，吕梁英烈。”“碑的反面刻着：陈玉香，女，一九五三年五月五日生于北京铁路工人家庭，一九六八年毕业于北京第三十七中学，一九六九年一月赴吕梁山区岔上公社土腰大队神峪村插队落户，一九七二年八月十七日为保卫大寨田，在与洪水搏斗中英勇牺牲。”同时为她盖了一排“事迹陈列室”。小说写及的这些插队、“抗洪保田”诸事件并非小说的主要事件，其主要事件是为“亡灵合坟”。它明写了“文化大革命”的近背景，但更深的是沿袭至今的传统文化的远背景；它点出了不幸命运之现实成因，但更重追溯传统文化的历史根源；其意义可见仁见智，但其根在以迷信为主导的文化心态、文化心理、文化灵魂，这集中体现于中心人物老支书一手坚持操办的“合坟”主要事件的始末。

为知青陈玉香“合坟”的前后过程始终都按老支书的主张与安排行事。小说述写的由多重思想性格组合成的老支书形象的文化人格具有复杂性。十四年前孤零零埋在村口的玉香的“坟”一直成为梗塞、搅扰在他心窝里的“心病”，十四年间他日夜都觉得内疚，症结隐痛，压在心头，显得木木讷讷，理屈词穷；尤其十四年后时过境迁，她爹妈远在北京，同她一块插队的同学们都一去不回头了，县政府一任又一任大小“官员”也无暇顾上她了，她那曾红火过的“事迹陈列室”也早改作“学堂教室”了，而只孤零零地留下她那从砖石的缝隙中长出些稀稀落落的枯草的“坟包”了，因而他更觉得心债未偿，忏悔不止。于是日夜耿耿于怀的他提议为玉香“合坟”“配干丧”，并主张大操大办：“给她做够，尽到排场。”对此众乡亲“犹豫再三”与“商议再三”后终于同意老支书的主张并议决由“众人凑钱”为玉香买具“男人”尸骨为她在阴间“捏合一个家”。其程序都按老规矩一板一眼进行：先请阴阳算命先生为玉香对过属相和生辰八字，然后为她和她的“男人”入殓一只用红绿两色彩绘过的装尸骨的“干丧盒子”（棺盒子），并分别在盒子上系了根“红带”以示“喜庆”。接着在精心选定的“吉日”傍晚日头将落时分，老支书一本正经地带着几个亲信用铁锨和镢头叮叮当当地刨玉香那座用砖和水泥砌就的“坟包”；刨开后玉香的棺材已朽，但白森森的尸骨还在，老支书悄悄嘱咐大伙把尸骨装进玉香的“干丧盒子”；而后“合坟”，将玉香的“干丧盒子”和付钱买来早已装好的“男人”尸骨的“干丧盒子”在原处合埋一坑，成为一座男女尸骨同穴的黄土新坟。乡亲们问：“碑咋办?”老支书说“碑”照旧用，为什么？因为“这碑是玉香用命换来的，别人记不记扯淡，咱村的人总得记住!”“合坟”完毕，老支书又吩咐村里每户出一人“到村长家的窑里”吃“浇羊肉炖胡萝卜块的哨子”的“荞麦面饸饹”，以示祝贺，并指明开销由村里出。宴贺完毕，老支书还特意待至三更半夜，独自提着老伴早已装上烟、酒、馍、菜、香的荆篮去上新坟，并把老伴的话原原本本地小声告诉玉香：“后生属蛇，生辰八字都般配；阳世人是血肉亲，阴间人是骨头亲，骨头亲才是正经亲哩!”从此以后，老支书才觉得“心病”初愈，心债初偿，并日渐心安如常起来。此后老支书虽然已卸任，但他人格依旧，威风依旧，十分坚信自己走得正，挺得直，对昔日世事做得对。这便是小说中所描写的老支书提议、主张、一手安排、坚持操办的男女尸骨“合坟”故事的始末。这一系列情节描写表明老支书不是那种寡情逐利、翻脸无常的人，而是非常古朴、质朴、重情、有善心、有责任心的老农兼农村老基层干部，他从他的人文背景实际出发，认为自己的所为是最厚道、善良之举，假如人人皆有他这种厚道、善良的人性，或许大有助于弊绝风清之日的来临与持久！但另一方面，他又是将厚道、善良与迷信交织于一身的，呈现出优劣相兼的复杂文化习性、文化人格。不善吗？善，但同时又是迷信的；他是依据迷信的传统意识、封建意识来安抚不幸的亡灵和平衡自己的隐痛灵魂的；从沿袭至今的迷信中寻求心理安慰、心态平衡，只能一日复一日地愚昧下去。小说重在凸显老支书沿袭的文化习性、文化人格结构中的迷信心理根源这一面，这根源是在长期岁月中的复杂生态环境里形成的，实质上是对漫长的似是而非的文化意识积淀的审视。

其篇幅短小，语言简练；微观写真，宏观立意；长于心态展示，哀戚基调，悲剧氛围，苍凉沉郁，兼用象征；然构思精度、语言功力是否未及上乘？

4

每个创作主体动笔创作某篇作品之初，不一定都有高度的所谓“文化自觉”；即使有，各个创作主体的所谓“文化自觉”的程度也必有差异。

李杭育产生过较大反响的短篇小说《最后一个渔老儿》亦可纳入文化寻根小说之列。李杭育1957年生于浙江省杭州市，祖籍山东省乳山县；1974年初中毕业后曾到浙江省萧山县乡下插队劳动；1978年考入杭州大学中文系后开始小说习作，1979年在《西湖》综合文学月刊第1期上发表处女短篇小说《可怜的运气》；1982年大学毕业后由中学教师职业调入浙江省富阳县广播站担任记者、编辑职务；1983年加入中国作家协会，翌年调入杭州市文联从事专业创作。著有中短篇小说集《最后一个渔佬儿》、中篇小说集《老鱼吹浪》、长篇小说《流浪的土地》等。其短篇小说《最后一个渔佬儿》始载《当代》1983年第2期，为“葛川江系列小说”之一；其它还有《葛川江上人家》《珊瑚沙的弄潮儿》《沙灶遗风》（曾获

1983年度全国优秀短篇小说奖）等。

李杭育是以独特视角追寻长江中下游吴越文化的沿袭、衍变及挖掘其根源而引人注目，被视为以小说创作体现吴越地域文化精神的小说家，其《最后一个渔佬儿》即为突出例证之一。渔，捕鱼；佬，成年的男子；渔佬儿即以捕鱼为业的成年男子。小说粗细不等地描写了生活在葛川江岸边的柴福奎、柴官法、阿七、大贵等几个代表性人物。其中寡妇阿七年已四十，“穿得挺招眼”，屁股“一扭一扭”的；“十年前她男人死在江里”后即“名声不好”，因而儿子儿媳已与她分开过；她先与柴福奎相好八年，其中有一年两人已相好到几乎夜夜在一起；随后又因不愿再困守在柴福奎的小草棚船里，转而与由趋炎附势的厨师而发迹为仗势凌人的“渔霸”的柴福奎堂兄柴官法相好。那个曾敲过柴福奎竹杠的“表外甥”大贵（柴福奎送十条大鲤鱼才换得大贵久弃不用的一副滚钓）原来也靠“捕鱼”艰难维生，后因改为“承包鱼塘养鱼”而在短期里赚大钱“致富”，并神气地嘟嘟地开上了时人极为羡慕的拖拉机。上述渔家寡妇阿七、土“渔霸”柴官法和由“捕”改“养”致富的“新鱼佬”大贵的人生变异，都有一定的代表性，而最具代表性的还是小说集中笔墨大篇幅描写的祖居小柴村的“最后一个渔佬儿”柴福奎的人生。

小说开头如此写道：“太阳落山的当儿，福奎想起该去收一趟滚钓了。”“他的船棚搭在堤岸下一条小水沟上，远远望去象座坟墓。”“福奎的船棚是茅草苫的。”他“只配缩在草窝里升天”。一开头便将“渔佬儿”的生产方式、生活方式、生存状态、厄运结局显示出来了。小说着重给读者留下了三大深刻的情节印象：以大量情节描写了柴福奎用世代沿袭的“原始”的生产方式劳作的过程及其人生的状态、人生的败落；还花较多笔墨描写了柴福奎清蒸偶然钓得的几乎绝迹的最名贵、最美味的鲥鱼诚请寡妇姘头阿七上门尝鲜，而始终坚决宁愿把鲥鱼喂猫也绝不肯让闻讯自动闯入家门的敲过他竹杠的“表外甥”大贵尝一点鲜的情节；结尾还描写了数笔柴福奎不捕被灯光吸引而来的成群地尾随着他的小船的小鱼，反而破天荒地把自己当钓饵的蚯蚓大把大把地撒给小鱼吃的情节：“那群小鱼依然尾随着他的小船，好象还越聚越多了。福奎搬过那只甏子，一把把地往江里撒着蚯蚓……从前，‘喂鱼’这个词是渔佬儿的耻辱。不过，从前的好多规矩眼下都不管用了。”小说即以这三大情节描写显示出柴福奎那正负交织、优劣相兼的独特的传统文化人生、文化人格。

在描写柴福奎乘夜用双腿划着平底小船于葛川江上收滚钓的过程中，小说详细描述了他传统的生产方式、生活方式、生存状态、心理状态、生活习性、人际纠葛、姘头关系、人格特点。他世代是葛川江上渔家之一，他十四五岁刚度过少年岁月便下江与风浪、鱼群拼搏在一起；那时葛川江上有百多户以捕鱼卖鱼为生的光景都不错的人家；很快，他成了当年百多户渔家中屈指可数的“活得神气”“受人敬重”“有模样”“有脸面”的渔汉子。那时节“江里有鱼，壶里有酒”，“手艺好的日子，一天能钓百八十斤，最大的，一条就能卖二十块钱”，同时他“船里的铺板上”还长年累月躺着个“姘头”，满心觉得小日子过得很“舒坦”，什么时候都“甜溜溜的”。然而至其年正半百的年代，他败落下来了，成了葛川江上穷困、孤独的“最后一个渔佬儿”。他那拿竹片夹上麦草苫的已结下不少蜘蛛网的连富足人家的猪圈都不如的居屋“小草棚子”行将坍塌；茅草苫篷的祖传的小平底船已破旧得经不起风浪；缺吃，无穿，败落为只得无奈地穿寡妇姘头阿七不爱再穿而送给他的“又肥又大”“带点碎花的土布裤衩”的“穷光蛋”；最后，连寡妇姘头阿七也见机行事，一拍屁股便扔下他到别人家里过去了，他昔日那种“舒坦”与“甜溜溜”的感觉荡然无存。这便是小说中以主要笔墨所描写的演变着的柴福奎的文化人生。

柴福奎的文化人格是独特的。其渔汉子的个性鲜明、突出，年已半百的他仍“精壮得象一只硬梆梆的老甲鱼”，一张脸“黑不溜秋的”，“光着上身”，“赭红色”的“暴起一棱棱筋肉”的脊背“宽得象一扇橱门似的”，右肩胛骨下有一块跟人家抢网干仗时被对方用篙子上的矛头戳伤留下的暗红色的疤痕；“两条毛茸茸的粗腿”，一双赤着的已磨成厚趼的熊掌似的脚拇趾似蘑菇般的大脚板；睡觉时“总喜欢赤条条”地仰躺在板铺上。其文化人格由正负面交织而成：外表粗犷、冷峻，深怀隐痛而不直露；朴直、倔强、狭隘、固执、死心眼、甘受穷；善心、善良、忍耐、忍受、无奈、执着；这些优劣词语用在柴福奎的文化人格上都无法硬说不合适。

柴福奎的文化人生、文化人格的突出点是他固守着世代沿袭的陈旧的落后的传统生产方式、传统劳作手段、传统的劳苦的人生方式与生存状态，固守着传统人生观念、传统生活习性、传统价值观。最终，严守祖传老规矩的他由传统的强势人生变为了现代的弱势人生，成为因死抱着传统生产方式不放而陷入无用武之地的“孱头”，成为死抱着传统生活方式不放的决意死在江里破船上的“渔佬儿”。

小说虽含哀婉情调，但主调在于揭批柴福奎文化人生、文化人格的愚昧、守旧、落后的一面；愚昧、守旧、落后是柴福奎传统文化人生、文化人格的主导方面。葛川江上其他改弦易辙的“渔佬儿”都“富”了，唯有迷恋、固守“传统”的柴福奎败落了，这种变革传统生产方式、生存方式和固守传统生产方式、生存方式的不同结果，实质上也是揭批他愚昧、守旧、落后的传统文化人生、文化人格。在现代文化的挑战面前，他以固守世代因袭的传统生产方式、生存习性、人生状态去阻抗，而不是以现代意识、现代精神去随机应变，不是勇敢地投身于现代文化潮流中去搏斗、竞争，以致陷于被动、孤立而自弃、失败于现代时代。小说的主旋律是传统“渔佬儿”悲剧性文化人生、文化人格、文化命运的哀曲。

柴福奎的悲剧性文化命运的成因何在？一是葛川江的“污染一年比一

年严重”，自然生态恶化，人与自然失去平衡、和谐；大鱼小鱼都一年比一年少，不仅没鲥鱼、鳜鱼等什么大鱼了，甚至连小鲳条子也不多了，因而入网上钩的鱼少得可怜，致使整个个体渔业日益“寒酸”“败落”，陷于危机。二是由于两岸的百把户渔佬儿长期“只捕不养”，狠捕不止，无大捕小，以至无鱼可捕，渔业陷于危机。三是根源于柴福奎固守的传统文化人格的负面，面对个体渔业者早已纷纷改行、小渔船早被废弃、霉烂和打制渔具的业主也已洗手改辙而向“现代养殖”“现代文明”“现代人生”转型、起步的时势，柴福奎依然穷年累月死守着“祖坟”葛川江，死守着祖居烂草棚子，死守着祖产破烂小船和无大鱼可捕可钓的渔网、滚钓，死守着祖传的原始性的劳作方式、求生方式，而死不愿投向现代领域以现代的方式、手段谋生路，甚至甘愿孤零零、苦巴巴地困死在那漂荡的祖传的平底破小船上。在文化观念的转变与更换上，他连寡妇姘头阿七都不如，阿七指斥他像“守着你爹坟似的守在这条江里”，阿七告别他时曾出主意，叫他到“味精厂”顶她的“缺”当个有固定收入、生活安定的“杂工”，他以死拒绝，说那是“受洋罪”。固守传统渔家、渔民的愚昧、守旧、落后负面是柴福奎悲剧性文化命运的主因、主根、主源。柴福奎文化人生的败落、演变、悲剧引世人以思考，其体现出传统文化与现代文化的矛盾冲突。闭塞的天地不可能永远闭塞；无论快慢，历史文化的变革、变迁是必然的；无论自觉还是被迫，人世间落后的文化灵魂终将被淘汰或演变为历史演进所要求的新文化灵魂。阻抗现代文化巨轮肯定会陷于悲剧结局；以虎劲紧从竞争时代的现代文化巨轮才或许有一线希望。

李杭育的文化寻根小说创作根基于吴越地域葛川江沿岸的古朴的民生、民情、民风，其个性独特、鲜明，独具文化氛围；其将自然、风俗、文化合而为一，其文化生态、文化心态、文化习性均具地域特色，其所描写的“最后一个渔佬儿”的生态、心态、习性既是葛川江沿岸渔家形形色色的文化生态的独特部分，也是构成所谓长江中下游地域的“吴越文化”的独特部分。其故事单纯，景致诱人，行文自然，笔触细致，字里行间在冷静中蕴含深思，在苍凉中蕴蓄热情。

5

叶蔚林也曾进入过文化寻根小说创作的热闹领地，他的短篇小说《五个女子和一根绳子》（始载《人民文学》1985 年第 6 期，全篇共六节）即突出描写女性在封建愚昧、闭塞的人生文化环境中的悲剧。

小说写了老、中、青数代农村妇女共有的人生文化命运。已出嫁的有老年农妇爱月奶奶、中年农妇荷香嫂子、青年农妇桂娟姐姐等。爱月奶奶年已八十，年轻时是桃花井乡间远近“百年难见”的人人“争看”而不舍离去的“美女尖尖”；而且以心灵手巧闻名：“两日做双花鞋，三日卸匹大布”；花、蝶、鸟等各种装饰窗花铰得活灵活现。这么一个既“美”又“巧”的农家少女出嫁后一生却是这么度过的：在灶门槛烧水、做饭；在田地里干农活；生儿育女；苦活累活、苦事难事全部尽心竭力承担着，但连“坐席”吃饭的资格与尊严都没有，依从当地“女人家一出嫁”无论活多大岁数，哪怕儿孙满堂，也“只配在灶台上吃饭”的传统规矩，她自嫁进门直至干瘪得“只有皮”的老年岁月，依然只许长年累月地呆坐在灶坎上吃饭，连“坐席”吃餐饭的资格与尊严都被“传统规矩”剥夺了！这便是小说中所描写的爱月奶奶的人生文化命运。荷香嫂子同样漂亮乖雅，聪颖能干，“爽快麻利”，“眉毛会跳舞，眼睛会唱歌”，但她丈夫（荷香哥哥）是嗜酒成癖的大木匠，一喝醉就用锯梁毒打她，平时也常有虐待，没有爱的感情；特别是有一次，他遇见她在油茶林深处的草地上与“情人”相会，他立即凶狠地把她扭拖到蠔街闹子上一边“裸体示众”，一边毒打；

在野蛮中受煎熬摧残便是荷香嫂子的人生文化命运。桂娟姐姐也长得很漂亮，“小小的鹅蛋脸”，“白净、温柔、恬美”，但在为“三代单传”的丈夫（一个镇上的管账先生）生儿子时被活活夺去性命。“临盆”时，“收生婆”来了，管账先生本家的叔婆（一个老巫婆）“下令”：“泼粪”！“敲锣”！“杀狗”！硬说“狗血避百邪”，硬要把狗血沥到桂娟姐姐的床上和被子上，弄得“里外腥臭熏人”，使得桂娟姐姐“呼吸沉重，痛苦呻吟”；同时老巫婆还使劲捂住桂娟姐姐的嘴厉声警告：“莫出声，叫血盆鬼听见!”而“牛高马大”、“一脸滚刀肉”、长指甲藏满污垢、“象个屠户”、只带了把剪脐带的锈剪刀的“收生婆”则叫两个妇女掰开桂娟姐姐曲起的双腿，然后跨在桂娟姐姐身上，用力胡乱搓压桂娟姐姐的隆得紧绷绷的肚子；最后，桂娟姐姐肚里的胎儿简直是在黄牯牛背脊上驮转、驮颠、驮挤、驮压出来的，桂娟姐姐即刻血淋淋地惨死了！这便是桂娟姐姐的人生文化命运！小说中所描写的尚未出嫁的农村少女有明桃、金梅、桂娟、荷香、爱月，她们高矮胖瘦不一，脾性各异，但却是同生一村、同吃一口井水长大、常凑在一块堆的非常相好的姐妹。明桃在她们中年龄最大，满二十一岁，是常拿主意的“姐妹头”，她在家里“常吃不饱饭”，常受后妈虐待；自小的人生痛苦使她本来柔媚的目光常显得很冷峻，使她本来柔和的面颊常板起来；她毫无自主的包办婚期“定在十月初四”，她决意赶在自己“婚期”前的“九九重阳”日“上吊死”而自由自在地喜游迷信传说中的阴间“花园”去。金梅年龄最小，虚岁十八，天真，易激动，最信从明桃姐；“十岁那年夏天，金梅失足跌河里，眼看要淹死，十四岁的明桃姐不顾一切将她救了上来”，对此“爹嘱咐：要好好报答明桃姐”，金梅牢记爹的话，决计以“上吊”方式追随明桃姐去喜游“花园”报答明桃姐的“救命之恩”（“上吊”去喜游“花园”那根绳子就是她“遵命”偷偷地精心为姐妹们搓好的）。桂娟年正二十，有姐姐而无兄弟，像姐姐一样长得漂亮，心地豁达，能屈能忍；很能干，有力气，能干某些窝囊男子都感到吃力的“出牛栏粪”的重活，成为家里的顶梁柱；她目睹亲姐姐被封建迷信巫婆和“接生婆”摧残而惨死的人生负面后，更强化了照样去喜游“花园”的憧憬与行动。荷香芳龄十九，大眼睛，长睫毛，嘴快、嘴巧；活泼、勇敢，有几分野性子，以抗嫁和在赶闹子时与私交的“情人”秘密约会的方式反对传统规矩；她特别同情、保护备受哥哥（嫂子丈夫）虐待的嫂子，当她那“情人”认为嫂子是“偷人”因而被哥哥毒打属“自作自受”时，她立即对“情人”满腔愤懑与绝望，并当即买了六尺大红灯芯绒做好了去喜游“花园”穿的对衿衫。爱月与荷香同龄，沉静少言，手脚麻利，上有奶奶、爹妈、叔叔，下有弟弟；既敢于在死心维护传统规矩的“家庭霸主”——“爹”的面前表示自己的情绪和意见，也敢于对乡间世代沿袭的“男人不理菜园”、夫妻在外人面前“必须形同路人”的乡俗乡风深感厌恶；对刚学会走路的“小弟弟”都有爬上条凳“坐席”的资格，而自己日日里外操劳的母亲待“客人一到”就一如既往地“一声不响，背起草筐，拿着小镰，出门寻猪草”，以及自己那忧勤一生的奶奶在自己八旬生日时都无权“坐席”一次的“传统规矩”尤感“愤愤不平”。她听说奶奶当年出嫁前曾“闹过”与同代姐妹们相邀去喜游“花园”的事，而今她又明显观察到奶奶十分后悔当年没有下定决心相邀去喜游“花园”，因而她更向往去喜游“花园”了！这便是小说所描写的特定时代中的一些老、中、青数代农村妇女的文化人格与人生文化命运！

小说的着意点是在尚未出嫁的五个农村花季少女共同的悲剧性文化人格、文化人生以及以愚昧对抗愚昧的惨痛文化命运上。由上述足见，五个都是禁锢于传统封闭环境中的特定时代的农村美貌灵巧、勤劳能干、纯洁善良的花季少女，她们对剪鞋样、纳鞋底等针线手艺活儿都内行，“鞋底纳出十字纹、胡椒眼、芝麻花、双龙抢珠凤朝阳”；她们清一色在一块堆时才会“狂浪地笑，野性地笑”，才敢无所顾忌地相互寻乐作乐；她们都一样规规矩矩地过着艰辛的少女人生，但旧观念强加给她们的“共名”却是“赔钱货”；她们享受教育的权益被彻底剥夺，个个都是“文盲”，都在封闭的几无物质条件保障的穷僻乡间任其自然地发育长大；个个于花季之年就得像“拉犁的小母马”一样拼力干活，有的即使在农历六月天的毒阳下也照样得在荒山里割丝茅草；依祖传规矩，她们年方十六就都得“订亲”，紧接着就是在包办下“陆续出嫁”，“出嫁就都进了鬼门关”，“男人日里打”，“婆婆指甲长，一抓五道印”，始终被禁锢着，“足迹不曾踏出三十里，顶多去过广西蠓街赶闹子”；嫁鸡随鸡，嫁狗随狗，苦闷无处排，痛苦日益重，死了比活着好，阴间比阳间好，于是她们平常“议题”的重点便是“死”和“怎么死”；不能同日生，但愿同日死，“要活齐齐活，要死死一堆”，并认定“吊颈”死比投河死、吃火柴头死、割脉死要好，因为这种死法“身上衣裳都不得打折”，可以“干净、体面”地去喜游“花园”。一天，五个花季少女成帮去邻村苏家坪看戏，结果演戏的消息是“造谣”，没看成；她们便一起到了河边的一间白色的独立小屋，小屋主人是老寡妇，人称“十八仙姑”，她那做木材生意的老公丙老三死后，她假装“吃斋念佛”，胡说人们可以在她主持下同过世的亲人会面、讲话、问讯一切；五个花季少女通过专访“十八仙姑”，向三年前吊死的“六姐”（淑云姐）询问了喜游“花园”的事：“十八仙姑”假装是淑云姐，学着淑云生前“喜欢偏起脑壳”的姿态和“笑眯眯”的神态以及说话的声调回答：“‘花园’好哇!”“‘花园’好哇，姐妹们来吧!”“花园”吃得好，住也好，只浇水种花，轻松得很，女人很自由，备受男人宠爱，是男人们的宝贝；“花园”里的女人生孩子有医生护理，生起来很顺当；“九月初九重阳节”那天喜游“花园”最合适，最好，快来吧！此后，五个花季少女更坚信“花园”里的一切都是美好的，于是共同商定：“重阳九月九”，“齐崭崭吊死在一根绳子上”，“手挽手结伴游‘花园’”。“重阳九月九”前一天，她们一早集合在河湾的油榨房里发誓一起去“花园”；“重阳九月九”当天早晨，她们按商定每人穿七件衣裳，最外一件穿“大红灯心绒对衿衫”，同时她们心里都认定在自己曾生活的阳世上已不欠任何人任何东西，“至于父母养育之恩”，她们也认定已“用劳动和汗水还清”，而且她们“扪心自问，从未偷过懒、怠过工”，在阳世上都活得很清白。晨风拂面，她们很坦然、安然、淡然地“齐齐走进老油榨房”，一切在明桃指挥下，将头伸进“绳套”，最后在明桃“一、二、三”的口令声下，“一齐将脚底木板蹬脱”，“集体吊死”在“绕在油榨房横梁上那根长绳子”上了！“手挽手结伴游‘花园’”去了！这便是小说所编写的五个农村花季少女以愚昧对抗愚昧的带有离奇性的惨痛人生文化命运！

小说的基调在于暴露特定时代的一些普通善良农妇悲剧性的传统人生文化命运，五个花季少女“上吊”前曾抱头痛哭过，她们内心本是盼着像鸟儿般自由自在活着的，但她们看到并感受到妇女在特定时代的传统文化人生中被歧视得或重压得或扼制得或虐待得太悲苦了！她们无奈地抗拒与否定了自己传统的文化人生！但是受害最重最深者不是团结起来去改变愚昧环境，而是集体屈从、葬送于愚昧环境；前辈不是消除愚昧规矩，而是继续维持之，以致世代诸多农村妇女在同一根劣根性的“绳子”上悲苦地葬送一生。五个花季少女采用的方式是以愚昧对抗愚昧，她们迷信“十八仙姑”骗人的那一套，相信阴间的“花园”是女人享有尊严、自由、快乐的“女权”世界，痴迷地把愿望寄托到阴间“花园”里去，她们的意识、观念、灵魂、愿望与所为都是愚昧的。小说的根本意向既在对五个花季少女的痛惜中对特定时代的传统文化的劣根性一面予以揭批，也对以愚昧反抗愚昧的方式予以否定。

叶蔚林的小说创作基本上是写实性的，他亲身所经历的部队生活和他感受深刻的穷僻乡野的芸芸众生的艰难坎坷的悲喜命运，是他小说创作的两大重点。他的突出特点在于擅长描写潇水流域和九嶷山下的风俗、风情、风景，展现湘南、湘桂边界地域乡下的文化人生、文化命运的历史、现实与变迁，展现湘南、湘地乃至神州的人间悲喜剧。其笔下的农村女性大多长得很漂亮，借以寄托了对苦活于穷僻农村的女性的同情；其创作富有地域特色和带有传奇色彩，笔调明快、抒情；《五个女子和一根绳子》带有寓言意味和魔幻色彩，兼用湘南、湘桂交界地域口头语，如“还讲”“几多好”等。

6

凡事物都具有两重性。民族文化之“根”不全是“优”根，也不全是“劣”根。漫长史程中的民族文化积淀“优劣”并存，弊病与价值交融于一，这便是形成或重揭批传统民族文化弊病或重挖掘传统民族文化价值或两者兼而有之的文化寻根创作现象的根本原因。阿城的处女作《棋王》（始载《上海文学》1984 年第 7 期，获 1983 至 1984 年全国优秀中篇小说奖）即以发掘民族传统文化价值、弘扬民族传统文化精神为主导倾向的文化寻根小说。

阿城 1949 年生于北京市，祖籍四川江津（今重庆江津），原名钟阿城；原有初中文化程度，1968 年到山西农村插队务农，同时开始学习绘画，为便于在大草原上写生，曾转到内蒙古插队，后又转迁云南建设兵团农场落户；1979 年调回北京，最初在北京中国图书进出口公司当工人，继在《世界图书》编辑部工作；此间曾协助其父电影评论家钟惦棐撰写有关电影美学的著述，得到切实的“深造”；1984 年发表处女作《棋王》，一时震动文坛；后相继发表《树王》《孩子王》以及写边地见闻的系列小说《遍地风流》等。有中短篇小说集《棋王》，其中包括《棋王》《树王》《孩子王》三个中篇和《会餐》《树桩》《周转》《卧铺》《傻子》《迷路》六个短篇。

阿城主张文学应扎根在民族文化的沃土中，应力图把自己所描写的世俗世界、现象世界置于大文化圈中考察，对世俗世界、现象世界作文化审美把握，力图透过世俗世界、现象世界揭示民族文化精神。他以知青生活题材为重点的小说创作，不重在反思知青人生岁月的蹉跎与如何找回往昔失落的人生价值，也不重在讴歌知青在困境、逆境、险境中的奋斗精神，而着意于透过逝去的知青人生经历表现出某种民族文化精神。虽然不能断言他已完满地兑现了这种高层次的理想性志趣，但他往昔的辛勤创作实践多少是如此追求着的。

阿城以“王”字系列小说而引人注目，《棋王》是他“王”字系列小说的代表。从题材内容层次看，它属于知青题材范畴，因而有论者径直称之为“知青小说”。其主人公是知青，全篇塑造的是知青形象。它描写了知青王一生的贫苦身世及其所经历的上山下乡的清苦的知青生活。王一生出生于处在城市社会底层的家境贫穷的普通人家，全家四口人，除他外，还有“后爹”、亲生母亲和妹妹。他亲妈在旧时代的窑子里受屈辱，在新时代里依然穷困，添了妹妹一张口后家境更“一天不如一天”，在他念初一时他亲妈就在贫病与家累中离世。“后爹”是“没文化”的“卖力气”人，由于“身子骨儿”日益衰老而愈来愈“挣得少”，常伤心痛哭、喝酒骂人。一家老少可供生活的费用低得可怜，境遇始终艰难。从小备尝人生磨难滋味的王一生不仅懂得帮体弱的亲妈叠书页助家糊口，而且凡需花钱的“家外活动”他一律免去，十分体谅亲妈、后爹、穷家。后来他投身时代大潮“享受”到了上山下乡的知青生活，每人每月四十二斤粮，五钱油，二十几元工薪；活计是在大山林里砍树、烧山、挖坑，然后再栽树；有时吃蛇肉、蛇汤；有时这样打牙祭：“巧克力大家都一口咽了，来回舔着嘴唇”，“麦乳精冲得稀稀的六碗，喝得满屋喉咙响”；有时这样吃馆子：“都先只叫净肉，一盘一盘地吞下去，拍拍肚子出来，觉得日光晃眼，竟有些肉醉，就找了一处草地，躺下来抽烟，又纷纷昏睡过去。醒来后，大家又回到街上细细吃了一些面食”；有时还有些知青斗殴，甚至用火药枪互相射击。王一生就是这样同知青们一道生活着，他觉得亲妈生前最担心他的能不能“顿顿饱”的“饭碗”实实在在算端上了，在这方面算是“享受”到了，够“知足”了！特别是在他自以为是“享受”的知青生活环境中，他突出地表现出了传统性、民族性的“有为”的人生哲学、人生态度。他那人生哲学、人生态度是从前辈那里继承下来的，他亲妈生前对他的唯一教导是：“你记住，先说吃，再说下棋”，“养活家了，爱怎么下就怎么下，随你”。这是亲妈对他志趣的诚心支持和对他所做的最切实最重要的“人生战略”教育；然而王一生更重“母教”的后项，对前项则无更高要求，他说：“人要知足，顿顿饱就是福。”小说即以主要篇幅写他“喜欢下棋”和“下棋有成”的事迹。他少年时代从帮他母亲叠一本讲象棋的书的书页的过程中开始产生下象棋的兴趣，然后学下、看下，会下、下好；不断找人、找机会下；无对手时独自下盲棋，在自己脑瓜中布局成“敌我”激战双方；在火车上也兴致勃勃找人下，在乡下不嫌百里之遥去找人下；随时随地皆乐此不疲，执着不懈；喜见对手一个个、一次次败下阵来，棋坛世家之后倪斌大败于他手下，最荣耀的是插队地区棋赛上决出的头三名高手及另六名拍胸呼哨、自告奋勇的挑战高手先后均败于他手下，“九个人与他一个人下”，“九局连环”，“车轮大战”，在数千众目睽睽下他力克群雄，最后应老者（地区冠军）“给老朽一点面子”的“言和”呼吁、请求，他犹豫很久才“呜呜地说：‘和了吧。’”他完全是为照顾地区冠军的“面子”才同意“平手言和”的，实际上他是“九战九捷”，大获全胜。由上述可见，《棋王》就是着重写普通知青王一生如何对待“吃”

和“下棋”的“真人生”。他的“真人生”表明：其“吃”“棋”“命”是一体的。亘古以来皆奉行“民以食为天”的准则，吃是人生的第一需要；哪朝哪代人人都得“以食为天”，“命”“棋”均得奠基于“吃”上；无论何时何地，人既要有最起码的物质生活保证，也要有起码的精神生活追求，肚子不空虚，精神也不空虚，而且能够按照自己的意愿与追求逍遥自在地活着。换言之，人之为人，必须既有物质生活又有精神生活；“衣食是本，自有人类，就是每日在忙这个”，“可囿在其中，终于还不太象人”，“人还要有点儿东西，才叫活着”；缺乏物质生活，无以为人，缺乏精神生活，亦无以为人，物质和精神都匮乏，更无以为人；人生不应为环境所沉沦，而应有切实不渝的志趣与追求，人生除了第一需要外，还要有所爱好，有所寄托；人生不可虚度，不可一无所求，专心于某方面而使人生焕发出光彩更好，但也不必想入非非，好高骛远，而要抱切合实际的人生态度、人生追求。这便是知青王一生“真人生”的真谛。王一生是普通人，是不平凡的普通人，是实实在在的食人间烟火的有血有肉、有精气神的普通人；不是空喊口号的而是按照自己的意愿、意志能动地发挥生命能量的踏踏实实地去发扬民族传统文化优秀价值的普通人，其与夸夸其谈、志大才疏、大事做不成、小事又懒做、只知凭小手脚损人利己的鄙陋之辈岂不形成鲜明比照?

《棋王》是在文化寻根创作热浪中面世的，虽然阿城曾说它充其量亦仅为“半文化小说”而已，然而人们从文化角度挖掘其主旨则认为其无愧为文化寻根小说的奠基之作。其实这两种说法都无不有理有据，如前述及，就题材看，可谓其属于描写特殊时代背景下的知青生活题材的小说，但就实质而言，它显然涉及民族传统文化之“根”的主题；小说既不重在单纯展现真实存在的知青人生和显扬当年独特的现实文化精神，也不重在揭批闭塞、丑陋的原始性传统文化形态和世代习以为常而沿袭至今的愚昧、落后的风俗文化形态，而是重在从古老的民族传统文化的深厚积淀中发掘与弘扬民族传统文化精神，而且不是执意从民族传统文化的负面去审丑，而主要从民族传统文化的优秀价值面投以审美眼光和予以审美提取，把独特的现实文化人生和积极向上的民族传统文化精神相交融，凸显一种别具一格的优质的寻根精神气质。

《棋王》凸显的优质的传统的寻根精神气质体现在诸多方面。小说主人公在特殊的现实文化环境中追求的是传统文化人生，其文化人生的主要目标即“下传统象棋”，亦即承传、发扬中国历史悠久的象棋文化。现实生活中“吃”得如何？只求饱肚而已！内心“何以解忧”？“唯有下棋”！其人生快乐不从大鱼大肉、山珍海味中来，也不从万贯金银、官位利禄中来，而从执着传统象棋文化中来，从以棋为乐，以“棋迷”“棋王”“棋呆子”为荣幸中来！就如此简单、明确、淡然，如醉如痴、自足自乐地使民族传统养生文化精神和民族传统象棋文化精神大放异彩！其文化人生所彰显的不是现代人格，而主要是传统文化人格，他从己所好，学而不厌，精益求精，矢志不渝；他淡泊处世，自在解脱，随遇而安，知足常乐；他笑对困顿，冷对逆境，蔑视阻遏，百折不挠；他既顺其自然，又坚忍奋发，不甘沉沦，可谓身处穷境、困境、苦境、逆境而永葆精神，颇显贫贱不能移、威武不能屈、富贵不能淫的传统文化人格精神。主人公王一生的文化人生、文化人格的形成可谓皆与传统文化的熏陶、影响及发扬分不开，传统文化精神造就了他，使他切实地实现了生命价值，达到了自己追求的人生文化目标，他的文化人生不是盲目的、消极的，而是自觉的、积极的、可赞的，他是生长在特殊的现实文化环境中却又深植于民族文化土壤中的传统性鲜明的知青人物形象。人类制造着文化，人类文化各异，“文化制约着人类”（参见阿城《文化制约着人类》一文，《文艺报》1985 年 7 月 6 日），人人与文化共存。阿城对中国传统文化之意趣深厚，其创作蕴藉着悠远的古典文化传统、文化哲学意味，其将实实在在的文化人生、文化人格、文化精神自然而然地表现于小说创作之中，宣示出豁达、超然、自在、解脱、从俗、入世、有为、自乐相交融的文化人生，显示出现代评价意识和洋溢着民族传统文化的悲喜氛围，从正面审视、挖掘、礼赞、弘扬、发扬民族传统文化精神积极、优良之一面，是小说《棋王》独特的文化性所在。

阿城的小说创作艺术有独特性。他只求将自己真切感受到的世俗世界中的种种现象信手拈来似的叙述下去，而不执意追求波澜起伏的情节冲突，力求客观地写出原态即可。他写人状物多用白描，去藻饰，重实写，有返璞归真的艺术功效。他的文笔简朴、平实、冷静，句式简短，或推敲炼字，或自然天成。王蒙对此曾予以特别称赞："口语化而不流俗，古典美而不迂腐，民族化而不过'土'，嘎嘣利落但仍细密有致，刻画入微却又惜墨如金"（见王蒙《且说〈棋王〉》一文，《文艺报》1984年第10期）。

7

王安忆的《小鲍庄》（始载《中国作家》1985年第2期，获1985年至1986年度全国优秀中篇小说奖）也属从民族历史文化深层进行思索的文化寻根小说，它由开篇两个"引子"、收笔两个"尾声"和中间四十节正文组成，从大文化的视野考察与表现处于20世纪60年代中期至70年代中期的"小鲍庄"由祖传而来的传统现实文化生态与传统现实文化人生；那时的中国内地农村已进入耕地"分到户"并偶尔有人谈及"万元户"的特定历史时段，但僻远的"小鲍庄"仍维持封闭或半封闭的状态，游离于外界并拒纳新时代精神，依然孜孜不息地以祖传的传统文化精神主导自己的灵魂和举动。

小说在民族历史文化的悠远背景上，全景式地呈现了“小鲍庄”地域以“穷”和“仁义”为最显著文化特征的纷繁复杂的世道与心态。坐落在淮北原野“鲍山”（实际是宽而较高的大坝）底的古老的小鲍庄，是由同祖同宗的血脉相承的鲍氏宗族的“几百口子”构成的村落，这“兴旺”的人丁由一代代繁衍而来，其最顶头的先祖是奉“龙廷”之命筑“鲍家坝”治水但竟然令百姓大遭水祸而被黜官的官吏，其被朝廷免于“死罪”而摘“乌纱”还乡为民后，即特意怀着“愚忠”“赎罪”的心理携“妻子儿女”选择“鲍家坝下最洼的地点安家落户”；于是年复一年，代复一代，子子孙孙，生多死少，就“如蚂蚁般”一群群地多了起来。鲍氏宗族繁衍的共同特征最显著的有两个：一是最“穷”；二是最“仁义”。最“穷”的“物质”和最“仁义”的“精神”的极大反差是它最突出的文化特征，整个小鲍庄亦即整个鲍氏宗族以“穷”与“苦”著称。其地势最洼，苇子最旺，蝗虫最多，水灾最凶；其居屋极差，或住在经不起风雨的“小草屋”里，或住在黑洞洞的破泥房里；家家都缺吃少穿，食难饱腹，喝稀饭，吃红芋和红芋秧子，吃咸菜和臭豆子，那煎饼和面条子就算是“不孬”的上等好饭；娘们坐“月子”也只能以“芋干面”糊口，夜里盖的全是破烂玩意儿，白日穿的亦难蔽体，有的四十多岁的女人穿着破褂子，肉体时隐时现；男女老少的脸或蜡黄的，或煞白的，或皱皱巴巴的，全庄几乎都在贫寒困苦中度日，个个几乎都是“苦命人”，都几乎是苦惯了、苦麻木了的甘愿苦做、苦活、苦挣扎着的人。同时，整个小鲍庄亦即整个鲍氏宗族又特别以“仁义”著称，远近无不知小鲍庄人“仁义”。其祖祖辈辈“不敬富，不畏势，就是敬重个仁义”，唯有“仁义”才最金贵；世代信仰、承传、宣讲、维护与发扬“仁义”，以“仁义”为标尺衡量你我他的一切。没有好茶饭年复一年代复一代均可以忍受，而没有“仁义”则旦夕万万不可，认定男女老少何时何地凡奉行“仁义”者就是好人。庄里就这样将

“仁义”代代言传身教，因而无论舞文弄墨还是抡锄耕地，无论生得乖还是生得笨，全都懂得讲究“仁义”的天理常伦；其人际关系、人情传达、待人处事、和乐相居、生老病死等，均与源自先祖的“仁义”灵魂相通，均与发自内心的“仁义”精神相应。庄上的人都敬重老人，对无后的老人都毫无怨言地实行“五保”；庄上的人都讲良心，都实实在在的，会说瞎话骗人吗？不会！会耍花招坑人吗？不会！会抢劫吗？不会！老少都讲本分，讲厚道，不是自己的东西绝不乱摸、乱争、乱抢、乱要，大伙的东西领头的“不分发”绝不乱动，借用人家的东西必还；都以自食其力为荣，以损人利己为耻；不做昧良心的事，不做缺德的事，不做难为人的事，不做人心过不去的事；同时注重济困扶危，同情、帮助弱者、不幸者，谁家有难事，互帮互助，绝不幸灾乐祸，落井下石。这便是“小鲍庄”世代坚守的渗透于他们一代代绝大多数男女老少的文化生活、文化人生、文化灵魂中的“仁义”精神。总之，“小鲍庄”以最“穷”与最“仁义”著称，物质和精神的反差极大是它最突出的文化特征。

小说重点描写鲍氏宗族鲍彦山世系中的鲍彦山家庭成员，尤其是突出地描写了鲍彦山家庭成员中的捞渣——鲍仁平形象。鲍彦山是本世系、本家族、本家庭所世袭的“仁义”的最忠实最有力的承传者、维护者、实施者，他以祖传的“仁义”首领的姿态带领一家男女乐天知命地穷苦地活着；全家住着“给水泡松了”的“眼看着就要瘫成一堆烂泥”的“三间屋”，“屋里两块床板，两床棉花套子破成渔网了”；他同老婆就依仗这种祖传的“仁义”的条件弄下七个孩子，一个接一个生下来的孩子只靠老婆的奶水喂大，奉行“仁义”的鲍彦山毫无内疚地到处说：“这娘们吃草都能变妈妈”（意谓老婆“吃草”都能变“奶”的）。鲍彦山和他老婆都以抱“仁义”态度处世待人为荣，在自家穷困的境况下，鲍彦山的老婆怀着“仁义”心肠收留了在危难中讨饭的小翠母女：一天，一个饥饿得“干巴巴猴儿似的”、十一二岁的小丫头小翠伴着竹板节拍唱起“莲花落”站在鲍家门前讨饭，鲍彦山老婆“从大锅里舀了一瓢稀饭给她喝”，可小翠却一口也没喝，而是“倒在一个大磁碗里”端给病在庄东头一棵大柳树底下的亲娘喝；鲍彦山老两口对小翠忍着饥饿“孝顺”亲妈的“孝道”精神很欣赏，因而收留了母女俩。时过两个月，小翠娘走了，小翠被当作鲍彦山大儿子建设子的童养媳继续居留下去；小翠一方面心头上总想着亲妈，一方面善心善意地尽力干活，挑水、磨面、割猪菜、烧锅、刷碗、喂猪、洗衣……哪样不属“仁心义举”？样样都符合鲍彦山家族祖传的“仁义”精神！因此小翠也受到“仁义”对待：没挨打，能吃饱，不像别庄受虐待那种童养媳。特别令固守“仁义”规范的鲍彦山感到无愧于“仁义”宗族的是他“遗传”下了一个虽仅享年九岁却成为“仁义”样板的捞渣，这是小说以大篇幅重点描写的主要人物。捞渣是乳名（小名），是鲍彦山老婆“象老母鸡下蛋那样”第七胎产下的属“仁”字辈的小子，故大名叫鲍仁平。捞渣刚从娘肚“落地”时恰是鲍五爷的独孙子社会子得“干痨”“吐血”“咽气”之时；社会子是有名气的“仁义”人，其来世替身捞渣生来也是“仁义”人，捞渣亦如先辈那样由“仁义”投胎、转生而来；他生出来时虽然发出“呱呱”的哭声，但体质十分衰弱；到能自个儿满地乱爬时小瘦脸儿仍“黄巴巴”的，连“一根头毛也没有”；到歪歪扭扭学步时也只有“稀稀的黄头毛”；在体格上生来就打着由“穷苦”烙下的印记。但是，他打小就有祖传的“仁义”的气质，打小就“一脸厚道相”，打小就讨人喜欢，无论笑还是哭的模样都让人感到温心、舒心；“温良恭俭让”那一套“仁义”德行全从先祖那里“遗传”给他了。他自小就“和和气气”地待人，爱老、尊老、孝老、敬老，虽然鲍五爷见了他“就来气”，然而他对“仁义”的祖辈鲍五爷却比亲孙儿还亲，他把小手心里“捏成了团”的煎饼送到鲍五爷嘴边，非要鲍五爷吃不可；对失去劳动力的“连绳头都搓不动”的鳏寡孤独时的鲍五爷，他是宁愿自己少吃、少喝、少睡、少歇也要全心诚意地去照顾，不仅常陪伴着鲍五爷，而且常乖巧地以问长问短的方式为鲍五爷解闷；每晚睡前给鲍五爷“捂被窝”，从刚会说话起就老邀鲍五爷来家吃饭，为此他爹曾逗他说：“你老叫五爷来家吃，俺家粮食不够吃了，咋办?”他听后认认真真地回答：“我少吃一张煎饼，少喝一碗稀饭。”当他觉察到鲍五爷表露出“活烦”了的心绪时，他便信心十足地开导说：“好日子都在后头哩!”生怕鲍五爷的身心安康受到丝毫的伤害，因此小鲍庄人无不称道：爷孙俩真有“仁义”缘分哩！捞渣对自家爹妈兄弟也很讲“仁义”，孝顺爹妈，顺着爹妈的心思做，主动给娘捶背，给娘递洗脸水；对兄弟向来谦让、谦恭、谦和，七岁那年，“庄小”老师一再登门动员捞渣去上学，可家里“供不起两个学生”的上学费用，因此他爹鲍彦山打算让上“公社中学”的二儿文化子辍学返家务农；“班上头名”的文化子对此决策气不过，连日又“哭”又“闹”又“不吃饭”（绝食），捞渣见状主动反复表明：“让我二哥念吧!”但时隔不久，鲍彦山还是因“分田到户”后家庭劳力不足而让成年的文化子回家当正劳力使唤而让未成年的捞渣上学去了，乖巧的小学生捞渣比二哥文化子学得更出色，头学期便捧得了“三好学生”的奖状。好逸恶劳悖反祖传的“仁义”精神，捞渣自小不好逸恶劳；爱小、助小、扶弱是祖传的“仁义”精神所要求的，捞渣自小就正好如此；他“成天下湖割猪菜”，同他一道割猪菜的“一班小孩子”哪个“走得慢”，他一定等他一程；哪个孩子割少了“不敢回家”，他一定主动“把自己的匀给他”；孩子间产生争吵要“打架了”，他一定平心静气地劝和而“不让打起来”；因此孩子们都“欢喜和他在一起”，俨然成了“仁义”长辈们都放心的孩儿“首领”。捞渣是为“仁义”长辈公认、称道的“仁义”孩子：“捞渣人虽小，行的是大仁义”！“这孩子仁义呢”！这孩子打小就“仁义得出奇”呢！不仅做事说话和风细雨，与人和乐相处，对谁都和悦和善，从不跟人吵嘴磨牙，而且从不骗人，从不欺负小孩，随时随地对小孩友爱，让小孩高兴；对长辈更是尊敬，向来讨大人喜欢，从不惹老人难过。捞渣是小鲍庄里长辈们放心、满意、称道、小孩们喜欢、顺从、拥戴的“仁义得出奇”的“神童”式人物。小说还让捞渣的“仁义”从如何对待大自然界的小生命的态度和行为中表现出来，他从不伤害任何一种小动物、小生命，他二哥文化子下湖给逮了一只叫天子放在小翠小手编的小笼子里，他“玩了小半天”，顿觉太不“仁义”，立即把它放飞了，还把自己逮着的两只“蛐蛐儿”也很善心地给放了。在小鲍庄遭受百年未遇的大洪灾危难的关键时刻，捞渣的“仁义”精神更是张扬到了极点：乌云滚滚的天空哗哗地下大雨了，刚五岁的捞渣正给鲍五爷送煎饼；大洪水很快就要淹没小鲍庄，男男女女都撒腿往“鲍山”上逃命；捞渣“和鲍五爷走在一起”，由“搀着鲍五爷走”，到“牵着鲍五爷跑”，再到“拖着鲍五爷跑”……当小鲍庄被大洪水吞没时，村长立在“鲍山”最高处一五一十地反复清点已经逃命到“鲍山”上的人头，除了已知丧命在洪水里的“疯子”外，断定确实还少了鲍五爷和捞渣一老一少。村长亲自冒着风险带领十几条水性好的汉子划杂木筏子回庄找，结果发现鲍五爷趴在庄东头最高那棵大柳树的“树梢梢”上一命呜呼了！接着又在同一棵大柳树干下边找到了捞渣的死尸，他仍紧紧地搂着那棵大柳树，仰着头，翻着一双眼瞪着趴在“树梢梢”上死了的鲍五爷，他是发扬祖传的“仁义”精神舍己救“仁义”祖辈鲍五爷而丧命的！在大洪灾里，小鲍庄丢了三条性命，鲍秉德家“疯子”连尸体都未找着，小鲍庄人觉得她无仁无义，死了活该，根本无安葬之事可言；鲍五爷虽是“仁义”祖辈，但“无后”，在“仁义”方面有大缺失，按严格的“仁义”伦理老规矩给他入土完事；捞渣虽然只在人世间活了九个年头，但“仁义”精神突出，因而特意按“大仁大义”的规格兴师动众地给他办了丧事：买了“一副板子”（棺材），新做一身“蓝的卡”“学生制服”，还有“的确凉”的衬里褂子（中式上衣），白球鞋（属当时一流的穿着），“二百多”大人泪流满面地送葬，当日“家家的烟囱都没有冒烟”，都不“揭锅”。由上述可见，小说以工笔描写的捞渣形象是“仁义”的符号，“仁义”的化身。他自生至死以始终竭力践行“仁义”伦理规范为显著特征，生为“仁义”生，死为“仁义”死，是鲍氏家族祖传的传统“仁义”文化精神的集中体现。他为何能这样？固守、死守祖宗“仁义”的鲍彦山深有感慨地总结说：“咱这庄上哩，自古是讲究仁义，一家有事大家帮，方圆几十里都知道。这孩子就受了这个影响。”捞渣“仁义”的天性、德行、人格，是从先祖那里“遗传”来的，捞渣是生来就“遗传”着以“仁义”为核心的文化血脉、文化精神的单为“仁义”生、只为“仁义”死的“神童”形象。

小说着意于群体传统文化形象、群体传统文化意识状态的表现。一代代“小鲍庄”群体都生存在自古以来一直讲究“仁义”的环境里，都以“仁义”为本、为上，只是其个体的具体表现不尽相同而已。“小鲍庄”里在“仁义”的群体意识主导下的不同层次、不同类型的个体的生态、心态，都是“小鲍庄”世代遗传、沿袭、死守的深深打着传统“仁义”烙印的现实人生文化结构的组成部分，《小鲍庄》寻根的特异点在于所探寻的是以“仁义”为核心的传统文化生态，所描写的是“仁义”之“祖”、“仁义”之“庄”、“仁义”之“家”、“仁义”之“人”，“仁义”是“小鲍庄”世代文化心理结构之核心，其世代主要就是靠“仁义”和“本能”的“法宝”自发知足地繁衍生息着。虽然其群体文化生态、群体文化心理、群体文化选择的趋向已略露自由自主的苗头，但始终是浸透着以“仁义”为核心的传统文化意识和精神的封闭之地，啥都以群体接受的祖传伦理规范为准绳，以“仁义”为核心的文化意识、文化心理、文化规范、文化精神、文化信仰依旧主导着古老的“小鲍庄”的世世代代的男女老少。

“小鲍庄”此种以“仁义”为核心的生存状态是可歌可赞的吗？“仁义”是否具有两重性？“仁义”尤其在现代人生中是否具有优劣、利害的对立性？“仁义”之意固然不等于洪水猛兽。“仁义”：崇尚仁爱和正义；仁慈，重道义，有良心，施义举，真依此去做不好吗？讲孝道，善良，安分，在危难关头相依为命，这一点都不好吗？但“小鲍庄”所有的人和事并非全是“仁义”的结局，“仁义”卫道士鲍彦山领着一帮人以拳打脚踢的毒打行径阻拦拾来与二婶的自主结合是“仁义”吗？为“传宗接代”鲍彦山一厢情愿地一再图谋强将小翠与极不般配的长子建设子“圆房”是“仁义”吗？“小鲍庄”祖传的观念认定“无后”就是“不仁不义”，因此“无后”的鲍秉德老婆在祖传观念的重压下自甘淹死于洪水里，实质上是被祖传的“仁义”的软刀子杀死的！小说中的捞渣有娘，有爹鲍彦山，有大哥建设子，有二哥文化子，捞渣是老七，据此推算，捞渣还有四个姐姐大概在“无后为大”的重男轻女的“仁义”观念主使下，或许挣扎出娘肚后没接生即被“仁义”卫道士鲍彦山野蛮地弄死了。“小鲍庄”一切都被祖传的“仁义”主宰着、凝固着，似乎是乐融融的，实际是苦巴巴的。其以群体意识排斥个体意识，以群体性格压制个体性格；个性、个体价值、个体潜能、个体创造、个体发展几乎被扼制了！那儿重“科学”么？只本能性地崇尚“仁义”！那儿信“科学”吗？只本能性地迷信“仁义”！捞渣是“小鲍庄”本能性崇尚“仁义”的代表，是“仁义”的化身，他对“小鲍庄”穷困、落后的生产力水平、物质生活水平的改善、提高有多大贡献？小说中所描写的“小鲍庄”的以“仁义”为内核的传统文化生态是正负交织、利弊相兼的。小说描写的是很难断言它“不好”，也很难断言它“很好”的原汁原味的原生态，在“仁义”主导下，虽贫穷但知足，虽愚昧但无欺诈，虽落后但很安然，虽艰辛但颇自得，虽麻木但生息不已，就这么一种正负难分、利弊共在、令人隐痛的文化生态！以“仁义”为主宰的“小鲍庄”式的人生状态可褒扬乎，可贬斥乎？优质者应褒之留之，劣质者须贬之去之。

《小鲍庄》不仅在文化寻根上有特异点，在章法结构上也有独异之处。它不采用情节连续演进的历时性的故事结构方式，而采用共时性的并列生活结构方式（或谓原生态生活立体性结构方式，亦有人称之为“并置型结构”或“网络式共时并置型结构”）。其主要情节内容由打小就“仁义得出奇”的捞渣的故事、青年拾来入赘壮年寡妇二婶家而被“仁义”征服的故事、讨饭女娃娃小翠在“仁义”卫道士之家当童养媳却与自择的心上人文化子自由恋爱的故事以及打着祖传的“仁义”德行旗帜的鲍秉德为“传宗接代”一娶再娶的婚姻故事并列构成，将相对独立的散布的人生单元、生活板块共时性地并列汇纳成篇。虽然不采取全篇一以贯之的线线结构模式，但其所共时并列的每个人生单元、每一生活板块实际上也还是多少有长短不等的线线式的情节故事的，还是由诸多不同人物及人物关系所造就的大小故事结构成的；故就此而言，其作为小说本体之特质依旧！其开篇笔势雄劲，自“七天七夜”之百年未遇的大洪灾起笔，正文第一节即让“仁义”样板人物捞渣出生于世而速立于全篇之主体地位，而对其描写则亦庄亦谐，似赞扬、似愚弄、似调侃，可怜，可悲，令人心酸！全篇描写长于将创作主体之复杂情感倾向隐蔽于客观、冷静的叙述之中；于现实描绘中时带神气色彩。

8

文化寻根小说着重审视古老文化的历史积淀。原始文化寻根、儒道文化寻根、优劣文化寻根、文化取向寻根、现实文化问题寻根，可视为此类小说的几个独异点；尤其引人思索的在于此类小说多从负面切入，重在寻找“劣根”。为何一个劲儿深掘历史传统文化的土壤？为何要到渺远的历史领域和奇僻的传统文化生活领域中开凿？为何重于展现穷乡僻壤世代承袭的生活状态、生命状态、心理状态、精神状态？其思路逻辑大致为历史文化是现实文化之“根”，现实文化之弊病乃历史文化弊病之“遗传”，因而愈是追寻负面即愈接近“文化之根”。冀望世代沿袭的传统文化于强烈反省中奋力去变革、根治文化之弊端，其所有搜取、反思、揭批均可视为基于切盼根除传统文化中的负面而焕发古老民族之现代青春。

传统文化之“根”有双重性。历史发展表明：对于民族传统文化只能是不断地继承、发扬、改良、创新、发展，一方面弘扬民族传统文化的精华，一方面让民族传统文化中的糟粕成为历史，再一方面吸收外来文化的优良因素为我所用，革新民族传统文化，创造与发展新的优秀的民族文化。

对于民族文化有两个基本点是确定无疑的：其一，对它抱虚无态度是错误的；其二，走向科学、文明是它的根本方向。中华民族文化传统十分悠久与深厚，民族现实文化与民族历史文化传统是割不断的，现实文化之发展与民族传统文化有价值、有生命力的部分一脉相承。人类文明是不断发展、进步的永无尽头、永无终点的过程，走向科学、文明是民族文化不断演进的根本方向。文化的演变是根本性的演变，文化、文化心理、文化精神的转变是最广泛最深刻的转变。然而尚需知：人世的文化是多元的，多姿多彩的，绝非硬从一个模子里统一弄出来的。

对立统一、统一对立是宇宙间的根本法则。两种并存的事物常会有冲突，传统文化与现代文化常会有冲突。传统文化与现代文化都是复杂的，传统文化有优劣之分，现代文化也有优劣之分，对于任何一种文化都不应优劣不分，面对何种文化都应择优而用。中华民族文化的建设是炎黄子孙世世代代自强不息、创造不已的历史使命。

总之，文化寻根小说是独具特色的。它们着重以文化眼光审视人世，将传统文化生态与现实文化生态交绘于一，是特定时代社会文化思潮、文艺风潮的形象反映。其现实色彩、地域色彩、风俗色彩、神奇色彩、荒诞色彩交汇于一，神话传说色调浓厚，将民俗、政治、文化和弄在一起，详略不同地将芸芸众生的文化命运历程及其所祖传所积淀的传统文化心理的正面价值和负面危害展现于世人面前，任人去见仁见智。

第三章

爱情小说潮

1

20世纪80年代后，中国内地描写男女各种层次的爱情的小说多了起来。爱是人类共同人性的重要表现之一，自有人类以来的漫长世界历史过程中都有男女欢爱现象，男女欢爱的人生主题可以超越种族、民族、国家、时代，其文学主题具有世界性、人类性、永恒性，为世界各国历代作家所关注的一大人类课题和创作母题。

爱是一种很深的感情，因此很有力量，既可产生强大的积极效果，也可造成强烈的负面后果；既可结出“甜果”，创造奇迹，也可结出“苦果”，带来无穷烦恼，因此不可粗心大意。

对涉及男女之爱的小说有不同的称谓。鲁迅在他最著名的学术专著《中国小说史略》中将之名为“人情小说”，像明代的《金瓶梅》（据说是山东兰陵人笑笑生所撰，兰陵在今山东峄城境内，笑笑生显然是笔名，其真名未详）、清代的《红楼梦》，鲁迅均将其归于“人情小说”的章节中论列。还有的将涉及男女之爱的小说名为“言情小说”，即着重讲述、谈论男女爱情故事的小说。一般多将描写男女各种层次的爱的小说，囊括于“爱情小说”的名称之内。

中国本土的爱情文学的源头甚为深远。既有抒写爱情的诗歌，如中国第一部诗歌总集《诗经》中的《静女》篇：“静女其姝，俟我于城隅。爱而不见，搔首踟蹰。”将活泼可爱的少女和满腔痴情的少男在城内一僻静角落幽会的情景写得活灵活现。中国也早有叙写爱情的戏剧，如元代王实甫最著名的代表剧作《西厢记》即集中描写了门第悬殊的相国小姐崔莺莺和“白衣秀士”张生的曲折爱情故事，他们从佛殿偶遇便钟情不渝，但遭到崔莺莺娘等封建礼规势力的阻挠、破坏，最后他们以“生则同衾，死则同穴”的意志予以抗争才实现了自主婚爱的愿望，有力抨击了封建婚爱礼规，讴歌了婚爱自由理想。除诗歌、戏剧外，中国 20 世纪 70 年代末以前历代写爱情的小说也不少，如唐代陈鸿创作的传奇小说《长恨歌传》，写及杨贵妃由备受唐皇玄宗李隆基的宠爱而在安史乱起后又被迫缢死于马嵬坡（位于今陕西兴平西）的爱情悲剧；又如唐代元稹创作的传奇小说《莺莺传》，写书生张生热烈追求少女莺莺并与之成婚，后又变成“负心郎”而抛弃莺莺的婚爱悲剧。在明代和清代，都相继创作了涉及男女婚爱关系、婚爱生活、婚爱悲喜故事的小说。在中国近代也不乏这类小说，如在近代末叶兴起的“鸳鸯蝴蝶派”的“言情小说”；鸳鸯雌雄不离，古称“匹鸟”；蝴蝶双双飞，常被喻为男女欢爱，因而人们以之形象喻示其专写婚爱的显著创作特征；它们特别流行于辛亥革命后至五四运动前后，多以文言写作；如代表作家徐枕亚的代表作《玉梨魂》（文言长篇小说），着意描写才子何梦霞与美貌寡妇白梨影及其小姑子之间的痛苦的三角爱情悲剧。至中国现代，由于言情小说家使用通俗白话文，而且尽心构造曲折有致、哀婉感人的故事情节，因而迎合了更多读者的趣味；如张恨水的代表作《啼笑因缘》（其书名用“因缘”，而不用“姻缘”，因它不是指婚姻的缘分，而主要是形象地揭示产生结果的社会原因），其置于 20 世纪 20 至 30 年代的大背景中描写，写富贵人家子弟樊家树与唱大鼓的姑娘沈凤喜和卖武艺的关寿峰的女儿秀姑，以及有权势的家庭闺秀何丽娜之间的多角恋爱纠葛与悲剧结局。关秀姑、何丽娜、沈凤喜都与樊家树有恋爱之心，樊家树如痴如醉地选择了沈凤喜，后沈凤喜被军阀头目刘国柱仗势霸占，并被折磨成精神病丧命。随后当刘国柱又仗势强占关秀姑时，关秀姑仗义除恶，怒杀刘国柱；之后投奔抗日义勇军牺牲。在中国现代，可以说已形成社会影响较广泛的言情小说作家群；这类小说作品突出描写男女恋爱史，男女婚爱悲喜剧，男女婚爱抗争故事，男女爱情心理及爱情行为，有的将社会邪恶势力的为非作歹、腐朽无耻、糜烂生活融汇其中，因而已将消闲解闷与暴露谴责社会丑恶势力有所结合；当然其中有的也难免凭空杜撰、流于粗鄙，平庸低下、格调不高，文笔粗糙，迎合小市民趣味，缺乏文学的审美和艺术的高价值的水准。

2

进入 20 世纪后半期后，中国内地爱情小说创作时断时续。在 20 世纪 50 年代至 60 年代中期，曾形成两小股爱情小说潮流。一小股于 50 年代初期形成，如赵树理的短篇小说《登记》（始载《说说唱唱》1950 年第 6 期）生动地讲述了当时的农村社会青年男女争取婚爱自主的故事。农村姑娘艾艾与小晚热烈相爱，但婚爱“主权”却受到艾艾母亲小飞蛾等的旧思想、旧习惯势力的干扰、阻挠；其矛头主要针对当时农村社会普遍存在的封建包办婚姻，在当时的中国农村社会，在婚爱领域反封建、争民主、破禁锢、尊自由，的确是较严重的现实问题。再如康濯的短篇小说《春种秋收》，在20世纪50年代初的互助合作的农村背景下，描述了农村男青年周昌林和农村姑娘刘玉翠的恋爱故事。他们的爱情的萌发、生长、成熟，都在“互助”的劳动过程中，都确立于共建新农村的“理想”的基础上，在刚“解放”的农村社会里，显示了新的择偶观和新的婚爱精神，礼赞了新农村的新风尚。由他们的描写可见，20世纪50年代初期的爱情小说的基本特色在于：多侧重对农村青年婚爱问题的揭示，其核心意向在于表彰新人新事，宣传婚姻法精神，反对封建包办婚姻；或者把爱情和劳动融合在一起，提倡在共同建设新农村的理想中结为情侣的婚爱精神。另一小股爱情小说潮流是在20世纪50年代中期以后出现的，如邓友梅的短篇小说《在悬崖上》（发表于1956年），直接描写技术员“我”与女会计以及女雕塑师加丽亚之间的三角爱情纠葛。女会计追求传统性的严肃的婚爱；加丽亚对婚爱采取儿戏、利己的态度；男技术员则喜新厌故；借以体现出不同的婚爱观念，告诫世人不要因某些不如意就见异思迁，以免把彼此推到可悲的“悬崖上”。又如陆文夫的短篇小说《小巷深处》（始载《萌芽》1956年10月号），突出描写在旧社会因生活所迫而备遭屈辱的妓女徐文霞获得解放和新生后（徐文霞当了自食其力的纺织女工），同青年技术员张俊之间的充满内心波折的婚爱过程。再如宗璞的短篇小说《红豆》（始载《人民文学》1957年7月号），在北平解放前夕的特殊背景上，描写女大学生江玫和男大学生齐虹之间的复杂、曲折的爱情历程。江玫决意留在新生的祖国效力，而齐虹则决计远飞海外，因而最终导致两个小知识分子缠绵爱情的决裂。其爱情由萌芽、开花到凋谢、枯萎的悲剧历程，显示出处于新旧时代交替时刻的中国一般知识分子对人生前途的两大基本抉择与趋向。由上述代表性作品可见，在当年的小说家观念中，爱情应当是传统的、专一的、纯正的、严肃的；爱情应当是自愿的、自主的，符合婚姻法的，而不应是包办的、买卖的或受封建习惯势力压制的；在对爱情与革命的关系的处理上，不该是“爱情第一”“爱情至上”，而应是“革命第一”“革命至上”；在爱情与劳动的关系上，则几乎共识为爱情应当牢固地确立在共同辛勤劳动、共同创造未来生活的根基上。这些创作观念与审美观念应当说都是合理的。以上两小股爱情小说潮流虽然都直接描写了爱情关系的本身，但总的说来主要都是作为一种反映特定的时代、社会与人生的载体来运用的，着意将其置于特定时代所规定与要求的新的政治关系范畴、新的政策精神范畴、新的劳动关系范畴、新的人际关系范畴中去表现。其创作基调、主题思想与表现艺术让众人看来都符合特定时代审美时尚，属于传统的正常状态。在20世纪后半期的50年代至60年代中期的十多年间，专门描写爱情的小说虽不算多，但局部性写及爱情生活或将爱情作为副线的小说却不算少。如杨沫《青春之歌》中的林道静和余永泽的爱情；梁斌《红旗谱》中的春兰和运涛、严萍和江涛的爱情；欧阳山《一代风流》中的周炳和区桃及陈文婷的爱情；柳青《创业史》中的梁生宝和徐改霞、刘淑良的爱情；周立波《山乡巨变》中的陈大春和盛淑君的爱情；不少小说都交织着爱情生活的描写。时至20世纪60年代中期后至70年代中期，这十年间的文艺创作处于消亡状态，以谈情说爱为基本内容的小说文本或局部性写及爱情的小说均无，一度出现所谓的“断裂现象”或“断层现象”。

从20世纪70年代末开始，爱情小说又逐渐兴起了，并成为文学“喷涌现象”的重要组成部分。对爱情在文学中的艺术表现需作全面的辩证的理解与评判，爱情在人类的整体生活中有恒性意义，因而爱情对于以生活为源泉的文学也有恒性意义。男女感情生活是人类社会生活和人情世态的重要表现，在爱情文学中可见到时代的特征，可见到社会的政治、经济状貌，可见到人们的伦理道德水平。在古今中外的许多文学作品中都不乏对感情生活的描写，都寄托了对男女爱情生活的愿望与追求。人类任何时代都无法排除爱情生活，都没有理由排斥爱情文学，爱情文学是构成人类任何时代的完整的文学的重要文学现象之一，任何时代的文学繁荣景象理应包括健康的爱情文学的繁荣景象。

3

中国内地自20世纪70年代末起，先后问世了不少与男女感情生活相关的小说。如张洁的表达对理想婚爱追求的《爱，是不能忘记的》，张弦的写农村女性在封闭的社会环境和愚昧的心灵世界中的爱情悲剧的《被爱情遗忘的角落》，张辛欣的通过人生反省和爱情心理的描写探讨女性在婚爱生活中应保持“女性气质”问题的《我在哪儿错过了你》。显然，这些作品的意向仍囿于一般男女爱情范畴，传统色调犹存。刘亚舟的《男婚女嫁》（人民文学出版社作为“当代文学丛书”出版，35万9千字，1980年2月出版，曾于日本翻译出版）则是在刚拉起20世纪80年代帷幕时出版的集中描写农村社会婚爱状态的传统色调更浓的一部长篇小说。刘亚舟生于1943年，黑龙江林口人，20世纪60年代开始发表作品，1978年由中共牡丹江地委政策研究室调入作协黑龙江分会从事专业创作，翌年加入中国作协，曾担任作协黑龙江分会副主席；出版的作品尚有长篇小说《幸运》《冻土》，短篇小说集《闯关东的汉子》，散文集《完达山之歌》《新穗集》《山霞集》等；其创作追求雅俗共赏。

政治与婚爱的纠结是中国20世纪文学的传统特色之一。《男婚女嫁》即着重在政治生活的风浪中描写男女婚爱，其置于1976年“四月初头”的特殊时代的政治背景下描写，小说中说那是“真善美与假丑恶”“被搅得一派混乱的日子”，当时地处黑龙江牡丹江下游的山湾屯的人们，遵照“安定团结”“大干快上”“把国民经济搞上去”的指示，正在争分夺秒地抢修县里统一规划的牛头岭灌区的一个配套工程——落虎涧（相传曾有一虎跌落涧底摔死，故名落虎涧）渡槽工程。这一渡槽工程是否按时完工，关系到山湾屯几千亩好地的收成，因此被山湾屯人视为“命根子”工程。但恰与此同时，由地区、县到公社却都以下“死命令”的口吻与方式布置“学小靳庄活动”，要求“百人”各唱一段不重的“样板戏”，“千人”（山湾屯共“一千零几口人”）每人作诗十首，合计“一万”首，山湾大队党支书林亮简单地将之概括为“百千万”。这“百千万”必须在“四天”里完成，然后地区决定在山湾屯召开“万人现场会”。正是在这种“今朝刮东风”，“明朝刮西风”，一会儿要求“大干快上”，一会儿要求搞“百千万”的政治局势的背景下，小说描写了山湾屯男女不同类型的婚爱状态，揭示了不同类型的婚爱的成败及幸与不幸的原因，展现了特殊年代与政治纠结在一起的男女婚爱的传统风貌。

苗海与苗大娘属于妇唱夫随、患难同舟、鱼水相帮、志同道合、白头偕老的一类传统性的恩爱夫妻。

他们的婚爱门当户对，他们都出身于旧时代的穷苦家庭。苗海“五岁起挖野菜，九岁起放大猪，十三岁起当小半拉子，十七岁起顶个整人扛长活，三十多岁逃荒到北大荒”，苗大娘也在饥寒交迫的贫苦家庭里熬大，都同样是在新中国成立后才见到天日。

他们的婚爱确立在彼此勤劳的基础上。苗海很勤劳能干，“铁瓦木石各种匠活都通路”，干起活来不惜力气，总是“象个拉重车、上大坡的老黄牛”。苗大娘从十五六岁黄花女时起在女孩堆中就模样既“标致”，干活又“最泼”，同时还特别懂事理。姑娘不会爱好吃懒做的男子，小伙子喜爱漂亮能干的姑娘，假如男女都好吃懒做或有一方总是好吃懒做，那绝无婚爱的幸福可言，勤劳能干是中华民族历代下层百姓择偶的重要传统标准。

他们追求、崇尚与坚守自由自主、坚贞不渝、从一而终、白头偕老的婚爱。他们虽是旧时代过来人，但他们的婚爱不是旧社会那种父母包办的婚爱；由于两家租种的地紧挨着，因而他们两人年轻时是在“一块儿摽着劲儿”“侍弄”庄稼活的过程中，用“互瞅”的传情方式表示“恋情”而“自由自主”地确立“婚爱关系”的。苗海曾明确而深有感慨地对自己的闺女苗文珍说：“我告诉你，旧社会那种父母包着办的婚姻，你爹是反对的”，“婚姻不自由不行，老早我就举自由的手”。同时他又特别遵从坚贞不渝、从一而终、白头偕老的传统婚爱原则，他说：“可有一宗，做夫妻的应是越自由越实心相处，越有刀砍不开、棒打不散的坚决性儿”，“象眼下有的小青年这样，找对象没个准主儿，今儿跟这个好两天，明儿又跟那个好三晌，结婚后有一个舌头碰牙，不是男的想散伙，就是女的想跳槽……这个，你爹是反对的!”男男女女既然自愿做夫妻就做到底，海枯石烂不变心，棒打鸳鸯永不离，这便是苗海与苗大娘所奉行的传统婚爱观念和传统婚爱原则。

传统性婚爱讲究和和美美、心心相印、志同道合。苗海虽然很有主意，屯子里的人遇上大小事情都愿找他合计，“听听他的点子”，但他在苗大娘面前却“向来言听计从”；而苗大娘则是向来摸透了苗海脾气的贴心人，因此他们始终一唱一和、心心相印、和和美美。同时苗大娘过门后始终与苗海志趣相投，志同道合，他们在土改时肩并肩“一块儿入党”，一贯积极响应党和政府的号召；他们都越活越有志气，患有腰腿疼病的六十四岁的苗海拒绝生产队对他的任何“照顾”，“一年四季，春种秋收，天天不歇息”，他当抢修“引水渡槽”的“青年突击队”的“顾问”时，大队规定“只准他在工地上动动脑，动动嘴，不准他动一砖一石”，可他到工地后，“今儿个跟小伙子比，明儿个跟大姑娘赛”。苗大娘也是不信“人会老、草会衰”的最“怕闲”的“老积极”，她不辞辛苦地跑跑颠颠挨门挨户动员、组织全山湾屯的媳妇、老太太，都一起上工地去抢修“引水渡槽”。由于他们始终志趣相投，志同道合，因而也就始终一唱一和，心心相印，始终维持着患难同行、鱼水相依、白头偕老的传统性的婚爱关系，属于传统性的理想夫妻。

苗文福与程金贞属于突破特殊年代阶级观念及阶级家庭界限而自由恋爱、自主结婚的传统性的恩爱夫妻。

“白白胖胖”的程金贞出身于“富农成分”家庭，她爹妈本要给她“攀个高门贵户”，条件是老公公是“当官的”，老婆婆是“上班的”，女婿是“日后能接他爹班的”，以求程家在大树底下乘点“荫凉”；但由于人家总“相不中程家的富农成分”，因此在县城里寻女婿的谋算“落空”了。“屡寻屡败”后，金贞爹妈才无奈地把择婿目标锁定在本屯“苗家二小子”苗文福身上，以求用“亲戚套”“稳住”“冤家对头”苗海，少挨苗海鼓动人整程家。金贞遵从爹妈的“战略”，在山湾屯渠边每日以“洗衣裳”的方式主动追求苗文福（因为苗文福“每天晌儿”“收工回来”都到渠边“洗头、洗脸、洗脖子”）。在金贞反复、热切地追求下，苗文福才慢慢爱上了金贞，他对金贞说：“往后，咱就跟一个人一样；活，活一块儿；死，死一起!”但他们的婚爱遭到苗家爹妈的强烈反对，苗海“不准”文福搭理金贞的“茬儿”；苗大娘心里也极“不得劲”。为什么？主要是“阶级成分”观念作怪。在一个刚吃过晚饭的月夜里，苗海问文福：“文福，你跟程家姑娘好上了?”文福答：“嗯。”苗海说：“这事不中!”文福反问：“咋的?”苗海说：“她那家，不称我心。”在苗海的婚爱观念中，“阶级”观念、“阶级成分”观念占有很大比重，并总想以自己的观念主宰儿女的婚爱。苗文福最终是“拗着爹妈”、冲破爹妈的阻力跟金贞结婚的。他们婚后不到三个月，对“改造”儿媳失去信心的苗海，就在同一屋子中间“隔上了墙”，成了“各走各的门”的毫不相干的两家人。被迫分家后，出身于不同阶级家庭的文福、金贞“小两口”，每天照样过着“恩恩爱爱”的夫妻生活；文福在家里家外总是“护着”金贞，不论干什么都“闷哧闷哧的象头牛”那样卖力气，总盘算着如何使自家“更富足”，心思着怎样才能让金贞和孩子“过的更快活”；而金贞虽然身子“胖乎乎”，但手脚很“灵巧”，干“家务活”“非常麻利”，而且很会“带孩子”和“侍候丈夫”；一家的小日子过得“美滋滋的”。这便是小说中描写的苗文福与程金贞的基本婚爱状态。他们突破了以“阶级成分”论婚爱、主宰婚爱的观念，一反特殊年代总以“阶级成分”论婚爱、干预婚爱、主宰婚爱的社会风气。

王巧生与侯腊梅的婚爱思想和行为虽然已看不到封建绳索的束缚，但也依然局限于20世纪80年代前的婚爱传统之内。

他们的婚爱确立在共同建设新农村的传统理想基础上。他们高中毕业后都异口同声地决定回乡“贴心务农”，立志用自己的“智慧和汗水”改变农村的落后面貌，立足在本屯以辛勤劳动参与建设富强的国家。正是这种相同的人生道路与理想，使他们一脉情深地泡在了婚爱的甘泉里。

他们的婚爱是自由自主地按照特定时代的号召办的。侯腊梅认为男女婚爱是“绝对自由的”，是“自个儿说了算的”，什么“领导”“爹妈”的意见只能当作“参考意见”，同时认为男女双方的心事、行动无须隐瞒、遮挡；正是在这种火辣辣的婚爱思想主导下，主动公开追求爱情的侯腊梅同王巧生在一个夜晚“干干脆脆”地自定了“婚期”，并按自定的“婚期”“利利索索”地完了婚。这种婚爱的思想和行为，可见当年农村社会在婚爱领域反封建传统上已经收到了显著成效，但仍是局限于20世纪后半期那特定时代的婚爱传统之内的。

他们是个性完全不同的传统性恩爱夫妻。王巧生看去“蔫蔫巴巴”，情感“很少外露”，十分内向；侯腊梅天性“快乐”，“刀子一样锋利的嘴”，在巧生面前“天天都骂”，“可又天天都把巧生的吃喝穿戴照顾得好好的”。巧生干活回来刚进门，侯腊梅就骂上了：“你还知道回来呀？我寻思你随山猫野兽进了深山，去给山神爷当孙子，下半辈儿不回来了呢!”可巧生刚进屋摘去帽子，脱下外衣，腊梅即急忙端盆水来，一摔放在巧生面前，又骂道：“把你那黑瞎子没舔净的脸洗一洗。”巧生按吩咐洗完脸，侯腊梅又急忙“捧了热腾腾一大钵子鸡蛋羹”重重地放在巧生吃饭的桌子上。“巧生尝了口”，“挤咕着眼悄声”对小儿子说：“淡了，要盐面儿。”侯腊梅闻声又立刻响起了骂声：“呸！人儿蔫头蔫脑的不起眼儿，口味可挺高，黑瞎子抹蜂蜜，你能品出啥味道来?”一边骂着，一边左手端着干粮盘右手端着装精盐的罐儿，进屋又重重地放在了巧生面前。巧生每日中午或晚上回家，侯腊梅的这类“骂话”“便非常自然、非常流畅地响起来，就跟灌在唱片上一个样”；而巧生每时每刻总是骂声一起，就“立刻眯缝起眼儿”，“笑眯眯地听着”，从不还嘴，似乎“欣赏优美的音乐一样”。极具乡土地域特性的侯腊梅就是这样用火辣辣的“罗曼蒂克”和“刀子嘴”“蜜糖心”征服了王巧生，给了王巧生特殊滋味的“物质享受”和“精神享受”。

前面所描写的都是在20世纪80年代前已经完婚的在传统家庭氛围中维持着心心相印、忠贞不贰的传统性恩爱夫妻关系的传统恩爱夫妻。小说中的高军与潘翠枝则是自己刚宣布自主订婚的未婚男女青年，他们的爱情观念和恋爱行为虽然与老、中年的男女不同，但同样带有传统性。

高军与潘翠枝上中学时不仅同班而且同桌，因而在中学时代就建立了亲密快乐的“同学关系”。毕业后“一块儿”回山湾屯献身农业，两人的人生路子走得都比较顺。高军当了大队党支部委员兼团支书；翠枝当了大队卫生所“医生”。两人体格个性不一，高军身材高大，秉性“粗中有细”，干啥事都“先动动脑”，因而干起来“干干脆脆”，从不“拖泥带水”，因此翠枝打心底里喜欢他。翠枝“扎着长辫子”，“鸭蛋形脸儿”显得鲜嫩、白净，牙齿“洁白”，一双“美丽的眼睛”，深沉文雅，聪明伶俐，高军也打心底里喜欢她。他们在“共同的劳动生活中”，滋滋有味地谈理想、谈工作、谈个人的生活爱好，谈对屯子里各种事物的看法，彼此就这样自然而然地扎扎实实地形成了感情日益加深的恋爱关系。

高军与翠枝的婚爱观念也带有传统性。翠枝主张“人不知、鬼不晓”地“悄悄”地进行封闭性的“秘密恋爱”，但不赞成背着爹妈“在暗儿上自个儿作主把婚许下了”，免得让别人“撇嘴”“指脊梁骨”。高军的婚爱观念更为正统，他的重要“原则”是绝不能因婚爱而给“党团组织抹黑”，主张规规矩矩的谈恋爱的方式。即使在空无一人的地方“约会”，他们同样面对面地规规矩矩地坐着，所谈内容也很严肃，翠枝问：“你对我有啥意见?”高军回答：“挺好的”，“工作认真负责，细致周到”，“谁都夸你稳重”。过了会儿高军接着说：“你也给我提提意见吧。”翠枝说：“你哪块儿都好!”在翠枝心目中，高军是“一切都为公”的人，是乐“为公乐”、愁“为公愁”，即使“为公挨整”也无怨无悔的人。在干铲地的农活时，力大的高军先铲到头，即急忙悄悄地回身帮翠枝接垅；在薅谷子时，手巧的翠枝先薅到头，也急忙悄悄地帮高军接垅；就这样互相默默地不声不响地用行动表示“心爱”之情，始终不把早活在彼此心里的“我爱你”一类甜蜜的话公开说出来。这种心照不宣的、规规矩矩的任其自然而然地“瓜熟蒂落、水到渠成”的“恋爱方式”表现出明显的传统性。翠枝的“婚爱自由”曾受到“爹妈”和“钱财”的束缚，翠枝爹妈不断“嘀咕”：“宁可一辈子养她这个坐家女”，也不能让她嫁给“穷积极”的高军；翠枝爹潘旺发是“满肚子算盘珠”那号人，翠枝妈侯腊仙也是个“老财迷”，因此他们二老对女儿翠枝决计实施父母做主包办的买卖婚姻，一心打算靠自己的“玉女”翠枝进一笔大钱为自己的“金童”潘长顺备足“娶媳妇”的礼金。潘旺发认为：“人到底为啥活着?”一是为着“传家业”，二是为着“传宗接代”。因此必须以女儿为儿子谋足娶“传宗接代”的媳妇的彩礼钱，并且已经以“五千元”（这在20世纪70年代中期是很大一笔钱，程济仁说：这五千元是他全家“三十年里省吃俭用，口挪肚攒，一滴血一滴汗挣下来的”）的现钱价码与“买翠枝”给儿子程玉柱做媳妇的程济仁成交。同时还商定“骗”“逼”翠枝到程家同玉柱成亲“入洞房”。面对以爹妈为代表的封建习惯势力的阻拦与“暗算”，高军和翠枝没有屈服，高军遵从翠枝的主意，带着“两壶酒”到潘家“孝敬”了翠枝爹潘旺发，并当着翠枝爹妈的面，亲热地拉着翠枝的一只手说：“现在，我向你们两位老人宣布，我跟翠枝订婚啦!”同时高军的话音还未落，早有思想准备的翠枝不仅“把身子紧紧地贴在高军的身子上”，而且也认真、严肃地高声宣布道：“爹，妈，真的，俺俩订婚啦!”两人坚决拒绝了包办的封建买卖婚姻悲剧的重演，使自己的婚爱没有变成父母包办、买卖、骗婚、逼婚的古老封建传统观念和违法行为的牺牲品。

林亮与苗文珍的婚爱历程是小说描写的重点，他们始终严遵着20世纪80年代前的传统婚爱观念与传统规矩。

在林亮与文珍的婚爱观念中，“志同道合”、共同的“政治志向”是最重要的“原则”。文珍对林亮说：“爱情的热力”不能“毁掉了原则”，“我们以前是志同道合，才心心相印的”，“如果不是共同的志向做纽带，我们之间哪有真正的爱情可谈呢?”林亮听后斩钉截铁地回答：“当然是志同道合的！有着一贯的志同道合，才有一贯的心心相印!”“共同的革命志向把我们结合在一起!”他们正是由于“政治志向”一致，那“洁净、美丽”的“爱情小溪”才“顺畅地流着”；在20世纪70年代中期，也正由于“政治志向”相左，才导致了他们那本怀深情的婚爱在一切准备就绪、眼看就要“入洞房”的前三日里“破裂”。

他们由“青梅竹马”到“反目破裂”是一个戏剧性的过程。他们本是很“般配”的一对。在苗家排行最小的苗文珍向来被苗家视为“香饽饽，宝贝蛋”；她长相好，“水灵灵”的“胖脸”上有一对总是“含笑的酒窝”，还有一双“水灵灵黑亮亮”的“大眼睛”；她很活泼，打小时起，她就“象只小喜鹊”，“小嘴一天到晚叫喳喳”，长大后依然“爱笑”“好乐”，喜欢“嘎嘎笑”个不停；她高中毕业后返乡，“思想强，品德好”，性情“宽和”“温柔”“耿直”，“大大方方”，“泼辣能干”，“动作麻利”，称职地当着大队民兵连女排长。林亮的“人材相貌”也很“出众”，他那“端端正正、黑里透红”的脸盘和那双“亮亮闪闪”的“大眼睛”十分招文珍喜爱；他也有高中文化程度，“能说、能写”，由大队团支书而被委任为“山湾大队党支部书记”，这使他具备了在当年“姑娘们衡量对象时很有分量的砝码”，因而林亮和文珍的“恋爱”曾令屯里的姑娘们十分羡慕。特别是，他们在“青梅竹马”时代就如胶似漆，“象影子一样分不开”，林亮打小就是在苗家同文珍一块儿由苗大娘犹如亲妈一样带大的。林家是佃户，林亮本是可怜的“孤儿”，林亮爹、妈、奶奶都“死得惨”；林亮“在旧社会里没落下娘胎就死了爹”，他爹被抓“劳工”，“惨死在日本鬼子的洋狗圈里”；林亮“没满百日”，妈又被匪徒“糟蹋”“祸害”而“悬梁自尽”；同时奶奶也被“许大马棒”属下的匪徒用“攮子”“刺胸而死”；因此林亮“没爹没妈，没兄没弟”，“根儿特别苦”。幸亏在他“小嘴能够喊出‘妈妈’两个字的时候”，毛泽东领导的共产党的队伍解放了山湾屯，他才在解救穷苦大众的新社会环境里一天天长大，并与文珍快乐地成为“分秒不可缺少的小伙伴”。他们一块儿“到山跟抓蝈蝈，到江边捡蛤蜊”，手拉着手去地里“摘豆角”，一路上又说又笑又唱，像一对亲密无间的小鸳鸯，欢快无比。林亮在高中毕业回乡后，虽然搬出了苗家，但彼此“人分开”，“心不分开”；当时文珍对林亮已“爱”得很深，以至“一想到林亮”，她“青春的心坎上”就立刻感觉“有股甜丝丝、暖乎乎的微风吹来”，或者感觉心里就像有了“一口小泉眼，咕噜噜地朝外冒着鲜蜜一样清甜的水”，文珍心里觉得林亮就是可心的“未婚夫”了，并在众人眼皮底下早已不忌讳与林亮的“未婚夫妻”式的关系。时至1976年“四月初头”，文珍与林亮的“新房”（借用山湾屯大队空着的两间“知青房”）已经布置好，“婚礼”也基本准备就绪，并商定再过“三天”就“结成一个小家”去“体验新婚之喜”。可是恰在就要办“喜事”的头三天里，上面（地区、县、公社）布置“学小靳庄活动”（学小靳庄大唱样板戏等活动），而且必须在“四天”内完成，以便地区在山湾屯召开“万人现场会”大造声势，加以推广，林亮将之简称为“百千万”的“死命令”。这个“死命令”与攸关山湾屯群众“生存利益”的抢修“引水渡槽工程”及“春耕整地进度”尖锐冲突，因为前后时间一耽误，“渡槽工程和整地进度”就会全赶不上农时，而一误农时，群众的生产、生活、生存就必将受损。就是在这种利益、利害的冲突面前，林亮与包括文珍在内的山湾屯群众产生了严重分歧与对立，山湾屯群众对“百千万”的“死命令”采取“抵制”“反对”“不执行”的态度（苗海主张“不理睬它!”王巧生媳妇侯腊梅说“扔大江喂老鳖去”）；而林亮则由犹豫、一度拒绝（最初林亮“亲自领着专心”修“渡槽工程”，对不重视农业生产、农田建设的一套做法拒绝实行），到“折中”（林亮说“全执行有困难，先执行一半”，以便对上头“说得过去”），再到于上级政治压力面前“吞吞吐吐答应”“执行”，以至最后暴躁地强令群众必须“不折不扣”地落实“百千万”的“死命令”。苗文珍对于“百千万”的“死命令”自始就倾向否定，她断定它是错误的；但是她“否死命令不难”，而“否林亮难又难”，因而她热切地希望通过对林亮进行劝导使林亮接受自己与群众的不执行“死命令”的主张，返回“正道”；然而林亮依据“顺风跑”“随风倒”“顺风行千里”“逆风寸步难”的“政治经验”，依然以“连唬带骗”的粗暴方式大抓落实“死命令”。面对林亮的政治态度和行为，十分珍惜“爱”的文珍，一时间痛心地处在取舍“婚爱”的“十字路口”；当她走回早已布置好的“新房”一看，更是令她“穿心透骨”地“颤栗”了，她看见：“炕上乱扔着一床崭新的被，雪白的被单上印着泥鞋印子”，“她亲手绣制、亲手挂上去的绣有‘比翼双飞，共同进步’八个字和两只小燕子图案的门帘，被摘下来搓成一团扔在墙角里”；“写字台上横躺着酒瓶子，乱堆着碟子碗，吐了满桌、满地鸡骨头”。面对这种场景，文珍顿时感到林亮“正走向堕落”，“她走到墙角，把搓成一团的门帘拣起来，展开，轻蔑地撇着嘴看看，突然间她的眼里倾下两堆泪，与此同时的一瞬间‘哧——’地一声响，崭新的门帘在她铁钳子般的手里变成两半，又‘哧哧’几声，变成了布条条，被掼在地上。她又一伸手把墙上的相框摘下来，一拳砸碎上面的玻璃，取下她与林亮的订婚留念合影，把林亮那半撕下扔到写字台上，把自己的一半撕得粉碎。做完这些，她如释重负似地长吁一口气，拍打拍打手”，并在心里说：“完了，这屋子跟我没关系了!”就这样，文珍与林亮的婚爱关系破裂了，分道扬镳了。林亮与文珍的婚爱是由特定时代的政治观念、政治志向主导着的，这是他们的婚爱的戏剧性演变的实质。

此外，小说还写了潘翠枝的父母潘旺发与侯腊仙以及程玉柱的父母程济仁与猫婆儿的不同婚爱状态。以“传家业”和“传宗接代”为人生目标的潘旺发，一直很怕老婆，始终屈从老婆；在“成亲”当晚，作为新娘的侯腊仙为了日后“压住丈夫”，冷不丁就给微笑着靠近自己身边的潘旺发打了一记很有分量的“嘴巴子”；并教训道：“在姑奶奶我的跟前儿，你得放老实点!”自此，潘旺发即一直畏怯老婆的“邪劲儿”，即使在侯腊仙“有谦有让”的时候，其畏惧老婆的“根”也始终“没拔下去”。而程济仁与“猫婆儿”的婚爱状态则恰恰相反，虽然程济仁被“富农帽子”重压在头顶上，并常遭屯里“外人”的歧视与批判，但他在自己家里却一年四季一直受到十分“敬畏丈夫”的“猫婆儿”的毕恭毕敬的全面侍候。这种丈夫“畏惧”老婆和老婆“敬畏”丈夫的婚爱，都属于源于旧时代的传统的婚爱形态。

总之，《男婚女嫁》中的种种男女关系、男女婚爱，大体都是作为传统性的男女之间的常情常事描写的，而非现代性的。其中最“出格”的男女关系描写有：侯腊梅麻利地“钻进”巧生的被窝里使劲“搂住”巧生的脖子，亲热地恳求巧生依仗生产队长的权力安排她当生产队的拖拉机手；然而巧生却说：“这事不行，不能象别的许多人那样拿着人民给的权力去谋私利。”侯腊梅左求右求巧生都不答应，于是腊梅“紧紧抱住”巧生痛哭起来；随之巧生也为对爱妻的这么一点点愿望都无力满足而痛哭起来，于是“年青的夫妻，情深的夫妻，紧搂着，一起哭……”这便是《男婚女嫁》中最“出格”的夫妻关系的描写。另外其中还这样描写了程金贞与苗文福在一天夜里于山湾屯“南边稻地”“渠边的濠塄上”相爱的情景：金贞把“鲜嫩的嘴唇”亲热地送到文福的“嘴上”去，“文福吓得心直突突”，恳求说：“离开点，叫人家看见！”金贞却毫无顾忌地大声说：“管它看见不看见！”正说着“金贞那凉瓦瓦、软奶奶的嘴唇儿，急骤地雨点似地一下又一下地打在文福铁硬的脸上。”“文福先还挣扎着；渐渐的，他不动了，闭上了眼，挺着，受着。后来，他实在受不了啦，他的有力的胳膊铁条样箍住了她的圆而软的腰，他的滚热的嘴唇压在了她的小嘴儿上……”这是《男婚女嫁》对在恋爱中的男女关系的“出格”描写。此外它还这样描写了林亮与苗文珍在“暗夜里”于江边的“亲热”动作：林亮“突然死死地”把文珍“搂住”，“用自己滚烫的脸在她脸上檫着，蹭着”；文珍“没挣扎，没反抗，直到林亮那有力的嘴唇在她的脸上狂吻时”，她才把林亮“推开”。上述就是《男婚女嫁》中较“出格”的男女热恋、热吻、狂吻的动作及在自家床上或野地里的“爱”的行为的描写，但其中的性爱描写都是以省略号方式作的“隐形”描写，均属于保守性、封闭性的传统写法。

《男婚女嫁》的婚爱意识、婚爱描写的传统性是显而易见的，可以说小说中整个山湾屯的男女关系几乎仍由传统观念、传统习惯笼罩着，热恋的男女、已订婚的男女，甚至已婚的新、老夫妻，在众人眼皮底下“手拉手”都会被认为“有失检点，不成体统”。其“传统民风”基本依旧：“媳妇疼丈夫，多数都是偷着疼”的；虽然可见当年那由父母之命、媒妁之言、嫁鸡随鸡、嫁狗随狗的古老封建包办买卖婚姻前进到反封建的自由恋爱、自主结婚的民主婚姻的划时代进步，虽然青年男女自由自主的婚爱希望已非全部落空，并不能断言毫无现代婚爱观念因素可言，但总体看来，其婚爱意识、婚爱描写的传统色彩、阶级色彩是浓厚的，其所展示的婚爱与阶级（如苗文福与程金贞）、婚爱与金钱（如潘翠枝与程玉柱）、婚爱与政治路线（如苗文珍与林亮）、婚爱与父母之命的关系的比重颇大，氛围甚浓，山湾屯的男女婚爱过程仍明显受到阶级、政治、家庭成分、钱财、父母之命的限制，外在的传统的时代风气、社会思潮、人群观念仍在很大程度上干扰着或影响着男女的婚爱命运，因此其与那些反封建婚爱观念的传统描写和那种将婚爱作为人性本能、自然本能的现代描写均异。同时它鲜明地显示出故事性与乡俗气息浓郁的传统现实主义风格，因而无论其基本内容还是形式、风格，均显现出传统性，属形象展现20世纪70年代中期前后中国内地农村社会传统婚爱观念与传统婚爱状态的传统现实主义格调鲜明的一部长篇小说。

上述描写婚爱的作品，虽然并非有口皆碑，但当年一般都基本被接受了；有什么样的创作观念就会创造什么样的作品，有什么样的接受观念就会接受什么样观念的作品。

4

随着20世纪80年代帷幔的开启，中国内地爱情小说现代性的描写苗头不断生长。遇罗锦的《春天的童话》（初稿于1980年10月，经四次修改，完稿于1981年10月，分四章，共15万字左右。首刊于《花城》1982年第1期）便是于20世纪80年代初年面世的或多或少显示了现代性的爱情小说。遇罗锦生于1946年，北京市人，1965年毕业于北京工艺美术学校；1970年曾到北大荒落户，1979年后返回北京。

《春天的童话》将爱情与伤痕交错起来描写，其所设置的女主角羽姗一家由“文化大革命”前及“文化大革命”中“左”的社会思潮造成的不幸是小说在爱情主线中交织描写的内容之一。小说的主要篇幅是在“文化大革命”后解放思想以及新婚姻法（其中有管制第三者的法规）实行前的背景下，描写羽姗父母的婚爱史和羽姗自己的婚爱史。

其前小部分着重写羽姗父母的婚爱史。羽姗的父亲羽仲和母亲佩贞名曰“自由恋爱结婚”，而实际上却是“无爱婚姻”。当羽仲突然向佩贞“提出离婚”时，佩贞生气地问：“我哪点对不起你呀?”羽仲严肃地答：“对得起。只是我不爱你。”佩贞严厉地质问：“不爱？不爱还有三个孩子?”羽仲听后更严肃地答道：“真的，我不爱你。”佩贞听他答得如此干脆，更气得了不得：“把迷惑你的那个人交代出来吧！不见她的面我决不离!”原来，羽仲与佩贞虽然结了婚，但他心里却一直“爱”着边虹姑娘。为啥非爱边虹姑娘不可？主要原因在于佩贞和边虹姑娘是秉性不同的女性。羽仲在婚后一直嫌“男子气十足”“什么爱好也没有”的佩贞“缺少温柔”，羽仲说：“你不温柔，太不温柔”（佩贞在计划经济时代一直当厂长，每天只把“事业和孩子”当自己的“命根子”）。而20岁的总转动着一双活泼的丹凤眼的边虹姑娘不仅“温柔”，很会“哄男人”，而且很会“跳舞”，38 岁的善舞的羽仲就是在跳舞场上与她“一见钟情”的。佩贞虽然一直真诚地对待与“爱”着羽仲，但羽仲“心里”却一直“爱”着边虹；无奈之下，佩贞只好答应与羽仲“协议离婚”。羽仲很得意地很快与边虹姑娘结了婚，并掏心掏肺地对她“爱到任何事都能原谅的地步”。然而边虹内心却并未始终把羽仲当成“心爱的人”，她为了满足“到国外定居”的愿望，不久便与一位父母在国外的“年轻未婚的归侨”“一见钟情”并毫不犹豫地结了婚。此后不久，她怀着个人打算又与另一个归侨结了婚；不论年龄大小，为满足私欲先后“嫁过六个男人”。小说描写的这些婚爱情节表明：在羽仲与佩贞的婚爱关系中仅有佩贞“一方的爱”，在羽仲与边虹的婚爱中也仅有羽仲“一方的爱”，其显示出这样一种婚爱理念：“只有一方的爱决构不成爱情”，“爱情”应是男女“互爱”的，是男女互为“心爱的人”，是同等的“爱”对“爱”，否则男女之间决称不上是真正的爱情关系或婚爱关系。同时小说还出人意料地描写了这样的情节：羽仲无奈与边虹离婚后，佩贞在子女的反复要求下，又竟然同意与羽仲复了婚；然而羽仲对“风流”的边虹的“爱心”依旧不死，依然与边虹经常来往，凡遇烦心事即找边虹私语，从边虹口中寻求“精神安慰”；而且还一如既往地照旧颇感佩贞“俗不可耐”，令佩贞如往昔一样得不到“真爱”。这种复婚关系显示出这样的婚爱理念：“离了婚的夫妇最好不要复婚，因为感情由爱到厌，是很难由厌再变成爱的。”上述关于爱情与复婚的两大理念，实质上就是小说前小部分通过羽仲的婚爱史所表达、所宣传的婚爱观或婚爱理念。

小说的后大半部分则突出叙述羽姗的婚爱史。羽姗早就想一嫁了之。她最早想嫁给身体“瘦小”且比自己“矮半头、小七岁”的八姑的儿子，因为八姑的儿子要投奔早年闯关东并在黑龙江农村落户的叔叔，听说他叔叔那里“很自由、很富裕”，觉得自己嫁随而去后可以解决“人生出路”

问题，但这桩“喜事”最终没有弄成。接着她又急着要嫁给王姨介绍的“在吉林省农村插队”的“高中毕业生”早泉，因为早泉已经送了一只手表给她做“订婚”礼物；但不料到双方商定的正式举行“订婚礼”的头一天“黎明”时分，早泉父亲慌慌张张地登门说早泉已被弄进“公安局拘留所”了；原来早泉是一个惯偷，他“从小学起就偷东西”，打小就常进常出“少管所”“教养所”“拘留所”，“订婚”礼物“手表”便是他费尽心力偷来的。早泉的骗局被破后，伤心一番之后的羽姗只好嫁给了在黑龙江插队的二宝，这是她的头次婚姻，她说这是她为生活出路所迫的彼此无“情爱”而仅有“一次性爱”的婚姻，虽然凑巧得下一个儿子，但彼此并无真正的“夫妻之情”。婚后二宝“多次毒打”她，她从二宝那里只得到了“粗鲁和残暴”，因而熬磨三年后她不得不与他离婚。此后，她所依附的东北“知识青年队”“散了伙”，她又不得不只身返回C城老家父母身边谋生，但一时在城里怎么也找不到工作，想再嫁人又找不到如意对象，在父母家矛盾百出，“乱成一团”，“伤心透了”的她无奈给一户人家当了保姆，每天“给八口人做三顿饭，侍候一个行动不便的老太太”，“兼顾一个两岁的小孙子”；结果只连轴转了“一个半月”就被超负荷的工作量“累倒了”，得了以胸部疼痛、呼吸困难为症状的“肋膜炎”。而后，她有了第二次婚姻，嫁给了一个比她大七岁的再婚者泥瓦工舒鸣，这次婚姻在物质条件上比过去好了点，有“独用的小单元”，“钱够花，没孩子”，包括舒鸣父母在内的一家人开口闭口夸她好。但她后来说：“舒鸣虽然没动过我一指头，没骂过我一句难听的话，没找过一回岔”，但这次依然是“缺爱情”的婚姻，因为“我们没有爱情基础就结了婚”（她是在人生困境下为在C城解决户口问题而勉强与舒鸣结婚的），“婚后又没培养起感情”，毫无日常的“情爱”乐趣，让羽姗感到“别别巴巴”的，因此羽姗最终以“我们缺爱情”为由提出离婚。区法院审理后于1980年9月24日宣判准予离婚，宣判后舒鸣要羽姗赔还“一年的饭费”，“一月按十八元算”，共二百一十六元整，对此区法院予以“驳回”；因此舒鸣“上诉”到“中级人民法院”，“中级人民法院”最后决定责令原区法院重新审理“准予离婚”判决，这实际上就是责令原区法院对羽姗的离婚申请不再予以支持，亦即让羽姗维持与舒鸣的“缺爱情”婚姻。羽姗这段婚爱史显示出这样的婚爱观念：凡与坏人的婚姻、与残暴的人的婚姻、为生活所迫的婚姻，均属“没有爱情基础”的“缺爱”婚姻或“无爱婚姻”；婚姻关系中的最基本特征是“爱情”，婚姻必须注重“爱情基础”，必须确立在双方心心相印的“爱情基础”之上，“没有爱情基础”的婚姻只能是“凑合”的婚姻，“残疾”的婚姻，“痛苦”的婚姻，而不是“幸福”的婚姻。

小说更突出地叙述了羽姗与何净的“婚外爱”的关系。羽姗回C城后一直“无业”，便试着写了一部“自传体”小说《过去的故事》寄给《时报》颇有点名气的老编辑何净审阅，何净审阅后约来羽姗当面提了些修改意见，并一个劲称赞羽姗“具备写作的素质”，使羽姗内心感激不已，加之羽姗早已怀有的对何净在“全国理论会”上敢于坚持为自己的哥哥羽凌“翻案”的感激之情，因而便对“素不相识”的何净产生了“好感”，觉得何净是自己“这只小纸船”有生以来第一次发现的“大陆”。她在内心默默与何净牵上线之后，通过反复当面交谈和书信往来，愈来愈感到何净也有一颗“多年孤寂的、得不到爱的心”，同时她凭敏感判断何净已是一个内心藏着对自己的“爱”而又不敢公开“爱”的“可怜人”。于是羽姗坚持不断地以“爱”对何净实施“精神安慰”，32岁的有家有眷的她已大胆地“爱”上58岁的同样有家有眷的何净了。羽姗这种“婚外爱”追求显示出这样的婚爱观念：男女感情、男女爱情是不分年龄和地位的，不应用年龄大小去看待婚爱关系、婚爱问题；“爱，就全心全意地爱一个人，不爱，就应当解除婚姻关系去另找所爱”；既想爱，就要大胆去追求所爱的人，爱自己所爱的人才是幸福的。这些婚爱观念已经多少显露出反传统的现代性苗头了！

在羽姗“追求”下，何净的“心”也“爱”着羽姗。何净虽然未“直爽”地直接谈过如何“爱”羽姗，但敏感的羽姗从其暧昧的言辞中领悟到他先后给自己写过“四十二封情书”。当周围人群因羽姗与何净的关系而骂羽姗是“堕落人”时，何净曾以“爱抚”的姿态默默地陪伤心哭着的羽姗一起“掉泪”；何净还曾以让羽姗感到异常奇特的“咬人式的亲吻”显露了他内心对羽姗的热烈的“爱”；心心相爱，只是何净尚多少受着传统性婚爱观念制约，尚对传统性的婚爱规矩有所顾忌；何净曾在信中叮嘱羽姗：“必须以理驭情，决不能任情越理”，“现实不允许发生这种悖理的事，道德不容忍发生这种乱伦的事”；因此何净最初只敢“偷偷摸摸”地从羽姗那里寻求一种精神的“安慰”与“享受”。而在现代婚爱观念主导下“大胆地追求她所爱的人”的羽姗，却决不情愿“偷偷摸摸”地做“现代情人”，因此与何净分手了，互忘了。羽姗对何净的整整两年的“爱”的全过程，是一个由“感激”何净、“爱”何净、“追求”何净到“谴责”“诅咒”何净为该死的“胆小鬼”“两面派”“老滑头”的“婚外爱”的复杂过程。羽姗最后“反思”这段“婚外爱”时说何净给她“上了一课”，使自己又领悟了些新的经验教训：第一，找“爱人”，不要把对方“神化”；第二，找“爱人”，要看对方的“行动”；第三，找“爱人”，“要找灵魂透明的人”；第四，找“爱人”，要看对方的灵魂里“真有自己没有”。羽姗在追何净过程中领悟到的这些“经验教训”，是小说所宣传的婚爱观的组成部分。

总括起来说，《春天的童话》着重写了羽姗父母及羽姗的婚爱史，尤其突出地写了羽姗的婚爱史和突出地显示了羽姗的婚爱观念。人世间有男女就有“爱”，“爱有神奇的力量”；“爱不易，不爱也不易”；“只有一方的爱决构不成爱情”，男女双方应互为“心爱的人”；“爱情”是“不分年龄和地位的”；“爱，就全心全意地爱一个人”，“不爱”就解除关系“去另找所爱”；“大胆地追求”自己“所爱的人”，爱所爱的人就是“幸福”；“爱”是“透明的爱，同等的爱”，无论“婚前婚后”都要“始终如一”，始终“心心相印”；要同“心爱的人”“正大光明”地“合法”地“结合”，而决不要“偷偷摸摸”地去做那种“偷偷摸摸”的“情人”；要毫不足惜地“结束没有爱情的婚姻”，“如果一个家庭行将破裂”，“帮助破坏它”“结束它”，“不是罪过”，而是“立了一功”；世上虽“有真正的爱情”，但很难得到；世上虽有“幸福的夫妻”，但大多数“都在凑合地过日子”。这些便是羽姗通过自己的婚爱史所显示、所宣传的基本的婚有观念。平心而论，这些观念并非全然大谬特谬，但羽姗的婚爱实际却几乎可谓一败涂地，可以说没做圆一次婚爱梦，她在婚爱中长期遭受沉重的折磨、痛苦，所面临的都是一出出悲剧。她在婚爱中没有真正享受到“真爱”，最初，她找的不是“真爱”的对象，而是“以找对象为生活出路”，“为生活去嫁人”；她与二宝是“无爱婚姻”，与舒鸣是“缺爱婚姻”“不爱婚姻”“凑合婚姻”；她一心想把自己的“真爱”献给何净，可终究不过是遭受周围人群辱骂的痛苦的“空想”；在她的婚爱实践中，只有“被迫”的爱，“凑合”的爱，“空想”的爱，“痛苦”的爱，其基调是异常悲苦的。就婚爱这单一视角论，羽姗与何净“分手”后的各自处境是这样：羽姗最后只能在社会舆论的压抑中在原先“缺爱”的婚姻中“凑合”地生存下去；而何净则将在“一直忍受着”与羽姗的“爱情悲剧的苦痛”中了却一生。何净在1981年2月28日写的《绝命书》中说：“我犯了生活作风错误，我叛党、叛国、叛人民，罪该万死，没有脸再活下去!”“小羽是个好同志，她给了我幸福、快乐，我对不起她。她误解了我，要求我的事我做不到，只有入黄泉之路解脱自己”。羽姗与何净的“婚外爱”的关系究竟是善、美，还是丑、恶？小说并未予以明察、细辨、明断。

当然，谁都不能断言《春天的童话》中所写的一桩桩婚爱现象绝对没有，因为人世间的人和事是很复杂的。忘年、莫逆之婚爱在现实人生中并非不存在，男女无论年龄大小都有爱与被爱的自由和权利，然而问题在于它又并非绝对的自由和权利，而是有条件的自由和权利，在当今中国社会背景和现有婚姻制度下，其起码条件就是男女双方未婚或已通过法院解除了原有的婚姻关系。显然，《春天的童话》中的羽姗是未通过法院解除与舒鸣婚约的"有夫之妇"，何净是儿孙俱全、妻尚健在亦未离异的"有妇之夫"（其爱人名秀梅，在《日报》工作，与何净是同行），因而两人都属于插足的第三者。新婚姻法将第三者插足视为妨害社会正常婚姻家庭秩序的违法行为，羽姗与何净的"婚外爱"为新婚姻法所不容许。虽然小说有意明确置于新婚姻法实行前的背景下（亦即置于未明确约束、责备第三者的旧婚姻法的背景下）叙述其"婚外爱"过程，也始终未让其发生"婚外婚"的"越轨"行为，但这种有家有眷者的、对已有婚姻家庭关系肯定有伤害的"婚外恋""婚外情""婚外爱"应为社会道德所不容。其告诫世人：超出现有婚姻法律及社会道德允许之外的男女之爱，无论多么"执著""热烈""心爱"，或者只能像何净一样要求"偷偷摸摸""偷鸡摸狗"式地进行，或者最终只能落个"空想""痛苦"的结局。在婚爱、家庭受到当今有关法律保护、制约的现实时代，"婚外恋""婚外情""婚外爱"行为，肯定会对正常的婚姻家庭秩序有坏作用。在现实时代条件下的社会人的婚爱的幸福，肯定是与特定社会的法、德联系在一起的，既不应绝对维护"无爱""缺爱"的婚姻，也不宜对羽姗与何净这种"婚外恋""婚外情""婚外爱"取宽容态度。倘使习焉不察，习非成是，"君"曰"妙"乎？呸！

值得商榷的倒是，已婚男女彼此如何尽到婚爱责任和保持婚爱的持续力、维护力、生命力的问题。为何会发生“婚外爱”？恐怕与婚爱的维护力差和未尽到婚爱责任而日渐丧失婚爱生命力有关。例如舒鸣婚后怎么就不下决心把羽姗很反感的吃饭时一只脚总“从鞋里脱出来”“蹬住椅面的棱”，以致那“汗脚”的“味儿”熏得羽姗不能同桌吃饭的老毛病彻底改掉呢？为什么就那么不情愿自然、大方地同羽姗“亲吻”“挽着手”“挽着胳膊”，为什么就不能主动满足羽姗所要求的日常的“现代爱情乐趣”，以求彼此在婚后日渐培养感情、增强爱情，从而弥补羽姗所不称心的只能“凑合地过下去”的“缺爱情”的婚姻？再如何净的妻子秀梅为什么就那么不乐于设法满足何净希望“情投意合”相处的要求，为什么就那么不乐于以“情投意合”去改善何净“非常怕老婆”的“残疾”心理和疗治何净“多年来一直忍受着爱情悲剧的苦痛”的心灵？为什么作为“老伴”而非要“常出远门”“呆在E城”而使何净长期深感“孤苦”不可？为什么“为人妻”而非比老公还“刁猾”呢？这些难道与原有的婚爱关系的持续力、维护力、生命力问题丝毫无干吗？无风不起浪，无事生非者少，私德恶劣者有，没有无缘无故的婚爱，也没有无缘无故的“婚外恋”“婚外情”“婚外爱”，值得男男女女三思、三省。

小说虽属虚构的艺术，然令读者感到其所有情节描写合情合理、真实可信仍是其核心、关键。创作思想的悖晦性、矛盾性是所有文艺创作的忌讳。就总体阅读感受而言，其是否属于显露了现代性苗头的表述婚爱观重于形象性、艺术性的婚爱作品？

5

至20世纪80年代中期，中国内地爱情小说潮流的现代性则被“强化”，出现了更多地涉及或突出描写男女之间的性意识，性心理、性生活的小说，这类小说曾引起争议或受到强烈批评。概略而言，由重传统性到重现代性，由重社会属性到重自然属性，是爱情小说创作的大致轨迹。文学以整体社会生活为描写对象。社会上的五花八门、乌七八糟的现象、形形色色、鬼鬼怪怪的人事以及“性念”“性恋”“性爱”“性行”均任人付诸笔端，然而尤为重要的问题在于取何创作态度。男女生命的性关系是复杂而悖论多的一个议题，对其描写既不宜取封建传统的绝对化的态度，也不宜取西方现代的自由化的态度，而需予以多层面的评判。对其描写需以辩证观念“是是”“非非”，既不该以违背生命规律的绝对禁欲观念去评判，也不该以违背人类文明进步的绝对纵欲观念去评判。在中国现实历史条件下，已婚男女的“性”是有“围墙”的，有“规矩”的。人有“动物性”，但人的“性”与森林中的野生动物没有区别吗？人类社会总得有些人共遵从的有效力的法规。在文学领地严厉设立“爱情禁区”是一种极端；反之，毫无原则地肆意在文学殿堂中搞“性大潮”“性泛滥”也是一种极端；如将爱情小说引入上述两个极端怪圈对整个民族的文学、文明、文化的健全发展均无益。

文学对于男女之间各种层次的感情生活，问题不在于要不要写和能不能写，而在于怎么写和以什么样的态度写；男女相爱的感情可以用各种方式表现出来，文学中描写性爱的根本问题在于以什么样的态度写，写出来究竟有何审美价值和可能产生什么样的社会效应；从其描写中亦可见时代风气、社会面貌、人物灵魂的好坏。这需要处理好诸多方面的辩证关系，首先，要清除“泛性论”的不良影响，企图以其演绎以具象描写为显著特征的小说，文艺的积极社会效果原则肯定是不会迎合的。人有自然属性和社会属性；对人的自然属性、自然本质和社会属性、社会本质应取辩证的认识。人的生存繁衍固然离不开自然属性、自然本质，但作为进入艺术领域的“艺术人”，不仅是“自然人”，更重要的是特定的“社会人”，因而应重视体现其作为“社会人”的社会属性、社会本质，这种社会属性、社会本质体现在广泛的社会生活领域和广泛的社会关系中；假如只一味地具象性地滥写人的自然属性中的“本能表现”，那就过分地把“艺术人”的艺术创作偏向于生物化、鄙俗化了，那就有在现代文明条件下引诱现代人搞人性文明倒退的蠢事之嫌了；一方面绝不该把文学中所有男女性关系都戴上丑事、丑闻、灵魂堕落、精神堕落的帽子；另一方面，在男女性关系上的描写也应取“是非‘德’论”“罪行‘法’定”的态度。此外，特别需要强化审美意识，注重格调问题。审美价值如何是描写各种层次的爱的作品成败的关键。人世上男女之间的各种关系和现象都可能出现于艺术家的笔下，但所有的展现都应着意置于审美价值的基点上而给人以积极的审美效应。那种单纯的生理性的纯粹自然情感虽然在人类现实生存繁衍中有美的意义与价值，但置于不等同于生物学、生理学、生殖学的语言艺术领域中却是欠缺审美水准的。应当倡导高尚的性道德风尚，贬责“性乱”“性滥”行为。应当多从对社会文明、民族文明、人类共同文明有益的审美视角写出其积极的社会效果。爱不能忘记，理智、道德、法律、情操也不能忘记。“艺术人”离不开特定的社会条件而存在，“艺术人”的各种层次的爱不该超脱于社会的道德、法律、情操之外而不分是非黑白地展现。该歌颂时歌颂，该谴责时谴责。应表现出“艺术人”对各种层次的爱的合乎理智、道德、法律的健康感情、美好心灵、纯真关系，因为这是中国以家庭细胞为基础的社会现实的本质和主流，也是理应尊重的人类共同文明的大趋向。

下　编

／

同西方现代艺术派别多少有影响关系的热潮

第一章

“意识流”和意象小说潮

1

相互影响是人类世界的通常现象，文学创作也无例外。在20世纪80年代的中国内地新潮文坛上，显出过一个重要文学现象：一时间掀起了几股与西方现代艺术派别多少有影响关系的小说创作热潮。

其中，被称为“意识流”的小说潮即与西方现代意识流小说艺术派别多少有影响关系。“意识流”是由哲学术语、心理学术语而借用为文学流派术语的。“意识流”术语首创于美国哲学家、心理学家威廉·詹姆斯（有的译作詹姆士，生于1842年，死于1910年），其主要著作有《实用主义》《心理学原理》等；在哲学思想方面，詹姆斯否认真理的客观性，他认为凡是于己“有用的”就是真理，否认在主观经验以外有任何实在的东西，认为“概念”不是对客观事物的本质的概括，而只不过是人们的某种主观“假设”。用马克思主义哲学观点判别，显然他属唯心主义、实用主义哲学家。在唯心主义哲学基础上，他又进一步创立了“意识流”学说，基于他的根本不存在不以人的意志为转移的客观事物的哲学观点，他认为“世界”都是“自己”构成的，每个人都可以按照“自己”的兴趣，从“自己”的“意识之流”中挑选出“自己”认为“有用的”部分来构成“自己”的“世界”，其实质依然是实用主义、利己主义、主观唯心主义（以上参见《辞海》上册第1057页“詹姆斯”条和《辞海》下册第4671页“意识之流”条，上海辞书出版社1979年版）。而后，詹姆斯又把“意识流”术语运用于心理学方面，他在自己的心理学论文和心理学专著中认为人的“意识状态”是连续性的，流动的，不是像“环节”那样一环一环连接起来的链条，而是像绵延不断的河中的流水，“流水”是“意识状态”的最恰当的比喻。詹姆斯这种“意识流”学说，是影响、合成西方现代“意识流”艺术观念和艺术潮流的重要因素之一。

西方现代“意识流”艺术观念和艺术潮流更受到了奥地利医生弗洛伊德的精神分析心理学的影响。西方“意识流派”信从弗洛伊德的“潜意识”（亦即无意识、下意识的心理活动，译名、措辞不同而已）理论，并以之当作“意识流派”的理论基础。以弗洛伊德为创始人的精神分析学派认为人的心理主要分为“有意识”和“无意识”两大部分，“有意识”是自觉的心理活动，是人对客观现实的自觉的有意识的反映，它受高级神经系统主导；而“无意识”则为出于不知不觉的、没有自觉意识到的心理活动。精神分析学派特别强调“无意识”的地位和作用，不仅认为“无意识”是心理活动的基本动力，是心理动机、心理意图的“源泉”，而且认为最具“真实”品格，因为其具“本能”性，是不受“自觉理智主导”的，这种心理状态才最无伪装，最为“真实”。西方“意识流”艺术潮流就是在詹姆斯的“意识流”学说和以弗洛伊德为创始人的精神分析学说混合影响下的产物。

由于过分强调表现不受自觉“意识”、不受理性理智主导的“意识流程”，西方“意识流”艺术潮流的艺术缺陷在所难免，因而最初在较长时期里并未受到普遍青睐。如英国爱尔兰著名作家乔伊斯（生于1882年，死于1941年，上大学即练习写作，向往自由的创作人生）创作的长篇小说《尤利西斯》（自1914年动笔至1921年定稿，费时约7年，1922年出版），被视为西方“意识流”小说的代表作，但出版后在英、美等国曾成为歧义性较大的被禁止发行的作品，直到10余年后的1933年才得以解除禁令而重获公开出版发行。它着重展示私立中学历史教员斯蒂芬和报馆广告业务员奥波尔德及其妻子歌唱演员莫莉两男一女的“意识流动过程”，通过袒露各自失意的人生处境、精神创伤、“性本能”的遭受压抑和随意泛滥，表现了“资本垄断时代”的丑恶、腐化以及社会痛苦心态和失望情绪等，因而对西方那特定时代有一定的认识价值；但因其所表现的大都是极具跳跃性、随意性或高度内心独自式的变幻莫测的意识流动，而且还间有长篇幅的内心独白无段落无标点，因而被人戏称为悖反阅读快感、艰涩难懂、给人精神折磨的“天书”般的极端创造，以至行家里手都费五年光阴，才克服难以想象的困难将其译成中文。

尽管西方“意识流”学说的哲学基础的缺陷显而易见，但“意识流”进入艺术心理学和文艺创作学范畴并非毫无创新因素；从艺术表现角度将其或多或少的合理性因素抽象一下，可见其两个方面的特征：

其一大表现艺术特征在于重内部主观世界的表现，着重写主体意识流动状态。重在对人物形象内部心灵状态的表现。传统小说一般主要凭借外部描写来塑造人物，包括对人物身世的介绍、环境描写、肖像描写、语言描写、动作描写、行为描写等，小说家是人物的塑造者，人物是被塑造者。而西方现代“意识流”小说则不凭借外部描写去塑造人物，不重在描写人物的行动和人物之间的对话、冲突等，而让人物自己连绵不断地展示自己的意识流程，自己袒露自己的心灵秘密，自己“全知”自己的一切。

其另一大表现艺术特征在于打破了传统的或以故事情节发展的顺序为基本线索，或着重以人物性格的发展为线索的叙述连贯性的完整结构形式，采用开放的、多头的、辐射的、有头无尾或无头无尾的自由化的“心理结构”形式，始终以主体的意识流动、心理活动为结构核心。传统小说一般都遵守自然时空顺序，即使其间有插叙、补叙、倒叙，其主体情节顺叙的线索的连贯性和时空顺序，仍基本清晰可见；而西方现代“意识流”小说则打破自然时空前后左右序列，时空随主体心理需要而大跨度地跳越、交错或倒置，在主体心理的主导下自由无序地汇聚着密集型的或者头绪纷乱的信息量。

在20世纪80年代的新潮岁月中，中国文坛界也创作了些被称为“意识流”的小说，其中最有影响者是王蒙。虽然王蒙未必明确说创作了些“意识流”小说，但是他在这方面的艺术探索是有“自觉性”的。如他早在1980年写的《对一些文学观念的探讨》一文中说道：“例如关于结构的观点。搞戏搞电影的人都讲究一个‘主线’，一般地讲，这当然是对的。我们却往往是单线，最多是合股线。过去，我们的民族乐曲，只有齐声，没有合声……这种结构，好处是清楚、明白、易懂，缺点是表现力受限制。……与古人相比较，我们的生活的显著特点，一是它的复杂化，一是它的节奏快了。表现在结构上，反映这样的生活，就会有复线或者放射线的结构。表现节奏上就会有跳越，有切入。这会引起一些非议，让人看不懂，头绪乱。但我认为，复线或者放射线的结构的作品，是不妨试一试的。交响和合声，是必然会日益发展的。”这表明他在新潮岁月是自觉注重艺术的革新、创新和开拓新的艺术境界的。从实际创作成果看，他的短篇《夜的眼》《海的梦》《春之声》《风筝飘带》和中篇《蝴蝶》等，都是对自己新的艺术观念的实践；他这些小说与他1979年前的小说艺术已明显不同了，它们都以人物的“意识流动”为结构核心。据此可见王蒙确是新潮岁月小说形式革新的先行者，置于“意识流”术语范畴说，便可谓为是尝试“意识流”手法的有影响力的小说家。此外，还有些小说家尝试了“意识流”手法，如茹志鹃的《剪辑错了的故事》，李国文的《冬天里的春天》，张洁的《爱，是不能忘记的》，张辛欣的《我在哪儿错过了你?》，等等。可谓合成了一股可观的“意识流”小说潮流。

中国新潮岁月的“意识流”小说也重内部主观世界的表现，重内心世界的表现，重心灵动态、心理活动的表现，内向化、心态化、情绪化，也表现人物的感觉、联想、内心独白；同时它们也打破叙述连贯的“线性结构”形式，也用“心理时空”打破“自然时空”序列和传统艺术程式，时空自由交错，情节描写带有放射性、跳跃性，似乎随心所欲，信笔倾泻。中国新潮岁月的“意识流”小说的两大基本表现艺术特点与西方现代艺术派别的两大表现艺术特征略有相似，可谓为二者间多少有借鉴或影响关系的表现。

但是，毫无疑问，无论从深层的内在实质还是从浅层的表现形式来看，东方“意识流”小说潮流同西方现代“意识流”小说潮流都是有明显差异的。其时代性质、理论基础、思想体系根本不同，西方现代“意识流”小说潮流是西方特定的资本垄断时代的产物，是奠基于主观唯心主义学派的理论基石和思想体系之上的。东方“意识流”小说潮流则是中国社会主义时代的改革开放时期的产物，是奠基于历史唯物主义学派的理论基石和思想体系之上的。其表现形式与方法、技巧也非如出一辙，东方“意识流”小说既多少有所借鉴，更作了革新。总的说来，东方“意识流”小说是抵制或抛弃了西方现代“意识流”小说潮流中不合理的消极因素的，其思想与艺术的格调已有质的不同，它是具有独自特色的一股东方“意识流”小说潮流。

第一，从总体看，东方“意识流”小说不忽略反映中国特定的时代和社会生活的本质面貌，此仅需揭示出若干小说的主旨便可知悉。王蒙的《春之声》是沿着主人公岳之峰的意识流动，充分表现新时代的转机，以传达新时代的春的信息为主旋律。《夜的眼》沿着主人公陈杲的意识流动，展示历史时代的演变，包括着赞颂新时代帷幕拉开时刻的都市生活的新的转机与活力的内容。《蝴蝶》则是沿着意识流动的轨迹，展示主人公张思远三十年来的政治生涯和人生道路，从而总结出宝贵的教训：作为身居要职的干部，无论何时都应以公仆身份与群众保持密切联系，这样才不会腐化堕落，从而立于不败之地。再如茹志鹃的《剪辑错了的故事》，则是着重反思新中国成立后的岁月的曲折生活，表现密切党群关系和坚持实事求是原则的极端重要性。李国文的《冬天里的春天》以心理组接的艺术方法，展现主人公于而龙同王纬宇在近半个世纪中的明暗斗争，表明历史和现实不管如何严峻，只要牢记“人民是母亲”的真理，人生与事业之春即会永恒地存在。即使重在婚爱领域描写心态的“意识流”小说，也是以明确的理念为指导和能给人鲜明的中国新时代感的。例如张洁的《爱，是不能忘记的》，着重写女作家钟雨和一位老干部的爱情悲剧，表达对理想婚姻爱情的追求，意在说明只有以爱情为基础的婚姻，才是合乎崇高道德的。而张辛欣的《我在哪儿错过了你?》则是在新时代条件下，探讨女性应当保持女性气质的问题（亦即女性不应盲目地“雄性化”）。由上述实质性的意蕴足见，中国新潮岁月的“意识流”小说，多是中国特定时代的本质面貌和社会生活在人物心灵屏幕上的折射；虽然其间并非毫无潜意识、幻觉意识，但大都是以写受理念制约的清醒意识为主的，它们的人物心理活动、意识流动受着理智的制约。西方现代“意识流”排斥理智对心理活动、意识流动的制约，不讲究心理活动、意识流动之间的逻辑关系，亦即非理性、非逻辑性，突出任意性、自由性；而东方“意识流”则革除其非理性、非逻辑性的消极因素，在纷纭头绪中讲求内在理性、内在逻辑，并令其内蕴着褒贬是非的明显意向。

第二，从总体看，东方“意识流”不忽略带有本质特征的人物形象的勾勒、刻画。其人物刻画显出两大特点：一是着重展示人物动态的心灵世界、精神世界；二是将人物的亲身经历、所见所闻所感作为刻画人物的主要依据。由于它们在展示人物多变的内心感受、复杂心理、内心世界的同时，强化了人物的所见所闻所历，亦即着意于以人物所见所闻所历为依据来展示人物的心灵感受、心理动态、意识流动，因而并未陷入“非情节化”，而是容纳着虽不一定连贯，但却相当丰富的情节、细节；诸多情节、细节均由人物心灵世界、情感世界中输送出来，是人物心灵动态、意识流动的外化。这种不忽略对事件、情节和细节描写和不忽视情节、细节在刻画人物形象上的重要作用的东方“意识流”，可否说是在多少有借鉴或影响关系的基础上对西方现代“意识流”小说艺术的改造？

第三，从总体看，东方“艺术流”主要引进西方现代“意识流”小说的“意识流”和“心理时空”表现方法。借鉴西方“意识流”方法的一类小说，往往一入笔就从人物的心理感觉写起。感觉是最简单的心理过程，但却是形成各种复杂心理过程的基础。不怕不识货，只怕货比货。将王蒙前期和后期的小说比较一下便可清楚。如王蒙前期的小说代表作《组织部新来的年轻人》是这样开头的：“三月，天空中纷洒着似雨似雪的东西。三轮车在区委会门口停住，一个年轻人跳下来。车夫看了看门口挂着的大牌子客气地对乘客说：‘您到这来，我不收钱。’传达室的工人、复员荣军老吕微跛着脚走出，问明了那年轻人的来历后，连忙帮他搬下微湿的行李，又去把组织部的秘书赵慧文叫出来。赵慧文紧握着林震的双手，说：‘我们等你好久了。’这个叫林震的年轻人，在小学教师支部的时候就与赵文慧认识。她的苍白而美丽的脸上，两只大眼睛闪着友善亲切的光亮，只是下眼皮上有着因疲倦而现出来的青色。她带林震到男宿舍，把行李放好，解开，把湿了的毡子晾上，再铺被褥。在她料理这些事情的时候，常常撩一撩自己的头发，正象那些能干而漂亮的女同志们一样。”“她说：‘我们等了你好久！半年前就要调你来，区人民委员会文教科死也不同意，后来区委书记直接找区长要人，又和教育局人事室吵了一回，这才把你调了来。’”这个开头的传统表现方法的特点非常明显：按顺时序描写，时空序列线索清晰；文意、文脉清晰；客观的景物、动作与对话描写细致、充分；先点明时间地点，接着点明事件——林震由小教提拔到区委组织部工作；再接着写热情、能干、漂亮而又有些疲惫的组织部秘书赵慧文如何迎接林震；而后再接着初步写一下区委机关扯皮的情况，以引入小说的现实重大主题。笔法细腻，层次分明，按自然时空层层推进，无不与人物、主题相关，可谓活而不乱，章法井然。再看看他后期的被誉为“典型”的“意识流”小说处女作的《夜的眼》的开头：“路灯当然是一下子就全亮了的。但是陈杲总觉得是从他的头顶抛出去两道光流。街道两端，光河看不到头。槐树留下了朴质而又丰满的影子。等候公共汽车的人们也在人行道上放下了自己的浓的和淡的各人不止一个的影子。”“大汽车和小汽车。无轨电车和自行车。鸣笛声和说笑声。大城市的夜晚才最有大城市的活力和特点。开始有了稀稀落落的，然而是引人注目的霓虹灯和理发馆门前的旋转花浪。有烫了的头发和留了的长发。高跟鞋和半高跟鞋，无袖套头的裙衫。花露水和雪花膏的气味。城市和女人刚刚开始略略打扮一下自己，已经有人坐不住了。这很有趣。陈杲已经有二十多年不到这个大城市了。二十多年，他待在一个边远的省份的一个边远的小镇，那里的路灯有三分之一是不亮的，灯泡健全的那三分之二又有三分之一的夜晚得不到供电。不知是由于遗忘还是由于燃料调配失调。但问题不大，因为那里的人大致上也是按照农村的日出而作、日入而息的古制而生活的，下午六点一过，所有的机关、工厂、商店、食堂就都下了班了。人们晚上都待在自己的家里抱孩子，抽烟，洗衣服，说一些说了就忘的话。”这里，一入笔就从人物由“一下子就全亮”的“夜的眼”——“路灯”所引起的感觉、视觉写起，写了包括视觉、听觉、嗅觉在内的种种感觉心理；“路灯”是人物心灵活动、心理活动的触发物；写的是人物主体的所见、所听、所感、所历、时空交错，现实和过去在心理流动中交织起来，在联想中形成今昔对比，从而显示出现实的都市生活的变化、特点和活力。虽然它采用“意识流”的方法描写，但主人公自身的所见、所听、所感、所历占据主要成分。王蒙这类小说运用“意识流”方法的轻重程度并非划一不二。有的可谓通篇运用“意识流”方法，如《春之声》全篇表现工程物理学家岳之峰坐在闷罐子车上回家探亲路程中的所感、所想；其以主人公的心灵活动为中心，通过回忆、联想、独白等“意识流”手法，将有关过去、现在、未来、中国、外国、城市、农村等内容交汇在一起，从而展示出主人公大半生的坎坷命运和新时代出现大转机的密集型的信息量，构成了斑驳多变的东方“意识流”艺术世界。而他有的小说则更明显地将“生活流”和“意识流”相交织、相化合，如《蝴蝶》即把客观描述和心理流程交织起来，基本上按倒叙的时空线索展示主人公的心理轨迹。张思远由小石头、张指导员、张副主任、张书记到“走资派”、“囚犯”、张老头再到张副部长的半生经历，以及他与家庭充满悲欢的隐痛与情调，都是在他自己的“意识流动”中表现出来的。其逼真可感的“生活流”带着主人公的主观意识、主观感情色彩流淌而出，可谓是将写实方法和“意识流”方法相结合，因此也有人称之为“混合描写法”。事实上，东方“意识流”小说运用这种“混合描写法”的较多，而通篇采用第一人称的单纯的直接的内心独白的“意识流”小说极为罕见。此外，在语言艺术上，西方现代“意识流”小说多重独白，不重描写，因而极少运用修辞手段，语言显得平淡；而东方“意识流”小说则显然避免了这种弱点。应当说，东方“意识流”小说的基本创作方法仍属现实主义范畴，尽管其现实主义难归于细致型而是带粗糙性的，但从总体看，并未“反叛”现实主义传统，因此它们运用的“意识流”表现方法，能否说是对现实主义传统方法的补充?

2

20世纪后半期中国内地新潮小说中的意象小说潮，也是值得探讨一下的一股艺术潮流。

对“意象”这一术语，不同艺术派别或许有不同的理解与诠释。但浅显点说，至少含有以“形象”来“喻意”之意，包括感性的形象的“象”和理性的抽象的“意”两大成分。中国古人早已用过“意象”术语，最早出自《周易》，其中有：“子曰：圣人立象以尽意。”王弼注曰：“夫象者出意者也!”其意谓卦“象”是用来显示“意”的，说的是占卜的事，而非艺术。事实上，中国古代诗歌的“意象”艺术是很突出的，遗憾的是以往很长时期对这方面的研究和倡导尚嫌薄弱。至20世纪80年代的新潮岁月，人们对这个方面的理论研究和创作实践才更重视起来，并留下了令人关注的成果。

在西方现代艺术派别中未见有意象小说艺术派别，但有以英美诗人为中坚力量的西方现代意象诗歌派别。20世纪初叶的1908年前后，西方现代意象派诗歌以英国伦敦为中心而兴盛起来，其实际首领是庞德（生于1885年，1908年由美国赴英国，1972年去世，代表作有《诗章》等），他是西方现代意象诗歌派别的主要代表（参见《辞海》中册第1948页，上海辞书出版社1979年版）。其中的积极分子是一帮伦敦的青年诗人和侨居英国的美国诗人。据说庞德的诗歌理论是从中国古诗中借鉴过去的，他特别推崇中国古诗的“意象”艺术，并翻译过中国诗歌。庞德等人首先强调表现视觉方面的具体的有形的东西，即强调表现“视觉具象”，同时又强调要善于通过“视觉具象”表现“思想”，亦即强调诗歌要“意象化”。庞德说，这种“意象”是“一种在刹那间表现出来的理性和感情集合体”，“意象在任何情况下都不只是一个思想，它是一团或一堆相交融的思想，具有活力”。“意”与“象”是“等式”，“象”背后有“意”，“象”和“意”常以隐喻和象征来连接，也就是“意”用“象”来暗示，“意”一般在“象”中，也可能在“象”外。总之，庞德等意象派诗人强调诗要“用意象表达一切”（参见《文学艺术新术语词典》，鲍昌主编，百花文艺出版社 1987 年版）。例如庞德自己在 1915 年 30 岁时写下《在地铁车站》一诗：“人群中出现的那些脸庞/潮湿黝黑树林里的花瓣。”全诗两句，由几个具象构成，但要把这种“意”与“象”的“等式”准确地解出来，不是轻而易举的事，它留给人们很大的随意猜想、自由创造的思维空间。庞德自然认为这就属佳品了！

在中国文坛兴起的创新艺术思潮和中国诗坛的意象诗歌创作风气日盛以及西方现代意象派艺术思潮的影响下，中国新潮岁月的某些小说家也创作了一批具有意象品格的小说。像莫言、何立伟等，都曾被视为靠创造意象小说而扬名的小说家。莫言的《透明的红萝卜》《红高粱家族》，何立伟的《白色鸟》等，都曾是为人推崇的意象小说的代表性作品。

顾名思义，意象小说的最显著特征就是具有“意象品格”。“意象品格”与“写实品格”有异，意象小说不重广泛地逼真地精细地写实，不用广泛、逼真、精细的方式把握生活、再现现实，而用“意象”方式把握生活、表现现实，实质上是重“意象”创造的以“意”为主的小说。其“意象”即小说家主观思想中的“意”与客观世界中的“象”的结合，力求托“象”以喻“意”，写“象”乃为着写“意”，“意”起主导作用，“象”不过是“意”的载体。从其总体倾向上论，意象小说属表现型小说范畴，其所取“意象”是创作主体对客观生活世界所取的主观认识和所抱的主观态度的具象表现。

在“意象”小说中，“意象”大多是“物象”。如莫言的《透明的红萝卜》，文题本身就是一个“意象”；“红萝卜”属客观现实生活中的“物象”，“透明的红萝卜”，则为主观感觉到的“意”和客观现实生活中的“物象”合成的“意象”。这一“意象体”与现实实体已大不相同，现实中的“红萝卜”如胡萝卜，洗刮得再干净也难以达到“透明”的程度；这是主体超感觉的缘故，亦即主观感觉变异的缘故，是小说中苦命的黑孩儿在20世纪60年代那极艰难的日子里所感觉到的奇异的“意象”。这个“意象”的主观寓意是什么？有人说是象征苦命的黑孩儿对未来美好生活的企盼和对未来美好新人生的渴求、向往。但莫言说：“大概意思也许能说出来，说清了难。”（见《关于〈透明的红萝卜〉的对话》，《中国作家》1985年第二期）再如莫言《红高粱家族》所写的“红高粱”也被称为一个著名“意象”。这被反复渲染的遍地的“纯种红高粱”的“物象”的品性给人留下异常鲜明深刻的印象。小说中这样描写它：当碌碡（用石头做成的用来轧谷物或平场地的圆柱形的农具，也叫石磙）压倒某些高粱时，“遍地的高粱都在痛哭”；当乡亲们在高粱间穿行执行任务时，一穗穗高粱会“忧悒地注视着”；当乡亲们在高粱地里陈尸狼藉时，遍地高粱会“萧然默立”；当“奶奶”弥留之际，所有高粱则“呻吟着，扭曲着，呼号着、缠绕着”，“它们哈哈大笑，它们嚎啕大哭，哭出的眼泪像雨点一样”。还写道：“每穗高粱都是一个深红的成熟的面孔。所有的高粱合成一个壮大的集体，形成一个大度的思想。”很显然，这里的“红高粱”是象征性的“物象”，它寄寓着一种富于正义感的崇高品格和精神，它是生命的象征，高尚人格的象征，好汉的象征，焕发着光彩的民族气节、民族精神的象征，其歌颂的主观意识和主观态度极为强烈而鲜明。毫无疑问，这是借以表达创作主体主观思想中的“意”和服务于人物塑造的“物象”。

意象小说中的“意象”可大可小。一个“透明的红萝卜”是小型“意象”，一穗又一穗的“红高粱”可谓中型“意象”，而《红高粱家族》中的无边无际的“高粱地”则可称大型“意象”。那一大片位于齐鲁大地“高密东北乡”的神奇、辉煌、凄婉、充满腥甜气息、通红的血海般的“高粱地”，是特定历史条件下和特定时代环境中的故乡的象征，是“地球上最美丽最丑陋、最超脱最世俗、最圣洁最龌龊、最英雄好汉最王八蛋、最能喝酒最能爱”的未加“修饰”、未经“理性”筛滤过的人生世界的象征，是旧时代的粗俗、朴真的生活世界的象征，是有善有恶、有美有丑的整个儿的世俗人间的象征；同时又是在特定年代演出了一幕幕英勇悲壮、惊心动魄的人际斗争、民族斗争的宏大历史舞台的象征。它将传统性的场景描写、生活画面描绘、典型环境描写与“意象”的创造融合在一起了。

描写人物形象是小说文体的特质之一，意象小说也不能例外。但一般说来，意象小说并非像传统小说那样致力于从内外部刻画性格丰满的“圆形人物”，而往往设法让人物形象多少带有“意象”的性质，即人物形象既有一定的写实性、形象性，又有一定的抽象性、写意性、象征性。例如莫言《透明的红萝卜》里的“黑孩儿”即为意象性的人物。小说对他作了现实性和超现实性的双重描写，他的家境很不好，“亲爹鬼迷心窍下了关东，一去三年没个影”；“爹走了以后，后娘经常让他拿着地瓜干子到小卖铺里去换酒。后娘一喝就醉，喝醉了他就要挨打，挨拧、挨咬”。在20世纪60年代，某“公社”要加宽“滞洪闸”，由于缺少正劳力，因此把十岁左右的他派到了工地，到工地后，他曾被安排在铁匠炉上拉风箱，拉到第五天，全身上下“变得象优质煤块一样乌黑发亮”，“只剩下牙齿和眼白还是白的”，因此“全工地的男人女人们都叫他‘黑孩儿’了”。小说中这样写他的外形：“赤着脚，光着脊梁，穿一条又肥又大的白底带绿条条的大裤头子”，“裤头的下沿齐着膝盖”。“头很大，脖子细长”，“两只细胳膊”，“小腿上布满了闪亮的小疤点”。而且体弱多病，经常“打摆子”（即患疟疾），“象谷地里被风吹动着的稻草人”。因此人们都称他“瘦猴儿”。在工地上，他谁也不理，也从不说话，最多“用眼睛回答”别人。在现实性描写的同时，小说还对他作了超现实描写，如说他看到“红萝卜晶莹透明、玲珑剔透”，看到红萝卜“透明的金色的外壳里包孕着活泼的银色液体”，还能感觉到河水中“若干温柔的鱼咀在吻他”。总之，“黑孩儿”带有现实与超现实的奇异性，带有童话色彩。他的外形表现出了奇异性，他是“黑孩儿”“瘦猴儿”；他内在的主观感觉、主观精神也表现出了奇异性；可谓形神都被异化了。这种“形神畸变”的特征，使其成为现实性与非现实性、写实性与非写实性相融合的象征型、“意象”型的人物形象。他是20世纪60年代中国农村特定岁月中的人生艰难的一面的象征。

莫言《红高粱家族》中的余占鳌、戴凤莲两个人物形象也具有意象性。余占鳌是善恶美丑的多重对立性格与曲直是非兼存一身的复杂人物，他“出身贫寒，父亲早丧，他与母亲耕种三亩薄地度日”。他的叔叔余大牙“做贩卖骡马生意”，偶尔“接济他们母子一下，但数额有限。他十三四岁时，母亲与天齐庙里的和尚有了来往，和尚生活富裕，常来送米送面”。“他十六岁时，和尚与母亲来往愈频”。后来，“他在一个春雨之夜，把那和尚刺死在梨花溪畔”。“杀了和尚，他逃离村庄，三教九流都沾过边。”他母亲不久“在门框上吊死了”。他迷上过赌钱，他“具备了一个土匪所应具备的基本素质，但离真正的土匪还有相当的距离”。他在高密东北乡的“赁行”（专为婚丧嫁娶红白喜大事提供服务的机构）吃过“杠子饭”（即当过轿头夫）。在抬轿时，他领头打死了劫路抢轿的“强人”（属候补小土匪一类），后又杀死患麻风病的单家父子，并与戴凤莲结为伴侣；此后独霸一方，既伏击日本侵略者的军车，又与国军交战，也与八路军摩擦。余占鳌即具如此狂放不羁、胆大妄为与在强暴面前能激发义愤性格的人物，是兼有善性、恶性、人性、匪性、是处、非处、美处、丑处的人格，是在特定时代环境中形成的多重对立性格并存的复杂体。戴凤莲则是具有独异个性的风流女性形象，可属巾帼豪杰形象之一种。她出身于银器匠人家庭，是“小家碧玉”，因生她那日是“六月初九”，所以小名叫“九儿”，她“刚满十六岁”就由贪财的父亲做主，嫁给了高密东北乡有名的财主单廷秀的患疯病的独生子单扁郎。她有向往自由幸福的乐观豪放的天性，当单家父子被杀掉后，她铰了两幅剪纸，一幅是“一个跳出美丽牢笼的蝈蝈”，“站在笼盖上，振动翅膀歌唱”。她“剪完蝈蝈出笼，又剪了一只梅花小鹿”，梅花小鹿“背上生出一枝红梅花，昂首挺胸，在自由的天地里，正在寻找着自己无忧无虑、无拘无束的美满生活”。在民族抗战中，戴凤莲的抗战热忱和民族魂魄也很感人，最后她在为伏击日本侵略者军车的战斗人员送大饼时中敌弹身亡。在生命最后一息时，她对儿子说：“我的儿，你来拉娘一把，你拉住娘，娘不想死……天，什么叫贞洁？什么叫正道？什么是善良？什么是邪恶……我爱幸福，我爱力量，我爱美，我的身体是我的，我为自己做主，我不怕罪，不怕罚，我不怕进你的十八层地狱……但我不想死，我要活……”崇尚自我、向往自由、敢作敢为、满怀民族义愤、对人生充满怀念的活生生的“九儿”，就这样终结了一生！可否说她是处在抗战年代特殊地域特殊人生环境中的焕发着独异色彩的风流巾帼形象？以“意象”艺术眼光看，余占鳌和戴凤莲两个艺术形象是自由天性的象征，是自我生命自由自主的象征，是自由不羁的人格的象征，是自我顽强的生命意志的象征。他们所体现的象征性意蕴，在他们所处的历史时代条件和具体环境下是具有合理性和进步意义的。

莫言的意象性小说可谓为小说人物形象艺术和诗歌“意象”表现艺术之融合，而其“意象”表现艺术又是以小说的写实艺术与人物形象刻画艺术为根基的，因而是颇为成功的。

何立伟也曾是创作意象性小说的积极分子，他由诗歌创作而转为意象性小说创作，并因之为小说界关注。人们认为何立伟的意象性小说显出三个特点：一是重“感觉意象”，凭“自我感觉”到的蕴含着一定意向性的“感觉意象”构成小说；二是大胆“超越人物”“超越情节”，浅言之即不重人物形象与故事情节；三是尝试打破“叙述语言的常轨”（何立伟语），或不受语法约束，或如作诗那样炼句炼字。这些特点究竟利弊如何？

何立伟最为人称道的意象性小说代表作是《白色鸟》（曾获1984年全国优秀短篇小说奖），它勾勒了两个写意性的少年人物形象，一个是随外婆刚到了乡下的皮肤尚未被晒黑的“白皙”的城市少年，一个是皮肤早已被晒得“黝黑”的乡下少年。一个炎热的下午，他们在美丽、宁静的河滩、河堤、河中自由、快活地玩耍着，或者采“紫色的马齿苋”，或者“扯霸王草”，或者观赏着洁净的卵石和蹦蹦跳跳的小鱼小虾，或者凭着各自的知识天真无邪地交谈着，或者开心地游过河的对岸去，最后他们看到两只“雪白雪白”的美丽的水鸟在“绿生生的水草边”安详地自由自在、恩恩爱爱地在一起轻轻地悠然地梳理着羽毛，他们静静地满心愉悦地伏在草里观赏着，遐思着……生怕眼前的美好图景遭破坏了，但忽然，“哐哐哐哐”，几声“锣声”和伴随着“锣声”的“开斗争会”的“喊声”，把两只美丽的“白色鸟”惊飞了，小说至此即戛然而终。这可视为由一个个“小意象”构成的具有统一性意脉的“整体意象”，两个少年在美丽的河畔自由快活地玩耍的情景构成一个有相对独立性的“意象”；水草边的两只美丽的自由自在的悠然超然的“白色鸟”构成一个“意象”；由上述两个“意象”又构成一个较大型的完整的河畔大自然环境的美好“意象”；此实写的大自然的美好“意象”与虚写的特定社会环境中的乱斗的“意象”形成尖锐对比，并在对比中显示出鲜明的写意性；最终“哐哐哐哐”的锣声把“白色鸟”惊飞了，喻示自由安静的环境没有了，美好的人生世界与人生梦想被破坏了，此种反思内乱伤痛的主题意识置于20世纪80年代初期的文坛上虽不算新奇，但在表现形式上却显出了新奇性。其篇幅简短，炼句炼字，惜墨如金，全篇构成一个完整意境，因而曾被美誉为“绝句小说”或“诗化小说”，然而斟酌其文题与全文，称之为“意象小说”似更合适。

意象小说同样是小说家可贵的艺术创新志趣和对小说美学风格的新追求表现。如果众多“意象”之间没有内在联系，如果“意象”过分神秘、混沌、叵测，如果过分抛开情节和过分超越人物形象去单纯苦心营造“意象”，那是否背离小说艺术美学而不足以称为艺术品？

第二章

象征、荒诞、魔幻小说潮

1

20 世纪 80 年代中国内地被称为“象征小说”的创作潮的出现，与西方现代象征主义艺术派别也多少有些影响关系。西方现代派象征主义艺术派别最早发源于法国诗歌界，本为诗歌流派之一。法国诗人莫雷阿斯（1856 年生于希腊雅典的名门望族家庭，1875 年到法国巴黎并定居法国，1910 年去世。参见《外国现代派文学辞典》第 300 页，赵乐甡主编，吉林文史出版社 1990 年版）在 1886 年 9 月 18 日于法国《费加罗报》上发表《象征主义宣言》一文，明确地打出了象征主义艺术派别的旗帜，但是在创作实践上有影响力的象征主义艺术派别先驱却是法国著名诗人波德莱尔（1821 年生于巴黎，20 岁开始创作诗歌，人生穷困多艰，1867 年死于“失语症”。参见《外国现代派文学辞典》第 61 页，赵乐甡主编，吉林文史出版社 1990 年版），他于 1857 年出版的诗集《恶之花》被视为西方象征主义艺术派别的标志性代表。这部有整体构思、意脉贯通的诗集的象征意蕴是复杂的，“《恶之花》中的‘恶’，既有邪恶、丑恶、罪恶的意思，也有痛苦与疾病的意思。诗题可解为：罪恶与病痛中含有的美与善。”它“是一个孤独、忧郁、贫困、颓废和病弱的诗人追求光明、幸福与理想最终遭到失败的记录”。高尔基曾对波德莱尔作过这样的评价：“生活在恶之中，爱的却是善”（引文均见《外国现代派文学辞典》第 121 页至 124 页）。至 19 世纪 90 年代，象征主义艺术流派迅速超越法国本土，波及英、美、德、俄、意、西班牙等欧美其它国家，进入 20 世纪后即汇合成了影响世界的重要艺术潮流。

西方文坛上也随波逐流地创作有象征主义小说。如卡夫卡（生于 1883 年，1924 年死于肺结核病，奥地利小说家）的象征主义小说《城堡》（写于 1922 年，1926 年出版，未结尾的未竟之作）。“城堡”外围有村庄，村庄中有村长，还有客栈；“城堡”中则设有“中央局”，有部长，还立下一套实施各种专制和暴政的统治制度；小说中的主人公“卡”是“土地测量员”，他极想进入“城堡”内求职和居住，但始终未能如愿。其喻示：在“城堡”中享受的只能是那些有“资本”有“权势”的“大资产者”，众多的处在社会底层的人们，即使像“K”这样有一技之长者，也只能始终怀着连年失望、孤独无依的悲痛心绪作垂死挣扎，直至绝望地了却一生。“城堡”是西方资本垄断时代阴森可怖的代表“大资产者”利益的统治机器的象征体，是两极极端分化的人权不平等的西方资本垄断时代“大资产者”专制统治的社会的象征。再如海明威（生于 1899 年，美国作家，当过新闻记者，1941 年春曾到中国采访报道抗战情况，1961 年 7 月 2 日早晨，他在疾病长期折磨的痛苦中以猎枪自杀）的中篇小说《老人与海》（1952 年发表，并因此部作品的发表而于 1954 年获诺贝尔文学奖），描写一个老渔夫桑地亚哥独自一人在远海的险恶环境中进行生死搏斗的故事，着重描写他在归航中与成群结队的凶猛的大鲨鱼展开生死搏斗的情景；结果大鲨鱼群将他数十天出生入死所捕得的唯一一条巨大的马林鱼争抢着吃掉了，致使他数十天异常艰辛的远航拼搏一无所获。那在恶浪翻滚的大海里进行生死搏斗的老渔夫与那成群结队的凶恶的大鲨鱼是敌对性质的两种社会力量的象征，以整体象征的形式象征在西方资本垄断时代专制下的下层普通劳动者个人拼搏的人生悲剧，即使像老渔夫桑地亚哥这样顽强拼搏的“硬汉子”，在那弱肉强食的“人生大海”中也难以免遭厄运。海明威对所处人世的孤独感、迷惘感、掠夺感、失望感、多悲感是沉重的！

象征包括两极：一极是象征体，即特定的外界事物，特定的具体形象，特定的生活与自然图景；一极是意念、理念，即创作主体内心所寄托的意向、观念或哲理意蕴，亦包括接受主体所领悟、所发掘的意向、观念或哲理意蕴。两极中带根本目的的一极是意念、理念，因为运用象征体的根本目的在于表达意念、理念。简言之，象征就是用某些特定的具体事物、具体形象、具体的生活与自然图景，喻示某种抽象的意念、理念或哲理。

象征带有比喻的意味。比喻是用一个具象比拟具有某个或某些相似点的另一个具象，如“儿童是祖国的花朵”，将儿童比喻为花朵，这是在十分可爱、充满活力、充满希望的相似点上所构成的比喻。再如“她像一团火”，“他像一头老黄牛”。前者把“她”比喻作“一团火”，主要在“她”待人特别热情的相似点上构成比喻；后者把“他”比喻为“老黄牛”，则主要在勤勤恳恳埋头苦干的相似点上构成比喻；其相似点都是局部性的，实际上比喻体与被比喻体之间也多少存在象征意味。某些文学作品中的象征写法更明显地表现出象征性。如屈原在《离骚》中以“椒兰”这类香草比喻、象征他心目中的美人与贤者；以“萧艾”这类臭草比喻他所遭遇到的小人、权奸、恶人；再如鲁迅在他的短篇小说《药》的末尾，用夏瑜坟头上的“花圈”喻示、象征革命的希望与前景；这属一种局部性的写作手法，可谓局部性的象征性。在通常生活习俗中也常有象征性的方式和做法。如或以黑色喻示、象征死亡、悲痛与缅怀；或以白色喻示、象征死亡、纯洁与哀悼。意象小说带有象征性，象征小说带有意象性，它们采用的都是间接表现的方式。由上述可见，象征与比喻、与象征手法、与意象等几者之间，都有某种联系，它们之间的界限往往难以如“小葱拌豆腐”那样辨别得“一清二白”。

这里要明确强调的是象征小说的象征重在用某一或某些具象寓示、表达某种或某些抽象的意念、理念或哲理，它既非局部性的比喻或局部性的象征手法的运用，亦非如意象小说那样托单一的感觉意象或合成的大型意象以喻“意”，而运用的是整体性的象征，以整体性的象征方式表示抽象的意念、理念或哲理，其象征的意念、理念或哲理会有多少、大小之分，但终归是整体性象征的小说形式。

西方各种艺术门类中的现代象征主义流派的弄潮儿们的政治思想及艺术见解不是完全一模一样的，但作为同一派别，它们都表现出一些带有共同性的基本的理论基础、思想倾向和艺术倾向。

西方现代象征主义派别认为外界事物与人的内心世界是相互感应着的（参见《文学艺术新术语词典》第 181 页，鲍昌主编，百花文艺出版社 1987 年版），因此才可以用象征的艺术方式表现心物感应的结晶——意念、理念或哲理。意谓：象征就是客观外物与主观心灵的相互感应，简言之就是心物感应，“心”必须寻找到客观对应物，“心”的示意必须凭借客观对应物。客观对应物可能是各种各样的事件，可能是自然景物、景象，也可能是某些物品或某种社会情况；客观对应物是丰富复杂的，有些可能是很费解的。相对而言，“心”这一极还是最重要的，“心”更是复杂的，千变万化的，主观的“心”尤其令人难以捉摸。因此象征主义作品会给人更多的见仁见智的猜测性，会带有扑朔迷离的神秘色彩。

西方现代象征主义派别着重表达对自我所处的现实社会的不满情绪和批判态度。如前所论及的波德莱尔的诗集《恶之花》，既暴露了其所处时代和社会的丑恶，也表现了自己对现实人生的失落、失败与绝望感。卡夫卡的《城堡》表示出对西方资本垄断时代社会下层人们的毫无自由、平等、博爱的专制统治的批判态度；海明威的《老人与海》以象征方式表现了下层劳动者在弱肉强食的人生大海中竭力拼搏的悲剧。总之，心物感应，不满情绪，批判态度，象征艺术手段，隐蔽玄奥，这是西方现代象征主义艺术流派的整体艺术风格。

在 20 世纪 80 年代中国内地涌起的象征小说潮中，为人称赞的名作主要有高晓声的《鱼钓》（曾被译成英法德俄多种外文发表）、邓刚的《迷人的海》（始载《上海文学》1983 年第 5 期）、张承志的《北方的河》（始载《十月》1984 年第 1 期）。触目其文题，即感觉具有象征性。《鱼钓》的象征体带有神奇色彩，自古以来均系人钓鱼，而今为何鱼钓人呢？《迷人的海》《北方的河》的象征体则是芸芸众生常见而容易理解的。

中国内地新潮岁月的象征小说的一大特点，也在于从整体上追求象征品格、象征意义。它们不是像传统小说那样采用直奔单一主题的构思方式，而是重在用总体的象征、寓意、暗示的构思方式；在人物形象描写和整个情节描写上也力求带有象征性；它们将意向寄托于整体性的象征体中，这种象征体有时是一个完整的故事，如高晓声的短篇小说《鱼钓》；有时是波涛滚滚的大海及人在大海中搏斗的场景，如邓刚的中篇小说《迷人的海》；有时是一条条风度不同的大河，如张承志的中篇小说《北方的河》；它们都带有整体象征的品格。

高晓声的《鱼钓》的整个艺术构思、情节故事、人物描写、结构形式，共同构成一个整体性的象征体。号称钓鱼能人的刘才宝偷偷游过对岸去，将人家钓得的大草鱼偷到手，拴在自己的脚脖子上再偷偷摸摸地游过岸来。结果被大草鱼拽下河水里淹死了。高晓声所构思与描述的钓鱼能人刘才宝被一条12斤重的大草鱼钓走并溺水而葬身鱼腹的故事无疑是荒诞的故事，这个荒诞性的象征体具有任人思索与猜测的象征意义。蝎盛木朽，欲甚身亡，它至少象征着贪婪就要毁掉自己，私欲过分膨胀就将葬送人生的通常理念，具有警告意义。

邓刚的《迷人的海》的整体性象征体是“迷人的海”中的整体搏斗。它在描写大海全貌和海浪全景的基础上，完整地描写老少海碰子在怒涛恶浪的壮伟场景中搏击、进取的故事。一代代海碰子在“碰海”生涯中付出了惨痛代价，老海碰子的爷爷葬身恶浪，爸爸惨死怒海；他自己若不及时剐开大鱼肚逃生，也早就丧命于鱼腹；遍体伤痕的他已出生入死地在怒海恶浪中搏斗了五六十年之久，他双手握的是老掉牙的落后的传统“鱼叉”，但他异常喜爱迷人的海底世界，因而尽管还可能付出惨重代价，依然矢志不渝，决心凭着自己对百里深浅海域了如指掌的丰富经验和高超水性去不断征服大海，寻找那生活在海底的最珍贵的“五垄刺儿的海参”，但终未如愿。继于其后的小海碰子虽然显得稚嫩，缺乏经验，不断碰钉子，吃尽苦头，但决心在大海里干出一番业绩的壮志有增无减；他选用现代“渔具”，不再穿那种又厚又肥大的旧式衣裤，而穿紧身利落的新式衣裤；不再用老掉牙的鱼叉，而用亮光闪闪的鱼枪；不再光靠脚丫子浮水，而凭借两只橡胶大脚蹼；他虚心地吸取了老海碰子们的经验，终于在大海怒涛反复的生死考验中成长了起来，如愿地逮到了最珍贵的海珍品“五垄刺儿的海参”。最后，老少海碰子相互取长补短，决心并肩在波涛滚滚的大海中继续拼搏，以更好地实现世代海碰子理想的崇高人生目标。“迷人的海”既是自然的海，又象征着社会与人生的海，是美好的社会、人生、理想的象征；老海碰子和小海碰子在搏斗中寻找最珍贵的“五垄刺儿的海参”，象征着人们对美好人生希望、人生前景的追求，而美好的人生希望与前景，则需一代代持续不懈地共同奋斗才可能实现，其以象征性的描写热烈地赞颂了世代怀有人生理想目标而不畏艰险地顽强拼搏、追求、进取的人格精神。

张承志的《北方的河》的故事框架相当简单：小说主人公“他”从北京到新疆插队 6 年，后进入新疆大学中文系本科汉语言专业学习 4 年；毕业时有关部门以照顾他为由，将他这位 30 岁的欢蹦乱跳的小伙子分配到原住地北京某单位“计划生育办公室”工作；由于事违夙愿，因而他冒着取消资格的风险不去报到，而决定报考“柳先生”的人文地理专业研究生，并立即付诸行动；为增强对“河”的感性认识，他先后考察了北方的黄河、湟水、无定河、永定河，还梦想着找机会考察北疆的黑龙江等河流；最后，他经过顽强拼搏、奋斗，终于获得了研究生准考证，满怀希望地迈出了新的人生步履。小说除简括介绍主人公“他”的生平以及“他”与一位北京姑娘（某小报摄影记者）的相识与坦诚初交的内容外，主要笔墨用于描写象征性、性格化的“北方的河”。其所描写的“河”既是中华民族及其历史与文化的象征，也是新历史条件下焕发的生气勃勃的拼搏进取的新时代精神的象征，是在奔腾向前的社会中自强不息的充满活力的奋斗人生的象征。主人公“他”的奋斗人生是显示小说象征性的重点和寄寓意念的核心，“他”眼中的“河”是有顽强生命力和强大精神力量的生命之河，“他”觉得浩荡的黄河像严父慈母，像严父慈母般向自己不断发出召唤，深感自己似乎扑到了博大而温暖的胸怀里，而面临湟水时则觉得似乎寻找到了自己的血脉，并从一条条奔腾不息的河流身上获取了伟大的力量，还觉得每条奔腾不息的河流都在激励自己自强不息，激励自己在新的人生起跑线上奋勇向前，激励自己为理想事业而坚决勇敢地献身，“他”是在人生长河中满怀理想而自强不息的拼搏者、奋斗者。人生命运浮沉往往千变万化，但拼搏、奋斗则是恒性的，这该是富有价值的人生的本质。

中国新潮岁月的象征小说潮流，同西方现代象征主义艺术派别既多少有影响关系，又有本质的不同。中国新潮岁月的象征小说潮流的思想倾向不是悲观主义。它们通过象征方法所体现的思想与感情的基调是积极向上的，而不是消极沮丧的。它们既是对一种艺术美学思潮的实践，也是对一种艺术形式倾向的尝试。实践证明，这类小说的成功，在于把象征意蕴和富于时代性的现实生活内容有血有肉地真切生动地结合起来，把象征品格和写实风格结合起来，优质的象征小说应在有血有肉地描绘现实世界的象征性的生活内容的同时去体现出深刻的象征意蕴；同时不该过分忽视对人物性格的刻画。“象征”实质上是表达对现实人生世界的深刻感受和对现实人生的精深理解的一种方式，象征体中总该包涵着某种独特的生活感受或带哲理性的感悟，这既需要扎实的生活功底，也需要艺术想象力，需要有深刻的哲理思考力和更强的对现实生活内在本质的感受力。

2

20 世纪 80 年代中国内地出现的荒诞小说潮也多少与西方现代荒诞艺术派别有影响关系。

西方现代荒诞派先后有两大繁殖基地。一大基地在西欧法国，主要以荒诞剧为标志；另一大后起的基地在北美洲美国，主要以黑色幽默小说为标志。

西方现代荒诞派有一个演进历程。在 20 世纪早期卡夫卡即提供了荒诞小说的代表性样本《变形记》，着重描写主人公格里高里极端绝望的人生悲剧，他父亲已失业五年，母亲患严重气喘病，妹妹年仅十七岁，全靠他一人维持老少生命，一家都处在人生的不幸中；一日睡醒后他发现自己变成了一只僵死的“大甲虫”，最后他在灾难感的极端恐惧中绝望地抛弃生命而选择了死亡。这种人的异化与悲剧描写的认识价值，在于它是对西方特定的资本垄断时代的人和人道的嘲讽，表明西方特定的资本垄断时代的一般人生是荒诞的，无常的，绝望的，悲剧性的。至20世纪50年代便发展成以法国荒诞剧和以巴黎舞台为中心的颇有影响的荒诞派潮流，其代表剧作是尤金·尤内斯库（原籍罗马尼亚，后在法国研究法国文学而入法国籍）创作的独幕剧《秃头歌女》，着重写史密斯夫妇和马丁夫妇无聊的闲谈；两对夫妇同借查火情的名义登门的当地消防队长无聊地闲谈；两对夫妇无聊闲谈起来无休无止，而且嗓门愈来愈高，近乎歇斯底里，直至全剧结束。剧中未见“秃头歌女”出现，其剧情与剧题无关，整个剧显出荒诞性。意在嘲讽西方特定的资本垄断时代的众多人生和社会本质的无聊、平庸、荒诞与病态。至20世纪60年代，以法国为中心的西欧荒诞派趋向衰落，其艺术魂魄转移到北美洲，在美国文坛兴起了黑色幽默小说潮流（源自美国作家弗里德曼1965年3月编选的小说集《黑色幽默》的书名，20世纪70年代趋向消退；参见《文学艺术新术语词典》第381页，鲍昌主编，百花文艺出版社1987年版）。美国作家海勒的处女长篇小说《第二十二条军规》被视为其代表性作品之一，它着重嘲讽美国“军规”的荒诞性、荒谬性：美国上尉轰炸员尤索林第二次世界大战期间在驻扎在欧洲的美国空军中队服役，他在各级长官卑劣行径的反复教训下，成了一名千方百计要离开空军中队的“怕死鬼”，可他无论如何也跳不出“第二十二条军规”的圈套。“第二十二条军规”规定：凡“疯子”可遣返回国。尤索林想利用这一规定离开空军中队。但“军规”同时又规定：凡想回国者须由本人提出申请，并说明不能再飞行的理由。于是这又等于完全肯定了自己绝不是“疯子”。“军规”还规定：飞够三十二次者可不再承担飞行任务。尤索林又想利用这一规定离开空军中队。但“军规”同时又规定：飞行员是否中止飞行须听从上司命令。然而握有空军中队实权的司令官卡思卡特上校不仅患有精神分裂症，而且是天性异常冷酷的一贯以飞行员的生命为赌注去实现自己向上爬的疯狂野心的家伙，因此尤索林始终只能作为捏在他魔掌中的赌注。所谓的“军规”不过是便于长官愚弄部下或依个人好恶置部下于死地的荒谬的圈套、绞索。在“军规”主宰下的美国空军中队的荒诞性、荒谬性，是创作主体对特定现实世界的荒诞性、荒谬性的深刻心理感受的艺术表现。

无论是西欧现代荒诞派，还是黑色幽默派，均属于西方现代荒诞派范畴。

荒诞派第一大显著特征在于其思潮基础都是存在主义（或被译为生存主义）。存在主义的代表性人物不止一个，其中法国的哲学家兼作家萨特（1905年生于巴黎一个海军军官家庭，1980年于巴黎去世，当过哲学教师，1955年访问过中国，1964年拒绝接受诺贝尔文学奖，因他要坚守自己不接受一切官方授予的荣誉的生命准则）被誉为最有影响的“存在主义大师”。他的“存在”观念是：自己所处的现实是荒诞的，世界是荒诞的，人生是孤独的，无意义的，虚无的。他在1938年发表的无头无尾的日记体长篇小说《恶心》勾勒了一个取名为罗康丹的存在主义者形象：满怀人生孤独感的单身汉罗康丹，决意通过为一位冒险家写一部“传记”来实现“自我价值”，结果折腾得精疲力竭也未完成，因而他不仅深感“自我人生”没有价值，而且深感整个“世界人生”都“恶心”“厌恶”，都毫无意义，萨特借罗康丹形象表达了自己的存在主义的基本观点。存在主义有两大观念基础：一是“存在”是“人”的“存在”，“人”是“自我”自由选择的“存在”，它强调“人”的“自我性”与“自我自由”，强调“人”的“自我意识”与“自我精神”；二是认为“人”“人生”“人生世界”都是“荒谬的存在”，认为“人”“被抛进了世界”，即被抛到了“一个无意义或荒谬的存在中”（见《文学艺术新术语词典》第381页，鲍昌主编，百花文艺出版社 1987 年版)。存在主义的观念是积极因素与消极因素的混合体。实质上萨特是以反中世纪的残酷专制的“人道”为理论基石而创立存在主义的，并以之观察、检验他所处的资本垄断时代新专制下的现实人生和现实世界，因而被称为“新人道”。何谓“荒诞”“荒谬”?就是极不合情理。何谓“恶心”?就是令人十分难受。何谓“厌恶”?就是产生极大的反感。将萨特的一套理念与感受提到他所处的历史时代的范围之内考察、判断，其中所混合着的一定的合理因素和认识价值便会显示出来，其学说及其文学实践不光是悲观、虚无、个人主义、颓废主义的极端消极的一面，还带有进步性的一面。西方现代荒诞潮流就是在这种复杂的存在主义思潮引导下的产物。

西方现代荒诞派的第二大显著特征在于其创作的内容和主题的核心多是表达某种荒诞观念与荒诞感情。由所接受的存在主义理论基础所决定，荒诞派作家对所处世界的生活、人生均取荒诞说；在他们的观念和眼珠里，自己所处的现实社会的整个人生是荒谬的，人，连同他们自己在内都是丑恶的，荒谬、丑恶到了令人绝望的地步。在这种对自己所处的现实极度绝望的危机心理状态下，他们认为不仅应当嘲讽自己所处世界的生活及他人，而且还应当自嘲，认为唯有这种嘲讽和自嘲才能从他们所处的西方资本垄断时代内外部的深重危机中寻求到一点解脱和乐趣。如前所述及的《变形记》对主人公格里高里由变成“大甲虫”到选择死亡的描写，既是对“人”的嘲讽，也意在借以表达资本垄断时代的人生是荒诞的、绝望的观念。其基调虽然是悲观的、绝望的，但对于其赖以产生的特定的时代、社会而言，却具有一定的认识价值，实质上它是 20 世纪初至 50 年代前后的西方社会危机、心理危机、精神危机的艺术反映，是西方特定的复杂的社会现实、时代面目在西方文学家的心灵屏幕上的投影，是西方特定历史条件下的经济、政治、思想、精神的危机共同孕育的产物。

西方现代荒诞派的第三大显著特征在于突出地采用荒诞的表现形式和嘲讽的艺术手段。相比而言，西欧现代荒诞派更突出地使用极度夸张、变形的手法，而美国黑色幽默派则更突出地采用嘲讽、讽刺的艺术手段。西欧现代荒诞派或以夸张、扭曲、变形的方法创造离奇怪诞的形象使被嘲讽的对象达到十分荒诞可笑的地步，以求得强烈的讽刺效果。美国黑色幽默派则着重以嘲讽、讽刺的方法嘲笑美国特定时代、特定社会的荒诞性的事物，“从腐朽的社会制度、灭绝人性的战争、种族歧视、环境污染、拜金主义、宗教说教、上流人物的虚伪、劳动者的异化，直到资本主义的文化模式、生活方式，一概包括在内”（见《文学艺术新术语词典》第 382 页，鲍昌主编，百花文艺出版社 1987 年版），黑色幽默的嘲讽艺术于广阔的题材领域出色地显出了独特的功效。

在 20 世纪 80 年代中国内地也创造出一批具有荒诞色彩的小说。概括而言，带有中国特色的荒诞小说潮流的显著特征，亦可谓具有荒诞品格。如湛容的《减去十岁》、王蒙的《冬天的话题》、陈村的《一天》等，均具一定的代表性。

湛容的短篇《减去十岁》（始载《人民文学》1986 年第 2 期，获 1985 至 1986 年全国优秀短篇小说奖）的文题即带有荒诞性。它描写由虚拟的小道消息所引起的一幕又一幕的荒诞闹剧，荒诞的小道消息是：“听说上边要发一个文件，把大家的年龄都减去十岁！”于是社会上一群群不同人生层次、不同职位、不同性别、不同年龄的人，都按照各自的欲望在人生的沧海中荒诞可笑地动荡了起来。其中，季文耀，男，64 岁，是“年龄过线”的“必须退下来”的机关干部；方明华，女，58 岁，是早已退休三年的机关干部，他们夫妇俩听到“减去十岁”的消息后，高兴得欢天喜地；因为季文耀“减去十岁”就变成了 54 岁，这样便可名正言顺地继续在“高干”的官位上留任十年，权力依然在握；其妻方明华“减去十岁”，则变为48岁，这样亦可以名正言顺地官复原职。于是夫妇俩满怀“正当年”的优越感，反复商议着如何重新开始自己的新生活，美滋滋地憧憬着把自己的居室布置一新：订一套时髦的罗马尼亚家具，买一套时髦的成套的沙发，把老掉牙的木板床换成时髦的“软床”；在穿着上也商定要“新潮”一番，季文耀决心买意大利式的夹克衫，方明华决心买米色的春秋大衣，还打算一道进“高级美容店”使容颜重新鲜亮起来；同时商定请个温存能干的小保姆专门料理家务，开开心心地去庐山、黄山、九寨沟等风景名胜地旅游；总之，机不可失，在已经失落的生活各方面都迫切想“时髦时髦”，弥补弥补，享受享受；这是处于掌权层面的老年男女在“减去十岁”的荒诞消息传开后的荒诞表演。接着，又写了一对企图趁机满足权力欲望的中年人的荒诞表演。男的张明明49岁，上学时属高才生，考试成绩总列前三名，毕业后成为搞科研的工程师，但因随波庸碌，几近荒废，无所建树；其妻薛敏虽然凭多年操持家务的经验积累而成为具有“花钱不多、吃得不错”的本事的“治家能手”，但对自己的人生也满怀失落感；如果“减去十岁”，张明明年方39，这令他异常高兴，特别是当他想及上面打算让他占据季文耀的局长官位的“美差事”后，更是踌躇满志，忘乎所以；正当他得意扬扬时，他的同事乐呵呵地“拍拍他的肩膀”提醒他说：“减去十岁，季文耀今年五十四，他不会退了，你的局长也吹了。”张明明遭到此话刺激后，才略微清醒地反思自己过去担任过的“最高的职务”不过是小组长，最高的政治阅历只是“召集过小组会”，确实没有在任何别的场合表现出什么领导才能；他为此而愈来愈忧闷之时，其妻薛敏乐观地劝导说：“正因为你缺乏领导才能，所以才把你选到了领导岗位上”，“当就当吧”，“当上局长，起码上下班不用挤公共汽车了”。听到妻子这种“实惠性、利己性”的开导，张明明心里又顿时莫名其妙地增添了唯恐自己当不上局长的失落感与创伤感。接着，又写了一对同年生人的更年轻的夫妇的荒诞表演：男的郑镇海和女的月娟都“减去十岁”，即分别变成只有29岁的“小伙子”和“年轻女郎”了。他们都感到过去的家庭生活不和谐、不如意；因此都想趁“减去十岁”之机重新组织家庭和重新安排自己的生活，月娟立即到妇女服装商店的“时装展销专柜”选购了“一件大红镶白纱边的连衣裙”穿在身上，迅速精心将自己打扮起来。但满心欢喜地赶回家后，两口子一见面就又马上唇枪舌剑、不顾一切后果地愈来愈起劲地吵起嘴来，比以往有过之而无不及……接着，又写了一个29岁的名叫林素芬的大龄女青年，她“减去十岁”便变为了摘去“大女”帽子的妙龄少女，因而为自己不再成为那帮好拨弄是非的长舌男女的议论对象而高兴万分；她“仰头望着晴朗的蓝天，那朵朵白云仿佛变成了一条条的小手绢，顷刻间堵上了一切好事者的嘴”，她以荒诞性的心态看待自己的一切。“减去十岁”的“小道消息”传来的第二天清晨，整个机关里的荒诞闹剧演到了高潮：“楼上楼下，楼里楼外，熙熙攘攘，欢声笑语，不绝于耳”，“各个办公室的门都大开着，人们赶集似地串来串去，亲切地倾吐着自己的激动、快慰、理想和无穷无尽的计划”，还举着“欢庆青春归来”的横幅标语和写着“焕发青春，献给四化”“青春万岁”等口号的各式各样的小旗子，敲着锣、打着鼓，准备上街游行，表示热烈庆祝“减去十岁”的决策；那些已经离职退休的人们依据“减去十岁”的精神，坚决要求重新返回机关；“一批新招进来的十八、九岁的青工”，则肆无忌惮地大吵大嚷起来，因为依据“减去十岁”的精神，他们就得丢掉工作，就得被“打发回去上小学三年级”；“幼儿园的娃娃们”也“几几喳喳”叫嚷不停：“减十岁，我们回哪呀?”小说所描写的老、中、青、少数代人的所思、所为、所虑、所忧都带有荒诞性，或者在心里增添了“自我嘲讽性”的“喜悦”，或者在心头上加重了人生忧患的负荷，许多曾因各种原因而不同程度地被抑制的人生欲望、人生问题都因“减去十岁”的荒诞小道消息而被激活了。显然，一系列荒诞心态、荒诞表演的描写的核心用意都在于表明人们强烈盼望弥补许多在十年内乱中失落的东西，解决遗留的诸多社会问题。

王蒙的《冬天的话题》则写N省V市发生的“朱赵学派”关于“早浴”好还是“晚浴”好的学术争论的故事。沐浴学老权威朱慎独所著的《沐浴学发凡》（说明沐浴要旨的入门的书）说应当“晚上”洗澡；而朱慎独最得意的门生、沐浴学后起之秀赵小强则在他的一篇论文里无意中提到加拿大人喜欢“早晨”洗澡。于是就由“早晚”的洗澡时间之异说，迅速构成了“早浴派”和“晚浴派”。小说着重写了“朱赵异说”“朱赵矛盾”“朱赵之争”被激化的过程。老学者朱慎独派的信从者的头面人物是余秋萍；年轻学者赵小强派信从者的头面人物是栗历历；在两派头面人物的有力组织和竭力挑拨下，两派的信从者都各自固执己见，因而使“早浴”好还是“晚浴”好的争论无休止地纠缠了起来；钩心斗角，上纲上线，愈演愈烈，愈争愈无聊；结果几乎全市都被卷入无聊之中，搞得满城风雨，荒唐至极。小说以虚构的荒唐闹剧，以黑色幽默的手法，嘲讽了某些人以拨弄是非、无事生非、制造矛盾、搅乱人际关系为乐事、为能事的扭曲心理和变态人格。这种无意义、无价值的荒唐行为、荒唐现象，对于当年所开展的“四化”建设和迫切需要的安定团结无疑是有害的。

陈村的《一天》则是着重记写工人张三的人生状态。他的人生历程是：生下、长大、成人、工作、结婚、生儿育女、衰老、退休。他每天的日程是：起床、洗漱、吃泡饭、装饭盒、穿衣裳、咯吱咯吱下楼梯、上路、坐叮叮当当的有轨电车、到达工厂、开冲床、冲“别针头”、吃午饭、休息一阵、又“匡汤匡汤”地开动冲床，而后下班回家；天天如此，年年如此，周而复始，直至“光荣退休”。小说是用揶揄笔调描写的，悲剧气息和喜剧氛围交融在一起，属于黑色幽默的艺术范畴。其意何在？众说不一。有的说它意在展示以张三为代表的单调循环的生命历程；有的说它意在表现一种缺乏个性创造的生命活动；有的说它意在揭示一种自足、平庸的传统的“国民性”；而陈村则说他所描写的也是一种“英雄主义”，是“平庸”中的“英雄主义”。他说：“活得如此平庸，仍一天天活下去，不也是英雄主义吗?”毫无疑问，“活着”是有生命的人类的共同的生存状态，永恒的生存状态；人生的本质确实是一样的，但过程、方式、形态却因人而异；人世间有各种层次的现实生存状态，有意义有价值地活着，无意义无价值地活着，为自己活着，为社会与事业活着，轰轰烈烈地活着，简单而重复地活着……“活着”就并非轻而易举的事，就不同程度地包含着坚忍不拔的意志和不畏艰辛的勇气，就包含着坚强维护人的尊严以及面对困难、困境而愈挫愈奋、不屈不挠的人格元素。张三“活着”了，他单调而重复地“活着”，他平凡、知足而有意义地“活着”；他的“活着”既是自己生命的需要，自己亲人的需要，也是他人的需要，社会的需要。如果在张三所处的时代没有张三们，社会将怎样？社会在某些方面是否将带来不便甚至陷于瘫痪？因此张三的人生确实有值得人们钦佩的“英雄主义”的一面，他在平凡的岗位上扎扎实实、勤勤恳恳地为社会贡献了自己的力量。当然，平心而论，张三的人生也确实有单调乏味、无思进取、不甚理想的缺陷。照理，他应当一方面坚持发扬为社会需要而几十年如一日地踏实苦干的精神；另一方面，又不宜几十年一贯制地死守小足即安的传统观念而终生不思变革；他应有丰富多彩的业余爱好与业余追求，以增加人生的乐趣感，体现自己的完美人生。

由上述文本细读可见，构成中国特色的荒诞小说潮流的具体作品的荒诞品格、荒诞程度是不尽相同的；特别是其历史条件、时代背景、社会心态本源、荒诞内涵、荒诞观念及基本格调与西方现代荒诞派有根本性区别，中国内地新潮岁月的荒诞小说在荒诞形式中所容纳的是具有强烈的中国特定历史岁月的时代感、现实感的意蕴，其基本格调是积极的。前所述及的《减去十岁》中的季文耀还幻想重掌权力后重新把自己过去管的那个“松松垮垮”的机关狠狠地抓一下，还打算使把劲将“年轻化”的机关班子组建好和带出个好样来。惬意地幻想当“高干”的张明明在忘乎所以的同时，还想利用“十年时间”在科技领域“大显身手”，甚至打算累死累活地豁出命去把“十年时间”变成“二十年”。那个陷于婚爱、家庭危机中的郑镇海还兴冲冲地感到“有许多重要的事需要立即动手去干”。那整天被“好事者”议论的大龄女青年林素芬则决心“珍惜未来的每一寸光阴”，立志抓住时机补上耽误的文化，“她几乎把业余时间全用在五花八门的补习班里，把工资的一大半用在交学费买教材了。语文、数学、英语、绘画，样样补，样样习”，而且“她想速成”，觉得“再不速成，就算是千里马，牵到伯乐跟前也老了”，因此她发誓“确定生活的每一个座标，决不转向”。《一天》和《冬天的话题》分别对安于现状、不思变革的人生的揶揄和对好拨弄是非的人们的嘲讽，都有积极意义。中国内地的荒诞小说与西方现代荒诞小说有本质的不同。

3

在20世纪80年代中叶前后中国内地还兴起了一股与西方魔幻现实主义艺术流派多少有影响关系的魔幻现实主义小说潮流。

西方魔幻现实主义艺术派别同欧美其他现代艺术派别有所不同。其发源地不在欧洲，也不在美国，而在拉丁美洲地区，是首创于拉丁美洲的一个独特的艺术流派。它大致形成于20世纪40年代中叶前后，于20世纪60年代至70年代形成高潮，是西方现代艺术派别中较晚形成的一个艺术派别。1946年中美洲危地马拉作家阿斯图里亚斯（生于1899年，1956年曾应邀参加中国纪念鲁迅逝世20周年纪念活动，1967年因其在魔幻现实主义创作方面所获得的突出成就而被授予诺贝尔文学奖，1974 年于西班牙马德里去世）发表魔幻现实主义小说《总统先生》，它将虚幻的印第安神话传说和社会丑恶现实交织在一起，以残暴、贪婪、荒淫的“独裁总统”为核心展开描写，在“独裁总统”身边及其指挥棒下团团转的军事长官、各级官吏、政客，都同“独裁总统”一样残暴、贪婪、荒淫；而处在社会最底层的乞丐则成为他们的主要施暴对象之一；描绘出了一个以独裁、残暴、贪婪、荒淫为突出特点的统治网络，是一部以抨击独裁暴政为主导意向的魔幻现实主义小说。1955 年墨西哥作家胡安·鲁尔福（1918 年生于一个农民家庭，幼年时父母双亡，靠自学和业余创作成名）发表魔幻现实主义小说《佩德罗·帕拉莫》（中篇），着重揭露、抨击以残暴、掠夺、奸淫、诈骗、陷害为本性的庄园主佩德罗·帕拉莫，他是通过谋财害命、偷移地界等卑鄙手段而成为良田无垠、牛羊无数的大庄园主的；并且无恶不作，私生子难以计数，最后他被酒醉后的私生子用乱刀砍死。小说将鬼魂世界、梦幻境界同庄园主为非作歹以及愚昧、迷信、落后的现实世界交织在一起，显出浓郁的魔幻现实主义特色。1967 年位于南美洲西北部的哥伦比亚的作家加西亚·马尔克斯的长篇小说《百年孤独》问世后反响极大，曾轰动欧美，发行量在短期里迅速续增达一千多万册，并使马尔克斯于 1982 年获得诺贝尔文学奖；它着重写“马贡多”（或译为“马孔多”“马康多”）小镇的变迁史和布恩地亚家族的兴衰史：“马贡多”原是几乎与世隔绝的未开发的荒凉的地区，自布恩地亚（或译为布恩迪亚）和乌苏拉夫妇进入该地区后，才逐步得到开发，并由小村落发展为小市镇。布恩地亚与乌苏拉过得极不舒心，他们是表兄妹近亲婚姻关系，他们的前辈曾因“近亲婚姻”而生下过长着猪尾巴的“怪胎”，这种忧虑与恐惧日夜痛苦地折磨着他们。作为第一代并非安于现状、贪图安逸、庸碌无为的最得力的创业者的布恩地亚，虽然曾下决心依据科学幻想将小市镇“马贡多”进一步发展成“现代文明”小镇，但他一直无法获得成功，只得到一个让他“发疯”长达半个多世纪而“孤独”地死去的结果。布恩地亚的遗孀乌苏拉则长命百岁，因而她成为布恩地亚家族兴衰史和“马贡多”小市镇变迁史的最权威的见证人，她眼睁睁地看到了布恩地亚以下数代人尽管有的也企图振兴一下“家族”，但同样始终无法改变向着“衰亡”走去的悲剧命运。一代代总出些不争气的浪荡子、修女、老姑娘、夭折的婴儿且不说，特别可恶的是第六代生下的第七代“传人”竟然又是一个长着尾巴的东西，而且第二天乌苏拉在惶恐中眼睁睁地看着这个长着尾巴的奇怪的小玩意儿竟被成群结队、争先恐后的蚂蚁“吃掉了”。“遗祸”重演，悲剧连连，最后“马贡多”也被一场旋风卷得无影无踪了。“马贡多”和布恩地亚家族都在“孤独”的环境与氛围中被彻底毁灭了。在马尔克斯的创作构思中，“马贡多”与布恩地亚家族兴衰与哥伦比亚甚至整个拉丁美洲地区的兴衰是缩影的关系。它启迪人们深思：为什么在“百年”间会“孤独”地衰亡？怎样才能避免“孤独”地衰亡？在这带有悲观情调的探寻中是否包含着侵入和反侵入、奴役和被奴役、掠夺和反掠夺、专利和反专利等复杂深重的特定历史内涵？“百年孤独”，多么漫长而沉重！“孤独”意味着什么？“孤独”是一种困境、困苦？是一种看不清前途、寻找不到出路的迷惘或悲观失望？这是否是在特定的殖民地历史时代中的拉美地区知识群体的普遍心态特征的艺术反映？拉美魔幻现实主义艺术流派从形成至掀起热潮，前后经历了三十余年时间。

由上面的大致评介可见拉美魔幻现实主义小说潮流的基本特色：在题材与思想内容上，它们着重从拉丁美洲地区的历史和现实中取材，重在反映拉丁美洲地区独特的人文历史和人生现实。它们揭露、抨击社会黑暗现实，反对、抨击独裁统治和庄园主的奴役、压榨以及殖民主义的奴役、掠夺，显出强烈的社会批判性和反抗性；在表现艺术上，它们在创作意向主导下，以魔幻性的形式，将历史与现实、“人”界与“神”界、真实与虚幻等魔幻色彩浓厚的情节内容融汇为一，将历史和现实中的神奇事物与魔幻艺术表现笔法相结合，将现实与神话性、神奇性、荒诞性、幻象性、巫术性交织在一起，将意识流、意象、象征、黑色幽默等多种手法综合运用；结构复杂多变，打破时空限制，造成似真似幻的独特艺术风格和艺术效果，这是否可谓其为拉美印第安神话艺术传统与欧美现代艺术手法以及对特定现实社会的批判主旨三者结合的艺术结晶？

20 世纪 80 年代中叶前后中国内地兴起的魔幻小说潮同拉美魔幻现实主义派别多少有影响关系，正视这种影响关系并非无视中国本土早就存在魔幻艺术的先例和渊源，中国明代吴承恩的《西游记》和清代蒲松龄的《聊斋志异》均可谓为魔幻小说艺术之杰作。但仍该说中国内地新潮岁月出现的被冠以“魔幻”名号的小说潮，是与拉美魔幻现实主义流派多少发生影响关系后的产物。20 世纪 70 年代末至 80 年代初，中国文评界对拉美魔幻现实主义艺术潮流作过介绍，特别是在马尔克斯的巨著《百年孤独》的中译本面世后，魔幻现实主义艺术在阅读界、文学界都掀起过波澜；如 1983 年 5 月 5 日，曾在陕西西安召开过魔幻现实主义研讨会，并很快刺激了中国某些小说家的创作思维和主导了某些小说家的艺术观念与创作实践，先后问世了一批被冠以“魔幻现实主义”名称的小说。

20 世纪 80 年代中国内地造成魔幻小说创作势头的是藏族小说家和熟悉西藏地区历史和现实生活的小说家，特别是藏族小说家是其中的中坚力量，可称之为是以西藏为中心的魔幻小说潮，这和西藏与拉美有若干相似的基础条件多少有关系。

第一，两者都有独特的神奇的民族文化的基础条件。拉美地区原是印第安人居住的地方，但 16 世纪前后沦为了西班牙、葡萄牙的殖民地；至 19 世纪初，列强英、法、美又接踵侵入；因此它既有土生土长的土著文化，也有外界侵入或带入的非土著文化，既住着土著印第安人的子子孙孙，也有来自欧洲的许多移民的后裔，还有过去被从非洲夺得而贩运来的黑人的后代，各色人等不相同的人生境遇、生活方式、习性习俗等混合在一起，便形成了带神奇性的社会生活的广泛基础；其中土著人和黑人保留着的原始继承性的人生习惯等是创造神奇艺术效果的重要因素，尤其在漫长历史演进中形成了各部族具有丰富而神奇的文化特色的印第安民族的土著文化（印第安民族传统文化），这是造就拉美魔幻现实主义的主要文化土壤和重要的基础条件。同样，中国深厚、独特、神奇的藏族传统文化则是造就中国内地新潮岁月的魔幻现实主义的重要基础条件。西藏长期实行的政教合一的封建农奴制度对藏民族的生活方式、思想观念影响很深；同时它也曾遭外国侵略势力的侵入，曾是旧中国半殖民地国土的独特部分，虽然它早在 1951 年 5 月就获得了和平解放，在 1959 年就实行了民主改革，废除了封建农奴制度，并在民主改革的基础上进行了现代化建设，但在实行民主自由的民族区域自治和高度尊重少数民族的生活习俗的政策下所保留的极富藏民族色彩的传统文化遗产依然不少，那里依然是富于神奇色彩的神话传说的海洋；那里有奇特的奔放的藏舞，有响彻云霄的高亢的藏歌，有奇异的撼人心魄的藏戏；许多藏舞、藏歌、藏戏似乎都与神秘化的古老传说有某种联系，这种独特的神奇的藏民族文化状态便成为创作魔幻现实主义的基础条件之一。

第二，两者都有独特的神秘的宗教文化的基础因素。魔幻作品所描写的地域文化、民族文化之所以富于神奇的魔幻色彩，同独特、神奇、神秘的宗教文化的频繁参与有极大关系。魔幻小说情节内容大都多少同某种宗教信仰、宗教意识、宗教观念或某些宗教习俗、宗教行为有关系。如“生死”意念、“命运”意念、“灵魂”意念、“神灵”意念，以及虔诚地听任“神灵”操纵、主宰的无可奈何的宗教性精神状态与老老实实地实行一系列崇拜、祈祷、祭献、巫术等宗教仪式。在拉丁美洲，主要信仰天主教，所谓“天主”亦即“上帝”，信仰者认为“耶稣”乃“上帝”之子，是“上帝”令他下凡的“救世主”，因此于其心目中享有“救世”地位，这是拉美地区一般的社会宗教信仰状态。同时拉美土著印第安民族仍保留有传统的宗教意识和宗教习惯，各部族几乎都有先祖世代沿袭下来的以某种动物或自然物为本部族标志的图腾崇拜，有本部族世代相传下来的神话传说，有本部族世代虔诚坚守的宗教信仰等，甚至据说当今一些拉美土著居民区仍多少留存着原始思维、宗教思维的传统影响，仍多少沿袭着迷信、宿命、轮回的思想观念，或仍用“二元论”的观念看待世界：“认为物质世界和神灵世界是共存的，因而不对生与死、现实与梦幻进行区分。”（引文见《文学艺术新术语词典》，鲍昌主编，百花文艺出版社 1987 年版）拉美地区这种一般的社会宗教状态和土著印第安民族世代沿袭下来的宗教传统习惯，也是构成拉美魔幻现实主义的重要基础条件之一。在中国西藏地区，宗教文化的积淀相当深厚，渊源悠久，在公元 7 世纪的时候，吐蕃的赞普松赞干布即开始了对佛教的信奉；中国西藏地区主要信仰喇嘛教（佛教中的一支）；喇嘛教中的一个派别叫格鲁派，格鲁派有两大活佛系统，两大活佛系统受册封的居于最高位的活佛均采取“转世相承”的法规，历久长存。藏民族这种深广、深厚的宗教意识、宗教观念、宗教习惯、宗教文化，也是构成中国魔幻现实主义的基本因素。

第三，两者都有独特的神奇的自然文化的基础条件。拉美地区的自然文化是独特的神奇的：那里有贯穿中美洲全境的科迪勒拉山系，有贯穿南美洲西部的安第斯山脉；有磅礴于南美洲东部、南部、中部、北部的庞大高原，有介于南美洲西部山地和东部高原之间的大平原；还有世界上流域最广的亚马孙河，有位于中美洲南端的沟通太平洋和大西洋的重要海上通道巴拿马运河。这一系列的大山系、大山脉、大高原、大平原、大河流、大运河所提供的绝谷、密林、丛莽、荒原、激流等构成的奇异景观和猛虎、鳄鱼、蟒蛇、吸血蝙蝠、食肉植物等可怖的生物，都是有助于借以创造神奇的魔幻境界和渲染神秘的魔幻氛围的素材。中国西藏地区的自然文化也是独特的神奇的：那里地势高耸，有“世界屋脊”之称，有凌空出世的世界最高的珠穆朗玛峰，有横贯西南部的冈底斯山，有横亘于昆仑山和唐古拉山之间的藏北高原；在冈底斯山和喜马拉雅山之间有藏南谷地，其东部是奇异的纵谷地带，雅鲁藏布江横贯谷地东西；西藏东南部也是神奇的河谷地带，那里森林密布，牦牛、雪豹、黑熊、羚羊等兽类出没穿行。这种独具特色的复杂地理环境、高山激流、奇物异兽、景物风光，也是有助于借以造就神奇性与魔幻性的素材。正是拉美和西藏两地各自地域文化、民族文化、宗教文化、自然文化的独特的神奇的共同特征，提供了创造将现实、神话、宗教、幻象等交混在一起的魔幻品格作品的基础。

在 20 世纪 80 年代，中国内地创作魔幻现实主义小说的小说家有扎西达娃、马原等。马原是 1953 年出生的辽宁锦州人，并非藏族，但 1982 年于辽宁大学中文系毕业后赴藏工作，在担任两年多记者后调入西藏自治区群众艺术馆任编辑职务；在西藏生活的 7 年间，他对藏民族的历史和现实的文化有广泛观察、体验与积累，为创作魔幻小说准备了题材和生活素材的基础。他此类小说的代表性作品有《冈底斯的诱惑》《喜马拉雅古歌》等，他以略感活泼与异常的思维及笔调，似真似幻地描写了藏民族在特定历史时代里世代传承着的神奇神秘、独放异彩、富有宗教性的神话传说，展现了颇为诱惑人的大自然天地及独特的人生世界。

人们认为中国内地最具代表性的魔幻现实主义小说家是扎西达娃。扎西达娃 1959 年生于四川省巴塘县，原名张念生，藏族。其故乡 1950 年至 1954 年属西康省藏族自治区境内；1955 年撤销西康省藏族自治区名称，并划归四川省，故其故乡不在西藏自治区境内，而在位于四川省境内的甘孜藏族自治州西部的金沙江东岸区域，但邻近西藏自治区，且有公路西通西藏首府拉萨，入藏十分方便。他 1972 年到西藏拉萨上中学，1978 年高中毕业后参加工作，最初在西藏自治区藏剧团当美工和电工，后任编剧。虽然他只有高中毕业的学历，但他有熟悉藏民族本土文化的优势，有敏锐的思索力和良好的艺术素质，因而在创作上曾一路扬帆奋进。1979 年发表处女短篇《沉默》；1980 年到中国戏曲学院编剧系进修一年；1982 年发表短篇小说《归途小夜曲》，描写青年司机罗珠与牧羊姑娘妮妮在人生追求上的差异，揭示现代生活方式与传统生活方式的矛盾冲突，自此作发表其即引起文坛重视；1986 年加入中国作家协会，同年调入中国作协西藏分会从事专业创作，并进而成为世界屋脊小说家群体的重要一员；其文学创作业绩与影响，突出表现于 1985 年后创作的魔幻色彩浓郁的小说方面，成为中国内地新潮岁月魔幻小说潮流的主要弄潮者之一。

一方面，中国内地以西藏为中心的魔幻现实主义与拉美魔幻现实主义在魔幻性、神奇性、神秘性、特殊感、神话色彩、宗教色彩的表层上有相似之处，在表现奇异的民族群体意识、群体心态、群体文化心理的表层及描写古老、质朴、粗犷、奇特的地域风貌的表层上也相似，因而两者均可冠之以魔幻现实主义小说的称号。另一方面，中国内地以西藏为中心的魔幻现实主义与拉美魔幻现实主义在深层的意向上却有实质的不同。每个区域每个民族在漫长历史过程中积淀成的民族文化心理、民族文化传统必然有实质的不同；民族文化心理、民族文化传统积淀的漫长历史过程中的物质结构、精神结构、心理结构、观念结构的原始状态基础的不同，以及现代物质生活、现代思想意识演变的程度的不同，必然带来魔幻现实主义的实质内涵的不同。中国西藏有自己悠久的独特的伦理习俗，有自己独特的自然地理环境，有自己火一般的古朴的天性，以及自己走向新的时代的独特过程和具体情况，从而构成了自己独特的历史和现实的生活世界和精神世界，以及由这种独特的历史和现实的生活世界和精神世界为基本内容的独具个性特色的西藏魔幻现实主义艺术世界。

扎西达娃是站在现代科学思想意识的制高点上从事魔幻现实主义小说创作的，这是他的魔幻现实主义小说最可贵的实质特性之一。他的魔幻小说的意识形态具有现代性、科学性，他以现代科学思想意识审视、思考自己所熟悉的藏民族文化的历史和现实，善于从历史长河中显示历史传统与现实发展的矛盾冲突，亦即传统的文化、意识、观念同现代的文化、意识、观念的矛盾冲突；从而热情地讴歌藏民族决心从传统的历史生活舞台和传统的文化、意识、观念中，奔突到新的历史生活舞台和新的文化、意识、观念范畴的现代精神风貌。他的短篇《系在皮绳扣上的魂》（在《西藏文学》1985 年第 1 期始载时题为《西藏：系在皮绳扣上的魂》）是标志他魔幻现实主义创作特征的代表作之一。它取材于急剧变革中的西藏人生世界，在 20 世纪 80 年代的背景下，描述了塔贝（康巴流浪汉）和琼（藏族少女）从结为伴侣到离散的过程，意在展示新时代的现代文明与传统的意识观念的矛盾冲突及演进趋向。塔贝和琼有象征意味，塔贝怀有“理想”，但其“理想”仍束缚在传统意识观念的网络之内；他执着于宗教旨意，一心要朝着“活佛”扎妥根据宗教“经书”指点的北部方向去寻找“香巴拉”（宗教意念中的理想国“人间净土”），毕生将全部精力全耗在了对“香巴拉”的迷恋与追寻上，最后死于喀隆雪山，终生都未解脱系在皮绳扣上的传统意识观念之魂。藏族姑娘琼由于再也忍受不了自家那完全与世隔绝的传统生活方式而逐渐产生了追求新的人生理想的愿望，因此她甘愿作为路过她居住地的塔贝的贴身情侣而随之闯荡外界；在闯荡中，她不断为外界的现代文明所惊异与吸引，因此最终她与塔贝决裂了；这种结局表明她在现代文明与传统意识观念的冲突中，终于醒悟与选择了现代文明。塔贝是终生迷恋不悟于传统意识观念的象征；而琼则是从传统意识观念中觉醒过来而向往、追求现代文明的象征。

扎西达娃的中篇小说《西藏：隐秘岁月》也是他魔幻现实主义小说创作特征的主要标志之一。其历史背景跨度较长，写了自清末 1910 年至 1985 年的帕布岗山区的人生世界；那里以人烟稀少、神秘、封闭为特色，在位于荒寂、空荡的山区谷底的“廓康”，仅住有两户居民，共 6 个人；在廓康山沟里住着米玛（男性）和察香（女性）这一对老夫妻，他们最神圣的人生使命就是“数着墙上划的小白道”以准时给在“高大陡峭”的“岩石壁下”的一个洞里“隐居修行的大师”奉献“供食”，每次，察香都是在“东方微明”时分就带好“供食”，“哗哗”地蹚过一道“刺骨透凉的溪水”，悄悄地到达洞口，蹲下身轻轻“撩开”“遮掩”在洞口的“荒草”和“藤蔓”，而后“伸手轻轻取出一只空茶壶和一只空瘪的糌粑皮囊袋，把满满一壶热茶和胀鼓鼓的皮囊袋伸进洞里”，然后又“重新合上草叶藤条，不留痕迹”，并“跪在地下”，磕“三个头”，“双手合住胸前喃喃祈祷”一番方返回。察香就这样按照世代相承的传统，年复一年地虔诚地去完成侍奉在壁洞里“隐居修行的大师”的使命。日出日落，光阴流水，无儿无女的米玛和察香夫妇不觉已至古稀之年了，米玛已 75 周岁，察香已“快 70 岁”。在廓康住的另一家 40 多岁的有一儿一女的旺美夫妇则决定马上迁离廓康，迁离那天，旺美从重情义的传统观念出发，“抱着被灌了酒睡得正香的儿子达朗”“当着薄礼奉送”给米玛说：“这是我全家的心意，这孩子，就当作一只小狗陪你们两个孤单的老人作伴吧，他好养大，有一点残茶剩饭扔给他吃就行”。同时在旺美迁离廓康当日黎明前，“快 70 岁”的察香的腹部“隆起了拳头大一个包”；米玛看后认定：老伴不久将生下一个女孩子。果然，“两个月后”，女儿次仁吉姆降生了。降生那天，下了“一场甘露般的雨水”，天边出现了“一道七色彩虹”。旺美夫妇迁离廓康后，他们的十几岁的儿子达朗既没有遵父嘱依附于年迈的米玛夫妇身边，也没有下山追随迁居的亲生父母，而是在离原住地附近不远的深山里独居了。一天，达朗“抱起躺在草地上还不会说话的次仁吉姆逗着她玩”，他很喜欢次仁吉姆。此后，寒来暑往，秋去冬来，达朗成了“二十七八岁”的男子汉；次仁吉姆步入了青春岁月，成了一个“美貌的姑娘”。于是达朗热忱地向次仁吉姆追求爱情，次仁吉姆也心领神会。终年 92 的米玛和终年 88 的察香“同逝”后，达朗更是迫切盼望与次仁吉姆结为夫妻。但次仁吉姆为继承每月按时向洞里灌茶水、添糌粑的使命，已奉洞中隐居高僧及父母之命削发为尼。次仁吉姆本来对洞中僧师的存在曾有过怀疑心理，但由于她母亲察香曾以“呸”的一声吐她一脸唾沫“教训”过她，同时她父亲米玛也神秘地教训过她：“你可不能怀疑这位僧人的存在”，“他的灵魂常常随意离开身体从小洞里飞出来，在世间漫游。如果你在山上看见一只鸟，一匹马，如果你看见从你面前刮过的一阵小旋风什么的，都可能是大师种种化身的显灵，万万不可伤害一切生灵”。因此次仁吉姆从五岁就“确信了大师的存在”。后来又经过“神秘的大师”对她的“出家为尼”进行了“受戒加持”。就这样，廓康的“唯一居民”年轻的次仁吉姆除了供养石洞里隐居修行的高僧，伴她度日的“只有几只山羊，一群贝母鸡和野兔”，“除了用羊奶提炼成的酥油去换点茶叶、盐巴和一些粮食，次仁吉姆极少下山，常常坐在门槛上提一串父母留下的佛珠，默默地数着，望着日出，望着日落”，“平静地生活在没有时间概念的永恒的孤独中”；只要“从洞里取出的茶壶和皮囊袋”“是空的”，“她就永远不会离开”“废墟般荒寂的廓康”。总之，过去老一辈廓康人虔诚地侍奉着洞里“隐居修行的大师”；米玛、察香继承老一辈的传统，也毫不走样地虔诚地去侍奉洞里“隐居修行的大师”；米玛、察香的后代次仁吉姆也严格地遵照廓康世代相承的传统，虔诚地侍奉洞里“隐居修行的大师”……小说象征性地显示了传统意识观念主导下的漫长的藏民族生活的一个沉痛的方面；次仁吉姆因虔诚地侍奉大师而失去了与达朗的爱情，重演了人生观念、人生方式、人生命运的不幸。与此同时，小说中还交错着现代科学意识与观念主导下的藏民族生活变迁的一面；其中写到 20 世纪 50 年代末，藏民曾在廓康修筑了水库，曾依靠人的力量改造了自然；还写到藏族基层干部扎西达瓦的两个儿子在 20 世纪 80 年代买了拖拉机在外跑运输，已经接受了商品经济观念；还写到一位芳龄正值 24 岁的藏族姑娘挎着药箱跟中央卫生部的一个科研小组在帕布乃岗山区进行高原病调查，并在普查结束后，还要到美国加州医学院留学，而且立志要“在西藏的藏族女子中第一个成为国外高等院校颁发的医学博士称号的获得者”。诸如此类情节描写，使两种人生观念、人生方式、人生命运形成鲜明比照，既表达了藏民族对现代文明生活的渴望，也显示了藏民族人生的变化、走向和理想，从而显示出创造现代物质文明和精神文明的充分信心和强烈希望。由于扎西达娃能够立于现代科学意识的制高点上描写藏民族新旧的人生观念、人生方式、人生命运，追寻与思考藏民族的传统，考察与展现藏民族的现实，展望与预示藏民族理想的未来，因而其魔幻现实主义小说显示了敏锐的思索力、穿透力，其间可见其为民族演进而欣喜与祝福的深情。

扎西达娃的魔幻现实主义小说中的人物形象具有鲜明而独异的宗教文化特性。整个藏民族文化不是单调的，而是多层次的，其积淀独特而深广，其中，宗教文化在整个藏民族文化发展中长期占着重要地位，因而在藏民族的文化心理上所烙下的宗教文化心理显得十分真诚、深刻；扎西达娃的植根于悠久、深厚、独特的藏民族文化土壤中的魔幻现实主义小说所描绘的一些人物形象，即鲜明地显示了这种独异的特性，如前所述及的《系在皮绳扣上的魂》的主人公塔贝；《西藏：隐秘岁月》中米玛、察香、次仁吉姆等数代人均如此。这种独特、神秘、深广的宗教文化、宗教意识、宗教观念、宗教崇拜、宗教习惯、宗教行为，是构成扎西达娃魔幻现实主义小说独特而鲜明的魔幻性的基本因素、主要因素。

扎西达娃的魔幻现实主义小说主要描写的是西藏独特的历史人生和特定时代的现实人生，其扎根于西藏文化传统和特定时代的现实生活土壤之中，写西藏奇特的带有浓厚宗教色彩的风俗民情，写带有浓厚的宗教色彩的藏民形象、藏民心态、藏民人格，写在浓厚的宗教色彩笼罩下的神奇的大自然景观；将现实的物质文明与精神文明的状态同古老的独异的神秘的传统文化相交织，是对藏民族特有的生活世界和精神世界的反映，既显示了西藏的历史生活的积淀，也显示了西藏现实生活的发展与逐步接受现代文明的趋向。

不该将仅运用了魔幻性手法的小说均归类于魔幻现实主义小说范畴。魔幻现实主义小说该是既不同程度地带有神奇性、神秘感、神话色彩、宗教色彩，又具有由虚幻性、幻觉性、梦幻性、幻象、幻境等诸多因素构成的魔幻性情节内容和有独异的宗教、神话色彩的人物形象，以及运用魔幻性和现实性相结合的总体艺术构思及采用魔幻性艺术方式与手法，由它们在创作意向主导下共同创造成的带有神话氛围、宗教文化气息、神秘色彩、神奇风度的艺术人生世界。

4

对文学艺术现象需要抱实事求是的分析态度，是者，是之，非者，非之。中国内地 20 世纪 80 年代的新潮小说探索的主要所“得”之处在于：第一，对封闭型的文学观念有明显突破。通过新潮小说艺术探索，中国文学领地的创新意识强化了，开拓了小说艺术的视野，对于创造多姿多彩的小说艺术和丰富文学艺术的“百花园”并非毫无意义。第二，小说艺术形式多样化了。人生世界丰富复杂，人类审美需求多种多样，需要用多样化的艺术形式对人生世界进行审美性的把握与表现；创造性的艺术不该是一个模子倒出来的；只应反对思想和艺术质量低劣的小说文本，而不应反对小说形式的多样化，凡能借鉴的合理的艺术长处，都可以借鉴，这有助于小说艺术的丰富与发展。

中国内地20世纪80年代的新潮小说探索的所“失”主要在于：对塑造人物形象的艺术使命的完成力度下降。塑造形形色色的人物形象是小说文体的基本美学要求和居于中心地位的主要的艺术使命，不应忽略或削弱小说艺术应有的刻画人物性格、塑造人物形象、把人物活现出来的基本美学特征和主要艺术使命。

从根本上说，中国小说的发展道路，离不开中华民族的历史和现实的生活土壤，离不开中华民族的艺术传统，离不开广大的中国人民的理想、愿望和审美要求；中国小说家需要尊重人类共同文明，需要放眼世界文坛，需要向外借鉴，但必须立于民族艺术品格的根基之上，致力于创造适应民族利益的具有整体艺术质量的优质小说。对于中国小说创作的未来发展而言，西方现代主义创作道路没有领路的意义，中国小说样式无论如何五花八门，无论如何花样翻新，民族的历史和现实的生活土壤，是它的根基，崇高的艺术精神是它的元气、活力、震撼力与生命力的基础。

“概观”后论

1

作为文学体裁的小说，不少辞书都下过定义。如《中国小说大辞典》（侯健主编，作家出版社 1991 年版）说：小说是“一种运用语言艺术的各种表现手法，通过一定的故事情节和具体独特的环境去塑造人物形象、反映社会生活的叙事性文学样式”。这种小说观念，强调了五个基本点：第一，强调叙事性，强调小说是“反映社会生活的叙事性文学样式”；第二，强调环境，强调小说要描写“具体独特的环境”；第三，强调小说要有“一定的故事情节”；第四，强调“塑造人物形象”，“通过一定的故事情节和具体独特的环境去塑造人物形象”；第五，强调运用“各种表现手法”，凡属“语言艺术的各种表现手法”均可运用。有权威性的百科全书式的辞典《辞海》（上海辞书出版社 1979 年版）说：小说是“文学的一大类别，叙事性的文学体裁之一。以人物形象的塑造为中心，通过完整的故事情节和具体环境的描写，广泛地多方面地反映社会生活。但小说不同于其他叙事性作品，它可以运用各种描写、叙述方式和各种表现手法（如叙述事件的前因后果，描绘自然景物、社会环境、生活场景以及人物外貌、心理、言谈、举动和各种纠葛、关系等等），来生动地表现以人物活动为中心的社会生活各个方面”。这种小说观念用语较多较详，但所强调的基本内容，同前面那种小说观念所强调的基本内容几乎相同，也强调了小说的“叙事性”“具体环境”“故事情节”“人物形象”和运用“各种表现手法”，所不同的是它在措辞上特别强调“以人物形象的塑造为中心”，“表现以人物活动为中心的社会生活”，强调“完整的故事情节”（意谓故事情节不应支离破碎，情节的发端、发展、结局不应残缺，其演进历程该具连贯性）。中国另一部权威性的巨著《中国大百科全书》说：小说是“文学体裁之一。

以散体文的形式表现叙事性的内容，通过一定的故事情节对人物的关系、命运、性格、行为、思想、情感、心理状态以及人物活动的环境进行具体的艺术描写，是小说的基本特征”（见《中国大百科全书·中国文学卷》，中国大百科全书出版社1988年版）。它也涉及“叙事性”“故事情节”“人物”“环境”诸项内容，只是未涉及“各种表现手法”一项；在其措辞中也特别突出“人物”这一中心点，强调小说的“环境”是“人物活动的环境”，小说描写的是“人物的关系、命运、性格、行为、思想、情感、心理状态”，而“故事情节”的重要使命就是要“对人物的关系、命运、性格、行为、思想、情感、心理状态以及人物活动的环境进行具体的艺术描写”。中国的新文学受苏联文学的影响不小，苏联的《苏联百科词典》（中国大百科全书出版社1986年版）说：小说是“大型叙事文学体裁，通过个别人物对周围世界的态度集中描述其遭遇、性格和自我意识的形成和发展”。此以简短语言概括的小说观念，着重突出“叙事”和“人物”两个基本点；其所谓“大型”，意谓小说的篇幅通常比诗歌、散文、戏剧要大些，属“大型”体裁，所谓“个别人物”，恐非限指一个或限定极少数之意，而该是指一个个具体的人物，不定数，可多可少，它所强调的是要把一个个具体的人物的“遭遇、性格和自我意识的形成和发展”描述出来；虽然它没有直接提及“情节”，但在叙述人物“遭遇”时必然离不开“情节”；虽然它没有直接用“环境”这一术语，但人物的“周围世界”实际上就是自然和社会的“环境”。总之，上述诸种小说观念，在措辞上虽各有侧重，但基本的观念结构因素是大体相同的：小说是叙事性的散体艺术形式；人物、情节、环境是它的基本结构因素；它可以运用语言艺术的各种表现手法。可以说这是在中外小说发展历程中形成的传统流派的小说观念。

在中外小说发展的过程中，还有一种与传统流派相对的现代流派的世界性的小说观念。一般而言，在19世纪末或20世纪初之前，在中外小说发展历程中大体上都是传统流派的小说观念占主导地位；而在19世纪末或20世纪初之后，则以西欧为主要基地，伴随着整个西方现代艺术派别的汹涌浪潮，形成了与传统流派的小说观念相对的现代流派的小说观念，这种观念认为：小说的情节应该淡化，人物应该淡化，环境应该淡化；甚至“认为小说可以不要情节，不必刻画人物的个性和塑造人物的典型形象，也不一定进行环境的具体描写”，而特别“强调‘表现自我’，主张孤立地描写人的某种情绪、某种潜意识心理”（见《中国大百科全书·中国文学卷》第2卷第1085页，中国大百科全书出版社1988年版）。

两相比较，现代流派的小说观念重表现，重“自我”，重主体世界、内在世界的表现；传统流派的小说观念重再现，重客体，重客体世界、外在世界的再现。二者除差异性外，尚有互补性，可谓各具合理性。

无疑，具体的小说创作实践不可能都同上述两大基本小说观念完全合上拍，实际创作中的小说产品不可能都完全是同一严格小说观念生产出的“标准化产品”。一代代小说家们总是力图造就新的独特的小说品种，存在于多姿多彩的创作实际中的小说观念结构因素要丰富得多，因而对小说观念需要从两方面看：一方面，不应把小说观念死限于狭隘的思维空间内，小说观念不应成为小说艺术实践的“枷锁”，不应倡导“大一统”的模式化的小说观念严厉统辖下的小说艺术实践；另一方面，对小说观念的基本要素又不该忽略，尽管文学领域的诸类文体都是相对区分出来的，然而依据某一文体自身的基本规律因素去自觉地正视其特殊性还是很必要的，也就是说，必须重视小说作为一种独立文体的基本个性特征，不求固定的定义性的管制性的文体观念，但求尊重其规律性的个性特质和文体观念结构的基本要素。最基本最重要的小说文体观念结构要素是哪些呢？漫长的中外小说创作实践证明，是人物、情节、环境。就小说这种文体而言，究竟能否将人物、情节、环境这些基本结构要素完全排除出去呢？所谓“淡化”，只不过是淡薄一些，成分少一些而已；所谓“不要”，事实上可能吗？有与大大小小的自然环境、社会环境、周围环境毫无关联，与粗细不等的情节毫不沾边，与人物毫无瓜葛的小说吗？无论是西方的传统流派或者现代流派的小说创作实践，还是中国的传统流派或者新潮流派的小说创作实践，都或多或少地不外乎这些基本结构因素；只不过侧重外部描写——强调反映外在的社会生活客体的小说的人物、情节、环境的因素往往要强得多，而侧重内部描写——强调反映主体的内在生活的小说的人物、情节、环境的因素则往往要弱得多；也就是对它们的处理方式、方法以及描写的程度不同而已。对环境，或作概括描写，或作具体细致的描写，或作零碎的描写，或作虚幻的、不确定的暗示等；对人物，或勾勒、突现最本质特征，或展示丰富性格，创造艺术典型，或重在反映其复杂、混乱的心态；对情节，或作完整的连贯性的故事化处理，或作无连贯性的生活结构化处理（重在多方位地呈现无连贯完整情节的生活结构状态），或作情绪化、零散化处理（将情节零散地无序地分布在主体一系列心理宣泄的过程中，如意识流小说），如此等等。事实上，无论什么小说流派、小说品种，都不能完全排除人物、情节、环境这些基本因素；小说是凭借人物、情节、环境这些基本因素的不同方式、不同程度的描写，去再现外部生活状态或表现内部生活状态的体裁；其中，人物形象是小说文体最突出的个性特征，小说是以人物塑造为中心的叙事性文体，这是小说文体的基本特质。

2

凡事物都会有自身的根本属性，这种根本属性，可以体现在共性方面，也可以体现在个性方面。小说的根本属性（基本性质），由小说文体的个性特质和小说归属于文学艺术之林的共性特质共同来决定，因此这里再着重从共性特质的视角探讨与揭示一下小说文体的基本性质。

小说是意识形态的艺术表现，这是小说的实质性特征。

在对待意识形态问题方面出现过两大极端：一是狭隘地绝对地片面地把意识形态仅仅理解为政治意识形态或阶级斗争意识形态，并一度把政治意识形态或阶级斗争意识形态置于绝对的唯一的中心地位；二是又曾偶现“绝对非意识形态”而一概否定包括小说在内的文学艺术的意识形态性。其实，浅显地说，意识形态就是人类对于世界和社会的一系列的看法，就是人们对于各种现象、各种事物的见解。人们面对自己所处的世界和社会，面对自己所见到的各种现象与事物，经过头脑的思维活动必然产生形形色色的看法或见解，亦即必然形成各式各样的思想观点、思想意识。各色人等对人世间各种事物经过思维所形成的看法、见解、思想观点、思想意识，可能是系统的，也可能是零散的；可能是正面的，也可能是负面的；可能是正确的，也可能是荒谬的；但都是意识形态的复杂结构的成分和表现形式，它既可包括那些在一定经济基础上所形成的政治、法律、道德、哲学、宗教等方面的系统的重大思想观点、思想意识，也可包括面对各种现象与事物所采取的赞成、反对、谴责、歌赞、好坏、美丑等具体的形形色色的看法、见解、思想观点、思想意识。凡此均属意识形态的复杂结构范畴。

作为经过人们头脑创造的文学艺术的一大门类的小说，不可能超脱于意识形态之外。语言本身虽然是一视同仁地为所有社会人群服务的工具，但对在创作主体笔下用以创造成的包括小说在内的语言艺术来说，其根本实质是思想观念、思想意识，亦即意识形态。小说是具有意识形态实质的语言艺术产品。只不过它是用形象思维的特殊方式表达的形象化、艺术化的意识形态而已。相比之下，政治文本、哲学文本、法律文本的意识形态性质均较明显，因为它们是直接用明确的概念演绎与归纳的意识形态。而小说文本的意识形态性质，除非说教弊病较严重者外，一般不像政治文本、哲学文本、法律文本那样明显；小说家的观察所得，以及对世界和社会的体验、看法、见解、观点，虽然也可能同政治家、哲学家、法律人士一样，但表达方式却大不相同，小说家主要是凭借形象思维的特殊方式予以艺术化地表达的，这种艺术化的表达讲究形象性、隐蔽性，“作者的见解愈隐蔽，对艺术作品来说就愈好”（见恩格斯《致玛·哈克奈斯》，《马克思恩格斯选集》第 4 卷第 461 页，人民出版社 1972 年版），意谓既寄寓某种意识形态而又没露任何说教的蛛丝马迹，这该是包括小说在内的艺术作品的理想艺术境界所在。

强调小说的意识形态性，绝非要用某种意识形态干涉或桎梏小说创作，而是尊重小说史的发展实际所体现的小说创作的一般规律。传播积极健康的意识形态，对社会将起积极作用，而传播腐朽、落后的意识形态，对社会则将起消极作用。而民族利益、祖国利益、人民利益、人类利益则是判别小说文本的意识形态是非、美丑的基本标尺；富有新鲜感的独到的无损于民族、祖国、人民、人类的利益的积极健康的意识形态，是带给小说艺术新的长久的活力的根本因素之一，小说创作的创见、价值、成就、生命力，都与意识形态相关联。

小说是审美性的艺术表现，这是小说归属于艺术范畴的本质特征。

从审美特性的角度说，小说属于一种审美形式，是主客体在审美层次上的契合与表现，是客观审美对象，是具有审美属性的社会生活客体，与创作主体的审美意识、审美心理、审美感受、审美表现的产物。小说创作并非纯自然主义地描写的结果，而是审美性的创造；虽然可以崇尚天然，崇尚本真，崇尚生活的原汁原味，但艺术不是纯自然的存在物，而是寄寓审美意义、审美价值的精神产品。就审美这一基点而言，小说文本该是在不断地主体审美中完成的，创作主体的审美意识形态、审美价值观念的差异，是造成小说文本不同性质的审美效应的内在原因。

小说文本赢得接受对象的多寡，既取决于其自身所宣扬的审美价值，亦取决于接受主体的审美意识、审美价值观念。可以说，小说艺术的整个生产过程和消费过程，都是在审美中进行的。发掘、传播积极健康的审美意识、审美价值观念是小说艺术的崇高职责。

小说是主体情感的艺术表现，这也是小说从属于艺术范畴的本质特征。

艺术是主体情感的载体，艺术的创造既不能完全排除主体逻辑思考的参与，也离不开主体的心灵、情感的参与；爱、憎、喜、怒、哀、乐等情感往往成为小说创作的内驱动力，创作主体内心涌动着的情感不仅会使小说创作得以更快孕育，还会强有力地催促着作品的诞生。郭沫若总结艺术创作经验时说：“我们知道文学的本质是始于情感终于情感的。文学家把自己的情感表现出来，而他的目的——不管是有意识的或无意识的——总是要在读者的心中引起同样的感情作用的。那么作家的感情愈强烈、愈普遍，而作品的效果也就愈强烈、愈普遍”（见《郭沫若论创作·革命与文学》，上海文艺出版社 1983 年版）。抒发创作主体情感，激起接受主体情感共鸣，是小说艺术的重要特性和感化功能。

丰富的情感是艺术魅力、艺术感染力、艺术震撼力的重要来源；小说艺术理应重在崇尚与传播人类高尚健康的感情；无情、寡情、虚情（虚伪之情）、矫情（故意矫揉造作，违反常情）、滥情（过度地滥用男女之情），都会损害小说艺术的完美境界。

小说是整体性的文化的艺术体现，这也是小说的基本特征。

从文化视角说，小说是文化载体，具有文化性、文化价值，其文化性、文化价值是一定时代和社会的文化性、文化价值的反映。就文化本身来说，有的取狭义的概念，如某些人常说的酒文化、狗文化、猫文化之类，而广义的文化概念则是指特定时代、特定社会或特定地域的物质生产成果和精神生产成果的总和。小说当然既可以是局部性的（小的、狭义的）文化的反映，但更主要的是整体性的（大的、广义的）文化的反映。

整体性的广义的大文化所涵纳的内容丰富复杂，涉及面广阔，可以包括历史演进的过去、现在和未来，社会状态的过去、现在和未来，时代面貌的过去、现在和未来，人生的过去、现在和未来，以及政治、经济、哲学、精神风貌等种种事物、种种现象的过去、现在和未来；对于人世间的种种事物、种种现象的过去、现在和未来，小说，尤其是长篇小说和系列长篇小说，都可能有选择地、合意向性地、粗细不等地将之囊括进去；如此广阔、丰富、多彩的内容，必然使小说带有整体性的文化性质。正是由于小说创作总会受到一定的历史时代、现实时代的大文化因素、大文化氛围的影响，因而小说文本总会在一定程度上表现出特定时代大文化精神的独特性；小说创作主体的大文化体验、大文化素质，是成功地建构小说文本的重要主导因素，小说，特别是长篇小说和系列长篇小说，往往是创作主体的综合性的大文化素质的体现。

历代的小说创作史实证明，小说创作主体往往是在特定时代、特定社会或特定地域的包罗万象的物质和精神的总和中进行审美选择，从而不同程度地体现一定时代、一定社会或一定地域的总体文化的风貌。特定时代、特定社会或特定地域的总体物质状况和总体精神状态，特定时代、特定社会的文化现实、文化主张、文化精神，终归会不同程度地或概括性地或具象性地或典型地反映到小说所创造的艺术境界中去。小说中形形色色的人物的生活方式、思想方式、行为方式、风俗习惯、心灵状态、情感表现等，都会一定程度地体现特定时代、特定社会或特定地域的物质和精神的总和的文化性。《红楼梦》是清代由盛而衰（以“乾隆盛世”为界）的转折时代的物质和精神的文化性的艺术体现，是漫长历史时期积淀下来的封建文化的集大成；《阿Q正传》是辛亥革命前后时代的物质和精神的文化性的艺术体现；《党费》（王愿坚）是土地革命年代井冈山地域的物质和精神的总和的文化性的艺术体现；《创业史》是新中国成立初年农业合作化时代的物质和精神的总和的文化性的艺术体现；如此等等，无不各具程度不等的大文化性。自文化视角论之，小说即是如此内容丰富多彩的以刻画人物为中心的综合性的整体性的大文化现象、大文化载体、大文化性的艺术体现。小说应是优良文化的倡导者、传播者，应以文明、高雅、进步的文化精神为主旋律。

小说实践成果，是检验与规定小说的性质的依据，迄今为止的小说实践，无不广泛地体现着这样那样的意识形态性、审美性、情感性、文化性的基本性质，小说是意识形态性、审美性、情感性、文化性的综合体。

3

虽然并非以现实主义创作方法创作所有小说作品，现实主义也并非自居独尊的艺术地位，但在小说创作实际史程中它却持续处于主流地位。

真实性是现实主义创作的首要原则，现实主义创作的真实性的首要条件是生活真实，需从客观真实生活出发，忠实于活生生的整体现实生活的真实；同时社会生活的真实性很重要地体现在复杂性上，应依据整体的纷纭复杂的生活真实进行艺术创造，而不以现成观念过滤、宰割或讳饰生活；正视、探索、揭示丰富复杂的现实生活中的矛盾和问题，创作激情不盲目超越对复杂现实生活的冷静、全面与实事求是的审美思索与鉴别，该歌颂者歌颂，该暴露之暴露，不取瞎编、捏造或瞒骗、粉饰的态度；这些均与现实主义创作的真实性原则相关联。

创作之根源在实际生活土壤之中，实际生活是创作欲望的激发者，创作鲜花主要由实际生活沃土养育而成；小说创作的主题和作品的思想内核非凭空而确立，亦非从书本上取得的概念，而应是在深入生活、探索生活、研究生活中深刻地体验和感受到的，是依据真实的历史或现实生活提炼出来的；创作是参与生活、发现生活、深入生活、感受生活、开掘生活、提炼生活、表达生活的结果；深厚的生活积累是创作成功的根本，不断直接或间接地丰富、充实、更新生活积累，在扎扎实实深入生活、积累生活的过程中广泛、独特、细致地观察生活，研究生活，深思生活，从独特视角、理性高度或哲学高度精心提炼生活，将创作意向潜藏、渗透于被提炼过的有审美意义、审美价值的生活画面之中；将艺术触角伸展到广阔的丰富多彩的社会人生领域中去，力求形象地写出五光十色、变化无穷的真实社会生活和生命状态的丰富性及其活生生的生活气息、生活情趣，精彩地坚持与深化现实主义创作。同时，现实主义创作与浪漫性、理想性并非不相容的，它也有推动现实生活前进和鼓舞人们创造新人生、追求理想生活、展望未来理想人生境界的责任；一般而言，根源于客观实际生活真实的现实主义创作的审美性的创造过程，也就是不同程度地蕴含着浪漫性、理想性的过程，是既源于生活、忠于生活、思考生活、深于生活，又高于生活、创造理想生活的过程，是既把深思注视现实，也把深思投向理想未来的创造更富于深厚内蕴、更令人深思、更具魅力的艺术人生境界的过程。

小说文体一般均以人物形象塑造为重要艺术使命，描写社会生活中各色各样的人是现实主义创作的根本职责；一部小说要获得历久不衰的生命力、感染力、艺术魅力，至少得描绘出一两个具有审美价值的令人掩卷难忘的人物形象来，有个性的、可信的、血肉丰满的栩栩如生的人物形象的成功塑造是奠定小说艺术地位的基本条件，这该是小说美学的普遍真谛。

任何社会生活的核心都是人，社会生活是以人的活动为中心构成的；社会人的社会生活实质上多表现为人与人之间的关系、矛盾、冲突或和谐与统一。人，总是历史发展中的一定历史阶段的一定社会关系中的人，小说家应是着重在观察、体验、研究一定历史阶段的社会生活中的各种各样的人与人的关系以及各种各样的人在复杂关系中的人生状态、人生命运的基础上，去创造出多姿多彩的艺术人世界和显出艺术人性格的丰富性的，依此可谓小说是重在不同程度地描写人及人与人之间的各种各样的关系的艺术品。

小说中的艺术人根源于社会人，特定时代的艺术人格根源于特定时代的社会人格。根源于社会人格（丰富的性格、心态、情感等）的艺术人格的真实性是至关重要的，能否创造出真实可信的艺术人格是鉴别小说创作成功与否的要素。小说艺术人格的真实性同艺术提炼化、概括化或典型化并非对立的，由社会人格提炼艺术人格的过程乃是基于审美性而提高艺术人格合情合理的真实性、丰满性、深刻性、可信度的过程，而非使艺术人格的审美真实性受到损害的过程。小说艺术人格的形成总有外在的环境原因和内在的主体原因，光凭外在环境或单凭内在因素去确立、描写艺术人格及其成因都是片面的，将内外在的对艺术人格形成的影响因素全面合情合理地融合起来，方能表现出更真实、更令人信服的艺术人格。无论是艺术人格的形成还是艺术人格的发展、变化，都与其所处的时代环境、社会环境及其自身一贯的具体生活条件相关，对艺术人格的形成或发展、变化的外在条件和内在依据揭示与描写得愈合情合理，其塑造出的艺术人形象就愈显得真实可信。

小说该致力描写、塑造各式各样不同思想历程、心灵历程、人格特点、命运归宿的各具审美价值的活生生的艺术人。广泛细致地描写艺术人的种种社会关系、人际纠葛和物质生活与精神生活领域，写其身世，写其容貌，写其生存环境，写其遭遇，写其喜怒哀乐的感情、亲情、爱情、仇情，袒露其丰富的内心世界、情感世界；写其思想意识，写其理想，写其修养，写其对人生价值与人生未来的追求。崇高的艺术人格是艺术人审美价值判断的重要依据，理性的思想意识是艺术人健康人性的主导方面，也该是其人性的内在实质的重要体现；艺术的崇高价值是个体价值和社会价值的和谐统一，艺术人的美的理想境界、美的德行与美的形貌的结合，会使艺术人放射出强烈的美的光辉。艺术人的所作所为、所思所想、言谈举止、欢声笑语，都应是由其自身的独具性格发出的，让艺术人用由自己的独特性格发出的个性化的行为的阶梯将自身矗立起来，用由自己的独特性格发出的个性化的语言展示自己的内心世界，让其自然而然、真实可信、有血有肉地活现于读者眼前。

虽然不应绝对苛求凡小说中的艺术人都应成为代表某一社会人群的典型不可，无论是典型性艺术人还是更接近于生活本色的非典型性艺术人，凡活动在不同特定时代、不同生活舞台、不同社会关系中的具有特定思想意义、审美价值或认识价值的艺术人，都该是值得重视的有资格留于富于特色的多姿多彩的文学人物形象画廊的，但相比而言，还是应当更注重那些给人留有更深刻印象、更久远记忆的具有典型性的艺术人的创造。小说创作难在写活一个个艺术人，更难在塑造出具有深刻审美价值、审美意义的一系列活的典型性艺术人。创造具有独特审美价值、激动人心的典型性艺术人，该是小说文体的重要艺术使命之一，也该是小说杰作追求的美学目标，塑造出有首创性、独特性的血肉丰满的活生生的典型性的艺术人，是使小说具有历久不衰的生命力的重要因素；小说鲜明的历史感、时代感、思想深度和力度都不是抽象的、悬空的，而常是靠一个个典型性艺术人突现出来的，轻视着力刻画艺术人典型性格、削弱艺术人典型性格和忽视艺术人典型个性的描写，似难创造出有高度、有长久的独特美学价值的小说杰作。典型性艺术人当然不是按照现成概念去教条式、概念化、公式化、绝对化地创造的，而是从真实的社会生活中，从生活在丰富复杂的社会生活关系中的活生生的社会人群中提炼出来的，是既忠于特定历史真实又符合特定时代社会生活真实的既有社会属性又有自然属性的有七情六欲的富于人情味的具备完整性的活人，其中特别该重视塑造那种生气勃勃地行进在时代前列的足以激励、鼓舞、引导社会人群行进的典型性艺术人；历史和时代在变，人也在变，人改变着生活，生活也改变着人，一代代的社会人总处在不同程度的变化过程中，为一代代的小说家源源不断地提供着新的描写对象，理应跟随时代演进和人生变化不断塑造出反映新的时代内容、人生内容和体现新的时代精神的典型性艺术人。

小说历来注重写故事，或采用曲折明晰有致的故事性结构，娓娓铺叙一个意蕴深厚、耐人咀嚼、引人入胜的完整故事，或以一个故事为主线而贯穿始终，再加以叙述并列的一连串的故事，依时空顺序有条不紊地一幕一幕地波澜起伏地进行描述；或不墨守故事发生、发展、高潮、结局的传统成规，不执意追求故事的完整而根据需要进行剪裁取舍，着重将生活逻辑、刻画性格、创作意向作为结构情节故事的根本依据。故事情节主要是伴随着不同艺术人的塑造、刻画的需要而不断形成的，是在不同艺术人的各种关系中构成的。丰富生活中的矛盾、事件离不开人，不同性格和思想感情的人在一起，就难免产生矛盾，就必然产生一系列事件，表现这些事件的来龙去脉、前因后果的具体过程，就形成了情节故事。总该选择那些最足以活现艺术人性格特征的生活情节构成故事，让艺术人在由有审美价值的生活事件构成的情节故事的不断展开中有血有肉地站起来、活起来，在一个或一连串的有表现力、有魅力的故事中写出各式各样的活的艺术人来。

为让故事本身带有令人思索的意向和以波澜起伏的情节故事强烈鼓荡起读者的感情潮水，往往难免艺术虚构的参与。缺乏优良艺术想象力，难以实现圆满的艺术虚构；虚构不等于瞎思乱侃，虚构该在符合特定时代环境下的社会客观生活的普遍本质性前提下进行，不该仅依主观确立的主题而捏造、编造远离生活真实的虚假故事，构成故事的故事情节的虚构，需依据生活的逻辑、艺术人性格的逻辑、艺术人所处时代的旋律和所处社会现实的基调进行，否则会令读者觉得不合情合理而不可信。

文艺作品质量包括思想性和艺术性两个不可缺一的方面，艺术精品由有审美价值的内容和与之相适应的形式的完美结合而形成。形式由内容而决定，是为着便于更好地容载、表达内容而选用的。在形式与内容和谐的原则下，表现形式该是不拘一格的，丰富多彩的，或继承传统形式，或借鉴外来形式，或尝试与创造新奇形式，在艺术思想倾向健康的前提下都不该受到责难；形式有相对的独立性，艺术性是优秀作品的重要标志之一。诸种艺术各具特性，绘画为线条色彩艺术，雕塑是以立体材料来雕刻造型的艺术，舞蹈乃形体和表情之艺术，音乐是声音和旋律的艺术，文学为语言艺术。作为文学类的小说以语言反映物质世界和精神世界，以语言塑造艺术形象和完成审美功能，其内容、人物诸美离不开语言美，注重、讲究语言美是与小说作品整体艺术质量、艺术水平、艺术魅力及成功与否攸关的重要因素。在语言上制造艰涩、难懂的别扭套路或堆砌华丽辞藻故作高雅不可取，硬造反逻辑思维、反语法、反标点的不知所云的句式或硬造些欧化的神秘化的长句，都有悖于民族语言审美传统而无助于广大民众的喜闻乐见；语言该崇尚朴实、自然、顺口、顺耳、洗练、形象、优美、生动、传神，富于表现力，富有情彩，讲究韵味，令人读之有如顺风顺水行轻舟而颇感轻松畅快，而非令人深感反常、艰涩、吃力、头疼、难受。要创作成有幅度、有容量、有深度的内容与形式完美结合的高品质、高品位的小说佳品极为不易，既需自觉重视人品、人格、文品、文格，又需有生活、有志气、有勇气、有才气、有激情。优秀的小说作者总是立志创造扎根于民族土地上的广大民众生活土壤中的具有博大精深内涵的足以凭风骨卓然的独特风姿立于世界文化之林的小说精品！

一般而言，艺术品往往应历史和时代的需求而产生，历史时代的变迁和社会生活的变化始终是小说发展的根本动因；小说作品往往同特定历史时代的脉搏相共鸣，是特定历史时代的回音。热情的小说家不辜负所处时代，关心所处时代，投身所处时代激流，直面所处时代的时代思潮和现实生活的主潮，关注所处时代热点课题和广大社会人群的兴奋点、共鸣点，在创作观念上跟上时代步伐，及时感应时代，体现特定时代人民的愿望和心声，完成特定时代赋予的艺术使命，使创作保持蓬勃的生机与局面。

参与创造美、参与建构人类精神文明是文艺创作的重要职责，小说应是健康文化系统中的组成部分，小说作品应是给人提供丰富精神营养的优质精神产品、精神食粮，应是精神文明园地里没有污染的常开不败的鲜花，其主题、思想倾向、情意、道德、人性、境界，应是健康的，应重在弘扬、歌赞社会生活中积极向上的正气和高尚的情操，重在用崇高精神之火照亮人的心灵世界，重在引人向上，以崇高的思想、精神的感召力量去拨动世人的心弦，去引导、鼓舞社会人群向美的方向前进，促人勇于鼓起理想、希望和追求之帆，有信心地参与创造令世人景仰的物质文明和精神文明。不健康的精神腐蚀品会比物质劣质品的危害更大，绝不可把鸩酒当美酒捧给别人。小说艺术是丰富多彩的真实生活的富于丰富情感的审美反映，而非生理现象的储藏室、展览室。一个人的物质生命河流有奔腾不息的时候，但终究有一日会干涸，而闪耀着崇高精神的具有独特崇高审美价值的艺术品的精神生命的河流，则会永久奔流。

以上所述是否便是20世纪后半期中国内地小说创作热点留下的若干嘱

咐？客观存在的历史任历代人评说，历史尊重其尊重者；历代人在历史给予的正反经验中会变得更聪明起来，评说历史经验的价值在于真正有利于更好地发展历史的未来；谢谢历史老人！

四言结语曰：事无难事，志者成之；世无易事，恒者成之。

黄辉映

二〇二二壬寅虎年仲冬于京师笑斋